KB105607

요시카와 에이지 평역

三國志

※ 일러두기

1. 이 작품은 나관중의 《삼국지연의》와 고난 분산湖南文山의 《통속삼국지》 등을 저본으로 삼아 저자가 나름대로 살을 덧붙이고 해설을 가미하여 평역한 것이다.

2. 삼국지 시대의 길이를 나타내는 척尺(자)과 무게를 나타내는 근斤은 현재의 도량형 기준과 다르다. 즉, 삼국지 시대의 1척(자)은 23.1센티미터이고 1근은 220그램이다. 이에 준해서 본문에 묘사된 등장인물의 신장과 사물의 높이, 깊이, 거리 그리고 무게를 가늠하는 것이 합당하리라 본다.

3. 본문의 날짜 표기는 모두 태음력을 기준으로 했다.

4. 본문 내 인물과 지명, 관직명의 한자 병기는 처음 나올 때만 하는 것을 기준으로 했고, 자수 등장하지 않는 인물과 지명, 관직명은 그때그때 병기했다. 또 한자를 병기했을 때 뜻이 명확해지는 단어나 동음이의어에도 그 뜻을 분명히 전달하기 위해 병기했다.

5. 본문 내 연도 표기는 나라별 연호와 연도를 먼저 표기하고 ( ) 안에 서기 연도를 표기하여 독자들의 이해를 도왔다.

6. 본문에 나오는 한자성어와 관직명은 ( )를 붙여 그 뜻을 간략히 설명하였으나 독자들의 이해를 돕기 위해 1권 끝에 부록을 마련하여 본문 내의 부족한 설명을 보충했다.

三國志

3

공명
·
적벽

잇북
it BOOK

차
례

五

공명

孔明

六

적벽

赤壁

삼국지 지도

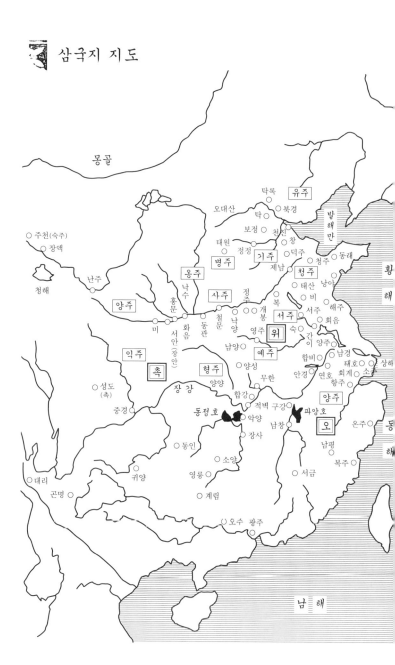

적벽대전 지도

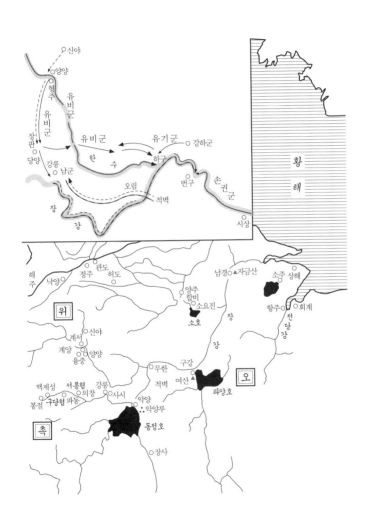

五

공명

孔

明

관우의 천릿길

||| 一 |||

매 시각 순찰을 도는 순라대일 것이다.

새벽녘, 아직 하얀 달이 남아 있을 무렵 평소와 다름없이 부성과 관아의 거리를 돌고 이윽고 커다란 도랑을 따라 내원 앞에 다다르자 갑자기 순라꾼 중 한 명이 큰 소리로 말했다.

"너무 이른 거 아냐? 무슨 일로 벌써 내원의 문이 다 활짝 열려 있지?"

그러자 다른 한 명이 말했다.

"그런데 오늘 아침엔 웬일로 구석구석 깨끗하게 빗자루질을 해 놓았을까?"

"수상하군."

"뭐가?"

"안쪽 중문도 열려 있어. 문을 지키는 사람도 없고. 어디에도 인기척이 없는데?"

안으로 성큼성큼 들어간 자가 손을 흔들며 소리쳤다.

"이거 좀 이상한데? 마치 빈집 같아."

순라꾼들은 시끄럽게 떠들며 안쪽의 후미진 곳에 있는 내원까지 들어가 보았다.

그러자 거기에 열 명의 아름다운 여인들이 벙어리처럼 서 있었다.

"어떻게 된 거야? 이 집에 있던 두 부인과 하인들은 다 어디로 갔어?"

순라꾼이 묻자 그녀들 중 한 명이 말없이 북쪽을 가리켰다.

이 여인들은 언젠가 조조가 관우에게 보냈으나 관우는 그녀들을 바로 두 부인의 시녀로 바쳤다. 그 후 내원에 머물며 일하던 이들이었다.

관우는 조조에게 받은 진귀한 재보에는 손끝 하나 대지 않은 것처럼 이 열 명의 여인 역시 다른 금은 비단과 동일시하여 남겨놓고 떠난 것이었다.

그날 아침 조조는 무슨 예감이 들었는지 평소보다 일찍 일어나 장수들을 불러 뭔가를 열심히 논의하고 있었다.

순라꾼들이 그곳으로 급보를 전했다.

"수정후의 도장을 비롯해 금은 비단과 모든 재보를 창고에 봉해서 넣어두고, 내원에는 열 명의 여인을 남겨둔 채 관우가 두 부인을 마차에 태우고 하인 스무 명과 함께 동이 트기 전에 북문으로 빠져나갔다고 합니다."

이 말을 듣고 그 자리에 모인 장수들은 이른 아침부터 술렁거리기 시작했다. 원비장군猿臂將軍 채양蔡陽이 말했다.

"제가 추격하겠습니다. 관우라고 별수 있겠습니까? 병사 3,000명만 내주시면 즉각 잡아오도록 하겠습니다."

조조는 근신이 내민 관우의 편지를 펼쳐 아무 말 없이 읽고 있다가 불쑥 입을 열었다.

"아니, 그만둬라. 나에게는 무정하지만 어쨌거나 관우는 진정한 대장부. 올 때도 확실했고, 떠날 때도 확실했다. 참으로 천하의 의사다운 진퇴다. 자네들도 좋은 본보기로 삼도록."

채양은 얼굴이 벌게져서 입을 다물었다.

그러자 정욱程昱이 그를 대신해 과감하게 나서며 말했다.

"관우에게는 세 가지 죄가 있습니다. 승상의 관대함이 오히려 아군의 제장에게 불만을 품게 할 것입니다."

"정욱, 관우의 죄라니 무엇을 말하나?"

"첫째, 망은의 죄. 둘째, 무단 퇴거의 죄. 셋째, 하북의 사자와 은밀히 밀서를 주고받은 죄입니다."

"아니지, 아니야. 관우는 처음부터 나와 세 가지 약속을 했네. 약속해놓고도 약속 이행을 피한 것은 바로 나지 그가 아니야."

"하지만 지금 그가 하북으로 가는 것을 뻔히 알고도 못 본 척하는 것은 훗날의 큰 근심거리가 될 것입니다. 호랑이를 들에 풀어놓는 것과 다름없습니다."

"그렇다고 해서 추격하여 그를 죽인다면 세상 사람들이 모두 나를 불신할 것이네. 사람에게는 각자의 주군이 있는 법. 이렇게 된 이상 그의 마음이 가는 대로 옛 주군에게 돌아가게 내버려둘 수밖에. ……쫓지 마라. 쫓지 마. 추격해서는 안 돼."

마지막 말은 조조가 스스로를 훈계하는 듯 들렸다. 그의 눈동자는 그렇게 말하는 동안에도 북쪽을 향한 채 북쪽 하늘을 바라보고 있었다.

||| 二 |||

결국 관우는 떠났다!

자신을 버리고 유비에게로 돌아갔다!

괴로운 사내대장부의 연모. 아니, 연모라기보다는 사내와 사내의 의연義戀이다.

'아아, 내 평생에 두 번 다시 그런 참된 의사義士와 이야기를 나눌 수 없을지도 모르겠구나.'

올 때도 확실했고 떠날 때도 확실한 관우의 깔끔한 행동을 보고 그런 소인배의 분노는 품으려 해도 품을 수가 없었다.

"……."

그러나 그의 쓸쓸한 눈동자는 북쪽 하늘을 응시한 채 어쩔 줄을 몰랐다. 눈물이 그의 뺨을 타고 흘러내렸다. 떨리는 속눈썹에 가슴속의 고민이 드러났다.

신하들은 모두 그의 얼굴을 쳐다볼 수 없었다. 그러나 정욱과 채양 등은 남몰래 주먹을 쥐고 발을 동동 구르며 조조의 관대함을 답답하게 여겼다.

조조는 잠시 후 자리에서 일어서더니 주위의 장수들에게 말했다.

"관우가 도망친 것은 의를 저버린 행동이 아니네. 그는 일곱 번이나 나를 찾아왔으나 내가 피객패를 걸어놓고 문을 닫아걸었기 때문에 결국 편지를 남기고 떠난 것이야. 예를 지키지 않은 것은 오히려 나 조조일세. 그가 평생 나를 마음이 좁은 자라고 비웃을 것을 생각하니 마음이 괴롭군……. 아직, 그도 멀리 가지는 못했을 걸세. 훗날까지 좋은 기억을 남기기 위해 그를 쫓아가서 신의信義 있는 이별을 고해야겠네. 장료, 따르도록 하라."

조조는 즉시 밖으로 나가 말을 끌고 오게 하여 승상부의 문을 나섰다.

장료는 조조의 명령으로 관우 일행이 여행 중에 쓸 재물과 도포 한 벌을 급히 준비하여 바로 조조의 뒤를 쫓아갔다.

"……모르겠어. 정말이지 승상의 심리는 모르겠어."

방에 남겨진 신하들은 모두 어리둥절했으나 정욱과 채양 등은 특히 더 망연자실해서 중얼거렸다.

산은 곳곳이 붉게 물들었고 교외의 강과 길에는 낙엽이 떨어져 있었다. 적토마는 보기 좋게 살이 올라 있었고 가을은 한층 깊어 졌다.

'……어? 무슨 소리지?'

관우는 말을 세웠다.

"어이!"

가을바람을 타고 누군가 부르는 소리가 들렸다.

'추격대구나!'

관우는 예상하고 있던 일이라 당황하지 않고 바로 두 부인이 타 고 있는 마차 옆으로 갔다.

"여봐라. 너희들은 마차를 밀고 먼저 가거라. 나 혼자 여기에 남 아 길을 방해하는 자들을 제거한 뒤 따라가겠다."

그는 두 부인이 놀라지 않도록 일부러 부드럽게 말하고 말 머리 를 돌렸다.

멀리서 그를 부르며 달려온 사람은 장료였다. 장료는 되돌아오는 관우를 보고 "운장, 기다리시오."라고 말하며 말을 달려 다가왔다.

관우는 빙그레 웃으며 말했다.

"나를 이름으로 부를 사람은 귀공 말고는 없다고 생각했는데 역시 귀공이었구려. 기다리라면 이렇게 얌전히 기다리겠지만, 아무리 귀공이 와도 난 귀공의 손에 생포당할 수는 없소. 거참, 괴로운 명령을 받고 왔구려."

그는 이렇게 말하고 재빨리 옆에 끼고 있던 언월도를 고쳐 잡고 싸울 태세를 취했다.

"아니, 아니. 경계하지 마시오."

장료가 당황하며 변명했다.

"몸에 갑옷도 입지 않고 손에 무기도 들지 않았소. 내가 여기에 온 것은 결코 장군을 생포하기 위해서가 아니오. 얼마 후에 승상께서 몸소 오실 터인데 그것을 알려주기 위해 온 것이오. 조 승상이 오기 전까지 잠시 여기서 기다려주시오."

||| 三 |||

"뭐요? 조 승상이 몸소 여기까지 온단 말이오?"

"그렇소. 곧 이리로 오실 것이오."

"이거 큰일이군."

관우는 무슨 생각을 했는지 말을 돌려 패릉교霸陵橋 한복판에 떡 버티고 섰다.

장료는 그 모습을 보고 관우가 자신의 말을 믿지 않는다는 것을 알았다.

그가 좁은 다리의 한가운데에 버티고 선 것은 떼지어 몰려올 적병들을 막기 위한 자세다. 길에서는 사면에서 포위당할 위험이 있기 때문이다.

"조 승상이 오면 알게 되겠지."

장료는 무리해서 그의 오해를 풀어주려고 하지 않았다. 이윽고 조조가 불과 예닐곱 명의 심복들만을 거느리고 달려왔다.

그들은 허저, 서황, 우금, 이전 등의 쟁쟁한 장성들이었으나 모두 갑옷을 입지 않고 검 외에는 특별한 무기도 지니지 않은 지극히 일상적인 차림새였다.

관우는 패릉교 위에서 그 모습을 바라보며 말했다.

"그럼, 날 잡으러 온 것이 아니라는 장료의 말이 진실이었단 말인가?"

그의 표정은 부드럽게 풀렸으나 그렇다 해도 어째서 조조가 직접 여기까지 온 것인지 여전히 미심쩍은 듯했다.

조조가 말을 다리 근처까지 몰고 와서 조용히 말했다.

"오, 관 장군, 너무 서둘러 떠나는 것이 아니오? 헤어지기가 참으로 섭섭하구려. 어째서 그렇게 서둘러 떠나시오?"

조조의 말을 듣고 관우는 말 위에서 정중하게 고개를 숙여 인사한 후 말했다.

"전에 저와 승상은 세 가지 약속을 했습니다. 옛 주군 유비가 지금 하북에 있다는 소식을 들었습니다. 부디 가게 해주십시오."

"참으로 섭섭하외다. 장군과 나의 교제가 이리도 짧을 줄이야. ……나도 천하의 승상이오. 전에 한 약속을 저버릴 마음은 추호도 없소. 하지만 장군이 머물렀던 시간이 너무나 짧게만 느껴지는구려."

"승상의 하해와 같은 은혜를 어찌 잊을 수 있겠습니까? 허나 옛 주군의 소식을 알면서 편안하고 한가하게 무위의 날을 보내며 승상의 온정에 기대어 있는 것도 마음이 편치 않고…… 결국 떠나기로 결심하고 일곱 번이나 승상을 뵈러 갔습니다만, 항상 문이 닫혀 있어서 할 수 없이 돌아설 수밖에 없었습니다. 말씀도 드리지 않고 떠난 죄는 부디 너그럽게 용서해주시기를 바랍니다."

"아니오. 미리 장군이 올 줄 알고 피객패를 걸어둔 나의 잘못이오. 아니, 내 안에 있는 소심함이 그런 짓을 저질렀다는 것을 이실직고하겠소. 지금 내가 여기까지 달려온 것은 나의 소심함을 스스로 부끄럽게 여겼기 때문이오."

"아닙니다. 승상의 관대한 아량은 누구와도 비교할 수 없습니다. 누구보다도 제가 잘 알고 있다고 생각합니다."

"그럼, 됐소. 장군이 그렇게 생각하고 있다면 그것으로 만족하오. 헤어진 뒤에도 미련이 남지 않겠지요……. 아아, 장료, 그것을 이리 가지고 오게."

그는 뒤를 돌아보며 미리 준비해온 여행 경비를 이별 선물로 관우에게 주었다. 그러나 관우는 쉽게 받으려 하지 않았다.

"허도에 머물 때도 승상께 융숭한 대접을 받았고, 또 저는 떠돌며 가난하게 사는 생활에 익숙한 터라 앞으로의 일에 대해서는 걱정하지 않으셔도 됩니다. 부디 그것을 병사들에게 고루 나누어주십시오."

그러나 조조도 강경하게 말했다.

"그래서는 나의 모처럼의 뜻도 모두 의미가 없어져요. 지금에 와서 약간의 여행 경비 따위는 장군의 절개와 지조에 흠을 내지 못할 것이오. 장군은 아무리 곤궁해도 견딜 수 있을 테지만 장군이 모시고 가는 두 부인께 옷과 음식에 부족함을 느끼게 하는 것은 안 될 일이지요. 인정상으로도 참기 어려운 일이오. 장군이 이것을 받는 것이 부담스럽다면 두 부인께 여행 경비로 드리고 싶소."

관우가 눈을 깜박였다. 두 부인에게 생각이 미치자 바로 단장斷腸의 마음이 치밀어오르는 듯했다.

"호의의 물건이 두 부인께 드리는 것이라면 감사히 받아 두 부인께 전하겠습니다. 오랫동안 신세를 지고 작은 공훈이나마 남기고 지금 작별의 날을 맞았습니다……. 훗날 우연히 만나게 된다면 다 갚지 못한 은혜를 마저 갚도록 하겠습니다."

관우의 말에 조조도 만족스러운 표정을 지으며 말했다.

"아니요. 장군 같은 충성스러운 사람을 몇 달간 도성에 머물게 한 것만으로도 도성의 풍기가 확실히 좋아졌소. 또 나도 장군으로부터 배운 것이 얼마나 많았는지 모르오. 단지 장군과 나의 인연이 깊지 못해 지금 인생의 중도에서 헤어지게 되었구려. 이는 분명 섭섭한 일이나 생각하기에 따라서는 이처럼 뜻대로 되지 않는 것이 인생의 재미 아니겠소?"

우선 장료를 통해 여행 경비를 주고 뒤에 있는 부하 장수를 돌아보더니 비단 도포를 관우에게 이별의 선물로 주라고 한 후 이렇게 덧붙였다.

"가을도 깊어서 앞으로 산길을 갈 때나 강을 건널 때 점점 더 추워질 것이오……. 이것은 내가 장군의 영혼을 감싸주고 싶은 마음에 일부러 가지고 온 것이오. 그저 옷에 불과하지만, 여행할 때 비와 이슬을 막는 데 요긴하게 써주시오. 이 정도의 물선은 장군이 받아도 아무도 장군의 절개와 지조를 의심하지 않을 것이오."

비단 도포를 들고 있던 장수는 즉시 말에서 내려 패릉교 가운데까지 성큼성큼 걸어가 관우의 말 앞에 무릎을 꿇고 공손하게 비단 도포를 바쳤다.

"황송합니다."

관우는 말 위에서 가볍게 목례를 했으나 그 눈빛에서는 혹시 무슨 모략이라도 숨어 있는 것은 아닐까 하고 여전히 경계하는 모습이 보였다.

"모처럼 주신 이별의 선물이니 잘 입겠습니다."

그렇게 말하고 관우는 겨드랑이에 끼고 있던 청룡언월도를 내밀어 칼끝으로 비단 도포를 받아 어깨에 휙 걸쳤다.

"그럼 이만······."

그리고 이 한마디를 남기더니 준족 적토마를 재촉해 떠나버렸다.

"참으로 무인답구나."

조조는 관우에게 마음이 사로잡힌 듯 그를 배웅하고 있었으나 조조를 수행하고 온 이전과 우금, 허저 등은 화를 내며 말했다.

"뭐야? 저 거만한 태도는."

"은혜로 내리는 도포를 감히 칼끝으로 받아?"

"승상께 버릇없이 굴기는."

"지금이다. ······저기 저, 아직 저쪽에 모습이 보이니까 쫓아가자!"

그들은 당장이라도 쫓아갈 기세였다.

조조는 그들을 타일렀다.

"관우의 입장에서 생각해보면 그의 행동도 이해가 갈 것이네. 아무리 비무장이라 해도 우린 쟁쟁한 장수들이 스무 명이나 있는데 그는 오직 혼자가 아닌가? 저 정도 조심하는 것은 용납해줘야지."

그리고 바로 허도로 말 머리를 돌렸는데 돌아가는 도중에도 주위의 장수들을 향해 훈계했다.

"적과 아군을 불문하고 훌륭한 무인의 마음을 대하는 것만큼 즐거운 것은 없네. 그 순간만은 이 세상이 아름다운 것으로 가득 찬 느낌이야. 그런 사람의 인격이 다른 이들을 교화하는 것은 장차 1,000년, 2,000년에 이를 것이네. 자네들도 이 세상에서 훌륭한 인물을 만난 것을 감사하고, 그의 마음을 본받아 각자 후세에 이르기까지 아름다운 이름을 남기도록 하게."

이 말에서 알 수 있는 것은 조조가 무장의 본분을 잘 알고 있는 것은 물론 자신의 성격에서 좋은 점과 나쁜 점을 분별하고 있었다는 것이다. 그리고 훌륭한 무장이 되기 위해 마음 쓰고 있었던 것도 분명하다.

||| **五** |||

생각보다 시간이 걸렸기 때문에 관우는 두 부인이 탄 마차를 쫓아 20리 남짓 서둘러 달려왔지만 어디서 길이 엇갈렸는지 먼저 간 마차는 보이지 않았다.

'……도대체 어디로 간 거야?'

그는 작은 습지 부근에 말을 세우고 사방의 산을 둘러보고 있었는데, 그때 계류 건너편에 있는 산에서 그를 부르는 소리가 났다.

"관 장군, 잠시 멈추시오."

누군가 싶어 가만히 지켜보고 있었더니 이윽고 100여 명 정도의 보졸을 거느리고 한 장수가 앞장서서 오고 있었다.

가까이 온 그를 보니 아직 스무 살가량의 젊은 사내로 머리에는 황건을 쓰고 몸에는 청색 비단 도포를 걸치고 있었다. 그는 순식간에 산에서 내려와 계하를 건너 관우 앞으로 다가왔다.

관우는 청룡도를 고쳐 잡고 우선 위압적으로 소리쳤다.

"누구냐? 당장 이름을 밝히지 않으면 단칼에 머리를 베어 떨어뜨리겠다."

그러자 사내는 말 등에서 훌쩍 뛰어내리더니 말했다.

"저는 원래 양양襄陽 태생으로 요화廖化라고 불리며 자는 원검元儉이라는 자입니다. 장군을 해하려는 마음을 품은 자가 결코 아니니 안심하십시오."

"그렇다면 어찌하여 병사들을 이끌고 나의 앞길을 막는 것인가?"

"우선 저의 평소에 품은 뜻을 들어주셨으면 합니다. 사실 저는 일찍이 천하에 난리가 일어났을 때 소년의 객기로 고향을 떠나 강호를 유랑하다가 500여 명의 건달을 규합하여 이 지방을 중심으로 산적질을 하고 있는 자입니다. 그런데 동료 중에 두원杜遠이라는 자가 조금 전에 가도로 나갔다가 두 부인의 마차를 발견하고 좋은 먹잇감이라며 납치하여 산중으로 끌고 왔습니다."

"뭐라고? 그렇다면 두 부인의 마차가 너희들의 산채로 끌려갔단 말이냐?"

당장이라도 산채로 달려갈 것 같은 모습을 보이는 관우를 제지하며 요화가 말했다.

"그러나 모두 무사하십니다. 우선 저의 말씀부터 들어보십시오……. 저는 주렴 안의 두 분을 보고 무슨 사연이 있을 것이라고 직감하고 마차를 따라온 하인에게 은밀히 물었습니다. 그랬더니 유 황숙의 부인들이라는 말에 깜짝 놀랐습니다. 그래서 즉시 동료인 두원에게 가서 이런 분들을 납치해서 어떻게 할 생각이냐, 어서 원래 계시던 곳으로 보내드리라고 간곡히 권했습니다만, 두원은 고집을 부리며 듣지 않았습니다. 그뿐만 아니라 음흉한 야심조차 드러냈기 때문에 즉시 칼을 뽑아 두원을 찔러 죽이고 그 머리를 잘라 장군께 바치기 위해 여기서 기다리고 있던 참이었습니다."

그는 이렇게 말하더니 수급을 발밑에 놓고 재배했다.

관우는 여전히 의심하며 쉽게 믿으려 하지 않았다.

"산적 두목인 네가 어째서 동료의 목까지 베면서 인연도 없는 나에게 그토록 호의를 베푼 것이냐? 아무리 생각해도 이해하기가 어렵다."

"옳은 말씀입니다."

요화가 산적이라는 말에 더욱 자세를 낮추며 말했다.

"두 부인의 하인으로부터 장군의 지금에 이르기까지의 충절을 자세히 듣고 깊이 탄복했기 때문입니다. 도적이라고 해서 마음까지 짐승은 아닙니다."

그리고 즉시 말에 오르더니 산속으로 달려 돌아갔다.

잠시 후에 요화는 다시 모습을 나타냈다.

이번에는 100여 명의 부하에게 두 부인의 마차를 밀게 하고 조심스럽게 산길을 내려왔다.

관우는 그제야 요화라는 인물을 믿을 수 있었다. 그리고 우선 마차 옆으로 가서 이러한 어려움을 겪게 한 것은 자신의 불찰이라고 감 부인에게 깊이 사죄했다.

부인은 주렴의 안쪽에서 말했다.

"만약 요화가 없었다면 어떤 고난을 겪었을지 몰라요. 그에게는 장군께서 감사의 말을 잘 좀 전해주세요."

마차를 지키는 하인들은 입을 모아 관우에게 요화의 선행을 칭찬했다.

"두원이란 놈이 두 부인을 한 명씩 각자의 아내로 삼자고 했으나 요화는 단호하게 거절하고 두원을 찔러 죽였습니다. 저렇게 정의감이 투철한 사내가 어쩌다 산적이 되었는지 모르겠습니다."

관우는 다시 요화에게 가서 진심으로 감사의 인사를 했다.

"두 부인이 무사하신 것은 전적으로 그대 덕분이오."

요화는 겸손하게 대답했다.

"당연한 일을 했을 뿐인데 너무 과하게 칭찬하시니 부끄러울 따름입니다. 단지 바라는 것은 저도 언제까지나 도적이라고 불리고 싶지는 않으니 이번 기회에 마차를 호송하는 자로 써주셨으면 합니다. 마침 여기에 100여 명의 보졸도 있으니 마차를 수호하는 역할을 하고 싶습니다."

그러나 관우는 그의 호의만을 받고 청은 받아주지 않았다. 산적을 마차의 호송자로 받아들였다는 소문이 나면 옛 주군 유비에게 오명을 남길지도 모른다는 결벽에서 비롯된 처신이었다.

요화는 하다못해 여행 경비에 쓰라며 금과 비단을 바쳤으나 그 또한 완강하게 거절했다. 그러나 그 마음에 깊이 감동한 관우는 헤어질 때 이 녹림의 의인에게 이렇게 약속했다.

"오늘의 호의는 반드시 기억해두리다. 언젠가 재회할 날이 올 것이오. 나나 우리 주군이 기반을 잡았다는 말을 듣거든 꼭 찾아와주시오."

마차는 다시 여행길에 올랐다.

길은 멀고 가을 해는 짧았다.

사흘째 되는 날 저녁, 마차를 따라가는 일행은 성긴 숲 사이를 지나가고 있었다.

낙엽이 떨어지는 건너편으로 밥 짓는 연기가 한 줄기 피어올랐다. 은사隱士가 기거하는 오두막이라도 있는 듯했다.

하룻밤 묵어가기 위해 관우가 찾아가자 노인 한 명이 초당의 문에서 나와 물었다.

"당신은 어디의 누구요?"

"유현덕의 의제, 관우라는 사람입니다만."

"뭐, 관우 장군이라고? 안량과 문추를 벤 그분이오?"

"그렇습니다."

노인은 무척 놀란 듯했다. 그리고 또 물었다.

"저 마차는?"

관우는 사실대로 솔직하게 고했다. 노인은 더욱더 놀라며 공손히 맞아들였다.

두 부인은 마차에서 내렸다. 노인은 딸과 손녀딸을 불러 부인들의 시중을 들게 했다.

"귀한 손님이시다."

노인은 깨끗한 옷으로 갈아입고 다시 두 부인이 있는 방으로 인사하러 왔다.

관우는 두 부인의 옆에 손을 모으고 서 있었다.

노인은 이상히 여기며 물었다.

"장군과 유 황숙은 의형제 사이이니 두 부인은 형수에 해당하지요. 여행으로 피곤하실 텐데 편안하게 쉬지도 않고 어째서 그렇게 예의를 지키고 있는 것이오?"

관우는 얼굴에 미소를 띠며 대답했다.

"유 황숙과 장비, 저 이렇게 세 사람은 형제의 약조를 맺었습니다만, 의와 예에 있어서는 군신의 관계이며 이것을 굳게 지키기로 맹세했습니다. 따라서 두 형수님과 이렇게 고생하며 여행을 하고 있지만, 이제껏 군신의 예를 어긴 적이 없습니다. 노인의 눈에는 제가 이상해 보입니까?"

"아니, 당치도 않아요. 이상히 여긴 나야말로 생각이 짧았소. 정말 보기 드문 충절이구려."

노인은 관우의 마음에 깊이 감복하여 자신의 방으로 불러 신상 이야기 등을 털어놓았다. 이 노인의 이름은 호화胡華로 환제桓帝 때 의랑議郞까지 지낸 은사였다.

"제 자식은 호반胡班이라 하고 지금 영양 태수 왕식王植의 종사 관으로 있습니다. 얼마 후면 그 길을 지나게 되실 테니 부디 찾아 봐주십시오."

그는 아들에게 보내는 소개장을 쓴 후 이튿날 아침 두 부인의 마차가 떠날 때 관우의 손에 건넸다.

오관 돌파

덮개조차 부서진 마차는 호화의 집을 떠나 가을바람을 맞으며 날마다 여행을 계속하고 있었다.

낙양으로 가는 도중에 관소關所를 한 곳 지나게 되었는데 조조 휘하의 공수孔秀라는 자가 부하 500여 명을 거느리고 관문을 지키고 있었다.

'이곳은 3개 주의 갈림길에 있는 제일의 요해. 무사히 통과하면 좋으련만.'

관우는 마차를 세우고 홀로 앞으로 달려나가서 소리쳤다.

"우리는 하북으로 가는 여행자요. 바라건대 관문을 통과하게 허락해주시오."

그러자 공수가 검을 들고 나타나 말했다.

"장군은 관운장이 아니오?"

"맞소. 내가 관우요."

"두 부인이 탄 마차를 끌고 어디로 가시는 겁니까?"

"물론 하북의 옛 주군 유비에게 돌아가는 길이오."

"그렇다면 조 승상의 고문告文을 가지고 오셨소?"

"급하게 나오느라 고문을 가지고 오는 것을 잊었소."

"단순한 여행자라면 관소의 부신符信이 필요하고 공무를 위해 통과하는 자라면 고문 없이는 지나갈 수 없다는 것을 장군도 알고 계시지요?"

"돌아갈 때가 되면 반드시 돌아가겠다고 일찍이 승상과 약속하였소. 어찌 법규에 얽매이겠소?"

"아니지, 아니야. 하북의 원소는 조 승상의 적입니다. 적지에 가는 자를 무단으로 지나가게 할 수는 없소⋯⋯. 잠시 문밖에서 대기하고 있으시오. 그러는 동안 도성에 사자를 보내 상부의 명령을 받도록 하겠소."

"길을 서두르는 터라 사자가 오가기를 기다리며 헛되이 시간을 보낼 여유가 없소이다."

"무슨 말을 하든 승상의 명령 없이는 이곳을 지나갈 수 없습니다. 게다가 지금 변경은 모두 전란에 휩싸여 있소. 어찌 국법을 어길 수 있겠소?"

"조조의 법은 조조의 영민과 적들에게 적용되는 것이오. 나는 조 승상의 객으로 승상의 신하도 적도 아니오. 끝내 통과시키지 못하겠다면 부수고 지나가겠소만, 그렇게 되면 오히려 그대에게 화가 되지 않겠소? 흔쾌히 지나가게 해주시오."

"참으로 끈질긴 놈이군. 네가 데리고 온 하인들과 마차 안에 있는 두 부인 모두를 인질로 이곳에 두고 간다면 너 혼자만은 통과하도록 허락하마."

"그것은 내가 허락할 수 없다."

"그렇다면 돌아가라."

"꼭 그래야만 하겠나?"

"참으로 끈질긴 놈이구나!"

공수는 이렇게 소리치고 주위의 병사들에게 관문을 닫으라고 명했다.

관우는 버럭 화를 내며 눈썹을 치켜세웠다.

"눈먼 자여! 이것이 보이지 않느냐?"

관우는 청룡도를 그의 가슴에 들이댔다.

공수는 그 자루를 잡았다. 정말이지 상대를 모르고 자신을 모르는 자였다.

"건방진 놈."

그는 욕을 하며 부하들에게 관우를 포박하라고 소리쳤다.

"각오해라."

관우는 청룡도를 잡아당겼다. 자루를 잡고 있던 공수는 얼결에 안장에서 몸을 일으키며 자신의 검으로 한 손을 가져가려 했으나 그 순간 관우의 고함이 터졌고 두 동강이 난 그의 몸은 피를 뿜으며 땅바닥으로 나동그라졌다.

나머지 병사들은 아무것도 아니었다.

관우는 그들을 닥치는 대로 베며 그대로 두 부인의 마차를 통과시킨 후 큰 소리로 외쳤다.

"우리는 패릉교 위에서 조 승상과 작별한 후 당당히 이곳을 통과하는 것이다. 오늘 일은 결코 너희들에게 허물이 되지 않을 것이다. 나중에 관우가 오늘 동령관東嶺關을 지나갔다고 도성에 보고하기만 하면 될 것이다."

그날 마차의 덮개 위에는 흰 진눈깨비가 내렸다. 다음 날 그리고 그다음 날도 마차는 한 줄기로 뻗은 관도를 서둘러 갔다.

낙양의 성문이 어느새 멀리 보이기 시작했다.

그곳도 물론 조조의 세력권 내이고, 그의 제후 중 한 명인 한복 韓福이 수비하고 있었다.

도시 외곽의 관문은 어젯밤부터 경비가 삼엄해졌다.

평소의 파수병에 강한 병사가 1,000명이나 충원되었고, 부근의 고지나 저지에도 복병이 숨어 있었다.

관우가 공수를 벤 뒤 동령관을 부수고 이쪽으로 오고 있다는 비보가 벌써 전해졌기 때문이다.

그러나 이러한 사실을 모르는 관우는 얼마 후 도착하여 관문 앞에 서서 외쳤다.

"나는 한나라의 수정후 관우다. 북쪽으로 가고 있으니 문을 열어 통과시켜라."

"이크 왔구나."

관우가 소리치자마자 철문과 철갑이 분주히 움직이는 소리가 들렸다.

낙양 태수 한복은 요란하게 무장하고 병졸들 사이에서 날렵하게 말을 몰고 나와 처음부터 호전적으로 말했다.

"고문을 보여라!"

관우가 없다고 하자 고문이 없다면 도성에서 도망쳐온 것임이 틀림없다, 물러가지 않으면 잡아들이겠다고 소리쳤다.

그의 태도는 관우의 화를 돋우기에 충분했다. 관우는 우선 공수를 베어 죽이고 온 것을 숨김없이 당당히 말했다.

"너도 목숨이 아깝지 않은 자냐?"

그 말이 끝나기도 전에 사방에서 징과 북이 요란하게 울리기 시작했다.

"이건 나를 잡겠다고 미리 기다리고 있었다는 것이군."

관우는 일단 뒤로 물러났다.

도망치는 것으로 생각했는지 "생포하라. 놓치지 마라."라며 여러 명의 병사가 즉시 뒤쫓아왔다.

관우는 뒤를 돌아보았다.

그가 청룡도를 휘두를 때마다 피가 튀어 주위는 순식간에 붉게 물들었다.

한복의 부장 중에 맹탄孟坦이라는 매우 용맹한 자가 있었으나, 그도 관우 앞에서는 당랑거철螳螂拒轍(사마귀가 수레바퀴를 막아선다는 말로 자기 분수를 모르고 상대가 되지 않는 사람이나 사물과 대적한다는 뜻이다)로밖에는 보이지 않았다.

"맹탄이 목숨을 잃었다!"

겁먹은 병사들은 저마다 한마디씩 하며 관문 안으로 도망쳐 들어갔다.

태수 한복은 문 옆에 말을 세우고 입술을 씹으며 참새 떼를 쫓는 독수리처럼 달려오는 관우를 겨냥하여 미리 시위에 메겨놓던 화살을 쏘았다.

화살은 관우의 왼쪽 팔뚝에 맞았다.

"이놈이!"

관우가 화살이 날아온 방향으로 눈길을 돌리자 한복이 보였다.

적토마는 입을 벌리고 그에게 달려갔다.

한복은 두려움을 느끼고 문 안으로 말 머리를 돌리려 했으나 그의 안장 뒤로 적토마가 물어뜯을 듯이 달려들었다.

　그리고 그 순간 머리 하나가 땅바닥에 툭 떨어졌다. 한복의 머리였다. 주위의 부하들은 기겁해서 앞다투어 달아났다.

"그럼, 이 기회에!"

　관우는 몸을 흔들어 갑옷에 묻은 피를 털어내고 멀리 있는 마차를 불렀다. 마차는 피가 흥건한 길을 덜컹거리며 달려 낙양으로 들어갔다.

　어디선가 마차를 향해 화살이 빗발치듯 쏟아졌지만, 태수 한복과 용장 맹탄이 목숨을 잃었다는 소식이 전해지자 온 시내가 공포에 휩싸여 가는 길을 막는 병사는 아무도 없었다.

　관우는 낙양시를 통과하여 다시 산야山野로 나갈 때까지 밤에도 쉬지 않고 마차를 호위하며 길을 서둘렀다. 마차 안의 두 부인도 이날은 고치 안의 누에처럼 서로 부둥켜안은 채 공포에 떨며 눈을 꼭 감고 있었다.

　그렇게 며칠을 낮에는 깊은 수풀이나 계곡의 그늘진 곳에서 자고 밤이 되면 길을 재촉했다.

　기수관沂水關에 도착한 것은 초저녁 무렵이었다.

　이곳은 황건적의 대장이었으나 나중에 조조에게 항복한 변희卞喜라는 자가 지키고 있었다.

　산에는 한나라 명제明帝가 건립한 진국사鎭國寺라는 오래된 절이 있었다. 변희는 부하들을 그곳에 모아놓고 관우가 오면 어떻게 할 것인지 모의했다.

거센 밤바람이 산의 소나무 사이를 지나가며 소리를 내고 별은 푸르게 빛나고 있었다.

마침 은은한 종소리가 진국사 안에 울려 퍼졌다.

"왔다!"

"왔습니다!"

산문 쪽에서 나는 듯 달려온 두 병사가 회랑 아래에서 큰 소리로 고했다.

모의하던 방에서 사람들이 우르르 몰려나왔다.

대장 변희 이하 열 명 정도의 맹장과 책사가 붉은 등불을 뒤로하고 조용히 하라고 주의를 주면서 난간 위에 서서 산문 쪽 하늘을 바라보았다.

"왔다니, 관우와 두 부인이 탄 마차를 따라온 일행이 왔다는 말이냐?"

"그렇습니다."

"산기슭의 관문에서는 아무 검문 없이 통과시켰느냐?"

"그렇게 하라는 대장의 명령에 명령대로 했습니다."

"관우를 방심하게 만들기 위해서다. 낙양에서도 동령관에서도 그를 관문에서 막으려다가 오히려 많은 살상을 불렀다. 여기서는 계책을 세워 반드시 그놈을 생포하지 않으면 안 된다……. 그래, 마중하러 나가자. 스님들에게도 마중하러 나가라고 전해라."

"지금 종이 울리기 시작했으니 이미 모여 있을 것입니다."

"자, 각자 자기 자리로 가서 맡은 일을 하도록 하라."

변희는 주위에 있는 자들에게 눈짓하고 계단을 내려갔다.

이날 밤 관우는 산기슭에 있는 관문을 어려움 없이 통과하고 진국사로 하룻밤 숙소를 청하러 찾아갔다. 그런데 도착하자마자 갑자기 종이 울리고 스님들이 모두 마중 나와 환영하는 것을 보고 이상하게 여겼다.

　장로인 보정普淨 화상은 마차에 공손히 인사하고 마차 안의 두 부인에게 차를 대접하며 말했다.

　"긴 여행으로 많이 피곤하시지요? 산사라서 그저 비와 이슬을 피할 수 있을 뿐입니다만, 마음 편히 쉬시기 바랍니다."

　뜻밖의 호의에 관우는 자기 일처럼 기뻐하며 공손하게 감사의 인사를 하자 장로인 보정이 그리운 듯 물었다.

　"장군, 장군은 고향인 포동浦東을 떠나온 지 몇 해나 되셨습니까?"

　"벌써 스무 해 가까이 됩니다."

　관우가 대답하자 보정이 또 입을 열었다.

　"그럼 소승을 기억하지 못하시겠군요. 저도 장군과 고향이 같습니다. 장군의 고향 집과 소승의 생가는 강 하나를 사이에 두고 있을 뿐입니다만."

　"아, 장로도 포동 출신입니까?"

　그러고 있는데 변희가 칼집을 철컹거리며 성큼성큼 걸어왔다. 그리고 보정 화상에게 의심스럽다는 듯 눈을 번뜩이며 말했다.

　"아직 안으로 맞아들이지도 않았는데 무엇을 그리 친밀하게 이야기하고 있는 것이오? 빈객에게 실례요."

　그는 관우를 넓은 방으로 안내했다.

　그때 보정이 의미심장하게 관우에게 눈짓을 했기에 관우도 눈치채고 마음속으로 대비하고 있었다.

과연 변희는 자못 관우의 인격에 감복한 듯 말하며 최선을 다해 환대하는 모습을 보였으나 회랑 밖과 제단 뒤와 같은 곳에서는 살기가 느껴졌다.

"아아, 참으로 유쾌한 밤입니다. 장군의 충절과 풍모를 흠모해 온 지 오래요. 자, 제게도 술 한잔 주시겠소?"

변희의 눈에는 사악한 기운이 가득했다. '이 간사한 짐승 같은 놈.'이라며 관우는 마음속으로 잠시도 경계를 늦추지 않고 있다가 "한 잔 술로는 부족할 터. 네놈에게는 이것을 주마."라고 벽에 세워 두었던 청룡도를 집어 들자마자 변희를 두 동강으로 베어버렸다.

모든 촛불이 피로 어두워졌다. 관우는 문을 박차고 회랑으로 뛰쳐나가 큰 종이 울리는 듯한 목소리로 외쳤다.

"죽고 싶은 자는 당장 이름을 대고 나오너라. 내가 저승길로 인도해주마."

∣∣∣ 四 ∣∣∣

적병들은 두려움에 떨며 십방으로 흩어져 달아난 듯했다. 다시 조용히 솔바람이 불었다.

관우는 두 부인의 마차를 호위하며 날이 밝기 전에 진국사를 떠났다.

그가 떠나기 전에 장로인 보정에게 정중히 감사의 인사를 하고 무사하기를 기원한다고 말하자 보정이 대답했다.

"소승도 더는 이 절에 머무를 수 없습니다. 가까운 다른 곳으로 유랑을 떠날 생각입니다."

관우는 딱하게 여기며 중얼거렸다.

"저 때문에 장로도 결국 절을 버리고 떠나게 되셨군요. 훗날 다시 만날 때는 반드시 이 은혜에 보답하겠소."

보정은 껄껄 웃으며 대답했다.

"산봉우리에 머무르는 것도 구름, 산봉우리를 떠나는 것도 구름, 만나는 것도 구름, 헤어지는 것도 구름, 무엇을 확실히 정할 수 있겠소? 안녕히 가십시오."

그를 따라 다른 스님들도 모두 관우와 두 부인이 탄 마차를 배웅했다. 이렇게 해서 날이 밝을 무렵 관우 일행은 기수관(하남성, 낙양 교외)을 지났다.

영양 태수 왕식王植은 이미 급보를 받았으나 문을 열어 몸소 일행을 맞아들이고 매우 정중하게 객사로 안내했다.

저녁 무렵 사자가 와서 고했다.

"태수 왕식께서 장군의 여독을 풀어드리고자 작은 연회를 마련하였습니다."

그러나 관우는 두 부인의 곁을 한시도 떠날 수 없다며 초대를 거절하고 사졸들과 함께 말에게 여물을 주고 있었다.

왕식은 오히려 기뻐하며 종사 호반胡班을 불러 은밀히 계책을 알려주었다.

"알겠습니다."

호반은 즉시 1,000여 명의 병사를 이끌고 이경二更(21시~23시)쯤에 관우의 객사를 조용히 멀리서 포위했다.

그리고 잠들기를 기다렸다가 객사 주위에 객사 안으로 던지기 위한 횃불을 잔뜩 준비해놓고, 마른 잡목에 화약을 묶은 것을 책문 안팎으로 옮겨 쌓게 했다.

"기회가 왔다."

이제 신호만 보내면 되었으나 아직 객사의 한 방에서 등불이 어른거리는 것이 왠지 마음에 걸렸다.

'참으로 잠이 없는 놈이군. 뭘 하고 있는 거야?'

호반이 살며시 다가가서 방 안을 엿보았다.

그러자 빨간색 양초같이 붉은 얼굴에 칠흑 같은 수염을 길게 기른 고사高士가 책상에 팔꿈치를 괸 채 책을 읽고 있었다.

'앗……? 이 사람이 관우구나. 정말 소문대로 이 사람은 세상의 여느 장군과 다르다. 마치 천상의 무신을 보는 것 같아.'

그가 저도 모르게 그 자리에 무릎을 꿇자 관우는 얼굴을 들어 조용히 물었다.

"누구냐?"

도망칠 생각도 숨을 생각도 없었다. 그는 공손하게 인사하고 대답했다.

"왕 태수의 종사 호반이라고 합니다."

"뭐, 종사 호반이라고?"

관우는 책 사이에서 한 통의 편지를 꺼내 호반에게 건넸다.

"아, 이것은 제 아버님께서 저에게 보낸 서찰이 아닙니까?"

놀라서 읽더니 이윽고 크게 탄식하며 왕식의 계략을 숨김없이 털어놓았다.

"만약 지금 아버님의 편지를 읽지 않았다면 저는 천하의 충신을 죽였을지도 모릅니다."

그는 한시라도 빨리 이곳에서 떠나라고 재촉했다.

관우도 놀라 우선 두 부인을 마차에 태우고 객사의 뒷문으로 탈출했다.

　시끄러운 바퀴 소리를 듣고 팔방에서 횃불이 날아왔다. 객사를 둘러싸고 있던 마른 가지와 화약이 한꺼번에 폭발하여 불길이 활활 타오르며 길을 붉게 물들였다.

　그날 밤 왕식은 성문을 지키며 대비하고 있었으나 오히려 분노한 관우의 청룡도에 맞아 목숨을 잃었다.

ııı　五　ııı

　호반은 관우를 쫓는 척하면서 성 밖 10여 리까지 추격했으나 동쪽 하늘이 밝아오자 멀리서 활을 흔들며 다른 사람 몰래 관우에게 이별을 고했다.

　며칠 후 관우 일행은 활주滑州(하남성, 황하의 나루)의 시성市城으로 들어갔다.

　태수 유연劉延은 활과 창을 든 병사들을 거리에 늘어세우고 관우를 맞이하며 시험삼아 물어보았다.

　"이 앞에는 큰 강이 있소. 장군은 어떻게 건널 생각이오?"

　"물론 배로 건널 생각이오만."

　"황하 나루에는 하후돈의 부하 진기秦琪가 요해를 지키고 있소. 장군이 건너가는 것을 틀림없이 허락하지 않을 텐데요?"

　"태수께서 부디 배를 빌려주시어 우리를 무사히 건너갈 수 있게 해주시오."

　"배는 많이 있지만 장군에게 빌려줄 배는 없소이다. 조 승상으로부터 그런 분부는 없었소."

　"아무 도움이 안 되는 자로군."

관우는 웃으며 중얼거리고는 그대로 마차를 밀게 하고 진기의 진영으로 향했다.

나루 어귀에 제법 사나워 보이는 병사들을 좌우에 거느린 채 말 고삐를 잡고 표범의 눈썹에 개의 이빨을 한 우악스러운 무장이 서 있었다.

"멈춰라. 넌 누구냐?"

"그대가 진기인가?"

"그렇다."

"나는 한나라의 수정후 관우다."

"어디로 가느냐?"

"하북으로 간다."

"고문을 보여라."

"없다."

"승상의 고문이 없으면 통과는 허락할 수 없다."

"조 승상도 한나라의 신하, 나도 한나라의 신하다. 어찌 조조의 명령을 기다리겠느냐?"

"날개가 있다면 날아서 지나가 봐라. 그렇게 큰소리를 치니 더더욱 지나가게 할 수 없다."

"진기, 소식을 듣지 못했느냐?"

"무슨 소식?"

"도중에 내 앞길을 막는 자는 모두 몸통에서 머리가 떨어져 나간 사실 말이다. 이름도 없는 하급 장수인 주제에 안량과 문추보다 뛰어나다고 자만심에 빠져 있다니 딱하구나. 쓸데없이 목숨을 버리지 말고 저리 비켜라."

"닥쳐라. 내 실력이나 보고 나서 지껄여라."

진기는 그렇게 내뱉더니 바로 검을 휘두르며 달려들었다. 그의 병사들도 관우의 앞과 뒤에서 일제히 큰 소리로 외치며 덤벼들었다.

"아아, 어리석은 놈들. 구할 길이 없구나."

청룡언월도는 이번에도 바람을 부르고 피를 뿌렸다.

진기의 목이 땅에 떨어졌다. 그리고 그 목은 적토마의 발굽에 차이고 도망치는 부하들의 발에 밟히며 피와 모래가 엉겨붙어 시커메졌다.

관우는 부두의 울타리를 부수고 배를 매어두는 곳의 문을 점령해버렸다. 덤벼드는 잡병들을 쫓아버리고 튼튼해 보이는 배를 한 척 빼앗아 두 부인이 탄 마차를 싣자마자 밧줄을 풀고 돛을 올려 황하를 건너기 시작했다.

마침내 하남의 기슭을 떠났다. 북쪽 기슭은 하북 땅.

관우는 큰 강과 넓은 하늘을 향해 숨을 내쉬었다.

돌아보면 도성을 나와 다섯 개의 관문을 돌파하고 여섯 명의 장수를 베었다.

허도를 출발해서 거쳐온 땅은 다음과 같다.

양양(한구漢口에서 한수漢水 상류로 280킬로미터).

패릉교(하남성, 허주).

동령관(하남성 허주에서 낙양으로 가는 도중).

기수관(낙양 교외).

활주(황하의 나루).

'용케 여기까지 왔구나.'

관우는 생각했다.

앞으로 가야 할 천산만수千山萬水(천 개의 산과 만 개의 내라는 뜻으로, 많은 산과 여러 갈래의 많은 시내를 이르는 말)에는 어떤 고난이 기다리고 있을까, 기쁜 날도 있을까? 그것은 아직 미지수다.

그러나 함께 출발한 두 부인은 여기까지 왔으니 이제 됐다는 듯 벌써 유현덕과 만날 날을 마음속에 그리며 넋을 잃고 강물을 바라보고 있었다.

탕아

배가 북쪽 기슭에 도착하자 마차를 육지로 내렸다. 주렴을 내려 두 부인을 숨기고 다시 쓸쓸한 바람과 넓은 초원을 지나는 여행을 계속했다.

그리고 며칠이 지난 어느 날이었다.

맞은편에서 말을 탄 나그네 한 명이 다가왔다. 자세히 보니 여남에서 헤어진 손건이었다.

서로 우연히 다시 만난 것을 기뻐하며 먼저 관우가 물었다.

"전에 한 약속이 있어서 어딘가에서 마중을 나오지 않을까 싶었는데 나오지 않아 이곳에 올 때까지 걱정하고 있었네. 무슨 일이 있었나?"

"실은 원소의 진영에 이런저런 내분이 일어났습니다. 그 때문에 여남의 유벽劉辟과 공도龔都가 사명을 띠고 하북의 사자로 갔던 계획이 모두 어긋나버렸습니다. 그렇지 않았다면 원소를 설득해서 유 황숙을 여남에 파견하게 하고 저는 도중에서 일행을 기다렸다가 만날 생각이었습니다."

"그건 그렇고, 어쨌든 그럼 지금 유 황숙께서는 여전히 원소와 함께 있다는 말인가?"

"아닙니다. 불과 2, 3일 전에 제가 가서 은밀히 이야기를 나눈 후 하북을 탈출하여 여남으로 가셨습니다."

"그렇다면 그 후의 안부는?"

"아직 모릅니다. 장군과의 약속도 있고, 두 부인도 걱정되어 제가 먼저 서둘러 온 것입니다. 장군도 아무것도 모른 채 이대로 하북으로 가셨다면 제 발로 함정 속으로 걸어 들어가는 꼴이었을 것입니다. 위험이 눈앞에 있습니다. 바로 방향을 틀어 여남으로 가십시오."

"알려줘서 고맙네. 그럼 유 황숙만 무사히 도망치셨다면 여남에 가서 뵐 수 있다는 말인데."

"그렇습니다. 유 황숙도 얼마나 기다리셨는지 모릅니다. 어쨌거나 하북의 진중에 있을 때는 끊임없이 주위에 있는 자들에게 홀대를 당했고, 원소에게는 두 번이나 죽임을 당할 뻔했으니까요."

손건이 그동안 인고의 세월을 보낸 유비의 일상을 낱낱이 이야기하자 마차 안에서 듣고 있던 두 부인은 흐느껴 울었고 관우 역시 저도 모르게 눈물을 흘렸다.

"그래, 조심해야지. 여남은 바로 코앞에 있지만 무슨 일이든 마지막 순간에 방심해서 생각지도 못한 일이 일어나니까⋯⋯. 손건, 앞장서서 길을 안내해주게."

관우는 스스로를 경계함과 동시에 하인들에게도 주의를 주었다.

"잘 알겠습니다."

그들은 방향을 틀어 여남 쪽 하늘을 바라보며 길을 서둘렀다.

아직 멀리 가지 않았을 때였다. 뒤에서 흙먼지를 일으키며 말을 타고 쫓아오는 300명 정도의 군대가 있었다. 관우 일행은 순식간에 따라잡혔다. 관우는 손건에게 마차를 지키게 하고 자신은 혼자 뒤돌아서 적이 오기를 기다렸다.

그런데 앞장서서 달려오는 대장을 보니 한쪽 눈이 애꾸였다.

'그렇다면 조조의 휘하에서 무용이 가장 뛰어난 장수인 하후돈이 아닌가.'

관우도 온몸의 털을 곤두세우고 청룡도를 고쳐 잡았다.

"거기 있는 것이 관우인가?"

하후돈이 소리치자 관우도 큰 소리로 대답했다.

"보는 바와 같다!"

호랑이를 보면 용이 성을 내고 용을 보면 호랑이가 포효한다. 쌍방 모두 온몸이 살기로 가득 차 있었다.

"네놈은 멋대로 오관五關을 깨고 여섯 명의 장수를 죽였다. 게다가 내 부하 진기마저 베었다고 들었다. 너의 목을 내놓던지 나의 오라를 받아라!"

관우는 이 말을 듣더니 크게 웃으며 대답했다.

"전에 승상과 좌담 중에 이런 이야기를 하여 허락을 받은 일이 있다. 내가 돌아가려고 하는 데 만약 내 앞길을 막는 자가 있다면 모두 죽여 시체의 산을 쌓고 피의 강을 건너 돌아가겠다고. 지금은 그 말을 이행하고 있을 뿐이다. 너 역시 나에게 피의 이별 선물을 주러 왔느냐?"

||| 二 |||

"참으로 가증스럽구나! 방약무인하게 큰소리나 치는 이 건방진 놈아!"

하후돈은 외눈으로 노려보며 불같이 화를 냈다.

어느 틈에 그가 내뻗은 어골창魚骨鎗이 관우의 수염을 살짝 스치고 지나갔다.

딱! 관우의 언월도와 맞부딪쳐 어느 하나가 부러지는 듯한 소리가 났다. 적토마는 주인과 함께 싸우는 듯 입을 벌리고 사나운 입김을 뿜으며 분발했다.

10합, 20합…… 하후돈의 어골창과 관우의 언월도는 불꽃을 튀기며 싸웠다.

그런데 저쪽에서 목이 쉬도록 소리 지르며 말을 타고 달려오는 사람이 있었다.

"멈추시오! 두 장군은 당장 싸움을 멈추시오."

조조의 급사였다.

그는 오자마자 말 위에서 조조가 직접 쓴 고문을 내보이며 싸움을 말렸다.

"관 장군의 충의를 높이 사서 관문과 나루터를 모두 무사히 통과시키라는 엄명이 계셨습니다. 친서를 가지고 왔습니다."

그러나 하후돈은 그것을 보려고도 하지 않고 오히려 추궁하듯 물었다.

"승상은 관우가 여섯 명의 장수를 죽이고 오관을 깨부순 것을 알고 계시느냐?"

고문은 그보다 앞서 상부에서 내려온 것이라고 사자가 대답하자 하후돈은 더욱더 득의양양해져서 소리쳤다.

"그것 봐라. 그 사실을 아셨다면 고문 따위를 내리셨을 리 없다. 이렇게 된 이상 저놈을 사로잡아 도성으로 끌고 가서 승상의 처분을 받도록 하겠다."

호기가 대단한 하후돈은 끝까지 관우를 이대로 놓아주려고 하지 않았다.

다른 사람이 끼어들 틈도 없이 두 영웅의 결투는 다시 시작되었다. 그때 두 번째 파발마가 달려와 소리쳤다.

"두 장군 모두 무기를 거두시오. 승상의 명령이오."

하후돈은 창을 든 손을 멈출 기색도 없이 소리쳤다.

"명령이란 이놈을 산 채로 잡아오라는 명령이겠지? 당연히 그럴 것이다. 알았다, 알았어."

사자는 선뜻 다가가지 못하고 멀리서 큰 소리로 외쳤다.

"그렇지 않습니다. 도중에 있는 관소에서 고문이 없으면 통과시키지 않을 것이 분명하니 틀림없이 관소마다 어려움을 겪을 것을 나중에 생각해내시고 잇달아 세 번이나 고문을 내리신 것입니다."

그러나 여전히 하후돈은 들으려 하지 않았다. 관우도 굳이 그의 양해를 구하려 하지 않았다.

말도 지치고 사람도 지칠 무렵이었다. 또 다른 사람이 말을 타고 달려오자마자 질타하기 시작했다.

"하후돈! 고집 좀 그만 부리게. 승상의 명령을 거역할 셈인가!"

그는 허도에서 급히 말을 타고 달려온 장료였다.

하후돈은 비로소 말을 물리고 얼굴에 땀을 줄줄 흘리며 말했다.

"오, 자네까지 왔는가."

"승상의 걱정이 이만저만이 아니시네. 자네의 그 쓸데없는 고집 때문에."

"뭐가 걱정이신가?"

"동령관의 공수가 관우의 앞길을 막다가 목숨을 잃은 것을 아시고 '내가 미처 생각 못 한 죄다. 만약 앞으로도 같은 사건이 발생한다면 각지의 태수를 쓸데없이 죽게 만드는 것이다.'라며 급히 고문을 내리셔서 두 번이나 사자를 보냈으나 여전히 마음이 놓이지 않으시는지 나까지 보낸 것이네."

"이자가 대체 뭐길래 그렇게까지 온정을 베푸시는가?"

"자네도 관우처럼 충절을 다하기 위해 노력하게."

"설마 내가 그보다 못하다는 말인가?"

지기 싫어하는 성격인 하후돈은 침을 뱉더니 여전히 화를 내며 말했다.

"관우의 손에 목숨을 잃은 진기는 원비장군 채양의 조카로 채양이 특별히 나를 믿고 맡긴 사람이네. 그런 그를 잃고 어찌 내가……."

"그만하래도. 채양에게는 내가 잘 설명할 테니, 어쨌거나 승상의 명령을 따르게."

장료가 달래듯 말하자 하후돈도 결국 마지못해 병사들을 수습하여 돌아갔다.

||| 三 |||

장료는 뒤에 남아서 관우에게 이해할 수 없다는 표정으로 물었다.

"갑자기 길을 바꿔서 대체 어디로 갈 생각이었소?"

관우가 솔직하게 대답했다.

"유 황숙이 원소에게서 탈출하여 이미 하북에는 없다는 말을 도중에 들어서."

"아아, 그렇소? 만약 유 황숙의 행방을 아무리 해도 찾을 수 없거든 다시 도성으로 돌아와서 승상의 은혜로운 마음을 받으시기 바랍니다.”

“무인이 일단 걸음을 내디뎠소. 어찌 다시 발길을 돌리겠소? 혀를 움직이는 것조차 한마디 말이 금철金鐵과 같다는 말이 있소. 유 황숙의 행방을 모를 때는 천하를 샅샅이 뒤져서라도 반드시 만날 생각이오.”

장료는 말없이 도성으로 돌아갔다. 헤어질 때 관우는 승상에게 신의에 대한 감사의 말과 함께 소중한 부하의 목숨을 빼앗은 것에 대한 사과의 말을 전해달라고 했다.

마차는 손건의 호위를 받으며 먼저 갔다. 그러나 적토마의 다리로 따라잡는 것은 어려운 일이 아니었다.

앞서가는 마차도, 뒤따라가는 관우도 차가운 비에 젖었다.

그래서 그날 하룻밤 신세를 지게 된 민가의 화롯불에 사람들은 옷가지 따위를 말렸다.

이 집 주인은 곽상郭常이라는 자로 선량한 사람이었다.

양을 잡아 고기를 굽고 술을 데워 내오며 손님들의 여독을 풀어 주었다.

시골집이지만 별채도 있었다.

두 부인은 그곳에서 쉬었다.

옷도 말랐기 때문에 관우와 손건은 밖으로 나와 말에게 여물을 주고 따르는 하인들에게도 술을 나눠주었다.

그런데 이 집 담장 밖에서 여우처럼 의심 많은 눈을 한 젊은이가 계속해서 엿보고 있다가 이윽고 거리낌 없이 들어와서는 큰 소리로 말했다.

"뭐야? 오늘 밤의 이 성가신 자들은."

"쉿……. 고귀한 손님들에게 어찌 이리도 버릇없이 구느냐?"

주인 곽상이 나무랐다.

나중에 화로에 둘러앉아 이야기를 나누던 중 곽상이 눈물을 흘리며 관우와 손건에게 푸념을 늘어놓았다.

"조금 전의 그 막돼먹은 녀석이 제 아들입니다만, 저렇게 밤낮으로 사냥만 하고 농사나 공부에는 도통 관심이 없으니 참으로 감당하기 힘듭니다."

"뭐, 아직은 포기할 단계가 아닌 듯한데. 사냥도 무예의 하나. 머지않아 유학이나 집안일에도 힘쓸 테고."

두 사람이 위로하자 곽상은 이렇게 덧붙였다.

"아닙니다. 사냥만 하고 다니면 괜찮습니다만, 마을의 불량배들과 어울리며 노름을 하고, 술과 여자를 끊지를 못합니다. ……때로는 내 자식이지만 정나미가 뚝 떨어진 적도 한두 번이 아닙니다."

그날 밤 모두 잠든 뒤 사건 하나가 일어났다.

대여섯 명의 도둑들이 몰래 숨어들어와 마구간의 적토마를 훔치려 했다. 그러나 그중 한 명이 사나운 적토마의 말발굽에 차여 비명을 질렀고, 그 소리에 모두가 일어나서 큰 소동이 벌어졌다.

손건과 마차를 끌고 온 하인들이 포위하고 보니 그중 한 명이 초저녁에 본 이 집의 탕아였다. 염주 꿰듯 줄줄이 묶어서 베어버리라며 손건이 호통쳤을 때 이 집 주인인 곽상이 관우 앞으로 통곡하며 달려나왔다.

"자비를 베풀어주십시오. 저렇게 막돼먹은 놈이지만, 저의 늙은 아내는 저 녀석이 없으면 살아갈 보람이 없을 정도로 사랑하고 있습니다. 부디 자비를 베풀어 목숨만은 살려주십시오."

그는 열 번이 넘게 멍석에 머리를 조아리며 애원했다.

결국 관우의 한 마디로 도둑들은 풀려났다.

곽상 부부는 아들의 은인이라며 이튿날 아침에도 나란히 머리를 조아리며 거듭 인사를 했다.

"이렇게 훌륭하신 부모를 두고 감사할 줄 모르는 녀석이군. 이리 불러오게. 하룻밤 신세 진 값으로 내가 직접 훈계해보겠네."

관우의 말에 노부부는 기뻐하며 데리러 갔으나 탕아는 이미 집에 없었다. 하인들의 말에 따르면 새벽녘에 불량배 대여섯 명과 함께 어디론가 가버렸다는 것이다.

||| 四 |||

다음 날은 산악 지방으로 접어들었다.

고개 하나를 넘었을 때였다. 100명 정도의 부하를 거느린 산적 두목이 길을 막아서며 말 위에서 소리쳤다.

"나는 황건적의 잔당, 대방 배원소裵元紹다. 이 산속을 무사히 지나가고 싶으면 그 적토마를 내놓고 가거라."

관우는 어이없어하며 왼손으로 자신의 수염을 잡고 물었다.

"이걸 모르는가?"

그러자 배원소가 깜짝 놀란 듯 말했다.

"수염이 길고 얼굴이 붉고 눈이 길게 찢어진 장군이라면 관우라는 소문은 들었다……. 그렇다면 그 관우가?"

"네 눈앞에 있는 사람이다!"

"앗, 그러고 보니."

놀라서 말에서 뛰어내린 배원소는 갑자기 뒤에 있던 부하들 사이에서 젊은이 한 명을 끌고 나오더니 그의 머리채를 잡고 땅바닥에 꿇어 앉혔다.

관우는 그가 무슨 의도로 그렇게 하는지 몰랐다.

"장군, 이 애송이를 보신 적이 없습니까? 산기슭에 사는 곽상의 아들로……."

"오, 그 탕아인가?"

"실은 저의 산채에 와서 오늘 고개를 넘는 여행객이 천하의 명마 적토마를 타고 있고 재물도 가지고 있으며 여자도 데리고 있다며 자신의 몫을 요구했습니다. 이렇게 말해도 산적 주제에 고상한 척한다며 비웃으실지 모르겠습니다만, 재물이나 여자 따위에 관심이 있는 것이 아닙니다. 그러나 천하의 적토마라는 말을 듣고 꼭 내가 가져야겠다고 생각했습니다. 관우 장군이라고는 생각지도 못하고……."

"알았네. 그 탕아는 어젯밤부터 이 말을 노리고 있었네. 그러나 혼자 힘으로는 안 될 것 같으니 자네의 산채로 도둑질을 부추기러 간 모양이군."

"파렴치한 놈."

배원소는 그의 목을 누르더니 갑자기 단검으로 그 목을 베려 했다.

"아, 멈추게, 멈춰. 그 탕아를 죽여서는 안 돼."

"왜 그러십니까? 이놈의 목을 바쳐 사죄할 생각이었는데."

"놓아주게. 그 탕아에게는 늙은 부모가 계시네. 그 부모에게 우리 일행이 하룻밤 은혜를 입었네."

"아, 역시 소문대로 관우 장군이십니다."

배원소는 그렇게 말하고 탕아의 멱살을 잡아 땅바닥에 내동댕이쳤다. 탕아는 겨우 목숨을 건져 골짜기 아래로 도망쳤다.

관우는 산적 두목인 그가 말끝마다 자신에게 존경심을 나타내기에 어떻게 자신을 알고 있는지 물었다.

배원소는 대답했다.

"여기서 20리 정도 떨어진 와우산臥牛山(하남성 개봉 부근)에 관서의 주창周倉이라는 인물이 살고 있습니다. 갈비뼈가 판자와 같고 수염을 길렀으며 양손으로 천근을 든다는 호걸입니다만, 그가 장군을 몹시 흠모하고 있습니다."

"어떤 사람인가?"

"원래는 황건적인 장보張寶를 따랐습니다만, 지금은 산림에 숨어서 단지 장군의 위명威名을 흠모하며 언젠가 뵐 날이 있을 것이라고 했습니다. 그 주창으로부터 저도 늘 소문을 듣고 있었습니다."

"산중에도 그런 인물이 있단 말인가. 자네도 주창과 절친한 사이라면 부정한 것을 억제하고 바른 것을 따라 밝은 인도人道를 걷는 삶을 사는 것이 어떻겠나?"

배원소는 마음을 고쳐먹을 것을 맹세했다. 그리고 산길 안내를 맡아 약 10여 리를 가자 맞은편 땅 위에 한 무리의 사람들이 앉아서 무릎을 꿇고 절을 하고 있었다.

가까이 가서 보니 그중에서도 대장 한 명이 길가에 웅크리고 앉아 관우와 손건 그리고 마차의 바퀴 자국에 절을 하고 있었다.

배원소는 말을 멈추고 관우에게 부탁했다.

"장군, 저기 마중 나온 자가 관서의 주창입니다. 부디 그에게 말이라도 한마디 건네주시기 바랍니다."

고성의 굴

ⵘ 一 ⵘ

무슨 생각을 했는지 관우가 말에서 내려 성큼성큼 주창에게 다가갔다.

"자네가 주창인가. 어찌 그리도 스스로를 낮추는가. 우선 일어서도록 하게."

그는 주창을 부축해 일으켰다.

주창은 일어섰으나 여전히 자신을 몹시 부끄럽게 여기는 듯이 말했다.

"각지에서 대란이 일어났을 때 황건적 패거리에 섞여 자주 전장에서 모습을 뵈었습니다. 도적의 난리가 평정된 후에도 이전에 지은 죄가 있기에 산속에 숨어 결국 도적의 무리로 살았습니다. 이런 처지에서 장군을 뵙게 된 것이 원망스럽기도 하지만 하늘의 선물인 것 같아 감사하기도 합니다. 장군, 부디 이 말 뼈다귀 같은 저를 거두어주십시오. 구해주십시오."

"거두어달라? 구해달라?"

"장군을 모실 수만 있다면 말을 끄는 보졸이라도 상관없습니다. 부정한 길에서 벗어나 정도를 걷고 싶습니다."

"아, 자네는 참으로 선한 사람이군."

"부탁입니다. 그리만 된다면 죽어도 여한이 없습니다."

"그럼, 이 많은 부하는 어쩔 생각인가?"

"장군의 고명을 듣고 저와 마찬가지로 모두 장군을 늘 흠모하고 있습니다. 제가 장군을 따른다고 하면 모두 저와 뜻을 같이할 것입니다."

"잠시 기다리게. 두 부인께 여쭤볼 테니."

관우는 조용히 마차 옆으로 가서 두 부인의 뜻을 물어보았다.

"저희는 여자이니, 장군의 뜻에 따라⋯⋯."

감 부인이 말했다. 그러나 여기에 올 때까지, 예를 들면 동령의 요화만 해도 산적을 거느리면 옛 주군의 이름에 누가 될지 모른다며 거절한 예도 있으니 세상 사람들이 어떻게 생각할지 모르겠다고 잠시 후 덧붙여 말했다.

"지당하신 말씀입니다."

관우는 감 부인의 의견에 동의했다. 그리고 주창에게 돌아가 진심으로 안타깝다는 듯이 말했다.

"두 부인께서는 자네를 받아들이는 것에 반대하셨네. 우선 산채로 돌아가 다음 기회를 기다리는 것이 좋을 듯하네."

"지당하신 말씀입니다. 몸은 녹림에 있고 재주는 필부이니 감히 부탁드리기도 송구할 따름입니다. 그러나 오늘은 저에게 있어서 천재일우라 할 수 있을 것입니다. 아니면 맹귀부목盲龜浮木(눈먼 거북이가 물에 뜬 나무를 만난다는 뜻으로 좀처럼 만나기 어려운 행운을 만나는 것을 말한다)이라 할 수 있을지도 모릅니다. 참으로 놓치고 싶지 않은 기회입니다. 이제는 하루도 악업惡業을 쌓으며 살고 싶지 않습니다."

주창은 통곡하듯이 말했다. 진정으로 호소하면 사람의 마음을 움직이지 못할 것도 없다고 생각하며 매달렸다.

"······부디, 부디, 저를 사람으로 만들어주십시오. 지금 장군을 우러르는 것은 우물 밑에서 태양을 우러르는 것과 같습니다. 이 한 가닥의 인연이 끊어지면 언제 다시 밝은 인도를 따라 살 수 있을지 모릅니다······. 만약 부하들을 거느리고 가는 것이 세상 사람들의 이목 때문에 신경 쓰이신다면 부하들은 잠시 배원소에게 맡기고 이 한 몸만 말고삐를 잡고 따라가게 해주십시오."

관우는 그의 진심이 담긴 호소에 마음이 움직여서 다시 두 부인에게 물었다.

"참으로 딱한 사람이군요. 그의 바람을 들어주도록 하세요."

두 부인의 허락에 관우도 기뻐했고 주창은 말할 것도 없이 뛸 듯이 기뻐하며 태양을 향해 소리쳤다.

"아, 감사합니다!"

그러나 배원소는 주창이 간다면 자신도 따라가고 싶다고 관우에게 호소했다.

주창이 그를 설득했다.

"자네마저 부하들을 맡아주지 않으면 모두 뿔뿔이 흩어져서 마을로 내려가 어떤 악행을 저지를지 모르네. 훗날 반드시 부를 테니 잠시 나를 위해 산에 남아주게."

할 수 없이 배원소는 부하들을 수습하여 산채로 돌아갔다.

소원을 이룬 주창은 계속되는 산길을 몸을 아끼지 않고 앞장서서 마차를 밀며 갔다.

이윽고 목적지인 여남에 가까운 경계까지 왔다.

그날 일행은 문득 앞에 보이는 험준한 산중턱에 고성이 하나 있는 것을 발견했다. 흰 구름이 망루와 돌문을 느슨하게 감싸고 있었다.

　　"그런데 저 고성에서 연기가 피어오르고 있군. 누가 살고 있나?"

　　관우와 손건이 손그늘을 만들어 보고 있는 사이에 주창은 눈치 빠르게 어딘가로 달려가더니 마을 사람을 데리고 왔다.

　　사냥꾼으로 보이는 그는 사람들의 물음에 이렇게 대답했다.

　　"석 달쯤 전의 일입니다. 이름이 장비라고 하는 무시무시한 장수가 40~50명쯤 되는 부하들을 이끌고 와서 느닷없이 고성을 공격하여 이전부터 그곳에 살며 위세를 떨치던 1,000여 명의 불량배들을 모조리 퇴치해버렸습니다. 그리고 어느 틈에 해자를 깊게 파고 주위에 방책을 두르더니 근방에서 군량과 말을 그러모으고 병력도 점차 늘려서 지금은 3,000명 이상이 저 성에 살고 있다고 합니다……. 여하튼 마을의 관리나 나그네도 두려움에 떨며 저 산기슭에는 접근하지 않습니다. 여러분도 조금 멀리 돌아가더라도 안전하게 이 산봉우리를 남쪽으로 돌아서 여남으로 가는 편이 좋을 듯싶습니다."

　　아무렇지 않은 척 듣고 있었으나 관우는 마음속으로 뛸 듯이 기뻐하고 있었다.

　　마을 주민을 돌려보낸 후 바로 손건을 돌아보며 말했다.

　　"지금 이야기를 들었나? 틀림없이 의제 장비네. 서주가 몰락한 이후 각자 흩어진 지 반년이 지났는데 뜻밖에도 여기서 만나다니.

손건, 자넨 즉시 저 고성으로 달려가 장비를 만나 자세한 이야기를 하고 두 부인의 마차를 마중 나오라고 전해주게."

"알겠습니다."

손건도 힘이 나는지 즉시 말에 올라 출발했다.

말은 순식간에 계곡을 달려 내려가더니 다시 맞은편 산기슭을 돌아 이윽고 목적지인 고성 아래로 다가갔다.

그 옛날 어떤 왕후王侯가 살았던 곳일까? 규모가 엄청난 산성이었으나 성벽과 망루는 모두 풍화되고 겨우 문과 돌계단 따위만 수리된 듯했다. 손건이 자신의 이름을 대고 만나러 온 취지를 말하자 보초가 부장에게, 부장이 장비에게 전했다.

"손건이 올 리가 없다. 가짜일 것이다."

장비의 우레 같은 목소리가 중문에서 들렸다. 손건은 자신도 모르게 문 옆에서 소리쳤다.

"날세, 나 손건이야."

"정말 자네인가? 여기까지 어떻게 왔는가?"

장비는 여전히 기운이 넘쳤다. 높은 돌계단 위에서 손을 들어 손건을 부르며 맞이했다. 이윽고 안내된 산중턱의 한 방으로 들어갔다. 장비는 이곳에 자리를 잡고 왕 노릇을 하고 있는 듯했다.

"절경이로다. 참으로 좋은 곳에 자리를 잡았군. 여기에 1만의 병마와 3년치 먹을 양식만 있으면 주 하나를 손에 넣는 건 식은 죽 먹기겠어."

손건의 말에 장비는 껄껄 웃으며 대답했다.

"아직 여기서 산 지 석 달밖에 지나지 않았네만 벌써 3,000명의 병사가 모였네. 한 주뿐만 아니라 열 주, 스무 주도 정벌하여 유비

형님의 소재만 알면 고스란히 바칠 생각이네만, 자네도 나의 한쪽 팔이 되어 도와주게."

"유 황숙을 위해서라면 도와주고 말고가 어디 있겠나? 우리는 모두 한몸이 아닌가. 실은 오늘 여기에 온 것은 유 황숙의 두 부인을 호위하여 여남으로 가는 중인 관우 장군의 지시에 의해 내가 먼저 온 것이네. 바로 고성을 나가 두 부인의 마차를 맞이하세."

"뭐, 관우 형님이 오셨다고?"

"허도를 떠나 앞으로 여남의 유벽을 찾아갈 예정이네. 거기에는 하북의 원소에게 잠시 몸을 의탁했던 주공이 먼저 와 계실 것이네."

손건이 전후의 경위를 자세히 설명하자 장비는 무슨 생각을 했는지 갑자기 성안의 부하들에게 출진 명령을 내리고 자신도 장팔사모를 집어 들더니 말했다.

"자넨 나중에 오게."

그러고는 빠른 구름처럼 산굴 문에서 달려나갔다.

그 모습이 아무래도 심상치 않아 홀로 남겨진 손건도 급히 말에 올랐다.

||| 三 |||

폭이 넓은 골짜기를 따라 1,000여 기의 병마가 이쪽을 향해 올라오고 있었다. 두 부인이 탄 마차를 세우고 기다리던 사람들은 반색하며 서로 떠들어대고 있었다.

"저것 좀 봐. 장비 장군이 벌써 병사들을 이끌고 마중하러 나오셨어."

그러나 이윽고 그곳에 도착한 장비는 급히 달려와 숨을 헐떡거리는 말 위에서 장팔사모를 꼬나 쥐고 호랑이 수염을 곤두세우더니 무서운 표정으로 소리쳤다.

"관우는 어디 있느냐? 관우, 관우!"

"오오, 장비구나. 오래간만이군. 잘 있었느냐?"

관우는 장비의 목소리를 듣고 아무 생각 없이 앞으로 나왔다. 장비는 느닷없이 창으로 찌르며 벼락이 나무를 쪼개듯 흥분하여 덤벼들었다.

"여기 있었구나! 이 사람도 아닌 놈아!"

놀란 관우가 맹렬한 기세로 찔러오는 그의 창을 피하면서 물었다.

"무슨 짓이냐? 장비, 사람도 아닌 놈이라니 그게 무슨 말이야?"

"사람도 아닌 놈이라는 말을 모른다면 불의한 놈이라고 하마. 무슨 낯짝으로 뻔뻔하게 나를 만나러 왔느냐?"

"알 수 없는 소리를 하는군. 내가 무슨 불의를 저질렀다는 말이냐?"

"닥쳐라. 조조를 섬기며 수정후에 봉해져 실컷 부귀를 누리며 의를 잊고 살다가 허도의 분위기가 심상치 않으니까 이곳으로 도망 와서 뻔뻔하게 나를 속이겠다는 것이 아니냐? 한때 의형제가 될 것을 맹세했으나 개만도 못한 놈을 형으로 모실 수는 없다. 자, 승부를 가리자, 승부를! 네놈을 처벌해야 나는 살 수 있을 것이다. 네 놈이 살아 있다면 나는 죽는 편이 낫다. 자, 덤벼라, 관우!"

"아하하하, 불같은 성미는 여전하군. 내 입으로 변명은 하지 않겠다. 두 부인에게 허도에서 있었던 일을 자세히 듣도록 해라."

"이놈이 웃어?"

"웃지 않을 수가 있어야지."

"더는 참을 수 없다."

장팔사모를 휘두르며 다시 한번 관우를 찌르려 하자 마차 안의 두 부인이 황급히 얼굴을 내밀며 소리쳤다.

　　"장비, 장비 장군. 어째서 충의로운 분에게 그렇게 화를 내는 거죠? 참으세요."

　　장비는 고개만 돌리고 말했다.

　　"아닙니다. 형수님, 놀라지 마십시오. 이 불의한 자를 처치한 후에 저의 고성으로 가십시다. 이렇게 양다리를 걸치는 놈에게 속아서는 안 됩니다."

　　감 부인은 슬퍼하며 나오지 않는 목소리를 쥐어 짜내어 장비가 오해하고 있다고 빠르게 말하며 타일렀지만 차분하게 다른 사람의 말에 귀를 기울일 장비가 아니었다.

　　"관우가 무슨 말을 하더라도 진정한 충신이라면 두 주군을 섬길 수 없소!"

　　이렇게 말하면서 장비는 들으려 하지 않았다.

　　마침 손건이 와서 그렇게까지 자신이 자세히 설명했음에도 불구하고 이런 태도를 보이는 장비를 보고 화를 내며 소리쳤다.

　　"이런 멍청한 호랑이 수염아. 무식한 것도 정도가 있어야지. 관장군이 한때 조조에게 항복한 것은 죽음보다 더한 인내와 계책이 있었기 때문이다. 너같이 단순 무식한 놈이 뭘 알겠느냐마는 어서 창을 거두고 관 장군의 말을 차분히 들어봐!"

　　장비는 더욱 격분하여 말했다.

　　"그렇다면 네놈들이 하나가 되어 나를 생포하기 위해 조조의 명령을 받고 온 것이로구나. 좋다. 그렇다면!"

　　"너를 생포하려면 더 많은 병마를 거느리고 와야 하지 않았을까? 보다시피 내가 데리고 온 사졸은 두 부인의 마차를 밀기 위한 인원밖에 되지 않는다. 의심이 너무 심하구나. 하하하하."

하필이면 그때 뒤편에서 한 무리의 군마가 흙먼지를 일으키며 이쪽으로 달려오고 있었다. 장비는 의심이 더 깊어져서 본격적으로 싸울 태세를 취했다.

||| 四 |||

관우는 자세를 취하고 있는 장비를 피해 적토마 위에서 뒤를 돌아보았다.

"저들을 봐라, 장비. 지금 내가 이쪽으로 오고 있는 대군을 물리쳐 너에게 분명한 증거를 보여주마."

"그러고 보니 이쪽으로 오고 있는 것은 조조의 부하들이군. 네놈과 미리 짜고 이 장비를 처치하기 위한 것이로구나."

"아직도 의심하고 있느냐? 그 의심을 눈앞에서 풀어주마. 잠시 거기서 기다려라."

"좋아, 그럼 구경하고 있겠다. 그러나 내 부하가 북을 세 번 칠 때까지 추격군 대장의 머리를 가지고 오지 않으면 나는 즉시 내 의지대로 행동하겠다."

"좋다."

관우는 고개를 끄덕이고 약 반 정町(1정=약 109미터) 정도 말을 몰고 나가 지켜보는 장비와 두 부인의 마차를 뒤에 두고 적병들을 기다렸다.

흙먼지에 휩싸인 마차 위에 세 폭의 화염기火焰旗를 휘날리며 추격군은 순식간에 관우 앞까지 왔다.

관우는 여전히 부동자세로 두 번 정도 소리 높여 외쳤다.

"누가 온 것이냐!"

그러자 철갑으로 완전무장한 장수 한 명이 나오더니 말했다.

"나는 원비장군 채양이다. 네놈이 각지의 관문을 깨부수고 내 조카 진기까지 죽였다고 들었다. 네놈의 목을 따다 승상께 바치고 공으로 네놈이 받은 수정후를 내가 취할 심산으로 왔다. 각오해라. 떠돌이 부랑자야."

"참으로 가소롭구나. 풋내기 같은 놈."

관우가 이렇게 내뱉자마자 뒤에 있는 장비의 부하가 북을 한 번 울렸다.

두 번, 세 번.

세 번째 북소리의 여운이 아직 남아 있을 때 관우는 벌써 술렁거리는 적군 속에서 빠져나와 장비 앞으로 돌아왔다.

"여기 채양의 머리다!"

관우는 장비의 발밑에 채양의 머리를 던지고 다시 적을 공격하러 달려나갔다. 장비가 뒤쫓아가며 말했다.

"확인했소. 역시 관우는 나의 형님이오. 나도 돕겠소."

두 사람은 채양의 병사들을 무참히 짓밟아버렸다.

그렇지 않아도 대장을 잃고 도망칠 궁리만 하고 있던 병사들은 그야말로 추풍낙엽이었다. 우와 비 두 웅장의 말발굽 아래 목숨을 잃은 자, 앞다투어 도망치는 자, 참으로 딱하기 그지없을 정도로 궤멸해버렸다.

장비는 기수 한 명을 생포하여 끌고 왔는데 그자의 자백에 의해 관우에 대한 의심이 완전히 풀렸다.

그의 자백에 의하면 채양은 조카 진기가 황하 기슭에서 죽었다는 말을 듣고 관우에 대한 분노를 억누르지 못하고 계속해서 조조 앞에 나아가 복수하겠다고 했으나 조조가 허락하지 않았다. 그러나 마침 여남의 유벽을 토벌하기 위해 군사를 일으키게 되었고, 채양에게도 명령이 떨어졌다.

채양은 명령을 받자마자 허도를 출발했으나 중도에 여남으로 향하지 않고 관우를 치기 위해 추격해온 것이라고 말했다.

'관우를 살려두는 것은 훗날 승상을 위해 도움이 되지 않는다. 승상은 한때의 정에 이끌려 관우를 놓아주었으나 얼마 지나지 않아 후회할 것이 분명하다.'

이렇게 생각한 채양의 독단이 빚은 참사였다.

포로에게서 자세한 설명을 들은 장비는 겸연쩍은 듯 관우 앞으로 나와 얼굴을 쓸어내리며 말했다.

"형님, 미안하오. 나쁘게 생각 마시오…… 어쨌거나 나의 고성에 와주시오. 천천히 이야기를 나눕시다."

"나에게 두마음이 없다는 것을 이제 알겠느냐?"

"알았소. 알았으니 더는 말하지 마시오."

장비는 몹시 부끄러운 얼굴로 3,000명의 부하에게 두 부인의 마차를 밀고 어서 골짜기를 넘으라고 큰 소리로 명령했다.

형제의 재회

||| 一 |||

그날 밤, 산 위의 고성에서 초란 초에는 모두 불이 밝혀지고 원시적인 음악이 구름 속에서 흐르고 있었다.

두 부인을 맞이하여 장비가 위로 잔치를 연 것이었다.

"여기서 여남은 산 하나만 넘으면 되니 이제 큰 배를 탄 마음으로 안심하시고 마음 편히 계십시오."

그런데 이튿날, 망루에 서 있던 보초병이 성안에 대고 소리쳤다.

"활과 화살을 든 40~50기의 병사들이 성을 향해 곧장 달려오고 있습니다."

"어떤 놈들이냐? 별거 아닐 것이다."

장비가 말하고 직접 남문으로 향했다. 말에 탄 궁수 부대는 모두 남문에서 말을 내렸다. 살펴보니 서주가 몰락할 때 헤어진 미축, 미방 형제가 그 속에 섞여 있었다.

"아니, 미 형제 아닌가?"

"오, 역시 장비군."

"여긴 어떻게 왔는가?"

"서주에서 헤어진 이후 황숙의 행방을 찾았으나 황숙은 하북에 계신다 하고 관 장군은 조조에게 행복했다는 신통찮은 소문만 들려와서 어떻게 하면 좋을지 몰라 기러기 떼처럼 이렇게 일족을 이끌고 이리저리 떠돌고 있었네. 그러던 중 최근 고성에 호랑이 수염을 한 자가 끊임없이 서주의 잔당들을 모으고 있다는 소문을 듣고 분명 자네일 것이라고 생각하여 급히 이곳으로 온 것이네."

"잘 왔네. 관우 형님은 이미 도성을 탈출하여 어젯밤부터 이 성에 와 있네."

"뭐! 관 장군이 와 있다고?"

"황숙의 두 부인도 함께 계시네."

"참으로 뜻밖이군."

미축 형제는 즉시 들어가서 두 부인을 뵙고 또 관우를 만나 그동안의 이야기를 나누었다.

두 부인은 사람들에게 허도에 체류할 때 관우가 보인 충절에 대해 상세히 이야기했다.

장비는 새삼스레 면목 없다는 듯 감탄했다.

그리고 양을 잡고 산나물을 삶아 그날 밤도 잔치를 열었다.

관우는 잔치 중에도 이따금 탄식했다.

"이 자리에 큰형님이 계셨다면 이 술이 얼마나 달았을까? 큰형님을 생각하니 술도 넘어가지 않는구나."

손건이 말했다.

"이미 여남은 지척이니 내일이라도 당장 가서 황숙을 만나시죠."

관우가 가장 바라던 일이었다. 날이 밝기도 전에 그는 벌써 손건과 함께 서둘러 여남으로 떠났다.

"유 황숙께서는 나흘 전까지는 여기에 계셨는데 성안의 군사가 적은 것을 보고 이 병력으로는 대사를 이루기가 어렵고 또 다른 사람들의 소식도 모르니 다시 하북으로 돌아간다고 하셨소. 정말 간발의 차이로 만나지 못하게 되었구려.”

유벽은 진심으로 안타까워했다.

간발의 차이가 때로는 1,000리를 벌어지게 하는 예도 있다. 관우는 근심에 싸여 어쩔 수 없이 여남을 떠났다.

허무하게 고성으로 돌아오자 손건이 위로하며 말했다.

“이렇게 된 이상 제가 하북으로 가보겠습니다. 걱정하지 마십시오. 반드시 모시고 올 테니.”

그러자 장비가 하북에 간다면 자신도 함께 가겠다고 나섰다.

그러나 관우가 장비를 말리며 말했다.

“지금 이 고성은 집 없는 우리 의형제에게는 중요한 거점이 아니냐. 그러니 너는 절대로 이곳을 떠나서는 안 된다.”

관우는 결국 손건을 길잡이로 삼아 약간의 종자들만 데리고 먼 하북으로 유비를 찾아 떠났다.

그는 도중에 와우산 기슭에 이르자 주창을 불러 말했다.

“언젠가 여기서 헤어진 배원소에게 사자로 가주게.”

||| 二 |||

주창은 관우와 헤어져서 혼자 와우산 깊숙이 들어갔다. 그곳에는 때를 기다리라고 말해두었던 배원소가 약 500명의 병력과 50~60마리의 말과 함께 머물고 있었다. 주창은 배원소에게 관우의 말을 전했다.

“가까운 시일 안에 관 장군이 황숙을 모시고 돌아갈 때 여기를 지나갈 테니 그때 부하들을 이끌고 맞이하러 나오게.”

손건은 옆에서 관우가 누구와의 약속도 반드시 지키는 모습을 보고 감탄했다.

며칠 후 관우와 손건은 이윽고 기주의 경계에 접어들었다.

내일부터는 원소의 영지로 들어가게 되는 것이다. 손건은 신중을 기하기 위해 관우에게 제안했다.

"장군은 이 근처에서 기다리고 계십시오. 저 혼자 기주로 들어가 은밀히 황숙과 만나 계책을 써서 탈출하겠습니다."

손건은 떠나고 관우는 얼마 되지 않는 종자들과 함께 근처 마을로 들어가 단순한 나그네인 것처럼 꾸미고 마을 안에서 외양이 멀쩡한 집의 문을 두드렸다.

주인은 흔쾌히 머물도록 허락해주었다. 며칠 머물다 보니 주인의 심성을 알게 되었기에 무슨 이야기 끝에 주인이 묻는 대로 자신이 관우라는 것을 밝혔다.

주인은 놀라는 한편 매우 기뻐하며 말했다.

"이거 참으로 기묘한 인연입니다. 장군의 성도 관씨이고 저도 관정關定이라고 합니다."

그는 두 아들을 불러 관우에게 소개했다.

둘 다 재주가 많은 훌륭한 자식들이었다. 형의 이름은 관녕關寧으로 유학에 뛰어났으며 동생의 이름은 관평關平으로 열심히 무예를 닦고 있는 젊은이였다.

스무 명 정도의 종자와 함께 이 집에서 숨어 지내며 관우는 오직 손건의 소식이 오기만을 기다리고 있었다. 손건은 기주에 숨어 들어간 뒤 얼마 지나지 않아 다행히 유비가 있는 곳을 알아내 그를 만날 수 있었다.

손건을 통해 그동안의 일과 일족이 건재하다는 이야기를 듣고 유비는 말할 수 없이 기뻤다. 그러나 원소의 영지인 기주에 일부러 돌아온 것이 새삼 후회되었다.

　'한 번 더 탈출하려면 어떻게 해야 될까? 어쨌거나 지금 나의 일거수일투족은 원소나 그 휘하에 있는 자들이 감시하고 있으니……'

　유비의 마음은 날아오를 것만 같았지만 몸은 쇠사슬에 묶여 있었다.

　'……그래. 간옹簡雍의 지혜를 빌리기로 하자. 최근 원소도 그를 신뢰하고 있는 듯하니.'

　유비는 급히 사자를 보내 간옹을 불렀다.

　"앗, 간옹도 여기 와 있습니까?"

　손건은 처음 듣는 말이었으므로 놀라움에 눈이 휘둥그레졌다.

　간옹도 전에는 같은 편이었다. 들어보니 최근 유비를 흠모하여 기주로 왔는데, 그렇게 보여서는 원소의 마음이 좋지 않을 것이라고 여겨 일부러 유비에게는 냉담하게 대하고 원소의 마음에 들기 위해 성안에 머물며 그를 섬기고 있다는 것이었다.

　그런 관계였기 때문에 간옹은 잠깐 왔다가 바로 돌아갔지만, 목적을 이루기 위해서는 그 짧은 시간으로도 충분했다.

　간옹에게 들은 계책을 마음에 숨기고 유비는 다음 날 기주성에 들어가 원소를 만나 이렇게 말했다.

　"조조와의 전쟁이 결국 장기전에 돌입했습니다. 두 강대국의 실력이 비슷하여 어느 쪽이 우세하다고 할 수 없습니다……. 따라서 외교와 전쟁을 병행할 필요가 있습니다. 여기서 기주의 유표를 같은 편으로 끌어들인다면 조조는 완패할 수밖에 없을 것입니다."

"그것도 그렇군……. 하지만 유표도 지금은 쉽게 움직이지 않을 것이오. 용과 호랑이가 서로 싸워 상처를 입으면 그는 군사를 일으키지 않고 어부지리漁父之利를 얻을 수 있는 위치에 있으니."

"바로 그게 외교입니다. 9개 군郡을 가지고 있는 형주를 간과하는 것은 어리석은 짓이지요."

"그건 귀공이 말하지 않아도 이미 알고 있소. 그래서 여러 차례 사자를 보냈으나 유표는 구태여 우리와 수교하려 하지 않았소. 사자를 더 보내는 것은 우리의 위세만 떨어뜨릴 뿐이오."

"아닙니다. 불초 유비가 가서 반드시 같은 편으로 만들겠습니다. 저와 그는 한실의 일가로 말하자면 먼 친척이기 때문입니다."

ⅠⅠⅠ 三 ⅠⅠⅠ

원소는 생각에 잠겼다. 마음이 움직인 듯했다. 유비는 덧붙여 말했다.

"게다가 최근에 또 관우도 허도를 탈출하여 각지를 떠돌고 있다고 들었습니다. 저를 형주로 보내주신다면 관우와도 만나 데리고 오겠습니다."

"뭐, 관우를?"

원소는 갑자기 낯빛을 바꾸며 말했다.

"그는 안량과 문추를 죽인 원수가 아닌가? 나에게 그 관우를 바칠 테니 목을 치라는 말이오?"

"아닙니다. 그런 뜻이 아닙니다. 안량과 문추 같은 자는 예를 들면 두 마리의 사슴입니다. 두 마리의 사슴을 잃더라도 한 마리의 호랑이를 손에 넣으면 충분히 보상받는 것이 아니겠습니까?"

"아하하하, 아니 지금 한 말은 농담이었소. 실은 나도 관우를 깊이 흠모하고 있었소. 사실 공이 형주로 가서 유표를 설득하고 아울러 관우마저 데려온다면 반대할 이유가 없지요. 바로 출발하도록 하시오."

"알겠습니다……. 그렇지만 큰 계책은 사전에 새어나가면 이룰 수 없습니다. 제가 형주에 도착할 때까지 그 누구에게도 비밀로 해주시기 바랍니다."

유비는 그렇게 말하고 밤새 준비해서 다음 날 은밀히 원소의 편지를 받아 바람처럼 관문 밖으로 달려나갔다.

그가 떠나자마자 곧장 간옹이 원소에게 와서 원소를 불안에 휩싸이게 했다.

"그를 형주로 보냈다고 들었습니다만, 참으로 말도 안 되는 일을 하셨습니다. 유비는 저처럼 온화한 인물이니 반대로 유표에게 설득당해 형주에 머물 위험이 있습니다. 유표도 원대한 야심을 품고 있는 데다가 두 사람은 친척이나 다름없으니."

"설득하러 간 사람이 오히려 설득당해서는 아무 일도 할 수 없는데. 아니, 오히려 후일의 커다란 근심거리가 되겠군. 어떻게 하면 되겠나?"

"제가 쫓아가서 데려오겠습니다."

"그렇게 하면 내 체면은 뭐가 되고?"

"그럼, 제가 수행원으로 유비를 따라가겠습니다. 반드시 사명을 완수하도록 하겠습니다."

"그렇게 하는 것이 좋겠군. 바로 출발하도록 하게."

원소는 간옹에게 관문을 통과할 수 있는 부신을 주었다.

간옹이 말을 달려 어디론가 황급히 갔다는 것을 곽도가 들은 것은 그날 저녁이었다. 부하에게 알아보게 하니 유비가 먼저 형주로 떠나고 그를 따라갔다는 것이었다.

"이런!"

크게 당황한 곽도는 기주성으로 들어가 원소를 만나 이렇게 충언했다.

"무슨 일을 하신 것입니까? 전에 유비가 여남에서 돌아온 것은 여남은 아직 병마가 적어 자신의 꿈을 이루기에는 가망 없다고 단념하고 온 것입니다. 이번엔 저번과 다를 것입니다. 형주로 갔다면 두 번 다시 돌아오지 않을 것입니다. 저에게 추격을 허락하시면 쫓아가서 그의 목을 가져오든지 생포해오든지 하겠습니다. 부디 결단을 내려주십시오."

그러나 원소는 허락하지 않았다. 유비의 말뿐이었다면 의심했을지 모르지만 간옹이 이중으로 계책을 썼기 때문에 완전히 믿고 의심하려 들지 않았다.

곽도는 장탄식을 했으나 말없이 물러 나올 수밖에 없었다.

간옹은 금방 유비를 따라잡았다. 그리고 계책이 성공했다고 서로 돌아보며 웃었다.

기주의 경계도 무사히 통과했다.

손건은 먼저 돌아가서 두 사람을 기다렸다가 길을 안내하여 이윽고 관정의 집에 도착했다.

관정의 집 앞에서는 주인 관정과 관우를 비롯한 일행이 늘어서서 유비를 맞이했다. 오랜만에 만난 그들의 눈에는 눈물이 가득 고였다.

"오오."

"아아……."

순간 두 사람의 입에서 나온 말은 이 짧은 감탄사뿐이었다. 관우와 유비에게는 무언이 백 마디의 말보다 더 의미가 있었다.

관정은 두 아들과 함께 문을 열어 유비를 안으로 안내했다. 집은 쓸쓸한 숲 사이에 있었지만, 진심에서 우러나오는 환대는 그어떤 접대보다 나았다.

사람들이 없는 틈을 타서 유비와 관우는 손을 맞잡고 눈물을 흘렸다. 관우는 유비의 신발에 뺨을 대고 유비는 그의 손을 잡아 이마에 댔다.

그 조촐한 환영 잔치에서 유비는 관정의 아들 관평이 어딘지 모르게 특별한 점이 있다는 것을 알아보고 말했다.

"관우에겐 아직 자식이 없으니 차남 관평을 양자로 삼으면 어떨까?"

두 아들 중 한 명이었다. 관정은 더 바랄 나위 없는 일이라고 기뻐했다. 관우도 관평의 재능을 탐내고 있던 터라 그 자리에서 관평을 관우의 양자로 삼는 일이 결정되었다.

"원소의 추격대가 오기 전에 떠납시다."

일동은 이튿날 아침 일찍 관정의 집을 나섰다.

급히 서두른 덕에 이윽고 구름 위로 와우산 중턱이 보이기 시작했다. 다음 날에는 와우산 기슭으로 접어들었다.

그때, 일전에 관우의 지시로 이 부근에 마중 나오기로 한 배원소의 부하들이 저편에서 광풍에 쫓기듯 이리저리 도망 다니고 있었다.

"왜 이리 혼란스러운 것이냐?"

관우는 부하들과 함께 있던 주창을 발견하고 물어보았다.

"누군지 정체를 알 수 없지만, 저희가 오늘 마중하러 가기 위해 한 곳에 모여 산을 내려오고 있는데 한 낭인이 말을 묶어놓고 길에서 코를 골며 자고 있었습니다. 선두에 있던 배원소가 비키라고 욕을 퍼붓자 산적 주제에 대낮에 돌아다니는 놈은 누구냐며 일어나자마자 배원소를 베어버렸습니다. 그래서 부하들이 모두 달려들어 그를 공격했습니다만, 공격하면 공격할수록 점점 더 사나워지기만 해서 더는 손을 쓸 수 없게 되었습니다. 여태껏 저렇게 뛰어난 무공을 지닌 자는 본 적이 없습니다."

"그렇다면 그자의 창과 나의 이 청룡도를 한번 부딪쳐봐야겠군."

관우는 이렇게 말하고 혼자 앞장서서 산기슭으로 달려 올라갔다.

유비도 채찍질을 하여 관우의 뒤를 바싹 따랐다. 그런데 저쪽 바위 모서리에서 매처럼 말에 올라앉아 있던 낭인은 유비의 모습을 보자 즉시 안장에서 내려와 관우가 도착했을 때는 벌써 땅바닥에 납작 엎드려 있었다.

"아, 조운趙雲이 아닌가."

유비와 관우가 동시에 외쳤다.

낭인은 얼굴을 들고 말했다.

"뜻밖의 곳에서……."

그는 그리운 듯 잠시 바라보고만 있었다.

그의 이름은 조운, 자는 자룡子龍이다.

조자룡은 이전에 공손찬 휘하의 장수로 유비와는 친교가 있었다. 잠시 유비의 진영에 머문 적도 있고, 북평의 급변에서는 공손찬을 도와 분전하며 원소 군을 크게 괴롭혔다. 그러나 힘이 달린 공손찬은 성이 함락되면서 죽고 그는 낭인의 신분이 되었다. 그런데도 절의를 지켜 몇 번이나 원소가 불렀으나 원소를 섬기지 않았고, 여러 주의 제후들도 예를 다해 수하로 들이려 했으나 연고나 이익에 따르지 않고 각지를 떠돌아다녔다. 그러던 중 여남의 경계에 있는 고성에 장비가 머물고 있다는 소문을 듣고 그곳을 찾아가는 중이었다.

유비는 조자룡을 여기서 만난 것은 하늘의 선물이라며 감격했다. 그리고 덧붙여 말했다.

"자네를 처음 봤을 때부터 남몰래 자네와 함께할 생각을 품고 있었네. 언젠가 자네와 문경지우刎頸之友가 되겠다고 말이야."

그러자 조자룡도 말했다.

"저도 생각했습니다. 유 황숙 같은 분을 주공으로 모실 수 있다면 간뇌도지肝腦塗地(간과 뇌수가 땅에 쏟아지는 것처럼 비참하고 끔찍하고 참혹하게 죽은 모습을 이르는 말)하여도 아깝지 않을 것이라고."

||| **五** |||

관우와 만나고 또 생각지도 않게 조자룡을 만나 병마의 숫자는 적었지만, 유비의 주위에선 벌써부터 장성의 광채가 미래를 밝히고 있었다.

이윽고 고성 근처에 당도했다.

목을 길게 빼고 기다리고 있던 망루의 파수병은 그들을 멀리서 발견하고 큰 소리로 고했다.

"관 장군이 유 황숙과 함께 오십니다."

낭랑하고 맑은 주악 소리가 울렸다. 안채에서 두 부인이 마중하기 위해 청초하게 걸어 나왔다. 복장은 남루했지만, 여기에 있는 병사들 모두 오늘은 멋있게 보였다. 장비도 최대의 경의와 정숙으로 마중하는 병사들을 정렬시켰다. 주위에는 황기, 청기, 금수기, 일월기 등이 꽃이 만발한 듯 바람에 휘날리고 있었다.

유비 이하 일동은 병사들이 양옆에 도열한 길을 지나 엄숙하게 성안으로 들어갔다.

"저분이 앞으로 총수가 되는 거야? 저 사람이 관우인가?"

지나가는 동안 얼핏 본 것만으로도 병사들의 심리는 그 순간부터 바뀌었다. 더는 고성의 산병山兵도, 오합지졸烏合之卒도 아니었다.

악기 소리가 산악을 울렸다. 하늘을 나는 큰 새는 땅으로 내려오고 골짜기의 흰털발제비는 상서로운 구름처럼 하늘에서 춤을 추었다.

가장 먼저 두 부인과의 대면 의식이 행해졌다. 관우는 댓돌 아래에서 울고 있었다.

밤에는 말과 소를 잡아 큰 환영 잔치가 열렸다.

"오늘 밤이 내 평생 최고로 즐거운 날입니다."

관우와 장비가 이렇게 말하자 유비가 입을 열었다.

"어찌 오늘이 최고로 즐거운 날이겠느냐. 즐거운 날은 이제부터다."

조운과 손건, 간옹, 주창, 관평 등도 모두 즐겁게 술잔을 나누며 소리쳤다.

"이제부터다! 이제부터다!"

사자로부터 연락을 받고 여남의 유벽과 공도도 얼마 지나지 않아 달려와서 축하의 말을 전했다.

"이 좁은 땅은 지키기는 편하지만 큰 뜻을 펼 수는 없습니다. 전에 한 약속대로 여남을 바치겠습니다. 여남을 본거지로 삼아 다음의 큰 계책에 임하여주십시오."

고성에는 한 무리의 병력만을 남겨두고 유비는 그날 바로 여남으로 옮겼다. 서주 몰락 이후 얼마 만인가. 이렇게 주군과 신하가 하나의 성에 같이 살게 된 것이.

돌아보면 그것은 모두 인고의 열매였다. 또 흩어져도 다시 뭉치겠다는 결속의 힘이었다. 그 결속과 인고를 이루게 한 것은 유비를 중심으로 한 신의, 바로 그것이었다.

한편 원소는 시간이 지날수록 점점 초조와 불안이 심해졌다.

"형주로부터 소식이 올 리가 없습니다. 유비는 관우, 장비, 조운 등을 모아 여남에 머물고 있기 때문입니다."

그 말을 듣고 원소가 격노한 것은 말할 필요도 없다.

하북의 대군을 모두 일으켜 단번에 쳐들어가겠다고 할 정도로 화를 냈다.

곽도가 간언했다.

"어리석은 일입니다. 유비의 일은 말하자면 몸에 난 옴 같은 피부병입니다. 내버려두어도 지금 당장 생명에는 지장이 없습니다. 뭐니 뭐니 해도 가슴과 배에 생긴 큰 병은 조조입니다. 이것을 오래 끌면 우리의 강대함도 결국에는 위험해질 것입니다."

"그런가……. 으음, 그러나 그 조조도 당장에는 제거할 수 없네. 계속 싸우고는 있지만, 전쟁도 교착 상태이니."

"형주의 유표를 같은 편으로 삼아도 대국大局은 결정되지 않습니다. 그에게는 큰 나라와 많은 병사가 있지만 웅대한 계획이 없습니다. 그저 국경을 지키기에만 급급한 무사안일주의자입니다. 그런 자에게 신경을 쓰기보다는 차라리 남방의 오나라야말로 이용할 만한 세력입니다. 오나라는 대강大江의 수리를 이용하고 있으며 땅은 6개 군에, 위세는 삼강三江에 떨치고 있습니다. 문화가 발달했고, 산업은 건실하며, 언제든 움직일 수 있는 정병의 수가 수십만입니다. 지금 국교를 맺는다면 신흥국인 오나라뿐입니다."

곽도는 진지하게 설득했다.

원소의 중신 진진陳震이 서신을 들고 오나라로 떠난 것은 그로부터 보름 후의 일이었다.

우길 선인

오나라는 최근 몇 년 동안 실로 눈부신 발전을 이루었다.

절강浙江 일대의 연해를 차지했을 뿐만 아니라 장강 유역과 하구를 장악했다. 기온은 높고 천연 산물은 풍부했으며 이른바 남방계 문화와 북방계 문화를 적절히 혼합하여 완연한 오나라의 색깔을 이 시기에 확립했다. 사람들은 총명하고 민첩하며 이에 밝았다. 또 진취적이었다.

혜성처럼 등장한 풍운아, 강동의 소패왕 손책은 아직 스물일곱 살밖에 되지 않았다. 건안 4년(199) 겨울에는 여강廬江을 공략하고 황조黃祖, 유훈劉勳 등을 진압하여 복종을 맹세케 했다. 또 예장豫章 태수도 항복을 청해오는 등 기세가 왕성했다.

그의 신하 장굉張紘은 배로 도성과 오나라를 왕래했다.

손책의 '헌제에게 올리는 표문'을 바치러 가거나 조정에 공물을 가지고 가기도 했다.

손책의 눈에도 한조漢朝는 있었지만, 그 조문朝門에 있는 조조는 안중에 없었다.

손책은 은근히 대사마라는 벼슬을 바라고 있었다. 그러나 그것을 쉽게 허락하지 않은 것은 조정이 아니라 조조였다.

조조는 몹시 언짢았다. 그러나 양립할 수 없는 두 영웅도 서로의 실력을 알고 있었다.

'그와 싸우는 것은 이롭지 않다.'

조조는 새끼 사자와 서로 물어뜯으며 싸울 생각은 없었다. 그러나 새끼 사자에게 젖을 주고 직위를 주는 것도 전력을 다해 회피하고 있었다.

조조는 그를 회유하는 것을 상책으로 생각하고 있었다. 그래서 일족인 조인曹仁의 딸을 손책의 동생인 손광孫匡과 결혼시켜 인척 정책을 써보았으나 이 정도는 그저 일시적인 위장 평화에 지나지 않았다. 시간이 지나자 어느새 양국 사이에는 험악한 기류가 가득했다. 젖을 주지 않아도 새끼 사자는 이빨이 나고 있었던 것이다.

오군吳郡 태수 허공許貢이라는 자가 있었다. 그가 강을 건너는 도중에 손책의 감시 부대에 걸려 오나라의 본성으로 끌려왔다. 취조해보니 그는 밀서를 가지고 있었다. 게다가 너무나 중차대한 일을 도성에 밀고하러 가는 중이었다.

오의 손책은 여러 번 황제께 상주하여 대사마의 벼슬을 받으려 했으나 허락하지 않은 것을 원망하고 결국 대역을 도모하기 위해 병사와 배, 강한 말을 끊임없이 준비하고 있습니다. 조만간 허도로 쳐들어갈 생각인 듯하오니 서둘러 대비하시기 바랍니다.

이런 내용이었다.

손책은 화를 내며 즉시 허공의 집에 병사들을 보냈다. 그리고 허공을 비롯해 처자식과 권속을 모조리 주살해버렸다.

　아비규환 속에서 겨우 도망친 세 명의 식객이 있었다. 당시 무인이라면 누구나 실력 있는 낭인을 자신의 집에 머물게 하는 풍습이 있었다. 그 세 명의 식객은 평소 허공의 은혜에 깊이 감사하고 있었다.

　"무슨 수를 쓰더라도 은인의 원수를 갚자."

　그들은 서로 피를 나눠 마시며 맹세하고 산야에 숨어서 기회를 엿보고 있었다.

　손책은 자주 사냥하러 나갔다. 회남의 원술에게 몸을 의탁하고 있던 소년 시절부터 수렵은 그가 좋아하는 취미 중 하나였다. 그날도 그는 많은 신하를 이끌고 단도丹徒라는 부락의 서쪽에서 깊은 산으로 들어가 사슴과 멧돼지 등을 쫓고 있었다.

　그때였다.

　'지금이다. 복수할 때가 왔다.'

　'신의 가호가 있기를.'

　전부터 그를 노리고 있던 세 명의 식객은 화살에 독을 바르고 창끝을 바위에 갈아 손책이 지나갈 만한 덤불 속에 숨어 한마음으로 하늘에 염원하고 있었다.

ⅠⅠⅠ　二　ⅠⅠⅠ

　이름이 '오화마五花馬'인 손책의 말은 희대의 명마였다. 손책은 가신들과 떨어져 오화마를 타고 평지를 달리듯 뛰어다니고 있었다.

　그는 사슴 한 마리를 보기 좋게 명중시켜 잡았다.

　"맞았다. 여봐라, 내가 잡은 사슴을 가져오너라."

손책이 돌아보았을 때였다. 손책의 얼굴로 화살 한 발이 날아와 꽂혔다.

"악!"

얼굴을 감싸 쥐자 수풀 뒤에서 달려나온 세 명의 낭인이 창을 들이댔다.

"은인 허공의 원수야, 이제 깨달았느냐?"

손책은 활을 들어 낭인 한 명을 내려쳤다. 그러나 다른 한 명이 내지른 창에 넓적다리를 찔렸다. 손책은 오화마 위에서 굴러떨어지면서도 상대의 창을 빼앗아 그 창으로 자신을 찌른 자를 그 자리에서 죽였다. 그러나 그와 동시에 뒤에서 두 낭인이 그의 몸을 마구 찔러댔다.

"으으윽."

신음을 토하며 손책이 쓰러졌을 때 남은 두 낭인도 황급히 달려온 장수 정보程普의 손에 죽임을 당했다. 엄청난 피로 인해 그 부근은 발 디딜 곳이 없을 정도였다.

여하튼 나라의 큰 변고였다. 응급 처치를 하고 손책은 즉시 오나라의 본성으로 옮겨졌다. 그리고 이러한 사실을 외부에는 일절 새어나가지 않게 했다.

"화타를 불러라. 화타가 오면 이따위 상처는 금방 나을 것이다."

손책은 잠꼬대처럼 반복해서 말했다. 그는 마음이 굳세고 당찼다. 게다가 아직 젊었다.

손책이 말하기도 전에 이미 명의 화타의 집으로 급사가 달려갔다. 즉시 성으로 온 화타는 근심스러운 표정을 지었다.

"유감스럽게도 화살과 창에 독이 묻어 있었던 것 같습니다. 독이 골수에 스며들지 않았으면 다행이련만."

손책은 사흘 동안 혼수상태에 빠져 그저 신음만 하고 있었다.

그러나 20일 정도 지나니 과연 명의 화타가 최선을 다해 치료한 효과가 나타나기 시작했다. 손책은 이따금 주위에 있는 사람들을 향해 희미하게 웃어 보이기까지 했다.

"도성에 있던 장림蔣林이 돌아왔습니다만, 만나시겠습니까?"

용태가 좋아진 모습을 보고 신하가 이렇게 말하자 손책은 꼭 만나서 도성의 정세를 듣고 싶다고 했다.

장림은 병상 아래 무릎을 꿇고 절한 후 이런저런 보고를 했다.

손책이 물었다.

"조조는 최근에 나에 대해 어떻게 말하고 있는가?"

"새끼 사자와 싸울 수 없다고 말하고 있답니다."

장림은 소문을 들은 대로 말했다.

"그렇구나, 아하하하."

오랜만에 손책은 소리 내어 웃었다. 매우 기분이 좋은 듯 보였기에 장림은 묻지도 않은 말을 했다.

"그러나 100만의 강병이 있다 한들 그는 아직 젊다, 젊어서 성공한 자는 자만에 빠지기 쉽고 우쭐거리다가 반드시 실족할 것이다, 머지않아 무슨 내분이라도 일어나 이름 없는 필부의 손에 어이없이 죽임을 당할지도 모른다……. 조조가 이런 말을 했다고 조정의 관리에게 들었습니다만."

손책의 혈색이 순식간에 흐려졌다. 몸을 일으켜 북쪽을 쏘아보더니 천천히 병상에서 내려오려고 했다. 사람들이 깜짝 놀라 저지하자 그가 말했다.

"조조 따위가 무엇이란 말이냐! 상처가 낫기를 기다릴 수 없다. 즉시 나의 전포와 투구를 가져오너라. 출진 명령을 내리겠다."

그러자 장소가 와서 꾸짖듯이 말하며 그를 진정시켰다.

"이게 무슨 일입니까? 그 정도의 소문에 격분해서서 천금 같은 몸을 가벼이 여겨서는 안 됩니다."

그때 멀리 하북 땅에서 진진이 원소의 서신을 가지고 사자로 왔다.

||| 三 |||

다른 사람도 아닌 원소의 사자라는 말을 듣자 손책은 아픈 몸을 무릅쓰고 대면했다.

사자 진진은 원소의 서신을 바치고 나서 입을 열었다.

"지금 조조와 대결할 수 있는 나라는 우리 하북과 귀국 오나라 밖에 없습니다. 두 나라가 서로 힘을 합쳐 남과 북에서 그의 등과 배를 공격한다면 조조가 아무리 중원의 패권을 쥐고 있다 하더라도 반드시 깨부술 수 있을 것입니다."

그는 군사 동맹의 필요성을 역설하고 지금이야말로 천하를 두 개로 나눠 오래도록 양국의 번영과 태평을 도모할 수 있는 절호의 기회라고 말했다.

손책은 타도 조조의 염원에 불타고 있을 때였으므로 진진의 말을 듣고 크게 기뻐했다.

이것이야말로 하늘의 인도라며 성루에서 큰 연회를 열고 진진을 상좌에 앉혔다. 오의 여러 장수도 참석하여 진진을 융숭하게 대접했다.

연회의 분위기가 한창 무르익었을 때였다. 장수들이 갑자기 자리에서 일어나 웅성대며 누대에서 내려갔다. 손책이 이상히 여기며 어째서 모두 누대 아래로 내려가느냐고 옆에 있는 신하들에게 묻자 그들 중 한 명이 대답했다.

"우길于吉 선인仙人이 지나가신다기에 그 모습을 보기 위해 모두 앞다투어 거리로 나간 것입니다."

손책의 눈썹이 꿈틀거렸다. 걸음을 옮겨 누대의 난간에서 성안의 거리를 내려다보았다.

길에는 사람들로 가득 차 있었다. 마침 모퉁이를 돌아 이쪽으로 똑바로 걸어오는 한 도인이 보였다. 머리도 수염도 새하얀데 얼굴은 복숭아꽃 같았다. 학이 날개를 편 것같이 소매가 넓은 옷을 입었고, 손에는 명아주 지팡이를 들었으며, 그가 표표히 걸을 때마다 미풍이 일었다.

"우길 선인이시다."

"도사께서 지나가신다."

사람들은 길을 열고 엎드려 절했다. 향을 피우고 무릎을 꿇은 군중 속에는 백성뿐만 아니라 지금 급히 내려간 가신들도 섞여 있었다.

"저 지저분한 늙은이는 누구냐?"

손책은 불쾌한 기색을 만면에 드러내더니 사람들을 현혹시키는 요사스러운 도사를 당장 잡아들이라고 심하게 화를 내며 무사들에게 명령했다.

그러나 그 무사들까지 입을 모아 그에게 간언했다.

"저 도사는 동궁에 살고 있습니다만, 때때로 이곳에 와서는 성밖의 도원에 머물며 밤에는 새벽까지 자세를 바르게 하고 앉은 채 움직이지 않으며 낮에는 향을 피우고 도道를 강론합니다. 부적과

성스러운 물로 많은 사람의 온갖 병을 고치는데 참으로 영험하여 낫지 않는 자가 없습니다. 그 때문에 도사에 대한 신앙은 대단히 깊어 살아 있는 신선이라고 모두 우러르고 있습니다. 만약 함부로 잡아들이기라도 한다면 백성들은 소리 높여 울며 국주를 원망할 수도 있습니다.”

“쓸데없는 소리 하지 마라. 너희들마저 저 비렁뱅이 늙은이한테 현혹된 것이냐? 잡아들이기 싫다면 너희들부터 먼저 감옥에 처넣겠다.”

손책이 큰 소리로 호통치자 그들은 어쩔 수 없이 도사를 묶어 누대로 끌고 왔다.

“이 미치광이야! 어째서 양민들을 현혹하느냐?”

손책이 꾸짖자 우길은 물처럼 냉정하게 말했다.

“내가 손에 넣은 신서神書와 내가 닦은 덕행으로 세상 사람들에게 행복을 나누어주는 것이 어째서 나쁘다는 것이오? 국주께서는 오히려 나에게 감사해야 하지 않겠소?”

“닥쳐라! 날 바보 취급하는 것이냐? 여봐라, 저 늙은이의 목을 쳐라. 백성들을 요사스러운 꿈에서 깨어나게 하라.”

그러나 누구도 나서서 그의 목을 치려는 자가 없었다.

장소가 손책에게 수십 년 동안 뭐 하나 잘못한 것 없는 도사의 목을 치면 반드시 민심을 잃게 될 것이라고 간언했다. 그러나 손책은 용서할 기색이 보이지 않았다.

“무슨 소리를 하는 것이냐! 이런 늙은이 한 명 베는 것은 개를 베는 것과 같다. 아무래도 내가 직접 해야겠군. 오늘은 일단 목에 칼을 씌워서 하옥하라.”

손책의 어머니는 근심스러운 얼굴로 며느리인 오 부인을 찾아
갔다.

"너도 들었을 게다. 책이 우 도사를 잡아 하옥시킨 것을."

"네. 어제저녁에 알았습니다."

"남편이 잘못된 행동을 하면 바로잡아주는 것도 아내의 임무 중
에 하나다. 너도 같이 타이르도록 하자. 나도 말하겠지만 아내인
너도 옆에서 거들어주렴."

오 부인도 슬픔에 잠겨 있었다. 자당을 비롯해 부인을 시중드는
궁녀, 시녀 등 대부분 모두 우길 선인의 신자였다.

오 부인은 즉시 남편 손책을 맞이하러 갔다. 손책은 금방 왔지
만, 어머니의 얼굴을 보자마자 용건을 알아채고 선수를 쳤다.

"오늘은 요사스러운 자를 감옥에서 끌어내 목을 칠 생각입니다.
설마 어머니마저 그 요사스러운 도사에게 현혹되신 것은 아니겠
지요?"

"책아, 너는 정말로 도사의 목을 칠 생각이냐?"

"요사스러운 자들이 횡행하면 나라가 어지러워질 뿐입니다. 요
사스러운 말과 요사스러운 제사는 백성들을 망치는 독입니다."

"도사는 나라에 복을 부르는 신이다. 병을 고치는 것이 신과 같
고 사람들의 화를 예언하여 틀린 적이 없어."

"어머니 역시 그의 사술에 걸리셨습니까? 더욱더 용서할 수 없
겠군요."

그의 아내도 어머니와 마찬가지로 우길 선인의 목숨을 살려줄
것을 간절히 애원했다. 그러나 손책은 "아녀자가 상관할 일이 아

니오."라며 아내를 뿌리치고 별채에서 나가 버렸다.

　한 마리의 독나방이 수천 개의 알을 낳는다. 수천 개의 알은 다시 수만 마리의 독나방이 되어 민가의 등불, 왕성의 등, 별채의 거울 등 장소를 가리지 않고 요사스럽게 날아다니며 한없이 해를 끼친다. 손책은 그렇게 믿고 어머니의 말도 아내의 충고도 듣지 않았다.

　"전옥典獄(지금의 교도소장)은 우길을 끌고 오라."

　주군의 명령에 전옥의 낯빛이 바뀌었으나 이윽고 옥중에서 끌고 나온 도사를 보니 목에 칼도 씌우지 않았다.

　"누가 목에서 칼을 벗겼느냐?"

　손책이 추궁하자 전옥은 벌벌 떨었다. 그 역시 신자였던 것이다. 아니, 전옥뿐만 아니라 감옥의 관리들 대부분도 실은 도사에게 귀의한 자들이라 천벌을 받을까 봐 두려워서 오랏줄을 잡는 것조차 꺼리는 분위기였다.

　"나라의 형벌을 집행하는 관리라는 자들이 사이비 종교에 빠져 사법의 임무를 주저하다니 참으로 할 말이 없구나!"

　손책은 화를 내며 검을 휘둘러 그 자리에서 전옥의 목을 베어버렸다. 그리고 우길 선인을 믿는 수십 명의 형리를 무사에게 명하여 모조리 참형에 처했다.

　그때 장소를 비롯한 수십 명의 중신이 연명의 탄원서를 들고 우길 선인의 목숨을 애걸하러 왔다. 손책은 전옥의 목을 치고 아직 칼집에도 넣지 않은 검을 든 채 비웃으며 말했다.

　"너희들은《사서史書》를 읽고도 역사를 활용할 줄 모르느냐? 옛날 남양南陽의 장진張津은 교주交州의 태수인데도 한조의 법도를 따르지 않고 성현의 가르침을 모두 버리고 말았다. 그리고 늘 붉은 두건을 쓰고 거문고를 타며 사도邪道의 책을 읽었다. 전투에 나가서도 신기한 묘술을 부리는 등 한때 사람들에게 희대의 도사라고 불렸으나 남방의 오랑캐에게 패하여 요사스러운 술법도 쓰지 못하고 살해당하지 않았느냐? 요컨대 우길도 그런 부류의 인간이다. 아직 해독害毒이 나라 전체에 미치지 않았을 때 죽여야만 한다. 이놈들 쓸데없이 종이와 붓을 낭비하지 마라."

손책은 막무가내로 들으려 하지 않았다. 그러자 여범呂範이 이런 제안을 했다.

"이렇게 하시는 것이 어떻겠습니까? 그가 진정한 신선인지 요사스럽고 사악한 자인지 시험하기 위해 비를 내리도록 기도하게 하는 것입니다. 마침 지금 긴 가뭄으로 밭도 논도 거북이 등짝처럼 쩍쩍 갈라져서 백성들이 어려움을 겪고 있습니다. 우길에게 비를 내리도록 기도하게 하여 만약 비가 내리면 살려주고 비가 내리지 않으면 백성들 앞에서 목을 베어 좋은 본보기로 삼는 것입니다. 그리 하신다면 백성들도 모두 납득할 것입니다."

"좋은 방법이다."

손책은 유쾌하게 웃으며 바로 형리에게 명령했다.

"즉각 거리에 기우제를 올리기 위한 제단을 만들어라. 놈의 정체가 만천하에 드러나는 것을 지켜보도록 하자."

광장에 제단이 만들어졌다. 사방에 기둥을 세워 화려하게 장식하고 말과 소를 잡아 우룡雨龍과 천신을 모셨다. 그리고 우길은 목욕재계하고 제단에 앉았다.

삼베옷으로 갈아입을 때 우길은 자신을 따르고 있는 형리에게 조용히 속삭였다.

"나의 천명도 다한 듯하네. 이번에는 가망이 없어."

"왜 그러십니까? 영험을 보이시면 되지 않습니까?"

"평지에 세 키의 물을 불러 백성을 구할 수는 있어도 자신의 수명만큼은 어쩔 도리가 없는 법이지."

손책의 사자가 제단 아래에 와서 큰 소리로 알렸다.

"만약 오늘부터 사흘째 되는 날 오시午時(11시~13시)까지 비가 내리지 않으면 이 제단과 함께 산 채로 불태워 죽이라는 엄명이다. 알겠나? 명심하도록 하라."

우길은 이미 눈을 감고 있었다.

백발의 머리 위로 해가 쨍쨍 내리쬐었다. 한밤중에는 냉기가 살갗을 찔렀다. 제단의 대형 향로에서는 가느다란 향 연기가 끊임없이 피어올랐다. 사흘째 되는 날 아침이었다.

비는 한 방울도 내리지 않았다. 하늘만 타들어 가는 듯했다. 단지 지상에는 소문을 듣고 모여든 수만 명의 군중이 구름처럼 빽빽하게 서 있을 뿐이었다.

벌써 오시가 되었다. 해시계를 노려보고 있던 형리는 종대鐘臺로 올라가 시각을 알리는 종을 쳤다. 수만 명의 백성은 그 소리를 듣고 큰 소리로 통곡했다.

"봐라. 도사라느니 선인이라느니 하는 자들은 대개가 이와 같은 자들이다. 즉시 저 무능한 늙은이를 화형에 처하라."

손책이 성루에서 명령했다.

형리가 제단의 사방에 장작과 잡목을 산처럼 쌓았다. 순식간에 강풍이 일어나 우길이 화염에 휩싸였다.

　불은 바람을 부르고 바람은 또 모래먼지를 일으켰다. 한 줄기의 검은 기운이 진한 먹처럼 공중으로 날아 올라갔다. 그러자 순식간에 하늘의 한쪽 귀퉁이에서 천둥이 치고 번개가 번쩍이며 맞으면 아플 정도로 굵은 빗방울이 뚝, 뚝 떨어지는가 싶더니 그것도 잠깐, 이내 하늘에 구멍이라도 뚫린 것처럼 장대비가 쏟아지기 시작했다.

　비는 미시未時(13시~15시)까지 계속 내렸다. 거리는 강이 되어 탁류에 말도 사람도 돌도 떠내려갈 지경이었다. 그 이상 내렸다간 수많은 집이 홍수에 잠길 정도가 되자 이윽고 제단 위에서 누군가 크게 외치는 소리가 하늘을 울렸다. 그 순간 비가 뚝 그치고 다시 빛나는 태양이 하늘에 모습을 드러냈다.

　형리가 놀라서 반쯤 탄 제단 위를 보자 우길이 하늘을 향해 누워 있었다.

　"아아, 진짜 신선이다."

　장수들이 달려가 그를 안아서 내리고 앞다투어 절하며 찬탄했다.

　손책은 가마를 타고 성문에서 나왔다. 다들 우길이 사면될 것이 분명하다고 생각하고 있었지만, 그의 불쾌한 표정은 전보다 더 험악해져 있었다. 부장들과 관리들은 모두 옷이 젖는 것도 개의치 않고 우길의 주위에 무릎을 꿇고 절하고 있었는데 손책은 그런 그들의 모습이 눈에 거슬려서 견딜 수 없었다.

　"큰비가 내리는 것도 햇빛이 쨍쨍한 것도 모두 자연현상으로 인간이 좌우할 수 있는 것이 아니다. 백성들을 다스려야 할 부장과 관리라는 자들이 이 무슨 추태란 말인가? 요사스러운 자와 한패가 되어 나라를 어지럽히는 것도 모반하여 나에게 활을 쏘는 것과 같은 죄다. 저 늙은이의 목을 쳐라!"

신하들은 말없이 고개를 떨구고 있을 뿐 우길이 두려워 아무도 나서는 자가 없었다.

손책은 더욱더 화가 나서 소리쳤다.

"무엇을 겁내고 있느냐! 좋다, 이렇게 된 이상 내가 직접 처벌하겠다. 모두 보거라. 내 보검의 위력을."

그는 검을 빼 들고 우길의 목을 베었다.

해가 쨍쨍 내리쬐는 가운데 또 세차게 비가 내리기 시작했다. 괴히 여기며 사람들이 하늘을 올려다보니 한 점 검은 구름 속에서 우길이 자고 있는 것처럼 보였다.

손책은 그날 저녁 무렵부터 왠지 상태가 이상했다. 눈은 붉게 충혈되고 열이 나기 시작했다.

손책, 일어나다

||| 一 |||

"앗, 뭐지?"

숙직하던 사람들은 깜짝 놀랐다. 벌써 사경四更(01시~03시)에 가까운 한밤중이었다.

침실의 휘장 안에서 손책의 목소리인 듯 갑자기 연속해서 절규가 새어 나왔다. 섬뜩한 소리도 들렸다.

"무슨 일이지?"

전의와 무사들이 부랴부랴 달려갔다. 하지만 손책은 보이지 않았다.

"오, 여기다. 여기에 쓰러져 계셔."

손책이 침상에서 떨어져 마루 위에 엎드려 있었다. 게다가 손에는 검을 뽑아 든 채였다.

그 앞에 있는 비단 장막이 갈기갈기 찢겨 있었다.

숙직하던 무사가 침상 위로 안아 올리고 전의가 약을 먹이자 손책이 눈을 떴다. 그러나 낮과는 전혀 다른 눈빛이었다.

"우길 이놈! 이 요사스러운 늙은이. 어디로 숨었느냐!"

손책이 소리쳤다. 예사롭지 않은 병세였다.

그러나 날이 밝자 깊은 잠에 빠져 해가 중천에 뜰 무렵에야 일어났는데 이때는 이미 평소의 모습으로 돌아와 있었다.

그의 어머니와 함께 부인도 그의 병세가 걱정되어 와 있었다. 노모는 눈물을 흘리며 말했다.

"네가 어제 신선을 죽였다고 들었다. 어째서 그런 무서운 짓을 저질렀느냐? 아무쪼록 오늘부터 제실에 들어가 신령님께 참회하고 이레 동안 수행하도록 하거라."

손책은 크게 웃으며 말했다.

"하하하하. 어머니, 저는 아버님을 따라 열예닐곱 살 때부터 전장에 나가 지금까지 난다 긴다 한다는 적들을 수도 없이 베었습니다. 어째서 요사스러운 비렁뱅이 늙은이 하나를 죽였다고 제실에 들어가 하늘에 용서를 구하겠습니까?"

"아니다. 우길은 보통 사람이 아니야. 신선이다. 너는 신령님의 벌이 두렵지도 않으냐?"

"두렵지 않습니다. 저는 오나라의 국주입니다."

"아, 아무리 말해도 너의 고집은……."

"더는 말하지 마십시오. 사람에게는 저마다 천명이라는 것이 있습니다. 아무리 요사스러운 자가 저주를 내린다 해도 사람의 목숨을 지배할 수는 없습니다."

할 수 없이 노모와 부인은 사랑하는 아들, 남편을 위해 자신들이 대신 제실에 들어가 7일 동안 참회의 기도를 드렸다.

그러나 그 효과도 없이 매일 밤 사경 무렵이 되면 손책의 침실에서는 괴이한 절규가 흘러나왔다.

우길이 나타나서 잠든 그의 얼굴을 보고 비웃으며 침상 주위를 맴돌다가 그가 검을 뽑아 들고 발광하기 시작하면 서광과 함께 홀연히 사라져버리는 듯했다.

손책은 눈에 띄게 야위어갔다. 그리고 낮에도 피곤해서 깊은 잠에 빠져 있는 날이 많았다.

어머니는 머리맡에 와서 부탁하듯 다시 한번 말했다.

"책아, 부탁이니 옥청관玉淸觀으로 참배하러 가자."

"절에는 볼일이 없습니다. 아버님의 기일도 아니고요."

"내가 옥청관 도주에게 부탁해놓았다. 영험한 도사를 초빙하여 향을 피우고 제사를 지내 밤마다 너를 괴롭히는 귀신의 노여움을 달래주자고 말이다."

"저는 어릴 때부터 아버님이 귀신에게 제사 지내는 것을 본 적이 없습니다만."

"그런 억지는 그만 부리도록 해라. 훌륭한 사람의 넋도 원한을 품고 이 땅에 집착하면 귀신이 된다. 하물며 죄 없이 죽임을 당한 신선의 넋이 저주를 내리지 않을까?"

노모는 흑흑 흐느껴 울었다. 부인도 매달려 울며 간언했다. 손책도 결국 이기지 못하고 가마를 준비하라고 명하고 도사원道士院의 옥청관으로 향했다.

"어서 오십시오."

국주의 참배를 기뻐하며 도주를 비롯한 많은 사람이 손책을 제실로 안내했다.

손책은 영 내키지 않는 표정으로 중앙 제단을 마치 적과 대치하듯 노려보고 있다가 도주가 재촉하자 어쩔 수 없이 향로에 향을 피웠다.

"이놈!"

무엇을 봤는지 순간 손책이 차고 있던 단검을 던졌다. 단검은 신하 중 한 명에게 날아가 그대로 꽂혔다. 신하의 비명이 처절하게 울렸다.

||| 二 |||

손책은 가늘고 길게 이어지는 향의 연기 속에서 우길을 보았던 것이다.

단검에 맞은 근신은 일곱 개의 구멍에서 피를 쏟으며 즉사했는데도 손책의 눈에는 여전히 뭔가 보이는 듯 제단을 발로 걷어차고 도사를 메다꽂는 등 미친놈마냥 날뛰었다.

그러고 나서는 또 여느 때와 마찬가지로 몹시 피곤해하며 잠에 곯아떨어진 사람처럼 크게 숨을 내쉬더니 정신이 돌아오자 갑자기 돌아가자며 옥청관의 산문을 나갔다.

도중에 길가를 따라 가마를 따라오는 노인이 있었다. 손책이 가마 안에서 언뜻 보니 우길이었다.

"이 늙은이가 아직도 있었느냐!"

소리친 순간 그는 주렴을 베며 가마에서 떨어졌다.

성문에 들어갈 때도 발광을 일으켰다. 황금색 기와를 얹은 누문의 지붕을 가리키며 저기에 우길이 있다, 화살을 쏘아라, 창을 던져라, 라며 마치 전장에 나간 듯 명령을 내렸다.

그가 날뛰기 시작하면 아무리 많은 무사가 달려들어도 감당할 수가 없었다. 침실에는 매일 밤 불야성처럼 등불을 밝히고 낮에도 밤에도 신하들은 잠을 자지 못했다. 그러다 한 줄기 검은 바람이 불면 성 전체가 이상하게 흔들려서 모두 두려워 떨 뿐이었다.

"이 성에서는 잠을 잘 수 없다."

손책이 이렇게 말하자 성 밖에 진영을 마련하여 3만의 정병이 유막을 에워싸고 경비를 섰다. 그가 자는 막사 밖에는 도끼를 든 험상궂은 무장이 밤이고 낮이고 사방을 지켰다.

이렇게 삼엄하게 경비를 서도 우길은 눈꼬리를 찢고 머리를 풀어헤친 모습으로 매일 밤 손책의 머리맡에 나타나는 듯했다. 그래서 손책을 만나는 자들은 "……어쩌면 저렇게 마르고 쇠약해졌단 말인가."라며 하나같이 변한 그의 모습에 놀라움을 금치 못했다.

어느 날 손책은 거울에 비친 자신의 모습을 보고 깜짝 놀라 거울을 집어 던지며 소리쳤다.

"요귀다!"

그는 검을 뽑아 수십 차례 허공을 베더니 "으윽!" 하고 신음을 토하며 기절해버렸다. 전의가 살펴보니 한때 나았던 창상이 터져서 온몸에서 피가 나고 있었다.

이미 명의 화타도 손을 쓸 수가 없었다. 손책도 자신의 수명이 다한 것을 깨달은 듯 발광이 다소 진정된 어느 날, 부인을 불러 점잖게 말했다.

"이젠 가망이 없소……. 안타깝지만 다시 일어서기 어려울 것 같소. 이런 몸으로 어찌 다시 국정을 이끌 수 있겠소? 장소를 불러주시오. 그 외의 사람들도 모두 이리로 부르시오……. 남길 말이 있으니."

부인은 통곡하며 하염없이 눈물만 흘릴 뿐이었다. 전의와 근신들은 즉시 성안 사람들에게 손책의 용태가 좋지 않다고 알렸다.

장소 이하, 중신과 장수들이 속속 모여들었다.

손책은 침상에서 일어나려 했으나 사람들이 억지로 말렸다. 그의 안색은 비교적 평온했고 눈동자도 맑았다.

"물을 다오."

그는 물로 입술을 축인 후 조용히 말하기 시작했다.

"지금 중국은 엄청난 격변기에 들어섰네. 후한조는 이미 시들어 떨어지는 꽃과 같고, 흑풍과 탁류가 대륙에 소용돌이치고 군웅은 아직도 거처할 곳을 얻지 못해 천하는 지금보다 더 분열되어 다툴 것이네……. 이러할 때 우리 오는 삼강三江의 요해를 차지하고 있는 덕에 앉아서도 여러 주의 동향과 형세를 살피기에 용이하네. 그렇다고 해서 지리적인 이점과 천연 산물에만 의존해서는 안 될 일. ……어디까지나 나라를 지탱하는 근간은 사람이네. 경들은 내가 죽은 후엔 내 아우를 잘 보필해주게. 절대 태만하게 굴어서는 안 될 것이야."

그렇게 말하고 여윈 손을 간신히 들더니 주위를 둘러보았다.

"내 아우 손권은 어디 있느냐?"

"네. 여기 있습니다."

군신들 사이에서 애처롭게도 아직 젊은 청년의 침울한 목소리가 들렸다.

||| 三 |||

손책의 동생 손권이었다.

손권은 울어서 통통 부은 눈을 내리깔면서 형 손책의 머리맡으로 갔다.

"형님, 기운을 차리세요. 지금 형님이 돌아가시면 오나라는 기둥을 잃게 됩니다. 저기 계시는 어머니나 이 많은 신하들을 제가 어떻게 감당할 수 있겠어요?"

그는 두 손으로 얼굴을 감싸고 울었다.

손책은 당장이라도 끊어질 듯한 호흡이었으나 무리하게 미소를 지어 보이며 베개 위에서 고개를 저었다.

"마음을 굳게 먹어라……. 이것이 너에게 남기는 말이다. 권아, 그렇지 않단다. 너에게는 내치의 재능이 있다. 그러나 강동의 병사들을 이끌고 건곤일척乾坤一擲의 승부를 겨루는 일에는 날 따라올 수 없을 것이다. ……그러니 너는 아버님과 내가 오나라를 세울 당시의 고충을 잊지 말고 현인들과 유능한 인재들을 등용하여 영토를 지키고 백성들을 사랑하도록 하여라. 그리고 어머니께 효도하는 것도 잊지 말고."

그의 눈가에는 죽음의 그림자가 시시각각 짙어졌다. 병실 안팎은 물을 끼얹은 듯 조용하여 유언을 남기는 손책의 꺼져가는 목소리가 뒤에 있는 군사들에게까지 들릴 정도였다.

"……아아, 불효자인 이 형은 이미 천명이 다했다. 모쪼록 어머니께 효도하고 네 형수도 잘 부탁하마. 그리고 경들도 권이가 아직 어리니 무슨 일이든 화합하고 잘 도와주도록 하게. 권이도 마찬가지로 공이 있는 장수들을 가벼이 여겨서는 안 된다. 나라 안의 일은 무슨 일이든 장소와 상의하고, 나라 밖의 어려운 일은 주유周瑜에게 묻도록 해라……. 아아, 주유, 주유가 여기에 없는 것이 안타깝구나. 그가 파구巴丘에서 돌아오면 잘 전해주어라."

이렇게 말하고 그는 오의 인수를 풀어 직접 손권에게 건네주었다. 손권은 한쪽 무릎을 꿇고 떨리는 손으로 인수를 받으며 하염

없이 눈물을 흘렸다.

"부인…… 부인……."

손책은 다시 눈동자를 움직였다. 엎드려 울고 있던 아내 교씨는 헝클어진 머리 그대로 남편의 얼굴 쪽으로 다가가 목놓아 흐느껴 울었다.

"부인의 동생은 주유와 짝지어주었소. 주유가 손권을 보필할 수 있도록 동생에게 잘 말해주시오. 끝까지 내조에 힘써줄 것을 부탁하오. 부인, 인생의 중도에서 헤어지는 것만큼 불행한 것도 없지만 어쩔 수 없구려."

다음으로 어린 동생들을 모두 가까이에 불러 말했다.

"앞으로는 모두 권이를 기둥으로 의지하고 어머니 앞에서 형제가 서로 싸우는 일이 없도록 해라. 너희들이 가문의 이름을 더럽히고 의에 어긋난 행동을 한다면 내 넋은 구천에 있어도 절대 용서치 않을 것이다…… 아아!"

손책은 말이 끝나기가 무섭게 숨을 거두었다. 그의 나이 27세였다. 강동의 소패왕이 이렇게나 빨리 요절할 줄은 누구도 예상하지 못했다.

인수를 받고 오의 국주가 된 손권은 당시 불과 19세였다.

그러나 손책이 임종 때 말했던 것처럼 형에게는 미치지 못하나 형이 갖지 못한 것을 그는 가지고 있었다. 그것은 내치의 수완이었다. 즉 보수적인 정치의 재능은 오히려 손권이 뛰어났다.

자는 중모仲謀, 어려서부터 입이 크고 턱이 넓고 눈이 푸르고 수염이 자주색이었다고 한다. 아마도 손씨 집안의 피에는 열대 지방에 사는 남방인의 피가 섞여 있는 듯했다.

그는 동생들이 많았다. 일찍이 오나라에 사자로 왔던 한나라의 유완劉琬은 골상을 잘 보았는데 그가 이렇게 말한 적이 있다.

"손씨 집안의 형제는 모두 재능이 뛰어나지만, 누구도 천수를 누리지 못할 것이다. 단지 손중모만은 상이 다르다. 아마도 손씨 집안을 지키며 천수를 누리는 자는 그 아이뿐일 것이다."

이 말은 분명 손씨 집안의 장래와 세 아이의 운명을 어느 정도 예언하고 있었다. 아니, 이미 손책에게는 이 말이 불행하게도 적중하고 말았다.

오나라 사람은 모두 상복을 입었다. 하늘에서 슬픈 새소리가 들리는 것 외에 땅에서는 일체의 음악 소리가 들리지 않았다.

장의 위원장은 손권의 숙부인 손정孫靜이 맡았고 장례식은 이레 동안 거행되었다.

장례가 끝난 후에도 손권은 집에 틀어박혀 형의 죽음을 깊이 애도하며 눈물만 흘리고 있었다.

"그러고만 계시면 어떡합니까? 탐욕스러운 야심을 품은 자들이 사방에 그득한 이때에. 부디 선왕의 유언에 따라 국정에 힘쓰시고 밖으로는 병사들을 돌아보시며 주변국들에 선대에 뒤지지 않는 국주라는 것을 보이시기 바랍니다."

장소는 손권을 볼 때마다 이렇게 말하며 격려했다.

파구에 있던 주유는 밤낮을 가리지 않고 오군으로 달려왔다.

손책의 어머니와 미망인은 그를 보자 눈물을 흘리며 고인의 유언을 자세히 전했다.

주유는 고인의 영단靈壇에 절하고 말했다.

"유언에 따라 지기知己의 은혜에 무슨 일이 있어도 보답하겠습니다."

그는 영단 앞에서 한동안 떠나지 않았다.

그 후 그는 손권의 방에 들어가 단둘이서 이야기를 나누었다.

"무슨 일에 있어서나 그 기본은 사람입니다. 사람을 얻는 나라는 번성할 것이고 사람을 잃는 나라는 망할 것입니다. 그러니 국주께서도 덕이 있고 재능이 있는 사람을 곁에 두시는 것이 제일 중요합니다."

손권은 주유의 말을 고분고분하게 듣고 있었다.

"형님께서도 숨을 거두시기 전에 그렇게 말씀하셨어요. 그리고 나라 안의 일은 장소에게 묻고 나라 밖의 일은 주유에게 물으라고 유언을 남기셨습니다. 나는 그것을 지킬 생각입니다."

"장소는 참으로 현명한 사람입니다. 사부의 예로 대하고 그의 말을 존중해야 합니다. 그러나 저는 원래 무디고 둔한 사람이어서 고인의 부탁이 심히 부담스럽습니다. 국주를 보좌할 수 있는 사람으로 저보다 더 뛰어난 인물을 한 명 추천하겠습니다."

"그것이 누굽니까?"

"이름은 노숙魯肅, 자는 자경子敬이라는 사람입니다만."

"아직 들어본 적이 없는 이름인데, 그런 유능한 인재가 세상에 숨어 있단 말씀입니까?"

"초야에는 유능한 인재가 없다는 말이 있습니다만, 사람들 사이에는 어느 시대에나 반드시 인재가 있기 마련입니다. 단지 그를 찾아낼 사람이 없을 뿐입니다. 또 그를 쓰는 조직이 좋지 않아 유능한 자를 무능한 자로 만드는 경우가 많습니다.”

“주유, 그 노숙이라는 사람은 대체 어디에 살고 있습니까?”

“임회臨淮의 동성東城(안휘성 동성)에 살고 있습니다. 그는 가슴에 육도삼략六韜三略을 품고 있고, 태어나면서부터 지모가 뛰어난데다 성격이 온후하여 만나면 봄바람을 쐬는 듯합니다. 어린 시절부친을 여의고 홀어머니를 모시며 효도를 다 하고 있고, 집에 재산이 넉넉하여 동성의 교외에서 유유자적하게 살고 있습니다.”

“몰랐습니다. 오나라에 그런 인물이 있는 줄은.”

“벼슬하는 것을 좋아하지 않는 듯합니다. 노숙의 친구인 유자양劉子揚이라는 이가 소호巢湖에 가서 정보鄭寶를 섬기지 않겠냐고 끈질기게 권하고 있는 모양입니다만, 어떤 대우에도 가려고 하지 않는답니다.”

“주유, 그런 사람이 만약 다른 곳으로 간다면 큰일입니다. 귀공이 가서 어떻게든 불러올 수 없을까요?”

“방금 말씀드린 대로 어떤 인재라도 잘 쓰지 않으면 아무 도움이 되지 않습니다. 국주께 진정 열의가 있으시다면 제가 반드시 설득하여 데리고 오겠습니다만.”

“나라를 위해, 가문을 위해, 어찌 현인을 구하고도 무능한 자로만들겠습니까? 고생스럽겠지만 서둘러 다녀오십시오.”

“알겠습니다.”

주유는 다음 날 동성을 향해 떠났다. 그리고 시골에 사는 노숙을 방문할 때는 일부러 아무도 데리고 가지 않고 자기 혼자 그의 집 문 앞에 섰다.

집 구조가 딱 시골 부농의 집과 같은 구조였다. 문 안에서는 한

가롭게 맷돌 돌리는 소리가 들렸다.

그 집의 문 안으로 들어가면 그 집 주인의 기호나 가풍을 저절로 알게 된다고 한다.

주유는 문 안으로 들어서자 주인 노숙의 됨됨이가 어떤지 바로 알 수 있었다.

문 안으로 들어가도 불러 세우는 사람이 없었다. 집 안은 넓고 평화로웠다. 어디를 보나 이 지방의 부농이라는 느낌이었다. 어디에선가 소가 울고 있었다. 돌아보니 아이들 두세 명이 헛간 옆에서 물소와 뒹굴며 희희낙락 놀고 있었다.

"주인 나리는 계시느냐?"

주유가 가까이 다가가 묻자 아이들은 그를 빤히 쳐다보더니 안쪽의 나무 사이를 가리키며 대답했다.

"저쪽에 계세요."

안채와 떨어진 그곳에는 시골스러운 서당이 보였다. 주유는 아이들에게 고맙다고 말하고 그곳으로 향했다. 나무들 사이로 난 샛길을 걸어가고 있는데 풍채 좋은 무사가 부하들을 거느리고 느긋하게 걸어오고 있었다. 노숙을 찾아온 손님이라고 생각하고 조금 길을 비켜주자 손님은 주유에게 인사도 없이 거드름을 피우며 지나갔다.

주유는 신경도 쓰지 않았다. 그대로 서당 앞에 당도하자 그곳엔 지금 막 손님을 배웅한 주인이 서 있었다.

"실례합니다만, 귀공이 이 집의 주인이신 노숙 공이십니까?"

주유가 공손하게 묻자 노숙은 여유 있는 눈길로 돌아다보며 대답했다.

"그렇습니다. 제가 노숙입니다만, 댁은 뉘시오?"

"오나라의 국주, 손권의 뜻을 받들어 기별도 없이 찾아뵀습니다. 저는 파구의 주유입니다."

"네? 그럼 댁이 주유 공이시오?"

　노숙은 몹시 놀라는 모습이었다. 파구의 주유라면 모르는 사람이 없었다.

"어쨌거나 들어오시지요."

　그를 서당 안으로 청하여 들이고 찾아온 연유를 물었다.

　과연 소문과 다르지 않은 노숙의 인품에 마음속으로 깊이 감격한 주유는 정중하게 설명했다.

"오늘의 대사는 물론 장래에 있습니다. 장래를 생각할 때 군주 된 자는 신하를 선택하지 않으면 안 됩니다. 신하 된 자도 그 주군을 선택하는 것이 실로 평생의 대사라고 생각합니다. 저는 진작부터 귀공의 명성을 흠모해왔습니다만, 뵙지 못하고 있었습니다. 아시는 바와 같이 오나라는 선왕 손책의 뒤를 이어 아직 젊은 손권이 국주가 되었습니다. 이렇게 말씀드리면 아전인수我田引水 격으로 들릴지 모르겠습니다만, 주군 손권은 보기 드물게 영리하고 독실한 분으로 선철先哲의 말씀을 탐구하고 현자를 존중하며 유능한 인재를 찾는 데 실로 절실함이 있습니다."

　이렇게 전제를 깐 다음 본론으로 들어갔다.

"어떻습니까. 오나라를 위해 한번 일해보지 않겠습니까? 귀공도 서당 안에 틀어박혀 글이나 파는 한가함에 젖어 일생을 부농으로만 지낼 생각은 아니시겠지요? 세상이 태평하다면 그리 살아도 괜찮습니다만, 천하의 시류는 귀공과 같은 유능한 분을 이런 시골에서 썩게 하는 것을 허락하지 않습니다. 소호의 정보를 섬길 바에는⋯⋯. 감히 제가 말씀드리겠습니다. 귀공은 오나라를 섬겨야 한다고."

주유는 역설했다.

노숙은 미소 띤 얼굴로 고개를 끄덕이며 말했다.

"좀 전에 막 나간 손님과 만나셨지요?"

"만났습니다. 역시 귀공을 포섭하기 위해 온 유자양이지요?"

"그렇습니다. 재삼재사, 소호에 와서 관직에 올라 정보를 섬기라고 끈질기게 권하고 있습니다만."

"귀공의 뜻은 움직이지 않을 것입니다. 좋은 새는 머물 나무를 선택한다고 하지 않습니까? 당연한 일입니다. 저와 함께 오로 가십시다."

"⋯⋯?"

"마음이 내키지 않습니까?"

주유가 따져 묻자 노숙이 갑자기 일어서더니 말했다.

"아니, 잠시 기다려주십시오."

그는 손님을 서당 안에 남겨두고 혼자 안채로 가버렸다.

∥∥ 六 ∥∥

"실례했습니다."

얼마 지나지 않아 노숙이 돌아와서 말했다.

"저에게는 노모가 한 분 계십니다만, 노모의 의향도 여쭙고 와야 해서요. 그런데 노모께서도 저와 같은 생각으로 오를 섬기는 것이 좋겠다며 기뻐하셨습니다. 부르심에 바로 응하기로 하지요."

주유는 기뻐서 펄쩍 뛰며 말했다.

"이것으로 우리 삼강의 진영은 정채精彩를 일신할 것입니다."

두 사람은 즉시 말을 타고 오군으로 돌아갔다. 주유는 노숙을 손권 앞으로 안내했다.

노숙을 맞아들인 손권의 마음이 얼마나 든든했는지는 말할 필요도 없다. 이후 형을 잃은 슬픔에서 벗어나 정무를 보고 군무에 관한 일에도 열성적이었으며 늘 노숙에게 의견을 물었다.

어느 날은 단둘이 술을 마시고 같은 침상에 누워 밤늦게까지 등불을 밝히고 국사 따위를 논하는 자리를 갖기도 했다.

"공은 한실의 현 상태를 어떻게 생각하십니까? 그리고 우리가 준비할 것은 무엇이라고 생각하십니까?"

젊은 손권이 눈동자를 반짝이며 물었다.

노숙이 대답했다.

"한조의 강성强盛은 이미 과거의 일입니다. 오히려 기생목寄生木인 조조가 점점 늙어가는 어미나무를 갉아 먹으며 줄기를 키우고 결국은 뿌리를 한조의 땅에 내리고 번성할 것이 틀림없습니다. 거기에 대해서 주공께서는 조용히 시운을 보면서 강동의 요해를 굳건히 하며 하북의 원소와 세 발 솥의 다리 같은 형태를 취하고 천천히 기회를 보는 것이 상책입니다. 일단 때가 오면 황조黃祖를 평정하고 형주의 유표를 정벌한 후 일거에 장강을 거슬러 올라가 세력을 확대해 가는 것입니다. 조조는 늘 하북과의 공방에 여유가 없으니 오의 진출을 막을 수 없을 것입니다."

"한실이 쇠퇴한 후 조정과 종묘는 어떻게 되겠습니까?"

"다시 한고조와 같은 인물이 나타나 제왕의 업이 시작되겠지요. 역사는 반복되는 것입니다. 이러할 때 태어나 땅의 이점과 사람을 화합하는 능력, 오의 삼강을 물려받으신 주공께서는 자중에 자중을 거듭하셔야 합니다."

손권은 가만히 듣고 있었다. 그의 귓불은 붉었다.

그 후 며칠 짬을 내어 노숙이 시골의 어머니를 만나러 갔을 때 손권은 그의 노모에게 드리라며 의복과 휘장을 선물했다.

노숙은 그 은혜에 감동하여 돌아올 때는 또 한 사람을 데리고 와서 손권에게 추천했다.

그는 중국인 중에는 드문 두 글자의 성을 가지고 있었기 때문에 누구나 그 가문을 알고 있었다.

성은 제갈諸葛, 이름은 근瑾이라고 했다.

손권이 신상에 관해 묻자 그가 대답했다.

"고향은 낭야琅琊의 남양南陽(산동성 태산의 남쪽)입니다. 돌아가신 아버지는 제갈규諸葛珪라고 하며 태산의 군승郡丞으로 일하셨습니다만, 제가 낙양의 대학에서 유학하고 있을 때 돌아가셨습니다. 그 후 하북은 전란이 계속되어 계모가 편안히 사실 수 없었기에 계모를 모시고 강동으로 피난하였습니다. 그래서 동생들은 저와 헤어져 형주의 백부 집에 기거하고 있습니다."

"백부는 무슨 일을 하고 계십니까?"

"형주 자사 유표를 섬기며 중용되었습니다만 4, 5년 전에 난리를 만나 토착민에게 살해당해 지금은 이미 고인이 되셨습니다."

"나이는 몇 살이오?"

"올해 스물일곱 살입니다."

"스물일곱 살이라면 나의 돌아가신 형님과 같은 나이이군."

손권이 몹시 그리운 듯한 얼굴을 했다.

노숙이 옆에서 그의 됨됨이를 설명했다.

"제갈근은 아직 젊습니다만, 낙양의 대학에서는 수재라는 말을 들었고 시문과 경서에 정통합니다. 특히 제가 감복한 것은 계모를 모시기를 친어머니 모시듯 하는 것인데 그것만 봐도 제갈근의 온아한 정조를 알 수 있습니다."

손권은 그를 오나라의 귀빈으로 환대하며 훗날 중히 썼다.

이 제갈근이 바로 제갈공명의 친형으로 동생 공명보다 일곱 살 많았다.

벽력거

||| 一 |||

오나라를 일으킨 위대한 군주 손책을 잃고 오나라는 한때 슬픔에 잠겼지만, 그 때문에 오히려 젊은 손권을 중심으로 인재가 모여 국방과 내정이 모두 눈에 띄게 강화되었다.

국책의 대방침으로서 우선 하북의 원소와는 절연하기로 결론을 내렸다. 제갈근의 헌책에 따른 것인데, 근은 오랫동안 하북에 머무르며 원소 유막의 내부 사정을 누구보다도 잘 알고 있었기 때문이다.

잠시 조조를 따르는 듯 보이다가 기회가 오면 조조를 친다!

이것이 기본 방침이었다.

그렇게 정해졌기 때문에 하북에서 사자로 와서 오랫동안 체류하고 있던 진진은 얻은 것 없이 돌아갈 수밖에 없었다.

한편 조조 쪽에서도 오의 손책이 죽었다는 소식에 큰 충격을 받고 급히 회의를 열어 그 자리에서 조조가 제의했다.

"하늘이 내린 기회라 생각하오. 즉시 강을 따라 대군을 내려보내 오를 치도록 합시다."

그러나 마침 도성에 와 있던 시어사侍御史 장굉張紘이 조조의 제의에 대해 간언했다.

"타국의 상중에 군사를 일으키는 것은 승상에게 어울리지 않는 처사입니다. 그런 예는 지금까지 들어본 적이 없습니다."

이 말을 듣고 조조도 자신의 비열함을 깊이 부끄러워하며 이후 그 일에 대해서는 언급하지 않았을 뿐만 아니라 오에 사자를 보내 후계자인 손권에게 은명恩命을 내렸다.

즉 손권을 토로장군討虜將軍, 회계會稽 태수로 봉하고 장굉은 회계 도위都尉로 임명하여 돌려보냈다.

그가 선택한 방침과 오가 정한 국책은 그 영속성이야 어떻든 손책이 죽은 뒤에야 어쩌다가 일치했다.

한편 하북의 원소는 고립되었다.

사자는 쫓겨오고 오는 적극적으로 조조에게 아첨하고, 조조 역시 오의 손권에게 관직을 내리라는 주청을 올리는 등 양국이 제휴하는 것을 보자 고립된 원소 군은 초조함을 느꼈다.

"우선 조조를 타도하라."

명에 의해 기주, 청주, 병주, 유주 등 원소의 50만 대군이 관도官渡(하남성 개봉 부근)로 쇄도했다.

원소도 화려하게 옷을 갖춰 입고 기북성冀北城에서 출진을 위해 말에 오르자 중신重臣 전풍田豊이 불리함을 역설했다.

"이렇게 영내를 비우시고 무분별하게 출진해서는 반드시 큰 화를 초래할 것입니다. 오히려 관도의 병사들을 물려 방비를 하시는 것이 최선책이라고 생각합니다만."

옆에 있던 봉기逢起는 평소 전풍과는 견원지간犬猿之間이었기 때문에 이때다 싶어서 일부러 호들갑스럽게 책망하기 시작했다.

"출진을 앞두고 불길한 말을 하다니, 전풍은 주군이 패하기를 바라는 듯하군. 무슨 근거로 큰 화를 초래한다고 단언하는가?"

출진의 날은 사소한 일도 길흉을 점쳐 주의를 기울인다. 불길한 말을 하는 것은 중죄에 해당한다. 하물며 중신이란 자가 그런 말을 하는 것은 더더욱 안 될 일이었다.

원소도 화를 내며 전풍을 베어 출진하는 병사들의 사기를 돋우라고 날뛰었지만, 여러 사람이 목숨만은 살려달라고 애원하자 대신 이렇게 말하고 출진했다.

"목에 칼을 씌워 하옥시키도록 하라. 개선하고 나서 반드시 죄를 묻도록 하겠다."

그런데 양무陽武(하남성 원양 부근)까지 진격했을 때 이번에는 저수가 와서 간언했다.

"조조는 속전속결을 노리고 있습니다. 군비軍備와 군량이 부족하기 때문입니다. 그런데도 우쭐해서 성급하게 대군을 일으키는 것은 이해하기 어렵습니다. 아군이 대군임은 분명합니다만, 그 용맹과 사기는 도저히 조조 군에 미치지 못합니다."

"닥쳐라! 네놈 역시 전풍처럼 쓸데없이 불길한 말을 지껄이는구나."

원소는 그의 목에도 칼을 씌워 하옥해버렸다.

이리하여 관도의 산야 사방 90리에 걸쳐 원소의 병력 70여만이 진을 치고 조조 군과 대치했다.

ㅣㅣㅣ 二 ㅣㅣㅣ

이날, 밀발굽이 일으키는 흙먼지는 하늘을 덮고 양군의 깃발과 북소리는 땅을 덮었다. 마치 눈부신 별 무리가 하늘을 날아다니는 듯한 빛을 어렴풋이 보는 것 같았다.

정오. 해는 머리 꼭대기에 있었다.

마침 그때 징과 북이 원소의 진영에서 높게 울렸다.

대장군 원소가 진문 밖에 세운 군기를 젖히고 말을 타고 나왔다. 황금색 투구에 비단 전포, 은색 띠를 두르고 춘란春蘭이라 부르는 암컷 준마에 자개 안장을 얹어 그야말로 하북 제일의 명문가 출신다운 위풍당당함을 과시하면서 진두로 나와 외쳤다.

"조조에게 한마디하겠다."

서군의 철벽진은 허저와 장료, 서황, 이전, 악진, 우금 등의 장수들을 줄지어 세워 마치 인마의 장성長城을 형성하고 있는 듯했다. 그 가운데를 가르며 나온 자가 있었으니 말할 필요도 없이 지금 천하가 이 사람 손에 좌지우지된다고 여겨지는 조조였다.

"조조는 여기 있다. 하북의 원소가 여기까지 어쩐 일이냐? 내가 전에 천자께 상주하여 너를 기북 대장군으로 봉하고 하북의 치안을 명했거늘 스스로 군사를 일으켜 반란을 꾀하다니 도대체 어떻게 된 일이냐?"

그가 적에게 하는 선언은 언제나 이런 식이었다. 원소는 당연히 얼굴을 붉히며 화를 냈다.

"닥치지 못할까! 너야말로 천자의 조칙을 사사로이 도용하고 조정의 위엄을 등에 업고 함부로 행동하는 묘당廟堂의 좀도둑이요, 천하의 용서할 수 없는 역신逆臣이다. 나는 적어도 조상 대대로 한실 제일의 신하였다. 하늘을 대신하여 너 같은 역신을 벌한다. 또 이는 만민이 바라는 바이기도 하다."

선언만큼은 누가 들어도 원소가 훌륭했다.

조조는 즉시 "논쟁할 가치도 없다."며 말 머리를 돌리더니 장료에게 공격하라고 명했다.

활과 철포 등이 일제히 발사되며 빗발치는 화살 사이에서 장료가 달려나와 원소를 공격하려는 순간 원소의 뒤에서 호통 소리가 들렸다.

"천벌을 받을 놈, 뒤로 물러나지 못할까!"

하북의 용장 장합張郃이 달려나오며 과감하게 창으로 맞섰다. 두 사람은 불꽃을 튀기며 겨루기를 50여 합, 그런데도 승부가 나지 않았다.

조조는 멀리서 바라보며 놀라움을 금치 못하고 중얼거렸다.

"도대체 저 괴물은 누구란 말인가?"

대기하고 있던 허저가 참지 못하고 언월도를 휘두르며 돌진했다. 원소 군에서도 그 모습을 보고 창을 들고 달려나오는 자가 있었다.

"고람高覽이 여기 있다!"

이때 장대將臺(장수가 올라서서 명령, 지휘하던 대) 위에 서서 전황을 보고 있던 원소 군의 장수 심배審配가 조조 군이 약 3,000명씩 두 부대로 나뉘어 아군의 측면을 협공하는 것을 보고 신호를 보내기 위해 부채 모양의 지휘봉을 부려져라 흔들었다.

이런 일도 있을 것이라 예상하고 미리 노궁대와 철포대를 매복해두었는데 과연 생각한 대로였다.

천지를 찢을 듯한 굉음과 함께 조조 군을 향해 화살과 돌, 철환이 빗발치듯 날아갔다.

"지금이다. 쫓아가서 무너뜨려라."

원소는 이겼다. 이날의 전투는 그야말로 원소 군의 대승이었다. 이에 비해 조조 군은 관도를 건너 비장한 퇴진을 하는 사이에 날이 저물었다.

⫼⫼ 三 ⫼⫼

원래 이곳 관도의 지세는 하남의 북방에서 유일한 요해의 조건을 갖추고 있었다.

뒤에는 거대한 산이 버티고 있고, 그 산기슭을 둘러싸고 30여 리에 걸친 관도의 강은 자연이 만든 해자였다. 조조는 그 수원 일대에 적의 침입을 막기 위한 가시나무 울타리를 둘러치고 험준한 산을 근거로 삼아 굳게 수비하고 있었다.

양군은 이 강을 사이에 두고 대치하게 되었다. 지세의 안배와 쌍방의 전투력이 막상막하인 이 전투는 마치 일본의 가와나카지마川中島에서 있었던 다케다武田와 우에스기上杉의 대전과 닮은 점이 많았다.

"아무리 원소 군이라도 이런 태세라면 접근할 수 없을 것이다."

조조는 아군의 진용을 자만하는 듯했다.

천하의 원소도 힘으로 공격하는 것은 어리석다고 깨달았는지 며칠 동안 화살 한 발 날리지 않았다.

그런데 하룻밤 사이에 관도의 북쪽 기슭에 산이 하나 올라가고 있었다. 원소가 대체 무슨 생각을 했는지 20만의 병사들에게 공사를 명하여 인공산을 만들게 한 것이다. 열흘 정도 지나자 완벽한 언덕이 되었다.

"뭐지?"

조조 군의 각 진영에서는 손그늘을 만들어 바라보았다. 그리고 회의를 거듭하였으나 끝내 손쓸 방법을 찾지 못했다.

"……음, 이번에는 저 인공산 위에 망대를 여러 개 만들고 있군."

"참으로 해괴한 짓을 하고 있어. 무슨 속셈이지?"

그 답을 아는 데는 얼마 걸리지 않았다.

좁고 긴 언덕 위에 50명이 앉을 수 있는 망대를 여러 곳에 만들기 시작한 원소 군은 그것이 완성되자 망대 하나에 50명의 궁수가 올라가 일제히 화살과 돌을 날리기 시작한 것이다. 조조도 이 공격에는 손쓸 방법을 찾지 못하고 병사들을 모두 산기슭 뒤로 후퇴시킬 수밖에 없었다.

"도강 준비!"

당연히 원소는 다음 작전을 개시했다. 밤마다 강 가운데의 가시나무 울타리를 잘라서 제거하고 아군의 엄호사격을 받으며 적진에 상륙할 수 있는 기회를 엿보고 있었다.

조조도 내심 두려움을 느낀 듯했다.

"관도 수비도 이 강이 있기에 가능한데……."

그때 막료인 유엽劉曄이 계책을 내놓았다.

"우선 적의 인공산과 망대를 먼저 분쇄하지 않으면 아군은 움직일 수가 없습니다. 그러기 위해서는 발석거發石車를 만들어 하나하나 깨부수는 수밖에 없습니다."

"발석거가 무엇인가?"

"소장의 영지에 사는 이름 없는 늙은 대장장이가 발명한 것으로 큰 바위를 통에 넣고 화약을 이용해 날려서 적진을 폭파시키는 것입니다."

유엽이 그림을 그려 보였다.

조조는 기뻐하며 즉시 그 무명의 늙은 대장장이를 발탁하고 대장장이, 목공, 석공, 화약 제조자 등 수천 명의 장색을 독려하여 그림과 같은 발석거를 수백 대 만들게 했다.

그야말로 과학전이었다. 근대 병기와는 비교도 되지 않겠지만, 그 정신과 전법은 분명 비약적인 발전을 이룬 것이었다.

거포車砲는 포구를 나란히 하고 화염을 뿜었다. 큰 바위가 허공을 가르며 강을 건너 인공산에 무수한 흙먼지를 일으켰다. 또 적군의 망대를 모두 산산조각으로 날려버렸다.

"저 기계는 뭐지?"

적은 물론 아군조차 눈앞에 나타난 과학의 위력에 공포를 느꼈다.

"벽력거霹靂車다……. 저건 서쪽 바다에서 건너온 오랑캐의 벽력거라는 화기야!"

누군가 아는 체하며 말하자 어느새 그대로 벽력거라고 불리게 되었다.

어쨌거나 원소 군은 다시 새로운 전법을 생각해내어 조조 군을 위협했다.

||| 四 |||

굴자군掘子軍이라는 군을 편성한 것이다. 그들은 두더지처럼 땅속을 파서 지하도로 적진을 공격한다. 원소 군이 잘 쓰는 전법으로 전에 북평성의 공손찬을 무너뜨릴 때도 이 전법을 써서 성안으로 군사들을 투입하여 곳곳에 불을 질러서 수월하게 이긴 전례가 있다.

이번에는 성벽이 아니라 강이 양군 사이에 있었으나 수심이 얕아서 깊이 판다면 강 건너까지 파는 것이 어렵지 않아 보였다.

이것은 심배가 제안한 계책이었다.

"좋다."

원소도 찬성하고 즉시 실행에 옮기게 했다. 2만여 명의 두더지들은 순식간에 한 줄기의 땅굴을 강 건너편 기슭까지 파 들어갔다.

그러나 조조는 일찌감치 그것을 간파하고 있었다. 땅굴에서 파낸 흙이 여기저기에 산처럼 쌓이는 것을 보았기 때문이다.

"어떻게 하면 막을 수 있을까?"

그는 또 유엽에게 물었다.

유엽은 웃으며 대답했다.

"이미 낡은 계책입니다. 이것을 막기 위해서는 아군 진지 앞에 횡으로 긴 해자를 파면 됩니다. 또 그 해자에 강물을 끌어다 채워두면 더욱 좋을 것입니다."

"과연."

어렵지 않게 방어선이 만들어졌다.

척후병의 보고로 이 사실을 알게 된 원소는 서둘러 굴자군 작전을 중지시켰다.

이런 식으로 전쟁은 쓸데없이 길어져서 8월, 9월도 지나갔다.

양군은 수송력에 비해 군사들이 많았기 때문에 장기전으로 접어들자 쌍방 모두 군량미 부족에 시달리게 되었다.

조조는 그 때문에 몇 번이나 관도를 버리고 도성으로 돌아갈 생각까지 했지만, 여하튼 순욱의 의견을 묻기 위해 도성으로 사람을 보냈다.

그런데 서황의 부하인 사환史渙이라는 자가 그날 적병을 한 명 잡아왔다.

서황이 그 포로를 회유하여 이것저것 물어보니 이런 사실을 털어놓았다.

"원소의 진영에서도 실은 군량이 부족해 힘든 상황입니다. 그러나 최근 한맹韓猛이라는 자가 각지에서 곡물과 양미糧米 등을 엄청나게 모아 전선으로 운반 중입니다. 저는 그 군량을 전선으로 운반하는 길 안내를 맡아 가는 도중에 재수 없이 날붙이를 밟아서 낙오됐습니다."

거짓말 같지는 않았다. 그래서 서황은 즉시 조조에게 보고했다. 조조가 이 말을 듣고 손뼉을 치며 말했다.

"그 군량이야말로 하늘이 우리 군에 내리신 것과 다름없다. 한맹이라는 자는 조금 강하기는 하나 교만하여 쉽게 적을 얕보는 경향이 있다. 누가 그 군량을 빼앗아 오겠는가?"

"다른 사람에게 명령을 내릴 필요도 없이 소장이 사환을 데리고 가겠습니다."

서황이 나서며 말했다.

조조는 장하다며 허락했으나 적진 깊숙이 들어가야 했기 때문에 서황의 선봉대 2,000명 뒤에 장료와 허저 두 장수에게 5,000여 명의 병사를 내주며 뒤따르게 했다.

그날 밤, 하북의 군량 담당인 한맹이 군량을 실은 수천 대의 수레와 우마를 채찍질하여 구불거리는 산길을 가고 있는데 갑자기 사방의 골짜기에서 함성이 일었다.

급히 방전防戰 태세를 갖추었지만 길은 험하고 날은 어두운 데다 우마까지 날뛰는 통에 적의 얼굴을 미처 보기도 전에 대혼란에 빠지고 말았다.

서황의 기습대는 준비한 유황과 염초를 팔방에서 던져 적의 군량에 불을 질렀다.

불이 붙은 소는 울부짖었고, 불이 붙은 말은 날뛰었다. 시뻘건 골짜기에서 병사들이 어지러이 싸우기 시작했다.

||| 五 |||

한밤중에 서북쪽 하늘이 붉게 물들자 원소는 막사 밖에 서서 무슨 일인가 하고 의아하게 생각하고 있었다.

그때 한맹의 부하들이 속속 도망쳐와서 보고했다.

"조조 군이 군량에 불을 질렀습니다."

"이런 멍청한 놈."

원소는 낙담하면서 한맹의 패퇴에 분개했다.

"장합은 어디 있느냐? 고람도 불러라."

그는 급히 두 장수를 불러 정병을 붙여주며 군량 수송대를 기습한 적의 퇴로를 끊고 전멸시키라고 명령했다.

"알겠습니다. 아군의 피해가 막심한 듯합니다. 군량을 태운 적군을 한 놈도 살려 보내지 않겠습니다."

두 장수는 병사들을 두 패로 나누어 곧장 큰길로 달려가서 적이 지나갈 만한 길에 먼저 도착했다.

이윽고 임무를 완수한 서황이 의기양양하게 이 길에 접어들었다.

기다리고 있던 고람과 장합이 소리쳤다.

"도둑놈들의 수는 많지 않다. 모두 죽여라!"

그리고 손쉽게 포위하더니 말을 타고 적 가운데로 깊이 들어갔다.

"네놈이 서황이냐?"

고람과 장합은 서황을 발견하자마자 그를 사이에 두고 협공했다.

그런데 고람과 장합의 등 뒤에 있던 부하들이 갑자기 거미 새 끼처럼 뿔뿔이 흩어져 달아나는 것이었다. 이상히 여긴 두 사람은 일단 부하들을 따라 달아났는데 알고 보니 적군의 후발대가 있었 던 것이다.

즉, 한 부대는 허저, 다른 한 부대는 장료, 합처서 5,000여 명의 병사가 일시에 함성을 지르며 도망가는 아군 병사들을 한 명도 남 기지 않고 쓸어버리고 있었다.

"당할 수 없겠구나."

고람은 너무 놀라 싸우지도 않고 도망쳤다.

"쓸데없이 목숨을 버릴 순 없지."

장합도 말에 채찍을 가해 도주해버렸다.

서황은 후발대인 장료, 허저와 합류하여 관도의 하류를 건너 유 유히 진지로 돌아왔다. 그러나 조조가 공훈을 칭찬하자 부끄러워 하며 말했다.

"아니, 과한 칭찬이십니다. 사명을 받고 나갔으나 절반 정도밖 에는 이루지 못했습니다."

"어째서 부끄러워하는가?"

조조가 물었다.

"적의 군량을 태우고 돌아온 것으로는 아군의 배를 불릴 수 없 기 때문입니다."

"어쩔 수 없는 일이지. 그렇게까지 하는 것은 지나친 욕심이다."

조조가 위로하자 다른 장수들은 쓴웃음을 지었다. 이번 전과로 아군의 군량 부족이 전혀 해결되지 않았기 때문이다.

그러나 원소 군과 비교하면 아군의 사기를 올린 것만으로도 서황의 공은 충분히 크다고 할 수 있었다.

원소는 기다리던 막대한 양의 군량이 허무하게 불에 타 버리자 격노하여 명령을 내렸다.

"한맹의 목을 베어 진문에 내걸어라."

그러나 다른 장수들이 한맹을 불쌍히 여겨 계속해서 목숨만은 살려달라고 탄원한 덕에 한맹은 목숨을 부지하고 대신 병졸로 강등되었다.

이런 일이 있고 나서 심배는 원소에게 주의를 주었다.

"오소烏巢(하북성河北省)의 방비야말로 실로 중요합니다. 적이 굶주리면 굶주릴수록 그 위험은 더할 것입니다."

오소, 업도鄴都에는 원소 군의 생명을 연명시킬 창고가 있었다. 듣고 보니 과연 일리가 있는 말이었기에 원소는 더욱더 불안해져서 심배를 그곳에 파견하여 군량을 점검하라고 명하고 순우경淳于瓊을 대장으로 삼아 약 2만여 기를 창고 수비군으로 파견했다.

이 순우경이라는 자는 타고난 대주가大酒家로 말이 많고 허풍을 떠는 버릇이 있는 인물이었다. 그의 부장으로 따라간 여위呂威, 한거자韓莒子, 휴원眭元 등은 내심 불안했다.

"또 실수나 하지 않으면 좋겠는데."

그러나 오소 땅은 천험天險의 요새였다. 그래서 어느 정도 안심은 되었지만, 아니나다를까 우려했던 대로 순우경은 매일 부하들을 모아놓고 술판을 벌였다.

원소 군에 허유許攸라는 장수가 있었다. 나이는 꽤 먹었으나 굴 자군의 조장을 맡거나 평소에는 중대장 정도의 직급에 이렇다 할 전공도 세우지 못한 불우한 인물이었다.

이 허유가 불우한 원인은 또 다른 데에도 있었다.

그가 조조와 같은 고향 사람이라는 이유로 중용하면 위험하다 는 것이었다.

술을 마셨을 때인지 언제인지 그가 직접 이런 말을 하기도 했다.

"난 어렸을 때부터 조조와 친하게 지내는 사이라고. 그가 고향 에 있을 때는 매일 여자를 끼고 놀고 사냥하러 다니고 옷 자랑을 하고 마을의 술집마다 돌아다니며 마시는 게 일이었지. 한마디로 불량배들의 우두머리 같은 존재였다고나 할까? 나 역시 그의 부 하로 어지간히 사고를 치고 다녔고."

자랑삼아 떠든 이 말로 인해 부대 내에서는 늘 무시를 당했다. 그런데 그 허유가 어쩌다 공을 하나 세웠다.

정찰하러 소대와 함께 멀리 나갔다가 수상해 보이는 사내를 한 명 체포한 것이다.

고문해보니 뜻밖에도 중요한 정보를 갖고 있었다.

전에 조조가 도성에 있는 순욱에게 편지를 보냈으나 이후 지금 까지 순욱으로부터 연락이 없는 데다가 군량도 보내오지 않았기 때문에 전군이 아사할 지경에 이르렀다는 보고와 함께 신속한 조 치를 부탁한다는 중요한 편지를 품에 숨기고 있었던 것이다.

"특별히 부탁할 게 있습니다. 저에게 기병 5,000을 내어주십시오."

허유는 지금이야말로 평소의 의심을 풀고, 또 자신을 불운으로부터 벗어나게 할 수 있는 기회라 여기고 직접 원소를 만나 간청했다.

물론 증거인 편지와 생포한 밀사의 진술서를 보인 다음이었다.

"너에게 5,000명의 군사를 내어준다면 어떻게 할 생각이냐?"

"험로를 넘어 적의 중심인 허도로 단번에 공격해 들어가겠습니다."

"어리석구나. 그런 일이 쉽게 성취된다면 나를 비롯해 다른 장수들이 이렇게 고생하고 있겠느냐?"

"아닙니다. 반드시 성공해 보이겠습니다. 순욱이 조조의 요청을 받고 곧장 군량을 보낼 수 없었던 것은 그 군량과 함께 군량을 수호할 대규모 병력을 보내야 했기 때문입니다. 그러나 조만간 군량을 보내지 않으면 조조를 비롯하여 전선의 장졸들은 기아에 허덕이게 될 것입니다. 제가 생각하기에는 이미 군량을 수송하기 위해 대규모 병력이 도성을 떠났을 것입니다. 그렇다면 당연히 도성의 방비가 허술해졌을 것입니다."

"너는 상관의 지략을 너무 얕보고 있구나. 그런 것은 누구나 짐작할 수 있는 일로, 하나는 알고 둘은 모르는 것이다. 만약 이 편지가 가짜라면 어떻게 하겠느냐?"

"절대로 가짜가 아닙니다. 저는 조조의 필체를 젊은 시절부터 봐왔기 때문에 잘 알고 있습니다."

그의 열의는 쉽게 받아들여지지 않았지만, 그는 단념할 생각이 없는 듯 끈질기게 간청했다.

원소는 도중에 자리에서 일어났다. 심배가 보낸 사자가 왔기 때문이다. 그사이에 근신이 원소에게 슬며시 귀띔했다.

"허유의 말을 들어서는 안 됩니다. 하급 장수 주제에 감히 어느 안전이라고 탄원을 한단 말입니까? 분수를 모르는 자입니다. 뿐만 아니라 저자는 기주에 있을 때도 늘 행실이 좋지 못했습니다. 백성들을 겁박해 뇌물을 받고, 재물을 빌려서는 주색에 빠져서 모두가 꺼리는 자입니다."

"······음, 음. 잘 알겠네."

원소가 다시 돌아와서는 더러운 것을 보는 듯한 눈으로 허유를 보며 호되게 꾸짖었다.

"아직도 가지 않았느냐? 썩 물러가라. 아무리 간청해도 네 청을 들어줄 생각이 없다."

허유는 화난 얼굴로 밖으로 나갔다. 그리고 너무 분한 나머지 검을 빼 자신의 목을 베려고 했으나 갑자기 생각을 바꾸었다.

"어리석은 놈, 내 말을 듣지 않다니. 분명 후회하게 될 것이다. 그래, 후회하게 만들어주마. 내가 자결할 이유는 아무것도 없다."

그는 살금살금 참호 안으로 숨었다. 그리고 그날 밤, 불과 대여섯 명의 부하들을 데리고 어둠을 틈타 강의 얕은 곳을 건너 적진을 향해 쏜살같이 달려갔다.

소용돌이치는 황하

||| 一 |||

창끝에 하얀 천 같은 것을 동여매고 그것을 흔들며 곧장 달려오는 적장을 본 조조의 병사는 "멈춰라! 웬 놈이냐?"라며 즉각 붙잡아서 이름과 이곳에 온 목적을 추궁했다.

"나는 조 승상의 옛 친구다. 남양의 허유라고 하면 분명 기억할 것이다. 중요한 일을 고하러 왔으니 당장 만나게 해달라."

그때 조조는 본진 안에서 옷을 벗고 쉬려던 참이었으나 보고를 받고 의외라는 듯 바로 데리고 오라고 했다.

두 사람은 진문 옆에서 만났다. 젊었을 때의 모습이 두 사람 모두에게 남아 있었다.

"오, 자넨가."

그리운 친구를 만난 듯 조조가 어깨를 두드리자 허유가 땅바닥에 엎드려 절을 했다.

"의례는 그만두게. 자네와 나는 어렸을 때부터 친구가 아닌가? 유치하게 관직의 높고 낮음을 따지고 싶지 않네."

조조가 허유의 손을 잡아 일으켰다. 허유는 더욱더 부끄러워하며 말했다.

"나는 반평생을 잘못 살았네. 주군을 알아보는 눈이 없어서 원소 같은 자를 섬기며 충언을 했음에도 오히려 쫓겨나서 옛 친구의 진영에 항복을 청하러 왔네. ……참으로 면목이 없으나 승상, 부디 나를 불쌍히 여겨 거둬주시게."

"자네의 성격은 원래부터 잘 알고 있었네. 무사히 만난 것만 해도 기쁜데 게다가 나에게 힘을 보태준다니 거절할 이유가 없지. 기꺼이 자네의 말을 듣겠네……. 우선, 원소를 무너뜨릴 계책이 있거든 내게 알려주게."

"실은 내가 원소에게 제안한 것은 날랜 정병 5,000명을 이끌고 관도의 험지를 넘어 불시에 허도를 습격한 후 앞뒤에서 관도의 진영을 공격하자는 것이었네. 그런데 원소는 내 말을 듣지 않았을 뿐만 아니라 하급 장수 주제에 분수를 모른다며 나를 내쫓았네."

조조는 놀라서 말했다.

"만약 원소가 자네의 계책대로 했다면 나의 진영은 완전히 박살이 났을 걸세. 아아, 정말 위험할 뻔했군. 그렇다면 거꾸로 그를 무너뜨리기 위해 어떤 계책을 쓰면 되겠나?"

"그 계책을 세우기 전에 우선 묻고 싶은 것이 있네. 승상의 진영에는 도대체 지금 군량이 얼마나 남아 있나?"

"반년은 버틸 걸세."

조조가 즉각 대답하자 허유는 몹시 못마땅한 표정으로 가만히 조조의 눈을 들여다보았다.

"거짓말하지 말게. 모처럼 내가 옛정을 생각해서 진실을 말하려고 하는데 자네는 거짓을 말하는군. 나를 속이려는 자에게 진실을 말할 수는 없네."

"아니, 지금 한 말은 농담이었네. 솔직히 말하면 석 달 치밖에 안 될 걸세."

허유가 웃으며 말했다.

"과연 그럴까? 세상 사람들이 조조는 간웅으로 교활하다고들 하던데 틀린 말이 아니었군. 자네는 사람을 끝까지 믿지 않아."

그가 혀를 차며 탄식하자 조조는 조금 당황한 기색으로 갑자기 그의 귀에 입을 대더니 작은 목소리로 속삭였다.

"군사 기밀이네. 실은 아군에게도 비밀로 하고 있네만 자네니까 진실을 말하지. 사실 이미 고갈되어 이번 달을 버틸 정도의 군량 밖에 없네."

그러자 허유는 화를 버럭 내며 그의 입에서 귀를 떼고 정곡을 찌르듯 말했다.

"어린애들이나 속을 뻔한 거짓말은 그만두게. 승상의 진영에는 이미 한 톨의 군량도 남아 있지 않을 걸세. 말에게나 먹일 풀을 씹는 것은 군량이라고 할 수 없지."

"뭐? ……자네는 어떻게 그렇게 소상히 알고 있나?"

천하의 조조도 낯빛이 창백해졌다.

||| 二 |||

허유는 품에 손을 넣었다. 그리고 봉인이 뜯긴 편지를 꺼내 조조의 눈앞에 내밀었다.

"이건 대체 누가 쓴 걸까?"

허유는 빈정거리듯이 콧등에 잔주름을 지으며 말했다. 그것은 전에 조조가 직접 써서 도성에 있는 순욱에게 보낸 것으로 군량이 바닥났다는 것을 알리고 즉시 조치해줄 것을 촉구하는 편지였다.

"앗, 내가 쓴 서신이 어떻게 자네의 손에 있는가?"

조조는 몹시 놀라며 더는 거짓말이 통하지 않는다는 것을 깨달은 모습이었다.

허유는 자신의 손으로 사자를 생포한 사실 등을 자세히 이야기했다.

"대군인 적에 비해 승상의 병력은 소수인 데다 군량은 바닥나서 오늘도 넘기기 힘든 상황이 아닌가? 어째서 적이 바라는 지구전에 말려들어 자멸하기를 기다리는가? 난 이해할 수 없네."

조조는 두 손 두 발 다 들고 겸손하게 물었다.

"속전속결을 하고 싶으나 좋은 계책이 없고, 지구전을 하려 해도 군량이 없네. 어떻게 하면 이 어려움을 타개할 수 있겠나?"

허유는 비로소 진실을 말했다.

"여기서 40리 떨어진 곳에 오소라는 요해가 있네. 오소는 원소의 군대를 먹여 살릴 군량이 저장된 곡식 창고가 있는 곳이지. 그곳을 지키는 순우경이라는 자는 술을 좋아하여 부하들을 잘 통솔하지 못하니 불시에 공격하면 반드시 무너뜨릴 수 있을 것이네."

"하지만 그 오소를 공격하려면 적진을 지나야 하는데 어떻게 적진을 돌파할 수 있겠나?"

"물론 평범한 방법으로는 지나갈 수 없네. 우선 힘이 세고 다부진 병사들이 모두 원소 군으로 위장하여 책문을 통과할 때마다 원장군의 직속인 장기張奇의 부하인데 군량을 지키기 위해 파견되어 오소로 가는 중이라고 대답하면 밤이라도 의심하지 않고 통과시켜줄 것이네."

조조는 그의 말을 듣고 어두운 밤에 빛을 본 것처럼 기뻐했다.

“맞아. 오소를 불태운다면 이레도 버티지 못할 거야.”

그는 즉시 준비에 들어갔다.

우선 원소 군의 깃발을 무수히 만들게 했다. 병사들의 군장도 말 장식도 전부 원소 군처럼 꾸민 약 5,000명의 가짜 군대가 편성되었다.

장료는 걱정했다.

“승상, 만약 허유가 원소의 첩자라면 이 5,000명은 한 명도 살아 돌아오지 못할 것입니다.”

“이들은 내가 직접 끌고 갈 것이네. 어째서 일부러 적의 술책에 말려들러 가겠는가?”

“네? 승상께서 친히?”

“걱정 말게. 허유가 우리에게 도망쳐온 것은 하늘이 나에게 큰 일을 이루게 하려고 내리신 기회네. 만약 의심하여 이 좋은 기회를 놓치기라도 한다면 하늘은 날 겁쟁이라고 내칠 것이야.”

과단성 있게 결정을 내리는 것은 조조가 지닌 타고난 특질 중에서도 큰 장점 가운데 하나였다. 그에게는 군대의 통솔자로서 절대적으로 필요한 날카로운 ‘감感’이 있었다. 다른 사람에게는 결과를 판단하기 어려운 모험도 그의 예민한 ‘감’은 순식간에 그 목적을 이룰 수 있는지 없는지 최종 결과를 예측해냈다.

그러니 그에게 있어서 두려운 것은 통과해야 할 적진이 아니라 자리를 비우게 될 본진이었다. 물론 허유는 본진에 남겨 융숭히 대접하게 하고 조홍을 자신이 자리를 비우는 동안 본진의 대장으로 삼고 가후와 순욱에게 보필하도록 했다. 그리고 하후연과 하후돈, 조인, 이전 등도 수비를 위해 본진에 남겼다.

그리고 조조 본인은 원소 군으로 위장한 5,000명의 병사를 이끌고 장료와 허저를 선봉으로 삼아 병사들에게는 하무(군중에서 병사들이 떠드는 것을 막기 위해 입에 물리던 가는 나무 막대기)를 물리고, 말에는 재갈을 물려 그날 황혼 무렵부터 조용히 관도를 떠나 적진 깊숙이 들어갔다.

때는 건안 5년(200) 10월 중순이었다.

원소의 신하 저수는 원소에게 간언하다가 오히려 그의 노여움을 사서 감옥에 갇혔다. 그날 밤 그는 감옥에 홀로 앉아 별을 보다가 크게 중얼거렸다.

"……아아, 예삿일이 아니로구나."

그의 혼잣말을 이상히 여긴 전옥이 그 뜻을 묻자 저수가 대답했다.

"오늘 밤은 별빛이 유난히 밝은데 지금 천문을 읽어보니 태백성을 가로질러 한 줄기 요사스러운 안개가 걸려 있네. 이것은 큰 난리가 날 흉조야."

그리고 그가 전옥을 통해 원소에게 만나줄 것을 줄기차게, 또 화급하게 탄원하자 마침 술을 마시고 있던 원소는 무슨 일인가 싶어 저수를 데려오게 했다.

저수는 신념을 가지고 자신의 의견을 말했다.

"오늘 밤부터 새벽녘 사이에 반드시 적의 기습이 있을 것입니다. 아군의 군량이 오소에 있으니 지략이 있는 적이라면 분명 그곳을 공격하려 들 것입니다. 즉각 용맹한 장졸들을 급파하여 산간통로에 매복시켜서 적의 계략을 깨부수고 흉을 길로 바꾸시기 바랍니다.”

원소는 이 말을 듣고 매우 못마땅한 얼굴로 그냥 큰 소리로 한 번 꾸짖더니 물러가라고 했다.

“옥중에 있는 자가 여전히 함부로 혓바닥을 놀려 아군의 사기를 떨어뜨리려고 하는가? 잘난 척이나 하는 건방진 놈. 썩 물러가라.”

그뿐만 아니라 그의 말을 전한 전옥은 옥중에 있는 자와 친하게 지냈다는 이유로 그날 밤 참수형에 처해졌다. 이 말을 듣고 저수는 혼자 통곡하며 탄식했다.

“이제 눈에도 보이는구나. 우리가 멸망하는 것도 시간문제야. 아아, 이 몸은 어느 들판의 흙이 되려나.”

한편 조조가 인솔하는 가짜 원소 군은 곳곳에 있는 적군 경비대를 이렇게 외치며 어려움 없이 통과했다.

“우리는 장기 휘하의 병사들이다. 주공 원소의 명을 받아 급히 오소를 수비하기 위해 파견되어 가는 중이다.”

한편 곡물창고의 수비 대장인 순우경은 그날 밤도 마을 처녀들을 납치해 와서는 부하들과 밤늦도록 술을 마시고 있었다. 그런데 진영 곳곳에서 이상한 소리가 들리자 허둥지둥 나가 보니 사면이 모두 벌써 불바다로 변해 있었다. 화약 연기, 던져진 횃불의 불빛 등이 어지러이 교차하는 가운데 징과 북이 울리는 소리, 화살이 날아가는 소리, 병사들의 함성 등이 고막을 찢을 듯이 울렸다.

“앗, 야습이다!”

몹시 당황한 순우경은 급히 방어에 나섰지만 이미 때는 늦었다. 아군의 반수 이상이 항복하고 일부는 도망쳤으나 나머지는 모두 화염 속에서 목숨을 잃었다.

조조의 부하가 장대 끝에 쇠갈퀴가 달린 무기로 순우경을 붙잡아 묶었다.

부장 휴원眭元은 행방을 알 수 없었고, 조예趙叡는 미처 도망가지 못하고 칼을 맞고 죽었다.

조조는 대승을 거두고 순우경의 코와 귀를 잘라 말 위에 동여매고 개가를 부르며 돌아갔다. 날이 채 밝기도 전이었다.

원소는 본진에서 편안하게 잠을 자고 있다가 "불길이 보입니다!"라며 불침번이 깨우는 소리에 일어나 그제야 오소 방면의 하늘이 붉게 물들어 있는 것을 보았다.

그때 오소가 조조 군의 기습을 받았다는 급보가 들어왔다.

원소는 경악하며 어쩔 줄을 몰랐다.

"즉각 출진하여 오소를 위기에서 구해야 합니다."

부장 장합이 조급히 서두르자 고람이 반대하며 주장했다.

"오히려 조조가 자리를 비운 본진을 공격하여 그가 돌아갈 곳을 없애야 하오."

불길을 보면서도 원소의 유막에서는 논쟁만 거듭할 뿐이었다.

||| 四 |||

매우 위급한 상황임에도 원소는 과단성이 없었다. 장수들이 논쟁을 벌이는 것에 대해서도 명쾌하게 결정을 내리지 못했다.

그도 결코 우둔한 인물은 아니었다. 다만 구태의연한 명문가 출신으로 전통적인 자부심이 강하고 시시각각 변하는 시세와 주위의 변화에 맞춰 대처하는 법을 몰랐던 평소의 결점이 지금에 와서 마침내 피할 수 없는 결과를 초래하여 그를 그저 당황해서 어쩔 줄 모르는 사람으로 보이게 했다.

"그만! 언쟁이나 벌이고 있을 때가 아니다."

원소는 결국 참지 못하고 고함을 질렀다.

그리고 확고한 자신도 없으면서 그저 조급하게 명령을 내렸다.

"장합, 고람 두 사람은 5,000기를 이끌고 관도의 적진을 공격하라. 그리고 오소 방면에는 병사 1만 명을 이끌고 장기가 가도록 하라. 어서 출격하라. 어서."

장기는 즉시 질풍진疾風陣을 만들어 1만 명의 기병과 보졸을 이끌고 서둘러 떠났다. 오소의 하늘은 여전히 붉게 타오르고 있었으나 산길은 캄캄했다.

그런데 맞은편에서 100명, 50명 뿔뿔이 흩어져서 달려오던 병사들이 모두 장기의 부대에 합류했다. 물론 그들을 만날 때마다 선두에 있는 자가 "누구냐?"라며 신원을 일일이 확인한 것은 말할 필요도 없다. 그때마다 그들은 한결같이 대답했다.

"순우경의 부하입니다만, 대장 순우경이 사로잡히고 아군 진영은 저렇게 불바다로 변해서 도망쳐온 것입니다."

그들은 모두 원소 군의 복장을 하고 있었기 때문에 의심하지 않고 지원군 속에 합류시킨 것이다.

그러나 이들은 모두 오소에서 돌아가던 조조의 병사들이었다. 그중에는 장료나 허저 같은 무시무시한 맹장들도 섞여 있었다. 급히 행군하는 동안 장기 군의 전후에서 어느 틈에 이런 자들이 섞여든 것이다.

"앗, 배신자다."

"적이다!"

갑자기 혼란이 일어났다. 어둠 속에서 적인지 아군인지 분간하지 못하는 사이에 장기는 이미 누군가의 창에 찔려 목숨을 잃었다. 그리고 사면의 나무와 암석이 모조리 사람으로 변하더니 징과 북이 울리고 창과 칼이 부딪치는 소리가 들렸다. 조조의 지휘 아래 장기의 1만에 달하는 병사는 대부분 섬멸당했다.

"돌아가는 길에 선물까지 주다니 원소도 참으로 별나군."

대승을 거둔 조조는 흡족한 듯 소리 내어 웃었다. 그리고 원소의 진지에 사람을 보내 이렇게 전했다.

"장기를 비롯한 병사들이 지금 막 오소에 도착하여 이미 적을 물리쳤으니 원 장군께서는 안심하시기 바랍니다."

원소는 그 말을 곧이곧대로 믿고 안심했다. 그러나 그 안심감은 아침과 함께 안개처럼 사라지고 다시 참담한 현실을 맞이하게 되었다.

장합, 고람도 관도를 공격했으나 참패를 당했다. 미리 이런 일이 있을 줄 예상하고 만반의 준비를 하고 있던 하후돈의 군대를 정면에서 공격해 들어갔으니 당연히 패할 수밖에 없었다.

결국 관도에서 무참하게 깨진 뒤 도망가는 길에 운 나쁘게도 관도로 돌아가는 조조 군과 맞닥뜨려서 다시 무자비한 공격을 받고 5,000명의 병사들 중에 살아 돌아간 자는 1,000명도 되지 않았다.

원소는 망연자실했다.

그때 귀와 코가 잘린 순우경이 도망쳐왔다. 원소는 그의 태만함을 책망하고 분통을 터뜨리며 그 자리에서 목을 쳤다.

순우경의 목이 잘린 것을 보고 원소 휘하의 장수들은 모두 불안에 떨었다.

'나도 언제 저렇게 될지 몰라.'라며 다가올 운명에 전율을 느꼈기 때문이다.

그중에서도 곽도는 이대로 가만히 있어서는 안 되겠다며 일찌감치 자기 몸을 지킬 꾀를 짜내고 있었다. 왜냐하면 어제 관도의 본진을 공격하면 반드시 이길 것이라고 권한 것이 자신이었기 때문이다.

조만간 장합과 고람이 대패하여 이곳으로 돌아온다면 분명 죄를 물을 것이다. 그러기 전에 먼저 손을 써야 한다는 생각에 급히 원소에게 참언했다.

"장합과 고람의 군사도 오늘 새벽 관도 전투에서 참패를 당했습니다만, 두 사람은 원래부터 아군을 팔아 조조에게 항복하려는 두 마음을 품고 있었습니다. 그러고 보면 어젯밤의 대패는 일부러 아군에게 피해를 입히기 위해서였는지도 모릅니다. 아무리 약하다고 해도 그렇게 쉽게 적은 수의 적에게 패할 리가 없습니다."

원소는 새파랗게 질려서 소리쳤다.

"좋다. 돌아오면 반드시 그들의 죄를 묻겠다."

이 말을 들은 곽도는 돌아오고 있는 장합과 고람에게 은밀히 사람을 보내 이 사실을 전하게 했다.

"잠시 본진에 돌아오는 것을 보류하시오. 원 장군은 귀공들이 돌아오면 처벌하려고 기다리고 있소."

두 사람이 이 말을 전해 들은 후 원소가 보낸 전령이 와서 명령을 전했다.

"빨리 돌아오라는 주공의 명이오."

그때 고람이 느닷없이 검을 뽑아 말 위에 있는 전령의 머리를 베어 떨어뜨렸다. 장합은 놀라서 물었다.

"어째서 주공의 사자를 베었는가? 그런 폭력을 행사하면 주공 앞에서 더욱더 할 말이 없지 않은가?"

장합은 절망하며 슬퍼했다.

그러자 고람은 강하게 고개를 흔들며 말했다.

"우리가 왜 죽음을 기다려야 하는가? 여보게, 장합. 시대의 흐름은 하북으로부터 멀어졌네. 기수를 돌려 조조에게 항복하도록 하세."

두 사람은 발길을 돌려 백기를 들고 관도로 가서 그날로 조조에게 항복했다.

조조의 진영에서는 그들의 항복을 경계하며 간언하는 자도 있었으나 조조는 넓은 아량으로 그들을 받아들이고, 장합을 편장군偏將軍 도정후都亭侯에, 마찬가지로 고람을 편장군 동래후東萊侯에 봉하고 "앞으로 큰 공을 세우라."라며 격려했다. 두 장군이 감격한 것은 말할 필요도 없다.

적군에게서 둘을 빼 아군에 둘을 더하면 넷의 차이가 생기는 것이기 때문에 조조 군이 강력해진 반면 원소 군은 눈에 띄게 약해졌다.

게다가 오소를 화공한 이후 군량 난도 해소되어 승상기가 휘날리는 곳에는 아침 해가 솟아오르는 듯한 기운이 느껴졌다.

허유도 그 후 좋은 대우를 받고 있었다. 그가 또 조조에게 고했다.

"여기서 긴장을 풀어서는 안 되네. 지금이네. 바로 지금이 공격할 때야."

　밤낮으로 공격 또 공격하며 숨 돌릴 틈조차 주지 않았다. 그러나 원소 군은 엄청난 대군이었다. 하루아침에 붕괴할 것 같지가 않았다.

　"적군을 셋으로 찢어놓고 하나하나 섬멸시키는 계책이 어떻겠습니까? 우선 적군을 세 방향으로 유도하기 위해서 아군을 조금씩 여양黎陽(하남성 준현 동남쪽)과 업도鄴都(하북성), 산조酸棗(하남성)의 세 방면으로 이동시킨 후 각 방면에서 일거에 원소의 본진을 공격할 기회를 엿보는 것입니다."

　순욱이 계책을 제안했다. 이번 전투에서 순욱이 입을 연 것은 처음이었기 때문에 조조도 그의 말에 귀를 기울였다.

┃┃┃　六　┃┃┃

　업도와 여양, 산조 등 세 방면을 향해 조조 군이 끊임없이 움직인다는 소식을 들은 원소는 중얼거렸다.

　"이런, 조조가 또 뭔가 해괴한 수를 쓸 모양이군."

　그는 신명辛明에게 5만의 병사를 내주며 여양으로 향하게 하고 셋째아들 원상袁尙에게도 5만의 병사를 내주며 업도로 급파했다. 또 산조에도 대군을 보냈다.

　당연히 원소의 본진은 수비가 눈에 띄게 허술해졌다. 이 사실을 안 조조는 혼자 싱글거리며 중얼거렸다.

　"생각대로 되었구나."

　그는 일시적으로 세 방면으로 나누었던 각 부대에 전령을 보내 날짜와 시간을 맞춰서 원소의 본진을 급습하게 했다.

황하는 소용돌이치고 태산이 무너지며 다시 천지개벽 전의 어둠이 온 것 같았다. 원소는 갑옷을 입을 겨를도 없이 홑옷만 걸친 채 말을 타고 달아났다.

그의 뒤에는 단 한 사람, 장남 원담袁譚만이 따라올 뿐이었다.

그 사실을 알고 "내가 사로잡겠다!"며 장료와 허저, 서황, 우금 등의 장수가 앞다투어 쫓았지만, 황하의 지류에서 놓치고 말았다.

한두 줄기의 지류였다면 잡을 수도 있었을 텐데 아득하게 넓은 들판에 늪과 호수 또 그것을 잇는 무수한 물줄기가 있어 어느 쪽으로 갔는지 알 수 없었기 때문이다.

수색 도중에 포로로 잡은 한 장교로부터는 이런 말을 들었다.

"장남 원담 외에 휘하의 장졸 약 800명 정도가 북쪽 늪을 건넜다."

그러는 사이에 집결하라는 뿔피리 소리가 들렸기 때문에 일동은 허무하게 철수했다.

이날의 전과는 예상외로 컸다. 적이 남기고 간 시체는 8만 구 정도였고, 원소의 본진 부근에서 그가 버리고 간 식량과 기밀문서, 금은, 비단 등이 속속 발견되었다. 게다가 노획물인 무기와 말 등도 엄청난 양이었다.

또 그 전리품 중에는 원소의 자리 옆에 있던 물건인 듯한 가죽으로 만든 작은 상자 등도 있었다. 조조가 열어서 보니 여러 묶음의 서신이 나왔다.

생각지도 못한 조정의 관리들의 이름이 있었다. 지금 조조 옆에서 충성스러운 얼굴을 하고 있는 장수의 이름도 찾아냈다. 그 외에 평소 원소와 내통하고 있던 자의 편지를 조조가 모두 보고 말았다.

"참으로 기가 막힙니다. 이 서신을 증거로 두마음을 품은 추잡한 무리를 모조리 군율에 따라 단죄해야 합니다."

순욱이 옆에서 말하자 조조가 히죽거리며 말했다.

"아니, 잠깐만. ……원소의 기세가 왕성했을 때는 나조차 어떻게 하면 좋을지 몰라 망설였네. 내가 이런데 하물며 다른 사람들은 오죽했겠는가."

그는 눈앞에서 가죽 상자와 함께 서신을 모두 태워버렸다.

또 원소의 신하 저수는 옥에 갇혀 있었기 때문에 당연히 도망치지도 어쩌지도 못하고 얼마 지나지 않아 발견되어 조조 앞에 끌려왔다. 조조는 그를 보자마자 그의 오랏줄을 직접 풀어주며 말했다.

"오오, 자네와는 구면이지 아마?"

그러나 저수는 소리 높여 그의 자비를 거부했다.

"내가 잡힌 것은 어쩔 수 없는 일이었다. 항복한 것이 아니다. 그러니 어서 목을 베어라."

그래도 조조는 아랑곳하지 않고 그를 아끼며 진중에 두고 후하게 대접했지만, 저수는 기회를 보다 병사의 말을 훔쳐 달아나려고 했다.

"……으윽."

저수가 말안장에 오르려는 순간 화살 하나가 날아와서 그의 등에서 가슴까지 꿰뚫어버렸다.

"아아, 내가 결국 충의로운 사람을 죽게 했구나."

조조는 자신이 한 짓을 슬퍼하며 손수 유해를 거두어 제사를 지낸 후 황하 부근에 무덤을 만들고 거기에 '충렬 저군지묘忠烈 沮君之墓'라고 새긴 비석을 세웠다.

섬멸 매복

||| 一 |||

원소는 800명에 불과한 부하들의 호위를 받으며 겨우 여양까지 도망쳐왔지만, 아군과의 연락이 완전히 끊겨버려 앞으로 서쪽으로 갈지 동쪽으로 갈지 그 방향조차 정하지 못하고 있었다.

여산 기슭에서 잠을 청한 새벽녘 무렵이었다.

문득 잠에서 깼는데 남녀노소의 구슬픈 울음소리가 천지를 가득 메우고 있었다.

귀를 기울여 들어보니 그 소리는 부모를 잃은 아이, 형을 잃은 동생, 남편을 잃은 아내 등이 번갈아 육친의 이름을 부르며 찾는 울부짖음이었다.

"봉기蓬紀와 의거義渠 두 대장이 곳곳에 흩어져 있던 아군을 모아 지금 막 이곳에 도착했습니다."

부하의 보고에 원소는 생각했다.

'그렇다면 저 울부짖음은 우리 패잔병들을 보고 그중에 가족이 있는지 확인하며 걱정하는 소리였구나.'

그러나 봉기와 의거 두 대장이 찾아와주었기 때문에 그는 다시 살아난 듯한 기분으로 기주로 돌아갔지만, 돌아가는 길에서도 백성들의 원망 섞인 소리를 들어야 했다.

"만약 전풍의 간언을 들었으면 이런 비참한 꼴은 당하지 않았을 텐데."

부락을 지날 때도 거리를 걸어갈 때도 사람들이 있는 곳에서는 반드시 백성들의 애호哀號와 원망이 들려왔다.

그도 그럴 것이 이번 관도 대전에서 원소 군은 75만 명이라고 했는데, 지금 봉기와 의거 등이 뒤쫓아 왔다고 해도 돌아보면 패잔병은 얼마 되지 않았다. 찢어진 깃발이 바람에 쓸쓸하게 날려 백성들의 원망과 한탄, 애호의 대상이 되었다.

"전풍…… 아아, 그랬었지. 전풍의 간언을 듣지 않은 것이 나의 큰 실수였다. 무슨 낯으로 그를 본단 말인가."

원소가 하염없이 뉘우치는 소리를 듣고 전풍과 사이가 좋지 않은 봉기는 하북성에 근접하자 그가 원소에게 중용될 것을 우려하여 이렇게 참언했다.

"성안에서 마중 나온 사람들의 이야기를 들어보니 옥에 있는 전풍이 아군이 대패했다는 소식을 듣고 박장대소하며 그것 보라고 자기 말이 맞았다고 떠들고 있다고 합니다."

귀가 얇은 원소는 봉기의 참언에 휘둘려 다시 마음속으로 전풍을 증오하며 돌아가는 즉시 참형에 처하겠다고 별렀다.

기주성 안의 감옥에 감금된 전풍은 관도에서 아군이 대패했다는 소식을 듣고 생각에 잠겨 식음도 전폐했다.

그를 존경하고 따르는 전옥이 은밀하게 감옥의 창문으로 찾아와 위로했다.

"이번에야말로 원 대장군도 장군의 충간을 알았을 것입니다. 귀국하면 분명 장군에게 사죄한 후 중용할 것입니다."

그러자 전풍이 고개를 저으며 말했다.

"그렇지 않을 걸세. 그것은 상식적인 해석이야. 충신의 말을 귀담아 듣고 간신의 참언을 꿰뚫어 볼 줄 아는 주군이었다면 이런 대패는 당하지 않았겠지. 나의 죽음이 멀지 않았네."

"설마 그럴 리가……."

전옥은 믿을 수 없다는 표정이었다. 그러나 전풍이 예견한 대로 원소가 돌아온 바로 그날 사자가 와서는 "죄인에게 검을 내리셨소."라며 자결할 것을 종용했다.

전옥은 전풍의 선견지명이 놀랍기도 하고, 또 슬프기도 하여 그에게 이별의 술상을 올렸다.

전풍은 평소와 다름없이 침착하게 옥에서 나와 멍석에 앉아 술을 한 잔 마시며 말했다.

"무릇 무장 된 자가 이 땅에 태어나서 섬길 주군을 잘못 선택하는 것, 그 자체가 이미 자신의 어리석음이다. 인제 와서 사내답지 못하게 무슨 푸념을 늘어놓겠는가."

그는 검을 받아 스스로 목을 찔렀다. 검은 피가 대지를 더욱 검게 물들였고, 기주 하늘에 뜬 별빛도 기묘하게 붉었다. 전풍이 죽었다는 소식을 듣고 남몰래 눈물을 흘린 사람도 많았다.

기주로 돌아온 원소는 성안에 있는 전각에 틀어박혀 원망과 번민의 나날을 보내고 있었다.

나라가 쇠락하는 모습이 보이기 시작하자 대국의 고민은 심각했다. 패전의 상처도 컸지만, 내정의 근심은 더욱 깊었다.

"당신이 건강하실 때 부디 후계자를 정해주세요. 그 일을 먼저 마무리해두시면 하북의 각 주도 하나가 되어 분명히 중앙 정책에 따를 것이고 그리 되면 모든 일이 술술 풀릴 거예요."

유 부인은 틈만 나면 이렇게 설득했다. 그러나 실은 자신이 낳은 셋째 원상을 원소의 후계자로 세우고 싶었던 것이다.

"나도 지쳤소……. 심신이 모두 지쳤어. 가까운 시일 내에 후계자를 정하도록 하리다."

유 부인의 말은 항상 옳았기 때문에 그의 의중에도 원상이 후계자로는 영순위였다.

그러나 첫째인 원담은 청주에 있고, 둘째인 원희袁熙는 유주를 지키고 있다. 그 둘을 제치고 셋째인 원상을 세운다면 어떤 일이 벌어질까?

원소는 그 점이 마음에 걸렸다. 항상 곁에 두고 총애하던 원상인 만큼 고민할 것도 없는 명백한 문제인데도 그는 마음을 정하지 못하고 괴로워했다.

중신들의 의향을 알아보니 봉기와 심배 두 사람은 원상을 옹립하고 싶어 했고, 곽도와 신평辛評 두 사람은 정통파라고 할까, 첫째 원담을 세우고 싶어 하는 눈치였다.

그러나 원소가 자신의 뜻을 넌지시 비추면 그런 중신들도 한마음으로 원상을 지지해줄지도 모른다. 그렇게 생각한 듯 원소는 어느 날 네 명의 상수를 취미묘翠眉廟로 불러 그들의 의견을 물으며 자신의 뜻도 털어놓았다.

"나도 이제 나이가 들어서 여러 주를 아들들에게 나누어주고 각자에게 맞는 지방을 지키게 하고 있네만, 종가의 후계자로는 셋째인 원상이 적합하다고 생각하고 있네. 그래서 가까운 시일 내에 원상을 하북의 새로운 군주로 세울 생각이네만, 자네들의 생각은 어떤가?"

그러자 누구보다 먼저 곽도가 입을 열었다.

"참으로 뜻밖의 말씀입니다. 옛날부터 형을 두고 아우를 세워서 편안한 집안은 없었습니다. 그렇게 되면 난리의 조짐이 즉시 하북의 전역에서 일어나 백성들이 불안에 떨 것은 불을 보듯 뻔한 일입니다. 게다가 지금 한쪽에서는 조조가 끊임없이 도발하고 있는 상황입니다. ……부디 가정家政을 어지럽히지 마시고 오직 국방에 마음을 쏟으시기를 간곡히 청하옵니다."

"그런가…… 음, 음."

원소는 저수나 전풍 같은 충신을 잃고 그들의 충언을 그리워하며 후회하고 있던 참이었기 때문에 이번에는 언짢은 표정을 지으면서도 반성하며 다시 생각하는 듯했다.

며칠 후 병주幷州에 있는 조카 고간高幹이 관도에서 대패했다는 소식을 듣고 병사 5만을 이끌고 올라왔다. 첫째 원담도 청주에서 5만여 병사를 이끌고 달려왔으며, 둘째 원희도 이를 전후하여 6만여 대군을 이끌고 와서 성 밖에서 야영했다.

이리하여 기주성의 안팎은 아군들의 깃발로 뒤덮였기 때문에 한때 낙심했던 원소도 크게 기뻐하며 기운을 차렸다.

"역시 무슨 일이 있을 때 힘이 되는 것은 자식들이나 혈육이군. 이렇게 새로이 병마가 갖춰졌으니 먼길 오느라 지친 조조 따위는 아무것도 아니다."

한편 조조의 병력이 어떻게 움직이고 있는지 각지에서 올라온 첩보를 모아보니 당장은 쳐들어올 뜻이 없는 듯했다. 대승을 거둔 후 그는 우선 황하 근처에 전군을 집결시키고 천천히 장비를 점검하며 병마를 쉬게 하고 있는 듯했다.

||| 三 |||

어느 날 조조의 진영으로 그 지역에 사는 노인 수십 명이 찾아왔다. 머리카락이 새하얀 노인, 염소처럼 수염을 기른 노인, 지팡이를 짚은 노인, 피부가 아직 탱탱한 동안의 노인 등이 줄줄이 와서는 병졸에게 말했다.

"승상께 축하의 말씀을 전해드리러 왔소."

조조는 병졸의 말을 듣고 즉시 나가 일동에게 자리를 내주며 물었다.

"연세가 어떻게들 되시오?"

한 사람이 104세라고 대답했다. 다른 한 사람은 102세라고 말했다. 제일 나이가 적은 사람도 80대였다.

"복 받은 분들입니다."

조조는 술을 권하고 비단을 선물했다. 그리고 이어서 말했다.

"나는 노인을 좋아하오. 그리고 노인을 존경합니다. 왜냐하면 다난한 인생을 어르신들 연세까지 살아온 것만으로도 실로 대단한 일이기 때문이지요. 그 연세까지 살아왔다는 것만으로도 충분히 존경받을 만합니다. 또 나쁜 짓을 해온 자라면 그 연세까지 무사히 살아 있을 리가 없어요. 그렇기 때문에 고령자는 모두 선민善民이고 참된 사람입니다."

노인들은 모두 기뻐했다. 백몇 살이라는 노인이 삼가 대답했다.

"지금으로부터 50년 전, 아직 환제가 다스릴 때입니다. 요동 사람으로 은규殷馗라는 예언자가 이 마을에 왔을 때 말했습니다. 최근 서북쪽에 황성黃星이 보인다. 그것은 50년 후, 이 마을에 희대의 영걸이 나타날 징조다, 라고……. 그 후 마을은 원소 치하에 놓이게 되어 악정에 괴로워하며 언제까지 이런 세상이 계속될지 걱정하고 있었습니다. 그런데 올해가 딱 은규가 예언한 50년째에 해당합니다. 그래서 저희가 이렇게 찾아온 것입니다."

그들은 말하고 나서 조조의 군대를 환영한다는 의미로 준비해 온 멧돼지와 닭을 바치고 신나서 돌아갔다.

조조는 각 부대에 군령을 내려 다음과 같은 법규를 즉시 내걸게 했다.

> 하나, 농가의 경작지를 망치는 자는 참한다.
> 하나, 개 한 마리, 닭 한 마리라도 훔치는 자는 참한다.
> 하나, 부녀자를 희롱하는 자는 참한다.
> 하나, 술에 취해 흐트러지거나 불로 장난하는 자는 참한다.
> 하나, 노약자를 존중하여 인덕을 베푸는 자에게는 상을 내린다.

"선정이 시작되었다!"
"태평성대가 왔다!"

주민들이 조조를 한목소리로 칭송한 것은 말할 필요도 없다. 덕분에 조조 군은 그 후 군량이나 말 먹이를 조달하는 데에도 곤란을 겪지 않았고, 가끔 주민에게서 적군의 정보도 들을 수 있었다.

원소가 권토중래捲土重來(흙먼지를 날리며 다시 온다는 뜻으로 패한 자가 세력을 되찾아 다시 쳐들어오는 것을 말함)하여 4개 주의 30만 병사를 모아 다시 창정倉亭(산동성 양곡현 경계) 근처까지 진격해왔다는 소식이 들렸다.

조조도 전군을 이끌고 출진하여 전서戰書를 교환하고 당당하게 맞섰다.

개전 첫날, 원소는 조카와 세 아들을 뒤따르게 한 후 진지를 나와 조조를 불렀다.

조조는 북소리와 함께 모습을 드러내더니 욕을 퍼부었다.

"세상에 아무 쓸모도 없는 늙은이야, 또다시 조조의 칼을 귀찮게 하려고 왔느냐?"

원소는 화를 내며 즉시 주위 사람들을 향해 소리쳤다.

"세상에 해를 끼치는 저 도둑놈의 목을 베어라!"

셋째 원상이 아버지 앞에서 공훈을 세우고 싶은 마음에 조조를 베기 위해 나섰다.

조조는 그가 아직 어린 것을 보고 뒤에 있는 자에게 물었다.

"저 애송이는 누구냐?"

"원소의 셋째 원상입니다. 소장이 나가 싸우겠습니다."

서황의 부하 사환史渙이 창을 들고 달려나갔다.

원상은 얼마 버티지도 못하고 그의 날카로운 창끝에 쫓겨 도망치기 시작했다. 사환은 놓치지 않겠다는 듯 끈질기게 쫓아갔다. 그러자 원상이 돌아보며 활쏘기에 알맞은 거리를 재더니 화살을 한 발 쏘았다.

화살은 사환의 왼쪽 눈에 맞았다.

쿵, 사환이 흙먼지를 일으키며 굴러떨어지자 원소 이하 장수들은 입을 모아 원소의 뒤를 이을 원상의 공적을 칭송했다.

||| 四 |||

자식의 무공을 직접 보니 원소도 마음이 든든해졌다.

장비나 병사의 수에 있어서 원소 군은 여전히 압도적으로 우위에 있었다. 개전하고 첫째 날과 둘째 날 그리고 그 이후에도 원소 군은 연전연승連戰連勝이었다.

조조는 날이 갈수록 패색이 짙어지는 아군을 보고 곁에 있는 정욱에게 물었다.

"정욱, 어떻게 하면 좋겠는가?"

정욱은 이때 십면매복十面埋伏의 계책을 권했다고 한다.

조조 군은 갑자기 퇴각하기 시작했고, 얼마 후에 황하를 등지고 새롭게 포진했다. 그리고 부대를 열 개로 나누어 각각 긴밀하게 연락을 취하면서 공격해올 적군을 기다렸다.

원소는 척후병을 끊임없이 보내면서 30만 대군을 서서히 진격시켰다.

적이 배수진을 쳤다는 첩보를 받은 원소 군은 섣불리 접근하지 못하고 있었는데, 어느 날 밤 조조의 중군에서 전위대를 이끄는 허저가 어둠을 틈타 기습해왔다.

"포위하라."

다섯 개의 진형陣形을 만들어 방비하던 원소 군은 비로소 행동을 개시하여 허저의 부대를 분쇄하려고 포위하며 천지를 뒤흔들었다.

허저는 계책대로 싸우다가 달아나기를 반복하며 결국 황하 근처까지 적을 유인하여 원소 군의 다섯 진형을 어느 정도 변형시키는 데 성공했다.

"뒤는 황하다. 뒤에 강이 있기 때문에 적은 죽을 각오로 싸울 것이다. 깊이 들어가지 마라."

본진에 있는 원소 부자가 전선前線의 장졸에게 전령을 보냈을 때는 이미 그들이 있는 사령부도 다섯 진형의 중심에서 상당히 위치가 옮겨져 연락하는 데 시간이 걸렸다.

그때 갑자기 사방 20리에 걸친 들과 언덕, 강기슭에서 조조가 미리 배치해놓은 병사들이 함성을 지르며 일어섰다.

"괜찮다."

"허둥댈 것 없다."

원소 부자는 마지막까지 사령부와 적군 사이에는 많은 아군이 있고 거리가 있을 것으로 믿고 있었다.

그러나 누가 알았으랴. 그가 믿고 있던 다섯 진형의 방비는 이미 빈틈투성이였다.

아군이 아니라 적군의 함성이 눈 깜짝할 사이에 사령부 근처까지 다가와 있었다. 게다가 십방의 어둠 속에서였다.

"우익의 제1대隊, 하후돈."

"제2대 대장, 장료."

"제3대를 이끄는 것은 이전."

"제4대, 악진."

"제5대는 하후연."

"좌익의 제1대, 조홍."

"2대 장합, 3대 서황, 4대 우금, 5대 고람."

이런 목소리들이 지척에서 들려왔다.

"앗, 큰일 났다."

총사령부는 당황하기 시작했다.

어떻게 적이 이렇게 빨리 쳐들어올 수 있단 말인가. 30만 아군은 도대체 어디에서 싸우고 있는 것인가. 도무지 알 수 없었을 뿐만 아니라 생각할 틈도 없었다.

원소는 세 아들과 함께 정신없이 달아나기 시작했다.

뒤따르는 휘하의 장졸들도 도중에 조조 군인 서황과 우금의 병사들에게 협공당해 대부분 목숨을 잃고 말았다.

타던 말을 버리고 달아나다가 다시 주워 타기를 네 차례. 가까스로 창정까지 도망쳐와서 아군의 잔존 부대와 합류하였으나 안심할 겨를도 없었다. 이곳까지 조홍과 하후돈의 질풍대가 번개처럼 돌격해온 것이다.

둘째 원희는 여기서 심한 부상을 당하고 조카 고간도 중상을 입었다. 밤새도록 달려 100여 리를 도망친 후 다음 날 남은 병사를 세어보니 1만 명이 채 되지 않았다.

||| **五** |||

도망치면 쫓기고 멈추면 바로 따라 잡히며 밤낮으로 패주하는 것만큼 고통스러운 일도 없을 것이다. 게다가 1만 명의 잔병들도 그 3분의 1은 중상이나 경상을 입어 속속 낙오해버렸다.

"앗! 아버님, 무슨 일입니까?"

자꾸만 걸음이 늦어지는 원소를 돌아본 셋째 원상이 놀라서 다가갔다.

"형님! 큰일 났습니다. 잠시만."

그는 큰 소리로 앞서 달려가고 있는 두 형을 불러 세웠다.

원담과 원희 두 아들도 무슨 일인가 싶어 바로 아버지 곁으로 달려왔다. 전군도 혼란한 상태에서 발길을 멈췄다.

고령의 원소는 밤낮으로 수백 리를 계속 달려 도망쳐왔기 때문에 심신 모두 피로가 극에 달해 언제부턴가 말갈기에 엎드린 채 입에서 피를 토하고 있었다.

"아버님!"

"대장군!"

"정신 차리십시오."

세 아들과 휘하의 장수들은 그를 안아 내려서 혼신을 다해 치료했다.

이윽고 원소가 창백한 얼굴을 들자 세 아들이 그의 입에 묻은 피를 닦았다. 그가 일부러 눈을 크게 뜨며 말했다.

"걱정하지 마라……."

그러자 저 멀리서 아무것도 모르고 앞서 달려가던 부대가 갑자기 한꺼번에 돌아왔다. 강력한 적군이 벌써 우회하여 길을 차단하고 이쪽으로 오고 있다는 것이었다.

첫째 원담이 아직 충분히 의식을 회복하지 못한 아버지를 안고 말에 탔다. 그리고 샛길로 수십 리를 도망치고 또 도망쳤다.

"……안 되겠다. 괴롭구나……. 내려주렴."

원담의 무릎에서 원소의 작은 목소리가 들렸다. 어느새 황혼녘의 하얀 달이 떠 있었다. 형제와 장졸들은 숲속 나무 아래에 새까맣게 모였다.

풀 위에 전포를 깔고 원소를 눕혔다. 탁한 눈동자에 저녁 해가 비치고 있었다.

"원상. 원담도…… 원희도 있느냐? 내 천명도 다한 것 같구나. 너희 형제는 본국에 돌아가서 병사들을 수습하여 다시 한번 조조와 승부를 겨루거라……. 부, 부디 아버지의 원수를 갚아다오. 알았느냐, 아들들아?"

원소는 말을 마치자마자 입에서 검은 피를 쏟으며 사지를 뻗었다. 최후의 요동이었다.

형제는 통곡하며 유해를 말 등에 태우고 다시 본국으로 길을 서둘렀다. 그리고 기주성에 들어가자 원소가 진중에서 병들어 돌아왔다고 알리고 셋째 원상이 임시로 정권을 잡고 심배를 비롯한 중신들이 그를 보좌했다.

둘째 원희는 유주로, 첫째 원담은 청주로 각각 원래 있던 곳으로 돌아갔다. 조카 고간도 재기를 약속하며 일단 병주로 돌아갔다.

이렇게 해서 대승을 거둔 조조는 바라던 대로 기주에 진출했다. 그러자 장수들이 입을 모아 간언했다.

"지금은 벼가 익을 때니 논을 망치고 농사일을 방해해서는 안 됩니다. 특히 아군도 먼길을 오느라 지쳐 있는 데다가 후방과의 연락, 군량 보급은 점점 더 곤란해지고 있습니다. 원소가 병이 들었다고는 하나 심배, 봉기와 같은 명장들은 아직 건재하니 이 이상 깊이 들어가는 것은 위험하다고 생각합니다."

조조는 흔쾌히 받아들였다.

"백성은 나라의 근본이다. 이 논도 언젠가는 내 것이 될 터, 소중히 여기지 않으면 안 되겠지."

일단 병마를 돌려 도성으로 가는 도중에 사자가 연이어 와서 고했다.

"지금 여남에 있는 유현덕이 유벽, 공도 등과 힘을 합쳐 수만 명의 병력을 모아 도성의 허점을 노리고 당장이라도 쳐들어올 것 같은 심상치 않은 분위기입니다."

너어

전쟁에 이기고 오랜만에 도성으로 돌아가는 도중이었지만 조조는 즉시 방침을 정하고 말했다.

"조홍은 황하에 남아라. 나는 여기서 곧장 여남으로 가서 유비의 목을 이 안장에 매달고 도성으로 돌아가겠다."

일부를 제외하고는 전군이 모두 발길을 돌렸다. 그의 용병술은 언제나 이렇듯 지체되는 법이 없었다.

이미 여남을 떠난 유비는 설마 했다. 조조 군이 공격해올 것이라고 예상은 하고 있었지만, 그만한 대군이 빠른 속도로 남하하고 있을 뿐만 아니라 역습의 기세로 공격해온다는 보고를 받고 "어서 양산穰山(하북성)의 지리적 이점을 차지해야 한다."라며 당황할 정도였다.

유벽과 공도의 군사까지 가세하여 50여 리에 걸쳐 포진했다. 선봉은 3개 부대로 나눠서 방비했다.

동남쪽 진에는 관우.

남서쪽에는 장비.

남쪽의 중심에는 유비, 그 옆에는 조운의 부대가 깃발을 펄럭이고 있었다.

지평선 저편에서 들판을 검게 덮으며 달려온 조조의 대군은 양산에서 2, 3리 떨어진 곳에 하룻밤 사이에 팔괘八卦 모양으로 진을 쳤다.

날이 밝자마자 북이 울리며 양군은 전투를 개시했고, 이윽고 중군 속에서 조조가 모습을 드러내더니 소리쳤다.

"유비에게 한마디 하겠다!"

유비도 깃발을 들고 앞으로 나와 말을 세우고 그를 보았다.

조조는 큰 소리로 꾸짖었다.

"이전에 너에게 베푼 은혜를 잊었느냐! 멸시받아 마땅한 배은망덕한 놈. 무슨 낯짝으로 나에게 활을 쏘는가?"

유비가 씨익 웃으며 대답했다.

"너는 한의 승상이라고 하지만 황제의 뜻이 아닌 것은 분명하다. 따라서 네가 은혜를 베풀었다고 하는 말은 옳지 않다. 기억해라. 나는 황실의 종친이라는 것을."

"닥쳐라. 나는 천자의 칙령을 받아 거역하는 자를 치고 어지럽히는 자를 응징한다. 너 또한 그런 무리 중의 하나가 아니고 뭐냐?"

"거짓을 입 밖에 내지 마라. 너 같은 패도의 간웅에게 어찌하여 천자가 칙령을 내리겠는가! 진짜 칙령은 여기에 있다."

유비는 전에 도성에 있을 때 동 국구에게 받은 밀서의 사본을 꺼내 말 위에서 소리 높여 읽어 내려갔다.

그 침착한 모습과 낭랑한 목소리에 잠시 적과 이군 모두 귀를 기울였는데, 다 읽자마자 유비의 병사들이 일제히 함성을 질러 정의를 위해 싸우고 있다는 자부심을 드러냈다.

조조는 언제나 조정의 군대라는 것을 먼저 상대편에 선언하고 전투에 임했지만, 이날만큼은 위치가 바뀌어 그에게 관군의 이름을 빼앗긴 모양새가 되었다.

조조가 분노한 것은 말할 필요도 없었다. 조조는 눈꼬리를 올리고 안장을 두드리며 명령했다.

"거짓 칙서를 갖고 함부로 조정의 이름을 사칭하는 괘씸하기 짝이 없는 놈, 저놈을 잡아오너라!"

"넵!"

허저가 대답과 동시에 달려나갔다.

그에게 맞선 것은 조운이었다.

말굽에서 일어나는 흙먼지 속에서 창과 검이 불꽃을 튀기며 맞부딪쳤다.

좀처럼 승부가 날 것 같지 않았다.

관우의 부대가 옆에서 공격해 들어갔다.

장비의 병사들도 맹렬히 소리를 지르며 측면을 공격했다.

조조의 팔괘진은 세 방면에서 공격을 받자 결국 50~60리나 퇴각해버렸다.

"시작이 좋군."

그날 밤, 유비가 기뻐하자 관우가 고개를 저으며 말했다.

"조조는 많은 계책을 가지고 있는 자입니다. 아직 기뻐할 때가 아닙니다."

"아니, 그의 퇴각은 먼길을 왔기 때문에 지쳐서이지 계책은 아닐 것이네."

"그렇다면 시험삼아 조운을 보내 싸움을 걸어보시지요."

다음 날 조운이 나서서 싸움을 걸어보았으나 조조 군은 벙어리처럼 소리를 죽이고 움직이려 하지 않았다.

이레, 열흘이 지나도 전혀 싸울 의지를 보이지 않았다.

‖‖ 二 ‖‖

‘조조가 여느 때와는 달리 수세守勢를 취하는군. 그는 그런 소극적인 전법을 좋아하는 성격이 아닌데.’

관우 혼자 수상히 여기고 있었다. 관우 이상으로 조조에 대해 잘 아는 사람도 없었다.

아니나다를까 변고가 일어났다.

"여남에서 전선으로 군량을 운반 중이던 공도의 부대가 도중에 조조 군에 포위되어 전멸의 위기에 처했습니다."

후방에서 이런 보고가 날아온 것이다.

그때 또 다른 전령이 달려와 보고했다.

"중무장한 적군이 멀리 우회하여 여남성을 급습해서 수비하는 자들이 고전을 면치 못하고 있습니다!"

유비는 창백해져서 말했다.

"성에는 나를 비롯해 다른 사람들의 처자식도 있다."

그는 여남성을 구하기 위해 관우를 급파하고 동시에 장비에게는 군량 수송대를 구하라고 명했다.

그러나 장비의 군대도 현장에 도착하기 전에 적에게 포위되었다는 소식이 선해졌고, 관우와는 연락이 끊겨 유비의 본진은 점차 고립되기 시작했다.

"나아갈 것인가, 물러날 것인가."

유비는 결단을 내리지 못하고 있었다.

조운은 치고 나가서 정면의 적과 승부를 내야 한다며 비장한 각오로 말했으나 유비는 자중할 것을 명했다.

"아니, 그것은 죽으러 가는 것과 다를 바 없네. 경솔하게 목숨을 버릴 때가 아니야."

그는 우선 양산으로 퇴각하기로 결정했다.

그러나 안전한 퇴각은 진격보다 어렵다. 낮에는 진지를 굳게 지키며 사기를 북돋운 후 조용히 준비하여 다음 날 밤 어둠을 틈타 기마병을 선두로 수레와 보병이 따르며 서서히 퇴각하기 시작했다. 약 5, 6리를 전진하여 양산 아래에 접어들었을 때였다. 갑자기 절벽 위에서 소리가 들렸다.

"유현덕을 놓쳐서는 안 된다!"

그에 대답하는 함성과 함께 산 위에서 굵은 불덩이가 비처럼 떨어져 내렸다. 무수한 횃불이 길게 꼬리를 그으며 병마 위로 쏟아져 내린 것이다.

유비의 병사들이 허둥지둥 도망치는 데 또 소리가 들려왔다.

"조조가 여기 있다. 항복하는 자는 살려주마. 나약한 유비 같은 자를 따르다가 개죽음당하지 말고, 살고 싶은 자는 검을 버리고 나의 군문으로 오너라."

불의 비가 퍼붓고, 돌덩이가 쏟아져 내리는, 그야말로 아비규환 속에서 도망칠 길을 찾던 병사들은 이 말을 듣자 앞다투어 검과 창을 버리고 조조 군에 투항해버렸다.

조운은 유비 옆에서 혈로를 뚫으며 위로했다.

"두려워할 것 없습니다. 제가 있지 않습니까?"

두 사람이 도망가고 있는데 산 위에서 우금과 장료의 부대가 달려와서 길을 막았다.

조운은 창을 들고 앞길을 막는 적을 쓰러뜨리고 유비도 두 손으로 검을 휘두르며 잠시 맞서 싸웠으나 이전의 부대가 나타나 뒤에서 공격해오자 홀로 산속으로 도망쳐 들어가더니 결국 말까지 버리고 깊은 산속으로 숨었다.

날이 밝자 언덕길을 한 무리의 군마가 남쪽에서 고개를 넘어왔다. 유비는 놀라서 숨으려 했으나 자세히 보니 아군인 유벽이었다.

손건, 미방 등도 함께 있었다. 그들은 여남성을 수비하지 못하고 유비의 부인과 일족을 수호하여 여기까지 도망쳐오는 길이라고 했다.

여남의 잔병 1,000여 명을 이끌고 우선 관우나 장비와 합류하고 나서 재기의 계책을 세우자며 거기서 3, 4리 정도 산길을 따라갔다. 그때 조조 군인 고람과 장합의 두 부대가 느닷없이 수풀 속에서 나타나 붉은 기를 흔들며 돌진해왔다.

유벽은 고람과 맞서 싸웠으나 한 번 휘두른 창에 목숨을 잃었다. 조운은 고람에게 덤벼들어 단번에 찔러 죽였다.

그러나 불과 1,000여 명의 병사는 잠시도 버티지 못했다. 유비의 목숨은 그야말로 풍전등화와 같았다.

||| 三 |||

용기를 내는 것에도 한계가 있다.

결국 조자룡도 싸움에 지치고 유비도 진퇴양난에 빠져 자결을 각오했을 때였다.

한쪽 험로에서 관우 군의 깃발이 보였다.

관우는 양자인 관평과 부하 주창을 따르게 하고 300여 기의 기마병을 이끌고 달려 내려와서 벼락같은 기세로 장합의 병사들을 뒤에서 깨부수고 조자룡과 협력하여 마침내 적장 장합을 베어버렸다.

유비는 뜻밖의 원군에 너무도 기쁜 나머지 하늘에 두 팔을 벌리고 소리쳤다.

"아, 하늘이 나를 돕는구나!"

그러는 사이에 이틀 전부터 적군에 둘러싸여 고전을 면치 못하던 장비도 산기슭 한쪽을 돌파하여 산 위로 도망쳐 올라왔다.

장비는 유비를 보자마자 보고했다.

"아군 수송부대에 있던 공도는 애석하게도 적장 하후돈에게 목숨을 잃었습니다."

"어쩔 수 없지……."

유비는 험준한 산세에 의지하여 최후의 방어에 돌입했다. 그러나 갑자기 만든 방책이었기 때문에 비바람에도 견디지 못했고, 군량과 물도 부족했다.

"조조가 직접 대군을 이끌고 산기슭에서 총공격해오고 있습니다."

척후병이 끊임없이 위급을 알렸다. 유비는 두려움에 떨었다. 부인을 비롯한 일족을 어떻게 하면 좋을지 걱정하며 고민했다.

"손건에게 부인과 노약자의 호위를 맡기고 나머지는 남김없이 나가서 결전을 벌입시다."

이것이 대체적인 의견이었다.

유비도 결심했다. 관우와 장비, 조자룡 등이 산기슭의 대군을 향해 돌격했다.

한나절에 걸친 사투, 또 무시무시한 혈전 후 산중턱에는 달이 하얗게 빛나고 있었다.

"이 이상 몰아세울 필요까진 없겠지."

그날 밤, 조조는 패장 유비가 무력화된 것을 보고 큰바람이 지나가듯 허도로 개선해버렸다.

그나마 남아 있던 병사들을 대부분 잃은 유비는 얼마 안 되는 장졸들을 이끌고 이곳저곳으로 떠도는 나날을 보내고 있었다.

어느 날, 큰 강이 그들의 앞길을 막았다. 배를 찾아 건너편에 도착한 유비는 어부에게 여기가 어디냐고 물었다.

"한강漢江(호북성)입니다."

그가 알렸는지 강가의 작은 마을에서 유 황숙에게 드린다며 양고기와 술, 채소 등을 잔뜩 가지고 왔다.

일동은 모래사장에 앉아 술을 마시고 고기를 나누었다.

강가의 잔물결은 유비의 입에서 저절로 자신의 불운한 팔자에 대한 탄식이 흘러나오게 했다.

"관우도 그렇고 장비도 그렇고 조운도 그렇고, 그 외의 장수들도 모두 왕좌지재王佐之材(왕을 도와서 나라의 큰일을 할 만한 인물)이고 희대의 무용을 지녔으면서도 나 같은 변변치 못한 자를 주군으로 섬긴 탓에 지금껏 고생만 해왔구나. 그걸 생각하면 난 모두를 볼 면목이 없다. 그런데도 다들 다른 좋은 주군을 찾아 부귀를 얻을 생각도 하지 않고 이렇게 함께 고생을 해주다니……."

잔에 든 술을 마실 생각도 않고 유비가 나직이 중얼거리자 다른 장수들도 모두 침울한 표정으로 고개를 떨군 채 흐느껴 울었다.

관우는 잔을 놓고 그런 유비를 위로했다.

"옛날 한고조는 항우와 천하를 다툴 때 싸우는 족족 졌지만 구리산九里山 전투에서 이겨 결국 400년의 기초를 닦았습니다. 불초, 황숙과 형제의 의를 맺고 군신의 언약을 굳게 한 지 20년, 부침흥망浮沈興亡과 극심한 고난을 극복해왔습니다. 결코 우리의 큰 뜻은 꺾이지 않았습니다. 훗날 천하에 이상을 펼칠 날도 있을 것이라 생각하면 두렵지 않습니다. 그러니 마음 약한 소리는 하지 마십시오."

||| 四 |||

"승패는 병가지상사兵家之常事. 사람의 성패는 모두 때가 있습니다. ……때가 오면 스스로 열리고 때를 얻지 못하면 아무리 발버둥쳐도 안 됩니다. 긴 인생을 살아가려면 일이 바라는 대로 되어도 자만하지 않고 절망의 구렁텅이에 떨어져도 낙심하지 말아야 합니다. 절망 속에 있지만, 흔들리지 않고 빠지지도 않고 처신을 대범하게 하는 것은 어렵지 않을 것입니다."

관우는 계속해서 말을 이었다. 낙담한 유비를 위로할 뿐 아니라 패멸敗滅의 밑바닥에 있는 장졸들에게 지금이 중요한 때라는 것을 알려주고 싶었기 때문이다.

"보십시오."

관우는 손가락으로 가리키며 말했다.

"저기 물가에 진흙을 뒤집어쓰고 있는 도롱이 벌레 같은 것이 많이 보이지요? 벌레도 아니고 해초도 아닙니다. 니어泥魚라는 물고기입니다. 이 물고기는 자연에 적응하는 능력이 참으로 뛰어납니다. 가뭄이 계속되어 하수가 마르면 저처럼 머리부터 발끝까지 진흙을 뒤집어쓰고 몇 날 며칠이고 지냅니다. 몸에 진흙을 묻히고 있으니 먹이를 찾는 새의 눈에도 띄지 않고 물이 마른 강바닥에서 발버둥치고 다니지도 않습니다. 그리고 자연스럽게 물이 차면 즉시 진흙 옷을 벗고 헤엄치기 시작합니다. 다시 헤엄치게 됐을 때는 물로 가득한 세상을 자유자재로 헤엄치며 더는 궁핍함을 모릅니다. 실로 재미있는 물고기가 아닙니까? 니어와 인생, 인간에게도 몇 번은 니어의 인내를 배워야만 하는 시기가 있다고 생각합니다."

관우의 이야기에 사람들은 현실의 패전을 달리 생각하게 되었다. 거기에서 인생의 지혜를 깨달았다.

그때 갑자기 손건이 말을 꺼냈다.

"형주 땅은 여기서 멀지 않으며 태수 유표는 9개 주를 다스리는 당대의 영웅이자 한 지역의 중심적인 존재입니다. 우선 주공께서 형주로 가셔서 그에게 몸을 의탁하는 것이 어떻겠습니까? 유표도 기꺼이 도와줄 것이라고 생각합니다만."

유비는 생각에 잠겨 있다가 입을 열었다.

"형주는 강한江漢의 땅에 면하여 동으로는 오회嗚會와 연결되어 있고 서로는 파촉巴蜀으로 통하고 있으며 남으로는 해우海隅와 접해 있네. 군량은 산처럼 쌓여 있고 정병의 수가 10만이라고 들었네. 특히 유표는 한실의 종친이기도 하니 나와 같은 한의 후예로 먼 친척뻘이기도 하지만…… 한 번도 소식을 주고받은 적이 없다가 느닷없이 패전한 몸으로 일족까지 이끌고 간다면 과연 받아주겠나?"

유비는 상대가 어떻게 생각할지 몰라 주저하는 듯했다. 손건은 자진하여 자신이 먼저 형주로 가겠다고 말하고 일동의 동의를 구하자마자 바로 형주로 말을 달렸다.

유표는 그를 성안으로 맞아들여서 직접 유비의 상황을 듣더니 그 자리에서 흔쾌히 허락하며 말했다.

"한실의 족보에 따르면 이 유표와 유비는 종친 관계이기 때문에 멀기는 하지만 그는 나의 아우에 해당하오. 지금 9개 군郡 11개 주州의 주인인 내가 종친 한 명을 돕지 못한다면 세상 사람들이 다 비웃을 것이오. 즉시 형주로 오시라고 전해주시오."

그러자 채모蔡瑁가 옆에서 반대 의견을 냈다.

"안 됩니다. 이 건은 잠시 보류하시는 것이 좋겠습니다. 유비는 의를 모르고 은혜를 잊은 사내입니다. 처음에는 여포와 친하게 지내다가 나중에는 조조를 섬기고 최근에는 또 원소에게 의탁했으나 모두 배신했습니다. 그것으로 그를 알 수 있을 것입니다. 그리고 만약 유비를 이 성에 받아들인다면 조조가 화를 내며 형주로 공격해올 우려가 있습니다."

이 말을 들은 손건은 정색하며 말했다.

"여포가 인도에 있어서 바른 사람이었소? 조조가 진실로 충신이오? 원소는 세상을 구할 만한 영웅이란 말이오? 귀공은 어째서 말을 왜곡하고 쓸데없는 참언을 하는 것이오?"

유표도 꾸짖으며 말했다.

"쓸데없는 참견 마라."

그러자 채모는 얼굴을 붉히며 입을 다물어버렸다.

자멸하는 투쟁

||| 一 |||

유비 일행이 유표를 의지하여 형주로 향한 것은 건안 6년(201) 가을 9월의 일이었다.

유표는 성 밖 30리까지 마중 나와 서로 인사를 나눈 후 말했다.

"앞으로는 오래도록 순망치한脣亡齒寒의 교제를 깊이 하여 천하에 한실의 종친으로서의 모범을 보이도록 합시다."

그는 유비 일행을 성안으로 맞아들여 정중히 대접했다.

이 소식은 이미 조조의 귀에도 들어갔다.

조조는 아직 여남에서 허도로 돌아가는 도중이었으나 이 소식을 듣고 놀라서 말했다.

"큰일이다. 그가 형주로 간 것은 바구니의 물고기를 잡으려다 놓친 것과 같다. 무슨 일이 생기기 전에 지금 당장……."

그는 즉시 병사들의 방향을 돌려 형주로 진격하려 했으나 장수들이 모두 말렸다.

"지금 공격하는 것은 불리합니다. 내년 봄을 기다렸다가 공격해도 늦지 않을 것입니다."

이에 조조도 단념하고 그대로 허도로 돌아갔다.

그러나 이듬해가 되자 사방의 정세는 또 미묘한 변화를 보이기 시작했다. 건안 7년(202)의 이른 봄, 허도의 군정軍政은 연일 분주했다.

형주 방면으로 적극적인 공세를 펼치려던 계획은 잠시 보류되고, 다만 하후돈과 만총 두 장수가 전쟁 억제를 위해 내려갔다.

조인과 순욱에게는 도성의 수비를 명령하고 조조는 군장비를 작년보다 두 배로 준비하여 남은 병사들을 이끌고 기주를 정벌하기 위해 떠났다.

"북쪽으로. 관도로."

기주가 동요한 것은 말할 필요도 없다.

"여기까지 적을 들여서는 승산이 없다."

청주, 유주, 병주의 군마는 여러 길을 통해 여양으로 와서 방어전에 힘썼다.

하지만 조조 군이라는 성난 파도는 큰 강의 둑을 터뜨린 듯 곳곳에서 북국의 병력을 격파하고 기주의 영토를 거침없이 잠식해 들어갔다.

원담, 원희, 원상 등도 제각기 뼈아픈 패배를 당하고 속속 기주로 도망쳐왔기 때문에 본성은 큰 혼란에 빠졌다.

그뿐만 아니라 원소의 미망인 유씨는 아직 남편의 상도 치르지 않았는데, 평소 품었던 질투심을 이때 드러내며 원소가 생전에 총애하던 다섯 명의 첩을 무사에게 명하여 후원으로 끌어내서 모두 베어 죽였다.

"죽은 뒤에도 구천 아래에서 영혼끼리 만나지 못하게 하라."

유씨는 시체마저 토막 내어 한 곳에 묻지 못하게 했다.

이런 상황에서 셋째 원상이 먼저 도망쳐오자 유 부인은 이렇게 권했다.

"이 기회에 네가 솔선하여 아버지의 발상을 한 후 유서를 받았다고 하고 기주성의 주인이 되거라. 다른 자식들이 주인이 된다면 이 어미는 몸 둘 곳이 없구나."

첫째 원담이 나중에 성 밖까지 퇴각해오자 원소의 발상이 거행되었다. 동시에 셋째 원상이 대장 봉기를 사자로 원담의 진중에 보냈다.

봉기가 인수를 바치며 전했다.

"장군을 거기장군에 봉한다는 명이십니다."

원담은 화를 내며 말했다.

"이것이 무엇이냐?"

"거기장군의 인수입니다."

"날 무시하는 것이냐! 난 원상의 형이다. 동생이 형에게 관작을 내리는 법이 도대체 어디에 있느냐?"

"셋째 도련님께서는 이미 기주의 군주로 옹립되셨습니다. 선군의 유언입니다."

"유서를 보자!"

"유 부인의 손에 있어서 신하들은 볼 수 없습니다."

"좋다. 내가 직접 성안으로 가서 유씨를 만나 확실히 담판을 짓겠다."

곽도가 황급히 그를 만류하며 간언했다.

"지금은 형제가 싸우고 있을 때가 아닙니다. 지금 상황에서 적은 조조입니다. 그 문제는 조조를 쳐부수고 난 뒤에 해결하시기 바랍니다. 나중으로 미뤄도 얼마든지 해결할 수 있을 것입니다."

"그렇군. 집안싸움은 나중에 하기로 하지."

원담은 병마를 재편제하여 다시 여양의 전장으로 돌아갔다.

그리고 씩씩하게 조조와 맞서 지난번의 대패를 만회하려 했으나 병사만 잃을 뿐이었다.

봉기는 어떻게든 이번 기회에 원담과 원상 형제를 화해시키려는 생각에 독단으로 사자를 보내 원상에게 지원병을 보내줄 것을 촉구했다.

그러나 원상 옆에 있던 모사 심배가 반대했다. 그러는 사이에 원담은 악전고투를 거듭하다 봉기가 독단으로 기주에 서신을 보낸 것을 알게 되었다.

"괘씸한 놈이군."

원담은 그의 주제넘은 태도를 비난하며 직접 베어버리고 말았다.

"이렇게 된 이상 어쩔 수 없지. 조조에게 항복하여 함께 기주의 본성을 공격할 것이다."

그는 될 대로 되라는 심정으로 이런 무책임한 말을 내뱉었다.

기주의 원상에게 이것을 밀고한 자가 있었다. 원상도 놀라고 심배도 깜짝 놀랐다.

"그런 도리에 어긋난 행동을 하게 내버려둘 수 없습니다. 즉시 원군을 보내도록 하십시오."

심배의 권유로 그와 소유蘇由 두 사람을 본성에 남기고 원상은 직접 3만여 기를 이끌고 지원하러 달려갔다.

"좋아서 조조에게 항복하려던 것이 아니었다."

원담은 생각을 바꾸고 원상 군과 양날개로 나뉘어 사기를 새롭게 북돋우며 조조 군과 대치했다.

그러는 동안 둘째 원희와 조카 고간도 한편에 진지를 구축하고 삼면에서 조조를 막았기 때문에 천하의 조조 군도 약간 주춤하며 전쟁은 이듬해 봄까지 완벽한 교착상태로 들어가는 듯 보였으나 갑자기 2월 말부터 조조 군의 맹공격이 시작되어 하북 군은 와르르 무너지더니 그 한 귀퉁이를 내주었다.

그리고 조조 군은 마침내 기주성 밖 30리까지 육박했다. 그러나 그곳은 북국 유일의 요해였기 때문에 조조 군이 희생을 불사하고 맹공격을 퍼부었지만, 이 견고한 성의 철벽같은 방비는 흔들림이 없었다.

"이것은 호두껍데기를 맨손으로 두드리고 있는 것과 같다고 봅니다. 즉 껍데기는 매우 단단합니다. 그러나 속은 벌레가 먹고 있는 것과 같습니다. 형제가 서로 싸우고 신하들의 마음은 분열되어 있습니다. 자멸의 징조가 보일 때까지 병사들을 물리시고 여유 있게 기다리시는 것이 어떻겠습니까?"

곽가가 조조에게 권했다. 조조도 과연 그렇겠구나 싶어 고개를 끄덕이더니 갑자기 총철수를 단행했다.

물론 여양이나 관도 같은 요지에는 다시 정벌할 날을 대비하여 강력한 부대를 남겨두고 갔다.

기주성은 안도의 숨을 내쉬었다. 그러나 소강상태의 평상시로 돌아가자마자 국주 문제를 둘러싸고 내부의 갈등이 첨예화되었다.

원담은 지금도 여전히 성 밖 수비를 맡고 있었기 때문에 성안으로 들여보내줄 것을 요구했고, 원상은 들어오는 것을 허락할 수 없다며 싸웠다.

그러던 어느 날 원담이 갑자기 주장을 굽히더니 주연을 열고 원상을 부르기 위해 사자를 보냈다. 형이 주장을 굽혔으므로 거절하지도 못하고 원상이 주저하고 있자 모사 심배가 말했다.

"주군을 초대하여 유막에 불을 질러 태워 죽일 계책이라고 어떤 자에게 들었습니다. 가신다면 충분한 호위병들을 거느리고 가시기 바랍니다."

원상은 5만 명의 병사를 이끌고 원담이 있는 곳으로 향했다. 원담은 이 사실을 알고 돌연 북을 치며 싸움을 걸었다.

"성가시다. 공격하라."

진두에서 형제가 얼굴을 마주했다. 원담이 형에게 칼을 들이대며 소리치자 원상은 아버지가 죽은 것은 너 때문이라는 둥 추한 언쟁을 벌인 끝에 결국 검을 빼 들고 불꽃을 튀기며 싸우기에 이르렀다.

원담은 패하여 평원으로 도망쳤다. 원상은 병력을 더욱 증강시켜 포위하고 식량 보급로를 끊었다.

"곽도, 어떻게 하면 좋겠나?"

"조조에게 일시적으로 항복을 청하고, 조조가 기주를 공격하면 원상은 당황하여 분명 돌아갈 것입니다. 그때 쫓아가서 공격한다면 어려움 없이 포위에서 벗어날 수 있을 뿐만 아니라 대승을 거둘 수 있을 것입니다."

곽도가 원담에게 이렇게 권했다.

||| 三 |||

"조조에게 누구를 사자로 보내면 좋겠나?"

"평원의 영令, 신비辛毗라면 분명 해낼 것입니다."

"신비라면 나도 아는 사람이네. 언변이 뛰어난 인물이지. 즉시 진행해주게."

원담의 말에 곽도는 바로 사람을 보내 신비를 불렀다.

신비는 기꺼이 와서 원담으로부터 서신을 받았다. 원담은 사자 행렬이 성대해 보이도록 병사 3,000명을 붙여주었다.

그때 조조는 마침 형주를 공격할 계획으로 하북의 서평西平(경 광선 서평)까지 와 있었는데 갑자기 진중에 원담의 사자가 도착했 기에 위용을 갖추고 신비를 접견했다. 신비는 서신을 건네며 원담 이 항복하고자 한다는 뜻을 전했다.

"회의를 한 후 결정하겠네."

조조는 신비를 진영 안에 머물게 한 후 장수들을 모아 의논했다.

"어떻게 하면 좋겠나?"

여러 가지 의견이 구구하게 나왔으나 조조는 그중에서 순유의 의견을 채택했다. 순유는 이렇게 말했다.

"유표는 42개 주의 대국을 소유하고 있으면서 그저 국경만 지키 며 이런 대변혁기에 어떠한 적극적인 계책도 사용한 전례가 없습 니다. 요컨대 그릇이 작은 인물로 큰 계획이 없다는 증거입니다. 그 러니 일단 유표는 제쳐두어도 별다른 일은 없을 것입니다. 오히려 기북 4개국이 문제입니다. 원소가 죽고 패전만 거듭하고 있지만, 여전히 세 형제가 있고, 100만의 성병과 많은 재물이 있습니다. 만 약 그들에게 뛰어난 책사가 붙어서 형제의 화목을 도모하여 하나 가 되어 보복을 꾀한다면 그때는 이미 손쓸 방법이 없을 것입니다. 지금 다행히도 형제가 서로 다투다 원담이 져서 항복을 청해온 것은 실로 하늘이 도운 것이라 하지 않을 수 없습니다. 모쪼록 원담의 청을 받아들여 원상을 멸망시키고 그 후 상황을 봐서 원담을 비롯한 그 일족을 차례로 제거하면 결코 실수가 없을 것입니다."

조조는 다시 신비를 불러 그의 얼굴을 날카롭게 쏘아보며 말했다.

"원담의 항복이 진실인지 거짓인지 솔직히 말하라."

신비의 눈동자는 조조의 응시를 견뎌냈다. 거짓 없는 자신의 얼굴을 똑똑히 보라고 말하는 듯했다. 이윽고 그는 시원시원하게 대답했다.

"승상께서는 실로 천운을 타고난 분이십니다. 비록 원소가 죽었다고는 해도 기북의 강대함은 보통이라면 2대, 3대로 멸망할 일은 없을 것입니다. 그러나 밖으로는 전쟁에 패하고 안으로는 현명한 신하들이 주살되었습니다. 결국에는 군주의 자리를 놓고 골육상잔을 벌이고 있고 백성들은 한탄하고 있으며 병사들은 원망하고 있는 실정입니다. 하늘도 저버렸는지 작년부터 기아와 메뚜기 떼의 재앙까지 겹쳐 지금은 옛날의 금성탕지金城湯池(쇠로 만든 성과 그 둘레에 뜨거운 물로 가득 찬 못을 파놓았다는 뜻으로, 방어 시설이 잘되어 있는 성을 말한다)도 100만의 군사도 추풍에 흔들리며 내일을 모르는 어두운 구름 속에서 부들부들 떨고 있습니다. 기주를 놔두고 형주를 공격하려고 하는 것은 평탄한 길을 버리고 이익 없는 험로를 선택하는 것과 같습니다. 즉시 업성鄴城을 치시기 바랍니다. 아마도 추풍낙엽秋風落葉과 같을 것입니다."

"……."

시종 귀를 기울이며 묵묵히 듣고 있던 조조가 입을 열었다.

"신비, 자네와 더 빨리 만날 기회가 있었으면 좋았을 뻔했군. 자네의 말은 모두 내 뜻과 같네. 즉시 원담을 원조하여 업성으로 진격하겠네."

"만약 승상께서 기북 전체를 다스린다면 그것만으로도 천하는 진동할 것입니다."

"아니, 나는 원담의 영토까지 차지할 생각은 없네."

"사양하지 않으셔도 됩니다. 하늘이 승상께 내리신 것이라면."

"음, 잘못하면 나의 생명을 다른 사람의 손에 맡기는 꼴이 될지 모르는 위험한 도박이니까. 사양하는 것은 어리석을 테고, 모든 것은 앞으로의 운에 맡기는 수밖에. 하늘의 뜻을 누가 알겠는가."

그날 밤은 다른 장수들도 참석하여 분주히 잔을 나누었다. 다음 날, 진지를 거둔 대군이 모두 기주로 방향을 바꾸었다.

한단 들판

||| 一 |||

"조조 군이 온다. 조조 군이 온다."

10월의 겨울바람과 함께 이런 소리가 서평 쪽에서 마른 들판을 쓸며 들려왔다.

원상은 놀라서 급히 평원의 포위를 풀고 나뭇잎처럼 업성으로 퇴각하기 시작했다.

원담은 성을 나와서 그 뒤를 추격했다. 그리고 퇴각하는 후미의 대장 여광呂曠과 여상呂翔 두 사람을 달래서 자기편으로 만들어 조조에게 보냈다.

"자네의 무용은 아버지의 이름을 부끄럽지 않게 하는군."

조조는 원담을 기분 좋은 말로 칭찬했다.

그 후 조조는 자신의 딸을 원담과 결혼시켰다.

도성의 규중에서 자란, 아직 열대여섯 살밖에 되지 않은 신부를 아내로 맞은 원담은 무척 좋아했다.

곽도는 장래가 걱정되어 원담에게 주의를 주었다.

"들은 바에 의하면 조조는 여광과 여상 두 사람에게 열후烈侯의 지위를 주어 상당히 우대하고 있다고 합니다. 이것은 하북의 장수들을 자기편으로 끌어들이기 위함입니다. 또 주공께 사랑하는 딸을 짝지어준 것은 계략이 있기 때문이며, 그 본심은 원상을 멸망시킨 후 기북 전역을 자기 것으로 삼기 위한 계책임이 틀림없습니다. 그러니 여광과 여상 두 사람에게는 주공께서 은밀히 뜻을 전하여 변고가 생기면 언제든지 내응할 수 있도록 조치해두시기 바랍니다."

"일리 있는 말이네. 그러나 지금 조조는 여양까지 철수하면서 여광과 여상을 데리고 가버렸네. 뭔가 좋은 방법이 없겠나?"

"두 사람을 장군으로 임명하고 주공께서 장군의 인장을 새겨 보내는 것이 어떻겠습니까?"

원담은 그의 말에 수긍하고 도장 파는 자에게 명해 즉시 두 개의 장군 인장을 만들게 했다.

어리고 사랑스러운 새댁은 그가 손에 들고 있는 금으로 만든 인장을 뒤에서 들여다보면서 물었다.

"그게 뭐예요?"

"이것 말이오?"

원담은 그것을 손바닥 위에 놓고 만지작거리면서 아내를 향해 미소 지으며 돌아보았다.

"비취나 백옥이라면 내 허리띠에 매다는 구슬을 만들게 했을 텐데."

"기주성으로 돌아가면 그런 것은 산더미처럼 있소."

"그렇지만 기주는 원상의 성이잖아요."

"뭐라고? 내 성이오. 아버지의 유산을 동생 놈이 가로챈 것이오. 머지않아 장인께서 다시 빼앗아주실 것이오."

황금 인장은 곧 여양에 있는 여광과 여상 형제의 손에 전해졌다.

두 사람 모두 이미 조조에게 감화되어 그를 주군으로 모시고 있었으므로 그에게 황금 인장을 보이며 말했다.

"원담이 이런 물건을 보내왔습니다."

조조는 비웃으며 말했다.

"보내온 것이라면 아무 말 말고 받아두도록 하게. 원담의 속이 훤히 보이는군. 때가 오면 자네들을 내응하게 하여 이 조조를 해하려는 속셈이겠지…… 아하하하, 생각이 얕은 자나 할 짓이야."

이때부터 조조도 마음속으로 결국은 오래 살려둘 수 없는 자라고 원담에 대한 살의를 굳혔다.

겨울은 전투 없이 지나갔다.

그러나 조조는 이 시기에 수만 명의 인부를 동원해 기수淇水의 강물을 끌어와서 백구白溝로 통하는 운하를 만들었다.

이듬해인 건안 9년(204) 봄.

운하가 개통되어 엄청난 양위 군량을 실은 배가 강을 따라 내려왔다.

그 배를 타고 도성에서 온 허유가 조조를 만나 말했다.

"승상께서는 원담과 원상이 지금 벼락이라도 맞아 죽기를 기다리고 계십니까?"

"하하하, 비꼬지 말게. 지금부터이니."

||| 二 |||

원상은 지금 업성에 있었다.

그를 보좌하는 심배는 끊임없이 조조 군의 동정을 살피고 있었는데, 기수와 백구를 연결하는 운하가 완성되자 '조조의 야망은 참으로 크구나. 그는 머지않아 기주 전체를 집어삼키려고 행동을 개시할 것이 틀림없다.'고 생각했다.

그리고 원상에게 말해 우선 무안武安의 윤해尹楷에게 격문을 보내 모성母城에 병사를 집결시키고 군량을 모았다. 또 저수의 아들 저곡沮鵠을 대장으로 삼아 한단邯鄲 들판에 포진하도록 했다.

한편 원상은 심배를 남겨두고 본군의 정예병을 이끌고 기습적으로 평원의 원담을 공격했다.

원군을 요청하는 원담의 급보를 받은 조조는 허유를 보며 말했다.

"언젠가 지금부터라고 말한 것은 이런 소식이 올 날을 기다린 것이네."

그리고 그는 회심의 미소를 지었다.

"조홍은 업성으로 가라."

조조는 일군을 급파하고 자신은 모성을 공격하여 대장 윤해를 베어 죽였다.

"항복하는 자는 살려주겠다. 어떤 자든 지금 항복을 청하면 어제의 죄를 묻지 않겠다."

조조의 특별한 명령은 패주하는 병사에게 소생할 수 있는 길을 열어주어서 많은 포로를 확보할 수 있었다.

대하大河와 같은 병력은 싸울 때마다 한 방울 또 한 방울 늘어나 강폭을 넓혀갔다.

그리고 한단 들판의 적군과 만나서 대격전을 벌인 끝에 결국 저곡의 포진을 무너뜨렸다.

"업성으로, 업성으로."

소용돌이치는 대군의 거센 물결은 먼저 이곳을 포위하고 있던 같은 편인 조홍 군과 합세하여 더욱 기세가 등등해졌다.

피로 성벽을 물들이고 횃불을 집어던져 불을 지르고 북을 울리고 함성을 지르며 7일 밤낮을 쉬지 않고 총공격을 가했으나 성은 함락되지 않았다.

땅속을 파고 들어가 성문을 돌파하려 했으나 그것도 적에게 간파되어 병사 1,800명이 땅속에 생매장되었다.

"아, 심배는 참으로 명장이로구나."

공격하다 지친 조조는 성을 수비하는 심배의 수완에 감탄했다.

평소의 명신이자 난세의 동량이기도 한 웅재란 바로 그와 같은 사람을 두고 하는 말인지도 모른다. 그는 또 먼 전선에서 패하여 돌아올 길이 막힌 원상과 그 군대를 상처 없이 성안으로 맞아들여야 한다는 난제에 봉착하여 그것을 성공시키기 위해 고심하고 있었다.

원상의 군대는 이미 양평이라는 지점까지 와서 퇴로가 열리기를 기다리고 있었다. 그 퇴로를 성안에서 열어줘야만 했다.

주부主簿인 이부李孚는 심배를 향해 이런 안을 내놓았다.

"이 상태에서 밖에 있는 아군이 성안으로 들어오면 순식간에 군량이 바닥날 것입니다. 그런데 성안에는 아무 도움도 되지 않는 노약자가 수만 명에 이릅니다. 그들을 밖으로 몰아내어 조조에게 항복하게 하고 그 후에 바로 성안의 병사들도 내보내는 것입니다. 병마가 나간 순간 성안에 있는 잡목이나 장작을 산처럼 쌓아서 불기둥을 올려 양평에 있는 원상 장군에게 신호를 보내 안팎에서 호응하여 혈로를 연다면 어려움 없이 성안으로 들어올 수 있을 것입니다."

"그래. 그 방법밖에 없겠어."

심배는 즉각 준비에 들어갔다. 그리고 준비가 끝나자 성문을 열어 성안에 있는 부녀자와 노인들을 일제히 밖으로 내보냈다.

흰 누더기 천과 백기 등을 손에 든 늙고 어린 백성들이 해일처럼 밖으로 흘러나왔다.

그리고 조 승상을 연호하며 항복의 뜻을 밝히고 그의 진지로 우르르 몰려갔다.

조조는 후진을 열어 그들을 모두 받아들였다.

"내가 서 있는 땅에서는 한 사람도 굶겨 죽일 수 없다."

곳곳에서 대형 솥에 죽을 끓였다. 굶주린 백성들은 옆에 화살이 날아와도, 전방에서 격전이 벌어져도, 솥 주위를 떠나지 않았다.

심배의 계략을 꿰뚫어 보고 있던 조조는 수만 명의 굶주린 백성이 성문에서 밀려 나오자 바로 병사들을 곳곳에 매복시키고 난민의 뒤를 따라 봇물 터지듯 쏟아져 나온 성안의 병사들을 즉시 협공하여 전멸시켜버렸다.

성안에서는 하늘마저 태울 기세로 신호의 불길이 붉게 타오르고 있었으나 성문을 나간 병사들은 순식간에 해자를 메우는 시체가 되었고 살아남은 자들은 허둥지둥 성안으로 되돌아 들어갔다.

"지금이다. 멈추지 말고 공격하라."

조조는 여세를 몰아 도망가는 병사들과 함께 성안으로 들어갔다. 그는 그때 투구 꼭대기에 두 발의 화살을 맞고 한 번은 말에서 떨어졌으나 바로 말에 올라 아무렇지도 않게 병사들의 선두에 섰다.

그러나 심배는 의연하게 방어전을 펼쳤다. 그 때문에 외성의 문은 돌파했으나 내성의 문은 여전히 굳게 닫혀 있었다. 이에 천하의 조조도 감탄할 수밖에 없었다.

"아직 나도 이렇게 난공불락의 성은 본 적이 없다. 방법을 바꿀 수밖에."

그는 기회를 잡는 데 민첩했다. 머리를 성벽에 들이박으며 밀어붙이는 어리석음은 피했다.

하룻밤 사이에 그의 병사들은 방향을 완전히 틀어 부수浮水의 경계에 있는 양평의 원상을 공격했다.

우선 말재주가 좋은 자를 보내 원상의 선봉인 마연馬延과 장의張顗 두 사람을 아군으로 포섭했다. 두 대장이 배신하자 원상은 잠시도 버티지 못하고 패주했다.

남구濫口까지 퇴각하여 그곳의 요해에 포진했으나 사방에서 화공을 당해 다시금 진퇴양난에 빠지자 결국 원상은 항복하러 나왔다.

조조는 "내일 만나자."라며 흔쾌히 그의 항복을 받아주었다.

조조는 전군의 무장을 해제하고 항복한 사람들을 모두 한곳에 모았는데, 그날 밤, 서황과 장료, 두 장수에게 명해 원상을 살해하려 했다.

원상은 간발의 차로 위기에서 벗어나 중산中山(하북성 보정) 방면으로 도망쳤다. 그때 인수와 깃발까지 버리고 갔기 때문에 조조의 장졸들에게 웃음거리가 되었다.

한쪽이 정리되자 조조는 대군을 몰고 가서 다시 성을 공격하기 시작했다. 이번에는 내성 주위 40리에 걸쳐 장하漳河의 물을 끌어와서 성안을 물로 공격했다.

전에 원담의 사자로 와서 조조 진영에 머물던 신비는 원상이 버리고 간 옷과 인수, 깃발 등을 창끝에 걸고 진영 앞에 서서 성안 병사들에게 권유했다.

"성안에 있는 병사들이여! 무익한 항전은 그만두고 어서 항복하라."

심배는 이에 대한 대답으로 성안에 인질로 잡고 있던 신비의 처자식 등 일족 마흔 명 정도를 망대로 끌어내 목을 쳐서 하나하나 던지며 말했다.

"이놈, 너는 이 나라의 은혜를 잊었느냐!"

이 모습을 본 신비가 까무러치자 병사들이 안아서 후진으로 데리고 갔다.

그러나 그는 이 원통함을 풀기 위해 심배의 조카인 심영審榮에게 화살에 편지를 묶어 쏘아 성공적으로 내응의 약속을 맺고 드디어 서문 일부를 심영의 손으로 열게 하는 데 성공했다.

기주의 본성은 여기에 무너졌다. 조조는 도도하게 흐르는 흙탕물을 건너 성안으로 들어갔다. 심배는 마지막까지 선전했으나 힘이 다해 사로잡혔다.

조조는 심배 때문에 자신이 매우 난처한 상황에 처했던 것을 떠올리며 그를 그대로 죽이기가 아까워 "나의 수하가 되지 않겠나."라고 한번 떠보았다.

그러자 신비가 이놈 때문에 자신의 처자식을 비롯한 일족이 마흔 명이나 죽었으니 부디 목을 달라고 청했다.

심배는 이 말을 듣고 두 사람에게 의연하게 대답했다.

"살아서는 원씨의 신하, 죽어서도 원씨의 귀신이 되는 것이 나의 소원이다. 아첨꾼에 경박한 신비 따위와 동일시되는 것조차 불쾌하구나. 어서 목을 쳐라!"

그가 이렇게 말하면서 일곱 걸음쯤 걸었을 때 조조의 눈짓에 검을 든 무사가 달려들었다.

　　"잠깐!"

　　그 순간 심배는 일갈하더니 조용히 원씨의 사당에 절한 뒤 순순히 목을 바쳤다.

재야에 진정한 인재가 있다

||| 一 |||

망국의 최후를 장식하는 충신만큼 비장한 것도 없다.

심배의 충성스러운 죽음은 조조의 가슴을 아프게 했다.

"적어도 옛 주공의 성터에 그 주검이라도 묻어주자."

건안 9년(204) 가을 7월, 그토록 강대한 하북도 멸망하고 말았다. 기주 본성에는 조조의 군마로 가득했다.

조조의 적자 조비曹丕는 당시 18세로 이번 전쟁에 참전했는데, 적의 본성이 함락되자 곧장 호위병들을 이끌고 성문을 통해 성안으로 들어가려고 했다.

성이 함락된 직후였기 때문에 당연히 성문은 차단되어 있었다. 문을 지키는 병사가 앞을 가로막으며 말했다.

"멈춰라. 어디로 가느냐? 승상의 명령이다. 아직 아무도 여길 통과해서는 안 된다."

그러자 조비의 부하가 오히려 호통을 쳤다.

"승상의 아드님이시다! 누군 줄 모르느냐?"

성안은 아직 타다 남은 불로 연기가 자욱했다. 조비는 잔병이 뛰쳐나올지도 모른다며 한 손에 검을 뽑아 들고 신기하다는 듯 성안 이곳저곳을 빠짐없이 돌아보고 다녔다.

그때 별채의 어두운 한쪽 구석에 한 부인이 딸로 보이는 여자아이를 안은 채 몸을 웅크리고 있었다. 붉은빛이 눈을 스치고 지나갔다. 구슬과 금비녀가 흐느낌에 떨리고 있었던 것이다.

"누구냐?"

조비는 걸음을 멈췄다.

부인은 나지막한 목소리로, 그러나 눈동자로는 자비를 구하며 대답했다.

"저는 원소의 후실로 유씨라 합니다. 이 아이는 차남 원희의 아내이고…….."

다시 묻자 원희는 멀리 도망갔다고 했다. 조비는 성큼성큼 다가가서 여자의 앞머리를 들고 바라보았다. 그리고 자신의 비단 도포의 소매로 여자의 얼굴을 닦아주었다.

"아아! 이건 야광 구슬이다."

조비는 검을 다시 칼집에 넣고 뛸 듯이 기뻐했다. 그리고 자신은 조조의 장남이라는 것을 두 여자에게 밝히고 덧붙였다.

"살려주겠소! 내가 반드시 목숨만은 지켜주겠소! 더는 떨지 않아도 돼요."

그때 아버지 조조는 위풍당당하게 입성하고 있었다. 그런데 그의 고향 친구로 황하 전투에서 원소를 배신하고 조조 편으로 돌아선 허유가 갑자기 행렬에 뛰어들며 말했다.

"어떤가, 아만阿瞞. 만약 이 허유가 황하에서 계책을 주지 않았다면 아무리 자네라도 오늘 입성은 할 수 없었을 걸세."

그는 한껏 우쭐거리며 부탁하지도 않았는데 채찍을 들고 행렬을 지휘했다.

조조는 큰 소리로 웃으며 우쭐대는 그를 더욱 부채질했다.

"그렇지, 그래. 자네 말이 맞아."

성문을 지나고 부문府門을 지날 때 조조는 어떻게 알았는지 파수병에게 물었다.

"나보다 먼저 이곳을 통과한 자가 누구냐? 어떤 놈이야!"

파수병은 몸을 벌벌 떨며 사실대로 대답했다.

"아드님이십니다."

조조는 격노하여 말했다.

"내 아들이라도 군법을 어지럽혔으니 용서치 않겠다. 순유, 곽가, 자네들은 즉시 조비를 잡아오게. 목을 치겠다."

곽가는 조비가 아니면 누가 능히 성안을 진정시키겠냐고 간언했다.

"음, 그 말도 일리가 있군."

조조는 구원받은 듯 이 일을 더는 문제삼지 않기로 하고 말에서 내려 계단을 올라가 방 안으로 들어갔다.

유 부인은 그의 발밑에 엎드려 조비의 온정에 대해 기쁨의 눈물을 흘리며 고했다. 조조는 문득 어린 견씨甄氏를 보고 그 아름다움에 놀라며 생각했다.

'뭐, 조비가 그런 온정을 베풀었단 말인가? 그건 필시 이 여자를 아내로 삼고 싶었기 때문일 것이다. 그럼 조비에게 내릴 은상으로는 이 여자 하나로 충분할 것 같군. 참으로 철없는 녀석이야.'

아들의 마음을 눈치 빠르게 간파한 아버지 조조는 기주 공략을 성공한 대가로 견씨를 조비에게 주었다.

기주 공략도 일단 정리되자 조조는 제일 먼저 원소와 원씨 가문의 분묘에 제사를 지냈다.

그때 그는 분묘에 향을 피우며 이렇게 술회하면서 눈물을 흘렸다.

"옛날 낙양에서 함께 즐겁게 이야기를 나누었을 때 원소는 하북의 부강함을 이용하여 남으로의 진출을 꾀하겠다고 하고, 나는 맨주먹으로 천하의 신인들을 규합하여 시대의 혁신을 이룩하겠다고 말하며 서로 크게 웃었던 적도 있지만, 그것도 지금은 옛날이야기가 되어버렸군……."

승자가 흘린 한 줄기 눈물은 적국의 민심을 사로잡았다. 백성들에게는 그해의 공물을 면제해주고 기존의 문관이나 현명한 인재를 배제하지 않고 자신의 진영으로 받아들였으며 토목과 전답의 부흥에 힘을 쏟았다.

부당府堂 출입은 날이 갈수록 빈번해졌다. 어느 날 허저가 말을 타고 동문으로 들어가려고 했다. 그러자 거기에 서 있던 허유가 소리를 쳤다.

"이보게, 허저. 유난히 거드름을 피우며 지나가는군. 주제넘은 말 같지만, 이 허유가 없었다면 자네는 이 성문을 드나들지 못했을걸세. 날 봤으면 인사 정도는 하고 지나가는 것이 예의가 아닐까?"

허저는 얼마 전에 조조가 입성할 때도 그가 교만하게 굴어서 장수들의 빈축을 산 것을 떠올리고 화를 내며 말했다.

"필부는 저리 비켜라!"

"뭐라고, 내가 필부라고?"

"소인배가 작은 공 하나를 세웠다고 우쭐대는 것만큼 볼썽사나운 것도 없다더니. 앞길을 막는다면 밟아 죽이겠다."

"어디, 그리 해봐라."

"못 할 것 같으냐?"

설마 하며 대수롭지 않게 여기고 있었는데 허저는 정말로 말의 앞발을 들어올려 허유를 위에서 덮쳤다.

그뿐만이 아니라 즉각 검을 빼서 허유의 목을 날려버리고 부당으로 가서 조조에게 보고했다.

조조는 허저의 보고를 듣고 눈을 감은 채 잠시 침묵하고 있다가 말했다.

"그가 다루기 힘든 소인배임은 분명하나 나와는 어린 시절부터 친구다. 게다가 분명히 공도 있는 자. 그런데 개인적인 분노로 인해 함부로 베어 죽이다니 참으로 무례하구나."

그는 허저를 꾸짖으며 7일 동안 근신할 것을 명했다.

허저가 물러가자 바로 고사高士 한 명이 정중한 안내를 받아 들어왔다. 하동河東 무성武城의 은자 최염崔琰이었다.

얼마 전부터 기주 전체의 백성 수와 호적을 바로잡기 위해서는 그의 자문이 필요하다는 판단에 그를 맞아들이기 위해 그의 집에 몇 번이나 사자를 보낸 바 있다.

최염은 난잡한 민부民簿를 깔끔하게 정리하여 조조의 군정을 위한 자료로 제공했다.

조조는 그에게 별가종사別駕從事의 관직을 내렸다. 한편, 원소의 자식들과 기주 잔당이 도망간 곳의 소식도 계속 알아보고 있었다.

그 후 첫째 원담은 감릉甘陵, 안평安平, 발해渤海, 하간河間(하북성) 등의 각 지방을 휩쓸며 병력을 모아 중산中山(하북성 보정)에 있는 셋째 원상을 공격하여 그곳을 빼앗았다.

원상은 중산에서 도망쳐 유주로 갔다. 유주에는 둘째 원희가 있었기 때문에 두 형제는 합심하여 원담을 막는 한편 아버지의 영지를 회복하겠다고 기주의 조조를 멀리서 살피며 칼을 갈고 있었다.

조조는 이 사실을 알고 원담을 시험해보기 위해 불렀다. 그러나 원담은 어쩐지 불안하고 무서워서 여러 번의 부름에도 응하지 않았다.

조조는 그것을 구실로 즉시 단교의 글을 보내고 대군을 파견했다. 원담은 두려워서 중산과 평원을 버리고 결국 유표에게 사자를 보내 도움을 청했다.

유표는 사자를 돌려보낸 후 이 일을 유비와 상의했다. 유비는 원 형제가 모두 머지않아 조조에게 정벌될 운명이라고 예견하고 이렇게 말하며 주의를 촉구했다.

"그냥 못 본 척하십시오. 남의 일보다 이 나라의 국방은 튼튼합니까?"

||| 三 |||

형주를 의지하려 했으나 유표에게 보기 좋게 거절당한 원담은 할 수 없이 남피南皮(하북성 남피)로 달아났다.

건안 10년(205) 정월, 조조의 대군은 빙하와 설원을 넘어 남피로 진격했다.

남피성은 여덟 개의 문을 닫아걸고 성벽 위에 활을 줄지어 세우고 해자에 녹채鹿砦를 설치하는 등 방비를 견고히 했다. 그러나 공격하고는 도망치기를 반복하며 밤낮으로 새로운 방법을 고안하여 맹공격을 퍼붓는 조조 군의 끈기에 원담은 밤에도 잠을 이루지 못해 심신이 모두 지쳐버렸다.

게다가 대장 팽안彭安이 목숨을 잃자 결국 신평辛評을 사자로 보내 항복을 청했다.

조조는 그에게 말했다.

"그대는 전부터 내 밑에 있는 신비의 형이 아닌가. 나의 진중에서 동생과 함께 공훈을 세우며 앞으로 그대의 가문을 명문가로 만드는 것이 어떻겠나?"

"옛말에 이런 말이 있습니다. 주군이 존귀해지면 신하도 영광을 누리고, 주군이 상심하면 신하도 욕을 먹는다고. 동생에게는 동생의 주군이 있고, 저에게는 저의 주군이 있습니다."

신평은 온 보람도 없이 돌아갔다. 항복을 받겠다는 것인지 받지 않겠다는 것인지, 조조는 아무 언급도 하지 않았던 것이다. 말할 것도 없이 조조는 이미 기주를 빼앗았기 때문에 원담을 살려두기를 원치 않았다.

"화의和議의 가능성은 없습니다. 결국 결전을 치를수밖에 없을 것입니다."

신평이 사실대로 고하자 원담은 그에게 불만을 표시하며 비꼬듯 말했다.

"아, 그런가? 자네의 동생은 이미 조조의 신하가 되었다지? 그 형을 강화를 위한 사자로 보낸 것이 내 실수였군."

"그게 무슨 말씀입니까!"

신평은 격분한 나머지 원망스럽다는 듯 한 마디 외치더니 땅에 쓰러져 혼절한 채 그대로 숨을 거두고 말았다.

원담은 몹시 후회하며 곽도에게 선후책을 물었다. 곽도는 강한 어조로 말했다.

"팽안은 목숨을 잃었지만 여전히 쟁쟁한 명장들이 여러 명 있습니다. 게다가 남피의 백성들을 모두 징병하여 죽기 살기로 싸운다면 극심한 추위에 노출되어 있는 원정병들을 반드시 이길 수 있을 것입니다."

그는 원담을 격려하고 대결전을 위한 준비에 착수했다.

갑자기 성안의 전 병력이 성의 모든 문을 열고 공세로 나왔다. 눈에 파묻혀 있는 조조의 진영을 맹습한 것이다. 그리고 민가를 태우고 책문을 불태우는 등 모든 수단을 동원하여 조조 군을 교란했다.

바람에 흩날리는 눈을 맞으며 달려가는 수많은 말발굽, 화살이 날아가는 소리, 철궁의 외침, 챙챙 울리는 창 소리, 불꽃을 튀기는 검과 검, 창은 부러지고 깃발은 찢어지고 사람과 짐승이 아우성치는 가운데 시체는 산을 이루고 피는 눈을 가르고 강을 이루었다.

한때 조조 군은 궤멸 직전까지 몰렸으나 조홍과 악진 등이 분전하여 이를 막아내고 결국에는 대세를 회복해 적병들을 마구 밀어붙여서 해자 있는 데까지 몰고 갔다.

조홍은 잡병들에게는 눈길도 주지 않고 어지럽게 싸우는 병사들 사이를 뛰어다니며 오로지 원담만을 찾아다닌 끝에 결국 찾아내서 말에 탄 채 이름을 밝히고 거듭 칼을 휘둘러 베어버렸다.

"원담의 목을 베었다. 조홍이 원담의 머리를 들었다!"

이런 소리가 눈보라처럼 사방으로 날리자 적병들은 전의를 잃고 성문 다리로 앞다투어 도망쳐 들어갔다.

그들 사이에 곽도의 모습도 보였다. 악진은 "저놈을 베어야 한다."며 뒤쫓아가 불렀으나 한꺼번에 밀려든 적군과 아군에게 앞을 가로막혀 다가갈 수 없었다. 그래서 허리의 철궁을 빼 들고 그 자리에서 화살을 시위에 메겨 사람들 위로 날렸다.

화살은 곽도의 뒷덜미를 관통했다. 그는 안장에서 굴러 해자 속으로 떨어졌다. 악진은 목을 베어 창끝에 꽂고 목청껏 소리쳤다.

"곽도도 죽고 원담도 죽었다. 성안의 병사들아, 너희는 무엇을 위해 싸우고 있는가!"

남피성도 이렇게 함락되자 이윽고 근처에 있던 흑산黑山의 산적 장연張燕과 기주의 구신인 초촉焦觸, 장남張南 등의 무리도 각각 5,000명, 1만 명의 부하들을 이끌고 속속 항복하러 왔다. 이렇게 항복하러 오는 자들이 매일 끊이지 않을 정도였다.

||| 四 |||

악진과 이전의 부대에 항복한 장연을 더해 새롭게 10만의 대부대가 편제되자 조조가 그들에게 명령을 내렸다.

"병주로 가서 고간도 처치하라."

그리고 자신은 유주로 진격하여 원희와 원상을 주벌하기 위한 준비를 게을리하지 않았는데, 그동안 우선 원담의 목을 성의 북문에 내걸고 군현에 널리 포고했다.

"이것을 보고 우는 자가 있으면 삼족을 벌하겠다."

그런데 어느 날 천으로 된 두건을 쓰고 검은 상복을 입은 한 남자가 병사에게 잡혀 조조 앞으로 끌려왔다.

"승상의 포고에도 불구하고 이놈이 원담의 머리에 절하고 옥문 아래에서 통곡하고 있었습니다."

병사가 보고했다.

인품이 범상치 않은 것을 보고 조조가 직접 물었다.

"너는 어디의 누구냐?"

"북해 영릉營陵(산동성 유현濰縣) 태생으로 이름은 왕수王修, 자는 숙치叔治라는 자입니다."

"군현의 포고문을 보지 못했느냐?"

"눈은 멀지 않았습니다."

"그렇다면 본인은 물론이거니와 그 벌이 삼족에게 미친다는 것도 잘 알고 있겠구나."

"기쁜 일이 있으면 기뻐하고 슬픈 일이 있으면 슬퍼하는 것은 인간에게 있어서 자연스러운 일입니다."

"너는 전에 무슨 일을 했느냐?"

"청주의 별가別駕로 일하며 돌아가신 원소 장군의 큰 은혜를 입은 사람입니다."

"내 앞에서도 말을 삼가지 않는 놈이군. 말하는 것이 거침이 없어. 그런데 그렇게 큰 은혜를 입은 원소의 휘하에서는 왜 나온 것이냐?"

"주공에게 간언했으나 듣지 않으셨고 정무에 충실하려 했으나 동료의 참언으로 관직에서 쫓겨나 재야에 산 지 3년이 되었습니다만, 어찌 주공의 은혜를 잊겠습니까? 나라가 멸망한 지금 주공의 장남 원담의 머리가 거리에 내걸린 걸 보고 울지 않으려 해도 울지 않을 수 없었습니다. 만약 저 머리를 저에게 주셔서 장례를 치르는 것을 허락하신다면 제 목숨은 물론 삼족이 벌을 받아도 원망하지 않겠습니다."

왕수는 거침없이 말했다.

불같이 화를 낼 것이라고 생각했는데, 의외로 조조는 신하들을 돌아보며 장탄식을 했다.

"이 하북에는 어째서 이리도 충의지사가 많단 말인가. 원소는 이렇게 충성된 자를 등용하지 않고 애석하게도 초야로 쫓아 보내서 결국은 나라를 잃었구나."

조조는 즉시 왕수의 청을 받아들인 것은 물론 그를 사금중랑장司金中郞將으로 봉하고 상빈의 예로 대했다.

유주(기동) 방면에서는 벌써 조조 군이 내습한다는 소식이 전해져 큰 혼란이 일어났다.

어차피 대적할 수 없는 적이라고 두려워하며 원상은 재빨리 요서遼西(열하 지방)로 달아났고, 주의 별가인 한형韓珩 일족은 성을 열어 조조에게 항복했다.

조조는 항복을 받아들여 한형을 진북장군鎭北將軍에 임명하고 병주 방면의 전황이 걱정되어 대군을 이끌고 악진과 이전의 군대에 가세하기 위해 떠났다.

원소의 조카 고간은 병주의 호관壺關(하북성 경계)을 사수하며 여전히 맞서고 있었다.

그때 불과 수십 명의 병사와 함께 두 장수가 성문 가까이에 와서 구원을 청했다.

"고 장군, 고 장군. 문을 열어주시오."

고간이 망루에서 내려다보니 옛 친구 여광과 여상이었다.

두 사람이 큰 소리로 말했다.

"전엔 옛 주군에게 등을 돌리고 조조에게 투항했으나 우리를 박대하며 제대로 대우해주지 않았소. 구관이 명관이오. 이후로는 협력하여 조조에게 맞섭시다. 옛정을 생각해주시오."

고간은 여전히 의심하며 데리고 온 병사들은 성 밖에 머물게 하고 두 사람만 성안으로 맞아들였다.

"조조는 지금 막 유주에서 돌아왔소. 아직 진용도 갖춰지지 않았고, 먼길을 오느라 피곤하니 오늘 밤 야습을 감행한다면 분명 이길 것이오."

고간은 아둔하게도 두 사람의 계책을 받아들이고 말았다. 견고한 성 호관도 그날 밤 결국 함락되고 고간은 간신히 목숨만 건져 북적北狄의 경계를 넘어 오랑캐인 좌현왕左賢王에게 몸을 의탁하러 가는 도중에 부하의 칼에 맞아 죽고 말았다.

요서와 요동

지금 조조의 기세는 뜨는 해와 같았다.

북쪽은 북적이라고 부르는 몽골과 마주하고 있고, 동쪽은 오랑캐라고 부르는 열하의 산동 방면과 인접해 있었다. 이렇게 구 원소 치하의 모든 영토를 완전히 장악해버렸다. 조조다운 새로운 맛이 있는 정치의 시행과 권위 있는 명령은 오랫동안 침전되어 있던 구태를 일소했고, 문화 산업의 사회면까지 그 양상은 완전히 새로워졌다.

그런데도 조조는 아직 만족하지 않았다.

그의 가슴속 야망은 광활한 대지처럼 끝을 몰랐다.

"지금 원희, 원상 형제는 요서의 오환烏丸(열하 지방)에 있다고 한다. 이대로 방치한다면 훗날의 화근이 될 것이다. 요서와 요동 땅을 아울러 평정하지 않으면 기북과 기동 땅도 영구히 다스릴 수 없을 것이다."

그의 장대한 계획에 따라 다시 대규모 전쟁 준비를 하라는 명령이 떨어졌지만, 물론 조홍을 비롯해서 이견을 내는 사람도 많았다.

이곳은 이미 원정을 떠나서 온 곳이다. 원정에서 원정으로 그렇게 끝도 없이 전쟁에 매진하는 사이에 먼 도성에 변고가 일어나면 어떻게 하겠는가. 또 형주의 유표와 유비 등이 승상이 자리를 비운 틈을 노려 허를 찌른다면 어떻게 대처할 것인가.

참으로 당연한 우려였다. 그러나 곽가만은 조조의 큰 뜻을 지지했다.

"모험임은 틀림없습니다만, 천릿길 원정도, 천하 제패의 대사大事도 그렇게 두 번이고 세 번이고 반복할 수 있는 것이 아닙니다. 이미 도성을 떠나 여기까지 온 이상 천릿길 원정이나 만릿길 원정이나 큰 차이가 없습니다. 원소의 아들을 그냥 내버려두면 매년 어딘가에서 반란을 일으킬 것이 분명합니다."

결국 출정하기로 결정되었다.

요서와 요동은 오랑캐의 땅이다. 일찍이 경험해보지 못한 곳으로의 원정이었다. 때문에 군의 장비나 군량에 있어서도 만전을 기했다. 전차와 군량을 실은 수레만 해도 수천 대에 이르는 대규모 수송대가 편제되었다.

그 외에 순수 전투부대 수십만에는 기병과 보병, 수송대, 노궁대, 경궁대, 철궁대가 있고, 공구만 지고 가는 노역 부대까지 실로 어마어마한 대행군이었다.

노룡채廬龍寨(하북성 유가영)까지 전진했다.

오랑캐 땅의 경계가 가까워지자 산천의 경치도 일변하고 날마다 광풍이 불었다. 이른바 황사로 막막한 천지가 개미처럼 줄지어 가는 행렬을 감쌌다.

그렇게 역주易州에 다다르자 조조에게 뜻밖의 걱정거리가 생겼다. 그것은 그를 도와 늘 힘이 되어준 곽가가 풍토병에 걸려 가마에도 탈 수 없게 된 것이었다.

곽가는 고열을 견디며 조조에게 또다시 헌책獻策했다.

"행군이 너무 느린 듯합니다. 이렇게 해서는 천릿길 원정에 공을 세운다 해도 시간이 너무 오래 걸립니다. 또 우리가 꾸물대고 있는 사이에 적은 방비를 더욱 굳건히 할 것입니다. 승상께서는 날쌔고 용맹한 기마병들만 데리고 지금보다 속도를 세 배로 높여 오랑캐의 허를 찌르십시오. 나머지 병사들은 불초가 맡아 병을 치료하면서 대기하고 있겠습니다."

조조는 그의 말을 듣고 대군을 개편하여 뇌정대雷挺隊라 칭하는 기마와 수레만으로 구성된 대부대를 이끌고 사력을 다해 요서와의 경계로 돌진했다.

길 안내는 전에 원소의 부하였던 전주田疇라는 자가 맡았다.

진흙 강과 호수, 늪, 절벽 등 온갖 험로가 앞에 놓여 있었다. 만약 전주가 없었다면 지리에 어두운 조조 군은 여기서 오도 가도 못했을 것이다.

이렇게 해서 겨우 오랑캐의 대장 모돈冒頓이 지키고 있는 유성柳城(요녕성)의 코앞에 당도했다.

때는 건안 11년(206) 가을 7월이었다.

||| 二 |||

유성의 서쪽 백랑산白狼山을 함락시킨 조조는 산 정상에 서서 적진을 내려다보며 말했다.

"오랑캐들이 어마어마하게 진용을 갖춰놓았군. 하지만 오랑캐는 역시 오랑캐로다. 저 배진은 마치 병법을 전혀 모르는 자가 해놓은 아이들 장난 같구나. 단번에 쳐부수도록 하라."

즉각 장료를 선봉으로 세우고 우금과 허저, 서황 등을 3개 부대로 나눠 성 밖의 적들부터 하나하나 격파한 끝에 결국 오랑캐의 대장 모돈을 베어 죽이고 7일 만에 유성을 점령해버렸다.

원희와 원상은 유성에 숨어서 끝까지 독전督戰했으나, 또다시 의탁할 곳을 잃고 불과 수천의 병사를 이끌고 요동 쪽으로 부랴부랴 달아났다.

그 외의 오랑캐 병사들은 전부 항복했다. 조조는 전주의 공을 칭찬하고 유정후에 봉했으나 전주는 한사코 받으려 하지 않았다.

"저는 과거 원소를 섬겼던 몸으로 옛 주군의 아들들을 쫓는 전투의 길 안내에 나서서 작록爵祿을 받는 것은 의에 벗어나는 행동입니다."

"과연 일리가 있군."

조조는 그를 배려하여 대신 의랑議郎의 직을 주고 유성의 수비를 맡겼다.

율령이 바로 선 조조의 군대와 신식 장비, 사리에 맞는 시정施政 등은 변방의 백성들을 눈에 띄게 감화시켰다. 근방의 오랑캐들은 속속 공물을 들고 유성시로 몰려와서 모두 조조에게 복종을 표했다.

그중에는 준마 1만 마리를 헌납한 호족도 있었다. 조조의 군사력은 이렇게 해서 크게 부강해졌다. 그러나 그는 역주에 남겨두고 온 곽가의 병세를 하루도 잊지 않았다.

"아무래도 병세가 심상치 않은 것이 회복될 가능성이 희박하다고 합니다."

역주에서 온 서신으로 이 사실을 안 그의 비서가 걱정스러운 듯 조조에게 고했다. 이 말을 들은 조조는 갑자기 제안했다.

"여기는 전주에게 맡기고 역주로 돌아가세."

이미 겨울로 접어들고 있었다. 대군의 행로는 참으로 고생스러웠다. 때로는 200여 리를 가는 동안 물 한 방울 없어서 땅 밑을 30길이나 파야 할 때도 있었고, 풀 한 포기 없어서 말을 잡아먹기도 했다. 또 병자가 속출하는 상황이었다.

겨우 역주에 도착하자 조조가 제일 먼저 한 일은 오랑캐 땅으로 원정을 가자고 간언한 장수들에게 은상을 내린 것이었다.

"좋은 의견들을 내주었네."

그리고 이어서 말했다.

"다행히 전쟁에도 이기고 몸도 무사히 돌아왔네. 그러나 이것은 전적으로 하늘의 도움이 있었기 때문이네. 얻은 것은 적고 위험은 실로 많았지. 앞으로도 나에게 부족한 점이 있다면 어려워 말고 간언해주게."

다음으로 조조는 곽가의 병상을 찾아갔다. 곽가는 조조가 무사히 돌아온 모습을 보자 안심했는지 그날로 숨을 거두었다.

"나의 패업은 아직 중도에 있는데 지금까지 어렵게 고난을 함께 해온 젊은 곽가가 먼저 떠나버렸구나. 그는 장수들 중에서도 가장 나이가 어렸는데."

그는 육친을 잃은 것처럼 눈물을 흘리며 슬퍼했다. 맑고 구슬프게 울리는 장례식장의 뿔피리와 징은 사흘에 걸쳐 겨울 하늘의 구름을 통곡하게 했다.

장례가 끝나자 곽가의 병상을 내내 지키던 하인이 한 통의 편지를 조조에게 은밀히 건넸다.

"이것은 돌아가신 주인 나리의 유언장입니다. 돌아가실 때가 다가오자 나리께서 직접 붓을 들고 쓰신 것입니다. 당신이 죽은 뒤에 주공께 전해달라고 하셨습니다. 여기에 쓰인 대로 하면 요동 땅은 저절로 평정될 것이라면서 말입니다."

조조는 유서를 이마에 대고 배례했다.

며칠 후 장수들 사이에서는 요동을 어떻게 할 것인지에 대한 논쟁이 벌어졌다.

원희와 원상 두 사람은 그 후 요동으로 달아나 태수 공손강公孫康에게 의탁하고 있었는데 여전히 화근이 될 조짐이 보였기 때문이다.

"내버려두어도 큰일은 없을 것이다. 가까운 시일 안에 공손강이 원 형제의 머리를 보내올 테니."

조조는 이번만은 매우 침착한 모습이었다.

||| 三 |||

계속된 도망으로 더는 몸 둘 곳이 없어져 요동에 몸을 의탁하고 있던 원희와 원상 형제에 대해 공손강은 지금도 여전히 마음을 정하지 못하고 있었다.

'도와주는 것이 나을까, 차라리 죽이는 게 나을까?'

왜냐하면 일족 중에 도와줄 필요가 없다는 의견이 나왔기 때문이다.

"그의 아버지 원소가 살아 있을 때 항상 이 요동을 공략하려고 했습니다. 그러나 실행에 이르기 전에 목숨을 잃었습니다. 원한은 있지만 은혜는 없습니다."

또 더욱 극단적으로 말하는 사람도 있었다.

"비둘기는 까치의 둥지를 빌려서는 어느 틈에 까치를 내쫓고 둥지를 차지해버립니다. 망부의 뜻을 생각하여 원 형제는 나중에 비둘기로 변할 가능성이 있습니다. 차라리 이번 기회에 그들의 머리를 조조에게 보내면 조조는 요동을 공격할 구실을 잃고 요동도 이대로 평화로울 뿐만 아니라 우리를 존중하게 될 것입니다."

공손강은 결국 그의 의견이 옳다고 여겨 결단을 내리는 한편 사람을 보내 조조의 동정을 살피게 하여 조조 군이 쳐들어올 기색이 없는 것을 확인한 후 성시에 머물러 있는 원 형제에게 사자를 보내 주연에 초대했다.

"출병에 관해서 상의하자는 걸까? 조조의 위협을 받고 있는 때이니 우리들의 협력이 없으면 맞설 수 없지."

원희와 원상은 이런 담소를 나누며 성으로 들어갔다.

그러나 안내를 받아 한 방에 들어가 보니 추운데 난로도 없고 평상 위에 깔개조차 깔려 있지 않았다.

두 사람은 불쾌한 얼굴로 거드름을 피우며 말했다.

"우리 자리는 어디요?"

"이제부터 너희 두 놈의 머리는 만릿길 여행을 떠날 텐데 따뜻한 자리가 어찌 필요하겠느냐?"

공손강은 크게 웃으며 말이 끝나자마자 장막을 돌아보며 신호를 보냈다.

그의 신호에 10여 명의 무사가 일제히 뛰어나와 두 사람을 붙잡고 좌우에서 옆구리에 단검을 찌른 뒤 원희와 원상의 목을 베어버렸다.

조조 군은 역주에 진을 친 채 여전히 움직이려 하지 않았는데 하후돈과 장료 등은 그사이 수시로 조조에게 간언했다.

"만약 요동을 공격할 생각이 없다면 어서 도성으로 개선하는 것이 어떻겠습니까? 할 일도 없이 이런 곳에 진을 치고 있는 것은 의미가 없습니다."

그러자 조조가 대답했다.

"결코 하는 일 없이 보내고 있는 것이 아니네. 조만간 요동에서 보낸 원희와 원상의 머리가 도착할 거야. 지금 그것을 기다리고 있는 걸세."

장수들은 그의 생각을 미심쩍어하면서 조소를 금할 수가 없었다. 그러나 정말로 보름쯤 지나자 태수 공손강의 사자가 도착하여 편지와 함께 소금에 절여 상자에 넣은 두 개의 머리를 정식으로 바쳤다.

전에 비웃었던 자들은 내심 놀랐다. 조조는 크게 웃으며 비밀을 털어놓았다.

"곽가의 계책은 틀림이 없네. 고인의 유언대로 되었어. 그도 지하에서 만족하고 있을 걸세."

유서에 의하면 곽가는 군사를 요동으로 진격시켜서 공격하는 것을 한사코 반대하고 있었다.

　요동은 병사를 쓰지 않고 공격할 수 있습니다. 움직이지 않고 앉아 있으면 저절로 원 형제의 수급이 알아서 도착할 것입니다.

즉, 그는 요동의 군신이 원가의 압박에 대해 오랫동안 전통적으로 반감과 숙원은 가지고 있으나, 어떤 은혜나 호의도 가지고 있지 않다는 것을 이미 꿰뚫어 보고 있었던 것이다.

이런 선견지명을 가지고 있으면서 역주에서 병사한 곽가는 겨우 38세였다.

한편 조조는 요동의 사신을 후하게 대접하고 공손강에게는 보답으로 양평후襄平侯 좌장군左將軍의 직을 내렸다. 그리고 곽가의 머리카락을 도성으로 보내고 이윽고 자신도 전군을 이끌고 기주로 돌아갔다.

식객

||| 一 |||

이로써 북방 공략은 일단락되었다.

다음으로 조조의 가슴속에 숨겨져 있는 것은 말할 것도 없이 남방 정벌이었다.

그러나 그는 기주성이 꽤 마음에 드는지 이곳에서 오랫동안 체류하고 있었다.

1년여 동안 공사를 하여 장하漳河 근처에 동작대銅雀臺를 지었다. 그 광대한 건물을 중심으로 누대와 고각高閣을 두르고 모든 각을 옥룡玉龍이라고 이름 짓고 모든 누대를 금봉金鳳이라고 이름 지었다. 또 그 난간과 난간 사이에는 무지개처럼 곡선으로 된 일곱 개의 다리를 놓았다.

"만약 노후에 한가해지면 여기서 살며 시나 짓고 싶구나."

조조가 둘째 아들 조자건曹子建에게 한 말이다.

조조의 한 성정인 시심, 시를 아는 마음을 이어받은 것은 많은 자식 중 둘째뿐이었다.

그래서 조조는 평소 그에게 각별한 애정을 품고 있었는데, 자신은 머지않아 도성으로 돌아가야만 하는 몸이므로 "형을 잘 보필하고 이 아비가 북방을 평정한 것을 헛되이 하지 말거라."라고 훈계

한 뒤 형 조비와 함께 업성에 남겨두었다. 그리고 조조는 약 3년에 걸친 파괴와 건설의 과업을 완수하고 병마를 이끌고 유유히 허도로 돌아갔다.

허도로 돌아온 조조는 우선 오랜만에 입궐하여 천자께 그간의 일을 보고하고 조묘에 별다른 일이 없는 것을 확인하고 계속해서 대규모 논공행상論功行賞(공로를 조사하여 상을 줌)을 발표했다. 또 곽가의 아들 곽혁郭奕을 등용하는 등 도성에 돌아온 후에도 재상으로서의 그는 진중에 있을 때보다 정무를 보느라 더 바쁜 나날을 보냈다.

식객은 세상 어디에나 있다.

주인은 기꺼이 손님을 대접하고 식객은 당당히 대저택에 머무르며 함께 세상을 논하고 후일을 기약한다. 이런 풍조는 당시 사회 관습으로는 딱히 이상한 일도 아니었다.

3,000명의 병사와 수십 명의 장수, 두 명의 형제, 그 외 처자식과 권속까지 데리고 있어도 나라를 잃고 타국의 비호 아래 먹고살고 있다면 이 역시 '거대한 식객'이었다.

지금 형주에 있는 유비가 이런 경우였다. 그러나 식객도 하는 일 없이 그저 먹고 놀기만 하는 것은 아니었다. 나라에서도 그들을 가만히 놔두지 않았다.

강하江夏에 난이 일어났다. 장호張虎와 진생陳生이라는 자가 약탈과 폭행을 일삼더니 급기야 반란을 일으킨 것이었다.

유비는 자진하여 그들을 토벌하기 위해 나섰다. 그리고 난을 평정하고 그 전투에서 적장 장호가 타던 명마 한 마리를 손에 넣고 돌아왔다.

그는 장호와 진생의 머리를 바치며 보고했다.

"강하에 대해서는 당분간 걱정할 필요가 없을 것입니다."

유표는 유비의 공을 치하하며 매우 기뻐했으나 며칠이 지나자 또 탄식하며 그의 의견을 구했다.

"근심거리가 끝이 없구려. 장군과 같은 웅재가 우리 형주에 있는 이상 크게 안심은 하고 있으나 한중漢中의 장로張魯와 오의 손권은 늘 골칫거리지요. 특히 남월南越에서는 쉴 새 없이 적이 경계를 넘어오며 크고 작은 문제들이 끊임없이 발생하고 있소. 이 근심거리를 제거하려면 어떻게 하면 좋겠소?"

"사람이 사는 곳에는 늘 문제가 있기 마련입니다만, 평안하시기를 원하신다면 저의 부하 세 명에게 일을 처리하라고 하겠습니다. 장비는 남월의 경계로 보내고 관우에게는 고자성固子城을 지켜 한중을 막게 하고 조운에게는 병선을 통솔하게 하여 삼강의 수비를 견고히 하시는 것이 어떻겠습니까? 그들은 반드시 사수하여 형주에 적들이 발붙이지 못하게 할 것입니다."

유비는 자신의 생각을 솔직하게 말했다.

유표는 동의했다. 유비의 웅장들을 자국을 위해 그렇게까지 유용하게 쓸 수 있다는 것에 기뻐하며 채모에게 이 사실을 말했다.

"아, 그렇습니까?"

채모는 시큰둥한 반응이었다.

그는 유표의 부인 채씨의 오빠였다. 그 때문인지 어떤지는 모르겠으나 그는 즉시 별채로 가서 채씨에게 뭔가를 속삭였다. 물론 유비에 관한 일인 듯했다.

주군의 부인이자 자신의 여동생인 그녀에게 채모는 이렇게 속삭였다.

"네가 넌지시 간언하는 것이 좋을 것 같구나. 내가 말하면 겉으로 드러나 대립각을 세우게 될 테니."

채 부인은 고개를 끄덕였다.

그 후 남편 유표와 단둘이 있을 때 그녀는 여성 특유의 세심한 관찰력과 바늘을 품은 솜과 같은 말로 있는 말 없는 말을 해가며 유비를 비방했다.

"조금 조심하시는 것이 좋겠어요. 당신은 당신 자신과 같이 세상 사람들도 모두 결백하다고 생각하고 쉽게 신뢰하는 경향이 있는 줄은 알아요. 하지만 유비 같은 사람을 너무 믿어서는 안 돼요. 그는 이전에 짚신을 팔던 사람이에요. 의제인 장비는 불과 얼마 전까지만 해도 여남의 고성에 틀어박혀 강도질을 일삼았다고 하고요. 왠지 그 사람이 성에 오고 나서는 성안의 풍기도 문란해진 것 같은 기분이 든단 말이에요. 대대로 당신을 섬겨오던 가신들도 모두 마음에 상처를 받고 있다더군요."

아내의 말을 곧이곧대로 믿을 정도로 어리석은 유표는 아니었지만, 유비에 대해 일말의 불안감을 품게 된 것은 사실이었다.

열병을 위해 성안의 마장馬場에 나온 날이었다. 유표는 뜬금없이 유비가 타고 있는 준마의 번들번들 윤이 나는 털과 늠름한 모습에 감탄하며 말했다.

"이거 참, 훌륭한 말이군."

"그리도 마음에 드신다면 드리겠습니다."

유비는 안장에서 내려 직접 고삐를 유표에게 건넸다.

유표는 기뻐하며 받았다. 그리고 바로 말을 바꿔 타고 성안으로 돌아오자 문 옆에 서 있던 괴월蒯越이라는 자가 중얼거렸다.

"앗, 적로的盧다."

유표가 이 말을 듣고 귀에 거슬려 물었다.

"괴월, 뭘 그리 놀라는가?"

괴월은 엎드려 절하며 이렇게 말했다.

"제 형은 마상馬相을 보는 데 일가견이 있습니다. 그래서 자연스럽게 마상에 대해서 가르침을 받은 적이 있습니다. 네 개의 다리가 모두 하얀 것을 사백四白이라 하여 이를 흉마라고 합니다만, 이마에 흰 점이 있는 적로는 더욱 불길한 것으로 여겨지고 있습니다. 적로를 타는 사람은 반드시 저주를 받는다고 해서 옛날부터 꺼리고 있는 말입니다. 아니나다를까 이 말을 타던 장호도 목숨을 잃었습니다."

"……으응?"

유표는 불쾌한 표정을 지으며 그대로 내문을 지나 안으로 들어가 버렸다.

다음 날 주연 자리에서 그는 유비에게 술잔을 권하며 시치미를 떼고 말했다.

"어제는 아무 생각이 없었소. 귀공에게 받은 명마를 돌려드리리다. 성안의 마구간에 두는 것보다 귀공과 같은 웅재가 항상 타고 다니는 편이 말에게도 좋을 것이오."

그는 아무 내색 없이 마음의 부담을 덜어낸 뒤 말을 이었다.

"귀공도 시내에서 살며 이따금 성안의 연회에 참석하는 생활은 무료하기 짝이 없을 것이오. 자연히 무예를 향한 의욕도 옅어질 테고. 우리 하남의 양양襄陽 옆에 신야新野(하남성 신야)라는 곳이 있소. 그곳에는 무기와 군량도 비축되어 있으니 일족과 부하들을 이끌고 신야성으로 가는 것이 어떻겠소? 공이 그곳을 맡아주지 않겠소?"

물론 싫지 않았기 때문에 유비는 그 자리에서 바로 명령을 받들고 며칠 후 신야로 떠났다.

유표는 성 밖까지 나와 배웅했다. 일행은 형주 성시에서 작별 인사를 하고 신야를 향해 가고 있는데 한 고사高士가 그의 말 앞으로 와서 인사를 하며 고했다.

"지난번에 성안에서 괴월이 유표에게 적로는 흉마라고 했습니다. 타는 사람에게 저주를 내린다고 합니다. 부디 다른 말로 바꿔 타시기 바랍니다."

누군가 하고 보았더니 그는 유표의 막빈幕賓으로 이름은 이적伊籍, 자는 기백機伯이라는 사람이었다.

유비가 말에서 내려 말했다.

"선생, 말씀은 고맙습니다만 걱정하지 마십시오. 죽고 사는 것은 하늘에 달려 있으며 부귀는 하늘에서 내리는 것이라고 하지 않습니까? 무슨 말 한 마리가 제 생애를 방해할 수 있겠습니까?"

그는 이적의 손을 잡고 웃으며 이별을 고하고 다시 신야를 향해 길을 떠났다.

||| 드 |||

신야는 한 지방의 시골 성이다.

하남의 봄은 평화로웠으며 이곳에 와서 유비에게 기쁜 일이 생겼다.

정실인 감 부인이 아들을 출산한 것이다.

출산일 새벽녘에는 학 한 마리가 관아의 지붕 위로 날아와 40여 번을 울고 서쪽으로 날아갔다고 한다.

또 임신 중에 부인이 북두성을 삼키는 꿈을 꾸었기 때문에 아명을 '아두阿斗'라고 붙였다. 그가 바로 훗날 유비의 뒤를 이어 황제의 자리에 오르는 유선劉禪이다.

때는 건안 12년(207) 봄이었다.

마침 그 전후로 조조의 원정은 기주에서 요서까지 미치고 허창은 거의 비어 있었기 때문에 유비는 여러 번 유표에게 권했다.

"지금이야말로 뜻을 천하에 펼칠 때입니다."

유표의 대답은 언제나 같았다.

"아니요. 형주 9개 군을 유지하고만 있으면 집안은 풍요롭고 나라는 번영하는데 이 이상 무엇을 더 바라겠소?"

유비는 실망했다.

'이 사람은 천하를 생각하기보다는 개인적인 일에 더 관심이 많구나.'

유비는 전에 유표가 털어놓았던 집안 문제를 떠올려보았다.

유표에게는 두 아들이 있었다.

유기劉琦는 전처 진陳 부인이 낳고 둘째 유종劉琮은 채 부인이 낳은 자식이다.

첫째인 기는 현명했으나 유약했다. 그래서 둘째 종을 세우려 했으나 장자를 폐하는 것은 국난의 시작이라며 갑자기 분분한 논의가 일어나는 통에 할 수 없이 관례에 따라 둘째를 배제하려 했다. 그러나 채 부인, 채모 등의 세력이 뒤에서 은근히 압박을 가하여 그를 괴롭히는 것이었다.

이따금 성에 가서 유표와 천하의 추세나 풍운에 대해 이야기할 때도 이런 기개가 없는 푸념만 늘어놓아 유비도 속으로는 가망 없다고 단념하고 있었다.

그러던 어느 날 주연 도중에 유비는 뒷간에 갔다가 자리에 돌아와서 잠시 흥이 나지 않는 듯 말없이 고개를 숙이고 있었다.

유표가 의아해하며 물었다.

"무슨 일이오? 혹시 내가 한 말 중에 마음에 들지 않은 점이라도 있었소?"

유비는 고개를 옆으로 저으며 말했다.

"아닙니다. 주연을 베풀어주셨는데 수심에 잠겨 있던 저야말로 죄송합니다. 실은 이렇습니다. 지금 뒷간에 갔다가 문득 제 몸을 돌아보니 오랜 호의호식으로 허벅다리에 살이 쪘습니다. 전에는 늘 말 위에서 하루하루를 고생스럽게 보내던 내가 아, 어느 틈에 이런 군살이 올라버렸단 말인가. 세월은 유수와 같이 흐르는데 나는 이렇게 이뤄놓은 일 없이 허무하게 늙어가는가. 문득 이런 생각이 들어서 저도 모르게 제 자신이 부끄러워 눈물이 난 것입니다. 너무 신경 쓰지 마십시오."

유비는 가볍게 손가락으로 눈물을 훔쳤다.

유표는 뭔가 생각난 듯 말했다.

"아주 오래 전에 허창의 관부官府에서 귀공과 조조가 푸른 매실을 안주로 술을 마시며 함께 영웅을 논했을 때 어느 쪽이 말했는지는 모르나 천하의 군웅 중에 지금 두려워할 만한 자는 없다, 진정한 영웅은 귀공과 자기밖에 없을 것이라고 했다는데 그 영웅 중한 명이 얼마 전부터 이 형주에 있어주니 이 유표도 얼마나 마음이 든든한지 모르오."

"조조 따위는 별거 아닙니다. 만약 제가 부족하나마 한 나라가있고 그에 상응하는 병력만 있다면……."

유비도 그날은 평소와는 다르게 감상적인 기분에 싸여 있었기 때문에 그만 말실수를 할 뻔했으나 갑자기 유표의 얼굴색이 변하는 것을 보고 웃음으로 얼버무리고 일부러 거푸 술을 마시고 심하게 취한 척하며 그 자리에서 잠들어버렸다.

||| 四 |||

유비는 누워서 팔베개를 한 채 침을 흘리며 드르렁드르렁 코를골기 시작했다.

"……?"

유표는 의심스러운 눈으로 유비의 자는 얼굴을 바라보고 있었다. 자신이 사는 곳에 거대한 용이 누워 있는 듯한 두려움을 느꼈다.

'역시 무서운 인간이다!'

그도 서둘러 자리에서 일어났다.

그때 칸막이 뒤에 서 있던 채 부인이 갑자기 다가와서 속삭였다.

"여보, 유비가 지금 한 말을 어떻게 들으셨어요? 평소에는 삼가고 있지만, 술에 취하면 속마음을 숨기지 못하죠. 본성을 드러내 보인 거예요. 저는 두려워서 소름이 다 돋았어요."

"……으음."

유표는 신음만 남긴 채 말없이 안쪽 방으로 들어가 버렸다.

남편의 미적지근한 태도에 채 부인은 짜증이 났다. 그러나 남편은 이미 충분히 유비에게 의심을 품고 있는 것이 분명해 보였기 때문에 급히 오빠 채모를 불러 상의했다.

"어떻게 하면 좋겠어요?"

채모는 자신의 가슴팍을 두드리며 "나에게 맡기거라."라고 말하더니 황급히 물러갔다.

저녁이 되기 전에 그는 극비리에 한 무리의 병사들을 모아 밤이 깊어지기를 기다렸다. 다음 날이 되면 유비는 신야로 돌아갈 예정이었다. 서둘러 대사를 결행해야 했지만, 객사를 습격하기에 초저녁은 때가 좋지 않았다. 한밤중이나 새벽녘에 자고 있는 그를 덮치는 것이 가장 안전하다고 생각한 것이다.

그러나 평소 유비에게 호의를 갖고 있던 막빈 이적이 마침 성시에 와 있다가 우연히 이 사실을 알았다.

'모른 척할 수 없는 일이군.'

그는 즉시 유비의 객사에 과일을 선물로 보냈는데 그 안에 밀봉한 편지를 숨겨두었다.

유비는 그것을 보고 놀랐다. 밤중에 채모의 병사들이 그곳을 포위할 것이라는 전갈이었다. 유비는 저녁 식사도 절반 정도만 먹고 객사 뒤로 탈출했다. 따르는 자들도 뿔뿔이 흩어져서 유비의 뒤를 따랐다.

채모는 이런 사실도 모르고 오경五更(03시~05시) 무렵에 일제히 징을 울리고 북을 치며 객사를 습격했다.

물론 객사는 텅 비어 있었다.

"놓쳤구나."

그는 발을 동동 구르며 분해했다. 그리고 추격해보았지만 소용없었다.

그때 그는 한 가지 계책을 생각해내고 자신이 지은 시를 글씨체를 잘 흉내내는 부하에게 명하여 객사의 벽에 쓰게 했다.

그리고 큰일이 났다며 급히 성으로 가서 유표와 만나 천연덕스럽게 고했다.

"평소에 유비와 그의 부하들은 이 형주를 차지하려고 성안에 올 때마다 지형을 살펴 공격할 곳을 물색하는 등 불온한 밀회를 한다는 소문을 듣고 어젯밤 많지 않은 병사들을 보내 동정을 살피게 했습니다. 그랬더니 이미 일이 발각된 줄 알고 시를 벽에 남긴 채 재빨리 신야로 달아나버리고 말았습니다. 주공의 은혜도 잊은 그야말로 배은망덕한 놈입니다."

유표는 그의 말이 채 끝나기도 전에 창백해져 있었다. 서둘러 말을 타고 직접 객사에 가서 그가 남기고 갔다는 벽의 시를 바라보았다.

　　괴로움 속에 형양荊襄을 지키기를 수년
　　헛되이 옛 산천을 바라보는구나
　　교룡이 어찌 못 속의 미물이겠는가
　　엎드려 있다가 천둥소리 들으면 하늘로 날아오르리

"……."

유표의 귀밑머리가 부르르 떨렸다. 채모는 지금이야말로 공격할 때라는 듯 말을 타고 다가와서 말했다.

"병사들을 준비시켜두었습니다. 이제 신야로 출격하시지요."

그러나 유표는 고개를 가로저으며 말했다.

"시는 장난삼아 짓기도 하네. 조금 더 그를 지켜본 연후에 공격해도 늦지 않을 걸세."

그는 그대로 성안으로 돌아가 버렸다.

단계를 건너다

||| 一 |||

채모와 채 부인의 계략은 그 후에도 멈추지 않았다. 한 번의 실패가 오히려 그들에게 불을 당긴 듯했다.

그들은 '무슨 수를 써서라도 유비를 제거해야만 한다.'고 조바심을 냈다.

그러나 유표가 허락하지 않았다. 같은 한실의 후손이기도 하고 친족이기도 한 유비를 죽인다면 천하에 좋지 않은 소문이 날 것을 우려했기 때문이다.

또 입 밖에는 내지 않았지만, 세상의 평판 때문에 후계자를 정하는 문제나 외척의 개입이 세상 사람들에게 알려지는 것을 최대한 피하고 있었다. 전체적인 그의 방침은 무사안일주의를 제일로 삼고 있었다.

채 부인은 남편의 그런 태도에 애를 태우며 오빠인 채모에게 줄기차게 일을 서두르라고 재촉했다. 규방의 여인들과 식객은 언제나 불화를 일으키지만, 그녀가 유비에게 품고 있는 감정은 정말이지 집요했다.

"나에게 맡기도록 해라."

채모는 그녀를 달래고 호시탐탐 기회를 노리고 있는 듯했는데,

어느 날 유표를 만나 조심스레 말했다.

"최근 몇 년간 오곡이 잘 익어 풍년이 이어지고 있습니다. 특히 올가을은 더욱 많은 결실을 맺어 나라 안에 풍악이 울리고 있습니다. 이번 기회에 각지의 관리들을 양양으로 불러 모아 사냥 대회를 열고 대연회를 베풀어 그들을 위로함이 어떻겠습니까? 그렇게 함으로써 주공의 위세를 백성들에게 보이고 또 관리들을 귀한 손님으로 대접하며 주공께서 친히 위로해주시면 형주는 더욱 부강해질 것입니다. 기분전환도 할 겸 주공께서도 사냥 대회에 참석하시고요."

유표는 즉시 고개를 저었다. 그리고 왼쪽 허벅다리를 쓰다듬으며 얼굴을 찡그렸다.

"생각은 좋지만 나는 참석할 수 없네. 유기나 유종을 대신 보내도록 하지."

채모는 최근에 유표가 신경통을 앓고 있어서 밤에도 수면 부족에 시달린다는 것을 채 부인에게 들어 잘 알고 있었다.

"곤란하군요. 장남은 아직 어리기 때문에 대리로 참석하는 것은 예의가 아니고……."

"그럼, 신야에 있는 유비가 나의 친척으로 동생뻘 되는 사람이니 그를 청해 대연회의 주인으로 삼으면 어떻겠나?"

"참으로 좋은 생각이십니다."

채모는 속으로 생각대로 되었다고 기뻐했다. 즉시 '양양의 보임'에 초대한다는 글을 각지에 보냄과 동시에 유비에게 유표의 뜻이라며 주인 역할을 명하는 편지를 보냈다.

"아아, 아무 일도 없었으면 좋겠는데."

유비는 지난번의 불쾌한 기억이 떠올랐다.

장비는 사정 이야기를 듣고 즉시 만류했다.

"갈 필요 없습니다. 그런 곳에 가봐야 무슨 좋은 일이 있겠습니까? 거절하는 것이 상책입니다."

손건도 거의 같은 의견이었다.

"거절하는 것이 좋습니다. 아마도 채모의 음모일 것입니다."

그러나 관우와 조운 두 사람은 갈 것을 권했다.

"지금 명령을 거역한다면 점점 더 유표의 의심을 살 것입니다. 모른 체하고 가볍게 주인 역을 수행하고 바로 돌아오는 것이 가장 좋을 듯합니다."

"나도 같은 생각이네."

유비도 이렇게 말하고 300명의 병사들과 조운만을 데리고 그날로 양양의 모임에 참석하기 위해 출발했다.

양양은 신야에서 꽤 먼 곳에 있었다. 80리쯤 가자 이미 채모를 비롯하여 유기, 유종 형제와 왕찬王粲, 문빙文聘, 등의鄧義, 왕위王威 등 형주의 내로라하는 장수들까지 모두 줄을 지어 유비를 맞이하기 위해 늘어서 있었다.

||| 二 |||

그날 모인 사람만 수만 명에 이르렀다. 빈객들이 모두 잘 차려입고 마치 가을 하늘의 별처럼 식장을 가득 메우고 있었다.

주악이 낭랑하게 흐르는 가운데 유비는 국주의 대리로 식장의 주인 자리에 착석했다.

분위기가 평화로웠기 때문에 유비는 마음을 놓았으나 그의 뒤에는 큰 칼을 차고 번뜩이는 눈으로 주위를 살피며 '우리 주군에게 손가락 하나라도 대는 자가 있다면 용서치 않겠다.'는 듯 시립해 있는 조자룡이 있었다. 또 부하 300명이 있어서 오히려 유비의 호위가 요란스러워 보였다.

식이 열렸다. 유비는 유표를 대신해 국주의 '풍요를 함께 경하하는 글'을 낭송했다.

그리고 빈객들을 접대하는 대연회장으로 자리를 옮겼다. 온갖 악기가 연주하는 음악이 흐르는 가운데 요리와 술이 홍수처럼 사람들의 식탁에 놓였다.

채모는 그 틈에 슬쩍 자리에서 벗어나 괴월에게 속삭였다.

"이보게, 잠깐 할 말이 있네."

두 사람은 아무도 없는 방에 들어가 문을 걸어 잠근 채 머리를 맞댔다.

"괴월, 자네도 유비의 독에 중독되어서는 안 되네. 그가 진정한 군자라면 이 세상에 악당은 없을 걸세. 그는 뱃속이 시커면 효웅梟雄이야."

"……그런가?"

"우선 장남 유기를 꼬드겨서 훗날 형주를 빼앗으려고 일을 꾸미고 있는 것을 모르는가? 그를 살려두는 것은 우리에게 재앙이 될 것이라고 생각하네."

"그렇다면 자네는 오늘 그를 죽일 생각인가?"

"양양의 모임은 실은 유비를 죽이기 위해 개최한 것이라고 해도 무방할 것이네. 그를 제거하여 100년의 무사태평을 꾀하는 것이 한 해의 풍작을 축하하는 것보다 훨씬 중요하네."

"하지만 유비라는 인물에게는 희한하게도 숨은 인망이 있더군. 형주에 온 지 얼마 되지도 않았는데 그의 명성은 계속해서 항간에 퍼지고 있네. 그런 그를 죄도 없이 죽인다면 많은 사람의 신망을 잃을지도 몰라."

"일단 목숨만 빼앗으면 죄목은 나중에 얼마든지 갖다 붙일 수 있지 않겠나? 모든 것은 주공께서 이 채모에게 일임하셨으니 부디 자네도 힘을 보태게."

"주공의 명이라면 거역할 수 없지. 생각할 것도 없이 돕겠네만 자네는 어떤 준비를 했는가?"

"실은 이미 동쪽의 현산峴山에 채화의 부하 5,000여 명으로 길을 막게 하고 남쪽 외문로外門路 일대에는 채중蔡仲에게 3,000명의 병사를 내주며 매복하라고 했네. 또 북문에는 채훈蔡勳의 병사 수천 명이 물샐틈없이 지키고 있고…… 다만 서문 쪽은 외길로 단계檀溪의 강물에 가로막혀서 배가 없으면 건너지 못할 테니 그곳은 일단 안심이지. 대충 이상과 같이 준비해두었네."

"과연 필살必殺의 계책이군. 아마 귀신이라도 살아 돌아가지는 못할 걸세. 그러나 자네는 주공의 명령을 받았을지 몰라도 나에게는 직접 명령을 내리지 않았으니 훗날 후환이 없도록 될 수 있으면 생포해서 형주로 끌고 가는 것이 낫지 않겠나?"

"그거야 아무래도 상관없네만."

"그리고 주의해야 할 인간은 유비 옆에 늘 붙어 있는 조운이라는 자네. 그가 눈을 번뜩이고 있는 이상 함부로 손을 댈 수 없을 거야."

"그놈이 있으면 아마도 일이 틀어질지도 모르지. 그 일에 대해서는 나도 생각 중이네만."

"우선 조운을 떼어놓을 계책을 써야겠지. 그를 다른 자리로 데리고 가 아군 장수인 문빙과 왕위 등을 시켜 접대하게 하는 것이네. 유비는 주州의 관아에서 주최하는 원유회園遊會에 참석할 예정이니 그때 데리고 나가 일을 처리하면 어려움 없이 성공할 수 있을 걸세."

괴월의 동의를 얻은 데다 좋은 계책까지 들은 채모는 일이 성공한 것이나 다를 바 없다고 기뻐하며 곧 계획에 착수했다.

‖‖ 三 ‖‖

주에서 주최하는 관아의 원유회는 요컨대 지사 이하의 관리나 주의 유력자가 이날의 행사에 참가한 사람들에 대한 답례와 환영의 뜻을 표하는 자리였다.

유비도 초대되어 그 자리에 참석했다.

말을 후원에 매어놓고 방 안의 정해진 자리에 앉자 지사, 주의 관리, 민간의 대표자 등이 번갈아 배례하고 자리에 앉아 갖가지 술을 권하며 유비를 접대했다.

술이 세 순배쯤 돌았을 때 미리 명령을 받은 왕위와 문빙은 유비 뒤에 떡 버티고 서 있는 조운 옆으로 슬그머니 가서 술을 권하며 제의했다.

"한잔 어떻습니까? 그렇게 계속 서 있기만 하니 힘드시죠? 오늘은 상하가 일체가 되어 함께 모여서 즐기는 날로 이미 공식적인 자리는 저쪽에서 끝났으니 장군도 좀 쉬셔야지요. 다른 자리로 가서 우리 무장은 무장들끼리 한번 마셔봅시다."

"아니오, 사양하겠소."

조운은 쌀쌀맞게 대답하고 아무리 권해도 그 자리에서 움직이려고 하지 않았다.

그러나 문빙과 왕위가 화도 내지 않고 끈질기게 권하는 모습을 본 유비가 "이보게, 조운." 하고 뒤를 돌아보며 말했다.

"자네는 괜찮을지 몰라도 자네가 시립하고 있는 동안은 부하들도 움직일 수 없을 것이네. 게다가 모처럼 대접하겠다는데 사양만 하는 것도 예의에 어긋나. 다른 장수들의 권유도 있고 하니 잠시 물러가 휴식을 취하도록 하게."

조운은 매우 무뚝뚝하게 대답했다.

"주군의 명이라면……."

조운은 어쩔 수 없다는 얼굴로 문빙, 왕위 등과 함께 별관으로 물러갔다.

동시에 300명의 부하들에게도 자유가 주어져 각자 뿔뿔이 흩어졌다.

채모는 마음속으로 '이제 됐다.'며 벌써 좌중의 분위기를 살피고 있었다. 그때 사람들 사이에 있던 이적이 유비에게 은밀히 눈짓하며 속삭였다.

"아직 정복을 입고 계시는군요. 옷을 갈아입으시는 것이 어떻겠습니까?"

뜻을 알아챈 유비는 뒷간에 가는 척하며 후원으로 나가 보니 이적이 먼저 나와 나무 뒤에서 기다리고 있었다.

"지금 장군의 목숨은 풍전등화와 같습니다. 빨리 도망가십시오! 한시가 급합니다."

이적의 말에 유비도 직감하고 즉시 말고삐를 풀었다.

이적이 다시 가르쳐주었다.

"동문과 남문, 북문 세 방향은 모두 죽음에 이르는 문입니다. 오직 서문에만 병사들을 배치하지 않은 것 같습니다."

"고맙소. 살아 있으면 훗날 다시 만납시다."

유비는 이 말을 남긴 채 뒤도 돌아보지 않고 달리기 시작했다. 서문의 보초병이 놀라서 뭐라고 소리친 듯했으나 달리는 말의 말굽은 흙먼지를 날리며 유비를 멀리 데려가 버렸다.

채찍이 부러져라 달리기를 2리 남짓, 길은 거기서 끊겨 있었다. 오직 단계(호북성 양양의 서쪽, 한수의 한 지류) 강의 장관만이 눈에 들어올 뿐이었다. 단층을 이룬 격류를 바라보니 흰 파도가 하늘에 가득하고 성난 물결이 벼랑에 부딪히고 있었다. 유비가 기슭에 도착하자마자 말은 소리 높여 울고 옷은 물안개에 젖었다.

유비가 말의 목을 두드리며 소리쳤다.

"적로야. 너는 오늘 나에게 저주를 내릴 것이냐, 아니면 살릴 것이냐? 부디 나를 살려다오."

또 하늘에 기도하면서 느닷없이 격류 속으로 뛰어들었다. 격류는 인마를 감싸고 적로는 머리를 들어 거칠게 흔들면서 물살과 싸웠다. 그리고 사력을 다해 중간쯤까지 오자 약 세 길 정도 되는 거리를 뛰어 맞은편 기슭의 바위 위로 물보라와 함께 올라갔다.

||| 四 |||

유비도, 또 그가 탄 말도, 온몸을 부르르 떨어 전신에 묻은 물을 털었다.

"아아! 살았다."

무사히 땅을 밟고 서서 단계의 성난 물살을 돌아보았을 때 유비는 소리치지 않을 수 없었다.

"저걸 어떻게 건넜지?"

전율에 휩싸이며 망연히 단계를 건넌 자신이 여전히 의심스러웠다. 그때 맞은편 기슭에서 "어이!" 하고 누군가 부르는 소리가 들려서 돌아보니 채모였다.

채모는 유비가 달아난 것을 보초병에게 듣고 서둘러 말을 타고 뒤쫓아왔지만, 유비는 이미 맞은편 기슭으로 건너간 뒤였다.

"유 사군, 유 사군. 도대체 무엇이 두려워서 그렇게 급히 달아나는 것이오?"

채모의 부름에 유비도 큰 소리로 대답했다.

"나와 너 사이에 무슨 원한이 있기에 너는 나를 해하려 하는 것이냐? 나는 군자의 가르침에 따라 도망갈 뿐이다."

"어째서 이 채모가 유 사군을 해하려 한다는 것이오? 의심을 버리시오."

그가 이렇게 말하며 몰래 활을 꺼내 말 위에서 시위에 화살을 메기는 듯하자 유비는 그대로 남장南漳(호북성 남장)으로 달아나버렸다.

"쳇…… 눈앞에서 놓치고 말다니."

채모는 이를 갈았다. 화살 한 발을 쏘았으나 강물을 넘어가다 지푸라기처럼 성난 물살에 떨어져 휩쓸려갔다.

"분하다. 참으로 원통하구나."

몇 번이나 원통해했으나 달리 생각해보면 이 험한 단계를 무사히 건넌 것은 도저히 범인으로서는 할 수 있는 일이 아니다, 유비에게는 아마도 신의 가호가 있는 모양이다, 신력에는 대항하기 어렵다, 지금은 돌아가서 후일을 기약하도록 하자며 스스로를 달래고 허무하게 발길을 돌렸다.

그때 저편에서 흙먼지를 날리며 이쪽으로 오는 한 무리의 병마가 있었다. 자세히 보니 선두에는 조자룡이 있고 뒤에 300명의 부하들이 혈안이 되어 헐떡거리며 달려오고 있었다.

"앗, 조운이 아니오? 어디로 가는 길이오?"

채모는 선수를 쳐서 딴청을 부리며 말했다.

"어디로 가냐고? 우리 주군이 보이지 않소. 그래서 이렇게 사방팔방으로 찾아다니고 있는 것이오. 귀공은 혹시 못 보셨소?"

"실은 나도 그것이 걱정되어 여기까지 찾아보려고 왔으나 찾을 수 없었소. 도대체 어디로 가셨는지."

"수상하군!"

"정말로 이상합니다."

"아니, 너의 태도가 수상하다는 말이다!"

"내가 뭐가 수상하다는 말이오?"

"오늘 모임에 무슨 목적으로 문마다 저렇게 많은 병사를 배치한 것이냐?"

"나는 형주 9개 군軍의 대장군이오. 또 내일은 대연회에 이어 나라 안의 무사들을 모아 사냥 대회를 열기로 되어 있소. 병사들은 그 몰이꾼으로 부른 것이오. 무엇이 수상하다는 말이오?"

"에잇, 이런 문답은 해서 뭐 하겠어!"

조운은 단계를 따라 달려갔다. 부하들을 상류와 하류로 나눠서 목이 쉬도록 유비를 불러보았지만, 들리는 것은 단계의 강물 소리

뿐이었다.

어느새 날이 저물었다.

조운은 다시 양양의 성안으로 돌아와보았지만, 거기에도 유비의 모습은 보이지 않았다. 그래서 그는 풀이 죽어 신야 길로 돌아갔다.

거문고를 타는 고사

||| 一 |||

끝없이 펼쳐진 저녁 하늘은 천지의 광대함과 유구함을 생각하게 한다. 흰 별, 희미한 초저녁달, 유비는 말없이 광활한 들판을 홀로 헤매고 있었다.

'아아, 나도 벌써 마흔일곱이 되었는데 언제까지 하는 일 없이 떠돌아야 한단 말인가?'

그는 말을 세웠다.

그리고 들판 끝에 자욱하게 내려앉은 저녁 안개를 넋 놓고 바라보면서 과거와 미래를 연결하는 한 줄기 길에서 갈피를 못 잡고 탄식하고 있었다.

그때 저쪽에서 피리 소리가 들렸다. 이윽고 초저녁 안개 속에서 다가온 것은 소 등에 탄 동자였다. 유비는 스쳐 지나면서 동자의 처지를 부러워했다.

동자가 돌아보더니 불쑥 물었다.

"장군님, 장군님. 혹시 장군님은 옛날에 황건적을 평정하고 지금은 형주에 계시는 그 유 예주 님이 아니신가요?"

유비는 놀라서 눈을 크게 뜨며 물었다.

"그런데 이런 시골 마을의 동자가 내 이름을 어떻게 아는 것이냐? 내가 유현덕이 맞긴 하다만……."

"앗, 역시 그러셨군요. 제가 모시고 있는 사부님께서 평소에 손님과 이야기하는 걸 들었습니다. 그래서 유 예주라는 분이 어떤 분인지 궁금해하고 있었죠. 그런데 지금 장군님의 귀를 보니 다른 사람들보다 훨씬 크기에 그렇다면 귀 큰 아이라는 별명을 가진 유 예주가 아닌가 싶어서 여쭤본 거예요."

"너의 사부란 분은 어떤 분이시냐?"

"이름은 사마휘司馬徽, 자는 덕조德操입니다. 또 도호道號를 수경水鏡 선생이라고 합니다. 영천潁川에서 태어나 황건적의 난 등도 잘 알고 계시죠."

"평소 교류하는 친구로는 누가 있느냐?"

"양양의 명사들은 모두 왕래하십니다. 그중에서도 양양의 방덕공龐德公, 방통자龐統子 등은 특별히 친하게 지내서 저기 보이는 숲에 자주 찾아오십니다."

동자가 가리키는 방향으로 유비도 눈을 돌리며 말했다.

"그렇다면 저쪽에 보이는 숲속에 네가 모시는 사부의 암자가 있는 모양이구나."

"네."

"방덕공, 방통자는 잘 모르는 분들인데 어떤 사람들이냐?"

"그 두 분은 숙부와 조카 사이인데 방덕공은 자를 산민山民이라 하고 나이도 사부님보다 열 살쯤 많아요. 또 방통자는 사원士元이라고 하며 사부님보다 다섯 살쯤 어리고요. 얼마 전에도 두 분이 사부님의 암자에 찾아왔는데, 마침 사부님이 뒤뜰에 나와 땔감으로 쓸 잡목을 자르다 그 잡목을 태워 차를 끓이고 술을 데워 종일 세상의 성쇠를 말하고 영웅을 논하며 아침부터 밤까지 지루한 줄 모르더라고요. 이야기하는 걸 꽤 좋아하는 분들 같아요."

"그렇군. ……네 이야기를 듣고 나도 왠지 선생의 암자에 찾아가 보고 싶어지는구나. 애야, 나를 안내해주겠니?"

"물론이죠. 사부님께서도 분명 뜻밖의 귀한 손님이 오셨다고 기뻐하실 거예요."

동자는 소를 타고 앞서가고 유비는 그 뒤를 따랐다. 약 2리쯤 가자 수풀 사이로 언뜻 암자가 보였다. 고아한 초당의 지붕이 안쪽에 보이고 잔잔한 물소리에 귀를 씻으며 사립문으로 들어서자 안에서 거문고를 타는 소리가 들려왔다.

외양간에 소를 매며 동자가 말했다.

"대인, 대인의 말도 안에 매어두었습니다. 자, 이쪽으로 오세요."

"애야, 우선 그전에 선생께 내가 온 것을 전해주지 않겠니? 허락도 없이 들어가는 것은 실례이니 말이다."

유비가 초당 앞에서 머뭇거리고 있는데 거문고 소리가 뚝 멈추더니 갑자기 한 노인이 안에서 문을 열고 나와 꾸짖었다.

"누구냐? 거기 누가 온 거야? 지금 거문고를 타는데 유현幽玄하고 청징淸澄한 소리가 갑자기 흐트러지면서 운율이 살벌해졌단 말이다. 지금 찾아온 자는 분명 피비린내 나는 전쟁터에서 헤매다 온 낙오자일 터. 이름을 대라, 누구냐? 어떤 놈이야?"

유비는 놀라서 그 사람을 살펴보니 나이는 쉰 살쯤 된 듯하고 소나무 같은 자태에 학과 같은 골격을 지닌 보기에도 시원시원한 느낌의 고사高士의 풍모를 갖추고 있었다.

아, 그렇다면…… 이 사람이 사마휘? 도호가 수경 선생이라고 하는 사람인가?

유비는 앞으로 나아가 정중하게 예를 갖춰 사죄했다.

"동자의 안내를 받아 불쑥 찾아와 얼굴을 뵙습니다. 저로서는 이보다 더한 기쁨이 없습니다만, 조용한 거처를 시끄럽게 한 죄는 부디 용서해주십시오."

그러자 동자가 옆에서 말했다.

"선생님, 이분이 바로 언젠가 선생님과 친구분들이 자주 이야기하셨던 유현덕이라는 분입니다."

사마휘는 몹시 놀란 모습이었다. 공손하게 예를 갖추고 초당 안으로 맞아들여 자리를 권한 뒤 오늘 밤의 인연을 서로 기뻐했다.

"묘한 만남이군요."

유비는 속세를 떠난 거처란 이런 곳인가 하고 주위를 둘러보며 왠지 사마휘의 생활이 기품이 있고 그윽하다고 생각했다. 선반 위에는 각종 서책이 쌓여 있고 창밖에는 소나무와 대나무가 심겨 있었다. 한쪽에 놓여 있는 돌로 만든 상에는 그윽한 향기가 나는 가을 난 화분이, 다른 한쪽에는 거문고가 놓여 있었다.

사마휘는 유비의 옷이 젖어 있는 것을 보고 물었다.

"오늘은 또 무슨 재난을 당했기에 이리 옷이 젖었습니까? 괜찮으시면 들려주시죠."

"실은 단계를 건너 구사일생으로 도망쳐왔기 때문에 옷도 이렇게 젖고 말았습니다."

"저 단계를 건너왔다면 꽤나 위험한 상황에 처했나봅니다. 소문대로 오늘 있었던 양양의 모임은 역시 단순한 경축의 의미가 아니었나보군요."

"선생님 귀에도 벌써 그런 소문이 들어갔습니까? 실은 이런 일이 있었습니다."

유비가 숨김없이 이야기하자 사마휘는 몇 번이나 고개를 끄덕이며 충분히 있을 수 있는 일이라는 표정을 지었다.

"그런데 장군께서는 지금 무슨 관직에 계십니까?"

"좌장군 의성정후. 예주 목을 겸하고 있습니다."

"그렇다면 이미 조정의 훌륭한 번병藩屛이 되시는 분이 아니십니까? 그런데 어찌하여 구차하게 타인의 영지에서 연명하며 하찮은 소인배의 간언에 쫓겨 쓸데없이 심신을 지치게 하고 소중한 시간을 헛되이 보내십니까?"

사마휘가 차분히 말하고 혼잣말처럼 중얼거렸다.

"……아쉽구나."

유비는 면목 없다는 듯 대답했다.

"시운時運이란 어쩔 수가 없습니다. 모든 일이 뜻대로 되지는 않으니까요."

그러자 사마휘가 고개를 저으며 크게 웃었다.

"아닙니다. 운명의 탓으로만 돌려서는 안 됩니다. 잘 돌아보십시오. 저에게 이유를 기탄없이 말하라고 한다면, 그것은 장군의 주위에 훌륭한 인물이 없기 때문이라고 대답하겠습니다."

"의외의 말씀이군요. 저는 부족한 사람이지만 생사를 함께하기로 맹세한 사람들로 문관으로는 손건, 미축, 간옹이 있고, 무관으로는 관우, 장비, 조운이 있습니다. 결코 사람이 없다고 생각하지 않습니다."

"장군은 원래 가신을 위하는 주군이시죠. 때문에 가신 중에 훌륭한 사람이 없다는 말을 듣고 바로 그처럼 가신들을 감싸고 돕니다. 군신의 정에 있어서는 참으로 보기 좋습니다만, 주군으로서는 그것만으로 충분치 않습니다. 개개인의 문사나 무용에 탄복하는 데 그치지 말고 자기 자신도 포함하여 하나의 단체로서 돌아보시기 바랍니다. 여전히 뭔가 부족한 점은 없습니까?"

이렇게 묻고 나서 이런 극단적인 말까지 했다.

"관우, 장비, 조운은 혼자서 천 명을 상대할 수 있는 용장이지만, 임기응변으로 일을 처리할 재주는 없습니다. 손건, 미축, 간옹 등도 말하자면 백면서생으로 세상을 구할 경륜 있는 사람들은 아닙니다. 이런 사람들을 데리고 어찌 왕패王霸의 대업을 이룰 수 있겠습니까?"

||| 三 |||

유비는 말없이 생각에 잠겨 있었다. 사마휘의 말에 수긍하는 것인지 그렇지 않은 것인지 잠시 고개를 떨구고 있다가 이윽고 고개를 들고 진지한 태도로 말했다.

"선생의 말씀은 지극히 옳습니다만, 선생의 지나친 이상으로 현실과 동떨어져 있는 것은 아닐까요? 불초 소생도 산야에서 오랫동안 현인을 찾아다녔습니다만, 지금 세상에 장량, 소하, 한신과 같은 인물을 바라는 것은 무리라고 생각합니다. 그런 준걸이 숨어 있을 리도 없으니까요."

"아니, 어느 시대나 그런 인물이 전혀 없는 것은 아닙니다. 다만 그런 인물을 알아보는 눈을 가진 이가 없을 뿐. 공자께서도 말씀하시지 않았습니까? 열 집 정도의 작은 마을에도 반드시 충성되고 신실한 인물이 있다고. 어찌 이렇게 넓은 천지에 준걸이 없다고 하겠습니까?"

"불초, 우매한 탓인지 그들을 알아볼 눈이 없습니다. 부디 가르침을 주십시오."

"근래 어디를 가나 아이들이 노래를 부르고 있는데 듣지 못했습니까? '8, 9년 사이에 기울기 시작하더니 13년에 이르러 남은 자 없네. 마침내 천명天命이 돌아갈 곳 있으니 진흙 속의 용이 하늘을 향해 솟아오르리.' 동요에서도 이리 말하고 있는데, 장군은 어떻게 생각하십니까?"

"글쎄요, 잘 모르겠습니다만."

"건안 8년, 태수 유표는 전 부인을 잃었습니다. 형주의 망조는 그때부터 시작되었습니다. 집안을 비롯하여 나라가 어지러워지기 시작했지요. '13년에 이르러 남은 자 없네.'는 유표의 죽음을 예언한 것이라 생각합니다. 그리고 '천명이 돌아갈 곳'이 있습니다. 천명이 돌아갈 곳이 있단 말입니다!"

사마휘는 같은 말을 반복하고 유비의 얼굴을 똑바로 바라보며 말을 이었다.

"돌아갈 곳은 어디? 즉 장군밖에는 없습니다. 장군, 장군은 천명에 의해 선택된 몸이라는 것을 자각하고 계십니까?"

유비는 눈을 크게 뜨고 자못 놀랐다는 듯 말했다.

"당치않은 말씀입니다. 어찌 저 같은 자가 그런 대사를 이룰 수 있겠습니까?"

"그렇지 않습니다."

사마휘는 조용히 부정하고 말을 이었다.

"지금 천하의 영재는 전부 이 땅에 모여 있습니다. 양양의 명사 또한 은근히 장군의 앞날에 기대를 걸고 있습니다. 이러한 기운機運이 무르익을 때 숨은 인재들을 써서 모쪼록 대업의 기초를 쌓는 것이 바람직할 것입니다."

"어떤 사람들이 있습니까? 그 이름을 알려주십시오."

"와룡臥龍이나 봉추鳳雛 중 한 사람을 얻으면 아마도 천하가 손바닥 안에 들어올 것입니다."

"와룡과 봉추라면?"

무심코 몸을 앞으로 내밀자 사마휘가 갑자기 손뼉을 치며 "좋다, 좋아."라고 말하면서 웃었다.

유비는 그의 갑작스러운 기이한 행동에 당황했으나 이런 모습이 그의 버릇이라는 것을 나중에 알게 되었다.

사마휘는 평소 좋은 일, 나쁜 일 가리지 않고 언제나 '좋다, 좋아.'라고 말하는 것이 버릇이었다.

어느 날 한 지인이 그를 찾아와서 슬픈 표정으로 자신의 아들이 죽은 이유를 말하고 있는데 사마휘가 평소대로 '좋다, 좋아.'라고만 말했다. 지인이 돌아간 후에 그의 아내가 "아무리 당신의 버릇이라고는 하지만, 자식을 잃은 사람한테까지 '좋다, 좋아.'라고 하는 것은 너무한 것 아닌가요?"라고 나무라자 사마휘도 자신이 생각해도 이상하다고 생각했는지 "좋다, 좋아. 당신 의견도 좋다, 좋아."라고 말했다고 한다.

동자가 와서 소박한 술과 음식을 유비에게 올렸다. 사마휘도 같이 식사한 뒤 유비에게 권했다.

"피곤하시지요? 자, 오늘 밤은 이만 잠자리에 드시지요."

"네, 말씀대로 하겠습니다."

유비는 다른 방으로 들어갔으나 베개를 베고 누워도 좀처럼 잠이 오지 않았다.

그러고 있는데 심야의 정적을 깨고 말 울음소리가 들리고 집 뒤쪽에서 인기척과 문소리가 났다.

'……누구지?'

바람 소리에도 민감한 처지였다. 유비는 무심코 귀를 기울였다. 집이 좁아 뒷문에서 방까지 주인이 걸어가는 발소리가 잘 들렸다.

"아니, 서원직徐元直이 아닌가. 지금 이 시간에 무슨 일인가?"

사마휘의 목소리였다.

이 물음에 대답한 것은 장년으로 보이는 사내의 굵고 차분한 목소리였다.

"선생님, 실은 형주에 가 있었습니다. 형주의 유표가 최근에 보기 드문 훌륭한 군주라는 말을 어떤 사람에게 듣고 가서 모셔보았습니다만, 듣는 것과 보는 것이 천지 차이였습니다. 빈껍데기의 별 볼 일 없는 인물이었지요. 이내 실망하고 집에 편지를 남겨두고 도망쳐오는 길입니다. 아하하하, 야반도주였지요."

시원한 웃음소리가 그치자 잠시 아무 소리도 들리지 않더니 다시 사마휘의 목소리가 들렸다. 그 사내를 엄격한 말투로 꾸짖는 소리였다.

"뭐, 형주에 갔었다고? 거참, 자네답지 않은 어리석은 행동을 했군. 지금 같은 시대에는 현명함과 어리석음이 혼란을 일으켜서 기와가 보석인 체하고 보석은 기와 조각 아래 감춰져 손에 넣고도 사람들은 식별하지 못하고 발로 밟아도 세상 사람들은 보지 못하는 것이 보통이네. 자네는 왕좌지재가 있음에도 오늘의 시류도 깊이 인식하지 못했을뿐더러 자연스럽게 나서야 할 때를 기다리지 않고 유표 따위에게 몸을 팔아 오히려 스스로를 욕되게 하였으며 결국 관직을 도중에 그만두고 도망치다니 이게 무슨 꼴인가. 아무리 좋게 보려고 해도 그럴 수가 없군. 스스로를 좀 더 소중히 여기지 않으면 안 돼."

"죄송합니다. 제가 경솔했습니다."

"옛날에 자공이라는 사람이 이렇게 말했네. 여기 아름다운 보석이 있는데 상자 속에 넣어 숨길 것인가, 좋은 값을 받고 팔 것인가, 라고."

"앞으로는 소중히 여기겠습니다."

손님은 금방 돌아간 듯했다.

유비는 날이 새기를 기다렸다가 사마휘에게 물었다.

"어젯밤에 온 손님은 어떤 사람입니까?"

"음, 그 사람 말입니까? 그는 아마도 훌륭한 주군을 찾기 위해 벌써 타국으로 가버렸을 것입니다."

"그렇습니까…… 그런데 어젯밤에 선생께서 말씀하신 와룡과 봉추란 도대체 어디에 사는 누구입니까?"

"아니, 좋다, 좋아."

유비가 돌연 그의 발밑에 무릎을 꿇고 재배하며 말했다.

"제가 재주는 없습니다만, 바라기는 선생과 신야로 가서 함께 한실을 부흥시키고 만백성을 도우며 오늘의 난리를 진정시키고 싶습니다만……."

그의 말이 채 끝나기도 전에 사마휘는 껄껄 웃으며 말했다.

"어리석은 늙은이는 산야에서 한가롭게 지내는 사람에 지나지 않습니다. 나보다 열 배, 백 배의 능력을 지닌 인물이 머지않아 반드시 장군을 도울 것입니다. 아니, 그런 인물을 열심히 찾아보시기 바랍니다."

"그렇다면 천하의 와룡을?"

"좋다, 좋아."

"아니면 봉추를 말입니까?"

"좋다, 좋아."

유비는 그 둘의 이름과 소재를 필사적으로 알아내려 했으나 그때 동자가 달려와서 큰 소리로 고했다.

"수백 명의 병사를 거느린 장수가 집 밖을 포위했습니다."

유비가 나가 보니 그들은 조운의 부대였다. 주군 유비의 행방을 겨우 알아내고 이곳으로 데리러 온 것이었다.

시를 읊는 무사

||| 一 |||

주군과 신하는 서로 보며 뛸 듯이 기뻐했다.

"오, 조운 아닌가. 내가 여기에 있는 것을 어떻게 알았나?"

"무사하신 모습을 뵈니 안심이 됩니다. 이 마을에 오자 어젯밤, 낯선 고관이 동자의 안내를 받아 수경 선생 댁으로 들어갔다고 농부에게 듣고 곧장 이리로 모시러 온 것입니다."

주인 사마휘도 그곳으로 와서 함께 기뻐하는 한편 이렇게 주의를 주었다.

"백성들 사이에 소문이 났으니 여기에 오래 머무는 것은 위험합니다. 다행히 부하들이 왔으니 속히 신야로 돌아가십시오."

맞는 말이라고 생각한 유비는 지체없이 작별 인사를 하고 수경 선생의 암자를 나왔다. 그리고 10여 리쯤 오자 날듯이 달려오는 한 무리의 병사들을 만났다.

조운과 마찬가지로 어젯밤, 유비가 걱정되어 미친 듯이 달려온 장비와 관우의 군사들이었다.

이렇게 해서 신야로 돌아온 유비는 성안의 장졸들을 한자리에 모아놓고 사건의 자초지종을 자세히 이야기했다.

"여러 사람에게 걱정을 끼쳐 미안했네. 실은 어젯밤 양양의 모임에서 채모에게 자칫 모살 당할 뻔했으나 단계를 건너 구사일생으로 돌아온 것이네……."

안심한 그의 부하들은 채모를 증오하며 분통을 터뜨렸다.

"분명 유표는 아무것도 모를 것입니다. 주공을 죽이려는 계획이 실패한 채모는 자신의 죄를 덮기 위해서 이번에는 유표에게 어떤 참소를 할지 모릅니다. 우리 쪽에서도 이번 일을 하루속히 명백히 해두지 않으면 그놈이 점점 더 날뛸 것입니다."

손건이 말했다.

지당한 말이었다. 일동도 그의 말에 동의하자 유비는 즉시 편지 한 통을 써서 손건에게 들려 형주로 보냈다.

유표는 유비의 편지를 보고 양양의 모임이 채모의 음모에 이용당한 것을 알고 격노했다.

"채모를 불러라."

한 번도 본 적이 없는 격한 낯빛이었다. 유표는 채모가 계단 아래에서 배례하자마자 양양 모임에서의 일을 힐책하고 무사들에게 그를 베라고 명령했다.

채 부인은 오빠 채모가 남편에게 불려갔다는 말을 듣고 부랴부랴 별채에서 뛰어왔다. 그리고 남편 유표에게 목숨만은 살려줄 것을 애걸했다. 동생의 눈물 덕분에 채모는 목숨을 건졌다. 손건도 옆에서 거들었다.

"만약 부인의 오빠 되시는 분을 벤다면 저희 주공께서는 오히려 두 번 다시 형주에 오시지 않을지도 모릅니다."

유표도 채모를 용서할 수밖에 없었다.

그러나 유표는 여전히 유비에게 미안한 마음이 가시지 않았다.

손건이 돌아갈 때 장남 유기를 함께 신야로 보내 이번 일을 깊이 사죄했다.

유비는 오히려 황송해하며 유기에게 후하게 답례했다. 그러자 유기는 평소의 고민을 그에게 털어놓았다.

"계모 채 부인은 동생 종을 후계로 세우기 위해 저를 어떻게든 죽이려 하고 있습니다. 대체 무슨 수로 이 난관에서 벗어날 수 있겠습니까?"

"오직 효도만이 살 길이네. 아무리 계모라 할지라도 자네의 지극한 효가 통하면 자연히 화는 사라질 걸세."

이튿날 기가 형주로 돌아갈 때 유비도 말 머리를 나란히 하고 성 밖까지 배웅했다. 그러나 기는 형주로 돌아가는 것을 싫어하는 눈치였다. 그런 그를 유비가 다정하게 위로하면 위로할수록 눈물만 지을 뿐이었다.

기를 보내고 성안으로 들어가기 위해 마을 네거리까지 오자 무명옷에 검을 차고 머리에 갈색 두건을 쓴 떠돌이 무사가 대낮에 소리 높여 뭔가 읊으면서 걸어왔다.

||| 二 |||

문득 말을 세우고 거리의 소음 속에서 유비는 귀를 기울이고 있었다. 허리에 검을 차고 갈색 두건을 쓴 떠돌이 무사는 표표히 모퉁이를 돌아서 이쪽으로 걸어왔다.

그가 노래하는 것을 들어보니 다음과 같았다.

천지가 뒤집혀 불이 꺼지려 하네

큰 집이 무너지는데 어찌 나무 하나가 버티겠는가
사해에 현인 있어 현명한 주인을 섬기려 하네
성주聖主는 현인을 찾는다고 가고 나를 모르는구나

'……그렇다면?'

유비는 왠지 자신을 두고 부르는 노래인 듯한 느낌이 들었다. 그래서 노래를 부르는 떠돌이 무사가 사마휘가 말한 와룡이나 봉추 중 한 사람이 아닐까 하고 생각했다.

유비는 말에서 내려 떠돌이 무사가 옆으로 지나가기를 기다렸다. 무명옷에 짚신을 신고 조금도 몸을 꾸미지 않았으나 어딘지 늠름한 기개가 느껴졌다. 그리고 붉은 얼굴에 성긴 수염을 기르고 있었는데, 참으로 깊이가 있어 보이는 인물이었다.

"이보시오, 무사."

유비가 말을 걸었다. 무사는 수상히 여기며 유비를 빤히 쳐다보았다. 굵고 차분한 목소리에 예리한 눈빛, 그러나 깊은 곳에서 인간미가 느껴졌다.

"무슨 일이십니까? 저를 부르셨습니까?"

"그렇습니다. 참으로 뜬금없습니다만, 당신과 나는 길가에서 이대로 지나칠 사이가 아닌 듯한 생각이 듭니다."

"네?"

"어떻습니까? 나와 함께 성안으로 가시지 않겠습니까? 오늘 밤 한잔하면서 당신의 굵고 차분한 목소리로 읊는 시에 마음을 더욱 깨끗이 하며 이야기를 나누고 싶습니다만."

"하하하하, 저의 서툰 솜씨는 귀만 더럽힐 뿐입니다. 그러나 이

대로 지나칠 사이가 아니라는 말씀, 감사합니다. ……함께 가겠습니다."

무사는 선뜻 따라나섰다.

성안에 와서 비록 작은 성이지만 유비가 신야의 성주라는 것을 알고 선뜻 따라나섰던 그도 놀란 표정을 지었다. 유비는 상빈의 예로 그를 맞이하여 술을 권하고 이름을 물었다.

"저는 영상潁上(안휘성 영상) 태생으로 이름은 단복單福이라고 합니다. 도를 조금 알고 병법을 배운 뒤 각지를 유랑하는 일개 떠돌이 무사에 지나지 않습니다."

단복은 그 이상 자신에 관해 이야기하는 것을 꺼렸다. 그리고 즉시 화제를 바꿔 이렇게 말했다.

"조금 전에 당신이 타고 있던 말을 다시 한번 정원으로 끌어내어 저에게 보여주시지 않겠습니까?"

"그러지요."

유비는 바로 말을 정원으로 끌고 오게 했다. 단복은 찬찬히 마상을 살피더니 입을 열었다.

"이 말은 천리를 달리는 준마입니다만, 반드시 주인에게 저주를 내릴 말입니다. 지금까지는 다행히 무사하셨군요."

"다른 사람들한테도 여러 번 같은 말을 들었지만, 저주는커녕 지난번에 단계를 건너 나의 목숨을 살려준 적도 있소."

"그것은 주인을 살렸다고도 말할 수 있지만, 말이 스스로를 구했다고도 할 수 있습니다. 그러므로 반드시 한 번은 주인에게 저주를 내릴 것입니다. 그러나 그 저주를 미연에 방지할 수 있는 방법이 결코 없는 것도 아닙니다."

"그런 방법이 있다면 부디 알려주시오."

"말씀드리겠습니다. 그 방법이란 즉 이 말을 잠시 측근에게 빌려주는 것입니다. 그리고 그 사람이 저주를 받은 뒤에 다시 찾아와서 탄다면 저주받을 걱정은 없습니다."

이 말을 들은 유비는 갑자기 불쾌한 표정을 짓더니 부하를 불러 차갑게 명령했다.

"더운물을 끓여라."

더운물을 끓이라는 말은 술손님에게 차를 내오라거나 밥을 가져오라고 주인이 급사의 가족에게 재촉하는 것과 같은 말로 이만 술자리를 파하겠다는 의미였다.

"잠깐만요. 일부러 저를 불러놓고 더운물을 끓이라니 무슨 일입니까. 왜 느닷없이 손님을 내쫓으려는 것입니까?"

단복으로서는 분명 불쾌했을 것이다. 술잔을 내려놓고 이렇게 따져 물었다.

||| 드 |||

그러자 유비도 정색하고 단복에게 대답했다.

"당신을 불러 이곳의 손님으로 맞아들인 것은 당신을 지조 높은 사람으로 보았기 때문이오. 그런데 지금 당신의 말을 들으니 인의를 가르치는 것이 아니라 오히려 나쁜 꾀를 속삭이고 있소. 나는 그런 손님을 예우할 수 없소. 어서 돌아가시오."

"하하하하, 과연 유현덕은 소문 그대로 어진 사람이군······."

단복은 자못 유쾌한 듯 손뼉을 치며 말했다.

"화내지 마십시오. 실은 일부러 마음에 없는 말을 하여 당신을 시험해본 것뿐입니다. 부디 더운물은 버리시지요."

"아니 그렇다면 기쁠 따름이오. 모쪼록 진실된 말을 아끼지 말고 나를 위해 어진 정치를 강론하시고 선한 경륜經綸을 가르쳐주시오."

"제가 영상에서 이곳으로 오는 도중에 백성들이 노래하는 소리를 들으니 '신야의 목牧, 유 황숙이 이곳에 온 이후 땅에 메마른 밭이 없고 하늘에 어두운 날이 없다.'고 하더군요. 하여 남몰래 이름을 마음속에 새기고 당신의 덕을 흠모하고 있었습니다. 만약 부족한 저를 써주신다면 최선을 다해 보필하겠습니다."

"감사하오. 긴 인생 속에서 현인과 만난 하루는 최고의 길일이라 합니다. 오늘은 최고로 기쁜 날이오."

유비의 기쁨은 이루 말할 수 없었다. 그는 지금 신야에 있다고는 하지만 병력과 군비는 여전히 서주의 소패에 있을 때와 마찬가지로 빈약할 뿐이었다. 그러나 그 빈약함과 궁핍함을 한탄하지 않았다. 오직 마음속으로 끊임없이 구하고 있었던 것은 '물자'가 아니라 '인물'이었다. 사마휘를 만난 이후로 그 염원이 더욱 강해져서 자나 깨나 인재를 구하고 있었다는 것은 그날 그가 기뻐하는 모습에서도 알 수 있었다.

그런 유비였기에 '이 사람이다.' 하는 생각이 들면 정말이지 과감하게 등용했다. 단복을 일약 군사軍師로 삼고 그에게 지휘봉을 맡기며 말했다.

"나의 병마를 그대에게 맡기겠네. 그대의 뜻대로 조련해주게."

그리고 묵묵히 지켜보니 단복은 병마의 조련을 맡자마자 마치 자신의 수족처럼 자유자재로 움직이고 또 정신적으로도 단련시켰으며 장비를 과학적으로 개선했기 때문에 신야의 병력은 소수였지만 눈에 띄게 좋아졌다.

이 무렵 조조는 이미 북방 정벌을 마치고 도성으로 돌아와 있었는데, 은밀히 다음에 정벌할 곳으로 형주 방면을 노리고 있었다.

그 사전 작업의 일환으로 일족인 조인을 대장으로 삼아 이전李典과 여광呂曠, 여상呂翔 등 세 장수를 붙여주며 번성樊城으로 진출하게 한 뒤 그곳을 거점으로 삼고 양양과 형주로 슬금슬금 경계를 넘게 했다.

"지금 신야에는 유비가 있는데 병마를 조련하고 있습니다. 훗날 강대해지지 않는다고 할 수 없고 형주 정벌에도 방해가 됩니다. 그러니 무엇보다 우선 신야를 치는 것이 좋을 듯합니다."

여광과 여상이 헌책했다.

조인은 두 사람이 원하는 대로 병사 5,000명을 내주었다. 그들은 즉시 경계를 넘어 신야로 몰려 들어갔다.

"단복, 어떻게 하면 좋겠나?"

유비는 군사인 그에게 물었다. 아직 누군가와 싸워서 이길 만큼의 군비는 전혀 갖춰지지 않았다.

"걱정하지 마십시오. 부족하기는 하나 병사들을 전부 모으면 2,000명 정도는 됩니다. 적은 5,000명이라고 하니 적당한 연습 상대가 될 것입니다."

단복이 군사로서 실전에 임하는 것은 이번이 처음이었다.

관우와 장비, 조운 등도 역전분투力戰奮鬪했으나 단복의 지휘야말로 누구보다도 훌륭했다.

적을 유인하고 분리시키고 또 적군 무리를 하나하나 섬멸하여 처음에 5,000명이었던 적군 중에서 번성으로 도망간 것은 불과 2,000명도 되지 않았다. 어쨌거나 단복의 용병술에는 확고한 학식을 바탕으로 만들어진 '법칙'이 있었다. 결코 우연한 하늘의 도움이나 기적적인 승리가 아니라는 것을 누구나 인정했다.

군사의 지휘봉

||| 一 |||

번성으로 도망친 패잔병들은 저마다 패전의 경위를 이야기했다. 게다가 여광과 여상 두 장수는 아무리 기다려도 성으로 돌아오지 않았다.

어느 정도 시간이 지나자 마침내 이런 실상이 들려왔다.

"두 분 대장은 남은 패잔병들을 이끌고 퇴각하는 도중에 산간 협로에 매복해 있던 연인 장비라는 자와 운장 관우라는 자에게 붙잡혀 각각 목숨을 잃었고, 그 외의 병사들도 모두 죽임을 당했습니다."

조인은 불같이 화가 나서 당장 신야로 밀고 들어가 시건방진 유비의 무리를 쳐서 부하들의 원한을 풀고 따끔한 맛을 보여주겠다며 격분했다. 그러나 출병에 앞서 이전과 상의하자 이전은 한사코 반대하고 나섰다.

"신야는 작은 성이고 병력이 소수여서 적을 얕잡아보았다가 여광과 여상이 참패를 당한 것입니다. 어째서 장군마저 같은 전철을 밟으려 하십니까?"

"이전, 자네도 내가 그에게 패하리라 생각하는가?"

"유비는 보통 사람이 아닙니다. 절대로 가볍게 봐서는 안 됩니다."

"필승의 신념 없이는 전쟁에서 이길 수 없네. 그러나 자네는 싸우기도 전에 겁부터 집어먹는군."

"적을 아는 자는 이깁니다. 두려워해야 할 적을 두려워하는 것은 결코 겁을 내는 것이 아닙니다. 부디 도성에 사람을 보내 조 승상께 용맹한 대군大軍을 요청하십시오. 그런 뒤에 충분히 전법을 궁리하여 공격해야 할 것입니다."

"닭 잡는 데 소 잡는 칼은 필요치 않네. 그런 사자를 보내면 너는 허수아비냐고 승상께 비웃음이나 살 것이야."

"굳이 공격을 감행하시겠다면 장군은 장군의 생각대로 하십시오. 저는 그런 어리석은 싸움에는 동참할 수 없습니다. 성에 남아서 지키고 있겠습니다."

"네놈이 두마음을 품고 있는 게 분명하구나!"

"뭐라고요? 내가 두마음을 품었다고?"

이전은 버럭 성을 냈지만, 조인이 의심하고 있는 이상 뒤에 남아 있을 수도 없었다.

할 수 없이 그도 참전했고, 이전의 여광과 여상보다 다섯 배 많은 총 2만 5,000명의 병력이 번성을 출발했다.

우선 백하白河에 병선을 정렬하고 엄청난 양의 군량과 군마를 실었다. 뱃머리와 배꼬리에 많은 깃발을 꽂고 1,000개의 노를 저어 물살을 가르며 당당히 신야를 향해 강을 따라 내려갔다.

승전의 축배를 들 틈도 없이 위급을 알리는 파발마가 속속 신야의 진문을 두드렸다.

군사 단복은 소란을 떠는 사람들을 제지하고 조용히 유비를 만나 말했다.

"오히려 기다리고 있던 것이 스스로 찾아오는 형국이니 당황할 필요 없습니다. 조인이 몸소 2만 5,000여 명의 병사를 이끌고 온다면 필시 번성은 빈 것이나 다름없을 것입니다. 비록 백하를 사이에 두고 있어 지리적인 불리함이 있기는 하나 번성을 취하는 것은 손바닥 뒤집기보다 쉽습니다."

"이 빈약한 병력으로는 신야를 지키는 것조차 버거운데 어떻게 번성을 공격해서 취할 수 있겠나?"

"전략의 오묘한 진리, 용병의 재미란 이기기 어려운 것을 이기고 이룰 수 없는 것을 이루는 데 있습니다. 인생의 빈궁, 역경, 갑자기 찾아오는 난관도 마찬가지입니다. 반드시 극복하겠다고, 반드시 이기겠다고 굳게 믿으십시오. 어리석은 계책을 써서 자멸을 재촉하는 것과 신념은 다른 것입니다."

단복의 태도는 여유로웠다. 그 후에 그는 유비에게 계책 하나를 속삭였다. 유비의 표정이 밝아졌다.

조인과 이전의 병사들은 신야에서 불과 10리쯤 떨어진 곳으로 밀고 들어왔다. 이렇게 되기를 기다렸다는 듯 단복은 그제야 아군을 이끌고 성을 나와 맞서 싸웠다.

선봉인 이전과 조운 사이에 우선 전투가 시작되었다. 양군의 전사자와 사상자는 순식간에 수백 명에 이르렀다. 전투는 처음에는 우열을 가릴 수 없었으나, 조운이 적들 사이로 뛰어들어 이전을 발견하고 그를 쫓아 종횡무진 활약하자 이전의 진영은 뿔뿔이 흩어져서 조인이 있는 중군까지 모두 달아났다.

"이전에게는 진의가 없었다. 목을 진문에 걸어 병사들의 사기를 높여라."

조인은 격노하여 주위에 있는 무사들에게 명령했으나 다른 장수들이 진정시켜서 겨우 이전을 용서했다.

||| 二 |||

조인은 다음 날, 진형을 처음부터 새롭게 짰다. 자신은 중군에 있으면서 깃발의 열을 팔황八荒(여덟 방위의 멀고 너른 범위)으로 펴고 이전의 병력은 후진에 두었다.

"얼마든지 덤벼라."

그는 단단히 벼르고 있었다.

단복은 그날 유비를 언덕 위로 인도하고 군사軍師의 지휘봉으로 가리키며 말했다.

"보십시오, 저 어마어마한 광경을. 주공께서는 오늘 적이 펼친 진형을 무엇이라고 하는지 아십니까?"

"아니, 모르네."

"팔문금쇄진八門金鎖陣입니다. 제법 솜씨를 부려서 포진하고 있습니다만, 안타깝게도 중군에 결함이 있습니다."

"팔문이란 무엇인가?"

"이름하여 휴休 · 생生 · 상傷 · 두杜 · 경景 · 사死 · 경警 · 개開의 팔부八部를 말합니다. 생문 · 경문 · 개문으로 들어갈 때는 길하지만, 상 · 휴 · 경의 세 문을 모르고 들어갈 때는 반드시 상해를 입으며 두문 · 사문을 침범하게 되면 반드시 멸망한다고 합니다. 지금 여러 부의 진영을 살펴보면 각각 병로兵路가 잘 연결되어 있어서 거의 완비되었지만, 중군에 조인이 혼자 있고 이전은 후진에서 대기하고 있는 상태입니다. 저곳이 바로 공격해야 할 허점입니다."

"그 중군 진영을 흐트러뜨리려면 어떻게 하면 되겠나?"

"생문으로 돌입하여 서쪽의 경문으로 나오면 전체 진이 올이 풀리듯 흐트러질 것이 자명합니다."

이론을 밝히고 실제를 보이며 단복이 용병의 묘수를 실로 자세히 설명했다.

"그대의 한 마디는 100만의 병사가 가세한 것과 같구먼."

유비는 그에게 깊은 신뢰를 보이며 즉시 조운을 불러 병사 500명을 붙여주며 명령했다.

"동남쪽 일각에서 돌격하여 적을 서쪽으로 계속 분산시켜라. 그리고 다시 동남쪽으로 돌아오라."

한 부대가 북을 치고 함성을 지르며 즉시 적군의 팔진 일부인 생문으로 돌진했다. 말할 것도 없이 조자룡을 선두로 한 500기였다.

동시에 유비의 본진도 멀리서 밀물처럼 함성을 지르고 북과 징을 울리며 사기를 북돋웠다.

조운의 병사들에게 모든 진영의 정중앙을 돌파당한 조인의 부대는 즉시 혼란에 빠졌다. 혼란은 중군까지 파급되어 조인조차 진지를 옮길 정도로 당황했다. 그러나 조운은 병사들을 이끌고 그 옆을 아슬아슬하게 지나가면서도 굳이 조인을 쫓지 않았다. 서쪽 경문까지 계속 밀을 달려 앞을 가로막는 적군을 짓밟았다.

"원래 있던 동남쪽으로 돌아가라."

조운은 이렇게 외치더니 유린에 유린을 거듭하며 원래 있던 곳을 향해 역돌파를 감행했다.

팔문금쇄진은 거의 아무 도움도 되지 못했다. 진형이고 뭐고 완전히 붕괴되어버린 것이다.

이때였다.

"지금입니다."

단복이 유비에게 총공격의 명령을 촉구했다. 대기하고 있던 유비 군은 소수였지만, 승기를 제대로 잡고 적병을 마음껏 도륙하며 승리의 쾌감을 만끽했다.

추태를 보인 자는 조인이었다. 막대한 사상자를 내어 이전을 볼 낯이 없는 입장이었으나 여전히 고집을 피우며 큰소리를 쳤다.

"좋다. 이번에는 야습을 감행하여 지금까지 받은 치욕을 씻도록 하자!"

이전은 쓴웃음을 지으며 충언했다.

"쓸데없는 짓입니다. 팔문금쇄진조차 정확히 간파하여 깨뜨리는 법을 알고 있는 적입니다. 유비의 유막에는 필시 전술에 능한 자가 지휘를 하고 있음이 틀림없습니다. 그런 상투적인 수법에 넘어갈 리 없습니다."

그러자 조인은 더욱더 오기가 나서 통렬하게 비꼬았다.

"그대처럼 그렇게 일일이 겁을 집어먹거나 의심에 사로잡힐 거면 애초에 전쟁은 하지 말았어야지. 그대도 무장 직을 내려놓는 것이 어떻겠나?"

‖‖ 三 ‖‖

그의 야유에 이전은 한마디하고 입을 다물어버렸다.

"내가 두려워하는 것은 적이 배후로 돌아 방비가 소홀해진 번성을 치는 것입니다. 단지, 그뿐입니다."

조인은 그날 밤 야습을 감행했다. 그러나 이전이 예측한 대로 적은 대비하고 있었다.

적진 깊숙이 들어가자 퇴로를 차단당했다. 불길이 사방을 담장처럼 둘렀다. 보기 좋게 적의 함정에 빠진 것이다.

처참하게 박살나고 북하北河 기슭까지 도망쳐오자 갑자기 강물이 기슭을 때리고, 갈대와 물억새가 쓸쓸하게 죽음의 소리를 내며 조인의 앞뒤가 순식간에 시체의 산과 피의 강으로 변했다.

"연인 장비가 여기서 기다리고 있었다. 한 놈도 강을 건너지 못할 것이다."

복병들 사이에서 소리가 들렸다.

조인이 오도 가도 못하고 죽게 된 것을 이전이 구하여 간신히 맞은편 기슭까지 갈 수 있었다.

그리고 번성까지 곧장 도망쳐오자 성문이 팔자 모양으로 열리더니 징과 북을 울리며 500명의 적이 갑자기 쏟아져나왔다.

"패장 조인아, 어서 들어오너라. 유 황숙의 아우, 운장 관우가 맞아주마."

"앗!"

놀란 조인은 지친 말에 채찍을 가해 산에 숨고 강을 헤엄쳐 거의 벌거숭이 상태로 도성으로 도망쳐갔다고 한다. 그의 추태를 본 당시 사람들은 모두 '꼴사나운 몰골'이라며 비웃었다.

3전 3승의 기세를 높이며 이윽고 유비 일행은 번성으로 들어갔다. 현령인 유필劉泌이 그들을 맞아들였다.

유비는 우선 백성들을 안심시키기 위해 온종일 성안을 돌아본 뒤 유필의 저택으로 들어갔다.

현령 유필은 원래 장사 사람으로 유비와 같은 유씨였다. 한실의 종친이자 동성이라는 친분으로 특별히 휴식을 취하기 위해 들른 것이었다.

"이렇게 찾아주시니 참으로 영광입니다."

유가네 가족들이 모두 나와 맞이했다.

유필은 주연 자리에 미소년 한 명을 대동하고 왔다. 유비가 보니 인품이 범상치 않았으며 재능이 옥과 같았다. 그래서 유필에게 조용히 물어보았다.

"댁의 아드님입니까?"

"아닙니다, 조카입니다."

유필이 다소 자랑하듯 말했다.

"구씨의 아들로 구봉寇封이라 합니다. 어려서 부모를 여의었기 때문에 제 자식처럼 키우고 있습니다."

구봉이 상당히 마음에 들었는지 유비는 즉석에서 제안했다.

"어떻습니까? 구봉을 제 양자로 주시지 않겠습니까?"

유필은 몹시 기뻐하며 대답했다.

"생각지도 못했던 광영입니다. 부디 데려가 주십시오."

유필이 구봉에게도 말을 전하니 그 역시 기뻐했다. 그 자리에서 성도 유씨로 바꾸었다. 즉 유봉劉封이라고 하고 유비를 아버지로 섬기게 되었다.

관우와 장비는 가만히 마주 보고 있다가 나중에 유비에게 직언했다.

"형님에게는 친아들도 있는데 어째서 양자를 들여 훗날의 화근을 만드시는 것입니까……? 아무리 생각해도 형님답지 않으신 결정입니다."

그러나 이미 부자의 언약을 굳게 맺은 뒤이기도 했고 유봉에 대한 유비의 사랑도 각별했기에 그대로 지나가고 말았다.

번성에서 지내던 중 '번성은 지키기에 적합지 않다.'는 단복의 의견도 있고 해서 그곳을 조운에게 맡기고 유비는 다시 신야로 돌아갔다.

서서와 그의 어머니

||| 一 |||

광대한 하북 땅에 더해 요동과 요서에서도 공물을 받게 된 황도
皇都 허도의 거리는 해마다 번창하여 지금은 명실공히 수도다운
장관과 규모를 갖추게 되었다.

그야말로 화려한 도시였다. 사람들의 이목이 무서운 그런 도시
를 드나드는 문으로 벌거숭이나 다름없는 몰골로 도망쳐온 조인
이나 불과 얼마 안 되는 잔병과 함께 돌아온 이전이나 실로 면목
이 없었다.

"여광과 여상 두 장군은 돌아오지 못했군."

"모두 죽었대."

"3만의 병마 중에 대체 몇 명이나 돌아온 거지?"

"정말 처참한 참패군."

"승상의 위광을 더럽힌 자들이야."

"당연히 두 패장의 목을 베어 거리에 내걸어야 해."

도성의 참새들은 이러쿵저러쿵 말이 많았다.

하물며 승상의 격노가 어떨지 남몰래 수군거리는 자들도 있었
으나, 조인과 이전 두 사람이 상부의 바닥에 엎드려 여러 번에 걸
친 전투에서 패했다는 보고를 빠짐없이 다 듣고 난 조조는 한 번

씩 웃더니 이렇게 말했다.

"패전은 병가지상사, 괜찮다!"

그리고 이 한마디를 끝으로 패전의 책임에 대해서는 아무것도 묻지 않고 책망하지도 않았다. 다만 한 가지 조조가 이해할 수 없었던 것은 조인이라는 명장의 계책을 일일이 격파하고 그 허를 제대로 찌른, 여느 때와는 전혀 다른, 적의 전략이었다.

"이번 전투에서는 지금껏 유비를 보필해온 기존의 부하들 외에 누군가 새롭게 그를 보필하며 계책을 내지 않았나?"

그의 물음에 조인이 대답했다.

"그렇습니다. 말씀하신 대로 단복이라는 자가 신야의 군사로 병사들을 지휘했다고 들었습니다."

"뭐, 단복?"

조조는 고개를 갸웃거리고 장수들을 돌아보며 물었다.

"천하에 지혜로운 자는 많으나 나는 아직 단복이라는 이름을 들어본 적이 없네. 자네들 중에 누가 그를 아는 사람이 없는가?"

그러자 정욱이 껄껄 웃었다. 조조가 그에게 시선을 돌리며 물었다.

"정욱, 자네는 알고 있는가?"

"잘 알고 있습니다."

"어떤 연고로?"

"영상 태생이기 때문입니다."

"그럼, 그는 어떤 사람인가?"

"의롭고 정직합니다."

"학식은?"

"《육도六韜》를 외우고 '경서經書'를 읽었습니다."

"재주는?"

"젊었을 때부터 검을 즐겨 사용하였으며, 중평 연간 말기에 다른 사람의 부탁을 받아 그 원수를 갚아주었고, 그 때문에 체포령이 떨어졌습니다. 그때 얼굴에 숯가루를 바르고 일부러 머리를 풀어헤쳐 광인 흉내를 내며 마을을 돌아다녔습니다만, 결국 체포되었습니다. 그러나 이름을 대지 않아 수레 위에 묶인 채 '아는 사람이 없는가?'라며 거리를 끌고 다녀도 그의 의로운 마음을 알기에 누구도 안다고 나서는 자가 없었다고 합니다."

"음, 음……."

조조는 매우 흥미를 느낀 듯 정욱의 입을 바라보며 귀담아듣고 있었다.

"평소 친분이 있는 친구들이 어느 날 밤 뜻을 모아 옥중의 그를 구해내 포박을 풀고 멀리 도망치게 했습니다. 그래서 이후 이름을 바꾸고 뜻을 더 높게 두었다고 합니다. 갈색 건에 홑옷을 입고 오직 검 한 자루만을 허리에 차고 전국을 돌아다니며 식자識者를 따르고 선배들에게 배웠습니다. 여러 해를 유랑한 끝에 사마휘에게 배우며 그와 교류가 있는 풍류연학風流研學의 무리와 교류하고 있다고 들었습니다. 그는 그러니까 영상 태생의 이름은 서서徐庶이고, 자는 원직元直이라는 자입니다. 단복이란 세상을 속이기 위한 일시적인 가명에 지나지 않습니다."

||| 二 |||

정욱은 서서의 내력을 소상히 이야기했다. 조조는 그의 말이 끝나기를 기다렸다는 듯이 바로 질문을 했다.

"그렇다면 단복이라는 이름이 서서의 가명이었다는 말인가?"

"그렇습니다. 영상의 서서라고 하면 아는 사람이 많지만, 단복이라고 하면 아는 사람이 없습니다."

"들으면 들을수록 마음이 끌리는구나. 시험삼아 묻겠는데, 정욱, 자네의 재능과 지모를 서서와 비교한다면 어떤가?"

"저 같은 것은 서서의 발끝에도 미치지 못합니다."

"지나친 겸손이 아닌가?"

"서서의 됨됨이, 재주와 식견, 그의 수업修業을 열이라고 한다면 저는 둘 정도밖에는 되지 않습니다."

"음, 자네가 그렇게까지 칭찬하는 것을 보니 대단한 인물임에는 틀림없는 것 같군. 조인과 이전이 패하고 돌아온 것은 어쩌면 당연한 일이야……. 아아."

조조는 탄식하며 말했다.

"아깝도다, 아까워. 그런 인물을 여태까지 모르고 있다가 유비의 휘하에 들어가게 했으니. 나중에 큰 공을 세울 것이 분명하구나."

"승상, 그렇게 탄식하기에는 아직 이르다고 생각합니다."

"어째서 그런가? 그는 이미 군사의 임무를 맡고 있지 않은가?"

"그가 유비를 위해 큰 공을 세우기 전에 그 마음을 돌리는 것은 그렇게 어렵지 않습니다."

"오오, 그렇게 말하는 근거는?"

"서서는 어린 시절 아버지를 일찍 여의고 노모 한 분밖에 없습니다. 그 노모는 그의 동생인 서강徐康의 집에서 살았습니다만, 그 동생도 최근에 요절하여 아침저녁으로 노모를 봉양할 사람이 없습니다. 그런데 서서는 어린 시절부터 효성이 지극하기로 평판이

자자할 정도이니 지금 그의 마음속은 노모의 걱정으로 가득할 것이라 생각합니다."

"흠……."

"그러니 지금 사람을 보내 노모를 정중히 이쪽으로 모시고 와서 승상께서 친히 서서를 불러오라고 부탁하는 것입니다. 효자 서서는 밤을 낮 삼아 도성으로 달려올 것입니다."

"음, 참 재미있는 발상이군. 그럼 즉시 노모에게 서신을 보내도록 하라."

며칠 후 서서의 어머니가 도성에 왔다. 사자가 정중히 안내하여 극진히 대접했다.

노모는 보기에 평범한 시골 노인에 지나지 않았다. 참으로 소박한 모습이었다. 여러 명의 자식을 낳은 작은 몸집은 허리가 굽은 탓에 더욱 작아 보였다. 사람에게 길들여지지 않은 산비둘기와 같은 눈을 하고 주저하며 귀빈관으로 들어왔다. 호화롭고 찬란한 사면의 벽에 둘러싸여 두통이라도 앓는 듯 짜증스러운 얼굴을 하고 있었다.

이윽고 조조가 신하들을 대동하고 나타났다. 조조는 노모를 보자 마치 자신의 어머니께 하듯 절을 하고 입을 열었다.

"그런데 어머님, 어머님의 아들, 서원직이 지금 단복이라는 가명을 쓰며 신야에 있는 유현덕을 보필하고 있다고 합니다. 어째서 그처럼 일정한 영지도 갖지 못한 채 유랑하는 도적의 무리와 어울린단 말입니까? 천하의 기재奇才를 지닌 사람이 애석하게도……."

조조는 일부러 알기 쉽게 말하며 부드럽게 물어보았다.

||| 三 |||

노모는 대답이 없었다. 여전히 산비둘기 같은 작은 눈을 끔벅거리며 조조의 얼굴을 올려다볼 뿐이었다.

무리도 아니었다.

조조는 충분히 이해한다는 듯 상냥한 어투로 말했다.

"어머님, 그렇지 않습니까? 서서 같은 훌륭한 인물이 뭐가 좋아서 유비 같은 자를 보필하겠습니까? 설마 어머님께서 동의하신 것은 아니겠지요? 게다가 유비는 언젠가 정벌되어야 할 역신逆臣입니다."

"……."

"만약 어머님께서 동의하셔서 유비를 보필하고 있다면 그것은 손바닥 안의 진주를 일부러 진흙 속에 떨어뜨린 것과 같습니다."

"……."

"어머님, 어머님께서 서서에게 서신을 한 통 쓰시는 것이 어떻겠습니까? 저는 아드님의 천질天質을 귀히 여기고 있습니다. 만약 어머님께서 아드님을 이리로 불러서 훌륭한 인물로 만들고 싶다면 이 조조가 천자께 상주하여 반드시 영직榮職을 받게 하고 또 이 도성 안에 으리으리한 정원과 아름다운 저택에 많은 하인을 붙여 편히 살게 해드리겠습니다……."

그러자 노모가 비로소 입을 열었다. 뭔가 말하려는 듯하자 조조는 즉시 입을 다물고 그녀의 얼굴을 바라보았다.

"승상, 이 늙은이는 보시다시피 시골 촌부입니다. 세상일은 아무것도 분별치 못합니다만, 단지 유 황숙에 대한 소문만은 나무를 베는 나무꾼도 밭에서 소를 모는 늙은이도 종종 이야기를 하더군요."

"그렇습니까, 뭐라고들 합니까?"

"유 황숙이야말로 백성을 위해 태어난 당대의 영웅이라고, 참된 인자라고."

"하하하하."

조조는 일부러 크게 웃고는 말했다.

"시골 개구쟁이나 늙은이가 뭘 알겠습니까? 그는 패군의 필부로 태어나 젊은 시절에는 짚신을 팔고 멍석을 짰는데 마침 일어난 난리를 틈타 무뢰한들을 모아 무명의 깃발을 올렸습니다. 겉으로는 군자인 척하고 속으로는 극악한 행위를 꾀하는 간악한 인물입니다. 지방의 백성들을 속이고 괴롭히는 도적에 불과합니다."

"……글쎄요, 이 늙은이가 들은 세상의 평판과는 전혀 다르군요. 유현덕 님이야말로 한나라 경제의 현손으로 요순堯舜의 기풍을 배웠고, 하나라의 우왕禹王, 은나라의 탕왕湯王의 덕을 품은 분이다, 몸을 굽혀 귀인을 청하고 자신을 낮추고 다른 사람을 높인다……. 그렇게 칭찬하지 않는 사람이 없습니다만."

"모두 현덕의 속임수입니다. 그와 같이 간교한 가짜 군자도 없을 것입니다. 그런 자에게 속아서 만대에 걸쳐 악명惡名을 남기기보다는 지금 말한 대로 서서에게 서신을 쓰는 것이 좋을 것입니다. 자, 어머님, 한 통 쓰시지요."

"글쎄요, 그건 좀."

"뭘 망설이십니까? 아드님을 위해서, 또 어머님의 노후를 위해서……. 붓과 벼루도 거기에 있습니다. 어서 서신을 쓰시지요."

"아니, 쓰지 않겠소."

노모는 고개를 거칠게 가로저었다.

"제 아들을 위해서입니다. 설령 이 자리에서 목숨을 잃는다 해도 어미로서 절대로 붓을 들 수 없소."

"뭐? 싫다고?"

"아무리 시골의 늙은이라고 해도 순역順逆의 도리 정도는 알고 있습죠. 한나라의 역신이란 즉 승상, 당신 본인이 아니오? 어째서 내 자식을 선한 주군에게서 떠나게 하여 어두운 곳을 향하게 하겠습니까?"

"음, 이 늙은이가! 감히 나에게 역신이라고?"

"네, 그렇습니다. 비록 떠돌이 무사의 어미로 근근이 살아가고 있지만, 내 아들에게 승상과 같은 악역惡逆의 앞잡이를 섬기라고 할 수는 없지요."

노모는 단호하게 말하고 앞에 놓인 붓을 집어서 정원에 던져버렸다. 당연히 격노한 조조는 이 요망한 늙은이의 목을 치라고 호령했다. 그러자 일어선 노모가 이번에는 벼루를 집어 들고 조조를 향해 던졌다.

||| 四 |||

"목을 쳐라. 당장 이 늙은이의 가는 목을 비틀어 꺾어서 내다 버려라."

조조의 호령에 무사들은 노모의 양손을 잡아끌었다.

노모는 태연자약했다. 조조는 더욱더 화를 내며 직접 검을 들었다.

"승상, 진정하십시오."

정욱이 막아서며 조조를 진정시켰다.

"노모의 태연자약한 태도를 보십시오. 노모가 승상을 비난한 것은 스스로 죽음을 바라고 있다는 증거입니다. 승상의 손에 죽임을 당한다면 아들 서서는 어머니의 원수라고 마음속으로 칼을 갈며 유비를 더욱 충심을 다해 섬길 것이고, 승상은 아무 힘도 없는 노파를 죽였다고 민심을 잃을 것입니다. 노모가 노린 것이 바로 그 것입니다. 거기에 자신의 목숨의 가치를 두고 여기서 죽는 것이야 말로 바라던 바라고 마음속으로 흐뭇한 웃음을 짓고 있음이 틀림 없습니다."

"으음, 그렇군. 그렇다면 이 늙은이는 자네가 알아서 처리하도록 하게."

"융숭히 대접하는 수밖에 없습니다. 그러면 서서도 몸은 유비의 곁에 있어도 마음은 노모가 있는 곳에 있게 되어 함부로 승상을 적대할 수 없을 것입니다."

"자네가 알아서 해."

"알겠습니다. 노모는 제가 맡아서 잘 돌보겠습니다……. 그리고 한 가지 계책이 있습니다만, 그것은 나중에 말씀드리겠습니다."

그는 자신의 집으로 서서의 노모를 데리고 돌아갔다.

"서서와 저는 옛날에 함께 공부할 때 형제처럼 지냈습니다. 이렇듯 어머님을 저희 집에 모시게 되어 왠지 저의 어머님께서 살아 돌아오신 것 같은 기분이 듭니다."

정욱은 이렇게 말하고 자신의 어머니에게 하듯 아침저녁으로 봉양했다.

그러나 서서의 어머니는 사치를 싫어하고 가족에게도 미안해 하는 것 같아 별도로 집 근처에 있는 다른 집으로 옮겨 편히 살게 했다.

그리고 때때로 진귀한 음식이나 의복 등을 가져다주었기 때문에 서서의 어머니도 정욱의 친절에 감사하며 종종 답례의 편지 등을 써서 보냈다.

정욱은 그 편지를 소중히 보관해놓고 노모의 필체를 연습했다. 그리고 몰래 조조와 짜고 드디어 교묘한 노모의 가짜 편지를 만들었다. 말할 필요도 없이 신야에 있는 노모의 아들 서서에게 보내는 편지였다.

단복, 그러니까 서원직은 그 후 신야에서 사대부다운 소박한 집을 짓고 극소수의 하인들과 한가한 날에는 오직 독서 등을 즐기며 지내고 있었다.

그러던 어느 날 저녁, 문을 두드리는 사내가 있었다. 어머니가 보낸 사람이라는 말에 서서는 부랴부랴 뛰쳐나가 물었다.

"어머니께 무슨 일이라도 생겼는가?"

심부름 온 사내는 편지 한 통을 서서의 손에 건네며 말했다.

"편지에 적혀 있습니다. 저는 다른 집의 하인이라 아무것도 모릅니다."

그 말을 남기고 그는 바로 떠나버렸다.

자신의 서재로 돌아온 서서는 등불의 심지를 돋우고 어머니의 편지를 읽어보았다. 효성이 지극한 그는 어머니의 글을 보자 벌써 어머니의 모습을 보는 듯해서 눈에 눈물이 그렁그렁했다.

서야, 서야. 별고 없느냐? 나도 별고 없이 잘 지내고 있다만 동생 강이 죽어버려서 심히 고독하고 쓸쓸하구나.

지금 조 승상의 명령으로 나는 허도에 와 있다. 네가 역신과 한패가 되었다는 죄로 어미마저 옥에 갇힐 처지가 되었구나. 다행히 정욱의 도움으로 안락하게 지내고는 있다만 부디 너도 하루빨리 어미의 곁으로 와주기 바란다. 이 어미에게 얼굴을 보여다오

여기까지 읽은 서서는 눈물을 줄줄 흘리며 등불조차 꺼질 정도로 울었다.

이별 선물

||| 一 |||

다음 날 미명에 서서는 작은 새 소리와 함께 집을 나섰다. 밤새 잠을 이루지 못한 듯한 눈이었다. 오늘 아침, 신야의 성문을 제일 먼저 통과했다.

"단복이 아닌가. 평소와 달리 아침 일찍 나왔군. 무슨 일이라도 있는가?"

유비는 그의 어두운 안색을 보고 우선 걱정부터 했다.

서서는 침울한 얼굴로 아무 말 없이 거듭해서 고개를 숙이더니 겨우 얼굴을 들고 말했다.

"주공, 오늘 새삼 사죄드려야 할 일이 있습니다."

"무슨 일인가?"

"사실 단복이라는 이름은 고향에서 어려움에 부닥쳤을 때 도망쳐 나오며 지은 가명입니다. 저는 영상 출신으로 이름은 서서, 자는 원직이라고 합니다. 처음 형주의 유표가 당대의 현자라고 들어서 찾아갔습니다만, 함께 도를 논해도, 실제 정치하는 것을 봐도, 평범한 군자에 불과하다는 것을 알았습니다. 그래서 편지 한 통 남기고 그곳을 떠나 답답한 마음에 사마휘 선생이 있는 산장에 가서 사정을 이야기하니 수경 선생은 저를 나무라며 너는 눈이 있으면서 사람을 보는 눈이 없구나, 지금 신야에 유 예주가 있으니 가서 유 예주를 보필하도록 하라고 말씀하셨습니다."

"……."

유비는 마음속으로 '그러고 보니.' 하고 지난날 밤의 수경 산장을 떠올리며 그때 주인과 안에서 이야기를 나눈 한밤중의 손님이 생각났다.

"그래서 저는 매우 기뻐하며 즉시 신야로 갔습니다만, 아무 연고도 없는 떠돌이 무사, 때가 되면 뵐 기회가 있을 것이라고 날마다 노래를 부르며 마을을 돌아다녔습니다. 그러는 사이에 염원이 이루어져 결국 주공을 모실 기회를 얻었습니다. 신원이 확실치 않은 저를 깊이 신뢰해주셔서 군사라는 자리를 주시는 등 과분한 은혜, 잊으려 해도 잊을 수 없을 것입니다. 남자는 자신을 알아주는 사람을 위해 죽는다는 마음 외에는 없었습니다."

"……."

"그런데…… 이것을 보아주십시오."

서서는 어머니의 편지를 꺼내 유비에게 보이며 말했다.

"어젯밤에 어머니께서 편지를 보내셨습니다. 불평인 듯 보입니다만, 어머니만큼 세상에 박복한 분도 없습니다. 남편을 일찍 여의고 자식마저 앞세우고 지금은 저 하나를 의지하고 계십니다. 그런데 이 편지에 의하면 허도에 잡혀 밤낮 비탄에 잠겨 계신다 합니다. 원래 저는 젊은 시절부터 무예를 좋아해서 고향에 있을 때 싸움만 일삼다가 죄를 짓고 유랑하는 등 어머니께는 걱정만 끼쳐드렸습니다. 그 때문에 항상 마음속으로 불효를 죄송하게 여기고 있었습니다. 어머니를 생각하면 어찌할 바를 모르겠습니다…….

실은…… 말씀드리기 송구합니다만, 부디 저에게 잠시 시간을 내어주십시오. 허도에 가서 어머니를 위로해드리고 싶습니다. 어머니께 평안한 노후를 마련해드리고 어머니의 임종을 지켜본 다음 반드시 돌아오겠습니다. 주공께서 저를 버리지 않는 한 반드시 돌아오겠습니다. 그때까지 시간을 주십시오."

"아아, 알겠네……."

유비는 흔쾌히 승낙했다. 그의 눈에도 눈물이 맺혀 있었다.

유비에게도 어머니가 계셨다. 서서의 어머니를 생각하니 자연스럽게 돌아가신 어머니가 생각났다.

"어째서 자네의 효도를 막겠나. 어머니께서 살아 계실 때 효도를 다하도록 하게."

두 사람은 아쉬움에 온종일 이야기를 하며 보냈다.

밤이 되자 장수들을 모두 모아 그를 위해 성대한 송별회를 열었다.

||| 二 |||

한 잔 또 한 잔. 이별을 아쉬워하며 연회는 한밤중까지 계속되었다.

그러나 서서는 취하지 않았다. 이따금 잔 드는 것도 잊고 이렇게 한탄했다.

"홀어머니께서 허도에 잡혀 있다는 것을 알고 난 뒤로는 밥을 먹어도 밥맛을 모르고 술에서도 술 냄새가 나지 않습니다. 아무리 좋은 술도 목으로 넘어가지 않습니다. 인간은 은애恩愛의 정에는 한없이 약해지나 봅니다."

"아니, 무리도 아니네. 아직 주종 관계를 맺은 지 얼마 되지 않았는데도 지금 자네와 헤어지는 것이 나에겐 두 팔을 다 잃는 심정이네. 용의 간, 봉황의 골수도 입에 달지가 않아."

어느새 날이 밝아오고 있었다.

장수들도 작별 인사를 되풀이하며 마지막 이별의 잔을 들고 각자 휴식을 취하러 물러갔다.

깜빡 졸 만큼의 시간도 없었지만, 유비도 잠깐 침상에 누워 눈을 붙이고 있는데 손건이 찾아와서 속삭였다.

"주공, 아무리 생각해도 서서를 허도로 보내는 것은 매우 불리한 일입니다. 저런 큰 인물을 조조에게 일부러 보내는 것은 어리석기 짝이 없습니다. 무슨 수라도 내서 그를 붙잡는 것이 어떻겠습니까? 지금이라면 어떤 계책이든 쓸 수 있을 것입니다."

유비는 말없이 생각에 잠겨 있었다.

손건은 더욱 강력히 주장했다.

"그뿐만이 아니라 서서는 아군의 병력은 물론 내부 사정까지 속속들이 알고 있으니 그에게 정보를 얻은 조조가 대군을 이끌고 쳐들어온다면 막을 방법이 없을 것입니다."

"……."

"화를 복으로 바꾸기 위해서는 서서를 이 땅에 붙잡아두고 방비를 한층 더 굳건히 해야 합니다. 조조는 반드시 서서를 가망 없다고 생각하고 그의 어머니를 죽일 것입니다. 그렇게 된다면 서서에게 조조는 어머니를 죽인 원수가 되므로 적의를 더욱 불태울 것이고, 조조를 죽이는 데 인생을 걸 것이 틀림없습니다."

"그 입 다물라."

유비는 자세를 바로 했다.

"그럴 순 없다. 그런 어질지 못한 행동은 할 수 없어. 생각해보게. 어머니를 죽게 하고 그 자식을 자신의 이익에 이용하는 것이 주군 된 자가 할 일인가? 이 일로 설령 멸망하게 될지라도 그런 불의한 짓은 절대로 할 수 없네."

그는 아침 일찍 나갈 채비를 하고 밖으로 나가 부하에게 말을 끌어오라고 명령했다. 작은 새들이 맑은 아침을 노래하고 있었다. 그러나 유비의 얼굴은 결코 오늘 아침의 하늘처럼 맑지 않았다.

관우와 장비 등이 말을 타고 뒤를 따랐다. 유비는 성 밖까지 나가 서서를 배웅하려는 듯했다. 사람들은 유비의 깊은 정에 감동하기도 하고 서서가 받는 사랑을 부러워하기도 했다.

교외의 장정長亭에 이르렀다. 서서는 황송한 나머지 이곳에서 작별하자고 했다.

"그럼, 여기서 이별의 점심을 들도록 하지."

그들은 한 정자에서 이별주를 마셨다.

유비가 조용하고 차분하게 거듭 말했다.

"자네와 헤어진 뒤에는 더 이상 자네에게 분명한 길을 물을 수 없게 되겠군. 그러나 누구를 섬기더라도 도에는 변함이 없으니 모쪼록 새로운 주군에게도 충절을 다하고 효를 잘 실천하여 사도士道의 본분을 완수하도록 하게."

서서는 눈물을 흘리며 말했다.

"말씀 감사합니다. 재주가 얕고 지혜가 부족한 몸으로 주공의 큰 은혜를 입고도 안타깝게 중도에서 어쩔 수 없이 헤어지게 되어 송구하기 짝이 없습니다. 어머니를 봉양하고 싶은 마음은 절절하지만, 조조를 대면하여 어떻게 신하의 절개를 지킬 수 있을지는 자신이 없습니다."

"나도 자네를 잃게 되어 낙심이 이만저만이 아니네. 차라리 현세의 희망을 버리고 산속에 숨고 싶은 심정이야."

"당찮은 말씀이십니다. 저와 같이 재주가 없는 자를 버리고, 저보다 훌륭한 현사賢士를 부르면 무운은 더욱 혁혁해질 것입니다."

"자네보다 훌륭한 현사는 아마 당대에는 얻지 못할 걸세. 절대로 없을 거야."

유비는 침통하게 말했다. 서서보다 훌륭한 현사를 얻을 수 있다면 이렇게 낙담하지 않겠다는 듯이.

||| 三 |||

정자 밖에서 대기하고 있던 관우와 장비, 조운 등의 장수들도 모두 정이 많은 사람들이었다. 다들 눈물을 참으며 고개를 숙이고 있었다.

서서는 정자 위에서 그들을 돌아보며 말했다.

"제가 떠난 후에는 공들이 지금 이상으로 더욱 결속하여 충의를 다하고, 이름을 후대에 남기도록 허도의 하늘 아래에서 기도하고 있겠습니다."

유비는 마침내 오열하며 잠시 비처럼 눈물을 쏟았다. 그러고도 여전히 헤어지는 것을 견디지 못하겠다는 듯이 말했다.

"……4, 5리 정도만 더."

유비는 서서와 말 머리를 나란히 하고 걸어갔다.

"이제 이쯤에서……."

서서가 고사했으나 유비는 듣지 않았다.

"아니, 조금만 더 배웅하겠네. 서로 다른 하늘 아래로 헤어지게 됐으니 또 언제 만날 수 있겠나?"

이러면서 10리 정도를 와버렸다.

서서도 말을 세우고 유비를 위로했다.

"인연이 있으면 이것도 일시적인 헤어짐이 될 것입니다. 몸 건강히 제가 다시 돌아올 날까지 기다려주십시오."

이렇게 또 어느 틈에 7, 8리나 더 와버렸다. 성에서 꽤 멀리 떨어진 시골이었다. 다른 이들이 돌아갈 길을 염려하며 말을 세웠다.

"아무리 가셔도 아쉬움은 끝이 없을 것입니다. 이제 그만……."

유비는 말 위에서 손을 내밀었다. 서서도 손을 뻗었다. 두 사람은 굳게 손을 맞잡았다. 두 사람은 잠시 말없이 뜨거운 눈물만 흘릴 뿐이었다.

"……그럼 건강하게."

"주공께서도."

"잘 가시게."

그래도 유비의 손은 여전히 서서의 손을 굳게 잡은 채 놓지 않았다.

멎을 줄을 모르고 흐르는 눈물과 함께 손도 떨며 우는 것 같았다.

"……안녕히 계십시오."

결국 서서가 억지로 손을 잡아 빼고는 말갈기까지 얼굴을 낮추고 달려갔다.

사람들은 일제히 손을 흔들어 그 뒷모습에 대고 잘 가라는 인사를 하고 우르르 말을 돌리기 시작했다. 그리고 유비를 에워싸고 왔던 길로 분주히 돌아갔다.

미련이 남은 유비는 이따금 말을 세우고 서서의 뒷모습을 멀리서 바라보며 소리 내어 울었다.

"아, 저 숲 뒤로 돌아가 보이지 않는구나. 서서의 모습을 가리는 숲이 야속하도다. 할 수만 있다면 저 숲의 나무를 모두 베어버리고 싶구나……."

아무리 군신의 정이 애틋하다 해도 지나친 푸념으로 들렸는지 장수들이 목소리를 높여 재촉했다.

"언제까지 그렇게 한탄만 하고 계실 참입니까? 이제는 속히 돌아가시지요."

그리고 6, 7리쯤 되돌아왔을 때였다. 뒤에서 부르는 소리가 들렸다.

"주공, 주공."

돌아보니 이게 어찌된 일인가. 저쪽에서 말에 채찍을 가해 서서가 쫓아오고 있었다. 서서가 돌아오고 있었다.

'그렇다면 그도 헤어지는 것이 싫어서 결국 뜻을 바꾸고 돌아오는 것인가?'

사람들은 그렇게 생각하고 웅성거리며 그를 맞았다.

서서는 유비가 있는 곳으로 오자마자 유비의 말안장 옆으로 가서 빠른 어조로 말했다.

"밤새 마음이 난마처럼 어지러워 그만 중대한 사실을 고하는 것을 잊었습니다. 저쪽 양양 거리에서 서쪽으로 20리 떨어진 곳에 융중隆中이라는 마을이 있습니다. 그곳에 대현인 한 명이 살고 있습니다. 주공, 쓸데없는 한탄은 멈추시고 부디 그 사람을 찾아가십시오. 이것이 바로 저의 이별 선물입니다."

말을 마치자 서서는 다시 왔던 길로 서둘러 돌아갔다.

||| 四 |||

융중.

양양에서 서쪽으로 20리 떨어진 작은 마을.

그렇게 가까운 곳에?

유비는 의심했다.

망연히, 그저 망연히 서서 자신의 귀를 의심하고 있었다.

그러는 사이에 서서의 모습은 점점 작아져 가고 있었다.

유비는 퍼뜩 정신을 차리고 자기도 모르게 손을 들어 큰 소리로 불렀다.

"서서, 서서. 잠시 기다려주게."

서서는 다시 말을 돌려 돌아왔다. 유비도 말을 몰고 나아갔다.

"융중에 현인이 있다고는 아직 들어본 적이 없네. 지금 한 말이 사실인가?"

서서가 대답했다.

"그는 명예나 재물을 초월하고 교류하는 사람들도 한정되어 있어서 그의 현명함을 아는 사람이 극히 적습니다. 게다가 주공께서는 신야에 오신 지 얼마 되지 않은 데다가 주위에는 형주의 무관과 도현都縣의 관리들만 있으니 모르시는 것이 당연합니다."

"그와 자네는 무슨 연고가 있나?"

"오랜 벗입니다."

"제세경륜濟世經綸(세상을 구제할 만한 역량과 포부)을 자네와 비교한다면?"

"저와 비교할 수 있는 사람이 아닙니다. 그를 당대의 인물과 비교하는 것은 곤란합니다. 옛날 사람 중에서 찾는다면 주나라의 태공망太公望, 한나라의 장자방張子房 정도라면 그와 비견할 수 있을지도 모릅니다."

"자네와 친구 사이라니 더 바랄 나위가 없군. 출발을 하루 늦춰 나를 위해 그를 신야로 데려오지 않겠나?"

"안 됩니다."

서서는 차갑게 말하며 고개를 가로저었다.

"어찌 그가 저 같은 사람의 마중에 움직이겠습니까? 주공께서 몸소 그의 사립문을 두드려 친히 부르셔야 합니다."

이 말을 듣자 유비는 얼굴에 더욱 희색을 띠며 말했다.

"부디, 그 사람의 이름을 알려주게. 서서, 좀 더 자세히 이야기해 보게."

"그의 출생지는 낭야琅邪 양도陽都(산동성 태산 남쪽)라고 들었습니다. 한의 사례교위司隸校尉 제갈풍諸葛豐의 후손으로 아버지는 제갈규諸葛珪라 하며 태산의 군승郡丞을 지냈다고 합니다. 그러나 일찍 세상을 떠나는 바람에 숙부인 제갈현諸葛玄을 따라 형제들이 모두 이 지방으로 이주해 온 후 남동생 한 명과 함께 융중에 초가집을 짓고 때로는 농사를 짓고 때로는 책을 읽으며 양부의 시를 즐겨 읊습니다. 집이 있는 곳이 하나의 언덕을 이루고 있기 때문에 마을 사람들은 그것을 와룡臥龍 언덕이라 부르고, 또 그를 가리켜 와룡 선생이라 칭하고 있습니다. 즉, 이름은 제갈량, 자는 공명입니다. 우선 당대의 대재大才라 하면 제가 아는 한 그를 제외하고는 다른 사람은 없습니다."

"……아아, 지금 생각났네."

유비는 가슴 밑바닥에서부터 긴 한숨을 내쉰 뒤 이렇게 물었다.

"마음에 짚이는 것이 있는데, 언젠가 사마휘 선생의 산장에서 하룻밤 보냈을 때 선생이 말하기를 지금 와룡과 봉추, 두 사람 중에서 한 사람을 얻으면 천하를 평정할 수 있다고 했네. 내가 몇 번이나 그 이름을 물었으나 단지 좋다, 좋아, 라고만 대답할 뿐 밝히지 않았지. 혹시 제갈공명이 그중 한 사람인가?"

"그렇습니다. 와룡, 그가 바로 공명입니다."

"그럼, 봉추란 자네를 말함인가?"

"아닙니다!"

서서는 당황하여 손을 내저으며 말했다.

"봉추란 양양의 방통龐統으로 자가 사원士元이라는 사람입니다. 저와 같은 사람의 별명이 아닙니다."

"이것으로 비로소 와룡, 봉추에 대한 의문도 풀렸군. 몰랐네! 지금 내가 살고 있는 이 산하와 마을에 그런 대현인이 숨어 있으리라고는."

"그럼, 꼭 공명의 초려를 방문하도록 하십시오."

서서는 마지막 인사를 하고 채찍을 한 번 휘두르더니 날듯이 허도의 하늘 아래로 달려갔다.

제갈씨 일가

||| 一 |||

공명의 가문, 제갈씨의 자제와 일족은 훗날 촉蜀, 오吳, 위魏의 삼국으로 각각 나뉘어 저마다 중요한 자리를 차지하고, 또 한 시대를 움직이게 되는 관계로 여기에서 우선 제갈씨 집안의 사람들과 공명의 됨됨이를 알아둘 필요가 있을 것 같다.

그러나 지금으로부터 약 1800여 년 전인 만큼 공명의 가계나 그 주변 인물들에 대해서 정확히 알지 못하는 점도 많다.

거의 명료하다고 볼 수 있는 것은 앞서 서서가 유비에게 말했듯이 공명의 조상 중에 제갈풍이라는 사람이 있었다는 것이다.

또 그 제갈풍은 전한의 원제元帝 시절에 사례교위의 자리에 있으면서 매우 강직한 성품으로 법률을 따르지 않은 무리는 어떠한 특권층이라도 용서치 않은 경찰청장이었던 듯하다.

그것을 증명하기에 충분한 일화가 있다.

원제의 외척 중에 허장許章이라는 총신寵臣이 있었다. 그자가 국법을 어기는 행동을 했는데, 제갈풍은 그 불법행위를 주시하며 언젠가는 국법의 위엄을 보이겠다고 벼르고 있었다. 그러던 중 또 그가 국법을 어기고도 대수롭지 않게 여기는 듯한 사건 하나가 벌어졌다.

"반드시 체포하겠다."

경찰청장이 몸소 부하들 이끌고 체포에 나섰다. 마침 허장이 궁문에서 나오다가 제갈풍 청장을 보고 당황하여 금문 안으로 숨어버렸다. 그리고 그는 천자의 총애를 믿고 곤룡포 자락에 매달려 애원했다. 그래도 제갈풍이 국법을 어길 수 없다며 천자의 말도 듣지 않자 그를 괘씸하게 여긴 천자는 그의 관직을 박탈하고 성문의 교위라는 최하위 직급으로 좌천시켜버렸다.

그러나 그 후에도 그는 여전히 고관들이 죄를 지으면 그냥 넘어가지 못하고 가차 없이 처벌했기 때문에 그런 고관들로부터 배척당하다 결국 면직되어 할 수 없이 노구를 이끌고 고향으로 돌아간 사람이라고 한다.

그 선조가 귀향한 곳이 낭야인지는 확실치 않지만, 공명의 아버지 제갈규가 살아 있을 당시에는 지금의 산동성 즉 낭야군의 제성현諸城縣에서 양도(기수의 남쪽)로 옮겨 일가를 이루었다.

제갈이라는 성은 처음에는 '갈'이라는 외자 성이었는지도 모른다. 중국인을 통틀어봐도 두 자 성은 극히 드물다.

원래는 단순한 '갈씨'였으나 제성현에서 양도로 이사했을 때 양도의 성안에 같은 성을 쓰는 가문이 있었기 때문에 전에 살던 제성현의 제 자를 따라서 '제갈'이라는 두 자 성으로 고쳤다는 설도 있다.

공명의 아버지 제갈규는 태산泰山의 군승을 지내고 숙부 제갈현은 예장豫章의 태수였다. 우선 그 당시만 해도 꽤나 유복한 집안이었다고 할 수 있다.

형제자매는 네 명이었다.

남자가 세 명, 여자가 한 명이었다. 공명은 남자 형제 중에서 둘째, 즉 차남이었다.

　　형인 제갈근은 일찍부터 낙양의 대학으로 유학을 가 있었다. 그 사이에 그의 생모는 세상을 떠났다. 아버지는 후처를 맞아들였다.

　　그런데 이번에는 그 후처를 남기고 아버지 제갈규가 세상을 떠났다. 당시 공명은 아직 열서너 살밖에 안 된 어린 나이였다.

　　'어쩌지?'

　　자신이 낳지 않은 세 명의 어린아이들을 끌어안고 후처 장씨는 어쩔 줄을 몰랐다.

　　그때 대학 졸업을 눈앞에 둔 장남 제갈근이 낙양에서 돌아왔다.

　　그리고 낙양에 대란이 일어난 것을 고했다.

　　"앞으로 세상이 얼마나 어지러워질지 모릅니다. 황건적의 난이 여러 주에서 일어나 결국 낙양까지 불이 옮겨붙었습니다. 여기도 머지않아 전란의 거리가 될 것입니다. 일단 남쪽으로 달아나시지요. 강동江東(장강 유역의 상해, 남경 지방)의 숙부님께 갑시다."

　　제갈근은 계모를 위로했다.

　　이 장남도 세상의 수재형과는 달리 매우 신중하고 정직한 데다 계모와 친모를 똑같이 봉양할 줄 아는 효심이 지극한 사람이라고 세상 사람들에게 칭찬받는 인물이었다.

||| 二 |||

　　대륙의 백성들은 워낙 넓은 곳에 살다 보니 전란이 일어나면 전란이 일어나지 않은 지방으로, 홍수나 기근이 나면 재해가 없는 지방으로 이리저리 옮겨 다니는 데 익숙했다.

"남쪽으로 가시지요."

제갈씨 일가가 북중국에서 피난했을 때도 황건적의 난 이후의 사회 혼란이 언제까지 계속될지 예측할 수 없을 때였다.

"남쪽으로."

"남쪽 나라로."

북중국과 산동 지방의 백성들은 물이 낮은 곳으로 흐르듯 각자 가재도구와 노약자를 업고 강동 지방으로 도망쳐 오는 자가 셀 수 없이 많았다.

아직 열서너 살밖에 되지 않은 공명의 눈에 비친 비참한 유랑의 무리, 굶주린 무리의 모습은 소년의 청순한 영혼 깊숙이 '가엾은 사람들'로 각인되었음이 틀림없다.

'어째서 인간이란 족속은 이다지도 비참하단 말인가. 고통받기 위해 태어난 것일까? 인생을 즐길 수는 없을까?'

그런 생각을 했을지도 모른다.

아니, 이미 열서너 살이라고 하면 사서와 경서를 읽고 있었을 테니 이런 생각이 이미 소년 공명의 가슴속에서 남몰래 발효되고 있었음이 틀림없다.

'이럴 리가 없어. 이 세상에 위인만 한 명 나오면 이 무수한 백성들은 이렇게 불안한 눈과 야윈 얼굴을 하지 않아도 될 거야. 하늘에 해와 달이 있듯이 사람 중에도 해와 달이 있어야 하는데 그런 큰사람이 나타나지 않기 때문에 소인배들끼리 인간의 나쁜 면만을 내보이며 이 세상을 혼란에 빠뜨리고 있는 거야. 가엾은 것은 아무것도 모르고 끝도 없이 대륙을 헤매고 다니는 수억 명에 달하는 백성들이야.'

왜냐하면 그의 일가도 대학을 막 졸업한 제갈근 한 명에 의지하여 가재도구와 계모를 수레에 싣고 공명의 남동생 균과 여동생을 격려하면서 얼마 안 되는 하인들과 함께 그 굶주린 무리들 틈에 섞여 날마다 보이는 것은 황야나 강뿐인 여행을 계속하고 있었기 때문이다.

여행은 괴롭고 힘들었다.

종종 생명의 위협조차 느꼈다. 또 대자연의 거칠고 사나운 위세, 즉 대륙의 모래 먼지와 폭우, 폭염에 시달리고 야수나 독충의 공포에도 시달렸다.

20대의 장남, 아직 열서너 살인 공명, 그 밑의 동생들은 이러는 동안에 분명 '살아내는 힘'을 배웠을 것이다.

이리하여 숙부인 제갈현이 있는 곳에 겨우 도착한 것이 초평 4년(193) 가을로 장안에서 동탁이 목숨을 잃은 대란이 있던 다음 해였다.

그로부터 반년 정도 있다가 숙부인 제갈현이 유표와 연고가 있기 때문에 형주로 가게 되었다.

공명과 동생 균은 숙부의 가족과 함께 형주로 이주했으나 그것을 기회로 장남 근은 이별을 고하며 말했다.

"저도 뭔가 일가를 위해 계획을 세워보겠습니다."

근은 계모 장씨와 함께 배를 타고 강을 따라 남쪽 지방인 오吳로 뜻을 찾아 떠났다.

||| 三 |||

당시에 일찌감치 장래에 뜻을 둔 젊은이들에게는 남중국의 개발이야말로 이상으로 가득 찬 알맞은 먹잇감이었을 것이다.

북중국의 전화戰禍를 피해 남쪽으로 이주해온 한족은 넓은 옥토와 자연 속으로 흩어져 곧바로 새로운 경영을 하기 시작했다.

유민의 대부분은 처음부터 노비와 토민이 주를 이루었지만, 그 중에는 제갈씨 일가처럼 사대부나 학자 등과 같은 지식계급도 많았다. 그들은 각자 선택한 땅에 정착해서 그곳에서 필연적으로 새로운 사회를 형성하고 새로운 문화를 건설했다.

그 분포는 남방의 연해와 강소 방면에서 안휘와 절강에 이르렀고, 장강 기슭의 형주(호남, 호북)에서 더 거슬러 올라가 익주益州(사천성)까지 흩어졌다.

계모를 데리고 간 제갈근이 오의 장래에 주목하여 강의 남쪽으로 내려간 것은 과연 지식을 갖춘 청년다운 선택이었다고 해도 좋을 것이다.

그리고 그로부터 7년째.

오의 손책이 죽은 해, 뒤를 이어 오왕에 오른 손권에게 발탁되어 그를 보필하게 된 것은 앞서 적은 대로다.

그러나 한편 숙부 제갈현과 그의 가족을 따라 형주로 간 공명과 막내 균은 당시에는 보호자의 슬하에서 안전한 삶을 선택한 것처럼 보였으나 이후의 운명은 형 제갈근과는 사뭇 달랐다. 인생행로의 파란은 벌써 소년 공명을 단련하기 위해, 시험하기 위해 온갖 형태로 다가왔다.

"형주는 대도시란다. 너희들이 본 적도 없는 물건이 많아. 숙부께서는 형주의 유표 님과 친구 사이로 꼭 와달라는 부름을 받아 이번에 가는 것이니 도시 안에 성 같은 집을 갖게 될지도 모르겠구나. 너희들도 하인들에게 도련님이라고 불리게 될 테니 품행을 올바르게 하지 않으면 안 된다."

숙모나 숙부의 친척들에게 이런 말을 듣고 소년 공명의 가슴은 얼마나 뛰었을까?

그리고 형주의 새로운 문물에 얼마나 눈이 휘둥그레졌을까?

그러나 숙부는 불과 1년도 못 되어서 유표에게 전임을 명령받았다.

"예장豫章을 다스려주게. 지금까지 그곳을 다스렸던 주술周術이 병사했네."

이번에는 태수로 가는 것이라 영전임이 분명하지만, 임지인 남창南昌에 가보니 문화 수준은 낮고 신임 태수에게 복종하지 않는 세력이 있었다. 더욱 곤란한 문제는 다음과 같이 탄핵하는 목소리가 날마다 높아지는 것이었다.

"그는 한나라 조정에서 임명한 태수가 아니다. 우리는 그런 정체불명의 지방관에게 복종할 이유가 없다."

사실 중앙에서 조정의 명령을 받은 주호朱皓라는 자가 임지에 왔으나 이미 다른 태수가 떡 버티고 있었기 때문에 성안으로 들어갈 수 없었다.

당연히 전쟁이 벌어졌다.

"내가 예장의 태수다."

"아니, 나야말로 정당한 태수다."

이런 이상한 전쟁이었다.

그러나 착융笮融과 유요劉繇 등의 호족을 등에 업은 주호 쪽에 순식간에 패한 제갈현은 남창성에서 쫓겨나고 말았다.

소년 공명이나 동생 균은 이때 처음으로 전쟁을 직접 체험하게

285

되었다.

　숙부 일가와 함께 어지럽게 싸우는 병사들 사이를 빠져나와 성 밖 멀리서 주둔하며 재기를 노리고 있었는데 어느 날 밤 토착민의 반란군에게 습격당해 숙부 제갈현은 목숨을 잃고 말았다.

　공명은 동생 균을 다독이며 패잔병 틈에 섞여 걸어서 도망쳤다. 숙모도 친척들도 모두 죽임을 당해 모르는 얼굴의 병사들뿐이었다.

||| 四 |||

　그 무렵 영천潁川의 대유학자 석도石韜는 여러 주를 떠돌아다니다가 형주에 와 있었다.

　예로부터 형주 양양 땅에는 호학好學의 기풍이 높았고 옛 유학에 대해 새로운 해석을 추구하며 현재의 군사, 법률, 문화 등의 정치 위에 학설의 실현을 도모하고자 하는 기운이 왕성했다.

　샘이 있는 곳에 온갖 새가 모여들 듯 자연스럽게 양양의 기풍을 흠모해 모여드는 학도나 명사가 많았다. 영상의 서서, 여남의 맹건孟建 등도 그런 부류였다.

　숙부 제갈현을 여의고 의지할 사람 없이 어린 나이에 세상의 고난을 맛본 공명이 처음으로 석도를 찾아가 제자로 삼아달라고 한 것은 그가 17세 무렵이었다.

　석도는 이듬해 이웃 지방으로 유학을 떠났다. 이때 스승을 따라간 제자 중에는 18세의 공명과 겸 히나로 천하를 다스리겠다는 기개를 지닌 서서, 그리고 온후하고 학구열이 높은 맹건이 있었다.

　맹건이나 서서는 공명보다 나이도 많고 학문에 있어서도 선배였으나 두 사람은 결코 공명을 얕보지 않고 "그는 장래에 한몫할 수재다."라며 오히려 일찍부터 눈여겨보고 있었다. 그러나 그것은 두 사람의 인식이 크게 부족하다는 것만 말해줄 뿐이었다.

왜냐하면 훗날 공명은 한몫뿐만 아니라 석도를 둘러싼 많은 학도 중에서도 단연 군계일학群鷄一鶴이었고, 나이가 듦에 따라 천재성을 보이며 말하자면 세상에서 말하는 수재와는 전혀 차원이 다른 유형의 인물이 되었기 때문이다.

그런데 그는 스무 살 무렵부터 이미 학부를 떠나 있었다. 학문을 위한 학문을 하는 학도의 무능과 논의를 위한 논의만으로 시간을 보내는 곡학아세曲學阿世(학문을 굽히어 세상에 아첨한다는 뜻으로 정도를 벗어난 학문으로 세상 사람에게 아첨함을 이르는 말)의 학문에서 도망친 것이었다.

그렇다면 그 후의 공명은 어떻게 지냈을까? 그는 양양의 서쪽 교외에 숨어 아우 균과 함께 반농 반학자의 삶을 살기 시작했다.

맑은 날에는 밭에 나가 일하고 비 오는 날에는 책을 읽는다는 청경우독晴耕雨讀이라는 말 그대로의 삶이었다.

"노성老成한 척하는 녀석이군."

"벌써 은둔자인 체하기는."

"그는 형식주의자야."

"잘난 체하는 것에 불과해."

학우들은 모두 비웃었다. 조금이나마 그를 인정하고 존경했던 사람들까지 시간이 지남에 따라 모두 그를 떠났다.

다만 그 후에도 여전히 그의 초막에 자주 드나든 사람은 서서와 맹건 정도였다.

양양의 시가에서 공명의 집이 있는 융중까지 가려면 교외의 길을 불과 20리 정도만 가면 되었다.

융중은 산자수명山紫水明(산빛이 곱고 강물이 맑다는 뜻으로 산수의 경치가 아름다움을 이르는 말)의 별천지와 같은 곳이었다. 멀리 호북성湖北省의 고지대에서 흘러 내려오는 한수漢水의 강물이 동백산맥棟柏山脈을 휘돌아 육수淯水와 합류하여 중부 평원을 구불구불 흐르다가 이름도 면수沔水로 바뀌는데 그 서남쪽의 강기슭에 양양을 중심으로 하는 오래된 도시가 있었다.

맑은 날에는 공명의 집에서 그 강과 시가가 한눈에 보였다. 그의 집은 융중의 조금 높은 구릉의 중턱에 자리잡고 있었으며 집 뒤에는 낙산樂山이라고 부르는 산이 있었다.

걸어서 제齊나라의 성문을 나오면
아득하게 보이는 탕음리蕩陰里
마을 안에 세 개의 무덤, 그 크기가 서로 비슷하구나
어느 집의 무덤인지 물어보니
전강田疆 고야古冶씨의 무덤이라고 하네
힘은 능히 남산南山을 밀어내고
글은 세상의 으뜸이라

밭에서 곧잘 이런 노래가 들렸다.

노래는 이 지방의 민요가 아니라 산동 지방의 오래된 이야기를 노래로 부른 것으로 공명의 고향인 제나라의 사가史歌였다.

목소리의 주인공은 괭이로 밭을 일구는 공명이거나 콩을 베어 콩깍지를 멍석에 두드리는 균이었다.

융중에 있는 공명의 집에 어느 날 맹건이 불쑥 찾아와서 말했다.

"조만간 고향으로 돌아갈까 하네. 그래서 오늘 작별 인사를 하러 왔네."

공명은 그렇게 말하는 선배의 얼굴을 한동안 말없이 바라보다가 사뭇 의심스럽다는 듯이 물었다.

"어째서 돌아가려는 거요?"

"특별한 이유가 있는 것은 아니나 양양은 너무 평화로워서 명문가의 귀족들이 학문을 즐기고 정치비평을 하며 생활하기에는 좋을지도 모르지만, 우리 같은 서생에게는 적합지 않네. 그 때문인지 최근에 자꾸 고향 여남 생각이 나더군. 권태감이나 달래려고 돌아가려고 생각한 것이네."

공명은 이 말을 듣고 가만히 고개를 저으며 말했다.

"짧은 인생을 아직 반도 살지 않았는데 벌써 권태롭다는 말이오? 양양이 지나치게 평화롭다고 했는데 과연 이 평화가 얼마나 더 지속될 것 같소? 특히 선배의 고향인 북중국이야말로 구래舊來의 문벌이 많고 관리, 사대부의 후보자가 득실거리고 있어서 아무 배경도 없는 신인을 받아줄 여지가 적을 거요. 오히려 남쪽의 신천지에서 유유히 때를 기다리는 것이 어떨까 싶은데."

맹건은 공명보다 나이도 많고 학문의 선배이기도 했으나 크게 깨달은 바가 있어서 이렇게 말하고 돌아갔다.

"고향에 돌아갈 생각은 접기로 했네. 자네 말이 맞아. 인간은 곧잘 눈앞의 상태에만 얽매이는 경향이 있기 때문에 이런 생각을 하게 된 걸세. 한閑에 거하면서 동動을 살피고, 무사無事에 거하면서 변화를 준비하는 것은 참으로 어려운 일이야."

맹건 등이 여기저기 말하고 다녀서 그런지 양양의 명사들 사이에서는 언제부턴가 공명의 존재와 그 됨됨이가 매우 높게 평가받고 있었다.

이른바 양양의 명사라는 지식계급에는 최주평崔州平, 사마휘, 방덕공과 같은 대선배가 있었다. 그중에서도 하남의 명사 황승언黃承彦은 공명의 장래에 큰 기대를 걸고 이런 말까지 했다.

"나에게도 딸이 있지만, 만약 내가 여자였으면 융중의 한 청년에게 시집가겠다."

그러자 중매를 서겠다고 나서는 사람이 나와 황승언의 말이 결국 실현되었다. 물론 황승언이 시집간 것이 아니라 공명과 결혼한 것은 그의 딸이었다.

그러나 신부는 아버지 황승언의 얼굴에서 조금 앳됨만 더했을 정도로 그다지 미인은 아니었다. 정숙하고 온화하며 명문가의 여식으로서 충분한 교육은 받았으나 물려받은 외모는 전혀 그렇지가 못했다.

"참외밭의 괴짜에게는 잘 어울리는 신부……."

공명을 무능한 청년으로밖에 보지 않는 동료들은 매우 재미있어했다.

그러나 공명과 그 신부는 참으로 잘 맞았다. 성격이 잘 맞는다고 할까, 금슬상화琴瑟相和(거문고와 비파의 조화로운 화음처럼 부부 사이가 정답고 화목한 것을 이르는 말)라는 말 그대로 사이가 좋았다.

그렇게 융중에서 몇 년간을 실로 평화롭게 살았다.

||| 六 |||

공명의 키는 다른 사람보다 컸다. 마른 편이었고 한인 특유의 흰 얼굴을 하고 있었다.

그는 기다란 무릎을 끌어안은 채 졸듯이 친구들 사이에 앉아 있었다. 그를 둘러싼 친구들은 저마다 시국을 논하고 장래의 뜻을 서로 이야기하고 있었다. 공명은 미소를 머금고 묵묵히 그들의 말을 듣고 있다가 입을 열었다.

"자네들이 모두 관계官界에 진출한다면 분명 자사(주지사)나 군수(군의 장관, 즉 태수) 정도까지는 될 수 있겠군."

동료 한 명이 바로 반문했다.

"그럼, 자네는 어느 자리까지 오를 것 같은가?"

"나 말인가?"

공명은 웃기만 하고 아무 말도 하지 않았다. 그의 뜻은 그런 곳에 있지 않았다. 관리, 학자, 영달의 문, 모두 그의 뜻을 담기에는 작았다.

춘추의 재상 관중管仲, 전국戰國의 명장 악의樂毅, 이 두 사람을 마음속으로 생각하며 높은 긍지를 가지고 있었다.

'내 문무의 재능은 이 두 사람과 비교해야만 한다.'

악의는 춘추전국 시대에 연燕나라의 소왕昭王을 구하고 다섯 나라의 병마를 지휘하여 제나라의 70여 개 성을 함락시킨 무인이었다. 또 관중은 제나라의 환공桓公을 보필하며 부국강병책을 써서 춘추 열국列國 중에서 마침내 패권을 쥐게 하여 그의 주군 환공으로부터 첫째도 중부仲父(관중을 칭함), 둘째도 중부라고 할 정도로 전폭적인 신뢰를 받은 대정치가였다.

지금도 춘추전국 시대와 비교해도 뒤떨어지지 않을 정도로 난세가 아닌가.

젊은 공명은 그렇게 보고 있었다.

관중, 악의, 지금은 어디에 있는가!

그는 생각했다.

'나 외에는 없다. 그들과 비교할 수 있는 자가 나 외에 누가 있겠는가.'

그는 부지런히 수행을 쌓으며 게으름을 피우지 않았다. 세상을 사랑하기 위해서 자신을 사랑했다. 세상을 생각하기 위해서 자신을 격려했다.

말로는 하지 않았지만 무릎을 끌어안고 말없이 딴전을 피우고 있는 공명의 눈동자에는 그런 기개가 숨어 있었다.

또 그는 가끔 뒷산인 낙산에 올라가 끝도 없이 펼쳐진 대륙을 온종일 바라보고 있었다.

이미 형 제갈근은 오나라를 섬기고 있었는데, 주군 손권의 세력은 남쪽 지방에까지 미치고 있었다.

북쪽 하늘은 여전히 어두웠다. 원소는 죽고 조조가 위세를 떨치고 있었다. 그러나 과연 그곳의 백성들이 진심으로 조조의 위세에 복종했는지는 의문이었다.

익주益州, 즉 파촉巴蜀의 오지는 아직도 태풍권 밖에 있는 것처럼 빽빽한 구름에 갇혀 있었으나 장강의 물은 거기서 흘러나오는 것이었다.

수원지가 언제까지 무사할까. 필시 머지않아 은빛 비늘을 번쩍이며 물고기 떼가 그곳으로 거슬러 올라갈 것이다.

'아아, 이렇게 보고 있으니 내가 있는 위치는 그야말로 오吳, 촉蜀, 위魏의 세 국경이 교차하는 중심에 있구나. 형주는 대륙의 중심이건만……. 지금은 누가 시대의 중추中樞를 쥐고 있을까? 유표는 시대에 뒤떨어진 인물이고 학자나 관리들을 둘러보아도 큰 그릇은 보이지 않는구나. 우주에서 뚝 떨어진 선인은 없는가. 홀연히 땅에서 솟아난 영걸은 없는가.'

이윽고 날이 저물자 젊은 공명은 양부梁父의 노래를 작은 소리로 읊으면서 자기 집의 불빛을 보며 산에서 내려왔다.

세월의 흐름은 빠르다. 어느새 건안 12년(207), 공명은 스물일곱 살이었다.

유현덕이 서서에게 그의 이야기를 듣고 그가 사는 초려를 찾아가기로 마음먹은 것은 그해의 늦가을 무렵이었다.

용이 누운 언덕

||| 一 |||

그건 그렇고 여기서 다시 때와 장소를 앞으로 돌려 유비와 서서가 이별을 고한 길로 돌아가기로 한다.

'골육의 이별, 서로 그리워하는 사람들 간의 이별, 모두 슬픈 것은 당연하지만, 남자로서는 군신 간의 이별도 단장斷腸의 슬픔 중 하나……. 아아, 오늘 몇 번이나 생각을 바꾸려고 고민했는지 모르겠구나.'

서서는 걸음을 재촉했다.

지금도 여전히 유비의 은혜와 정에 미련이 남지만, 도성에 잡혀 있는 어머니에게도 마음이 쓰여 쏜살같이 달렸다.

서서는 마음이 급했다.

또 그런 상황에서도 한 가지 더 걱정되는 것은 헤어질 때 자신이 유비에게 추천한 제갈공명에 관한 일이었다. 유비는 분명 가까운 시일 안에 공명을 찾아갈 텐데 과연 공명이 그의 청을 받아들일까?

'아마도 쉽게 승낙하지는 않겠지.'

서서는 책임을 느끼고 가는 내내 그 일로 고민이 깊었다.

'그래……. 융중에 들렀다 가도 그렇게 돌아가는 것은 아니니 작별 인사 겸 가서 공명에게 부탁해놓자.'

그렇게 생각한 그는 갑자기 말 머리를 돌려 양양의 서쪽 교외로 향했다.

이윽고 와룡臥龍 언덕이 맞은편에 보이기 시작했다. 언덕 모양이 용이 누워 있는 듯하다고 해서 붙은 이름이다.

서서의 말은 잠시 후 그 언덕을 오르고 있었다. 오랜만에 찾아와서 그런지 주위의 나무와 돌이 모두 옛 친구처럼 반가웠다.

마침 늦가을이었기 때문에 산에는 단풍이 들어 있었다. 좀처럼 찾아오는 사람도 없는 공명의 집 지붕엔 낙엽이 잔뜩 떨어져 있었다. 문 앞에서 말을 내려 문을 두드리며 공명을 불렀지만, 마당 안은 조용하니 나뭇잎 떨어지는 소리만 들릴 뿐이었다.

잠시 서 있자 동자가 노래하는 소리가 들렸다.

푸른 하늘은 동그란 뚜껑 같고
육지는 바둑판 같네
세상 사람들 흑백으로 갈라져
길에서 영욕榮辱을 다투는구나

"애, 동자야. 문 좀 열어다오. 선생님은 계시니? 나다. 서서가 왔다고 전해주렴."

밖에서 계속해서 문을 두드리며 불렀으나 동자는 아직 알아채지 못한 듯했다.

영화로운 자는 스스로 편안하고
모욕당하는 자는 틀림없이 무능할지니
남양에 숨은 군자 있어
베개를 높이 베고 자도 만족하지 못하네

동자는 노래하며 나뭇가지의 새 둥지를 올려다보고 있었다.

그때 어디선가 목소리가 들리며 문밖에 손님이 온 것을 알려주었다.

"누가 왔나요?"

사립문으로 달려온 동자가 손님을 보더니 친근하게 말했다.

"아, 원직 선생님이시군요?"

서서는 옆에 있는 나무에 말고삐를 매며 물었다.

"선생님은 계시느냐?"

"네, 계십니다."

"서재에?"

"네."

"넌 참으로 노래를 잘하는구나."

"원직 선생님께서는 요즘 들어 좋아 보이십니다. 검도, 옷도, 말 안장까지."

정원에 난 작은 길을 따라 안으로 들어가는 원직의 뒤에서 동자가 입심 좋게 말했다. 동자의 말에 돌이켜보았다. 과거 남루한 옷에 검 한 자루만 찬 가난했던 자신의 모습을. 그리고 이 소박한 집의 주인을 만나기 전부터 왠지 부끄럽다는 생각이 들었다.

동자가 차를 내왔다.

손님과 주인은 서재에서 대화를 나누었다.

"가을도 저물어가는군."

서서가 말했다.

"겨울을 기다릴 뿐이오. 장작도 다 패어놓았으니."

공명은 무릎을 끌어안으며 말했다.

서서는 좀처럼 말을 꺼내지 못하고 머뭇거렸다. 그러자 공명이 먼저 물었다.

"서형, 용건이 있어서 온 것 같은데 무슨 일로 오셨소?"

"그럼."

겨우 말을 꺼낼 기회를 잡았다.

"실은 아직 선생에게는 말하지 않았으나 나는 얼마 전부터 신야의 유현덕을 섬기고 있었소."

"아, 그랬습니까?"

"그런데 시골에 두고 온 노모가 조조의 부하에게 끌려가 지금 홀로 도성에 잡혀 있소……. 그 노모가 쓸쓸함을 편지에 적어 보냈기에 할 수 없이 주공에게 작별 인사를 하고 지금 허도로 가는 길이오."

"잘된 일 아닙니까? 벼슬은 언제든지 다시 할 수 있으니 우선 노모부터 보살펴드려야지요."

"그래서 말이오만 헤어지기 전에 긴히 부탁하고 싶은 것이 있소. 들어보시겠소?"

"말해보십시오."

"다름이 아니라 오늘 주공께서 몸소 멀리까지 마중을 나오셨는데 헤어질 때쯤, 실은 평소 생각하고 있던 일이라, 융중의 언덕에 이런저런 대현인이 살고 있다고 온갖 말로 선생을 추천했소. 참으로 면목 없지만, 조만간 유비 공으로부터 분부가 내려오거든 억지로라도 그 분부에 응해주시오. 선생과 나의 옛정을 생각해서라도 부디 거절하지 말아주셨으면 합니다."

서서는 학력이나 나이에서도 공명보다는 훨씬 선배였으나 지금은 공명을 선생이라고 칭하며 진심으로 존경하고 있었다. 게다가 이 일은 쉬운 문제가 아니기에 하루아침에 공명이 수락하리라고는 생각하지 않았다. 그래서 진심을 다해 누누이 그간의 경위를 자신의 의견도 덧붙여가며 이야기했다.

그러자 시종 눈을 반쯤 뜨고 조용히 듣고 있던 공명이 갑자기 버럭 성을 내며 일어서더니 말했다.

"서형, 서형은 이 공명을 제사의 제물로 바칠 생각이오?"

그러고는 매몰차게 안쪽 방으로 사라져버렸다.

서서는 깜짝 놀라 낯빛이 바뀌었다.

제사의 제물?

짚이는 바가 있었다.

옛날 어떤 군자가 장자莊子를 부하로 삼고 싶어서 사람을 보냈는데 장자는 그 사자에게 이렇게 말했다고 한다.

"자네는 제물로 희생되는 소를 보지 못했는가? 목에 금방울을 달아주고 맛있는 먹이를 먹여 키우지만 끌려가 대묘大廟의 제단에 바쳐질 때는 피를 짜고 뼈를 바르지 않는가."

서서는 공명의 말을 듣고 뉘우쳤다. 존경하는 벗을 소로 팔 생각은 털끝만큼도 없었으나 모처럼 만난 벗과의 사이에 어색한 분위기를 만들었다는 것이 적잖이 후회되었다.

'언젠가 사죄할 날이 오겠지.'

그는 할 수 없이 자리에서 일어났다. 밖에 나가 보니 황혼이 내린 하늘에 낙엽이 춤을 추듯 떨어지며 어느덧 겨울이 다가왔음을 느끼게 했다.

여러 날이 지나 서서가 도성에 도착했을 때는 이미 겨울이 되어 있었다. 건안 12년(207) 11월이었다.

바로 상부로 가서 자신이 도착한 것을 알리자 조조는 순욱과 정욱 두 사람에게 먼저 정중히 맞이하게 하고 다음 날 자신이 직접 그와 대면했다.

"그대가 서원직인가? 노모는 별고 없으시니, 우선 노모 걱정은 하지 않아도 되네."

||| 三 |||

"은혜에 감사드립니다."

서서는 우선 감사의 인사를 하고 나서 부탁했다.

"그런데 어머니는 어디에 계십니까? 부디 먼길을 온 저에게 한시라도 빨리 대면을 허락해주십시오."

조조는 몇 번이나 고개를 끄덕이고 말했다.

"그대의 어머니는 항상 정욱에게 보살피게 하여 조석으로 무엇 하나 불편한 점이 없게 하고 있네. 오늘 그대가 온다고 하여 근처에 있는 집으로 모셨네. 나중에 천천히 만나 뵙고 앞으로는 곁에서 모시며 자식 된 도리를 다하도록 하게. 나도 그대를 곁에 두고 날마다 유익한 가르침을 받고자 하네."

"승상의 자애로운 마음에 몸 둘 바를 모르겠습니다."

"그런데 그대처럼 효심이 지극하고 사리에 밝으며 식견이 높은 사람이 어찌하여 몸을 낮춰 유비 같은 자를 보필했는가?"

"우연한 인연 때문이었습니다. 방랑하는 중에 신야에서 발탁된 것에 지나지 않습니다."

두세 마디 잡담을 나눈 후 이윽고 서서는 조조의 허락을 받아 안쪽에 있는 건물로 노모를 만나러 갔다.

"저 안에 계십니다."

안내를 맡은 자는 그렇게 말하고 바로 돌아갔다. 서서는 깨끗한 정원의 한쪽에 보이는 건물을 보자 벌써 가슴이 벅차올랐다. 그는 댓돌 아래에서 공손히 절하고 어머니를 불렀다.

"어머니! 서서입니다. 서서가 왔습니다."

그러자 노모는 사뭇 의외라는 듯 아들의 얼굴을 보며 물었다.

"아니, 원직이 아니냐? 요즘 네가 신야에서 유현덕 님을 모시고 있다고 들었다. 그래서 멀리서나마 기뻐하고 있었는데, 여기는 어쩐 일이냐?"

"네? 무슨 말씀을 하시는 겁니까? 어머니께서 보낸 편지를 받자마자 주공께 작별 인사를 하고 밤을 낮 삼아 정신없이 이곳까지 달려온 저에게."

"무슨 뚱딴지같은 소리를 하는 게냐? 이 어미의 배에서 나와 30여 년이나 되었건만, 아직도 이 어미가 그런 편지를 아들에게 보낼 사람인지 아닌지도 모른단 말이냐?"

"하지만…… 이 편지는."

그는 출발하기 전에 신야에서 받은 편지를 꺼내 보여주자 노모는 당치도 않다고 화를 내며 낯빛마저 바꾸었다. 그리고 자세를 바로 하고 서서를 꾸짖었다.

"이놈! 서서야. 너는 어린 시절부터 유학을 배우고 자라서는 세상을 유랑하기를 10수 년, 세상의 고난, 사람들 속에서 겪는 고생도 모두 살아 있는 학문이라고 항상 이 어미는 외로움도 개의치 않고 단지 네가 수업을 쌓는 것만 뒤에서 기뻐하고 있었는데, 이런 가짜 편지를 받고 그 진위도 알아보지 않은 채 소중한 주공을 버리고 오다니, 이게 무슨 경솔한 짓이냐!"

"앗…… 그렇다면…… 이것은 어머니가 쓴 것이 아니란 말씀입니까?"

"효의 눈은 뜨고 있을지 몰라도 충의 눈은 아직 멀었구나. 너의 수업은 반쪽짜리 수업이었다. 지금 유비 님은 제실帝室의 후예로 영재가 뛰어날 뿐 아니라 백성들이 모두 우러르고 있다. 그런 주군을 섬기게 된 것은 너에게는 큰 행운이고 어미에게도 명예라고 생각하고 혼자서 충의를 기도하고 있었거늘…… 못난 놈."

서서의 어머니는 몸을 떨며 흐느껴 울다가 이윽고 아무 말 없이 장막 뒤로 사라진 뒤 더는 모습을 보이지 않았다.

서서도 뉘우치고 어머니의 가르침을 마음에 되새기며 자신의 어리석음을 후회함과 동시에 울며 엎드린 채 고뇌로 일그러진 얼굴을 들지 못하고 있었는데, 문득 장막 뒤에서 이상한 소리가 들리기에 놀라서 달려가 보니 노모는 이미 자결하여 목숨이 끊어져 있었다.

"어머니…… 어머니!"

서서는 차갑게 식은 어머니의 시신을 부둥켜안고 울부짖으며 그 자리에서 혼절해버렸다.

어느새 거칠어진 겨울바람 속에서 허도의 교외인 남원에 훌륭한 묘지가 만들어졌다. 조조가 모친이 돌아가신 서서를 위로하기 위해 내린 선물 중 하나였다.

공명을 찾아가다

||| 一 |||

서서와 헤어진 뒤 유비는 한동안 왠지 모르게 공허했다.

망연히 며칠을 지내다가 문득 생각난 듯 말했다.

"그래, 공명이 있었지. 서서가 헤어질 때 말해준 공명을 찾아가 보자."

그는 측근들을 불러서 느닷없이 그 일에 대해 사람들에게 의견을 물었다. 그때 성문을 지키는 보초병이 전했다.

"성주님을 만나러 왔다고 어떤 노인이 찾아왔습니다만……."

"겉모습이 어떻더냐?"

"높은 관을 쓰고 손에는 명아주 지팡이를 들고 있습니다. 눈썹이 희고 피부는 복숭아꽃 색이고 용모가 왠지 범상치 않았습니다."

"그렇다면 공명이 아닐까?"

이렇게 추측하는 자가 있었다. 유비도 그런 느낌이 들었기 때문에 몸소 내문內門까지 마중을 나가 보니 그는 수경 선생인 사마휘였다.

"오, 선생님이시군요."

유비가 기뻐서 안으로 청하여 그때의 은혜에 감사하고 오랫동안 연락하지 못한 것을 사죄했다.

"한번 시간을 내서 찾아뵈러 가려 했는데 먼저 방문해주시니 송구할 따름입니다."

사마휘는 고개를 저으며 말했다.

"무슨 말씀을. 내가 이렇게 불쑥 찾아온 것이 도리어 예의가 아니오. 변덕일 뿐이지. 요즘 서서가 여기에 있다는 말을 듣고 마을에 온 김에 얼굴이나 한번 볼까 해서 들른 것입니다만."

"아아, 서서 말입니까? 실은 며칠 전에 여기를 떠났습니다."

"예? 떠났다고요?"

"시골의 노모가 조조에게 붙잡혔는데 노모에게 편지가 와서……."

"뭐라고요? 붙잡힌 어머니에게서 편지가 왔다고요? 거참, 이상하군."

"선생님, 뭐가 이상하다는 말씀입니까?"

"서서의 어머니라면 나도 아는 분입니다. 그 부인은 세상에서 말하는 현모의 표본과 같은 분이지요. 푸념 따위를 편지로 써서 자식을 부를 어머니가 아니오."

"그렇다면 가짜 편지란 말씀입니까?"

"아마도 그럴 것이오. 아아, 안타깝구나. 서서가 가지 않았더라면 노모도 무사했을 텐데. 서서가 갔기 때문에 노모는 살지 못할 것이오."

"실은 그 서서가 작별 인사를 하고 떠날 때 융중의 제갈공명이라는 인물을 추천하고 갔습니다만, 길에서 헤어지며 말했기 때문에 자세한 것을 물어볼 틈이 없었습니다……. 선생께서도 잘 아는 분이십니까?"

"하하하하."

사마휘는 웃고 나서 말했다.

"자기는 떠나는 주제에 쓸데없는 말을 뱉어 다른 사람에게 폐를 끼치다니, 칠칠치 못한 자로군."

"폐라니요?"

"공명의 입장에서 보면 그렇다는 말입니다. 또 우리 도우道友들에게도 그가 빠지면 섭섭하지요."

"도우에는 어떤 분들이 계십니까?"

"박릉博陵의 최주평, 영주의 석광원石廣元, 여남의 맹공위孟公威, 서서 그 외에 열 손가락으로도 모자랄 정도지요."

"모두 이름이 알려진 분들입니다만, 일찍이 공명이라는 이름만은 들어보지 못했습니다."

"공명처럼 이름이 나는 것을 꺼리는 사람도 없을 거요. 이름 아끼기를 가난한 자가 보석을 아끼듯 하지요."

"도우들 사이에서 공명의 학식은 높은 편입니까, 아니면 낮은 편입니까?"

"그의 학식은 높지도 낮지도 않소. 단지 대강의 줄거리를 잘 파악했지요. 모든 방면에 걸쳐 대강의 줄거리를 잘 파악하여 통하지 않는 것이 없소."

이렇게 말하고는 지팡이를 세우며 중얼거렸다.

"이제 그만 돌아가 볼까."

||| 二 |||

유비는 그를 붙잡으며 이야기를 끊지 않았다.

"이 형주와 양양을 중심으로 이 지방에는 어찌하여 많은 명사와 현인이 모여 있는 것입니까?"

사마휘는 지팡이를 짚으며 일어서려다가 유비의 물음에 대답했다.

"그것은 우연이 아니지요. 옛날에 천문을 잘 아는 은규殷馗라는 사람이 별들의 운행을 점쳤는데 이 땅에 반드시 현인들이 많이 모여들 것이라고 예언한 것은 지금도 이 지역의 노인들은 기억하고 있을 것이오. 요컨대 이곳은 큰 강의 중류에 위치하고, 촉·위·오 3대국의 경계와 그 중추에 있기 때문에 시대의 흐름이 스스로 이곳에 인재를 모아들이고 있소. 그 인재들 중에는 과거와 미래의 사이에서 사태의 추이를 관망하며 조용히 배우는 자도 있고 때를 기다리는 자도 있지요. 각자 현재에 처신하고 있다는 것이 실상에 가깝다고 할 수 있을 것이오."

"그렇군요. 말씀을 듣고 제가 있는 곳이 어딘지 분명히 알았습니다."

"그렇소. 자신이 있는 곳, 그것을 분명히 아는 것이 다음 발걸음을 내딛기 위해 무엇보다도 중요하오. 장군을 이곳으로 인도해온 것은 장군의 의지도 아니고 다른 사람이 노력한 것도 아니오. 거대한 자연의 힘, 시대의 흐름을 타고 흘러온 것에 지나지 않지요. 하지만 장군이 머물러 있는 곳에는 하늘의 뜻인지 우연인지 앞다투어 개화하게 하는 따뜻한 봄기운이 왕성하오. 이 토양에 숨어 있는 그런 생명력이 장군에게는 보이지 않소? 냄새가 나지 않소? 피에 느껴지지 않소?"

"느껴집니다. 그것을 느끼니 가슴이 두근거리고, 몸이 근질근질해서 어쩔 줄을 모르겠습니다."

"좋다, 좋아."

사마휘는 껄껄 웃으며 말했다.

"그것만 기억해둔다면 다음은 저절로 이루어질 것이오. 이런, 너무 오래 있었군."

"선생, 조금만 더 말씀해주십시오. 실은 조만간 융중의 공명을 찾아갈 생각입니다만 듣자 하니 그는 스스로를 관중과 악의에 비기며 자부심이 대단하다고 들었습니다. 조금 지나친 자부심이 아닐까요? 실제로 그에게 그만한 자질이 있습니까?"

"공명이 어째서 함부로 자신을 과분하게 평가하겠소? 나에게 그를 비교하라고 한다면 그는 주나라 800년을 일으킨 태공망, 혹은 한나라 400년의 기초를 세운 장자방과 비교해도 결코 뒤지지 않을 것이오."

사마휘는 그렇게 말하면서 천천히 계단을 내려가 인사하고 유비가 붙잡는 것을 일소에 부치고는 하늘을 올려다보며 말했다.

"아아, 와룡 선생, 주군을 얻는다 해도 안타깝게도 때를 얻지 못하는구나! 때를 얻지 못해!"

그러고는 다시 껄껄 웃으며 훌쩍 떠나버렸다.

유비는 깊이 탄복하며 주위에 있는 사람들에게 말했다.

"저 고사가 저 정도로 격찬하는 것을 보니 그야말로 심연의 교룡, 진정한 은자임이 틀림없네. 하루라도 빨리 공명을 찾아가 직접 그를 만나고 싶군."

그러던 어느 날, 겨우 짬이 나서 유비는 관우와 장비 외에 약간의 시종들만 거느리고 행장도 간소하게 융중으로 떠났다.

조용한 겨울날이었다.

전원의 풍경을 즐기고 한적함을 음미하며 교외의 시골길을 몇 리쯤 걸어가니 논두렁과 채소밭 근처에서 농부들이 평화롭게 노래를 부르고 있었다.

> 푸른 하늘은 둥그랗고, 둥그렇네
> 지상은 좁네, 바둑판처럼
> 세상사람들은 마치 검은 돌, 흰 돌같이
> 영욕을 다투네, 오가며 싸우네
> 번영하는 자는 평안하고
> 패한 자는 보잘것없으니
> 여기 남양은 별천지
> 베개를 높이 베고 누운 자는 누구인가
> 누구인가, 누워도 아직 부족하다는
> 얼굴을 한 자는

유비는 말을 세우고 지금 부르는 노래는 누가 만든 것인지 한 농부에게 물어보았다.

농부는 즉시 대답했다.

"네, 와룡 선생의 노래입니다."

||| 三 |||

"선생이 지은 노래란 말인가?"

"네. 선생께서 지은 노래입죠."

"그 와룡 선생의 집은 어디인가?"

"저기 보이는 산의 남쪽에 띠같이 생긴 언덕이 있는데 그 언덕을 와룡 언덕이라고 부릅니다요. 거기에서 조금 낮은 곳에 수풀이 있습니다만, 수풀 안에 사립문과 억새로 지붕을 인 암자가 있습지요."

농부는 할 말만 하고는 다시 몸을 굽혀 하던 일로 돌아갔다.

"이 근방의 백성들은 농부에 이르기까지 어딘지 모르게 다른 구석이 있군……."

유비는 주위 사람들에게 말하면서 다시 말을 몰아 3, 4리쯤 갔다. 길은 벌써 와룡 언덕으로 접어들고 있었다.

잎을 모두 떨군 나뭇가지 사이로 푸른 하늘이 보이고, 새들의 맑은 노랫소리가 들렸다. 어디선가 작은 폭포의 물소리가 들리는가 싶어 둘러보니 거송에 바람이 지나가는 소리였다. 길은 고갯길이 되기도 하고 산그늘이 되기도 하고 계곡의 다리가 되기도 했다. 멀고 가까운 풍경에 정신이 팔려 걷다 보니 꽤 긴 오르막길이었으나 피곤한 줄 몰랐다.

"저곳인 듯합니다."

관우가 손가락으로 가리키며 유비를 돌아보았다. 유비는 고개를 끄덕이며 벌써 말에서 내리고 있었다.

대나무로 엮은 울타리를 두른 사립문 근처에서 동자 한 명이 원숭이와 놀고 있었다. 새끼 원숭이는 낯선 사람들과 말을 보자 갑자기 소리를 지르며 울타리를 타고 나뭇가지로 기어 올라가 울어 댔다.

유비가 다가가서 물었다.

"애야, 여기가 공명 선생의 댁이니?"

"예."

동자는 퉁명스럽게 대답하며 고개를 끄덕인 후 뒤에 있는 관우와 장비 등을 대추 같은 눈으로 바라보았다.

"미안하지만 안에 전해주겠니? 나는 한의 좌장군 의성정후, 영領은 예주의 목, 신야 황숙 유비, 자는 현덕이라는 사람이다. 선생을 만나러 여기에 온 것이다."

"잠깐만요."

동자가 갑자기 말을 막았다.

"그렇게 긴 이름은 외울 수가 없어요. 다시 한번 말씀해주세요."

"그렇구나. 미안하다. 그냥 신야의 유비가 왔다고만 전해주렴."

"공교롭게도 선생님께서는 오늘 새벽에 나가셔서 아직 돌아오시지 않았습니다."

"어디로 가셨느냐?"

"어디로 가셨는지는 전혀 몰라요."

"언제쯤 돌아오시느냐?"

"글쎄요, 어떤 때는 사나흘 만에 돌아오시기도 하고, 어떤 때는 열흘이 넘어서야 오시기도 합니다. 그것도 잘 몰라요."

"……."

실망한 유비가 아무래도 맥이 풀린 듯 오래도록 한숨을 지으며 그 자리에 서 있자 옆에 있던 장비가 말했다.

"없는 것은 어쩔 수 없지 않습니까? 이만 돌아가시죠."

관우도 말을 타고 다가와서 재촉했다.

"다음에 다시 사자라도 보내서 먼저 있는지 없는지 확인하고 나서 오시는 것이 어떻겠습니까?"

유비는 공명이 돌아올 때까지 거기서 기다리고 싶었으나, 할 수 없이 동자에게 전언을 남기고 쓸쓸히 언덕길을 내려갔다.

수려하고 풍류가 있지만 높지 않은 산, 맑고 깨끗하지만 깊지 않은 내, 무성한 소나무와 대나무 숲에는 원숭이와 학이 놀고 있었다. 유비는 이곳의 산자수명山紫水明에도 미련이 남았다.

그때, 언덕 기슭에서 푸른 옷을 입고 머리에 두건을 쓴 사람이 지팡이를 짚으며 올라왔다.

가까이 가서 보니 지적으로 생긴 고사高士였다. 어딘지 깊은 골짜기의 향기로운 난초와 같은 느낌이었다. 유비는 마음속으로 '이 사람이 제갈량일 것이다.'라고 생각하고 서둘러 말에서 내려 대여섯 걸음 다가갔다.

||| 四 |||

돌연 말에서 내려 자신을 향해 예의 바르게 인사하는 유비를 보고 두건을 쓰고 푸른 옷을 입은 그 고사는 자못 당황스러운 얼굴로 걸음을 멈추고 물었다.

"무슨 일입니까? 도대체 누구십니까?"

유비는 정중하게 말했다.

"지금 선생님의 암자를 찾아갔다가 허무하게 돌아가는 길입니다. 뜻하지 않게 여기서 만나게 되어 참으로 다행입니다."

푸른 옷의 고사는 더욱 놀라며 말했다.

"사람을 잘못 보신 것 같습니다. 도대체 장군은 어디에서 오신 누구십니까?"

"신야의 유현덕입니다만."

"네? 장군이?"

"고사께서는 공명 선생이시죠?"

"아닙니다, 아니에요! ……봉황과 까마귀만큼 다릅니다."

"그렇다면 고사께서는 누구십니까?"

"공명의 친구, 박릉의 최주평이라고 합니다."

"아, 친구분이시군요."

"장군의 존함은 전부터 듣고 있었습니다만, 이렇게 가벼운 차림으로 갑자기 그를 방문하시다니 대체 무슨 일입니까?"

"아니, 거기에 대해서는 하고 싶은 말이 많습니다. 우선 저기 바위에라도 앉으시지요. 저도 앉겠습니다."

유비는 길가의 바위에 앉으며 말을 이었다.

"제가 공명 선생을 찾아간 것은 나라를 다스리고 백성을 편안하게 할 길을 묻기 위해서였습니다."

그러자 최주평이 크게 웃으며 말했다.

"바람직합니다. 하지만 장군께서는 치란治亂의 도리를 모르시는 듯합니다."

"그럴지도 모릅니다. 부디 치란의 도리를 들려주십시오."

"산촌의 일개 유생의 어리석은 말이라고 화내지 않으신다면 한말씀 드리겠습니다. 대관절 치란이란 무엇입니까? 이 세상의 두 가지 모양일까요, 한 가지 모양일까요? 아시다시피 치治가 극에 달하면 난亂이 일어나고, 난이 극에 달하면 치에 들어갑니다. 현재는 어떤가 하면 광무의 치부터 지금에 이르기까지 약 200년간 평화가 지속되다가 최근 들어 땅에는 창과 방패의 소리, 하늘에는 전쟁의 북소리가 울리고 있습니다. 즉 난으로 들어가기 시작한 것입니다."

"그렇습니다. ……난리의 조짐이 보이기 시작한 지 20년이 지났습니다."

"사람의 인생에서 보면 20년의 난은 길다고 생각할 수 있지만, 유구한 역사에서 보면 실은 한순간에 불과합니다. 큰 태풍을 알리는 찬 바람이 살랑살랑 불기 시작한 것에 지나지 않습니다."

"하여 진정한 현인을 찾아 만민의 재해를 미연에 방지하는 것, 혹은 최소, 최단으로 줄이도록 노력하는 것을 저는 제 사명이라고 믿고 있습니다만."

"이상은 좋습니다. 그러나 천생천살天生天殺(하늘이 내서 하늘이 죽이는 것)은 끝나지 않습니다. 보십시오. 황토에 사람이 생긴 이래의 흐름을. 또 진나라, 한나라의 통치 형태와 나라의 제도가 만들어진 이래의 변화를. 역사는 끝없이 되풀이되고 있는 듯합니다. 만생만살萬生萬殺, 일살다생一殺多生, 모두가 하늘의 이치입니다. 자연의 천심에서 이것을 보면 잎사귀가 봄에 파릇파릇 돋아났다가 팔랑팔랑 떨어지는 것을 보는 것과 다를 바 없는 평범한 일에 지나지 않습니다."

"우리는 평범하고 속됩니다. 똑같이 태어나서 똑같은 인간인 만민이 고통스러워하는 모습을 보면 고사님처럼 냉철하게 볼 수 없습니다."

"영웅의 고민은 거기에 있을 것입니다. 그러나 장군께서 공명을 찾아가 공명을 쓴다 하더라도 우주의 천리天理를 어떻게 할 수 있겠습니까? 비록 공명에게 천지를 돌릴 재주가 있다 할지라도, 건곤을 날조할 능력이 있다 할지라도 그 도리를 변화시켜 이 세상에서 전쟁을 없앨 수는 없을 것입니다. 더군다나 그는 그렇게 튼튼한 몸도 아니고 언젠가는 죽을 인간이 아닙니까? 하하하."

유비는 처음부터 끝까지 겸손히 듣고 있다가 최주평이 말을 마치자 깊이 감사하며 화제를 돌려 물었다.

"고귀한 가르침, 참으로 감사합니다. 오늘 뜻하지 않은 가르침을 받은 것을 매우 기쁘게 생각합니다. 그러나 공명 선생과 만나지 못하고 가는 것은 정말로 안타깝습니다. 혹시 그가 있는 곳을 아십니까?"

"아니, 실은 저도 지금 공명의 집을 방문할 생각으로 여기까지 온 것입니다. 집에 없다면 저도 돌아갈 수밖에 없지요."

최주평은 몸을 일으켰다.

유비도 함께 일어서면서 권했다.

"어떻습니까. 저와 함께 신야로 가시지 않겠습니까? 좋은 말씀을 더 듣고 싶습니다."

최주평은 고개를 저으며 말했다.

"산야의 일개 유생으로 세상의 명예와 부를 구할 생각이 전혀 없습니다. 인연이 있으면 또 만납시다."

그는 인사를 하고 떠났다.

유비도 말에 올라 와룡 언덕을 뒤로하고 돌아갔다.

돌아가는 도중에 관우가 유비 옆으로 와서 물었다.

"조금 전의 은자가 말한 치란의 이야기를 주군께서는 진리라고 생각하십니까?"

"아니네."

유비는 빙긋 웃으며 대답했다.

"그가 말하는 것은 그가 생각하는 진리이지 만민의 진리는 아니네. 이 땅의 대부분을 차지하고 있는 것은 수많은 민중으로 은사, 고사 같은 사람은 손가락으로 꼽을 정도로 적지. 그런 소수의 사람들 사이에서만 오르내리는 진리라면 어떤 이상도 주장할 수 있을 걸세."

"그만큼 치란의 이치를 분명히 알고 계시면서 어째서 그토록 길게 최주평의 말을 듣고 계셨습니까?"

"혹시나…… 일언반구一言半句라도 그 말 속에 세상을 구하고 백성들의 고통을 덜어줄 만한 지혜라도 있지 않을까 싶어서 듣고 있었네."

"결국은 없었군요."

"없었지…… 없었어. 그런 말을 들려주는 사람에게 나는 목말라 있네. 아직 만나지 못한 공명에게 내가 구하는 것이 진리, 바로 그것이야."

그리하여 그날은 허무하게 저물었다. 신야에 돌아오고 나서 며칠 후 유비는 사람을 보내 공명이 있는지 알아보게 했다.

이윽고 그 사람으로부터 보고가 들어왔다.

"집에 돌아와 있는 모양입니다. 지금 출발하신다면 이번에는 초려에 계실 것입니다."

"그렇다면 오늘이라도 당장 출발하도록 하겠다."

유비는 서둘러 떠날 준비를 하라고 명했다.

장비는 말 옆으로 와서 조금 불만스러운 듯 안장 위의 유비에게 말했다.

"정체도 모르는 촌부의 집에 형님께서 몸소 몇 번이나 찾아가다니 백성들도 이상하게 생각할 것입니다. 사람을 보내서 공명을 성으로 부르시는 것이 어떻겠습니까?"

"예의가 아니다. 그렇게 해서는 공명과 같은 희대의 현인을 맞아들일 수 없을 거야."

"공명이 얼마나 대단한 학자이고 현인인지 모르겠으나 겨우 좁은 서재와 얼마 안 되는 논밭에 모르는 녀석, 실제 사회는 또 다릅니다. 만약 교만하게 굴며 오네, 못 오네 하면 이 장비가 가서 끌고 오겠수다."

"그것은 우리 스스로 문을 닫는 짓이다. 책을 펴고 맹자의 말씀이라도 음미해보는 것이 어떻겠느냐?"

지난번처럼 소수의 사람들만 데리고 성문을 나와 신야의 교외에 접어들 무렵 회색빛 하늘에서 눈이 내리기 시작했다.

때는 12월 중순이었다. 삭풍이 살을 찌르고 길은 금세 눈으로 뒤덮였다.

천길 눈 속

일행이 융중의 촌락에 도착할 무렵 천지는 온통 하얗게 변해 있었다. 한 걸음 또 한 걸음, 함께 간 사람들의 짚신은 무거워지고 말발굽은 눈에 빠졌다. 바람에 옷이 날리고 말이 내뿜는 입김은 얼었으며 사람들의 속눈썹엔 모두 고드름이 매달렸다.

"아, 정말 징그럽게 춥다. 이런 날에 이게 뭐 하는 짓인지 한심해 죽겠군."

장비는 얼굴을 찡그리며 눈보라 속에서 들으라는 듯 중얼거리더니 유비 옆으로 다가와 또 말했다.

"형님, 형님. 적당히 좀 하시지요. 전쟁을 하는 것도 아니고 이런 개고생을 참아가면서까지 아무 도움도 되지 않는 인간을 찾아가 대체 어쩔 셈입니까? 잠시 저기 있는 민가에 들러 몸을 녹인 뒤 신야로 돌아갑시다."

"바보 같은 소리! 너는 가기 싫은 것이냐, 아니면 추운 것이냐?"

유비는 평소와 달리 험악한 얼굴에 눈보라를 맞으면서 장비를 꾸짖었다. 장비도 지지 않고 붉은 얼굴에 못마땅한 표정을 지으며 대꾸했다.

"전쟁터에서 죽는 것은 싫지 않지만 이런 개고생은 의미가 없습니다. 뭣 때문에 이런 어리석은 고생을 해야 합니까? 누구라도 이해할 수 없을 겁니다."

"공명에게 나의 열정과 끈기를 보여주기 위해서다."

"그건 형님 혼자만의 생각입니다. 농담이죠? 이렇게 눈이 펑펑 쏟아지는 날에 손님들이 우르르 밀어닥치면 저쪽에서도 싫어할 겁니다."

"누가 천길 눈 속인 줄 모를까. 걷는 게 싫으면 너 혼자 신야로 돌아가든지 잠자코 따라오든지 마음대로 해라."

벌써 마을의 한복판인 듯했다. 길 양편으로 곳곳에 집이 보였다. 눈에 묻힌 집 안에서 놀란 눈을 크게 뜬 농부의 아내가 창을 통해 일행을 내다보고 있었다. 또 연기가 피어오르는 집 안에서 아기의 울음소리가 들렸다.

이런 한촌의 가난한 농민들을 보자 유비는 자신의 고향인 탁현과 가난했던 시절이 떠올랐다. 동시에 이 땅 위에 가득한 가난한 자들의 운명을 생각하지 않을 수 없었다.

그는 거기서 자신의 뜻을 펼치기 위한 큰 의의와 신념을 찾아낸 것이다. 오늘 생각한 일이 아니다. 20년 전부터 생각한 일이다.

대장부가 아직도 공명을 이루지 못했거늘
아아, 오랫동안 따뜻한 봄날을 만나지 못했구나
그대여 보지 못했는가
동해의 늙은이가 숨어 살던 숲을 떠나는 것을
돌다리의 대장부 누군지 훌륭하게 자라서
360일 낚시를 던지네

풍아風雅는 결국 문왕과 친해지고
　　800명의 제후를 우연히 만나
　　황룡주黃龍舟를 타고 맹진孟津을 건너네

어디서 들리는 소리지?
누가 부르는 노래지?
심장을 쥐어짜듯 목청껏 소리 높여 부르는 자가 있었다.
"저 소리는?"
유비는 자신도 모르게 말을 세웠다.
　길 위의 눈, 내리는 눈, 마을 지붕 위의 눈이 하얀 회오리바람이
되어 시야를 가렸다. 문득 옆을 보니 경사진 곳에 있는 집 대문에
시를 한 수 적은 나무판자가 걸려 있고 주막을 나타내는 작은 깃
발이 서 있었다.
　노랫소리는 거기서 들려오고 있었다. 굵고 차분한 목소리, 박력
있는 의기가 느껴졌다.

　　목야牧野의 전투에서 적이 흘린 피에 절굿공이가 떠다녔고
　　잠깐 아침 노래가 주군紂君을 죽이네
　　또한 보지 못했는가
　　고양高揚된 술주정뱅이가 초야에서 일어나
　　길게 절하고 융준공隆準公에게 다가가더니
　　소리 높여 대 패업을 논하여 사람들의 귀를 놀라게 하네
　　두 여인은 발을 씻고 어떤 현인을 만나……

유비는 눈에 파묻혀가고 있는 것도 모르고 가만히 넋을 잃고 듣고 있었다.

||| 二 |||

그때 또 다른 목소리가 탁자를 두드리며 높은 소리로 노래하기 시작했다. 다른 한 사람은 거기에 맞춰 젓가락으로 대접을 두드렸다.

한 황제 검을 들고 세상을 평정하니
단번에 강국 진나라를 일소하고 400년
환제, 영제 아직 얼마 되지도 않았건만 화덕(한나라)이 쇠하여
난신적자가 재상이 되고
도적의 무리가 사방에서 개미처럼 모여드네
만리의 간웅奸雄이 모두 날뛰니
우리는 큰 소리로 노래를 부르고 장단이나 맞추다가
답답하면 주막에 와서 술이나 마시네……

"아하하하."

"와하하하."

두 사람은 노래가 끝나자 대들보의 먼지마저 떨어뜨릴 기세로 크게 웃었다.

"그렇다면."

유비는 노래의 의미에서 어느 한쪽이 공명이 틀림없다고 판단하고 급히 말에서 내려 주막 안으로 성큼성큼 들어갔다.

판자로 만든 가늘고 긴 탁자를 사이에 두고 두 처사處士(벼슬을

하지 아니하고 초야에 묻혀 사는 선비)가 술을 마시고 있었는데, 갑자기 문을 열고 들어온 유비를 보고 너무 놀라 두 사람 모두 눈을 크게 뜨고 쳐다보았다.

맞은편의 노인은 명자나무 꽃처럼 붉은 얼굴이었으나 용모는 기고奇古하고 청결하여 어딘지 품격이 느껴졌다.

넓은 등을 이쪽으로 향한 채 노인과 마주 앉아 있는 사람은 흰 피부에 검은 머리의 장부로 부자지간인지 친구 사이인지 상당히 친해 보였다.

유비는 정중하게 분위기를 깬 무례함을 사죄하고 노인에게 물었다.

"거기 계시는 분은 와룡 선생이 아니십니까?"

"아니오……."

노인은 고개를 저으며 쓴웃음을 지었다.

이번에는 젊은 사람에게 물었다.

"혹시 그쪽이 공명 선생이십니까?"

"아닙니다."

젊은 쪽도 분명하게 부인했다.

노인은 수상하다는 듯이 물었다.

"이렇게 눈이 많이 내리는데 와룡을 찾아가다니 도대체 무슨 일입니까? 그리고 장군이야말로 뉘시오?"

"인사가 늦었습니다. 저는 한의 좌장군, 예주의 목 유현덕이라는 사람입니다. 공명 선생을 찾아가는 이유는 어지러운 세상을 다스리고 백성을 구제할 방법을 묻기 위해서입니다."

"네? 그렇다면 신야의 성주님이 아니십니까?"

"그렇습니다. 지금 문밖을 지나는데 힘 있는 목소리로 부르는 강개慷慨한 노랫소리가 들렸습니다. 노래의 내용으로 미루어 짐작건대 분명 공명 선생일 것이라는 생각이 들어 저도 모르게 그만 들어온 것입니다."

"그럼 어서……."

두 사람은 얼굴을 마주 보았다.

"안타깝게도 저희는 어느 쪽도 공명이 아닙니다. 그저 와룡의 친구들입니다. 저는 영주의 석광원이라 하고, 제 앞에 있는 장부는 여남의 맹공위라 합니다."

유비는 실망하지 않았다. 왜냐하면 석광원도 그렇고 맹공위도 그렇고 어느 쪽이나 양양의 학계에서는 저명한 인사였다. 유비는 여기서 만난 것은 무엇보다 기쁜 일이라며 함께 와룡 선생의 암자를 방문하자고 권했으나 석광원은 고개를 저으며 말했다.

"아닙니다. 우리는 산림에서 한가하게 지내며 나태에 익숙한 은자들입니다. 어찌 치국안민의 경책經策 등에 참여할 수 있겠습니까? 자격이 없는 사람들입니다. 우선 와룡 선생을 찾아가 보시기 바랍니다."

할 수 없이 유비는 두 사람과 헤어져 주막 밖으로 나왔다. 눈은 여전히 펑펑 쏟아지고 있었다. 함께 간 관우와 장비 등도 오늘은 말없이 눈을 맞으며 앞으로 나아갈 뿐이었다.

이윽고 언덕 위의 집, 공명의 암지에 거우 도착했다. 사립문을 두드려 선생이 계신지를 지난번에 만났던 동자에게 물어보았다.

"네, 오늘은 서당에 계십니다. 저쪽입니다. 가보세요."

동자는 손가락으로 안쪽을 가리키며 말했다.

함께 온 자들과 말을 사립문 뒤쪽에 남겨둔 채 관우와 장비 두 사람만 데리고 유비는 눈을 헤치며 마당 안쪽으로 들어갔다.

서재로 보이는 건물 한 동이 있었다.

마루도 차양도 눈에 파묻힌 집 안은 조용했다.

찢어진 큰 파초 잎이 눈에 묻힌 창을 덮고 있었다. 유비는 혼자 계단 아래로 가서 살짝 안을 들여다보았다.

집 안에는 쓸쓸하게 무릎을 끌어안고 화로 곁에 앉아 있는 젊은 이가 보였는데 용모가 수려했다. 그는 집 밖에 사람이 와 있는 줄은 꿈에도 모르고 혼자서 작은 소리로 시를 읊고 있었다.

봉황은 천리를 날아도
보석 없는 나무에는 깃들지 않는다 하네
우리는 괴로워하며 한쪽을 지키고
영주英主가 아니면 섬기지 않는도다
스스로 밭을 갈고
거문고와 글로 다소 마음을 달래고
시를 읊어 우울함을 떨쳐내리
이러면서 하늘의 때를 기다리니
만약 명군을 만난다면
어찌 늦었다 할 수 있으랴

유비는 조용히 계단을 올라가 복도 한편에 서 있었다. 그러나 흥을 방해하는 것도 미안한 생각이 들어 잠시 더 귀를 기울이고 있었는데 낮게 읊는 소리는 더 이상 들리지 않았다.

조심조심 안을 들여다보니 그 사람은 화로 옆에서 꾸벅꾸벅 졸고 있었다. 마치 세상 모르는 아기처럼.

"선생, 주무십니까?"

유비가 이렇게 말을 건네자 젊은이는 눈을 번쩍 뜨며 놀라면서도 조용히 물었다.

"앗…… 누구십니까?"

유비는 그 자리에 쭈그리고 앉아 예를 올리고 말했다.

"오랫동안 선생의 존명을 흠모하고 있는 사람입니다. 실은 지난번에 서서의 권유로 산채를 방문한 적이 있습니다만, 만남의 기회를 갖지 못하고 허무하게 돌아갔습니다. 오늘 친히 존안을 뵈니 바람과 눈을 무릅쓰고 온 보람이 있습니다. 참으로 기쁘기 그지없습니다."

그러자 그 젊은이는 갑자기 당황하며 자세를 바르게 하고 말했다.

"장군께서는 신야의 유 황숙이시지요? 오늘도 저의 형을 찾아오셨습니까?"

유비는 창백해져서 말했다.

"그렇다면 당신도 와룡 선생이 아니란 말씀입니까?"

"네, 저는 와룡의 동생입니다. 우리는 삼 형제입니다. 큰형은 제갈근으로 오에서 손권을 보필하고 있습니다. 둘째 형이 제갈량, 즉 공명입니다. 저는 와룡의 동생으로 셋째인 제갈균입니다."

"아, 그렇습니까?"

"먼길 오셨는데 죄송합니다."

"그런데 와룡 선생은 계십니까?"

"공교롭게 오늘도 집에 없습니다."

"어디에 가셨습니까?"

"오늘 아침에 박릉의 최주평이 찾아와서 어딘가로 가자고 권해서 나갔습니다만."

"어디로 가셨는지 아십니까?"

"어떤 날은 강이나 호수에 작은 배를 띄워놓고 놀고, 어떤 밤은 산사에 올라 승문僧門을 두드리고, 또는 벽촌의 벗을 찾아가 거문고와 바둑을 즐기고 시화를 감상하는 등 어디에 가는지 종잡을 수 없습니다."

균은 안타깝다는 듯이 내리는 눈을 바라보며 대답했다.

유비는 길게 탄식하며 저도 모르게 중얼거렸다.

"어째서 선생과 나는 이리도 만나기가 힘들단 말인가."

균은 말없이 일어나서 옆방으로 갔다. 조그만 화로에 불을 피워 손님을 위해 차를 끓이기 위해서였다.

"형님, 형님. 공명이 집에 없다면 어쩔 수 없지 않습니까? 자, 돌아갑시다."

눈보라가 치는 계단 아래에 서서 장비는 이렇게 소리치며 재촉했다.

||| 四 |||

차가 다 끓자 제갈균은 유비에게 공손히 향긋한 차 한 잔을 건넸다.

"그쪽은 눈이 들이치니 이쪽으로 가까이 오셔서 잠시 쉬시지요."

계속 돌아갈 것을 재촉하는 장비의 목소리를 뒤로하고 유비는 침착하게 차를 마시며 잡담을 나누기 시작했다.

"공명 선생은 《육도六韜》(주나라의 태공망이 지은 병법서)를 암송하고 《삼략三略》(중국 고대 병학兵學의 최고봉인 '무경칠서武經七書' 중의 하나인 삼략을 해석한 책이다. 삼략은 태공망의 저서라는 설도 있고 진秦 때 황석공黃石公이라는 다른 나라 사람이 장량張良에게 전해주었다는 설도 있다)에 정통하다고 들었습니다만, 날마다 병서를 읽으십니까?"

"잘 모르겠습니다."

균은 공손하게 대답했다.

"병마의 수련은 하고 계십니까?"

"모릅니다."

"동생분 외에 문하생은 있습니까?"

"없습니다."

눈보라 속에서 장비는 매우 초조한 듯이 말했다.

"형님, 쓸데없는 문답은 그만하십시오. 눈보라가 심해지고 있는데다가 꾸물대다가는 날이 저뭅니다."

유비는 돌아보며 꾸짖었다.

"조용히 해라."

그리고 균을 향해 말했다.

"더 기다려도 이렇게 눈보라가 심해서는 오늘 돌아오시기 힘들 것 같습니다. 훗날, 다시 오도록 하겠습니다."

"아닙니다. 자꾸 오시게 해서 죄송할 따름입니다. 마음이 내키면 형이 찾아갈 것입니다."

"어찌 선생을 오시게 할 수 있겠습니까? 며칠 후에 제가 찾아뵙겠습니다. 붓과 종이를 빌려주시지 않겠습니까? 하다못해 선생께

몇 자 남기고 가고 싶습니다."

제갈균은 책상 위에 있는 문방사우를 유비 앞에 놓아주었다.

붓끝도 얼어 있었다. 유비는 종이에 다음과 같이 적었다.

한의 좌장군, 의성정후 사례교위, 영 예주의 목 유비.

두 차례 뵙기 위해 찾아왔으나 만나지 못하고 허무하게 돌아가니 참으로 안타깝기 그지없습니다. 유비는 한실의 후예로 태어나 과분하게도 황숙이라 불리고 전군典郡의 계급에 해당하며 장군의 직을 맡고 있습니다.

조정은 쇠퇴하고 기강은 무너졌으며 군웅이 일어나 나라를 어지럽히고 악당이 천지를 기만하는 것을 보니 유비는 심폐가 쓰리고 간담이 찢어집니다.

유비는 여기서 잠시 붓을 멈추고 눈을 밖으로 돌려 펑펑 쏟아지는 눈을 바라보았다. 장비는 들으라는 듯이 말했다.

"으아, 더는 못 참겠다. 형님은 시라도 짓고 있나? 참, 낭만적이군."

유비는 들은 척도 하지 않고 붓을 들어 다시 써 내려가기 시작했다.

시국을 바로잡고 구제하려는 충忠은 있지만 천하를 다스릴 묘책이 없으니 어찌하겠습니까? 깨우침을 청합니다. 선생의 인자측은仁慈惻隱, 충의개연忠義慨然, 여망呂望의 재능을 펴서 자방子房의 대기大器를 베풀어주시기 바랍니다.

저는 이를 신명神明과 같이 공경하고 태산과 북두같이 바람니다. 한 번 만나 뵙기를 원했으나 이루지 못하니, 다시 열흘간 목욕재계하고 존안을 뵈러 오겠습니다. 청컨대 관대하게 보아주시고 생각해주시면 감사하겠습니다.

건안 12년 12월 길일吉日 재배再拜

"이만 지필을 치우셔도 됩니다."

"다 쓰셨습니까?"

"선생께서 돌아오시면 죄송합니다만 이 서신을 선생께 전해주십시오."

이 말을 남기고 유비는 방에서 나와 관우와 장비를 데리고 묵묵히 돌아갔다.

문밖으로 나가 말을 타고 떠나려 할 때였다. 배웅하러 나온 동자는 손님도 버려두고 맞은편을 향해 큰 소리로 외쳤다.

"노 선생님이다. 노 선생님! 노 선생님!"

||| 五 |||

동자는 기다리지 못하고 맞은편으로 달려갔다.

유비 일행도 조금 앞으로 나아갔다.

길게 이어진 공명의 집 울타리가 끊긴 곳에 좁은 개울에 걸린 작은 다리가 있었다. 지금 따뜻해 보이는 두건을 쓴 노인이 나귀를 타고 그곳을 건너고 있었다. 몸에는 여우 가죽으로 만든 옷을 입고 따르는 동자가 술이 담긴 호리병을 들고 온다.

울타리 모퉁이에서 개울을 바라보고 서 있는 매화나무의 가지 하나에 꽃이 피려 하고 있었다. 노인은 그것을 올려다보더니 시흥이 동한 듯 소리를 내어 양부梁父의 시를 읊었다.

　　하룻밤 북풍이 치더니
　　만리에 붉은 구름 두텁구나
　　끝없이 높고 먼 하늘에 눈발이 어지러이 날리니
　　산천의 옛 모습 온통 바뀌었구나
　　백발의 노쇠한 늙은이
　　크고 넓은 하늘의 도움을 느끼며
　　나귀 타고 작은 다리를 건너
　　홀로 매화의 시듦을 탄식하네

　유비는 시를 읊는 소리를 듣고 그 고아高雅한 지조를 미루어 짐작하여 분명 이 사람이야말로 공명일 것이라고 다리 옆에 말을 버려두고 그를 불렀다.

　"오랫동안 기다렸습니다. 선생님, 지금 돌아오셨습니까?"

　노인은 놀란 얼굴로 바로 말에서 내리더니 의아해하며 물었다.

　"저는 와룡의 장인 황승언이라고 하는 사람이오만, 댁은 뉘시오?"

　이번에도 사람을 잘못 보았다. 공명의 처, 황씨의 아버지였다. 유비는 자신의 경솔함을 사죄한 후 물었다.

　"그렇습니까? 저는 신야의 유비입니다만, 와룡의 암자를 방문하기를 두 번, 오늘도 허무하게 만나지 못하고 돌아가는 길입니다. 어르신의 사위는 어디에 갔습니까?"

　"글쎄요, 저도 지금 사위를 만나러 오는 중입니다만…… 그럼 오늘도 부재중이란 말씀입니까?"

실망한 듯 노인은 눈을 들어 내리는 눈을 바라보며 잠시 생각하더니 말했다.

"여기까지 온 이상 저는 딸아이라도 만나야겠습니다. 눈이 많이 내리니 도중의 고갯길을 조심하십시오."

그리고 그는 다시 나귀를 타고 공명의 집으로 향했다.

심술궂게도 눈도 바람도 그치지 않았다. 돌아가는 길이 고생스러웠다. 오는 도중에 들렀던 그 주막이 있는 마을까지 왔을 때는 이미 날도 저문 뒤였다.

아무리 엉덩이가 무거운 사람이거나 술고래라 해도 낮에 만났던 석광원이나 맹공위는 이미 그곳에 없을 것이다. 그 대신 다른 손님들로 북적거리고 있는 듯했다. 마시고 떠들며 왁자지껄하다. 그리고 대접을 두드리며 그 손님들이 부르는 노랫소리를 들으니 다음과 같았다.

공명이 아내 고르는 것을 배우지 마라
황승언의 못생긴 딸을 얻었으니

이것을 더욱 속되게 풀고 심지어 이 고장의 사투리를 섞어서 노래를 부르며 웃고 떠들고 있었다.

아내 고르는 것도 적당히 하세
공명이 그 좋은 본보기
고르고 고른 것이
황승언의 못생긴 딸

이 노래에서도 말하고 있듯이 공명의 아내가 못생긴 것은 마을에서도 소문이 자자한 모양이었다.

조금 전에 작은 다리에서 만난 사람이 그녀의 아버지였다. 그 황승언조차 딸을 시집보낼 때 '나에게 딸이 하나 있는데 피부가 검고 머리카락은 붉은 것이 미인은 아니지만, 재주는 자네의 아내로 충분하네.'라며 미리 양해를 구하고 시집을 보냈다고 하니 아버지라도 자랑할 수 없었던 박색이었음이 틀림없다.

주막 앞을 지나가면서 그 노래를 들은 장비는 유비에게 농담처럼 말했다.

"저 노래를 들으니 어떻습니까? 대강 그의 집안도 이것으로 알 것 같지 않습니까? 아내가 만족스럽지 못하니 공명 선생이 자꾸 다른 데로 미인들을 보러 다니는 것이 아니겠습니까?"

유비는 대답할 가치를 느끼지 못했다. 하늘을 가득 메우고 있는 눈구름처럼 그의 얼굴은 어두워 보였다.

입춘대길

||| 一 |||

이윽고 해가 바뀌었다.

이듬해인 건안 13년(208).

신야성에서 세모와 새해를 보내는 동안에도 공명을 생각하지 않은 날이 하루도 없었던 유비는 입춘 제사를 마치자 점쟁이에게 명해서 길일을 택하게 하여 사흘 동안 몸과 마음을 정갈히 하고 관우와 장비를 불러 말했다.

"세 번째로 공명을 찾아갈 것이네."

두 사람 모두 탐탁지 않은 얼굴을 하고는 입을 모아 간언했다.

"이미 두 번이나 찾아가지 않았습니까? 이 이상 찾아간다는 것은 지나친 예의입니다. 저희가 생각하기에는 공명은 이름만 알려졌을 뿐 내용이 없는 사이비 학자임이 틀림없습니다. 하여 주군과 만나는 것이 두려워서 피해 다니는 것이라 생각합니다. 그런 인물에게 휘둘려 불필요하게 마음을 쓰신다면 사람들의 비웃음을 살 것입니다."

"아니다!"

유비의 믿음은 확고했다.

"관우는 《춘추春秋》도 읽었겠지? 제나라의 경공景公은 제후의 몸으로 동곽東郭의 야인을 만나기 위해 다섯 번이나 찾아가지 않았나?"

관우는 길게 탄식하며 말했다.

"주군께서 현인을 흠모하는 마음이 마치 태공망을 찾아간 문왕과 같습니다. 그 열의에 깊이 감탄할 뿐입니다."

그러자 장비가 끼어들며 소리쳤다.

"아니, 문왕이 다 뭐고 태공망이 다 뭐요? 우리 셋이 무武를 논할 때 천하에 누가 우리와 어깨를 나란히 할 수 있었소? 그런데 단 한 명의 농사꾼에게 삼고지례三顧之禮(초가집을 세 번 찾아간다는 뜻으로, 인재를 진심으로 예를 갖추어 맞이하는 것을 비유하는 고사성어)를 다하는 것은 그야말로 어리석음의 극치라고 할 수 있소. 공명을 데려오기 위해서는 밧줄 하나만 있으면 충분합니다. 저에게 명령하시면 당장 포박하여 형님 앞에 대령하리다."

"장비는 근래에 다시 광조병狂躁病(미쳐서 날뛰는 병)이 도진 듯하구나."

유비는 이렇게 말하며 장비를 꾸짖었다.

"옛날, 주나라 문왕이 위수渭水로 태공망을 만나기 위해 찾아갔을 때 태공망은 낚싯줄을 드리운 채 돌아보지도 않았다. 문왕은 그 뒤에 가만히 서서 낚시를 방해하지 않고 날이 저물 때까지 기다렸다고 한다. 태공망도 그 뜻에 감동하여 문왕을 도울 마음이 들었고, 결국 주나라 800년의 기초를 다진 것이다. 옛사람이 현인을 공경하는 것은 모두 이와 같았느니라. 생각해봐라. 너 자신의 천성과 학문을. 만약 그쪽에 가서 지금과 같이 무례한 말을 한다면 나의 예의도 헛것이 될 것이다. 관우만 함께 갈 것이니 너는 성에 남도록 해라.”

유비는 말을 마치자마자 즉시 말을 타고 떠났다.

호된 꾸지람을 들은 장비는 잠시 못마땅한 얼굴을 하고 있다가 관우가 함께 따라가는 것을 보고는 생각했다.

‘하루라도 큰 형님 곁에서 떨어져 있는 것은 불행한 일이야. 나도 가야겠어.’

그러고는 바로 쫓아가서 일행과 합류했다.

아직 이른 봄이어서 눈이 남아 있고 바람도 차가웠지만, 하늘은 맑아 기분 좋게 길을 갈 수 있었다.

이윽고 와룡 언덕에 도착했다.

말에서 내려 도보로 약 100보쯤 걸어가 정중하게 문을 두드리며 말했다.

“와룡 선생은 댁에 계십니까?”

급히 서생 한 명이 안에서 달려나와 문을 열었다.

“아아……”

그는 지난번의 젊은이, 제갈균이었다.

“어서 오십시오.”

“형님은 오늘 댁에 계십니까?”

“네. 어제저녁에 돌아왔습니다.”

“오, 댁에 계시는군요!”

“어서 들어오셔서 만나보시지요.”

균은 그렇게 말하더니 인사를 하고 물러갔다.

장비는 그런 그를 바라보며 화를 냈다.

“안내도 하지 않고 알아서 만나라니, 참으로 예의가 없군. 버르

장머리 없는 애송이 같으니."

||| 二 |||

사립문을 지나 뜰을 조금 걸어가니 안쪽에 풍아한 내문內門이
보였다.

항상 열려 있던 그 나무로 된 문이 오늘은 닫혀 있었다. 문을 똑
똑 두드리니 울타리의 매화가 어지럽게 떨어져 내렸다.

"누구십니까?"

안에서 문이 열렸다. 얼굴을 내민 것은 전에 왔을 때 봤던 동자
였다.

유비는 웃는 얼굴로 말했다.

"오오, 애야. 번번이 수고를 끼쳐 미안하지만, 선생께 말씀드려
주지 않겠니? 신야의 유비가 왔다고."

그러자 동자도 오늘은 전과는 다르게 정중한 말투로 말했다.

"네, 선생께서는 집에 계십니다만, 지금 초당에서 낮잠을 주무
시고 계십니다. 아직 잠에서 깨지 않으셨습니다."

"낮잠 중이신가…… 그럼 깰 때까지 기다리마."

그리고 관우와 장비에게 말했다.

"너희들은 내문 밖에서 기다리도록 해라. 잠에서 깰 때까지 잠
시 기다리자."

그리고는 혼자 조용히 안으로 들어갔다.

초당 주위는 이른 봄의 부드러운 햇빛을 받아 그윽한 풍색에 둘
러싸여 있었다. 문득 대청 위를 보니 침상 위에 편안하게 누워 있
는 사람이 있었다.

이 사람이 공명이구나 싶어 유비는 계단 아래에 서서 두 손을 모으고 그가 낮잠에서 깨기를 기다렸다.

작은 흰나비가 침상 근처에 앉았다가 이내 서재의 창 아래로 날아갔다.

중천에 떠 있던 해가 기울며 서당 벽에 그늘이 지기 시작했다. 유비는 지루하지도 않은지 꼼짝 않고 공명이 잠에서 깨기를 기다리고 있었다.

"아함, 졸려라. 형님은 대체 어떻게 된 거지?"

크게 하품하며 함부로 지껄이는 소리가 울타리 밖에서 들렸다. 시간이 길어지니 지루함을 느낀 장비인 듯했다.

"……아니, 왜 큰형님이 계단 아래에 아직도 서 계시지?"

장비는 울타리 사이로 안을 들여다보다가 순식간에 얼굴이 벌게지며 관우에게 신경질적으로 말했다.

"돼먹지 못한 놈. 안을 좀 들여다보슈. 우리 주군을 계단 아래에 서 있게 한 채 공명은 침상에서 느긋하게 낮잠을 자고 있소……. 이런 무례, 이런 오만이 어디 있소? 에잇, 더는 못 참겠군."

"쉿, 쉿……."

관우는 또 그의 호랑이 수염이 곤두서는 것을 보고 눈으로 제지했다.

"안에 다 들리겠다. 잠자코 조금 더 상황을 지켜보도록 하자."

"들려도 상관없소. 저 사이비 군사가 일어나나 안 일어나나 시험삼아 이 집에 불을 질러보겠소."

"바보 같은 짓 마라."

"알았소. 알았으니까 이거 놓으슈."

"또 나쁜 버릇이 나오는구나. 그런 난폭한 짓을 했다간 네 수염에 불을 놓겠다."

간신히 달래고 있는 사이에도 해는 기울어갔지만, 침상 위의 공명은 일어날 기색이 없었다.

"……."

갑자기 공명이 몸을 뒤척였다.

일어나는가 싶어 보고 있었는데, 또 그대로 벽을 향해 누운 채 일어날 줄을 모른다.

동자가 곁으로 가서 깨우려고 하는 것을 유비가 계단 아래에서 말없이 고개를 저어 말렸다.

그리고 또 반 시진 정도가 지났다.

그때 자고 있던 사람이 겨우 깨서 몸을 일으키며 낮고 작은 목소리로 시를 읊기 시작했다.

큰 꿈 누가 먼저 깰까
평생 나 스스로 아네
초당에 춘면春眠은 족한데
창밖의 해는 느리고 더디구나

다 읊자 공명은 몸을 훌쩍 날려 침상에서 내려왔다.

"동자야, 동자야."

"네."

"누가 오셨느냐? 저쪽에서 인기척이 느껴지는데."

"네, 그렇습니다. 유 황숙, 신야의 장군께서 꽤 오랫동안 계단 아래에 서서 기다리고 계십니다."

"……유 황숙이?"

공명은 길고 시원한 눈을 조용히 유비 쪽으로 돌렸다.

║║ 三 ║║

"어째서 빨리 말하지 않았느냐?"

공명은 동자에게 이렇게 말하더니 갑자기 별채로 들어갔다. 입을 헹구고 머리를 매만지고 또 의복과 관도 바르게 하고 다시 나와 공손히 손님을 맞아들이며 사과했다.

"실례했습니다. 잠을 자는 동안에 이런 신운神雲이 초가집 아래로 내려왔으리라고는 꿈에도 생각하지 못했습니다. 참으로 큰 무례를 저질렀습니다. 부디 양해해주십시오."

유비는 미소 띤 얼굴로 천천히 자리에 앉으며 말했다.

"신운은 늘 이 집에 감돌고 있는 것. 나는 한실의 초라한 무리, 탁군의 어리석은 사내에 지나지 않소. 선생의 고명高名은 진작부터 들어왔으나 직접 뵙기는 오늘이 처음이구려. 모쪼록 앞으로는 내게 가르침을 주시오."

"겸손이 지나치십니다. 저야말로 남양의 일개 촌부. 특히 보시는 바와 같이 매우 게으른 인간입니다. 나중에 저에게 정이 떨어지지나 않기를 바랄 뿐입니다."

손님과 주인이 지극히 허물없이 이야기를 나누는데 동자가 차를 내왔다.

공명은 차를 마시며 말했다.

"지난겨울, 눈이 많이 오던 날, 두고 가신 편지를 보고 죄송하게 생각했습니다. 그리고 장군께서 백성을 걱정하고 나라를 생각하는 마음이 간절한 것을 충분히 헤아릴 수 있었습니다. 하지만 제가 아직 어린 데다가 재주가 없어 기대에 부응할 능력이 없는 것을 그저 유감스럽게 생각할 뿐입니다."

"……."

유비는 우선 그의 말투가 시원시원하다는 것을 느꼈다. 낮지도 않고 높지도 않고, 강하지도 않고 약하지도 않고, 한 마디 한 마디에 왠지 향기로운 울림이 있었다. 여운이 있었다.

그는 앉아 있었지만, 키가 커 보였다. 몸에는 물색의 학창의鶴氅衣(소매가 넓고 뒤 솔기가 갈라진 흰옷의 가를 검은 천으로 넓게 댄 웃옷)를 입고 머리에는 윤건綸巾을 썼으며 얼굴은 옥빛이었다.

비유해서 말하면 눈썹에 강산의 수秀를 모으고, 가슴에 천지의 기機를 감추고, 말을 하면 바람이 불고 소매를 흔들면 향기로운 꽃이 움직이는지 대나무가 흔들리는지 의심스러울 정도였다.

"아니, 선생을 잘 아는 사마휘나 서서의 말에 어찌 틀림이 있겠소? 선생, 우부愚夫 현덕을 위해 부디 가르침을 주십시오."

"사마휘나 서서는 세상의 고사高士입니다만, 저는 보시다시피 일개 촌부에 지나지 않습니다. 어찌 천하의 정사政事를 논할 수 있겠습니까? 장군께서는 필시 보석을 버리고 돌을 취하려는 실수를 범하고 계십니다."

"돌을 보석처럼 보이려고 해도 안 되듯이 보석을 돌이라고 말해도 믿을 사람이 없습니다. 지금 선생께서는 경세經世(세상을 다스림)의 탁월한 재능, 백성을 구할 천질天質(타고난 성질)을 갖추고 있으면서 몸을 깊숙이 숨기고 나이가 젊은데도 불구하고 벌써 산림에 묻혀 지내는 것은 실례지만 충효의 도에 어긋납니다. 나는 참으로 애석하게 생각합니다."

"그게 무슨 뜻입니까?"

"나라가 어지럽고 백성이 편안하지 못할 때는 공자조차 민중의 곁으로 와서 방방곡곡을 교화하며 다니지 않으셨습니까? 지금은 공자의 시대보다 더욱 통렬한 국환國患의 때입니다. 혼자 암자에 들어앉아 일신의 편안함만을 추구할 수 있겠습니까? 이런 시대에 세상으로 나가면 즉시 속된 무리와 동일시되고 갖가지 세상의 평가에 몸도 이름도 더럽혀질 것은 자명하지요. 그래도 견디는 것이 진정으로 국사國事에 최선을 다하는 것이라 할 수 있지 않겠소? 충의도 효도도 산림유곡山林幽谷에 있지 않습니다. 선생, 부디 가슴을 펴고 진심을 말씀해주시오."

유비의 태도는 정중하게 예를 다하고 있었으나 그의 눈에는 상대를 다그치는 듯한 열정과 꺾이지 않는 신념이 담겨 있었다.

"……."

공명은 감고 있던 눈을 가늘게 뜨고 조용한 눈동자로 유비를 바라보고 있었다.

초려를 나서다

||| 一 |||

10년을 알고 지내도 서로 이해하기 어려운 사람과 사람이 있고, 하룻밤 사이에 100년 지기가 되는 사람과 사람도 있다.

유비와 공명은 서로 한 번 보고 오랜 친구와 같은 정을 느꼈다. 즉, 서로의 마음과 뜻이 통했다고 할 수 있을 것이다.

공명이 이윽고 입을 열었다.

"만약 장군께서 말씀하신 대로 진실로 저와 같은 자의 어리석은 견해라도 꾸짖지 않고 들어주신다면 저에게도 소견이 없는 것은 아닙니다만……."

"오오, 부디 작금의 혼란을 타파할 방책이 있다면 기탄없이 피력해주시오."

유비는 자세를 바로잡으며 말을 이었다.

"한실의 퇴조를 감추기 어렵게 되자 간신배가 나타나 나라 안팎을 어지럽히더니 황제는 결국 낙양을 버리고 장안으로 피신했소. 그 후로도 어가에 흙을 묻히기를 두 번, 그런데도 우리, 재야의 미력한 신하들은 걱정은 하면서도 힘이 미치지 못하여 역도의 창궐을 수수방관하고 있는 실정이오. 오직, 오직 지금도 잃지 않고 있는 것은 한 조각의 진심뿐입니다. 선생, 이 시대를 살아갈 계책은 무엇이오?"

공명이 대답했다.

"동탁이 난을 일으킨 이후 크고 작은 호걸들이 실로 셀 수 없을 정도로 배출되고 있습니다. 특히 하북의 원소 등은 그중에서도 강력한 국력을 바탕으로 한 최고의 실력자였습니다. 그런데 그보다도 훨씬 실력도 없고 나이도 어린 조조에게 패망했습니다."

"약자가 오히려 강자를 쓰러뜨리는 것은 하늘의 때를 얻은 것이오, 땅의 이점을 활용한 것이오?"

"사상, 경영, 작전, 인망 등 사람의 능력에 의한 부분도 많을 것입니다. 지금의 조조는 천자를 끼고 중원에 버티고 앉아 제후들에게 호령하고 군사와 정치 두 분야를 완전히 장악하여 그 기세가 떠오르는 해와 같습니다. 지금 그와 싸우는 것은 결코 쉬운 일이 아닙니다. 아니, 지금에 와서는 그와 싸울 수 없다고 해도 과언이 아닐 것입니다."

"……아아, 때는 이미 가버린 것입니까?"

"아닙니다. 강남에서 강동 지방을 볼 필요가 있습니다. 그곳은 손권의 땅으로 오나라의 주인이 벌써 3대를 이어오고 있고, 지세가 험준하며 바다에서 나는 산물, 산에서 나는 산물이 풍족합니다. 백성들은 기꺼이 복종하고, 현명하고 재간이 있는 신하가 많으며, 기반이 안정되어 있습니다. 고로 오의 힘을 외교적 방법을 이용하여 자신의 힘으로 삼을 수는 있지만, 이를 억지로 빼앗을 수는 없습니다."

"음, 과연 옳은 말씀이오."

"이렇게 살펴보면 천하는 지금 조조와 손권에 의해 둘로 나뉘어 남과 북 어느 쪽으로도 진출하는 것은 어려워 보입니다……. 그런데 말입니다. 유일하게 아직 양자의 어느 쪽에도 속하지 않은 곳이 있습니다. 그곳이 바로 이곳 형주, 또 익주입니다."

"오오, 그렇군요."

"형주 땅은 그야말로 무武를 기르고 문文을 일으키기에 안성맞춤인 곳입니다. 교통의 요충지에 해당하고 남방과는 무역을 하기에 좋고 북방으로부터도 자원을 구할 수 있어 말하자면 천부지토天賦之土라고나 할까요. 게다가 지금 장군께 다시없는 요행을 하늘에서 주셨습니다. 즉, 이 형주를 다스리는 유표는 우유부단하고 늙고 병든 데다가 그 아들들인 유기와 유종도 평범하여 후사를 맡기기에는 부족하다는 것입니다. 익주(사천성)를 살펴보면 견고한 요해이며 장강이 깊이 흐르고 만산의 품에는 넓고 기름진 땅이 펼쳐져 있어 이곳도 장래를 약속받은 곳입니다. 그러나 국주 유장劉璋은 시대의 흐름에 어두울 뿐만 아니라 성품도 좋지 못합니다. 요사스러운 종교가 발호하고 백성들은 악정에 시달리고 있어 모두 명군明君의 출현을 갈망하고 있습니다. 바로 여기입니다. 이 형주를 일으키고 익주를 쳐서 2개 주를 차지하고 천하에 임한다면 비로소 조조와도 맞설 수 있을 것이며, 오와는 화친과 전쟁이라는 두 가지 무기로 외교전을 펼 수 있을 것입니다. 더 나아가 한실의 부흥이라는 희망도 더는 무익하고 어리석은 꿈이 아니게 될 것입니다. 그 실현을 기대할 수 있다고 저는 믿고 있습니다."

공명은 자신의 견해를 자세히 이야기했다. 그가 이렇게 자신의 포부를 다른 사람에게 이야기한 것은 아마도 오늘이 처음일 것이다.

공명이 역설한 것은 그가 평소에 품고 있던 지론인 '천하삼분지 계天下三分之計'였다.

중국 대륙은 너무 넓어 항상 어딘가에서 소동이 일어나고 그것이 일파만파 확산되어 전토의 재난이 된다. 중국을 통일하는 것은 쉽지 않다. 지금으로선 더욱 그렇다. 지금 북쪽에는 조조가 있고, 남쪽에는 손권이 있지만, 형주, 익주의 서촉西蜀 54개 주는 아직 안정되지 않았다.

조금 늦은 감이 있지만 일어난다면 이 지역밖에 없다.

북쪽에 근거를 둔 조조는 즉, 하늘의 때를 얻은 것이었고, 남쪽의 손권은 땅의 이점을 차지했다고 할 수 있을 것이다. '장군은 부디 인화人和로 정립鼎立(세 사람, 혹은 세 세력이 솥의 발과 같이 섬)하시어 더욱 천하 삼분의 대기운을 일으켜야 한다.'고 공명은 주장했다.

유비는 자신도 모르게 무릎을 치며 말했다.

"선생께서 주장하는 바를 들으니 갑자기 구름과 안개가 걷히고 이 대륙의 구석구석까지 한눈에 들어오는 듯하구려. 익주에서 정병을 길러 진천秦川으로 진격한다. 아아, 지금까지 꿈에도 생각하지 못한……"

그의 눈은 장래의 희망과 이상으로 벌써 타오르고 있는 듯했다.

그때 공명이 동자를 불러 명령했다.

"서고에 있는 그 커다란 두루마리를 가지고 와서 보여드려라."

이윽고 동자는 자신의 키보다 긴 두루마리를 하나 가져와 벽에 걸었다.

서촉 54개 주의 지도였다.

공명은 그것을 가리키며 전체적인 것을 보지 못하고 눈앞의 일에만 혈안이 되어 있는 사람들을 비웃었다.

"어떻습니까, 천하의 크기가?"

유비는 마음에 걸리는 것이 하나 있었다.

"형주의 유표도, 익주의 유장도 모두 나와 같은 한실의 종친이오. 그들의 영토를 빼앗는 것은 있을 수 없는 일입니다. 흔히 말하는 동족상잔이라는 비난을 면치 못할 것이오."

이에 대한 공명의 대답은 매우 명료했다.

"걱정하실 것 없습니다. 유표의 수명은 머지않아 다할 것입니다. 그의 병이 꽤 위독하다고 양양의 어느 의원에게 들었습니다. 병이 없다 하더라도 이미 나이가 많지 않습니까? 그의 아들들은 언급할 필요도 없습니다. 한편 익주의 유장은 아직 건재합니다만 국정이 어지러워 백성들이 괴로워하고 있습니다. 이것을 바로잡는 것을 누가 인의仁義에 어긋난다고 하겠습니까? 오히려 그런 도탄의 고통을 없애고 백성들에게 복리와 희망을 주는 것이야말로 장군의 사명이 아니겠습니까? 이 사명이 없다면 장군이 천하를 호령하고 위魏와 오吳에 맞서 정립을 꾀할 의의가 어디에 있겠습니까?"

이 한마디에 유비는 마음속으로 기뻐하며 자신의 우둔함을 사과했다.

"잘 알았소. 나의 이리석은 생각은 모든 일에 있어서 대의와 소의를 혼동하는 것에서 비롯된 것 같소. 지금 분명히 깨달았소."

"대체로 모든 사람이 가지고 있는 약점입니다. 장군뿐만이 아닙니다."

"청컨대 부디 아침저녁으로 나의 유막에서 이 어리석은 나에게 가르침을 주시오."

공명은 갑자기 말투를 바꾸며 말했다.

"아닙니다. 저의 소신을 말씀드린 것은 지금까지의 실례를 사죄하는 뜻일 뿐이었습니다. 밤낮으로 곁에 있을 수는 없습니다. 저는 저의 분수를 지켜 여기서 청경우독晴耕雨讀하고 싶습니다."

"선생께서 나서지 않는다면 결국 한나라의 천하는 끊길 것이오. 아아, 어쩔 수 없는 일인가."

유비는 눈물을 흘렸다.

||| 三 |||

지성至誠은 사람을 움직일 수밖에 없다. 유비의 눈물은 천하를 위한 것이었다. 그 눈물은 한 개인을 위해서나 사사로운 정 때문에 흘리는 것이 아니었다.

"……"

공명은 깊이 생각하는 듯하였으나 이윽고 입을 열어 조용히 그러나 강한 어조로 말했다.

"장군의 마음은 잘 알았습니다. 만약 오랫동안 저를 버리지 않으신다면 불초 견마지로犬馬之勞를 아끼지 않겠습니다. 함께 미력하나마 국사國事에 최선을 다하겠습니다."

"그렇다면 나의 청을 들어주시는 것이오?"

"이것도 인연인 듯합니다. 장군께서는 저를 만나기 위해 여러 고장을 떠돌아다녔고, 저는 장군의 부름을 받기 위해 오늘까지 시골 암자에 숨어서 햇빛을 기다렸는지도 모르겠습니다."

"너무 기뻐서 왠지 꿈을 꾸는 듯하구려."

유비는 관우와 장비를 불러 자세한 이야기를 들려주고 가지고 온 금과 비단을 예물로 공명에게 주며 말했다.

"주종의 연을 맺었다는 표시로 드리고 싶소."

공명은 사양하며 받지 않았으나 현인을 초빙하는 데에는 예의가 있다며 자신의 마음이 담긴 물건이라고 말하자 동생 제갈균에게 그것을 받으라 하고 말했다.

"그럼, 감사히 받겠습니다."

그리고 동생 균에게 이렇게 덧붙였다.

"별로 능력도 없는 이 몸에게 유 황숙께서 삼고지례를 다하시고 아울러 과분한 기대로 나를 부르셨다. 태생이 패기 없는 자라도 일어나지 않을 수가 없구나. 형은 지금 바로 황숙을 따라 신야성으로 갈 것이다. 너는 형수를 돌보고 초려를 지키며 하늘의 때를 기다리거라. 만약 운 좋게 공을 세우고 이름을 떨치는 날이 오면 형은 다시 이곳으로 돌아올 것이다."

"네…… 그날이 오기를 기다리며 이곳을 지키고 있겠습니다."

균은 형의 뜻을 공손히 받들었다.

그날 밤, 유비는 공명의 집에서 하룻밤 묵고 다음 날 공명과 말머리를 나란히 하고 초려를 나섰다.

이렇게 언덕을 내려가자 전날 밤에 이 사실을 부하가 신야에 알린 듯 두 사람을 마중하기 위한 마차가 마을까지 와 있었다.

유비는 공명과 같은 마차에 타고 신야로 돌아가는 도중에도 다정하게 이야기를 나누었다.

이때 공명은 27세, 유현덕은 47세였다.

신야에 돌아와서도 두 사람은 같은 방에서 자고 식사도 한 식탁에서 했다. 밤낮으로 천하를 논하고 인물을 평하고 역사를 살폈으며 법령을 궁리했다.

　　공명이 신야의 병력을 보니 불과 수천 명밖에 되지 않았다. 재정도 형편없었다. 이에 공명은 유비에게 권했다.

　　"형주는 인구가 적은 것이 아니라 호적에 올라 있는 사람이 적을 뿐입니다. 그러니 유표에게 권하여 호적을 정리하고 유민을 장부에 올려 비상시에 바로 병적兵籍에 올릴 수 있도록 해야 합니다."

　　또 자신이 보증인이 되어 남양의 부호 민씨甀氏로부터 돈 천만 관을 빌려 이것을 은밀히 유비의 군자금으로 돌려 내실을 강화했다.

　　여하튼 공명의 집안을 보면 그의 숙부도 그렇고 현재 오나라에 가 있는 형인 제갈근도 그렇고, 또 그의 처 황씨의 집안도 당시에는 명문가였음이 틀림없다. 게다가 공명의 성실함과 참되고 착실한 성품만은 누구에게나 인정받고 있었기 때문에 그를 휘하에 두게 된 유비는 이런 든든한 배경과 대외적인 신뢰도까지 더불어 얻게 된 것이었다.

　　원대한 '천하삼분지계'는 물론 유비와 공명 두 사람만이 가슴속에 감추고 있는 대계로 처음에는 이렇게 천천히 내실을 충실히 다지며 중국의 북부와 중부의 움직임, 또 강서와 강남의 시류時流를 매우 신중히 살피고 있었다.

오의 열정

눈을 돌려 남방을 보도록 하자.

오나라는 그 후 어떤 움직임을 보이고 얼마나 발전했을까?

최근 몇 년간을 비교해보면 조조는 북방 공략이라는 대사업을 이루었다. 그에 반해 유비는 역경의 연속이었지만, 끈기 있게 살 길을 찾다가 결국 공명이라는 인재를 얻었다.

광대한 북쪽 땅을 차지한 조조의 업적과 한 인물을 초야에서 찾아낸 유비의 수확, 어느 쪽이 크고 어느 쪽이 작을까? 이 비교는 그 결과를 볼 때까지는 가볍게 속단할 수 없다.

한편 오나라의 발전은 어디까지나 문화적이었고, 내용 또한 충실했다. 어쨌든 전 주군 손책의 뒤를 이은 손권은 아직 젊었다. 조조보다는 28세나 어리고, 유비와 비교해도 22세나 어린 당주였다.

게다가 남방은 천연 산물이 많이 나고 교통이 편리하여 예기치 않게 사람과 지식이 모여들었다. 이것이 문화, 산업, 더 나아가서 군수와 징치 등의 기능이 활발한 까닭이다.

때는 건안 7년(202) 무렵이었다. 즉, 공명이 출려出廬(초려草廬에서 나온다는 뜻으로 은둔하는 사람이 세상에 나가 활동함을 이르는 말)하기 6년 전이었다.

아름다운 관선官船 한 척이 허도 정부의 깃발을 걸고 장강을 내려왔다.

조정의 사자를 태우고 온 배였다. 사자 일행은 오회吳會의 빈관賓館에 들었다가 나중에 성에 들어가 조조의 뜻을 전했다.

"아직 연소하십니다만 이번에 손 각하의 장남을 도성으로 부르기로 했습니다. 조정에서 교육을 받게 하고 성인이 된 뒤에 관료로 삼겠다는 뜻에서입니다. 물론 황제의 감사한 뜻도 다분히 있습니다."

말만 들으면 매우 영광스러운 듯하지만 말할 필요도 없이 인질을 요구하는 것이었다. 오나라에서도 이것을 너무나 잘 알고 있었지만, 황제의 명령에 정중히 예를 올리고 말했다.

"조만간 평의회를 열어 결정하겠소."

즉답을 피하고 지연책을 택한 것이었다.

그 후에도 여러 번 장자를 올려보내라고 조조가 재촉해왔다. 조정을 끼고 있는 만큼 그의 명령은 이미 조조 개인의 명령에 그치지 않는 절대적 권위를 지니고 있었다.

"어머니, 어떻게 하면 되겠습니까?"

손권은 결국 노모인 오 부인에게 물었다.

오 부인이 대답했다.

"너에게는 이미 훌륭한 신하들이 많을 터인데 어째서 이럴 때 각지의 신하들을 불러 의견을 묻지 않는 것이냐?"

생각해보니 아들 한 명의 문제가 아니었다. 명령을 거부하면 당연히 조조와 적대 관계가 된다. 그래서 오회의 빈관에서 대회의를 열었다.

당시 오나라의 지식인들 대부분이 한자리에 모였다고 해도 과언이 아닐 것이다.

장소張昭, 장굉張紘, 주유周瑜, 노숙魯肅 등의 숙장宿將들을 비롯해 팽성彭城의 만재曼才, 회계會稽의 덕윤德潤, 패현沛懸의 경문敬文, 여남汝南의 덕추德樞, 오군吳郡의 휴목休穆, 또 공기公紀, 오정烏亭의 공휴孔休 등.

수경 선생이 공명과 함께 와룡과 봉추라고 언급한 그 봉추란 양양襄陽의 방통龐統을 말하는데 그 방통도 보였다.

그 외에 여양汝陽의 여몽呂蒙이라든가 오군의 육손陸遜, 낭야의 서성徐盛 등…… 실로 인재가 구름 떼처럼 모여들었는데 이것만 봐도 오가 이유 없이 번성한 것은 아니라는 것을 알 수 있었다.

"지금 조조가 오에 인질을 요구해온 것은 제후의 예에 의한 것입니다. 볼모를 보내면 조조에게 복종을 맹세하는 것이 되고 이에 거역하면 곧 적대의 표시가 됩니다. 지금 오는 중대한 기로에 서 있습니다. 어떻게 하면 좋을지 모쪼록 기탄없이 의견을 토로해주시오."

의장격인 장소가 우선 자리에서 일어나 모두에게 의견을 구했다.

||| 二 |||

모두 번갈아 일어나서 여러 의견을 내놓았다.

볼모를 보내야 한다는 사람.

볼모를 보내면 안 된다고 주장하는 사람.

결국 회의는 두 파로 갈렸고, 토론이 끝이 없어 보였을 때 주유가 처음으로 발언하기 위해 일어섰다.

"소신이 한마디 하겠습니다."

오 부인의 여동생의 아들인 주유는 전 주군인 손책과 나이가 같았기 때문에 손권보다는 나이가 많았으나 여러 장수 중에서는 최연소자였다.

"그렇소. 주유의 말을 들어봅시다. 의견을 말해보시오."

사람들은 조용히 그를 바라보았다.

주유가 입을 열었다.

"외람됩니다만, 저는 초기의 초楚나라를 떠올렸습니다. 초나라는 초기에 형산荊山 근처, 100리도 안 되는 땅을 차지한 참으로 미미한 나라였습니다만, 현명하고 능력 있는 자들이 모여 결국은 900년의 기초를 닦았습니다. 지금 우리 오는 손 장군이 부형의 업을 이어받아 3대에 이르렀고, 땅은 6개 군의 백성들을 아우르고, 병사들은 강합니다. 식량은 풍족하고 산에서 구리를 얻고 바닷물을 끓여 소금을 얻습니다. 민란이 일어날 것을 걱정하지 않고 무사들은 용맹하여 가는 길에 적이 없습니다."

"……."

그가 연설하는 것을 듣는 것이 처음인 사람도 있는 듯 많은 사람이 막힘없는 말과 명쾌한 논리에 의외라는 표정을 짓고 있었다.

"……그런데 무엇이 두려워서 지금 조조에게 아첨할 필요가 있겠습니까? 볼모를 보내는 것은 속령屬領을 인정하는 것과 같습니다. 부름을 받으면 오의 군주라 해도 언제든 도성으로 달려가지 않으면 안 됩니다. 상부에 몸을 굽히고 위계는 일개 제후에 지나지 않으며 수레 몇 대, 말 몇 필 이상의 의장儀裝은 할 수 없습니다. 하물며 군주의 자리에 올라 천하의 패업을 이룬다는 것은 생각지도 못할 꿈이 될 것입니다. 우선은 끝까지 볼모를 보내지 않고 침

묵으로 일관하며 조조의 움직임을 살필 때가 아니겠습니까? 조조
가 진정한 조정의 충신으로서 정의를 보이며 천하에 임한다면 그
때 비로소 국교를 맺어도 늦지 않을 것입니다. 또 만약 조조가 반
역하는 마음을 드러내 더는 충성스러운 재상이 아닌 것이 판명된
다면 그때야말로 오는 천하의 때를 헤아려 큰일을 행할 이상을 가
져야 할 것입니다."

"……옳소."

"그렇소. 그럴 때요."

말을 마치고 주유가 자리에 앉은 뒤에도 한동안 모두가 감탄한
채 침묵을 지키고 있었다.

의견은 완전히 일치되었다. 무언 속에서 하나가 되어 있었다.

이날 주렴 뒤에서 회의하는 것을 듣고 있던 오 부인도 조카 주
유의 기량을 믿음직스럽게 생각하고 나중에 그를 가까이에 불러
다정하게 말했다.

"너는 책과 동갑으로 한 달 늦게 태어났을 뿐이어서 내 자식과
같은 마음이 든다. 앞으로도 권을 잘 보필해주렴."

이렇게 해서 이 문제는 오의 묵살에 의해 그대로 아무 진전이
없었다. 그러나 조정의 권위는 상당히 손상되었다.

조조도 이후로는 사자를 내려보내지 않았다. 오에 대해 어떤 중
대한 결의를 품었으리라고 짐작하는 것은 어렵지 않았다.

선전宣戰하지 않는 선전, 무언의 국교단절 상태가 되었다.

그러나 장강(양자강)만은 천리를 이어 흐르고 있었다.

시간은 흘러 건안 8년(203) 11월 무렵, 손권은 출정을 앞두고 있
었다. 형주의 세력 아래에 있는 강하江夏(호북성湖北省, 무창武昌)의

황조黃祖를 공격하기 위해서였다.

병사들을 가득 실은 오군吳軍 병선은 장강을 거슬러 올라갔다.

그 군용軍容은 그야말로 오에서만 볼 수 있는 장관이었다.

||| 三 |||

처음 강 위의 배에서 하는 전투에서는 오군이 절대적인 우위를 보였다.

"황조의 목은 이미 우리의 손안에 있다."

그러나 장졸들 모두 적을 너무 얕잡아본 결과 육지전으로 옮기고 나서 대패하고 말았다.

가장 큰 손실은 손권 쪽의 능조凌操라는 굳세고 용맹한 장수가 적진 깊숙이 들어갔다가 적에게 포위되어 황조의 부하인 감녕甘寧의 화살에 맞아 전사한 것이었다.

때문에 사기는 저하되어 오군은 부득이하게 패주할 수밖에 없었으나 이때 오나라의 무사를 위해 홀로 만장의 기염을 토하는 젊은이가 있었다.

그는 능조의 아들 능통凌統으로 아직 열다섯 살의 앳된 소년이었으나 아버지가 혼전 속에서 화살에 맞아 쓰러졌다는 말을 듣자마자 홀로 적중으로 되돌아 들어가 아버지의 시체를 찾아서 돌아왔다.

손권은 발 빠르게 '이 전쟁은 불리하다.'고 보고 본국으로 철수했지만, 젊은 능통은 아군들 사이에서 일약 유명인사가 되었다. 당시 사람들은 이렇게 말했다.

"마치 능통을 유명하게 만들기 위해 전쟁을 나간 것 같군."

이듬해인 건안 9년(204) 겨울.

손권의 남동생 손익孫翊은 단양의 태수가 되어 임지로 떠났다.

그는 아직 젊은 데다가 성격이 거칠었다. 게다가 술을 매우 좋아했으며 평소에 마음에 들지 않는 일이 있으면 부하 관원이든 사졸이든 바로 면전에서 욕을 하고 채찍으로 때리는 버릇이 있었다.

"죽여버리자."

"자네가 그럴 생각이라면 나도 거들겠네."

단양의 도독都督 규람嬀覽이라는 자가 같은 원한을 품은 단양의 군승郡丞 대원戴員과 이런 모의를 하고 은밀히 손익의 동향을 살폈다.

그러나 손익은 나이는 젊어도 매우 강한 인물이었다. 항상 검을 차고 틈을 보이지 않았기 때문에 그들은 헛되이 시간만 보내고 있었다.

결국 두 사람은 한 가지 계책을 생각해내고는 오의 주군 손권에게 인근의 산적을 토벌하고 싶다고 했다.

곧바로 허락이 떨어지자 규람은 은밀히 손익 쪽 장수인 변홍邊洪이란 자를 포섭하여 현령과 장수들을 회의에 초대하는 글을 보냈다. 회의가 끝난 뒤에는 주연이 예정되어 있었다.

물론 손익도 빠질 수 없는 회합이었기 때문에 시간이 되자 준비를 하고 아내에게 인사했다.

"그럼, 다녀오겠소."

그의 아내는 서씨徐氏라는 여성이었다.

오나라에는 미인이 많았지만, 그중에서도 용모가 아름답기로 이름이 높았다. 그리고 어린 시절부터 역학을 좋아해서 점을 잘 쳤다.

이날도 남편이 집을 나서기 전에 혼자서 점을 치고 있었다.

"무슨 일일까요? 오늘은 불길한 점괘가 나왔어요. 뭐든 핑계를 대고 오늘은 참석하지 마세요."

아내는 계속해서 가는 것을 만류했다.

"어리석은 소리 마시오. 남자들의 회합에 불참할 수는 없소. 하하하."

손익은 개의치 않고 집을 나섰다.

평의회가 끝나자 주연이 시작되었고 늦은 밤이 되어서야 집에 돌아가게 되었다. 대주가인 손익은 비틀거리며 문밖으로 나갔다. 미리 기다리고 있던 변홍이 기습적으로 덤벼들어 손익을 단칼에 베어버렸다.

그러자 그 변홍을 교사教唆한 규람과 대원, 두 사람이 갑자기 놀란 표정을 지으며 변홍을 체포하여 거리로 끌고 나가 목을 베려고 했다.

"주인을 살해한 역적 놈아!"

"약속이 다르지 않으냐? 이 악당 놈들, 주모자는 너희가 아니냐!"

변홍은 놀라서 소리쳤으나 그러는 사이에 그의 목은 땅바닥에 떨어졌다.

||| 四 |||

규람의 악행은 여기서 그치지 않았다. 여전히 다른 야망을 품고 있었다.

한편 손익의 아내 서씨는 남편의 귀가가 늦어지자 걱정되었다.

'혹시 점괘에 나온 대로 뭔가 불길한 일이 일어난 건 아닐까?'

그리고 자신의 점괘가 적중하지 않기를 간절히 기도했다. 기분 탓인지 그날 밤은 등불 색마저 불길해 보였다.

　　'어째서 이렇게 가슴이 두근거리지?'

　　밖으로 나와 밤하늘을 올려다보고 있는데 중문 쪽에서 한 떼의 병사들이 우르르 복도를 달려왔다.

　　"서씨요?"

　　선두에 선 사람이 물었다. 그는 검을 찬 도독 규람이었다.

　　병사들을 뒤에 남겨두고 성큼성큼 열 걸음쯤 앞으로 걸어왔다.

　　"부인, 부인의 남편 손익은 오늘 밤 회관의 문밖에서 부하 변홍의 손에 죽임을 당했소. 그러나 범인인 변홍을 그 자리에서 체포하여 거리로 끌고 나가 목을 베어 원수를 갚았소. 이 규람이 당신을 대신해서 원수를 갚아준 것이오."

　　자못 은혜를 베풀었다는 듯이 말했다.

　　"더 이상 슬퍼하지 않아도 돼요. 앞으로는 무슨 일이든 이 규람이 힘이 되어드리겠소. 이 규람과 상의하면 될 것이오."

　　그는 그녀의 팔을 잡고 그녀의 방으로 들어가려고 했다.

　　"……"

　　서씨는 잠시 넋이 나간 듯 멍하니 서 있었으나 이내 정신을 차리고 가볍게 팔을 뿌리치며 말했다.

　　"지금은 아무것도 상의할 게 없어요."

　　"그렇다면 다시 오겠소."

　　"사람들의 눈도 있으니 이번 달 말, 그러니까 그믐날에 오세요."

　　서씨가 눈물은커녕 오히려 교태를 부리듯 보였기 때문에 규람은 "좋소. 그럼 그때 오리다."라고 고개를 끄덕이며 좋아서 어쩔 줄 모르는 얼굴로 돌아갔다.

악당 중의 악당이란 규람 같은 자를 두고 하는 말일 것이다. 그는 전부터 서씨의 미모에 반해서 독니를 갈고 있었던 것이다.

서씨는 참담한 심정으로 남편의 장례를 치르고 난 후 은밀히 죽은 남편의 부하인 손고孫高와 부영傅嬰, 두 무사를 불러 통곡하며 말했다.

"제 남편을 죽인 자가 변홍이라고 하지만 저는 믿지 않아요. 진짜 범인은 도독 규람이에요. 점괘로 말하는 것이 아니라 증거가 있어요. 그대들에게는 입에 담기에도 부끄러운 말이지만, 규람은 저에게 부도덕하게 집적거리며 자신의 아내가 되기를 강요하고 있어요……. 그래서 화를 누르고 그믐날 밤에 오라고 약속했으니 그때 저의 목소리를 신호로 달려들어서 남편의 원수를 찔러 죽이세요. 부디 제게 힘을 빌려주세요."

충직한 부하들이라고 믿고 털어놓은 사람들이다. 두 사람은 눈물을 흘리며 죽은 주군의 원수를 갚기 위해 그날 밤이 되기를 기다렸다.

그리고 그믐날 밤, 어김없이 규람이 찾아왔다. 서씨는 화장을 하고 술상을 준비해놓고 기다리고 있었다.

"나의 아내가 되시오. 싫소, 좋소?"

조금 취하자 규람은 본성을 드러내 서씨의 가슴에 칼을 들이대며 강요했다.

서씨는 미소를 지으며 물었다.

"당신이죠?"

"물론 나의 아내가 돼라는 말이오."

"아니, 당신이 남편을 죽인 장본인이냐고?"

"뭐, 뭐라고?"

서씨는 칼을 든 그의 손목을 잡고 있는 힘을 다해 절규했다.

"남편의 원수, 부영! 손고! 이 살인마를 베시오."

"넵!"

달려나온 두 충복은 규람을 뒤에서 한 번씩 베었다. 서씨는 빼앗은 칼로 그의 옆구리를 찔렀다. 그리고 흐르는 피 속에 엎드려 그제야 울고 싶은 만큼 울었다.

방울 소리

　손고와 부영 두 사람은 그날 밤 바로 병사 50명을 이끌고 대원의 집을 급습하여 '원수의 일당'이라며 그 목을 베어 주군의 부인 서씨에게 바쳤다.

　서씨는 즉각 상복으로 갈아입고 죽은 남편의 넋을 위로하는 제사를 지내며 규람과 대원의 머리를 바치고 맹세했다.

　"원한을 풀었어요. 저는 평생 다른 집으로는 시집가지 않겠어요."

　이 소동은 바로 손권의 귀에도 들어갔다. 놀란 손권은 즉각 병사들을 이끌고 단양으로 달려왔다.

　"내 아우를 죽인 놈은 나에게 화살을 쏜 것이나 다름없다."

　그는 이렇게 말하고 규람의 일족을 모두 주벌한 후 손고와 부영 두 사람을 등용하여 아문독병牙門督兵에 임명했다.

　또 동생의 아내인 서씨에게는 "제수씨가 원하는 대로 남은 생애를 보내기 바랍니다."라며 봉토를 주어 고향 집으로 돌아가게 했다.

　강동 사람들은 서씨의 지조를 칭송하며 '오나라의 아름답기로 이름난 꽃'이라고 역사책에 이름을 올리기까지 했다.

　그 후 3, 4년간 오나라는 지극히 평화로웠으나 건안 12년(207) 10월에 손권의 어머니 오 부인이 큰 병이 들어 모두 걱정이 이만

저만이 아니었다.

"이번에는 어려울 것 같습니다."

오 부인도 여생이 얼마 남지 않았다는 것을 자각한 듯 장소와 주유 등의 중신을 불러 유언했다.

"내 아들 권이는 오의 기업基業을 이어받은 지 아직 얼마 되지 않았고, 나이도 젊네. 장소와 주유, 두 사람은 부디 사부師傅의 마음으로 권이를 가르쳐주게. 그 외의 대신들도 마음을 모아 오나라의 주군이 나라를 잃는 일이 없도록 힘써주게. 강하의 황조는 옛날 나의 남편 손견을 죽인 집안의 원수이니 반드시 원수를 갚도록 하고……."

또 손권에게는 이렇게 말했다.

"너에게는 너만의 장점도 있지만 단점도 있다. 아버지 손견, 형 손책, 두 사람 모두 적은 병력을 이끌고 전란 속에서 일어나 천신만고의 부침을 다 맛보고 나서 비로소 오나라의 기업을 열었지만, 너만은 성안이라는 낙원에서 나고 자라 지금 3대째 군림하고 있다……. 교만해져서 부형의 고생을 잊어서는 안 된다."

"안심하십시오."

손권은 가볍게 쥔 노모의 앙상한 손에 놀랐다.

"그리고 장소나 주유 등은 훌륭한 신하이니 오나라의 보물이라 여기고 평소 가르침을 받도록 하여라. 또 내 동생도 별채에 있으니 이후로는 어머니로 여기며 섬기도록 해라."

"네."

"나는 어린 시절 일찍 부모를 여의고 남동생 오경吳景과 전당錢塘으로 옮겨가서 살 때 돌아가신 네 아버지한테 시집왔다. 그리고

네 명의 자식을 낳았으나 장남인 손책은 젊어서 죽고 삼남 손익도 얼마 전에 비명횡사하고 말았다. 남은 것은 너와 막내 여동생 둘뿐. 권아, 한 명뿐인 여동생도 사랑해주어야 한다. 좋은 남편감을 찾아 짝지어주어라······. 만약 어미의 말을 어길 시에는 구천 아래에서도 나를 볼 일은 없을 줄 알아라."

말을 마치고는 홀연히 숨을 거두었다.

머리맡을 둘러싼 사람들이 오열하는 소리가 문밖까지 새어 나왔다.

고릉高陵에 있는 아버지의 무덤 옆에 관곽의金棺槨衣衾을 아름답게 갖추고 손권은 정성껏 장례를 치렀다. 가무와 음악이 멈춘지 한 달 남짓, 단지 제사를 지내는 방울 소리와 새소리만 들릴 뿐이었다.

||| 二 |||

손권의 노모가 죽은 겨울이 지나고 건안 13년(208)이 되었다.

강남에는 봄이 오고 청명한 날이 계속되었다.

젊은 오나라의 주군 손권은 중신들을 모아 회의를 열었다.

"황조를 쳐야 하지 않겠소?"

장소가 말했다.

"자당의 기제忌祭가 되기도 전에 병사를 일으키는 것은 안 됩니다."

주유가 반대하고 나섰다.

"황조를 치라는 것은 자당의 유언 중 하나였소. 어째서 그런 것을 상관하겠소?"

어떤 의견을 택해야 할지 손권은 결정을 내리지 못했다.

그때 도위都尉 여몽呂蒙이 와서 사건 하나를 보고했다.

"제가 용추龍湫 나루를 경비하고 있을 때 상류인 강하 쪽에서 배 한 척이 떠내려오더니 스무 명쯤 되는 수적水賊들이 기슭으로 올라왔습니다."

여몽은 말을 이어나갔다.

"바로 포위하고 누구냐고 엄하게 물으니 두목인 듯 맨 앞에 서 있던 자가 이렇게 말했습니다. '저는 황조의 부하로 이름은 감녕, 자는 흥패興霸라고 하며 본래 파군巴郡의 임강臨江에서 자랐습니다. 젊은 시절부터 완력 쓰기를 좋아하여 세상의 건달들을 모아 그들의 대장이 된 뒤 힘자랑을 하고 협기를 부리며 항상 활과 도끼를 지니고 갑옷을 입고 허리에는 대검과 방울을 차고 강호를 종횡무진하기를 수년, 사람들은 방울 소리만 들어도…… 금범錦帆의 도적이 왔다! 금범이 왔다!'며 도망쳐 달아나는 것이 재미있어서 결국은 일당이 800여 명에 이르러 더욱더 악행을 일삼게 되었습니다. 그러나 시세의 흐름을 보고 과거의 죄를 뉘우쳐 한때 형주에 가서 유표를 섬겼으나 유표의 됨됨이가 미덥지 않아 어차피 섬길 바에는 오나라에 가서 분골쇄신하여 뜻을 세우자고 동패들과 이야기를 나눴습니다. 형주를 떠나 강하까지 왔으나 강하의 황조가 아무리 해도 통과시켜주지 않았습니다. 할 수 없이 거기에 머물며 황조를 따르고 있었습니다만, 처음부터 중히 쓰일 가망은 없었습니다……. 그뿐만 아니라 어느 해의 전투에서는 황조가 적에게 포위되어 목숨이 위험한 것을 제가 혼자 구해낸 일도 있었지만, 은상은커녕 그저 하급 부하 정도로만 생각했습니다. 황조의 신하 중에 소비蘇飛라는 사람이 있습니다. 그가 저를 깊이 동정하여 어느 날 황조에게 슬쩍 감녕을 좀 더 중용하는 것이 어떻겠느냐며 추천했습니다. 그러자 황조가 이렇게 말했다고 합니다. '감녕은 원래 강의 수적이네. 어찌 강도를 유막에 들이겠나? 잘 키웠다가 맹수 대신 쓰는 것이 가장 좋을 거야.' 이 말을 들은 소비는 저를 더욱더 가엾게 여기며 어느 날 밤 주연 자리에서 이런 사정을 털어놓으며 조언했습니다. '인생이 길면 얼마나 길겠는가. 어서 다른 곳으로 가서 부디 좋은 주군을 찾길 바라네. 여기에 있어 봐야 자네가 아무리 충성을 다해도 예전의 과실이 평생을 따라다녀 다른 사람 위에 서기는 어려울 것이네.' 그러면 어떻게 하면 좋겠냐고 물으니 가까운 시일 안에 악현鄂縣의 관리로 부임하게 될 테니 그때 도망가라고 하여 그날을 기다렸다가 임지에 가는 배라고 속이고 며칠 밤낮을 강을 타고 내려와 겨우 오나라 영토에 도착했습니다. 부디 군주께 잘 전해주십시오.' 이렇게 감녕이 자세히 자신의 신상을 밝히고 저에게 주군을 만나게 해달라고 청하고 있습니다."

"음…… 그렇군."

손권을 비롯한 장수들이 모두 엄숙하게 고개를 끄덕였다.

여몽은 이렇게 덧붙여 말하고 보고를 마쳤다.

"감녕이라면 황조 휘하의 그 사람이라고 이웃 나라까지 소문난 용사입니다. 그의 사정을 듣고 참으로 안된 일이라고 동정심이 일어서…… 우리 주군이 받아줄지 어떨지는 보증할 수 없으나 유능한 자라면 후하게 대접하고 현인이라면 정중한 예로서 맞이하는 명군이시므로 어쨌거나 주군께 말씀드리겠다고 화살을 꺾어

x

맹세하자 감녕은 강에 떠 있는 배에서 수백 명의 부하를 뭍으로 부르더니 말씀이 있을 때까지 얌전히 기다리겠다고 했습니다. 그들은 지금 용추 강변에 모여 대기하고 있습니다."

||| 三 |||

"때가 왔구나!"

손권은 손뼉을 치며 기뻐했다.

"지금 황조를 칠 계획을 논의하는 자리에 감녕이 수백 명을 이끌고 우리 땅으로 망명해온 것은 밀물이 차서 강기슭의 풀이 흔들리는 것과 같다고 할 수 있을 것이오. 하늘의 때가 온 것이오. 황조를 멸망시킬 전조요. 즉시 감녕을 불러오라."

손권의 명령을 받고 여몽도 자신의 면목이 서자 크게 기뻐하며 즉시 말을 달려 용추로 갔다.

머지않아 감녕이 오회吳會(오나라의 수도)의 성에 도착했다. 손권은 신하들을 거느리고 그를 만났다.

"전부터 그대의 이름은 들어서 알고 있었다. 또 황조를 떠난 사정도 여몽에게 들었다. 이렇게 된 이상 우리 오나라를 위해 황조를 깨부술 계책에 대해 그대의 의견을 듣고 싶은데, 기탄없이 말해보라."

손권이 먼저 말을 꺼냈다. 감녕이 배례한 후 대답했다.

"한실의 사직은 지금 참으로 위험한 상황으로 조조의 교만함과 포악함은 시간이 갈수록 더해가고 있습니다. 필시 머잖아 찬탈의 역심逆心을 드러낼 것입니다."

"형주는 오와 인접해 있다. 형주의 내정을 자세히 말해보라."

"강과 내가 산과 언덕을 누비고 나아가고 공수 준비에 부족함이 없습니다. 땅은 비옥하고 백성들은 풍요롭습니다. 그러나 더할 수 없이 좋은 환경임에도 불구하고 단 하나 취약한 점이 있습니다. 국주인 유표의 규방이 불화를 일으키고 있고, 고관들은 단결하지 못하고 있습니다."

"유표는 온량하고 박학하며 인재를 기르고 문화를 육성하여 천하의 현인들이 모두 그의 땅으로 모여든다고 들었네만……."

"말씀하신 대로입니다. 그러나 그것은 오로지 유표의 장년 시대의 정평일 뿐이고, 만년이 되어 기력이 쇠해지고 몸에 병이 많아지면서 그의 장점은 단점이 되어 우유부단하고, 밖으로는 큰 뜻이 없고 안으로는 쇠약해졌습니다. 그 허점을 틈타 규방의 다툼을 둘러싸고 적자와 서자 사이에 암투가 일어나는 등 점차로 망조가 들기 시작했습니다. 바로 지금이 공격할 때입니다."

"그 형주에 들어갈 방법은?"

"물론 강하의 황조를 깨부수는 것이 먼저입니다. 황조는 두려워할 존재가 못 됩니다. 그도 벌써 노령으로 시대의 흐름에 어둡고 재물과 이익만을 탐하여 신하들이 진심으로 복종하지 않습니다."

"군량과 무기의 준비는 어떠한가?"

"군비는 충분하지만 활용할 줄 모르고 군령도 바로 서지 않아 공격한다면 즉시 붕괴될 것입니다. 군주께서 지금 기세를 타고 강하, 양양을 치고 초관楚關까지 진격한다면 파촉을 정벌하는 것도 어렵지 않을 것입니다."

"잘 말해주었다. 참으로 귀한 의견이군. 이 기회를 놓쳐서는 안 되겠어."

손권은 즉시 주유를 향해 병선을 준비하라고 명령했다.

장소가 걱정스러운 마음에 충고했다.

"지금 병사를 일으키면 아마도 나라 안의 허점을 틈타 난이 일어날 것입니다. 적어도 자당의 상이 끝날 때까지만이라도 내정을 충실히 하는 데 힘쓰시는 것이 어떻겠습니까?"

감녕이 그의 말을 막으며 말했다.

"그렇기에 국가가 지금 소하蕭何(전한 고조 때의 명재상)의 임무를 공에게 맡기는 것이오. 난이 걱정되거든 나라를 잘 지키며 뒷일에 최선을 다해주시오."

"이미 내 마음은 정해졌소. 장소도 더는 다른 말 마시오. 모두 잔을 듭시다."

손권은 한마디로 중론을 진정시켰다. 그리고 술잔 가득 술을 따라서 감녕에게 건네며 말했다.

"그대를 보내 황조를 치는 것은 예를 들면 이 술과 같은 것이다. 단숨에 마시도록 하게. 만약 황조를 무너뜨리면 그 공은 그대의 것이다."

이렇게 해서 주유를 대도독으로 임명하고 여몽을 선봉대 대장으로, 동습董襲과 감녕을 양날개의 부장으로 삼아 오군 10만은 장강을 거슬러 올라 강하로 밀고 들어갔다.

||| 四 |||

기러기가 어지러이 날아 구름 속으로 숨고, 버드나무와 복숭아나무가 바람에 흔들려 강기슭의 봄에 그늘을 드리웠다.

선수와 선미를 나란히 하고 강을 거슬러 올라가는 병선 수백 척, 비보는 어느새 강하에 전해졌다.

"큰일 났다!"

황조는 보통 놀란 것이 아니었다. 그러나 전에 이긴 전적이 있다.

"오나라의 애송이 놈들아, 무슨 짓이냐!"

소비를 대장으로, 진취陳就와 등룡鄧龍을 선봉으로 삼고 강 위에서 맞서 싸울 요량으로 병선을 끌어내 만반의 준비를 했다.

강물이 크게 일었다.

오군은 수면을 서서히 제압하며 시가지로 이어지는 만의 어귀로 들어갔다.

수비군은 작은 배를 모아 강기슭 일대에 배로 요새를 만들고 크고 작은 활을 늘어세워 일제히 쏘기 시작했다.

오나라의 배들은 수많은 화살에 맞아 진로를 잃고 도망치는데 물밑에 종횡으로 쳐놓은 밧줄에 노가 걸리고 키가 부러졌다.

"또다시 대세가 불리한가."

잠깐은 주유도 눈살을 찌푸릴 정도였다.

그때 감녕이 "자, 지금부터다."라며 동습을 재촉하여 미리 입을 맞춘 대로 신호의 깃발을 돛대에 올리고 결사적으로 적진으로 올라갈 준비를 했다.

100여 척의 빠른 배가 즉시 강 위로 내려졌고, 그 배에 스무 명, 서른 명씩 죽음을 두려워하지 않는 병사들이 올라탔다.

물결 사이에서 울리는 징과 북소리, 함성과 함께 죽음을 각오한 오군은 결사적으로 육지로 올라갔다.

어떤 자는 물밑의 밧줄을 자르면서, 어떤 자는 빗발치는 화살을 막으면서, 또 뱃머리에 버티고 선 궁수는 눈을 감고 육지의 적을 향해 활을 쏘면서 전진했다.

"막아라!"

"육지에 올라오게 해서는 안 된다!"

적의 작은 배들도 강물에 이리저리 흔들렸다.

그리고 불을 던지고 기름을 뿌렸다.

하얀 파도는 하늘을 향해 으르렁거리고 피는 큰 강을 저녁노을처럼 물들였다.

"안타깝군. 수군 선봉은 무너졌는가. 2진은 육지 방어를 철통같이 하라."

황조의 선봉대장 진취가 기슭에 올라 목이 쉬도록 좌우의 병사들에게 명령하고 있는 것을 여몽이 발견했다.

"꼼짝 마라."

여몽은 기슭에 뛰어오르자마자 창을 휘둘러 찌르려고 했다.

진취는 당황하여 검으로 막으며 소리쳤다.

"조심해라. 이미 적이 육지에 올라왔다."

그는 부하들에게 주의를 주며 도망갈 길을 찾아 갈팡질팡했다.

이렇게까지 빨리 적이 육지로 올라오리라고는 생각지 못한 듯했다.

"이놈, 이름이 아깝지 않으냐!"

여몽은 진취를 쫓아 뒤에서 창을 한 번 휘둘러 그를 쓰러뜨린 뒤 칼을 빼서 목을 벴다.

수군이 궤멸하는 것을 막으려고 소비는 강기슭까지 말을 전진시켰다. 그를 본 오군의 상졸들이 공을 세우기 위해 그의 주위로 몰려들었으나 등불을 향해 달려드는 여름벌레들처럼 그의 주위에는 시체만 쌓일 뿐이었다.

그때 오군 장수 중에 반장潘璋이라는 용장이 아우성치는 적군과 아군 사이를 빠져나가 곧바로 소비에게 접근하는가 싶더니 순식간에 말 위에서 사로잡아 맹활약하던 그를 말안장 옆에 끼고는 그대로 아군의 배까지 달려 돌아갔다.

그리고 손권에게 바치자 손권은 눈을 부라리며 소비를 노려보았다.

"전에 아버지를 죽인 놈이 바로 이놈이다. 쉽게 목을 쳐 죽이기조차 아깝다. 개선한 후 황조의 목과 함께 아버지의 무덤에 바치겠다. 함거에 처넣어 본국으로 압송하라."

이렇게 말하고 그를 부하의 손에 넘겼다.

꿀벌과 공자

||| 一 |||

오나라는 여기서 육해군 모두 대승을 거두자 기세를 타고 수로와 육로로 적의 본성까지 공격해 들어갔다. 그토록 오랜 세월을 '강하에 황조가 있다.'고 뽐내던 지반도 지금은 흔적도 없이 오군에게 유린당했다.

성벽 아래에 다다르자 이곳 지리에 대해 누구보다도 밝은 감녕이 제일 먼저 앞장서서 "황조의 머리를 다른 사람의 손에 넘기는 것은 치욕이다."라며 혈안이 되어 있었다.

서문과 남문으로는 아군이 밀고 들어갔으나 아직 동문으로는 누구도 들어가지 않았다. 필시 황조가 그쪽으로 도망쳐 나올 것이라고 생각하고 문밖 몇 리 밖에서 숨어 기다리고 있었다.

이윽고 강하성 위로 검은 연기가 피어오르고 망루와 전각, 누각이 모두 불꽃으로 변했을 무렵 황조는 불과 스무 명 정도의 부하만 데리고 동문에서 달려나왔다.

그때 갑자기 길섶에서 철갑을 두른 대여섯 기의 병사들이 황조 옆에서 소리를 지르며 덤벼들었다. 선수를 빼앗긴 감녕이 누군가 싶어 보니 오나라의 숙장 정보와 그의 가신들이었다.

정보가 오늘의 전투를 크게 기대하며 황조의 머리를 노린 것은 당연했다.

황조 때문에 허무하게 원정 도중에 목숨을 잃은 손견 이후, 2대 손책, 지금의 3대 손권을 보필하며 역대 무용에 있어서는 누구에게도 지지 않는 오나라의 장수로서 '오늘은 무슨 일이 있어도 반드시.'라는 각오로 대놓고 옛 주군의 복수를 염원하고 있었던 것이다.

하지만 감녕도 그냥 방관하고 있을 수만은 없었다.

한발 늦었기 때문에 그는 허둥거리며 허리에 찬 철궁을 손에 들고 화살을 시위에 메겨 쏘았다.

화살은 보기 좋게 황조의 등에 꽂혔다. 황조가 말에서 떨어지는 것을 본 감녕은 "내가 맞혔다! 적장 황조를 잡았다!"라고 외치며 달려가서 정보와 함께 그 목을 베었다.

강하 점령 후에 두 사람은 함께 황조의 머리를 손권 앞에 바쳤다.

손권은 그 머리를 땅바닥에 던지며 소리쳤다.

"아버지를 죽인 원수. 상자에 넣어 본국으로 보내라. 목과 함께 아버지의 묘에 바치겠다."

장수들에게는 은상을 나누어주고, 손권도 본국으로 돌아왔다. 그리고 "감녕의 공이 크다. 도위都尉에 봉하겠다."고 하고 또 강하성을 수비하기 위해 약간의 병력을 배치하려 했다.

그때 장소가 재고할 것을 간했다.

"그것은 좋은 계책이 아닙니다. 이 작은 성 하나를 지키기 위해 병사를 남겨두면 앞으로도 계속 지키지 않으면 안 됩니다. 게다가 오래는 유지할 수 없습니다. 오히려 미련 없이 버리고 돌아가면 유표가 반드시 병사를 일으켜 황조의 복수를 하려 들 것입니다.

그때 또 쳐서 적을 무너뜨리고 그 여세를 몰아 형주까지 진격한다면 형주로 들어가기도 수월할 것입니다. 그리고 이 근방의 지세나 요해는 아군이 이미 경험했기 때문에 두 번이든 세 번이든 깨부수는 데 어려움은 없을 것입니다."

그는 강하를 미끼로 유표를 유인하자는 계책을 제안했다.

"참으로 신묘한 계책이오."

손권도 찬성하고 점령지는 모두 포기하기로 결정했다. 이윽고 전군은 개가를 부르며 병선을 타고 본국으로 돌아갔다.

한편 함거에 갇혀 먼저 오나라로 압송된 황조의 신하 소비는 오의 전군이 개선했다는 말을 듣고 문득 예전에 감녕에게 베풀었던 은혜를 떠올렸다.

'그래. 전에 내가 감녕을 도와준 적이 있으니……. 감녕에게 부탁하면 목숨만은 구할 수 있을지도 몰라.'

그는 감녕에게 편지를 써서 옥졸에게 전해달라고 부탁했다.

ⅠⅠⅠ 二 ⅠⅠⅠ

개선한 직후 손권은 부형의 분묘를 찾아가 승전을 보고했다.

그리고 공을 세운 신하들에게 연회를 베풀었다. 그때 감녕이 그의 발밑에 꿇어앉아 말했다.

"특별히 부탁드리고 싶은 일이 있습니다."

"새삼스럽게 무슨 일인가?"

손권이 물었다.

"저의 공적에 은상을 내리시는 대신에 소비의 목숨을 살려주십시오. 만약 전에 소비가 저를 도와주지 않았다면 저는 공을 세우기는커녕 목숨도 붙어 있지 못했을 것입니다."

그는 머리를 조아리며 호소했다.

손권도 생각했다. 만약 소비가 인정을 베풀지 않았다면 지금 오나라의 대승도 없었을 것이라고. 그러나 그는 고개를 저었다.

"소비를 살려주면 소비는 또 도망쳐서 오나라에 원수를 갚으려고 할 것이다."

"아닙니다. 결코 그런 일이 없게 하겠습니다. 이 감녕의 목을 걸고 맹세하겠습니다."

"반드시 그리 하겠나?"

"어떤 맹세라도 하겠습니다."

"그렇다면…… 그대를 봐서."

손권은 결국 소비의 목숨을 살려주기로 했다.

그에 따라 감녕을 데려온 여몽도 은상으로 횡야중랑장橫野中郎將에 임명했다.

그때 갑자기 화기애애한 연회의 분위기를 깨고 "이놈, 꼼짝 마라."라고 소리치면서 검을 빼 들고 감녕에게 달려드는 자가 있었다.

"앗, 뭐 하는 짓이냐!"

깜짝 놀란 감녕은 소리치면서 앞에 있는 탁자를 집어 상대의 검을 막았다.

"능통은 멈춰라!"

급박한 상황이었기 때문에 좌우에 명령할 새도 없었다. 손권이 직접 난폭하게 구는 그를 뒤에서 그러안아 붙들고 호되게 꾸짖었다.

이 난폭자는 오군 여항餘杭 사람으로 이름은 능통, 자는 공적公績이라는 청년이었다.

지난 건안 8년(203)의 전쟁에서 아버지 능조가 황조를 공격하러 가서 큰 공을 세웠지만, 그 무렵 아직 황조의 수하로 있던 감녕이 쏜 화살에 맞아 목숨을 잃었던 것이다.

당시 능통은 열다섯의 어린 나이에 첫 출진한 것이었으나 언젠가 그 원한을 풀고자 이후 슬픔을 달래고 피눈물을 삼키며 복수의 칼을 갈고 있었던 것이다.

그의 심사心事를 듣고 손권이 타일렀다.

"너의 행패를 벌하지는 않겠다. 효심을 생각하여 이 자리의 무례를 용서하마. 그러나 모두 한집안 식구, 한 주인을 섬기고 있는 자는 모두 형제가 아니겠나. 감녕이 예전에 너의 부친을 죽인 것은 당시 섬기고 있던 주군에게 충성을 다하기 위함이었을 뿐이다. 지금 황조는 죽고 감녕은 오나라에 복종하여 한식구가 된 이상 어찌 옛 원한을 품는단 말인가. 너의 효심은 감동스럽지만 개인적인 원한에 집착하는 것은 효만 알고 충의 태도를 모르는 것이다. 나를 봐서 모든 원한을 잊어라."

주군이 타이르자 능통은 검을 놓고 마루에 엎드려 머리를 바닥에 찧어 이마에서 피를 흘리며 통곡했다.

"알겠습니다. 그러나 헤아려주십시오. 어린 시절부터 주군의 은혜를 입은 것은 잊지 않겠습니다만, 아버지를 잃고 비탄에 잠긴 아들의 심정을, 또 아버지를 죽인 인간을 눈앞에서 보고 있는 가슴속을 밀입니다."

"나에게 맡기라니까."

손권은 다른 장수들과 함께 그를 위로하는 데 진땀을 뺐다. 능통은 올해 스물한 살로 젊은 나이였으나 아버지를 따라 강하에 첫 출진한 이래 혁혁한 공을 세우고 있었다. 그 됨됨이를 손권도 총애하며 아꼈다.

그 후 능통을 승렬도위承烈都尉에 봉하고 감녕에게는 병선 100척에 병사 5,000명을 주어 하구夏口의 수비를 맡겼다.

능통의 숙원을 자연스럽게 잊게 하기 위한 조치였다.

오나라는 날이 갈수록 기세가 더해갔다.

남쪽 하늘에 융성의 기운이 가득했다.

지금 오나라에서 특히 힘을 쏟고 있는 것은 수군의 편제였다. 최근 들어 조선술도 급격한 진보를 보였다. 대형 배가 활발하게 만들어졌고, 그렇게 만들어진 배는 파양호鄱陽湖로 옮겨져서 수군 대도독이 된 주유에 의해 맹훈련이 이루어졌다.

손권 역시 태평하게 있지만은 않았다. 숙부 손정孫靜에게 오회를 지키게 하고 파양호에서 가까운 시상군柴桑郡(강서성 구강 서남쪽)으로 군영을 옮겼다.

그 무렵 유비는 신야에서 공명을 맞아들여 역시 장래의 계획에 대해 만반의 준비를 하고 있었다.

"중대한 일이 있다며 형주에서 급사를 보냈소. 가는 것이 좋겠소, 가지 않는 것이 좋겠소?"

그날 유비는 유표의 편지를 손에 들고 종일 생각에 잠겨 있었다.

공명이 즉시 명료한 판단을 내려주었다.

"가십시오. 아마도 오나라에 패한 황조의 원수를 갚기 위한 회의일 것입니다."

"유표와 대면했을 때는 어떤 태도를 취하는 것이 좋겠소?"

"넌지시 양양의 모임과 단계檀溪의 난에 대해 말씀하시고 만약 유표가 오나라의 토벌을 부탁해도 절대 받아들여서는 안 됩니다."

이윽고 유비는 장비, 공명 등과 함께 형주성으로 향했다.

함께 간 병사 500명과 장비를 성 밖에서 대기하게 하고 유비는 공명과 둘이서 성으로 들어갔다.

유비가 계단 아래에서 유표에게 절을 하자 유표는 그를 방으로 맞아들여 먼저 말을 꺼냈다.

"양양의 모임에서 귀공에게 뜻밖의 어려움을 겪게 하여 송구하오. 채모를 참수형에 처해 사죄하려 했으나 본인도 뉘우치고 다른 사람들도 애원하기에 할 수 없이 용서했소. 부디 그 일은 없었던 것으로 여기고 잊어주시오."

유비는 미소 지으며 말했다.

"뭘요. 그 일은 채 장군이 한 일이 아닙니다. 아마도 조무래기 소인배들이 꾸민 짓일 것입니다. 저는 이미 잊었습니다."

"그런데 강하의 패배와 황조가 전사한 소식은 들으셨소?"

"황조는 죽음을 자초한 것입니다. 평소에 마음이 안정되지 못한 대장이라 언젠가 이런 일이 있을 것이라 생각했습니다."

"오나라를 쳐야 할 것 같은데……."

"형주가 남하의 조짐을 보이면 북방의 조조가 바로 허점을 노려 공격해올 것입니다."

"음…… 그 점이 문제요. ……내가 가고자 하나 나이가 많고 게다가 몸에 병이 많아서. 어쩌면 좋겠소? 이 난국에 처해서 아무리 생각해봐도 어찌할 바를 모르겠소. 귀공은 한의 종친, 유가의 동족. 나를 대신하여 국사를 다스려 내가 죽은 후에 이 형주를 맡아 주시오."

"그럴 수 없습니다. 이 큰 나라를, 또 이 난국에 어떻게 아무 능력도 없는 저 같은 자가 소임을 맡을 수 있겠습니까?"

공명이 옆에서 유비에게 끊임없이 눈짓을 보냈지만 통하지 않는 듯했다.

"그런 마음 약한 소리는 하지 마시고 건강에 힘쓰고 마음을 굳게 먹으시고 나라를 다스리기 위해 더 좋은 계책을 세우도록 하십시오."

이렇게만 말하고는 이윽고 성시에 있는 여관으로 물러갔다. 나중에 공명이 물었다.

"어째서 수락하지 않으셨습니까?"

"은혜를 베푼 사람의 어려움을 보고 그것을 나의 기쁨으로 삼을 수는 없지요."

"하지만 강제로 뺏는 것도 아니지 않습니까?"

"자진해서 넘겨준다고는 해도 은인에게는 불행이고 나에게는 명백한 행운······. 나는 그것이 견디기 어렵소."

공명은 조용히 탄식하며 할 수 없다는 듯이 중얼거렸다.

"과연 주군은 인군仁君이십니다."

⏐⏐⏐ 四 ⏐⏐⏐

그러고 있는데 전갈이 왔다.

"형주의 적자, 유기劉琦 님이 오셨습니다."

유비는 놀라서 마중 나갔다.

유표의 장자 유기가 무슨 일로 찾아왔을까?

방으로 맞아들여 찾아온 이유를 물으니 유기는 눈물을 글썽이며 이렇게 말했다.

"장군께서도 잘 아시다시피 저는 형주의 후계자로 태어나기는 했습니다만, 계모 채씨에게 유종劉琮이 있기 때문에 항상 저를 제거하고 종을 후계자로 세우려 하고 있습니다…… 이 이상 성에 머물다가는 언제 목숨을 잃을지 모릅니다. 장군, 부디 도와주십시오."

"잘 알겠습니다. 그러나 공자, 집안일은 다른 사람이 참견할 문제가 아닙니다. 사람이 사는 집에는 갖가지 괴로움과 즐거움이 있게 마련이죠. 그것을 극복하는 것은 집안사람으로서의 의무가 아니겠습니까?"

"……하지만 다른 일이라면 무엇이든 견디겠습니다만, 목숨이 위태로운 일이라……. 저는 죽임을 당하고 싶지 않습니다."

"공명, 뭔가 좋은 생각이 없겠소? 공자를 위해서."

공명은 냉담하게 머리를 가로저으며 대답했다.

"집안일이니 우리가 관여할 일이 아닙니다."

"……."

유기는 풀이 죽어서 돌아갈 수밖에 없었다. 유비는 가엾게 여기며 배웅을 나와서 유기의 귀에 뭔가 속삭였다.

"내일, 댁에 은밀히 공명을 사자로 보낼 테니 그때 이런 방법으로 묘책을 묻도록 하시오."

이튿날 유비가 공명에게 말했다.

"이제 유 공자의 방문을 받았으니 답례하러 가야 하는데 무슨 일인지 오늘 아침부터 배가 아파 견딜 수가 없소. 날 대신해서 인사하러 가주지 않겠소?"

유비의 말에 공명은 유기의 집으로 향했다. 인사만 하고 바로 돌아가려고 했으나 유기가 극진한 예로 술을 권하기에 돌아가려 해도 돌아갈 수 없었다.

분위기가 무르익었을 무렵 유기가 공명의 학구열을 자극했다.

"선생께서 오신 김에 보여드리고 가르침을 받고 싶은 고서가 있습니다. 여러 대에 걸쳐 내려온 희서稀書라 합니다. 부디 한번 봐주십시오."

그는 결국 공명을 전각 위로 유인했다. 공명이 방 안을 둘러보며 수상하다는 듯 말했다.

"책은 어디에 있습니까?"

유기는 공명의 발밑에 무릎을 꿇고 눈물을 흘리면서 거듭 절하며 말했다.

"선생님, 용서하십시오. 선생님을 이곳으로 부른 것은 어제 여쭌 어려움에서 구해주셨으면 해서입니다. 부디 죽음을 피할 좋은 계책을 알려주십시오."

"모르오."

"그렇게 말씀하시지 말고 제발."

"어찌 남의 집 가정사에 개입하겠습니까? 그런 계책은 가지고 있지 않습니다."

공명이 자신과는 상관없다는 듯 전각을 내려가려고 하자 어느 틈에 사다리가 치워져 있었다.

"응? ……공자께서 저를 속이셨군요."

"이 세상에 선생님 외에는 여쭐 사람이 없습니다. 제게는 생사가 걸린 문제입니다…….”

"아무리 물어도 없는 계책을 알려드릴 수는 없습니다. 어려움을 벗어나 자신의 목숨을 구하고 싶다면 스스로 지혜를 짜내고 용기를 내어 위험과 맞설 수밖에 없지요."

"그렇다면 도저히 선생님의 가르침을 구할 수 없다는 말씀입니까?"

"혈육 간을 이간시킬 수는 없소."

"그렇다면 저도 할 수 없습니다."

유기는 갑자기 검을 뽑아 자신의 목을 베려 했다. 공명이 급히 저지하며 말했다.

"멈추시오."

"놓으십시오."

"아니, 좋은 계책을 알려드리겠소. 그 정도의 각오라면."

"네? 정말입니까?"

유기는 검을 놓고 공명 앞에 넙죽 엎드리더니 갑자기 눈을 반짝였다.

||| 五 |||

공명은 친절하게 말했다.

"옛날, 춘추시대에 진나라 헌공獻公의 부인에게는 두 아들이 있었습니다. 형의 이름은 신생申生, 동생의 이름은 중이重耳라고 합니다."

예화를 들어 유기를 가르치려는 것이다. 유기는 두 귀를 쫑긋 세우고 열심히 들었다.

"그러나 얼마 지나지 않아 헌공의 두 번째 부인인 여희驪姬에게

서도 아들이 한 명 태어났습니다. 여희는 자신의 아들에게 후계를 잇게 하려고 항상 정실의 아들인 신생과 중이의 험담을 했지요. 그러나 헌공이 보기에 정실의 두 아들은 모두 수재였기 때문에 여희가 아무리 참언을 해도 그들의 상속권을 박탈하려 하지 않았습니다."

"그 신생이라는 사람이 지금의 저와 비슷한 처지네요."

"그래서 여희는 어느 따뜻한 봄날 헌공을 누각 위로 불러 주렴 안에서 정원을 바라보게 하고 자신은 몰래 옷깃에 꿀을 바른 후 신생을 정원으로 불러냈습니다…… 당연히 많은 벌이 달콤한 꿀 냄새를 맡고 여희의 머리와 옷깃으로 모여들었습니다…… 아무것도 모르는 신생은 놀라서 여희를 감싸며 옷깃을 두드리고 등을 털어냈습니다. 누각 위에서 보고 있던 헌공은 그 모습을 보고 몹시 화를 냈습니다. 여희를 희롱했다고 생각한 것이죠. 이후 신생을 미워하며 해가 갈수록 의심하는 마음이 더해갔습니다."

"아아……. 채 부인도 그렇습니다. 저는 언제부터인지 이유 없이 아버지에게 미움을 받고 있습니다."

"계책이 성공하자 자신감이 더해진 여희는 또 다른 악독한 계책을 꾸몄습니다. 신생의 죽은 어머니의 제삿날이었습니다. 여희는 은밀히 제사 음식에 독을 넣고 제사가 끝난 후 신생에게 말하기를 어머니에게 올린 제사 음식을 그대로 주방으로 물리기는 아까우니 아버지께 드리라고 했습니다. 신생은 여희가 말한 대로 아버지 헌공에게 그 음식을 권했습니다. 그때 여희가 들어와서 밖에서 들인 음식을 확인해보지도 않고 먹어서는 안 된다며 그중 하나를 집어 개에게 던져주었습니다. 개는 그 자리에서 피를 토하고 죽었고, 여희에게 보기 좋게 속은 헌공은 신생을 죽여버렸습니다.”

“아아…… 그럼, 동생 중이는 어떻게 되었습니까?”

“다음에는 자기 차례라며 중이는 다른 나라로 도망가서 몸을 숨겼습니다. 그리고 열아홉 해가 지나 비로소 세상에 나온 진나라의 문왕이 그 옛날의 중이였던 것입니다. ……지금 형주의 동남쪽, 강하의 땅은 오나라에 의해 황조가 죽은 후 지키는 자도 없이 버려져 있습니다. 공자가 계모의 화를 피하고 싶다면 아버님께 그곳을 지키러 가겠다고 청하십시오. 중이가 나라를 떠나 화를 피한 것과 같은 결과를 얻을 수 있을 것입니다.”

“선생님, 정말로 감사합니다. 이제야 제 인생에 밝은 빛이 보이는 것 같습니다.”

그는 몇 번이나 감사했다. 그리고 손뼉을 쳐서 가신을 불러 내려가는 곳에 사다리를 놓게 하고 공명을 배웅했다.

공명이 돌아와서 그 일을 유비에게 자세히 고하자 유비도 “참으로 좋은 계책이오.”라며 함께 기뻐했다.

얼마 지나지 않아 형주에서 유비를 부르는 사자가 왔다. 유비가 성에 들어가자 유표가 상담을 청해왔다.

“장남 유기가 무슨 생각을 했는지 느닷없이 강하를 수비하러 떠나겠다고 청하는데 어떻게 하면 좋겠소?”

“참으로 좋은 일이 아닙니까? 부모의 품을 떠나 멀리 가는 것은 훌륭한 수행이 될 뿐만 아니라 강하는 오나라와의 접경이기도 한 중요한 땅이니 근친 중에 누군가 한 사람을 두시는 것은 형주 전체의 사기를 위해서도 좋은 일이라고 생각합니다.”

“그럴까요?”

"동남쪽 방어는 태수와 큰아드님께서 맡아주십시오. 불초 현덕은 서북쪽 방어를 맡겠습니다."

"……음, 듣자 하니 최근에 조조도 병선을 만들고 현무지玄武池에서 수군 훈련에 힘을 쏟고 있다고 하오. 필시 남방을 정벌하겠다는 야심 때문일 테지. 장군도 방비에 힘써주시오."

"안심하십시오."

유비는 신야로 돌아갔다.

임전 태세

||| 一 |||

이 무렵 조조는 대대적인 직제개혁職制改革을 단행했다. 늘 내정의 청신淸新을 꾀하고 유능한 인재를 등용하여 각료 구성을 강화하는 데 힘쓰며 '유사시엔 언제든.'이라는 소위 임전 태세를 갖추고 있었다.

모개毛玠가 동조연東曹椽에 임명되고 최염崔琰이 서조연西曹椽에 천거된 것도 이 무렵이었다. 그중 특출한 인사라고 평가된 것은 주부主簿 사마랑司馬朗의 아우로 하내온河內溫 사람, 사마의司馬懿, 자는 중달仲達이라는 자가 문학연文學椽에 등용된 것이었다.

사마의는 오로지 문화 교육 방면과 선거 관리의 업무만 해왔기 때문에 문관 중에서는 인정받았으나 군정軍政 방면에서는 아직 재략이 있다는 평판은 없었다.

군부에서 중용되는 인물은 전과 다름없이 하후돈, 조인, 조홍 등이었다.

어느 날 남방의 형세에 대해 군사 회의가 열렸을 때 하후돈이 이런 의견을 냈다.

"지금 유현덕은 신야에서 공명을 군사로 삼고 병마를 조련하는 데 여념이 없다고 합니다. 그냥 내버려둔다면 훗날 큰 근심거리가 될 것입니다. 우선 이 장애물을 제거한 후 다음 대계에 임하는 것이 순서일 것입니다."

장수들 중에는 다른 의견이 있는 듯한 사람도 있었으나 조조가 바로 "좋은 의견이네."라고 말했기 때문에 그 자리에서 유비를 공격하는 것이 결정되어버렸다.

즉, 하후돈을 총군 도독으로 삼고, 우금과 이전을 부장으로 한 10만 군단이 편제되어 길일을 택해 출격하게 되었다.

그사이에 순욱은 두 번쯤 조조에게 다른 의견을 말했다.

"듣자 하니 공명이라는 자는 예사로운 군사가 아닌 듯합니다. 아울러 지금 경솔하게 유비를 치는 것은 이겨도 이익이 적고, 지면 중앙 정부의 위엄을 떨어뜨릴 뿐만 아니라 잃는 것이 더 많을 것입니다. 이번 출진은 좀 더 심사숙고하심이 좋을 듯합니다."

하후돈이 옆에서 웃었다.

"유비, 공명 따위는 다스리는 영지도 없는 들쥐 무리에 지나지 않소. 지금 한 말은 너무 쓸데없는 걱정이오."

"아닙니다. 장군, 유비를 결코 얕봐서는 안 됩니다."

옆에서 불쑥 순욱의 의견을 지지하며 나선 자가 있었다. 그는 얼마 전까지 신야에 있었기 때문에 유비의 근황을 잘 아는 서서였다.

"오, 서서인가."

조조는 그의 존재를 인식하고는 갑자기 물었다.

"유비의 군사가 된 공명이란 대체 어떤 자인가?"

"이름은 제갈량, 자는 공명, 도호道號는 와룡 선생입니다. 위로는 천문에 정통하고 아래로는 지리, 민정에 밝으며 《육도六韜》(중국 주나라의 태공망이 지은 병법서)를 암송하고 《삼략三略》(태공망이 지은 병법서)을 가슴에 품어 신산귀모神算鬼謀(뛰어난 계략과 귀신같은 꾀), 실로 세상의 평범한 학도나 병법가가 아닙니다."

"자네와 비교한다면?"

"저 따위와는 비교가 되지 않습니다. 저를 개똥벌레라고 한다면 공명은 달과 같은 존재입니다."

"그 정도인가?"

"어찌 그와 견줄 수 있겠습니까?"

그러자 하후돈이 서서를 꾸짖으며 더욱 크게 소리쳤다.

"공명도 인간일 뿐이오. 인간과 인간 사이에 어찌 그렇게 큰 차이가 나겠소? 대체로 평범한 자와 비범한 자는 종이 한 장 차이에 불과하오. 이 하후돈이 보기에는 애송이 공명 따위는 먼지에 지나지 않소. 무엇보다 그 애송이는 아직 실전 경험조차 없지 않소? 만약 이번 전투에서 그를 생포하지 못한다면 나 하후돈은 이 머리를 승상 앞에 바치겠소."

조조는 그의 말을 장하게 여기며 출진의 날에는 직접 부문府門에 말을 세우고 10만의 장병을 배웅했다.

388

||| 二 |||

한편 신야에서는 공명이 온 뒤로 약간 미묘한 분위기가 감돌고 있었다.

"애송이 공명을 오랫동안 주군을 섬긴 신하보다 상석에 앉히고 스승의 예로 대할 뿐만 아니라, 주군께서 그와 함께 기거하며 같은 침상에서 자고 일어나고 같은 식탁에서 식사하는 등 너무 지나치게 총애하는 거 아냐?"라는 질시였다.

관우와 장비 두 사람도 속으로 못마땅했는지 표정에 그대로 드러나 있었고, 언제는 유비에게 그런 불만을 거리낌 없이 말하기도 했다.

"도대체 공명의 재주가 얼마나 뛰어나기에 그렇게 편애하십니까? 형님께서는 좀 지나치다 싶게 사람에게 빠지는 경향이 있는 것 같습니다."

"아닐세, 아니야."

유비는 부드럽게 미소를 지으며 말했다.

"내가 공명을 얻은 것은 물고기가 물을 얻은 것과 같네."

장비는 몹시 불쾌하다는 표정을 지었다. 그 후로는 공명이 보이면 비아냥거리듯 말했다.

"물이 온다, 물이 흘러간다."

공명은 실로 물과 같았다. 성안에 있어도 있는지 없는지 모를 정도로 늘 조용했다.

어느 날 그가 문득 유비가 머리에 쓰고 있는 모자를 보더니 눈살을 찌푸리며 물었다.

"그게 뭡니까?"

유비는 몸치장을 좋아했다. 자주 신기한 것들로 모자를 짜고 진주로 장식하는 버릇이 있었기 때문에 그것을 책망한 듯했다.

"이것 말이오……? 이건 얼룩소의 꼬리로 매우 희귀한 것이오. 양양의 어떤 부호가 보내왔기에 모자로 만들어보았소. 이상한가?"

"잘 어울립니다. 그런데 슬프지 않습니까?"

"무슨 말이오?"

"부녀자처럼 용모에 신경 쓰고 계신데 그게 무슨 도움이 되겠습니까? 오히려 주군께 큰 뜻이 없다는 증표일 뿐입니다."

공명이 언짢은 기색으로 힐난하자 유비는 즉각 얼룩소 털로 만든 모자를 내팽개치며 말했다.

"어찌 진심으로 이런 것을 만들었겠소? 그냥 한때의 걱정을 잊기 위한 것에 지나지 않소."

공명이 뜬금없이 물었다.

"주군과 유표를 비교하면 어떻습니까?"

"유표에게 미치지 못하오."

"조조와 비교하면?"

"더욱더 미치지 못하지."

"주군께서는 이 두 사람에게도 미치지 못하는 데다가 병력 또한 불과 수천에 지나지 않습니다. 만약 조조가 내일이라도 당장 공격해온다면 어떻게 방어할 생각입니까?"

"……그 일이 늘 걱정이오."

"걱정이 단순한 걱정으로 끝나서는 안 됩니다. 실제적인 대책을 강구해야 합니다."

"아무쪼록 좋은 대책을 알려주시오."

"내일부터 시작하겠습니다."

공명은 전부터 신야의 호적부를 만들어 농민 중에서 장정들을 징집해두었다. 성안의 병사 수천 명 외에 농병대農兵隊 조직을 계획하고 있었던 것이다.

다음 날부터 공명이 교관이 되어 3,000여 명의 농병을 조련하기 시작했다. 걷는 법, 달리는 법, 매복하는 법, 일진일퇴, 진법을 가르치고 극기의 정신을 키우고 검술까지 익히게 했다.

두 달쯤 지나니 3,000명의 농병은 절도를 지키며 공명의 수족처럼 움직일 수 있게 되었다.

이러할 때 하후돈을 대장으로 한 10만의 병사가 신야를 정벌하기 위해 남하하고 있다는 소식이 들려왔다.

"10만의 대군이라고 하는데 어떻게 막으면 좋겠는가?"

유비가 겁에 질려 관우와 장비 두 사람에게 물었다.

"굉장한 들불입니다. 물을 부어서 끄면 될 것입니다."

장비는 이때다 싶어서 빈정거리며 말했다.

||| 三 |||

사소한 감정에 사로잡혀 있을 때가 아니었다. 유비는 두 사람에게 말했다.

"지혜는 공명을 의지하고 용맹은 두 사람을 의지하고 있으니 제발 부탁하네."

장비와 관우가 물러가자 유비는 또 공명을 불러 마찬가지로 이 위기에 대처하는 방법을 물었다.

"걱정할 것 없습니다."

공명은 우선 이렇게 말한 뒤 말을 이었다.

"단지 지금 걱정해야 할 것은 바깥보다는 안입니다. 아마도 관우와 장비 두 장군은 저의 명령에 복종하지 않을 것입니다. 군령이 행해지지 않으면 반드시 패할 것입니다."

"참으로 난처하군. 어떻게 하면 좋겠소?"

"황공하오나 주군의 검과 인을 저에게 빌려주십시오."

"어려울 것 없지. 여기 있소."

"장군들을 불러주십시오."

공명에게 검과 인을 넘겨주고 유비는 장군들을 불렀다.

공명은 군사의 자리에 앉고 유비는 중앙에 있는 의자에 앉아 있었다. 공명은 의젓하게 일어나서 아군의 배진을 지시했다.

"여기 신야에서 90리 밖에 박망파博望坡라는 험준한 곳이 있소. 왼쪽에는 예산豫山이라는 산이 있고, 오른쪽에는 안림安林이라는 숲이 있소. 각자 이곳을 전장이라고 알고 있으시오."

그는 우선 지리에 대해 설명한 후 말을 이었다.

"관우 장군은 병사 1,500명을 이끌고 예산에 숨어 적군이 반쯤 통과하면 후진을 쳐서 적의 수송대를 습격하고 불을 질러 태워버리시오. 장비 장군은 마찬가지로 병사 1,500명을 이끌고 안림으로 들어가 뒤편의 골짜기에 숨어 있다가 남쪽에서 불길이 오르는 것을 보거든 일심분란하게 적의 중군과 선봉을 공격하여 분쇄하도록 하시오. 또 관평과 유봉 장군은 각각 병사 500명을 이끌고 유황과 염초를 가지고 있다가 박망파 양옆에서 불을 질러 적을 불 속에 가두시오."

다음으로 조운을 지명하며 말했다.

"귀공은 선봉을 맡도록 하시오."

선봉을 맡으라는 말에 조운이 좋아서 흥분하자 공명은 그를 나무라고 말을 이었다.

"난, 일신의 공명을 세우려 하지 말고 그저 거짓으로 패하는 척하며 도망쳐오시오. 이기려 하지 말고 적을 깊숙이 유인하는 것이 귀공의 임무요. 이번 전쟁의 전기가 될 일이니 절대로 실수하는 일이 없도록 하시오."

그 외에 모든 장수의 임무 분담이 끝나자 장비가 기다렸다는 듯이 갑자기 큰 소리로 말했다.

"그래, 군사의 지시는 잘 알았소. 그런데 한 가지 물어봅시다. 군사께서는 어디에 있을 작정이오?"

"주군께서는 일군을 이끌고 선봉의 조운 장군과 수미首尾의 형태를 취할 것이오. 즉, 적의 진로를 막을 것이오."

"닥쳐라. 주군을 물은 것이 아니다. 너는 어디서 싸울 것인지 물은 것이다."

"나는 여기서 신야를 지킬 것이오."

장비는 큰 입을 벌리고 웃으며 손뼉을 쳤다.

"와하하하, 아하하하. 그렇다면 이자의 지략도 뻔한 것이군. 다들 들었소? 주군을 비롯해 우리에겐 본성에서 멀리 나가 싸우라고 명하고 자신은 신야를 지키겠다는군. 편안히 앉아서 자신의 무사만을 지키려 하다니…… 와하하하, 웃으시오. 모두."

공명은 그 웃음을 일갈하여 멈추게 한 후 말했다.

"검과 인이 여기에 있는 것이 보이지 않는가? 명령을 거역하는 자는 목을 베겠다. 군기를 어지럽히는 자도 마찬가지다!"

그는 장비를 노려보고 있었다. 장비는 버럭 성을 내며 대들려고 했으나 유비가 달래자 마지못해 밖으로 나가 한껏 비웃으면서 출진했다.

||| 四 |||

표면적으로는 명령에 따라 각자 전선을 향해 출동했지만 내심 공명의 지휘를 의심하는 사람은 관우와 장비뿐만이 아니었다.

관우 등도 장비를 달랬으나 이렇게 말할 정도였다.

"어쨌거나 공명의 계책이 들어맞을지 어떨지 시험삼아 이번만은 명령에 따르도록 하자."

때는 건안 13년(208) 가을 7월이었다. 하후돈은 10만의 대군을 이끌고 박망파(하남성, 신야의 북방)까지 밀고 들어왔다.

현지인 안내자를 불러 지명을 물으니 이렇게 대답했다.

"뒤는 나구천羅口川, 좌우는 예산과 안림이고 앞은 박망파입니다."

군량 수송대 등이 주를 이루는 후진의 수비는 우금과 이전 두 장수에게 맡기고 자신은 부장 하후란과 호군護軍인 한호韓浩 두 사람을 이끌고 앞으로 진격했다.

그리고 우선 기마 장수 수십 명을 데리고 적의 진용을 한번 살펴보기 위해 높은 곳으로 달려 올라가서 보더니 크게 웃었다.

"하하하, 저것인가. 와하하하."

"무엇 때문에 그리 웃으십니까?"

같이 간 장수들이 물었다.

"전에 서서가 승상 앞에서 공명의 재능을 칭찬하며 마치 신통력이라도 있는 듯 말했지만, 지금 그의 포진을 이 눈으로 보고, 그의 어리석음을 알았기 때문이다. 이런 빈약한 병력과 어리석은 포진으로 우리에게 맞서겠다니, 개나 양으로 호랑이와 표범을 막으려는 것과 같지 않은가."

하후돈은 여전히 웃으며 자신이 유비와 공명을 생포하겠다고 큰소리쳤는데 이것을 보니 이미 유비와 공명을 생포한 것이나 다름없다고 덧붙여 말했다.

적을 얕잡아본 하후돈은 선봉대를 향해 단숨에 공격할 것을 명령하고 자신도 달려나갔다.

마침 조운이 맞은편에서 말을 달려 하후돈을 향해 왔다. 하후돈은 큰 소리로 말했다.

"쥐새끼 대장 유비의 좁쌀을 받아먹으며 함께 나라를 훔치려는 추악한 무리들아. 어디로 가느냐? 하후돈은 여기에 있다. 목을 내놓고 가라."

"뭐라고?"

조운은 창을 휘두르며 곧장 달려왔다. 그리고 10여 합을 싸운 후 거짓으로 도망치기 시작했다.

"멈춰라, 이 겁쟁이 놈아!"

하후돈은 우쭐거리며 쫓아갔다.

이 모습을 보고 호군 한호는 하후돈을 쫓아가며 간언했다.

"적진 깊숙이 들어가는 것은 위험합니다. 조운이 도망가는 모양을 보니 돌아와서 유인하고, 유인한 후에는 도망가고 있습니다. 복병이 있는 것이 틀림없습니다."

"무슨 그런 바보 같은 소리를."

하후돈은 일소에 부치며 말했다.

"복병이 있으면 복병을 밟아버리면 될 것이다. 이까짓 적, 가령 십면十面에 매복해 있다 하더라도 두려워할 것 없다. 그냥 바짝 쫓아가서 몰살시켜라."

이렇게 어느 틈에 그는 박망파에 들어섰다.

그때 철포의 굉음과 함께 북과 징이 울리고 화살 나는 소리가 어지러이 들렸다. 깃발을 보니 유비가 이끄는 부대였다. 하후돈이 크게 웃으며 소리쳤다.

"이것이 그러니까 적의 복병이란 말인가? 버러지 같은 놈들. 단숨에 무찔러버려라."

그리고 맹렬한 기세로 돌격했다.

사기가 하늘을 찌를 것 같은 하후돈 휘하의 병사들은 그날 밤 안으로 신야로 밀고 들어가 일거에 적의 본진을 무너뜨릴 기세였다.

유비는 일군을 이끌고 온 힘을 다해 싸웠으나 공명의 계책대로 당해낼 수 없다는 듯 즉시 조운과 함께 달아나기 시작했다.

||| **五** |||

어느 틈에 해는 지고 안개와 같은 구름 위로 달빛이 희미하게 비쳤다.

"어이! 우금. 어이, 잠깐 멈추게."

뒤에서 부르는 소리에 앞에서 말에 채찍질을 하며 서둘러 가던 우금은 땀을 닦으며 돌아보았다.

"이전인가, 무슨 일인가?"

이전이 헐떡거리며 뒤쫓아와서 물었다.

"하후돈 도독은 어찌되셨나?"

"성미 급한 대장이 어찌 꾸물거리겠나? 말을 달려 가장 먼저 앞서 나가 우리와는 이미 2리나 멀어졌네."

"위험해, 그렇게 우쭐거리다가는."

"어째서?"

"너무 맹렬하게 진격만 하니까 그렇지."

"적군이 정말 얼마 되지 않네. 이렇게 빨리 앞으로 나아갈 수 있는 것은 아군이 강할 뿐만 아니라 적이 너무도 미약하기 때문이야. 그런데 뭘 그리 겁을 내고 그러나?"

"아니, 겁을 내는 것이 아니라, 병법을 처음 배웠을 때 험한 길이 갈수록 좁아지고 산천이 서로 접해 있고 초목이 우거진 곳에선 적이 불로 공격할 수 있으니 대비하라는 말이 문득 생각났기 때문이네."

"음, 듣고 보니 이 주변의 지세가…… 딱 거기에 해당하는군."

우금도 즉시 발길을 멈추었다.

그는 병사들을 멈추게 한 후 이전에게 말했다.

"자네는 여기서 후방을 견고히 하고 잠시 사방을 경계하고 있게. ……아무래도 지세가 수상해. 나는 대장을 쫓아가서 자중하라고 말하겠네."

우금은 혼자 말을 달려가 겨우 하후돈을 따라잡았다. 그리고 이전의 말을 그대로 전하자 그도 그제야 깨달은 듯 말했다.

"이크! 그러고 보니 너무 깊이 들어왔군. 어째서 좀 더 일찍 말해주지 않았나?"

그때 살기랄까, 병사들의 기운이랄까, 오랜 세월 전장을 누빈 하후돈은 뭔가 오싹하며 전신의 털이 곤두서는 것 같은 느낌에 사로잡혔다.

"전군 퇴각하라."

말 머리를 돌릴 새도 없이 사방의 골짜기 언저리와 봉우리의 나무 그늘에서 번쩍번쩍 불똥이 반짝였다.

그리고 순식간에 검은 광풍이 불더니 불이 온 산의 나뭇가지 끝으로 번져나가고 계곡물은 구리처럼 끓어올랐다.

"복병이다."

"화공이다!"

길에서 갈팡질팡하던 인마가 서로 밟고 구르는 아비규환일 때 천지는 이미 함성으로 뒤덮이고 사면은 북과 징 소리로 가득 차 있었다.

"하후돈은 어디에 있느냐! 낮에 그렇게 큰소리를 치더니 벌써 잊었느냐?"

조자룡의 목소리가 들렸다.

용맹한 하후돈도 계천에 빠져 죽은 자와 말에 밟혀 목숨을 잃은 자 등 엄청난 아군 사상자를 보고는 돌아가 조운에게 맞설 용기가 나지 않는 듯했다.

"말에 의지하지 마라. 말을 버리고 물을 따라 도망쳐라."

아군에게 소리치며 자신도 도보로 간신히 목숨만을 건져 도망쳤다.

후방에 있던 이전은 전방에서 불길이 일어나는 것을 보고 급히 지원하러 가려 했으나 갑자기 관우의 일군이 나타나 앞을 막아서자 후퇴하여 박망파의 군량 수송부대를 지키러 갔다. 하지만 그곳에도 어느새 유비 휘하의 장비가 와서는 군수품을 모두 불태운 후 후방에서 협공해왔다.

"불의 그물 속에 갇힌 적을 한 놈도 놓치지 마라."

찔려 죽은 자, 불에 타 죽은 자의 수를 헤아릴 수 없었다. 하후돈, 우금, 이전 등의 장수들은 군수품을 실은 수레마저 불탄 것을 보고 "더는 안 되겠다."며 봉우리를 넘어 도망쳤다. 그러나 하후란은 장비를 만나 목이 베였고, 호군 한호는 불길에 쫓기다 온몸에 큰 화상을 입었다.

⫼ 六 ⫼

전투는 새벽이 되어 끝났다.

산은 재로 변했고 계곡은 시체로 가득 찼다. 처참하게 타고 남은 잔해 속에서 관우와 장비는 병사들을 이끌고 의기양양하게 어젯밤의 전과를 둘러보고 있었다.

"적병의 시체가 3만을 넘었수다. 살아서 돌아간 자들은 반도 안 될 거요."

"전멸에 가깝군."

"징조가 좋수다. 군량을 비롯해 전리품도 상당하고. 이런 대승을 거둔 것도 평소의 훈련이 있었기 때문에 가능했던 거요. 역시 평소의 훈련이 중요하다니까."

"그야 그렇지만……."

관우가 말끝을 흐리며 말 머리를 나란히 하고 있는 장비의 얼굴을 보며 말했다.

"이번 작전은 무엇보다도 공명이 지휘한 것이니 그의 공을 부정하기 어렵구나."

"음…… 계책이 들어맞았지요. 자식이 제법인걸?"

장비는 여전히 억지를 부리는 면이 있었지만 내심 공명의 지략을 인정하지 않을 수 없었다.

이윽고 전장을 뒤로하고 신야로 돌아가는데 맞은편에서 기마대와 군기를 든 병사들 500여 명의 호위를 받으며 수레 한 대가 다가오고 있었다.

"누구지?"

자세히 보니 수레 위에 군사 공명이 여유롭게 앉아 있었다. 앞의 두 장수는 미축과 미방 두 사람이었다.

"오오, 이게 누구신가?"

"군사가 아니시오?"

위광이라는 것은 숨길 수가 없다. 관우와 장비는 그를 보자 저도 모르게 말에서 내려 수레 앞에 엎드려 절하고 간밤의 대승을 공명에게 보고했다.

"주군의 덕과 여러분들의 충성스러운 무용에 의한 것이오. 나도 참으로 기쁘오."

공명은 수레 위에서 의젓하게 말하며 장수들을 위로했다. 자신보다 훨씬 나이가 많은 맹장들을 내려다보며 그렇게 말할 수 있는 것만으로도 스물여덟의 젊은이로는 보이지 않았다.

이윽고 조운과 관평, 유봉 등의 장수들도 각자 병사들을 이끌고 왔다.

관우의 양자 관평은 첫 출진임에도 적의 군량을 실은 70여 대의 수레를 노획하여 의기가 드높았다.

또 백마를 탄 유비가 나타나자 전군이 승리의 함성을 올리며 맞이했다.

"무사하셨군요."

"덕분에."

"게다가 대승을 거두고 돌아갑니다."

사람들은 환호하며 신야로 개선했다. 펄럭이는 깃발이 길을 배우고 백성들은 병사들을 맞아 춤추고 인사하며 뛸 듯이 기뻐했다.

손건은 성을 지키고 있었기 때문에 성시에 사는 노인들과 함께 성문에 마중 나와 있었다. 노인들은 입을 모아 유비의 영명英明을 칭송하고 공명의 덕을 우러렀다.

"이 땅이 적군의 유린을 피할 수 있었던 것은 오직 우리 영주께서 현인을 높이 쓰셨기 때문이다."

그러나 공명은 자만하지 않았다.

성안으로 돌아오고 나서 며칠 후 유비가 그에게 기쁨을 드러내며 칭찬해도 안심하는 기색이 없었다.

"아닙니다. 아직 결코 안심할 수 없습니다. 지금 하후돈의 10만 대군은 살아 돌아간 자가 많지 않을 정도로 격멸하여 당분간은 괜찮습니다만, 다음에는 반드시 조조가 직접 쳐들어올 것입니다. 아군의 안위 여하는 거기에 달려 있습니다."

"조조가 직접 공격해온다면 막아내기가 쉽지 않을 것이오. 북방의 원소조차 패해서 죽고, 기북과 요동, 요서까지 석권한 그 기세로 남쪽으로 내려온다면?"

"반드시 올 것입니다. 따라서 대비하지 않으면 안 됩니다. 그러기에는 이곳 신야는 땅도 좁고 게다가 성의 요해는 약하여 의지하기에는 충분치 않습니다."

"그렇지만 신야를 떠난다 해도 갈 곳이 없잖소?"

"신야를 떠나 의지할 곳은……."

공명은 말하다 말고 가만히 주위를 둘러보았다.

허도와 형주

"제게 한 가지 계책이 있기는 합니다만."

공명이 목소리를 낮춰 속삭였다.

"국주인 유표는 병이 깊어 최근에 용태가 위독한 듯합니다. 이 것은 하늘이 주군을 돕는 것이 아니고 무엇이겠습니까? 부디 형 주를 빌려 모든 계책을 세우시길 바랍니다. 그곳은 땅이 넓고 지 세가 험하며 군수품과 재원이 모두 풍족합니다."

유비는 고개를 가로저었다.

"그것은 좋은 계책임은 틀림없으나 오늘의 내가 있는 것은 유표 의 은혜 덕분이오. 은인의 위기를 틈타 나라를 빼앗을 수는 없소."

"그런 사사로운 의는 버리고 대의를 생각할 때입니다. 지금 형 주를 취하지 않으면 훗날 후회해도 때는 늦습니다."

"아무리 그래도 정에 어긋나고 의가 결여된 일은 할 수 없소."

"이러고 있는 사이에 조조의 대군이 습격해온다면 어떻게 하실 생각입니까?"

"어떤 화를 입는다 해도 망은의 무리라고 비난받는 것보다는 낫 지요."

"아아, 주군께서는 정말 인자이십니다."

그 이상 강권할 말도 간언할 말도 없었기에 공명은 입을 다물수밖에 없었다.

한편 하후돈은 큰소리치던 것과는 달리 대패를 당하고 간신히 목숨만 건져 허도로 도망쳐 스스로 손을 뒤로 해서 묶고 죽음을 기다린다는 의미로 죄인처럼 눈을 가리고 주뼛주뼛 상부의 계단 아래에 무릎을 꿇었다.

면목이 없어서 볼 낯조차 없다는 자세였다.

이 모습을 본 조조는 쓴웃음을 지었다.

"그를 풀어주어라."

주위에 있는 자들에게 턱짓으로 지시를 내렸다. 그리고 하후돈이 계단 위로 올라오는 것을 허락했다.

하후돈은 마루 위에 엎드려 조조가 묻는 대로 전투 결과를 보고했다.

"가장 큰 실책은 적이 화공을 쓸 것을 예측하지 못하고 박망파를 넘어 숲속 깊숙이 들어간 것입니다. 때문에 승상의 많은 장졸이 목숨을 잃었습니다. 저는 만 번 죽어 마땅한 죄인입니다."

"어려서부터 병법을 배우고 지금까지 수많은 전장을 오갔으면서 좁은 길에는 반드시 화공이 있다는 것쯤도 눈치채지 못하고 어찌 군대를 지휘할 수 있겠나!"

"인제 와서 더는 드릴 말씀이 없습니다. 우금이 그것을 깨닫고 저에게 주의를 주었습니다만, 이미 때가 늦었습니다."

"우금에게는 대장군의 자질이 있구나. 너도 원래는 범상한 인물은 아닐 터. 다음 기회에 오늘의 치욕을 씻도록 하라."

조조는 이렇게 꾸짖었을 뿐 더는 나무라지 않았다.

그해 7월 하순.

조조는 80여만의 대군을 일으켜 내일 당장 형주로 출격한다고 명령을 내렸다. 선봉을 4개 군단으로 나누고 중군은 5개 부대로 편성했다. 그리고 후속 부대와 유격대, 수송부대 등을 갖춘 어마어마한 규모였다.

중태부 공융은 전날 그에게 간언했다.

"북방을 정략할 때도 이렇게 대군은 아니었습니다. 이렇게 대군을 동원하여 전투에 임하면 아마도 낙양, 장안 이래의 참화를 불러올 것입니다. 그렇게 되면 많은 병사를 잃게 될 것이고, 백성들은 괴로워할 것이며, 천하의 원망이 승상께 향할지도 모릅니다. 왜냐하면 유비는 왕실의 종친으로 조정에 거역한 적이 없고, 오나라의 손권 역시 특별히 불의가 없고 그 세력은 강동, 강남 6개 도都에 뻗쳐 있을 뿐만 아니라 장강의 요해를 점하고 있어 아무리 힘이 있다고 해도……."

"닥쳐라! 출정을 앞두고 불길하게……."

조조는 꾸짖으며 "앞으로 한마디만 더 하면 목을 베겠다."라고 호통치고 물러가게 했다.

공융은 분개하여 문을 나서며 탄식했다.

"불인不仁으로 인仁을 치려 하다니 패배를 면치 못할 것이다. 아아!"

부근에서 서성이고 있던 마구간지기가 우연히 이 말을 듣고 주인에게 고자질했다. 그 주인이라는 자는 평소 공융과 사이가 나쁜 극려郗慮였기 때문에 즉시 조조를 찾아가 과정에 과장을 너하여 참언했다.

작은 일을 크게 부풀려 말하고 주인의 자리에 있는 사람의 자존심과 약점을 이용한다.

참언하는 자들이 잘 쓰는 방법이다.

그런 소인배의 혓바닥에 놀아날 정도로 조조는 결코 물러터진 주군은 아니었다. 그러나 어떤 인물이든 거대한 조직 위에 군림하게 되면 뜻을 세웠던 시절의 극기나 반성은 점차 없어지는가 보다. 인간이 누구나 가지고 있는 평범하고 하찮은 감정은 오히려 보통 사람 이상으로 여과 없이 노골적으로 드러난다.

무능한 소인배는 감언이설과 사악한 혓바닥을 놀리는 것을 직무처럼 여기며 힘쓴다. 조조의 주위에는 항상 진심으로 간언하여 그의 약점을 보완하는 순욱 같은 훌륭한 신하도 있지만, 그 반대도 당연히 많았다.

"아무래도 공융이 승상께 원한을 품고 있는 듯합니다. 어제저녁에도 승상부에서 물러갈 때 혼잣말로 '불인으로 인을 치려 하다니 패배를 면치 못할 것이다.'라고 욕을 하며 돌아갔고, 평소의 언행에 비춰봐도 의심스러운 점이 한둘이 아닙니다."

참언하는 자는 평소 가슴에 담아두었던 말을 혀에 맡겨 늘어놓았다.

"언젠가 승상께서 금주령을 내리셨을 때도 공융은 웃으며 하늘에 주기酒旗의 별이 있고, 땅에는 주군酒郡이 있다. 사람에게서 기쁨의 샘물을 빼앗아가면 세상에 무슨 기쁨의 소리가 있겠는가. 백성들에게 술을 금할 정도면 이제 곧 혼인도 금할 것이라고 얼토당토않은 폭언을 내뱉었습니다."

"……."

"또 그 공융이 말입니다. 오래전의 일입니다만, 조정이 주최한 연회에서 알몸이 되어 승상을 모욕한 예형, 즉 기설학인과는 예전부터 친교가 있어서 예형이 그런 몹쓸 짓을 한 것도 나중에 들으니 공융의 책략이었다고 합니다."

"……."

"아니, 그뿐만이 아닙니다. 그는 형주의 유표와는 꽤 오래전부터 서신을 주고받고 있다 합니다. 또 유비와는 특히 친밀하다고 들었습니다. 이 점에 대해서는 그의 집을 급습하여 수색한다면 반드시 생각지도 못한 증좌가 나오지 않을까 싶습니다. 내일 형주로 떠나시기 전에 부디 이 일만은 명백히 밝힌 후에 출진하시기 바랍니다."

"……."

꽤 길게 말하도록 내버려두었다. 조조는 한마디도 하지 않았으나 매우 불쾌한 표정이었다. 그리고 다 듣고 나자 느닷없이 소리를 쳤다.

"시끄럽다. 물러가라!"

그는 턱을 들고 파리를 쫓듯 눈앞에서 쫓아버렸다.

과연 참언하는 자의 속내를 파악했나 싶었는데 그렇지도 않았다. 아니, 그 반대였다.

즉시 정위廷尉를 불러 뭔가를 명령했다.

"비로 가기라."

정위는 한 무리의 무사와 형리를 이끌고 공융의 집을 급습했다.

공융은 저항할 틈도 없이 체포되었다.

하인 한 명이 안으로 들어가 공융의 아들들에게 울먹이며 알렸다.

"크, 큰일 났습니다! 주인 나리님께서 지금 정위에게 붙잡혀 거리로 끌려나갔습니다."

바둑을 두던 두 아들은 조금도 놀라는 기색 없이 여전히 바둑을 두며 말했다.

"둥지가 이미 깨졌는데 알이 깨지지 않을 수 있을까."

물론 즉시 달려온 형리와 무사들의 손에 형제 모두 목이 잘렸다.

집은 불타고 부자 일족의 머리는 거리에 걸렸다.

순욱은 나중에 이 사실을 알고 씁쓸하게 한마디 내뱉었다.

"어찌 이런 일을 하셨습니까?"

그는 평소처럼 조조에게 간언하지 않았다. 간언한다 해도 공융이 살아 돌아오는 것도 아니고 또 아무 말 하지 않는 것도 일종의 간언이었기 때문이다.

‖‖ 三 ‖‖

조조가 직접 허도의 대군을 이끌고 남하하자 형주에 급보가 전해졌다. 그러나 형주의 유표는 일어날 수도 없을 정도로 중태였다.

"공과 나는 한실의 종친, 공을 친동생으로 여기고 있소……."

그는 유비를 병실로 불러 가쁜 숨을 내쉬며 말했다.

"내가 죽은 후 이 나라를 공이 물려받는다고 해도 누가 뭐라 하겠소? 빼앗았다고 누가 말하겠소? 아니, 그런 말을 아예 꺼내지 못하도록 내가 유언장을 써놓으리다."

유비는 한사코 사양했다.

"모처럼의 존명입니다만, 태수께는 공자님들이 있습니다. 어찌 제가 태수의 자리를 물려받을 수 있겠습니까?"

"아니, 아들들의 장래도 공이 맡아준다면 안심할 수 있을 것이오. 부디 부족한 아들들을 돕고, 형주를 물려받아주시오."

유언과 같은 절실한 부탁이었지만 유비는 아무리 해도 수락하지 않았다.

공명은 나중에 이 이야기를 듣고 통탄했다.

"주군의 의리가 오히려 형주의 화를 키울 것입니다."

그 후 유표의 병이 깊어지는 가운데 허도의 100만 대군이 이미 도성을 출발했다는 소식을 듣고 유표는 마지막 기운을 짜내서 뒷일을 유비에게 부탁한다는 유언장을 썼다. 유비가 형주를 물려받을 수 없다면 적자인 유기를 형주의 주인으로 세워달라는 내용이었다.

채 부인은 불온한 마음을 품었다. 그녀의 오빠 채모와 심복 장윤도 큰 불만을 품고 벌써 은밀히 모의하고 있었다.

"어떻게 해서 유기를 제거하고 유종을 세울까?"

그런 줄도 모르고 유표의 장남 유기는 아버지가 위독하다는 소식을 듣고 먼 강하의 임지에서 급히 형주로 돌아왔다. 그리고 객사에서 쉬지도 않고 곧장 성으로 들어왔으나 내문內門이 굳게 닫혀 있어서 더는 들어갈 수 없었다.

"아버님을 간호하기 위해 먼 강하에서 한달음에 달려온 유기다. 성문을 지키는 자는 즉시 문을 열라."

그러자 문 안쪽에서 채모가 큰 소리로 내납했다.

"아버님의 명을 받아 국경을 지키러 간 자가 무단으로 강하의 요지를 버리고 귀국하다니 납득하기 어려운 행동이다. 도대체 누구의 허락을 받고 돌아온 것이냐? 군무의 임무가 무겁다는 것을 잊었느냐? 설령 적자라 해도 통과시켜줄 수 없다. 당장 돌아가라, 돌아가."

"그 목소리는 채모 외삼촌이 아니십니까? 어렵게 먼길을 왔는데 들여보내주지 않는 것은 너무 무정하지 않습니까? 바로 강하로 돌아가겠으니 하다못해 아버님의 얼굴이라도 한번 뵙게 해주십시오."

"아니 될 말!"

채모는 외삼촌의 권위를 목소리에 실어 더욱 엄하게 말했다.

"병든 아버님도 만나면 분명 화내실 것이다. 병을 깊게 할 뿐이야. 그리 된다면 효도에도 어긋나는 일. 불효를 저지르려고 일부러 왔을 리는 없지 않으냐?"

유기는 잠시 문밖에 서서 울음을 참고 있었으나 이윽고 맥없이 말을 돌려 그 자리를 떠났다.

가을, 8월 무신일戊申日, 유표는 마침내 세상을 떠났다.

채 부인, 채모, 장윤 등은 가짜 유언장을 만들어 공표했다.

형주는 차남 유종이 계승하도록 한다.

채 부인이 낳은 둘째 아들 유종은 당시 아직 열네 살이었으나 매우 총명했다. 그가 어느 날 숙장宿將들과 신하들이 있는 자리에서 질문했다.

"돌아가신 아버님의 유언이라고는 하지만 강하에는 형님이 계시고 신야에는 현덕 숙부님이 계십니다. 만약 형님이나 숙부님이

409

화가 나서 병사를 일으켜 죄를 물으러 온다면 어떻게 하죠?"

이 말을 들은 채 부인과 채모는 안색이 바뀔 정도로 당황했다.

||| 四 |||

그때 말석에 있던 신하 이규李珪라는 자가 유종의 말에 즉석에서 대답했다.

"오오, 젊은 주군이시여. 참으로 옳은 지적이십니다. 실로 천진난만天眞爛漫, 지금 주군이 하신 말씀이야말로 인간의 선함입니다. 군신에게는 도道가 있고 형제에게는 순順이 있습니다. 형님을 두고 아버님의 자리를 잇는 것은 순리를 거스르는 것입니다. 급히 강하로 사자를 보내 형님을 불러 국주로 세우시고 유비를 보좌로 삼아 우선 내정을 바로잡은 후 북으로는 조조를 막고 남으로는 손권에 대항하여 상하 일체가 되지 않으면 형주의 멸망은 피할 수 없을 것입니다."

그는 거리낌 없이 직언했다.

채모는 격노하여 큰 소리로 호통쳤다.

"함부로 혀를 놀려 돌아가신 주군의 유언을 모욕하고 사람들의 마음을 어지럽히는 불충한 놈, 그 입 다물지 못할까!"

그는 무사들과 함께 이규에게 달려들어 끌어냈다.

"이리 나와라!"

이규는 기죽지 않고 여전히 외쳤다.

"국정을 맡은 수뇌부부터 순리를 어지럽히고 법을 어기니 어찌 외적의 침략을 막을 수 있겠습니까? 이 나라의 멸망이 눈에 훤히 보입니다."

그 순간 채모가 휘두른 검에 그의 머리가 허망하게 날아갔다.

시체는 거리의 쓰레기장에 버려졌는데 마을 사람들은 그의 이야기를 전해 듣고 눈물을 흘리지 않은 사람이 없었다고 한다.

양양에서 동쪽으로 40리, 한양의 웅장하고 아름다운 묘소에 유표의 관이 묻혔다. 채씨의 벌족은 유종을 국주로 삼고 마음대로 정치를 주물렀으나 때는 바야흐로 미증유의 국난이 임박하고 있었기 때문에 과연 그런 태세로 국난을 헤쳐나갈 수 있을지 뜻 있는 자들은 걱정이 앞섰다.

채 부인은 유종을 수호하고 군정의 대본영을 양양성으로 옮겼다.

이미 조조의 대군이 시시각각 남하하여 "벌써 완성 근처에 도착했다!"는 말조차 들려왔다.

나이 어린 주군과 채 부인을 모시고 채모와 괴월을 비롯한 장수와 신하 들이 날마다 회의를 열었다.

"일전을 피할 수 없다."는 군의 주전론主戰論이 우세했지만, 문관들 사이에는 여전히 다른 의견이 많았다.

그중에서도 동조東曹의 공제公悌는 "세 가지 약점이 있다."며 국내의 방비가 부실한 점을 들어 비전론非戰論을 주장했다.

첫째는 강하의 유기가 국주의 형이면서 완전히 제외된 불만으로 언제 형주의 배후를 칠지 모른다는 불안.

둘째는 유비의 존재였다. 게다가 유비가 있는 신야는 이곳 양양과는 강 하나를 사이에 둔 근거리에 있다. 그 유비의 향배向背를 지금으로서는 헤아리기 어렵다는 점.

셋째는 태수가 별세한 지 얼마 되지 않았기 때문에 신하들이 일치되지 않은 데다가 내정 개혁 등으로 모든 준비가 아직 임전 태세에 이르지 않았다는 점……이었다.

"그 의견에는 나도 동감이오. 덧붙여 나의 의견을 말하면, 세 가지 불리한 점이 있소."

계속해서 산양 고평 사람 왕찬王粲, 자는 중선仲宣이 일어나 전쟁을 하면 해로운 점 세 가지를 역설했다.

하나, 조조의 100만 대군은 조정을 등에 업고 있어서 저항하는 것은 칙령을 위배한다는 오명을 받는다.

하나, 조조는 위세가 천둥과 번개 같고 그 강한 말과 정병은 오랜 세월 이름을 떨쳐왔다. 반면에 형주의 병사들은 오랜 세월 실전 경험이 없다.

하나, 설령 유비를 의지한다 해도 유비가 막을 수 있는 조조가 아니다. 만약 조조를 막아낼 수 있을 정도의 실력을 그에게 부여한다면 어찌 유비가 우리 주군 밑에 굽히려 하겠는가.

공제가 말한 세 가지 약점, 왕찬이 열거한 세 가지 해로운 점, 이렇게 하나하나 듣고 보니 형주는 조조의 100만 대군과 겨뤄서 이길 가망이 전혀 없었다.

결국 항복하는 길밖에 없었다. 즉시 화친을 청하는 문서를 가지고 양양襄陽의 사자가 남진 중인 조조 군을 향해 급파되었다.

신야를 버리고

100만 대군은 지금 하남의 완성(남양)까지 와서 근처 마을에서 군량과 군수품을 징발하고 다시 진격하기 위해서 재정비를 하고 있었다. 그곳에 형주에서 항복을 청하는 사자인 송충宋忠 일행이 도착했다.

송충은 완성宛城 안에서 조조와 만나 항복 문서를 바쳤다.

"유종을 보필하는 신하 중엔 현명한 자들이 많은 모양이군."

조조는 크게 만족하여 사자를 칭찬하며 말했다.

"유종을 충렬후忠烈侯에 봉하고 오랫동안 형주의 태수 자리를 보증하겠다. 얼마 뒤 우리 군이 형주에 들어갈 테니 그때는 성에서 나와 맞이하여라. 그때 유종을 만나 친히 이야기할 것이다."

송충은 의복과 안장을 얹은 말을 받아 형주로 향했다.

그 도중이었다.

강을 건너 나루에서 올라오니 한 무리의 인마가 달려왔다.

"누구냐? 멈춰라."

질문을 받고 말 위에 앉은 장군을 보니 이 근방을 지키고 있던 관우였다.

큰일이다 싶어 도망가려 했지만 도망갈 수 없었다. 송충은 관우의 심문에 사실대로 대답할 수밖에 없었다.

"뭐? 항복 문서를 가지고 조조의 진영에 사자로 다녀오는 중이라고?"

처음 듣는 말에 관우는 몹시 놀랐다.

'이건 나만 알고 넘어갈 문제가 아니다.'

그는 불문곡직하고 송충을 끌고 신야로 달렸다.

신야 내부에서도 지금 처음 안 사실이라 모두 깜짝 놀랐다.

특히 유비는 "이게 무슨 일인가!"라고 슬픔의 눈물을 흘리며 혼절할 정도였다.

쉽게 격해지는 장비는 큰 소리로 떠들어 사람들을 더욱더 동요하게 했다.

"송충의 목을 베어 제물로 삼고 즉시 병사들을 이끌고 가서 형주를 빼앗읍시다. 그러면 조조에게 바친 항복 문서는 무언중에 말살되어 무효가 될 것이오."

송충은 두려움에 벌벌 떨면서 성안에 충만한 비분의 광경을 보고 있었는데 유비가 그를 용서하고 성 밖으로 놓아주었다.

"인제 와서 너의 목을 친들 무슨 도움이 되겠느냐? 어서 달아나거라."

그때 형주의 막빈幕賓 이적이 찾아왔다. 송충을 놓아준 직후였기에 유비는 공명을 비롯한 신하들과 회의 중이었다. 그러나 다른 사람도 아닌 이적이었기 때문에 그를 그 자리에 불러 평소에 연락하지 못한 것을 사과했다.

이적은 채 부인과 채모가 유기를 제치고 아우인 유종을 국주로 세운 것을 통분하며 그 분통 터지는 마음을 유비에게 호소하러 온 것이었다.

"그런 마음을 품고 있는 것은 귀공뿐만이 아니오."

유비는 위로한 후 말을 이었다.

"귀공이 걱정하는 것은 그리 심각한 것이 아니오. 귀공이 알고 있는 것은 그뿐이나 더욱 견디기 어려운 일이 일어나고 있소."

"무엇입니까? 이보다 더 견디기 어려운 일이란."

"유표 태수가 돌아가시고 나서 아직 분묘의 흙이 채 마르지도 않았건만 이 형주 9개 군을 송두리째 조조에게 바친다는 항복 문서를 보낸 것이오."

"뭐요? 정말입니까?"

"정말이오."

"그 말이 사실이라면 어째서 장군께서는 즉시 문상을 핑계로 양양에 가서 어린 국주 유종을 이쪽으로 끌고 온 후 채모와 채 부인 등 악당 벌족을 한꺼번에 제거하지 않는 것입니까?"

평소 온후한 성품의 이적조차 안색을 바꾸며 유비에게 따지고 들었다.

||| 二 |||

공명도 거들며 말했다.

"이적 공의 말에 저도 동의합니다. 지금이야말로 결단을 내릴 때입니다."

그러나 유비는 그저 눈물만 흘리고 있다가 이렇게 대답했다.

"아니오. 임종 때 아들들의 장래를 걱정하며 나에게 후사를 부탁한 유표 님의 말을 생각하면 신뢰를 저버릴 수 없소."

공명은 혀를 차며 유비의 전의를 의심하는 듯한 말투로 따졌다.

"지금 형주도 취하지 않고 망설이면서 조조의 공격을 수수방관하고 있을 셈입니까?"

"어쩔 수 없소……."

그리고 유비는 혼자서 그렇게 하겠다고 결심한 듯 말했다.

"이렇게 된 이상 신야를 버리고 번성으로 달아날 수밖에 없겠군."

그때 파발마가 와서 조조의 100만 대군의 선봉대가 이미 박망파까지 육박해왔다고 보고했다.

이적은 허둥지둥 돌아갔다. 성안은 이미 비상시의 심상치 않은 기운으로 충만했다.

"여하튼 제가 있으니 안심하십시오."

공명은 유비를 위로한 후 장수들에게 지령을 내렸다.

"일단 방어전의 첫 단계로 성시의 사대문에 다음과 같은 내용의 고찰高札을 세우도록 하시오. 농민, 상인, 남녀노소 모두 피난하도록 하라. 영지의 백성은 빠짐없이 난을 피하라. 지체하는 자는 조조의 손에 반드시 죽임을 당할 것이다."

그리고 준비해야 할 순서에 따라 다음과 같이 지시를 내렸다.

"손건 장군은 서하西河 기슭에 배를 준비하여 피난민을 건너가게 하시오. 미축 장군은 그 백성들을 인도하여 번성으로 들어가게 하시오. 또 관우 장군은 1,000여 기를 이끌고 백하白河의 상류에 매복해 있다가 흙 포대를 쌓아 강물을 막도록 하시오."

공명은 장수들의 얼굴을 죽 훑어보며 여기서 잠깐 말을 멈추고 관우의 얼굴을 빤히 쳐다보더니 덧붙여 말했다.

"내일 밤 삼경 무렵 백하의 하류에서 말 우는 소리와 병사들의 외침 등 소란스러운 소리가 들리거든 조조 군이 궤멸되었다고 봐도 될 것이오. 상류에 있는 관 장군의 부대는 즉시 흙 포대로 쌓은 둑을 터서 거친 물살과 함께 일제히 공격하시오. 또 장비 장군은 1,000여 기를 이끌고 백하의 나루에 병사들을 매복시켰다가 관 장군과 함께 조조의 중군을 격파하시오."

공명은 관우에게서 장비의 얼굴로 시선을 옮기며 지시를 내렸다. 장비는 눈을 반짝이며 크게 고개를 끄덕였다.

"조운 장군!"

공명이 이름을 불렀다.

장수들 사이에서 조운이 대답하며 한 걸음 앞으로 나왔다.

"장군에게는 병사 3,000을 주겠소."

공명이 엄숙하게 말했다.

"마른 풀과 갈대, 억새 등을 충분히 준비하고 유황과 염초를 싸서 신야성의 누각 위에 쌓아두시오. 내일은 아마도 저녁 무렵부터 큰바람이 불 것이오. 승리감에 젖은 조조 군은 바람이 불면 진을 성안으로 옮길 것이 분명하오. 그때 병사들을 서문과 북문, 남문 세 방면으로 나누어 불화살, 철포, 기름 묻힌 돌 등을 던져서 성이 화염에 싸이면 공격병을 배치하지 않은 동문으로 일제히 달려가시오. 성안의 병사들은 당황하여 허둥대며 모두 동문으로 도망쳐 나올 것이오. 그 혼란을 틈타 마음껏 공격한 뒤 적당한 시기에 병사들을 돌려 백하 나루로 가서 관우, 장비의 부대와 합류하시오. ……그리고 번성으로 서둘러 가시오."

대강의 지령이 끝났다. 명령을 받은 장수들은 용감하게 뛰쳐나갔으나 아직 미방과 유봉이 남아 있었다.

"두 장군께는 이것을 부탁하겠소."

공명은 두 사람을 특별히 가까이 불러서 미방에게는 붉은 깃발을 주고 유봉에게는 푸른 깃발을 건넸다. 어떤 계책을 받았는지 그 두 장군도 이윽고 각각 1,000여 기를 이끌고 신야에서 약 30리 떨어진 작미파鵲尾坡 방면으로 서둘러 갔다.

||| 三 |||

조조는 여전히 총사령부를 완성에 두고 정세를 관망하고 있었다. 조인과 조홍을 대장으로 한 선봉의 제1군 10만의 병사는 허저의 정병 3,000을 더해 그날 이미 신야의 교외까지 쇄도해 와 있었다.

일단 거기서 병마를 쉬게 한 것이 정오 무렵이었다.

안내자를 불러 물었다.

"여기서 신야까지는 몇 리인가?"

"30여 리입니다."

"지명은?"

"작미파입니다."

그러는 사이에 정탐하러 나갔던 병사 수십 명이 돌아와서 보고했다.

"여기에서 조금 더 가면 적들이 산봉우리를 따라 진을 치고 있습니다. 우리를 보고 한쪽 산에서 푸른 깃발을 휘두르자 다른 한쪽 봉우리에서는 붉은 깃발로 거기에 호응했습니다. 왠지 충분히 대비하고 있는 듯한 모습이었습니다. 그 병력이 얼마나 되는지는 파악하지 못했습니다만……."

허저는 그 보고를 듣자마자 자신이 알아보겠다며 병사 3,000을 이끌고 깊숙이 전진하여 들어갔다.

울창한 봉우리들, 바위가 많은 산이나 그 산등성이, 복잡한 지형 탓에 쉽게 적의 모습을 확인할 수 없었다. 게다가 즉시 한쪽 봉우리에서 붉은 깃발이 펄럭였다.

"아, 저것이군."

응시하고 있자 또 뒤쪽 산에서 푸른 깃발을 흔드는 것이 보였다. 무슨 신호라도 주고받는 듯한 모습이었다. 허저는 망설였다.

숲이 우거져서 숨을 죽이고 있는 적들이 많은 것처럼 여겨졌다. 여기에 쉽게 걸려들어서는 안 되겠다고 생각한 허저는 아군에게 엄중히 경고했다.

"절대로 공격하지 마라."

그는 홀로 말을 돌려 조인에게로 가서 고하고 지령을 청했다.

조인은 일소에 부치며 말했다.

"오늘의 진격이 이 전쟁의 시작이니 누구도 신중에 신중을 기할 것이나, 그렇다 해도 귀공답지 않게 망설이고 있다니 의외군. 병법에는 허실이 있으니 실처럼 보이는 허, 허처럼 보이는 실, 지금 붉은 깃발, 푸른 깃발을 보란 듯이 휘두르는 것은 즉 우리를 의심하게 하려는 것이 틀림없으니 주저할 필요는 전혀 없다."

허저는 다시 작미파로 돌아가서 병사들을 이끌고 진군을 계속했지만 적은 한 명도 나타나지 않았다.

'지금…… 아니면 조금 있다가?'

한 걸음 한 걸음 복병을 경계하며 긴장한 상태로 전진했으나 막으러 나오는 적도, 앞을 가로막고 버티고 선 적도 볼 수 없었다. 이렇게 되자 맥이 풀린다기보다는 어쩐지 으스스한 기분에 휩싸였다. 해는 어느새 서산으로 기울어 산기슭이 어두워지고 동쪽 봉우리 한쪽이 초저녁 달빛으로 희미하게 밝았다.

"앗? ……저 소리는?"

3,000여 기의 말발굽 소리가 갑자기 멈췄다. 귀를 기울이던 사람들은 그 밝은 쪽 하늘을 올려다보았다.

아직 달은 보이지 않았으나 하늘은 물처럼 맑았다. 우뚝 솟은 산 정상에 적병이 한 명 서서 대뢰大擂를 불고 있었다. 무엇을 부르는 것인지 대뢰 소리는 길게 꼬리를 끌며 사방으로 메아리쳤다.

"어?"

수상히 여기며 자세히 보니 산 정상에 조금 평평한 곳이 있고, 거기에 한 무리의 깃발을 세우고 산개傘蓋를 펼치고 마주 앉아 있는 두 사람의 그림자가 보였다. 달이 떠오르자 겨우 그 모습을 분명히 볼 수 있었다. 한쪽은 대장 유비였고, 한쪽은 군사 공명이었는데 서로 마주 앉아 달을 보며 술을 마시고 있었다.

"아, 참으로 밉살스러운 놈들이군. 단번에 쳐부수어라."

허저는 우롱당했다고 느끼고 불같이 화를 냈다. 그의 추상같은 명령에 병사들은 이리 떼가 울부짖듯이 산 절벽에 매달렸으나 그 위에서 즉각 거대한 바위와 커다란 통나무가 비처럼 쏟아져 내렸다.

⫯⫯⫯ 四 ⫯⫯⫯

한 덩어리의 거대한 바위와 하나의 통나무에 수십 명의 병사가 다쳤다. 허저도 안 되겠다 싶었는지 급히 병사들을 퇴각시켰다. 그리고 공격할 수 있는 다른 곳을 찾았다.

저쪽 봉우리와 이쪽 산에서 대뢰와 북, 징이 서로 이야기를 주고받듯 울리는 소리가 들렸다.

"퇴로가 끊겨서는 안 된다."

허저는 적이 어디에 있는지 계속 생각했다. 그러는 사이에 조인, 조홍 등의 본군도 가세했다. 조인이 질타했다.

"아이들 장난 같은 적의 작전이니 넘어가서는 안 된다. 전진 또 전진이 있을 뿐이다."

조조 군은 앞뒤 생각 않고 맹진하여 결국 신야의 거리까지 밀고 들어갔다.

"어떤가. 이 거리의 모습으로 적의 상태를 알 수 있지 않겠는가?"

조인은 자신의 달견達見을 뽐냈다. 성시에도, 거리에도 적병은 그림자조차 보이지 않았다. 그뿐만 아니라 모든 집이 텅텅 비어 있었다. 남녀노소는 물론 아기 울음소리 하나 들리지 않는 죽음의 거리였다.

"계책이 없으니 유비와 공명은 병사들과 백성들을 이끌고 발 빠르게 달아나버린 모양이군. 거참, 달아나는 솜씨가 보통이 아니야."

조홍과 허저도 웃었다.

"쫓아가서 섬멸전을 펼칩시다."

이렇게 말하는 자도 있었으나 인마도 지친 상태이고 저녁 식사도 하지 않은 터라 오늘 밤은 여기서 자고 새벽에 추격해도 늦지 않을 것이라고 여겨 전군에 휴식을 취하라는 명령을 내렸다.

그 무렵 거칠어지기 시작한 바람에 암흑의 거리에선 흙먼지가 무섭게 날렸다. 조인과 조홍 등의 수뇌부는 성에 들어가 유막 안에서 술을 마시고 있었다.

그때, 보초를 서던 군졸이 "불이야, 불이야."라고 밖에서 소란스럽게 떠드는 소리가 들렸다. 부장들이 술잔을 놓고 허둥거리자 조인이 제지하며 여유롭게 말했다.

"병사들이 밥을 짓다가 잘못해서 불을 냈을 것이다. 유막 안에서 허둥대면 바로 전군에 영향이 미치니 소란 떨지 마라."

그러나 밖의 소란은 멈추지 않았다. 어느새 서, 북, 남의 세 문이 전부 불바다가 되었다고 한다. 불꽃이 튀는 소리, 인마의 발소리 등 심상치 않은 뭔가가 점점 좁혀오고 있었다.

"앗! 적이다!"

"적의 화공이다!"

부장의 외침에 조홍과 조인도 간담이 서늘해져서 나가 봤으나 때는 이미 늦었다.

성안은 뭉게뭉게 피어오른 검은 연기에 싸여 있었다. 말은? 갑옷은? 창은? 허둥대며 찾고 있는 사이에도 연기는 눈을 가리고 코를 찔렀다.

게다가 불은 바람을 부르고 바람은 불을 불러 사방팔방이 화염에 휩싸였다고 생각한 순간, 성곽 위에 우뚝 솟은 3층 전루殿樓와 거기에 연결된 고각高閣이 굉음을 내며 한 번에 폭발하더니 하늘로는 불기둥이 치솟고 땅으로는 불비가 쏟아졌다.

소리를 지르며 서문으로 도망치면 서문도 불, 남문으로 달아나면 남문도 불, 안 되겠다 싶어서 북문으로 몰려가면 거기도 대지까지 활활 타고 있었다.

"동문은 불이 나지 않았다!"

누군가 큰 소리로 외치자 몇만이나 되는 인마가 앞다투어 한쪽으로 우르르 몰려갔다. 서로 손발을 짓밟아 부러뜨리고 머리 위로는 불비를 맞아 타 죽은 자가 몇만인지 몰랐다.

조인과 조홍 등은 간신히 불 속을 벗어났으나 길에서 기다리던 조운에게 저지당해 심한 타격을 입었다. 당황하여 뒤로 돌아가자 이번에는 한 부대를 이끌고 온 유봉과 미방이 앞을 가로막았다.

"이런!"

너무 놀라 백하 근처까지 도망쳐가서 겨우 한숨을 돌리며 말에게 물을 먹이고 장졸들도 앞다투어 강물을 떠서 마시기 시작했다. 그때 앞서 상류에 매복해 있던 관우의 부대가 멀리서 말이 우는 소리를 들었다.

"지금이다!"

공명의 계책대로 흙 포대로 만든 둑을 일제히 무너뜨렸다. 마치 홍수와 같은 탁류가 어두운 밤을 찢으며 수만 명의 조조 군을 잡어처럼 집어삼켰다.

나라를 바치다

소용돌이치는 물, 산과 같은 노도怒濤 그리고 기슭에 이는 물보라. 이날 밤, 백하 아래에 익사한 인마의 숫자가 어느 정도인지 그수가 너무 많아 헤아릴 수조차 없었다.

둑을 터서 흘러가게 한 물이었으므로 격류는 일시적인 것이었다. 그러나 여전히 격류는 힘차게 기슭을 씻어내리고 있었다.

다행히도 조인과 조홍 두 대장은 불구덩이에서 간신히 벗어나 박릉博陵 나루까지 도망쳐왔지만 즉시 한 무리의 군마가 길을 막고 외쳤다.

"조조 군의 잔병들아, 어디로 도망갈 생각이냐? 연인 장비가 여기서 기다리고 있는 줄도 모르고."

여기서 또 궤멸당해 시체가 산같이 쌓이고 피가 바다같이 흘렀다. 조인도 위험했으나 허저가 돌아와서 장비와 맞서 그의 목숨을 구했다.

장비는 대어를 놓치고도 이렇게 말했다.

"아아, 유쾌하다. 오랜만에 가슴이 후련해졌군. 이 정도로 묵사발을 만들어놓았으니 당분간은 괜찮겠지?"

그는 병사들을 수습하여 강기슭을 올라가 미리 말한 대로 유비,

공명과 합류했다. 그곳엔 유봉과 미방 등이 배를 준비해놓고 기다리고 있었다.

유비를 비롯한 전군이 맞은편 기슭으로 건너갔을 무렵 날이 밝아오고 있었다.

"배를 모두 태워버려라."

공명이 명령을 내렸다. 그리고 무사히 번성으로 들어갔다.

이번 대패는 이윽고 완성에 있는 조조의 귀에도 들어갔다. 조조는 패배의 원인이 공명의 지휘 때문이라는 말을 듣고 노발대발하며 욕을 퍼부었다.

"제갈이라는 필부 놈이 대체 누구란 말이냐!"

그의 대군은 이미 그의 명령에 따라 신야와 백하, 번성 등을 일거에 섬멸하기 위한 행동에 들어가려던 때였다. 유막에 있던 유엽이 간절히 간언했다.

"승상의 명성과 인자함은 하북에서는 널리 알려져 있습니다만, 이 지방 백성들은 승상을 두려워할 뿐, 그 인애도 승상께서 베푸는 복리도 아직 알지 못합니다. 때문에 유비는 백성들로 하여금 북군을 귀신처럼 무서워하게 하여 남녀노소 모두를 이끌고 번성으로 옮겨가 버렸습니다. 이럴 때 아군 병사들이 신야와 번성 등을 짓밟으면 짓밟을수록, 그 무위를 보이면 보일수록 백성들은 점점 더 승상을 두려워하고 북군을 경원하며 그 덕을 따르지 않을 것입니다. 백성이 없다면 아무리 영토를 빼앗는다 해도 마른 들에서 꽃을 찾는 것과 마찬가지일 것입니다. ……일단은 참으시고 유비에게 사자를 보내 그에게 항복을 권하십시오. 유비가 항복하지 않으면 백성들은 유비를 원망할 것입니다. 그러면 형주를 손에 넣는 것이 어렵지 않을 것입니다. 형주를 통치하게 되면 오를 공략하기도 쉽고, 천하통일의 패업은 여기서 완성을 볼 것입니다. 어찌 유비 한 사람의 장난에 말려들어 아깝게 귀중한 병마를 다치게하고 백성들의 이반離反(인심이 떠나서 배반함)을 자초할 필요가 있겠습니까?"

대국적인 유엽의 간언에 한때 격앙되었던 조조는 깊이 깨달은 바가 있었다.

"그렇다면 도대체 누구를 유비에게 사자로 보낸단 말인가?"

유엽이 대답했다.

"서서가 적임자입니다."

조조는 어리석은 소리는 하지 말라는 듯 유엽의 얼굴을 곁눈질로 보며 말했다.

"그를 유비에게 보내면 두 번 다시 돌아오지 않을 걸세."

그러고는 입을 다물고 코로 크게 숨을 내뿜었다.

"아닙니다. 유비와 서서의 교정交情은 천하가 다 아는 사실입니다. 그렇기 때문에 만약 서서가 신뢰를 저버리고 돌아오지 않는다면 천하의 웃음거리가 될 것입니다. 그를 빼놓고 사자로서 적임자는 없습니다."

"그렇군. 그 말도 일리가 있어."

그는 즉시 막하의 장수들 중에서 서서를 불러 엄숙하게 군명을 내렸다.

||| 二 |||

서서는 명을 받고 이윽고 번성으로 떠났다.

"뭣이? 조조의 사자로 서서가 왔다고?"

유비는 옛정을 떠올리며 공명과 함께 그를 방으로 맞아들였다.

"이렇게 자네와 만나게 되다니."

유비는 탄식했다.

이야기를 나누면 나눌수록 옛정이 새록새록 솟았다. 그러나 지금은 적이다. 서서는 다시 말을 꺼냈다.

"지금 저를 보내 주공께 화친을 청하는 조조의 본심은 화의에 있는 것이 아니라 단지 백성들의 원성을 전가시키려는 간계奸計입니다. 조조의 제안을 받아들여 일시적인 안전을 도모하고자 한다면 아마도 땅을 치고 후회할 것입니다. 불행하게도 저는 적진에 매인 몸이 되었습니다. 지금은 노모도 돌아가시고 안 계시지만 만약 임무를 마치고 돌아가지 않는다면 세상 사람들은 저의 절조를 의심하고 비웃을 것입니다. 어쩔 수 없는 숙명, 단지 이 한 마디를 드리고 돌아가겠습니다."

그는 바로 작별 인사를 하고 헤어지기 전에도 반복해서 말했다.

"역경의 연속으로 분명 지금 놓인 처지가 불안할 것입니다. 그러나 이전과 다르게 지금은 주공 옆에 제갈 선생님이 계십니다. 틀림없이 주공께서 품은 왕패王霸의 대업을 도와 언젠가 오늘의 일을 웃으며 이야기할 날이 올 것입니다. 저는 노모도 돌아가시고 무엇 하나 세상을 위해 애쓸 수 없는 처지에 놓여 있지만, 오직 하나 주공의 대성을 뒤에서나마 염원하며 또 그것을 낙으로 삼고 있겠습니다. 그럼, 부디 건승하십시오."

서서가 돌아가 조조에게 보고하는 동안 유비는 다시 성을 버리고 안전한 다른 곳을 찾아야만 했다.

조조가 모처럼 항복을 권하는 사자를 보냈는데도 거절했다는 보고를 들으면 즉시 "백성을 전화 속으로 몰아넣는 자는 유비다."라며 죄를 유비에게 뒤집어씌우고 100만 대군에게 마음껏 짓밟아버릴 것을 명하고 태풍처럼 쳐들어올 것이 뻔했기 때문이다.

"양양으로 피하시죠. 이 성보다는 차라리 양양 쪽이 방어하기가 수월합니다."

공명의 권유에 유비도 물론 이의가 없었다.

"나를 따르며 나와 함께 이곳까지 피난 온 수많은 백성은 어떻게 하면 좋겠소?"

유비는 백성들의 처지를 생각하며 결단을 내리지 못하는 모습이었다.

"주군을 흠모하여 주군이 가는 곳이라면 어디든 따라올 가련한 백성들입니다. 비록 거추장스럽더라도 데리고 가셔야 할 것입니다."

공명의 말에 유비도 수긍하며 관우에게 강을 건널 준비를 하라고 명했다.

관우는 강에 배를 준비하고 수만 명의 백성을 모았다.

"우리와 함께 가고자 하는 사람은 강을 건너시오. 남고자 하는 사람은 예전에 살던 곳으로 돌아가서 밭을 갈도록 하시오."

그러자 남녀노소를 불문하고 백성 모두가 소리 높여 통곡하며 말했다.

"앞으로 산을 개척해 먹고살고 바위를 뚫어 물을 퍼 마신다 할지라도 유 황숙님을 따라가고자 합니다. 목숨을 잃더라도 원망하지 않겠습니다."

관우는 미축, 간옹 등과 협력하여 이 방대한 대가족을 차례차례

배에 태워 맞은편 기슭으로 건너가게 했다.

유비도 배에 올라 강을 건너려던 때였다. 이 방면으로 공격해온 약 5만의 조조 군이 말을 타고 흙먼지를 날리며 번성 밖에서부터 쫓아오고 있었다.

"적이다!"

이 말을 듣자마자 기슭에서 허둥대는 자, 배에서 통곡하는 자, 잘못해서 강에 빠지는 자 등 남녀노소의 비명은 강물에 메아리쳐 무심코 귀를 막을 지경이었다.

"가엾구나. 무고한 백성들, 나 때문에 이런 화를 당하다니. 나만 없어진다면."

유비는 백성들의 모습을 보며 괴로움에 몸부림치다가 갑자기 뱃전에 서서 강에 뛰어들려고 했다.

||| 三 |||

주위에 있던 사람들이 놀라서 유비를 끌어안아 말렸다.

"죽는 것은 쉽고 사는 것은 어렵습니다. 원래 산다는 것은 고난과의 싸움입니다. 이 많은 백성들을 버려둔 채 주군만 먼저 도망치려 하십니까?"

사람들이 한탄하며 간언하자 유비도 겨우 죽으려는 마음을 접었다.

관우는 아직 도망치지 못한 백성들을 도와 나중에 강을 건너왔다. 이렇게 겨우 모두가 북쪽 기슭으로 건너오자 쉴 틈도 없이 유비는 양양을 향해 발길을 서둘렀다.

양양성에는 전부터 어린 국주 유종과 그의 어머니 채 부인을 비롯한 많은 사람이 형주에서 이주해 와 있었다. 유비는 성문 아래에 말을 세우고 큰 소리로 외쳤다.

"어진 조카 유종은 문을 열어주게. 백성들의 목숨을 구해주게."

그러나 대답은 없고 대신 궁수들이 망대에서 나타나 화살을 쏘기 시작했다.

유비를 따르는 수만 명의 백성 위로 화살이 빗발쳤다. 비명, 통곡, 광란, 혼란, 지옥을 방불케 하는 슬픔에 땅도 하늘도 어두워졌다.

이 모습을 성안에서 보고 너무도 무정한 처사에 의분을 느낀 장수가 있었다. 이름은 위연魏延, 자는 문장文長, 그가 돌연 아군 사이에서 격하게 소리쳤다.

"유현덕은 인자다. 돌아가신 국주의 분묘에 흙이 마르기도 전에 조조에게 항복을 구걸하고 나라를 판 도적, 너희들이야말로 괘씸하기 짝이 없는 놈들이다. 그럼, 내가 성문을 열어 유비를 안으로 들이겠다."

채모가 깜짝 놀라 장윤에게 명령했다.

"반역자를 당장 처단하라!"

위연은 어느새 부하들을 이끌고 성문으로 달려가 파수병들을 흩어버리고 현수교를 내리며 외쳤다.

"유 황숙! 유 황숙! 어서 이리로 들어오십시오."

이때 장윤, 문빙 등이 달려와서 위연을 막았다.

성 밖에 있던 장비와 관우 등은 즉시 말을 몰아 들어가려다가 성안의 분위기가 심상치 않은 것을 감지하고 급히 말을 세우고 공명에게 붙었다.

"군사, 여기서 진퇴를 어떻게 하면 좋겠소?"

뒤에 있던 공명이 즉시 대답했다.

"흉혈凶血이 자욱합니다. 아마도 자기들끼리 싸움이 일어난 모양입니다. 그러니 들어가서는 안 됩니다. 길을 바꿔 강릉江陵(호북성 사시, 장강 기슭)으로 갑시다."

"뭐, 강릉으로?"

"강릉성은 형주 제일의 요해로 전량錢糧이 많이 비축되어 있는 고장입니다. 조금 멀기는 하지만……."

"으음, 그럼 서둘러야지."

유비가 되돌아가는 것을 보고 평소 유비를 흠모하던 성안의 장졸들은 앞다투어 채모의 휘하에서 탈출했다. 때마침 일어난 성문의 혼란을 틈타 그의 뒤를 따라가는 자들이 꼬리에 꼬리를 물었다.

유비를 흠모하는 자들 중에서도 누구보다 당당하게 나선 위연은 장윤과 문빙 등에게 포위되어 부하들 대부분을 잃고 홀로 사시巳時부터 미시未時 무렵까지 싸우다 결국 한쪽에 혈로를 뚫고 피투성이가 된 채 성 밖으로 달아났다. 그러나 이미 유비는 멀리 떠나버렸기 때문에 할 수 없이 혼자 장사長沙로 달아나 후에 장사 태수 한현韓玄에게 몸을 의탁했다.

한편 유비는 여전히 수만 명의 백성을 이끌고 강릉을 향해 가고 있었으나 병든 자가 있고, 연약한 여자들도 많았다. 어린아이를 업고 노인을 부축하고 게다가 가재도구에 수레, 가마 등까지 어수선한 상황이었기 때문에 하루에 10리 정도 가는 것이 고작이었다.

공명도 이런 상황에 몹시 난감해하며 결국 대책이 없다는 듯 비장한 눈빛으로 유비를 다그쳤다.

"몸을 숨길 것이라고는 하나 없는 평야에서 만약 적에게 포위된다면 한 명도 살아남지 못할 것입니다. 이제 결단을 내리셔야 합니다."

||| 四 |||

달아나는 처지였다. 군 자체의 운명조차 위태로운데 수만 명의 궁민窮民을 데리고 가고 있으니 어떤 행동도 취할 수 없었다.

"이런 상황이니 백성들이 희생당해도 어쩔 수 없습니다."

공명은 유비를 설득했다. 유비의 백성을 사랑하는 마음은 잘 알고 있었으나 그 때문에 적에게 궤멸당해서는 아무 의미도 없게 된다.

"여기서 잠시 눈물을 삼키더라도 노약하여 방해가 되는 자들을 버리고 일각이라도 빨리 강릉에 가서 대책을 강구하지 않으면 안 됩니다. 그렇지 않으면 조조 군의 좋은 먹잇감이 될 것입니다."

그러나 유비는 여전히 이렇게 말하며 공명의 말을 듣지 않았다.

"나를 따르는 것이 마치 아이가 부모를 따르는 것과 같은 저 백성들을 어찌 버리고 갈 수 있겠소? 나라의 근본은 백성이오. 지금 나는 나라를 잃었지만, 그 근본은 여전히 나에게 있다고 할 수 있을 것이오. 백성과 함께 죽어야 한다면 죽겠소."

이 말을 공명에게 전해 들은 장졸들은 눈물을 흘렸고 백성들도 모두 통곡했다.

공명도 결국 마음을 정하고 백성들이 서로 돕고 협력하는 정신을 갖도록 거듭 주의를 주는 한편 관우와 손건에게는 병사 500명과 유비의 편지를 주며 말했다.

"강하에 있는 적자 유기에게 급히 가서 전황을 상세히 고하고 강릉성에서 만나자고 하며 이 편지를 전하시오."

원군의 급파를 요청하는 편지였다.

한편 조조는 중군을 완성에서 번성으로 옮겼다.

입성이 끝나자 바로 양양으로 편지를 보내 "유종과 대면하겠다."고 청했다.

어린 유종은 두려워서 가기 싫다고 하여 대리로서 채모, 장윤, 문빙 세 사람이 가기로 했다. 그때 유종에게 은밀히 권하는 자가 있었다.

"지금 조조를 불시에 습격하면 반드시 조조의 목을 벨 수 있을 것입니다. 이미 형주가 항복했기 때문에 마음이 교만해져서 방심하고 있을 것입니다. 그렇게 되면 천하가 형주를 따를 것입니다. 이런 절호의 기회는 두 번 다시 없을 것입니다."

이 말이 채모의 귀에 들어갔다. 조사해보니 왕위王威의 진언이었다.

채모는 화를 내며 목을 치려 했다.

"쓸데없이 혓바닥을 놀려 어린 주군을 현혹하는 놈이다."

그러나 괴월의 간언에 의해 겨우 아무 일 없이 넘어가게 되었다.

형주는 바야흐로 내부에서 미증유의 동요가 일어나고 있었다. 얼마 전에는 유비를 동경하는 자들의 배신과 탈주가 이어졌고, 그 후에도 국론이 구구하게 나뉘어 무관과 문관의 다툼이 벌어졌다. 게다가 벌족이나 당파의 대립도 더해졌다.

그러나 채모는 이 내부의 혼란을 조조와의 강화로 제압할 생각이었다. 그래서 조조를 만나 항복의 예를 취하는 자리에서 거듭 머리를 조아려 절하고 말과 얼굴빛으로 온갖 아부를 떨었다.

조조는 높게 만든 자리에 앉아 채모를 비롯한 다른 자들을 느긋하게 내려다보며 물었다.

"형주의 군마와 전량, 병선의 수는 대략 얼마나 되는가?"

채모가 숨김없이 대답했다.

"기병 8만, 보졸 20만, 수군 10만. 그리고 병선은 7,000여 척이나 있습니다. 금은과 군량의 대부분은 강릉성에 비축되어 있고, 그 외 각지의 성에도 약 1년분의 군수품이 상비되어 있습니다."

조조는 만족해하며 약속했다.

"유표는 살아 있는 동안 형주의 왕이 되고 싶어 했지만, 결국 이루지 못하고 죽었다. 내가 천자께 상주하여 아들 유종을 언젠가 반드시 왕위에 앉혀주겠다."

||| 五 |||

이날 조조는 매우 만족했는지 채모를 평남후平南侯 수군 대도독水軍大都督으로 장윤을 조순후助順侯 수군 부도독水軍副都督으로 임명했다.

두 사람은 은혜에 깊이 감사하고 자국의 항복을 마치 자신들의 행운인 양 몹시 기뻐하며 돌아갔다.

"승상께서는 사람을 너무 볼 줄 모르시는군. 저렇게 아첨만 하는 소인배에게 높은 관직을 주고 수군을 맡길 생각이신가?"

그들이 돌아간 뒤 분개하며 거리낌 없이 이렇게 말한 사람은 순유였다.

조조는 이 말을 멀리서 듣고 입술을 일그러뜨리며 순유를 향해 귀 있는 자는 들으라는 듯 말했다.

"내 어찌 사람을 볼 줄 모르겠는가. 아군 병사들은 모두 북국에

서 자라 들과 산에서 훈련받은 자들이 아닌가. 수리水利와 수군의
운용법, 병선의 구조 등을 소상히 아는 자가 거의 없다. 지금 그들
을 수군의 대도독과 부도독으로 임명했을지라도 일이 끝나면 언
제든지 해임해버리면 될 터. ……이제 보니 순유도 사람의 생각을
헤아릴 줄 모르는 자로군."

얼굴을 마주 보고 들은 것과는 달리 이렇게 들으니 오히려 마음
이 더 불편했다. 순유는 아무 말 없이 얼굴을 붉히며 모습을 감췄다.

한편 채모와 장윤은 양양으로 돌아가자마자 채 부인과 유종에
게 자세히 이야기했다.

"일이 생각대로 잘되었습니다. 언젠가 반드시 조정에 상주하여
주군을 왕위에 봉하겠다는 등 조 승상께서 기분 좋게 말씀하셨습
니다."

다음 날, 조조가 양양에 입성한다는 보고가 들어왔다. 채 부인
은 유종을 데리고 강나루까지 마중 나가 배례하고 성안으로 맞아
들였다.

이날 양양의 백성들은 길에 향화를 올리며 수레에 절했다. 그리
고 형주의 문무관들도 모두 성문에서 식전式殿의 계단 아래까지
정렬하여 조조에게 절했다.

조조는 장수와 무사 등 심복들에게 겹겹이 호위된 채 중앙의 식
전에 의젓하게 앉아 있었다.

채 부인은 아들 유종을 대신하여 죽은 유표의 인수와 병부兵符
(전쟁에 사용하는 부절. 동이나 옥 등으로 만들었다. 두 개로 나누어 하나는
출진하는 장수가 지니고 있다가 왕으로부터 받은 명령을 전할 때의 증거로 삼
았다)를 비단으로 싸서 조조의 손에 넘겼다.

"갸륵하군. 조만간 유종에게 명이 있을 것이오."

조조는 그것을 받고 모인 사람들은 만세를 불렀다. 이렇게 입성식은 일단 끝났다. 식이 끝나자 그는 우선 형주의 구신 중에서 괴월을 불러 이렇게 말하며 강릉 태수 변성후變城侯에 봉했다.

"나는 형주를 얻은 것은 그리 기쁘지 않으나 지금 그대를 얻은 것은 진심으로 기쁘오."

이후 옛 중신 다섯 명을 열후에 봉하고 또 왕찬王粲과 부손傅巽을 관내후關內侯에 봉했다.

그런 뒤에야 유종을 향해 지극히 간단하게 명령했다.

"그대는 청주로 가는 것이 좋겠군. 청주 자사로 임명한다."

유종은 슬픈 빛을 띠며 애원했다.

"저는 관직을 바라지 않습니다. 그저 언제까지나 아버지의 분묘가 있는 이곳에 머물고 싶습니다."

조조는 차갑게 고개를 저었다.

"아니, 청주는 도성에서 가까운 좋은 고장이다. 성인이 된 후 조정으로 불러 관인官人으로 삼을 생각이니 그 준비라 생각하고 아무 소리 말고 가도록 하라."

유종은 할 수 없이 며칠 후 어머니 채 부인과 함께 슬픔 속에서 태어난 고향을 떠나 청주로 향했다. 그러나 변하기 쉬운 것이 사람의 마음이라고 했던가. 따르는 사람이 몇 명 되지 않았다. 다만 왕위라는 노장군이 몇몇 가신을 데리고 거마를 호위하며 따라갈 뿐이었다.

그 후였다. 조조는 은밀히 우금을 불러 뭔가 비밀 명령을 내렸다. 우금은 강병들만으로 구성된 500여 기를 이끌고 즉시 유종 일행의 뒤를 쫓아갔다.

　여기는 무슨 강인지, 뭐라고 부르는 황야인지, 이름도 모르는 풀을 붉게 물들이며 처참한 살육이 그들의 손에 의해 자행되었다. 채 부인과 유종이 탄 수레에 500여 명의 병사가 이리 떼처럼 달려들자 낮에 뜬 달도 순식간에 피로 거무스레해지고 비명과 절규가 강에 메아리치고 들판을 달렸다.

　노장 왕위도 병사들에게 포위되어 목숨을 잃었고, 그 외의 가신들 역시 단 한 명도 살아남은 자가 없었다.

피난길

||| 一 |||

우금은 나흘 만에 돌아왔다.

그동안 조조는 어딘가 초조한 모습을 보였다. 결과를 목이 빠져라 기다리고 있는 듯했다.

"이제 돌아왔습니다. 멀리까지 쫓아가서 채 부인과 유종의 목을 이렇게 베어왔습니다."

우금의 보고를 듣고 조조는 비로소 마음을 놓은 모습이었다. 유표의 혈족은 이로써 거의 끊긴 것이나 다름없었다. 참으로 비참한 운명이었다.

"잘했다."

조조는 이렇게 한마디만 할 뿐이었다.

또 그는 무사들을 융중으로 보내 공명의 아내와 동생 등의 친척들을 잡아오게 했다.

조조가 공명을 미워하는 감정은 보통이 아니었다.

"샅샅이 뒤져서 그의 삼족을 모두 잡아오너라."

그는 엄명을 내렸다. 명을 받은 부장들은 부하들을 독려하여 와룡 언덕에 있는 집을 비롯해 인근 마을을 샅샅이 뒤졌지만 아무리 해도 찾을 수가 없었다. 공명이 이미 이런 일이 있을 줄 알고 가족을 삼강三江의 맞은편으로 숨겼기 때문이다. 마을 사람들도 모두 공명의 덕을 따르고 있었기 때문에 조조의 포리에게 어떤 단서도 주지 않았다.

이런 일로 시간을 보내는 한편 조조는 매일 형주의 치안과 구신의 처리, 또 상벌의 이행, 새로운 법령의 공포 등 끝없는 정무에 쫓기고 있었다.

"승상, 차라도 한잔 드릴까요?"

어느 날 순유가 일부러 그의 일을 방해하며 물었다.

"차 좋지. 그럼, 잠시 쉬기로 할까?"

"바쁜 와중의 짧은 여유는 생명보다 귀하다는 말이 있지 않습니까? 이럴 때 한 잔의 차는 생명을 적셔줄 것입니다."

"그런데 세무 처리는 끝났는가?"

"세무보다 더 서둘러야 할 일이 있지 않습니까?"

"그렇게 서둘러야 할 일이 대체 뭔가?"

"유비 일당이 여기서 달아난 지도 벌써 10여 일이 지났습니다. 그들이 만약 강릉의 요해에 틀어박혀 그곳의 재물과 군량 등을 손에 넣는다면 어떻게 하실 생각입니까?"

"아뿔싸, 그렇구나!"

조조는 탁자를 치며 벌떡 일어나서 말했다.

"바쁘다 보니 사소한 일에 매여 그만 큰일을 놓치고 있었군. 순유! 어째서 자네는 좀 더 빨리 나에게 주의를 주지 않았는가?"

"승상께서 잊고 계실 리가 없다고 생각해서입니다."

"어리석은 소리 말게. 이렇게 바쁘다 보면 누구라도 잊어버릴 수 있어. 즉시 군마를 준비하라 명하고 유비를 추격하도록 하게."

"명령만 내리면 아직 결코 늦은 것이 아닙니다. 유비는 수만 명의 빈민을 이끌고 있기 때문에 하루에 겨우 10리 정도밖에는 가지 못합니다. 철기 수천이 질풍처럼 추격해간다면 아마 이틀 안에 따라잡을 수 있을 것입니다."

순유는 즉시 장수들을 성의 안마당으로 모았다. 명령을 내리고자 조조가 서서 둘러보니 형주의 구신 중에서는 단 한 사람 문빙의 모습이 보이지 않았다.

"문빙은 어째서 보이지 않는가?"

그가 문빙을 부르러 보내자 그제야 문빙이 와서 장수들의 맨 끝에 섰다.

"무엇 때문에 늦었는가? 할 말이 있으면 해봐."

조조로부터 문책을 받은 문빙은 수심에 잠겨 대답했다.

"이유는 없습니다. 그저 부끄러울 뿐입니다. 고인이 된 유표의 부탁으로 저는 항상 한천漢川의 경계를 지키며 만약 외적의 침공이 있으면 한 발도 적이 주군의 땅을 밟지 못하게 하겠다고 맹세했습니다. 뜻과는 다르게 결국 오늘의 현실을 직면하기에 이르렀습니다. 그 부끄러움을 생각하면 어떻게 다른 사람보다 먼저 나올 수 있겠습니까?"

문빙은 고개를 푹 숙이고 눈물을 흘렸다. 조조는 감동하여 말했다.

"지금의 말은 진정으로 나라를 생각하는 충신의 말이다."

소소는 그 자리에서 그의 관직을 높여 강하江夏 태수 관내후에 봉했다.

그리고 우신 문빙을 유비 추격의 길 안내로 명하고 철기 5,000명을 내주며 당장 출발하라고 재촉했다.

수만 명의 빈민을 데리고 가면서 병사는 고작 2,000명도 되지 않았다.

광활한 들판을 개미가 줄지어 가는 듯했다. 좀처럼 앞으로 나아가지 못했다.

"강릉성은 아직 멀었나?"

"아직 반 정도밖에 오지 못했습니다."

양양을 떠난 지 벌써 10여 일째다. 이런 상태라면 언제 강릉에 도착할지 유비도 마음이 불안했다.

"전에 강하로 원군을 청하러 보낸 관우도 그 후로 소식이 없소. 군사, 그대가 한번 가보지 않겠소?"

유비의 말에 공명은 바로 수락했다.

"예, 제가 가보겠습니다. 어떤 사정이 있는지 모르겠습니다만, 지금은 그것밖에 의지할 병력이 없으니."

"그대가 가서 원군을 청하면 유기 공도 결코 싫다고는 하지 않을 것이오. 그대의 계책으로 계모 채 부인에게서 도망칠 수 있었던 것을 기억하고 있을 테니."

"그럼, 다녀오겠습니다."

공명은 병사 500명을 이끌고 도중에 길을 바꿔 강하로 가는 길을 서둘렀다.

공명과 헤어지고 이틀째 되는 날이었다. 갑자기 한바탕 광풍이 들에 몰아치더니 흙먼지가 햇빛을 가리고 괴상한 소리가 땅속에서 들리는 듯했다.

"갑자기 말 울음소리가 시끄러워진 것은 대체 무슨 징조일까?"

유비가 수상히 여기자 말 머리를 나란히 하고 가던 미방, 미축, 간옹 등이 대답했다.

"이는 크게 흉할 징조입니다. 말 울음소리가 평소와 다릅니다."

그들은 모두 두려움에 떨었다.

"빨리 백성들을 버리고 서둘러 가지 않으면 위태롭습니다."

사람들은 모두 입을 모아 권했지만, 유비는 들은 척도 하지 않고 주위에 있는 자들에게 물었다.

"앞에 있는 산은?"

"앞에 있는 것은 당양현當陽縣의 강, 그 뒤에 있는 산은 경산景山이라고 합니다."

누군가 대답하자 그렇다면 저기까지 서두르라며 부녀자와 노인, 아이들은 조운에게 지키게 하고 후진은 장비에게 맡기고 더욱 길을 서둘렀다.

늦가을, 들판은 흐드러지게 핀 꽃과 무성한 풀로 덮여 있었다. 날도 이미 저물고 대지의 냉기는 별을 더욱 도드라져 보이게 하며 뼛속까지 스며들었다. 밤이 깊어지면 피부의 모공까지 얼릴 정도의 추위로 변할 것이다.

한밤중 무렵이었다.

갑자기 울부짖는 소리가 광야의 어둠을 뒤흔드는가 싶더니 어둠 속 한 끄트머리에서 함성이 귀를 때렸다.

"유비를 놓치지 마라."

'앗!'

유비는 벌떡 일어나 주위의 병사들을 수습하여 목숨을 걸고 적의 포위망을 돌파했다.

"주군, 주군. 어서 동쪽으로."

이렇게 외치며 싸우는 자가 있었다. 돌아보니, 후진을 맡은 장비였다.

"부탁한다."

뒤를 맡기고 유비는 달아났으나 이윽고 남쪽, 장판파長坂波 부근에 이르자 매복해 있던 한 무리의 적병들 사이에서 장수 한 명이 나와 길을 막고 소리쳤다.

"유 예주, 꼼짝 마라. 이미 너의 운은 다했으니 깨끗이 목을 내놓아라."

보니, 그는 형주의 구신 문빙이었다. 전부터 의를 아는 장수라고 알고 있던 유비는 그를 꾸짖었다.

"아니, 너는 형주 무인의 사표로 불리는 문빙이 아닌가. 국난이 닥치자 즉시 나라를 팔아먹고 병난이 미치자 바로 창을 거꾸로 들고 적장에게 아첨하며 그 앞잡이가 되어 어제의 벗에게 달려들다니, 어찌된 일인가? 참으로 비열하구나. 그러고도 네가 형주의 문빙이라 할 수 있느냐!"

그러자 문빙은 대답도 하지 않고 얼굴을 붉히더니 멀리 달려가 버렸다. 다음으로 조조의 직속 허저가 유비에게 다가왔지만, 그때는 이미 장비가 뒤쫓아온 뒤였다. 장비는 허저를 물리치고 한쪽에 혈로를 뚫어 유비를 먼저 피신시키고 자신은 뒤에 남아 있는 힘을 다해 싸웠다.

||| 三 |||

그러나 장비의 힘도 무한하지는 않았다. 결국 한쪽의 적군을 저지하고 있는 것에 지나지 않았다. 그사이에 여전히 유비를 목표로 앞다투어 쫓아오는 적은 끝도 없었다.

"놓치지 마라."

"잡아라."

도망가는 곳마다 복병이 기다리고 있었고, 길에는 화살이 빗발쳤다. 유비는 의식이 몽롱할 정도로 완전히 지쳐버렸다.

"아아, 이젠 숨조차 쉬기 힘들구나."

순간 그는 정신을 잃고 말에서 미끄러지듯 떨어졌다. 온몸은 솜처럼 감각이 없었다.

"……아아."

둘러보니 따르는 자도 100여 명 정도밖에 없었다. 그의 처자식과 노약자를 비롯해 미축, 미방, 조운, 간옹, 그 밖의 장졸들은 모두 어디서 헤어졌는지 뿔뿔이 흩어지고 만 것이다.

"백성들은 어떻게 되었는가? 처자식과 따르는 무리가 한 사람도 보이지 않으니 무슨 일이지? 아무리 목석으로 만든 인형이라도 이것이 어찌 슬프지 않을 수 있겠는가."

유비는 이렇게 말하며 눈물을 흘리다 결국에는 목놓아 울었다.

그때 미방이 피투성이가 된 채 쫓아왔다. 몸에 꽂힌 화살도 빼지 않고 유비 앞에 무릎을 꿇고 슬픔의 눈물을 흘리며 호소했다.

"원통합니다. 조자룡마저 변심하여 조조에게 항복했습니다."

"말도 안 되는 소리! 조운과 나는 환난을 함께해온 사이일세. 그의 지조는 깨끗한 눈과 같고 그의 피는 철혈 같은 무인. 나는 믿네. 어찌 그가 부귀에 눈이 어두워 그 지조와 이름을 버리겠나?"

"아니, 실제로 그가 아군의 무리에서 벗어나 곧장 조조 군 쪽으로 가는 것을 이 눈으로 확인했습니다. 분명히 보았습니다."

그러자 옆에서 큰 소리로 미방의 말을 뒷받침하는 자가 있었다.

"그런 그를 보았다는 사람들이 많소."

그는 후진에 있다가 지금 막 쫓아온 장비였다.

흥분한 장비는 눈꼬리를 올리며 말했다.

"좋아. 내가 다시 한번 돌아가서 사실로 확인되면 조운을 단번에 찔러 죽일 수밖에. 주군께서는 어딘가에 몸을 숨기고 잠시 쉬고 계십시오."

"아니다. 그럴 필요 없어. 조운은 결코 날 버릴 사람이 아니야. 이보게 장비, 경솔한 짓을 저질러서는 안 돼."

"그건 내 알 바 아니오."

장비는 결국 듣지 않았다.

스무 명 정도의 부하들을 데리고 다시 왔던 길로 달려갔다. 강에 나무로 된 튼튼한 다리가 걸려 있었다.

장판교였다.

다리 동쪽 기슭은 밀림이었다. 장비는 부하에게 뭐라고 속삭이고 스무 명의 부하들을 그 밀림으로 보냈다. 부하들은 그의 계책에 따라 각자 말꼬리에 나뭇가지를 묶고 숲속을 부지런히 오갔다.

"어떠냐, 내 계책이? 설마 스무 명밖에 안 된다고는 생각하지 못할걸? 족히 400~500명으로는 보일 테니 말이야."

그는 만족스러워서 혼자 싱글거리며 장판교 위에 말을 세웠다. 그리고 장팔사모를 옆구리에 끼고 서쪽을 바라보고 있었다.

한편 조운은 양양을 출발할 때부터 유비의 권속 20여 명과 그 시종들, 특히 감 부인, 미 부인 또 유비의 아들 아두阿斗 등의 호위를 맡고 있었기 때문에 그 책임의 막중함을 깊이 느끼고 있었다.

그러나 간밤의 전투와 그 이후 패주하는 도중에 아두와 두 부인을 비롯해 다리가 약한 노약자들 대부분을 어둠 속에서 놓치고 말았다.

조운이 어찌 그냥 갈 수 있겠는가.

'주공을 뵐 면목이 없다.'

그는 혈안이 되어 밤새 적군과 아군 사이를 오가며 그들의 행방을 찾아다녔다.

ııı 四 ııı

면목, 무슨 면목이 있어서 이대로 주공을 만날 수 있겠는가?

'내가 살아 있는 한.'

조운은 불과 30여 명밖에 남지 않은 부하들과 함께 몇 번이나 적군 속으로 뛰어들어 미친 듯이 찾아다녔다.

'두 부인은 어디에? 어린 공자는 어디에 계실까?'

이렇게 사방팔방 적과 아군의 구분도 없이 뛰어다니는 들판에는 아직도 수만 명의 백성들이 우왕좌왕하고 있었다. 그들은 화살에 맞고, 돌에 맞고, 혹은 말발굽에 채여 구덩이에 빠지는 등 마치 지옥도와 같은 광경을 연출하고 있었다. 부모는 아이를 찾고, 아이는 부모를 부르고, 아내는 비명을 지르며 남편을 따라가고, 남편은 미친 듯이 일가를 찾아 돌아다니는 등 그 아우성이 들판에 가득하고 하늘을 덮을 지경이었다.

"앗! 누구지?"

풀뿌리 쪽에 피가 도랑을 이루며 흐르고 있었다. 조운은 엎드려 있는 무사를 보고 깜짝 놀라 말에서 내렸다. 가까이 다가가 안아 일으켜 보니 아군 장수 간옹이었다.

"상처는 깊지 않군. 이보게, 간옹."

간옹은 조운이 부르는 소리에 의식이 돌아왔는지 갑자기 주위를 둘러보며 말했다.

"앗, 조운 아닌가?"

"어떻게 된 일인가? 정신 차려."

"두 부인은? 아두 공자는 어떻게 되었는가?"

"그것은 내가 묻고 싶은 말이네. 간옹, 자네가 그분들과 여기까지 함께 온 것인가?"

"그래. 여기까지 왔을 때 한 무리의 적군에게 포위되었네. 내가 적장 한 명을 처치하고 바로 수레로 돌아왔지만 이미 때는 늦었더군."

"생포되었다는 말인가?"

"아닐세. 두 부인께서는 아두 공자를 안고 수레를 버린 채 어지럽게 싸우는 병사들 속으로 달아나셨다는 말을 부하에게 들었네. 그래서 급히 뒤쫓아가려는 순간 날아오는 화살에 맞았는지 칼에 맞았는지 그 뒤는 아무것도 모르겠네. 아마도 정신을 잃은 모양이야."

"이러고 있을 때가 아니네. 간옹, 자네는 주공을 서둘러 쫓아가게."

조운은 그를 부축하여 말 등에 태우고 부하를 붙여주며 먼저 가게 했다.

그리고 자신은 '설령 하늘을 날고 땅으로 들어가더라도 주공의 가족을 찾지 못한다면 어찌 다시 주군 앞에 무릎을 꿇을 수 있겠는가.'라며 마음을 더욱더 다잡고 말을 달려 장판교 쪽으로 갔다.

한 무리의 병사들이 우왕좌왕하다가 그를 보고 손을 들어 불렀다.

"조 장군, 조 장군."

그들은 수레를 미는 보졸들이었다. 조운은 돌아보며 물었다.

"부인의 행방을 아느냐?"

보졸들은 모두 손가락으로 남쪽을 가리키며 슬픈 듯이 말했다.

"두 부인께서는 머리를 풀어헤치고 맨발로 백성들 틈에 섞여 인파에 시달리며 도망치셨습니다."

조운은 하늘을 나는 듯이 말을 달리며 무리 지어 도망 다니는 사람들을 볼 때마다 목이 쉬도록 외쳤다.

"두 부인은 안 계십니까? 공자님은 안 계십니까?"

그때 또 수백 명의 노인과 어린아이의 무리를 만났다. 조운이 말 위에서 같은 말을 목청껏 되풀이하여 외치자 울면서 말 앞으로 달려나와 엎드린 사람이 있었다.

감 부인이었다.

조운은 깜짝 놀라 창을 옆구리에 끼고 안장에서 뛰어내렸다. 그리고 부인을 부축해 일으키며 용서를 빌었다.

"이런 고난을 겪게 한 것도 모두 저의 잘못입니다. 부디 용서해 주십시오. 그런데 미 부인과 아드님은 어디에 계십니까?"

"아두와 미 부인 모두 처음에는 함께 도망쳤습니다만, 얼마 후 한 무리의 적병에게 쫓겨 어느새 헤어지고 말았어요."

감 부인이 눈물을 흘리며 말하고 있는 사이에 주위의 백성들이 소란스럽게 무리에서 벗어나 사방으로 흩어져 달아나기 시작했다.

보검

조인 휘하에 순우도淳于導라는 맹장이 있었다.

이날 유비를 추격하는 도중에 앞길을 막는 미축과 싸워 결국 미축을 생포하여 자신의 안장 옆에 묶었다.

"오늘 제일의 수훈殊勳은 유비를 잡는 것이다. 유비와의 거리는 이제 얼마 남지 않았다."

순우도는 기세를 타고 1,000여 명의 부하들을 독려하며 소나기처럼 쇄도해왔다.

그리고 이리저리 도망가는 백성들에게는 눈길도 주지 않고 조운에게로 곧장 달려갔다. 유비 휘하의 장수라고 봤기 때문이다.

"어? 생포당한 건 미축이 아닌가."

조운은 그와 창을 겨루다가 놀라서 소리쳤다.

그러나 맹장 순우도도 이번에는 상대를 잘못 골랐다. 당할 수 없다고 생각하고 황급히 말 머리를 돌리려는 찰나 조운의 날카로운 창이 그의 몸을 꿰뚫었다. 그의 몸은 공중에서 한 바퀴 돌더니 피를 뿜으며 땅바닥에 떨어졌다.

남은 적병들을 쫓아버리고 조운은 미축을 부축해 말에서 내리게 했다. 그리고 적의 말을 빼앗아 그를 태우고 감 부인도 다른 말에 태워 장판교 쪽으로 서둘러 갔다.

그런데 다리 위에 장비가 와 있었다. 마치 커다란 석상을 세워 놓은 것 같았다. 그는 홀로 안장 위에 앉아 장팔사모를 비껴들고 있었다. 눈은 거울과 같고 입은 굳게 다물었으며 호랑이 수염을 바람에 나부끼고 있었다.

"이놈! 거기 온 것이 인간이냐, 짐승이냐?"

장비가 갑자기 욕을 하자 조운도 발끈해서 소리쳤다.

"감 부인의 길을 막지 마라!"

장비는 그제야 그의 뒤에 있는 부인을 알아보았다.

"아아, 조운. 자네는 조조에게 항복한 것이 아니었나?"

"무슨 바보 같은 소린가?"

"아니, 그런 소문이 있어서 만약 이쪽으로 오면 단번에 장팔사모로 찔러 죽이려고 기다리고 있던 참이네."

"공자와 두 부인의 행방을 새벽부터 혈안이 되어 찾아다니다가 겨우 감 부인만을 찾아 여기까지 바래다 드리러 온 것이네. 그런데 주공은?"

"요 앞의 나무 뒤에서 잠시 쉬고 계시네. 주공께서도 아드님과 두 부인의 안부를 몹시 걱정하고 계시네."

"그러시겠지. 그럼, 장비 자네는 감 부인과 미축을 호위하여 주공께 모시고 가게. 나는 다시 가서 미 부인과 아두 님을 찾아보겠네."

말을 마치자마자 조운은 다시 말을 달려 적진으로 들어갔다.

그때 맞은편에서 열 명 정도의 부하를 거느린 젊은 무사가 천천히 말을 몰고 오고 있었다. 등에 장검을 차고 손에는 화려한 창을 든 모습이 멀리서 봐도 어느 한쪽의 대장이라는 것을 바로 알 수 있었다.

조운이 혼자였기 때문에 가까이 다가올 때까지 적이라고 눈치채지 못한 듯했다. 조운이 갑자기 이름을 대고 싸움을 걸자 젊은 무사는 소스라치게 놀랐다. 따르는 자들도 단번에 조운을 포위했지만, 상대가 되지 않았다. 순식간에 흩어져 도망가 버리고 대장인 젊은 무사만이 허망하게 조운의 손에 목숨을 잃었다.

그때 조운은 "좋은 검을 가지고 있군." 하며 시체의 등에서 검을 빼 들고 다시 한번 바라보았다.

칼자루에는 금으로 청공靑釭이라는 두 글자가 새겨져 있었다. 조운은 그것을 보고 비로소 알았다.

"아, 이자가 바로 조조의 총신寵臣 하후은夏侯恩이었구나."

들은 바에 따르면 하후은은 맹장 하후돈의 동생으로 조조의 측신 중에서도 조조의 총애를 받는 신하 중 한 사람이라고 할 수 있었다. 그 증거로 조조는 비장의 검 '청공'과 '의천倚天' 두 자루 중에서 의천은 자신이 허리에 차고 청공은 하후은에게 내주며 이렇게 격려할 정도였다.

"이 검의 명성에 걸맞은 공을 세우도록 하라."

||| 二 |||

청공 검, 청공 검.

조운은 뛸 듯이 기뻤다.

이런 유명한 보검을 우연히 손에 넣게 된 것이다.

"이것은 하늘이 주신 검이다."

등에 검을 비스듬히 차자마자 조운은 다시 말에 올라 들판을 가득 메우고 있는 적들 속으로 뛰어들었다.

그때 조조의 군병들이 쇄도하여 미처 도망치지 못한 노인과 어린아이들, 흩어진 유비의 병사들을 무자비하게 살육하고 있었다. 조운은 의분이 끓어올라 눈꼬리를 치켜세우고 "이 짐승 같은 놈들."이라고 외치며 몰려오는 적들을 무찔렀다. 그리고 더욱 목소리를 높여 미 부인과 아두를 부르며 행방을 찾았다.

이미 팔면이 모두 구름에 싸인 듯 적으로 가득했지만, 그는 돌아가려 하지 않았다. 그때 상처를 입고 땅바닥에 쓰러져 있던 한 백성이 고개를 들더니 조운을 향해 외쳤다.

"장군, 장군. 미 부인인지 확실치는 않습니다만, 왼쪽 허벅지를 적에게 찔려 저쪽 농가의 무너진 담 밑에 어린아이를 안고 쓰러져 있는 귀부인이 있습니다. 속히 가보십시오. 방금 전의 일입니다."

그는 손가락으로 가리키며 알려준 뒤 그대로 숨을 거두었다.

조운은 그가 알려준 곳으로 나는 듯이 달려갔다. 뒷담과 헛간만을 남기고 반쯤 불탄 황폐한 집이 보였다. 말에서 내려 주위를 둘러보고 있자니 무너진 담 밑에서 어린아이의 울음소리가 들렸다.

"앗, 공자님!"

그의 목소리에 마른 풀을 뒤집어쓰고 숨어 있던 귀부인은 아이를 안은 채 도망가려고 했다. 그러나 몸에 부상이 심한 듯 바로 쓰러졌다.

"미 부인이 아니십니까? 소장 소운입니다. 모시러 왔습니다. 더는 걱정하실 필요 없습니다."

"……아아, 조운 장군이셨군요. 이렇게 반가울 수가. 부디 이 아이를 무사히 남편에게 데려가 주세요."

"물론입니다. 자, 부인께서도."

"아닙니다!"

그녀는 세차게 고개를 저었다. 그리고 아두를 조운의 손에 맡기고 갑자기 긴장이 풀린 듯 푹 고꾸라졌다.

"이 상처, 이 상처…… 다시 남편에게 돌아간다 한들 목숨은 보장할 수 없을 듯합니다. 만약 제가 장군의 말을 탄다면 장군은 아이를 안고 걸어서 적병 사이를 뚫고 가야 합니다. 더는 저에게 신경 쓰지 마시고 조금이라도 빨리 아두를 데리고 빠져나가세요. 부탁입니다. 죽기 전에 드리는 마지막 부탁입니다."

"약한 소리 하지 마십시오! 비록 말이 없어도 소장이 호위해서 가는 이상 문제없습니다."

"아아…… 함성이 들립니다. 적이 가까이 온 듯하네요. 장군, 장군은 어째서 소중한 어린 주군을 보호하고 있으면서 그렇게 망설이고 계십니까? 빨리 여기서 벗어나세요. 저는 남겨두고."

"어찌 부인 혼자만 두고 갈 수 있겠습니까? 어서 이 말에 오르시지요."

말고삐를 잡아 가까이 당기자 미 부인은 별안간 몸을 돌려 옆에 있는 오래된 우물로 달려갔다.

"조 장군, 그 아이의 운명은 장군의 손에 달렸습니다. 저에게 마음 쓰느라 손안의 구슬을 깨뜨리지 마세요."

그녀는 말을 마치자마자 우물에 몸을 던졌다.

조운은 소리 높여 통곡했다. 그리고 풀과 나무판자를 던져 우물을 막고 갑옷 끈을 풀어 가슴에 품은 아두를 단단히 묶었다.

당시 아두는 아직 세 살이었다.

아두를 갑옷 속에 품고 조운이 말에 올랐을 때는 이미 담장 밖, 부근의 풀숲 등에서 무수한 적병들이 슬금슬금 다가오고 있었다.

"이 안에 적장으로 보이는 자가 있다."

그들은 농가 주위를 물샐틈없이 포위했다.

그러나 조운은 그들을 거의 무시하듯 말 엉덩이에 채찍질을 해 담장이 무너진 틈을 통해 밖으로 나왔다.

조홍의 부하 중에 안명晏明이라는 부장이 이곳에 제일 먼저 왔다. 안명은 양쪽에 날이 있고 그 날이 세 갈래로 갈라진 괴이한 검을 잘 사용한다고 알려져 있었다. 그는 조운을 보자마자 그 검을 휘두르며 덤벼들었다.

"꼼짝 마라!"

"내 앞을 막는 자는 누구든 살아남지 못할 것이다!"

조운의 질타에 저도 모르게 주눅이 들었는지 잠깐 머뭇거리는 찰나에 창이 한 번 번쩍이더니 안명을 찔러 목숨을 빼앗았다. 조운은 다시 번개처럼 달렸다.

그러나 가는 곳마다 그는 연기처럼 피어오르다가 흩어지는 병사들에게 포위되었다. 말굽 아래로 무수한 시체가 버려지고 말은 절규하고 피는 강을 이루었다.

그때 적장 한 명이 등에 '장합張郃'이라고 쓴 깃발을 꽂고 그의 앞을 막아서며 긴 쇠사슬 양 끝에 두 개의 철환鐵丸을 단 기이한 무기를 휘두르며 덤벼들었다. 놀랄 만한 완력과 숙달된 기술로 철환을 번갈아 던져 우선 상대의 무기를 빼앗으려는 전법이었다.

"아차!"

이 괴이한 무기가 조운의 창을 낚아챘다. 무기를 빼앗긴 조운은 대응할 새도 없이 날아오는 두 개의 철환을 피하려고 주춤거리며 뒤로 물러났다.

'지금은 적과 싸워 무공을 자랑할 때가 아니다. 공자를 무사히 주공께 모시고 가는 것이야말로 가장 먼저 해야 할 일이다.'

이렇게 생각한 조운은 급히 말을 돌려 장합의 맹공격을 피하며 달리기 시작했다.

그런 조운을 본 장합은 욕설을 퍼부으며 점점 더 맹렬하게 쫓아왔다.

"소문과는 달리 변변치 않은 놈이구나. 그러고도 천하의 조자룡이라고 할 수 있느냐? 돌아와라!"

조운의 무운이 다했는지, 품에 있는 아두가 박명한 탓인지 앗하며 그의 몸은 말과 함께 들판의 웅덩이로 굴러떨어졌다.

장합은 이젠 됐다 싶어서 즉시 말 위에서 몸을 앞으로 숙이며 한쪽 철환을 던졌다. 그러나 철환은 조운의 어깨를 벗어나 웅덩이의 진흙에 박혔다.

다음 순간 장합의 입에서는 몹시 당황한 듯한 절규가 튀어나왔다. 점토질의 흙벽에 깊이 박혀버린 철환이 아무리 쇠사슬을 잡아당겨도 쉽게 빠지지 않았기 때문이다.

그러는 사이에 조운은 구덩이에서 뛰어나와 환희에 찬 소리를 질렀다.

"하늘이 이 어린 주군을 버리지 않고 우리에게 청공 검을 빌려주셨다!"

그는 등에 찬 검을 빼자마자 장합의 어깨에서 말의 몸통까지 단칼에 베어버렸다. 피가 폭포수처럼 뿜어져 나와 조운의 몸을 적셨다.

훗날 사람들이 이 일을 이야깃거리로 삼아 이렇게 말했다.

"그때 구덩이 안에서 붉은빛이 발해 장합의 눈을 멀게 한 찰나에 조운이 그를 쓰러뜨렸어. 이것은 모두 조운의 품에 어린 주군 아두가 있었기 때문이야. 훗날 촉의 천자가 될 홍복洪福과 상서로운 조짐이라는 것은 조운이 탄 말의 다리 아래에서 자줏빛 안개가 흘렀다는 것을 봐도 알 수 있지."

그러나 사실 자줏빛 안개도 붉은빛도 청공 검이 내뿜은 피였음이 틀림없다. 또 조운의 초인적인 무용과 엄청난 정신력은 그를 겪어본 병사들의 눈으로 본다면 역시 인간으로는 보이지 않았을 것이다. 붉은빛! 그것은 충렬의 광휘光輝라고 해도 좋을 것이다. 자줏빛 안개! 그것은 무신武神의 검이 수라장 속에서 보인 사랑의 무지개라고 봐도 될 것이다.

어쨌거나 청공 검이 생각보다 잘 들어서 조운도 놀랐다. 아두는 이 하늘의 도움과 명검에 의해 보호를 받으며 다시 천군만마 사이를 별이 나는 듯 아버지 유비가 있는 곳으로 순식간에 사라졌다.

장판교

||| 一 |||

이날 조조는 경산 위에서 전투의 양상을 바라보고 있다가 갑자기 손가락으로 가리키며 물었다.

"조홍, 조홍. 저자가 누구냐? 마치 무인지경無人之境을 가듯 우리 진지를 돌파하며 달려가는 저 무적의 장수 말이다!"

조홍을 비롯해 그 외의 장수들도 모두 손그늘을 만들어 햇빛을 가리고 바라보며 누구냐고 웅성대고 있자 조조는 조바심이 나는 듯 말했다.

"즉시 누군지 알아보아라."

조홍이 말을 달려 산을 내려가 미리 앞질러 가서 기다렸다가 그가 다가오자 큰 소리로 물었다.

"어이, 적장. 청컨대 존명을 알려주시게."

조운이 청공 검을 고쳐 잡으며 대답했다.

"나는 상산常山의 조자룡. 나의 앞길을 막을 생각인가!"

조홍은 황급히 걸음을 돌렸다. 그리고 조조에게 보고하니 조조는 무릎을 치며 말했다.

"소문으로만 듣던 그 조자룡이었단 말인가? 적이지만 대단한 장수로군. 그야말로 일세의 호장虎將이로다. 만약 그를 우리 유막에 둘 수만 있다면 비록 천하를 얻지 못하더라도 상관없을 텐데. 즉시 말을 달려 진마다 알려라. 조운이 지나가더라도 화살을 쏘지 말라고. 석궁도 쏘지 말고, 단지 한 명의 적군일 뿐이니 사냥하듯이 쫓아가 포위해서 산 채로 데리고 오라고 말이다.”

조조의 한마디에 대장들은 즉각 대답하고 부하들을 불렀다. 수십 명의 전령이 산중턱을 고꾸라질 듯이 달려 내려가 바로 팔방의 들로 흩어져서 흙먼지를 일으키며 말을 달렸다.

진정한 용사, 훌륭한 장수를 보면 적이라는 것도 잊고 그를 자기편으로 끌어들이려는 것은 조조의 병이었다.

조조는 무사를 사랑하기보다는 흠모했다. 그 정열은 지독하게 이기주의적인 데다 맹목적이었다. 전에 관우에게 빠졌다가 나중에 몹시 후회하고도 이날 또 상산의 자룡이라는 말을 듣고 즉시 인재 수집욕을 일으킨 것이다.

조운에게 있어서 또 아두에게 있어서 이것은 하늘의 도움이 거듭되었다고 할 수 있을 것이다.

그는 가는 곳마다 적에게 겹겹이 포위되었다. 조운은 품속에 세 살 아이를 품고 악전고투하며 차례차례 돌파해 나갔다. 적진의 대형 깃발을 두 개 쓰러뜨리고 적군의 커다란 창을 세 개 빼앗고, 이름 있는 장수를 수도 없이 베어 쓰러뜨렸다. 게다가 몸에는 화살 한 발, 돌 한 개 맞지 않고 광야를 가로질러 산간의 오솔길까지 도착하여 우선은 마음을 놓을 수 있었다.

그러나 이곳에도 종진鍾縉과 종신鍾紳이라는 형제가 두 편으로 나뉘어 진을 치고 있었다.

형인 진은 큰 도끼를 잘 쓰고, 동생 신은 방천극의 달인으로 이름이 높았다. 형제가 미리 짜고 그를 협공하며 큰 소리로 외쳤다.

"도망갈 길은 없다. 어서 항복하라."

게다가 장료의 대군과 허저의 사나운 부대도 그를 생포하기 위해 폭우처럼 들판을 가로질러 쫓아왔다.

"저들에게 따라 잡히면 끝장이다."

조운도 지금은 사생결단할 수밖에 없었다.

아마 그에게도 이 두 장수를 쓰러뜨리는 것이 마지막 남은 힘이었을 것이다. 앞뒤로 진과 신 두 장수를 베어버렸지만, 숨이 턱까지 차오르고 얼굴과 온몸이 피와 땀으로 범벅이 되었으며 그의 말도 비틀거렸다. 그는 간신히 사지에서 탈출할 수 있었다.

겨우 장판교까지 오니 저쪽 다리 위에 아직도 홀로 말을 타고 버티고 서서 장팔사모를 들고 있는 장비의 모습이 조그맣게 보였다.

"어이, 장비!"

조운이 목소리를 쥐어짜며 손을 흔들 때였다. 집요한 적의 일군이 더 이상 싸울 힘도 없는 조운을 또다시 뒤에서 덮쳤다.

||| 二 |||

"구해주게. 장비, 날 도와줘……."

천하의 조운도 목소리를 높여 다리 쪽을 향해 절규했다.

말은 지칠 대로 지쳤고 몸은 물먹은 솜처럼 무거웠다. 게다가 지금 뒤에는 조조 군의 맹장 문빙과 그 휘하의 용맹한 병사들이 쫓아오고 있었다.

장판교 위에서 손그늘을 만들어 보고 있던 장비는 달을 보며 포효하던 맹호가 먹잇감을 발견하고 바위 위에서 뛰어내리듯 몸을 날리며 소리쳤다.

"좋아! 내가 간다!"

장비는 모래 먼지를 일으키며 달려오자마자 소리쳤다.

"조운, 조운. 뒤는 내가 맡을 테니 자네는 어서 다리를 건너게."

"부탁하네."

조운은 이 한마디를 남기고 즉시 피가 튀는 수라장으로 변한 그 곳을 뒤로했다. 그리고 지칠 대로 지친 말을 독려하여 장판교를 건너 유비가 쉬고 있는 숲까지 간신히 달려왔다.

그는 같은 편 사람들을 보자마자 말 등에서 미끄러져 내려와 피칠갑한 참담한 모습으로 땅바닥에 엎드린 채 마치 폭풍이 몰아치듯 어깨를 들썩이며 숨을 쉬고 있을 뿐이었다.

"아니, 조 장군이 아닌가. 그런데 품에 안고 있는 것은 무엇인가?"

"아두 공자입니다……."

"뭐, 내 아들이라고?"

"용서하십시오. 면목 없습니다……."

"뭘 용서하란 말인가. 혹시 아두가 도중에 숨이 끊어지기라도 했단 말인가?"

"아닙니다……. 공자님은 무사하십니다. 처음에는 불에 덴 듯 울었습니다만, 더는 울 힘도 없어진 모양입니다. 단지 안타까운 것은 미 부인의 최후입니다. 몸에 깊은 상처를 입고 걷지도 못했기 때문에 제 말을 권해드렸습니다만, 그것을 거부하시고 공자님을 부탁한다는 말씀을 남기고 우물로 몸을 던지셨습니다."

"아아, 아두를 대신해서 미 부인이 죽었단 말인가."

"우물에는 마른 풀과 나뭇조각 등을 넣어 유해를 감추었습니다.

아무래도 미 부인의 넋이 공자님을 그 사지에서 지켜주신 듯합니다. 저 혼자 공자님을 품에 안고 적의 포위를 뚫고 돌아왔습니다만, 보시다시피……."

조운이 갑옷의 흉갑을 풀자 아두는 그 속에서 천진난만하게 자고 있었는데, 조운의 손에서 아버지의 손으로 건네진 것도 모르는 듯했다.

유비는 자신도 모르게 볼을 비볐다. 다행히 이 보석 같은 것에게 상처 하나 없이…… 넋을 잃고 바라보고 있다가 무슨 생각을 했는지 갑자기 아두를 공처럼 풀이 우거진 곳에 던져버렸다.

"앗, 어째서?"

조운과 장수들은 유비의 속내를 알 길이 없어 울부짖는 공자를 급히 안아 올렸다.

"시끄럽다. 저쪽으로 데리고 가거라."

유비가 말했다.

그리고 이렇게 덧붙였다.

"생각건대 조운과 같은 심복은 다시는 이 세상에서 얻을 수 없을 것이다. 그런데 이 어린아이 하나 때문에 하마터면 잃을 뻔했어. 아이는 다시 낳으면 되지만 훌륭한 장수는 한 번 잃으면 끝……. 게다가 이곳은 전쟁터다. 아이의 울음소리는 아비의 마음을 더욱 약하게 만들 뿐이야. 하여 던져버린 것이니 장군들도 나의 마음을 이상히 여기지 말도록."

"……."

조운은 땅에 이마를 찧었다. 지금까지 겪은 온갖 고초도 잊고 이런 주군을 위해서라면 죽어도 좋다고 마음속으로 새삼스럽게 맹세했다.《삼국지》원서의 어구를 빌린다면 이 용장은 눈물을 흘리며 "간뇌도지肝腦塗地(간과 뇌를 땅에 내듯 나라를 위하여 목숨을 돌보지 않고 힘을 다함)하더라도 이 은혜에는 보답할 길이 없구나."라고 말하고는 재배하고 사람들 속으로 물러갔다고 한다.

ㅣㅣㅣ 三 ㅣㅣㅣ

조조는 경산을 내려왔다.

깃발들이 이룬 격류는 구름이 골짜기 사이에서 나오듯이 징과 북소리에 걸음을 재촉하며 순식간에 들판으로 퍼졌다.

그 밖에 조인과 이전, 하후돈, 악진, 장료, 허저 등의 각 부대도 모두 그 뒤를 따라 장판교 쪽으로 갔다.

"조운이 도망간 방향이야말로 곧 유비가 있는 곳이 틀림없다."

그곳을 향해 마지막 섬멸전을 펼쳐 충분한 전과를 올리기 위해 전군을 집중시킨 듯했다.

그때 저쪽에서 문빙과 그의 부하들이 처참한 몰골로 정신없이 도망쳐왔다. 사정을 물으니 문빙이 대답했다.

"장판교 근처까지 조운을 쫓아갔으나 장비라는 자가 혼자 장팔사모를 휘두르며 저희를 막아서는 바람에 결국 조운을 놓쳤을 뿐 아니라 아군도 이 꼴로……."

이 말을 들은 허저와 악진 등은 이를 갈며 말했다.

"참으로 한심하군. 아무리 장비가 천마귀신天魔鬼神의 용맹함을 갖추었다 하더라도 이렇게 많은 병사와 승상의 위광을 업고서 어찌 이런 꼴로 쫓겨온단 말인가? 그렇다면 내가 가서 그놈을……."

장수들이 앞다투어 다리까지 쇄도했다.

강을 사이에 둔 장판교야말로 패퇴한 적에게는 목숨 걸고 지켜야 할 마지막 보루였다. 이곳을 지키기 위해 분명 적군이 북적거리고 있을 것이라 예상했다. 그러나 바람 한 점 없는 강가에 버드나무가 늘어져 있고, 강물은 소리를 내며 흐르고, 햇살이 내리쬐는 장판교 위에는 단 하나의 그림자가 우뚝 서서 그곳을 지키고 있을 뿐이었다.

"……누구지?"

장수들은 수상히 여기며 말을 진정시키고 천천히 다리 어귀까지 다가갔다. 다리 위에선 장팔사모를 꼬나 들고 투구는 벗어 안장에 걸고 말 위에 단단히 버티고 앉은 거한이 아무 말도 없이 움직이지도 않고 눈을 부릅뜬 채 노려보고 있었다.

"앗, 장비다."

"장비?"

무심코 새어 나오는 소리에 말들도 겁을 먹었는지 주춤주춤 말굽을 세우고 뒷걸음질쳤다.

"……"

장비는 여전히 한마디도 하지 않았다. 두 눈은 수없이 연마한 거울 같았고, 수염은 좌우로 갈라져 있었으며 이는 두툼한 입술을 깨물고 있었다. 또 눈썹과 눈꼬리, 머리털 등 모든 것이 거꾸로 서 있는 것이 하늘도 찌를 듯한 형상이었다.

"저자인가, 연인 장비라는 자가?"

"별거 아닐 거야, 아무리 장비라 해도."

"적은 단 한 명뿐이다."

그들이 서로 격려하며 당장이라도 장판교로 달려들려고 할 때 뒤에서 저지하는 자가 있었다.

"멈춰라."

한 사람의 목소리가 아니었다. 이전과 조인, 하후돈 등이 장졸들 사이에서 모습을 드러냈다.

"승상의 명령이다. 기다려라. 서두르지 마라."

목소리가 뒤쪽에서 계속 들려왔다. 장수들이 좌우로 길을 열자 당당하게 걸어 나온 군마와 깃발이 강기슭을 가득 채웠다.

이윽고 중앙의 한 군단이 수풀과 같이 군기와 오색 깃발을 휘날리며 앞으로 나왔다. 그중에서도 백모황월白旄黃鉞의 친위병에게 둘러싸여 금 안장을 얹은 백마를 탄 장수가 바로 조조였다. 푸른 비단으로 만든 산개傘蓋는 주옥의 관 위에서 드높이 너울거리고 있고 그 위풍은 천지의 빛을 앗아갈 정도였다.

"공명의 계책에 걸려들어서는 안 된다. 다리 위의 필부는 적의 미끼다. 맞은편 숲에 복병이 있을 것이다."

조조는 우선 장수들의 흥분을 가라앉힌 뒤 눈을 부릅뜨고 장비를 노려보았다.

||| 四 |||

장비는 동요하는 기색도 없었다.

오히려 온몸에 투지를 활활 불태우며 불꽃 같은 눈으로 쏘아보며 외쳤다.

"거기에 온 것은 적군 총수인 조조가 아닌가? 나는 유 황숙의 의제, 연인 장비다. 어서 와서 승부를 겨루자."

장비의 목소리는 장판의 강물에 메아리치고 살기는 내리치는 우레와 같았다. 그 섬뜩함에 조조의 주위를 호위하고 있던 자들은 무심코 그만 산개를 놓치거나 백모황월 등의 의용儀容을 무너뜨리고 덜덜 떨었다.

아니, 그 우레와 같은 위압적인 목소리는 조조 군 수만 명에게도 공포심을 심어주었다. 파도와 같은 공포의 물결이 전군을 휩쓸자 모두 창백해진 듯했다.

웅성거리기 시작하는 장수들을 돌아보며 조조가 말했다.

"이제야 생각나는군. 예전에 관우가 나에게 했던 말이. 자신의 의제 중에 장비라는 자가 있는데 자신과는 비교가 안 된다, 그가 한번 화를 내며 100만의 군사들 속으로 뛰어들면 대장의 목을 취하는 것도 주머니 속의 물건을 꺼내듯 한다. 이렇게 나에게 말한 적이 있는데 분명 자네들도 장비의 이름은 들어봤을 거네. 참으로 무서운 맹장이긴 하지."

이렇게 말하며 경탄하고 있는데 옆에서 돌연 하후패라는 장수가 나와 외쳤다.

"무얼 그리 두려워하십니까? 조조 군 휘하에도 장비보다 뛰어난 맹장이 있다는 것을 지금 확실히 보여드리겠습니다."

그는 말굽을 들어올리더니 다리 판자를 다가닥 다가닥 울리며 장비에게 달려들었다.

"애송이야, 왔느냐?"

장비는 장팔사모를 휘둘러 공중에 한 줄기 번개를 그렸다.

그 순간 하후패는 온몸의 힘이 빠진 듯 말 위에서 굴러떨어졌다. 그 모습을 본 병사들의 동요는 더 심해졌다. 조조도 아군의 사기가 떨어지는 것을 보고 급히 전군에 명령을 내렸다.

"퇴각하라."

퇴각하라는 말을 듣자마자 장졸들은 모두 산이 무너지듯이 앞다투어 달리기 시작했다. 이상한 심리가 아군 사이의 혼란을 더욱더 가중시켰다. 등 뒤로 장비가 쫓아온다는 느낌이 들었던 것이다. 조조 군은 창을 버리고 칼을 던지고 혹은 말발굽에 밟히는 등 아비규환도 이런 아비규환이 없었다.

이렇게 되고 나니 어떻게 수습할 수 있는 방법이 없었다. 조조 자신조차 그 소용돌이 속에 말려들어 말은 미쳐 날뛰고, 관에 꽂은 비녀는 날아가고, 머리카락은 흐트러지고, 측신들은 앞서거니 뒤서거니 그야말로 모든 것이 엉망진창이었다.

이윽고 뒤따라온 장료가 그의 말고삐를 잡아 멈추게 하고 이를 갈며 말했다.

"이게 대체 무슨 일입니까? 겨우 적장 한 명에 이렇게까지 당황할 일입니까?"

조조는 비로소 꿈에서 깨어난 얼굴로 전군의 재정비를 명령했다. 그리고 조금 멋쩍은 듯 말했다.

"내가 두려워한 것은 결코 한 사람의 장비가 아니네. 다리 건너편 숲속에 매복한 적군이 끊임없이 들썩거리기에 또 공명이 계책을 꾸미고 있는 것이 아닌가 싶어 오늘은 신중을 기해 퇴각을 명령한 걸세."

그때 그의 멋쩍음을 얼버무리기에 딱 좋은 연기가 피어올랐다. 적이 장판교를 태우고 퇴각했다는 것이었다. 그 말을 들은 조조는 다시 명령을 내렸다.

"다리를 태우고 도망가는 것을 보니 역시 대규모 병력은 남아 있지 않은 것이 틀림없구나. 즉시 세 곳에 다리를 놓아 유비를 추격하라.”

유비의 부하들과 그 잔병들은 처음에는 강릉을 향해 피난길을 잡았으나 이런 사정으로 그 방향으로는 도저히 갈 수 없게 되었기 때문에 급거 길을 바꿔 면양沔陽에서 한진漢津으로 가려고 밤낮으로 도망쳐 다녔다.

돛단배를 타고 오나라로

||| 一 |||

유비의 인생을 통틀어 이때의 패전으로 인한 행군은 대난大難 중에서도 대난이라고 할 수 있을 것이다.

조조도 처음에는 부하 장수들에게 추격을 명했다.

"지금이 아니면 유비를 잡을 기회가 없습니다. 지금 유비를 놓치면 들판에 호랑이를 놓아주는 것과 다름없습니다."

이런 순욱 등의 간언에도 영향을 받았는지 즉각 수만 명의 병사를 증파하며 직접 명령을 내렸다.

"끝까지 추격하라."

때문에 유비는 장판교(호북성 당양, 의창宜昌에서 동쪽으로 10리) 부근에서도 큰 아픔을 겪고, 한강 나루까지 쫓겨왔을 무렵에는 진퇴가 완전히 막혀 체념할 수밖에 없는 상태였다.

'나의 운명도 여기까지인가……'

그런데 이때 기적같이 원군이 나타났다. 전에 명을 받고 강하에 갔던 관우가 유기에게 1만 명의 병사를 빌려 밤낮없이 달려와 한강 부근에서 겨우 유비 일행을 만난 것이었다.

'아아, 아직 하늘은 날 버리지 않았구나.'

이렇게 되면 인간은 그저 운명에 맡기고 있을 수밖에 없다. 일

희일우一喜一憂, 구사일생, 마치 성난 파도가 일고 폭풍이 몰아치는 거친 바다를 어디로 가는지도 모른 채 떠도는 듯한 심정이었다.

"어쨌거나 일각이라도 빨리."

유비 일행은 관우가 준비한 배를 타고 위험한 기슭을 떠났다. 그 배 안에서 관우는 미 부인이 죽었다는 소식을 듣고 크게 한탄했다.

"옛날 허전許田의 사냥 대회에서 내가 조조를 찔러 죽이려 했을 때 형님께서 완강하게 말리지만 않았어도 지금 이런 일은 당하지 않았을 것입니다."

그답지 않게 푸념을 늘어놓자 유비가 위로하며 말했다.

"아니, 그때는 천하를 위해 분란을 일으키지 않으려는 생각뿐이었네. 또 조조라는 인물이 아까워서 말렸었지만…… 만약 하늘이 정의의 편을 도운다면 언젠가 한 번은 자네의 뜻을 펼칠 때가 오겠지."

그때 강 한쪽에서 함성과 북소리가 나더니 물결을 일으키며 서서히 다가오는 배들이 있었다.

"앗, 적군인가?"

유비도 얼굴이 창백해지고 관우도 당황하여 뱃머리에 서서 보니 저쪽에서 개미 행렬 같은 일군의 배가 순풍에 돛을 달고 오고 있었다. 선두의 한 척은 특히 거대했다. 머지않아 하얀 물결을 가르며 다가오는 것을 보니 그 배 위에는 흰 전포에 은색 갑옷을 입은 젊은 무사가 서 있었는데, 이쪽을 향해 계속 손을 흔들고 있었다.

"숙부님, 숙부님. 무사하셨습니까? 오랫동안 찾아뵙지 못해 참으로 죄송합니다. 지금 찾아뵙고 용서를 빌 생각입니다."

강하에서 온 유기였다.

유비와 관우는 뛸 듯이 기뻤다. 뱃전이 서로 맞닿자 유비는 유기의 손을 잡아 자신이 타고 있는 배로 맞아들이며 눈물을 흘렸다.

"어서 오시게. 위험에 처한 날 위해 달려와주었군."

또 몇 리쯤 나아가자 한 무리의 병선이 나는 듯이 노를 저어 다가왔다. 그중 한 척의 뱃머리에는 윤건을 쓰고 학창의를 입은 고사인지 무사인지 모를 풍채의 인물이 서 있었다. 제갈공명이었다.

다른 배에는 손건도 타고 있었다. 대체 어떻게 여기에? 사람들이 의아해하며 묻자 공명은 미소를 지으며 대답했다.

"대충 이 근방에 있으면 만날 것이라 생각하고 하구夏口의 군사들을 조금 모아 기다리고 있었습니다."

그는 많은 말은 하지 않았다.

||| 二 |||

위급한 상황에 처해 원군을 청해도 제시간에 도착하는 경우가 많지 않은데 이번처럼 위급한 상황에 딱 맞춰 청하지도 않은 원군이 제시간에 도착할 수 있었던 것은 역시 공명이 직접 가서 관우와 유기를 잘 움직였기 때문이리라.

그러나 그것을 자세히 이야기하게 되면 자신의 입으로 자신의 공을 자랑하는 꼴이 되기 때문에 공명은 우선 앞으로의 방침부터 이야기했다.

"다음 계책이야말로 중요합니다. 하구 땅은 요해이고 지리적 이점도 있으니 우선 저쪽 성으로 들어가 조조의 대군에 대비해 견고하게 지키며 때를 기다려야 합니다. 유기 공도 강하성으로 돌아가 주군과 긴밀히 연락하며 함께 무기와 병선의 재정비에 힘쓰는 것이 안전한 계책일 것입니다.”

유기는 일단 동의했으나 자신의 생각도 말했다.

“그보다도 더 안전한 것은 우선 숙부님께서 강하성으로 함께 가셔서 군장비를 충분히 갖춘 후 하구로 오시는 것이 어떻겠습니까? 아무 준비도 없이 하구로 가시는 것보다 그 편이 위험이 덜할 듯합니다만······.”

“그거 좋은 생각이군.”

유비와 공명도 의견이 일치했다. 그래서 관우에게 병사 5,000명을 내주고 먼저 강하성으로 보내 무슨 이변은 없는지 확인하게 한 후 유비와 공명, 유기 등은 성으로 들어갔다.

이렇게 해서 아까운 기회를 놓친 조조는 할 수 없이 도중에 모든 군사 행동을 정지시키고 각지에 흩어져 있는 추격군을 한수 강변으로 규합했다.

“훗날 유비가 강릉에 들어가게 되면 곤란해진다.”

그는 호남으로 내려가 그곳을 빼앗고 병력 일부를 남겨둔 후 바로 형주로 돌아왔다.

형주는 등의鄧義와 유선劉先 등의 옛 신하들이 지키고 있었으나 이미 어린 주군 유종은 죽임을 당하고 양양은 함락되었기 때문에 군과 백성 모두 “이제는 누구를 위해 싸우겠는가.”라며 성문을 열어 조조에게 항복해버렸다.

조조는 형주에 들어앉아 드디어 대오對吳 정책에 적극적으로 나서기 시작했다.

오나라를 어떻게 할 것인가.

이것은 다년간의 현안이었다. 게다가 이 대책이 성공하지 못하면 절대로 통일의 패업은 완성되지 않는다.

"격문을 작성하라."

순유에게 명해 격문을 쓰게 했다. 물론 오나라에 보내는 것이었다.

지금 유비와 공명의 패거리는 그 여생을 간신히 강하와 하구에 의존하여 여전히 불온한 난을 꾸미고 있소 나는 삼군을 이끌고 급히 이들을 낚으려 하는데 그대도 오군을 이끌고 이 유쾌한 놀이에 동참하지 않겠소? 어망의 물고기는 잡아서 술상에 올리고 땅은 나눠서 오랫동안 친분을 맺는 선물로 삼읍시다.

다만 조조도 이 한 장의 문서만으로 오가 고개를 숙이고 들어올 것이라고는 절대로 기대하지 않았다. 어떤 외교도 그 외교사령을 보조하기 위해서는 '이것이 싫다면 또 다른 인사'라 할 수 있는 '실력'이 필요하다. 그는 오나라에 격문을 보내는 것과 동시에 그 실력을 수륙 양쪽에서 남쪽으로 전개했다.

총 83만의 병력을 100만이라고 하고 서쪽의 형섬荊陝에서부터 동쪽의 기황蘄黃에 이르는 300리 사이에 밥 짓는 연기를 줄줄이 피워 오나라의 국경에 압박을 가했다.

그때 오나라의 국주 손권은 접경에 만일의 변고가 일어날 것을 우려하여 시상성柴桑城(여산 파양호의 동남쪽)까지 와 있었는데 마침내 사태가 심상치 않게 돌아가게 되자 그는 오나라의 대현大賢이라 불리는 노숙魯肅에게 답을 구했다.

"지금이야말로 우리의 태도를 분명히 해야 할 때요. 조조에게 붙는 것이 좋겠소, 유비와 결탁하는 것이 좋겠소? 이 큰 방침이 오나라의 흥망을 결정할 것이오. 부디 경의 의견을 기탄없이 들려주시오."

||| 三 |||

노숙은 신중하게 대답했다.

"유표의 상을 조문한다는 명목으로 소신이 형주에 사자로 가겠습니다."

"……그리고?"

"돌아오는 길에 은밀히 강하에 들러 유비와 대면하여 이해관계를 잘 설명하고 그를 원조한다는 밀약을 맺고 오겠습니다."

"유비를 원조했다가는 조조가 더욱 화를 내며 우릴 공격할 텐데."

"아닙니다. 유비의 세력이 약해졌기 때문에 조조는 즉시 대군을 우리에게로 돌린 것입니다. 따라서 유비가 강력해지면 배후에 근심거리가 있으니 조조는 결코 과감하게 오로 침공해오지 못할 것입니다."

노숙은 더욱 힘주어 말했다.

"그런 큰 방침의 결정을 나중으로 미루면서까지 소신이 사자로 가려는 것은 어쨌거나 형주에서 강하에 이르는 조조와 유비 양쪽의 실상을 소신의 눈으로 똑똑히 보고 오기 위해서입니다. 그것이 중요한 전제이기 때문입니다."

오나라의 움직임은 지금 오나라의 부침浮沈을 정할 때임과 동시에 조조의 대군에도, 강하에 있는 유비의 운명에도 참으로 중대했다.

강하의 성안에서도 그 일에 관해 수시로 회의를 했으나 공명은 언제나 지극히 온당한 의견만을 말했다.

"오나라는 멀고 조조는 가까우니 결국 우리가 품고 있는 천하를 세 개로 나눈다는 이상, 즉 삼국 정립을 실현하기 위해서는 어디까지나 먼 오나라로 하여금 가까운 조조와 싸우게 하는 것입니다. 양대 강국을 서로 싸우게 하여 그 힘을 상쇄시키고 우리의 세력을 확충해야 합니다. 진정한 대책을 실행하는 것은 그다음입니다."

"우리의 바람대로 일이 진행되면 좋겠소만."

이런 회의懷疑를 품은 사람은 비단 유비뿐만이 아니었다. 누구나 일단은 그렇게 생각했다.

이에 대해 공명은 이렇게 말했다.

"두고 보십시오. 머지않아 오나라에서 사자가 올 것입니다. 그때가 되면 제가 직접 바람에 돛단배를 맡기고 오나라로 내려가 세치 혀로 손권과 조조를 싸우게 만들겠습니다. 게다가 강하의 아군은 어느 쪽에도 붙지 않고 한쪽이 패배하는 것을 보고 나서 원대하고도 완벽한 대계의 길을 갈 수 있도록 조치하겠습니다. 싸운다면 반드시 이기는 싸움을 할 것, 이는 삼척동자도 아는 병법의 기초입니다."

이런 말을 들어도 사람들은 불안해했다.

'공명은 뭔가 대단한 기적이라도 일어나기를 바라며 저런 말을 하는 것은 아닐까?'

그렇게 생각되는 짐이 없지 않았기 때문이다.

그러나 그 기적은 며칠 후 정말로 강하를 찾아왔다.

"오의 국주 손권을 대신해서 돌아가신 유표의 상을 조문하겠다며 중신 노숙이라는 분의 배가 방금 나루에 도착했습니다."

강기슭을 수비하는 병사에게서 이런 보고가 들어왔다.

"어떻게 군사는 이런 일이 있을 줄을 미리 알았던 거요?"

웅성거리는 사람들의 물음에 공명은 이렇게 답했다.

"아무리 강대한 오나라라 할지라도 상승군常勝軍(싸울 때마다 이기는 군대)을 자랑하는 조조의 100만 대군이 남하해온다면 두려워하지 않을 수 없을 것이오. 게다가 오는 부강하지만 실전 경험이 적지요. 국경 밖의 병비 상황이나 실력도 잘 모릅니다. 그래서 우선 사자를 파견하여 주군이 조조의 배후를 치도록 설득할 것이라고 예상한 것입니다."

또 유기를 돌아보며 오의 손책이 죽었을 때 형주에서 조문단을 보냈는지 그렇지 않았는지를 물었다. 유기가 보내지 않았다고 대답하자 웃으며 말했다.

"그것 보십시오. 오와 형주는 오랜 원수 관계. 지금 그것을 버리고 사자를 보낸 것은 상을 조문하는 사자가 아니라 허실을 살피기 위해 밀명을 받고 온 사자라는 것이 분명해졌습니다."

||| 四 |||

이윽고 노숙을 빈객으로 맞아들였다. 그는 유기에게 위로의 말을 건네고 유비에게는 예물을 전하고 우선 형식적인 인사를 했다.

"오의 국주 손권께서도 잘 부탁드린다고 말씀하셨습니다."

후에 벌어진 별채의 주연 자리에서 이번에는 유비가 먼길을 온 노숙의 노고를 위로했다.

노숙은 거나하게 취하자 유비를 향해 노골적으로 물었다.

"귀공은 오랫동안 조조를 눈엣가시처럼 여겨 그와 계속 싸워왔으니 잘 알고 계시리라 생각합니다만, 조조라는 자는 천하통일의 야망을 품고 있습니까, 아니면 그저 자신의 성공에 만족할 위인입니까?"

"글쎄요……."

"그의 유막에서 조조의 총애를 가장 많이 받는 자는 누구입니까?"

"잘 모르겠소."

"그럼……."

노숙은 계속 물었다.

"조조의 총병력은 실제로 어느 정도입니까?"

"그것도 잘 모르겠소."

무엇을 물어도 유비는 모르는 척 시치미를 뗐다. 공명의 충고에 따른 것이었다.

노숙은 조금 화를 내며 따졌다.

"신야, 당양 등을 비롯한 각지에서 조조 군과 싸워온 귀공이 적에 대해서 아무것도 모를 리가 없지 않습니까?"

유비는 더욱 멍한 표정을 지으며 대답했다.

"어떤 전투에서도 우리는 조조가 온다는 말을 들으면 달아나기에 바빴기 때문에 자세한 것은 잘 모르오. 다만 공명이라면 조금은 알고 있을 것이오."

"제갈량은 어디에 있습니까?"

"지금 이리 불리시 소개하려넌 참이오. 여봐라, 공명을 불러오너라."

유비의 명령에 한 사람이 일어나 나가고 잠시 후 공명이 모습을 나타냈다. 그가 조용히 자리에 앉자 노숙이 개인적인 친근감을 보이며 말을 걸었다.

"량 선생, 저는 선생의 형님과는 오랜 친구입니다만."

"오, 근瑾 형님을 잘 아십니까?"

공명이 그리운 듯 눈을 가느다랗게 떴다.

"그렇습니다. 이번에 오기 전에도 만나고 왔습니다. 전언이라도 뭐 가지고 올까 했습니다만, 공적인 일로 오는 것이기에 일부러 그냥 왔습니다."

"아니, 그건 그렇고 저희 주군께서는 오래전부터 오의 군신들과 친분을 맺어 서로 협력하여 조조를 칠 생각을 하고 계셨는데, 귀하의 생각은 어떻습니까?"

"어려운 질문이군요."

"건방을 떠는 것은 아닙니다만, 오나라도 우리와 결속하지 않으면 존립이 어렵지 않겠습니까? 만약 저희 주군이 하루아침에 고집을 버리고 조조 편에 붙는다면 이것이 자기 보신에는 최선이겠지만, 오의 입장에서는 위협이 될 것입니다. 남하하는 조조 군의 압박이 배가 되기 때문이지요."

정중하게 말했지만, 그의 말은 대국의 사신을 압박하고 있었다. 노숙은 두려움을 느낄 수밖에 없었다. 공명이 말하는 경우가 실현되지 말라는 법도 없었기 때문이다.

"저는 오나라의 신하입니다만, 유 황숙을 위해서 한 말씀 드리자면 귀국과의 교섭 여하에 따라 저희 주군 손권도 움직일 것이라 믿습니다."

"그럼, 가망이 있다는 말씀이군요?"

"네, 그렇습니다. 다행히 량 선생의 형님은 오의 참모이기도 하고 주군의 신뢰도 깊으니 선생께서 한번 직접 사자로 오심이 어떨까 싶습니다만."

옆에서 듣고 있던 유비의 안색이 창백해졌다. 오의 계책이 아닐까 싶었던 것이다. 노숙이 강하게 권할수록 유비는 더욱더 허락할 생각이 들지 않았다.

공명은 그런 그를 달래며 허락해줄 것을 거듭 요청했다.

"일이 이미 긴급을 요하고 있습니다. 신념을 가지고 다녀오겠습니다. 부디 허락해주십시오."

그리고 결국 며칠 후에 노숙과 함께 오나라로 가는 배에 오를 수 있었다.

설전

||| 一 |||

　장강 천리, 날이 밝아도 날이 저물어도 강기슭의 풍경은 변함이 없었다. 누런 물이 도도하게 흐르며 뱃머리를 때리는 소리만 귀에 들렸다.

　배는 밤낮없이 오나라의 북단인 시상군柴桑郡을 향해 내려가고 있었다. 가는 도중에 노숙은 문득 이런 생각이 들었다.

　'아무리 영락했어도 유비도 하나의 세력이다. 군사이자 재상이라는 중직에 있는 공명이 단 한 명의 호위병도 없이 단신으로 오나라에 가는 것은 필시 쉽지 않은 결정이었을 텐데, 분명 공명은 죽음을 각오하고 있을 것이다. 그에겐 유창한 언변으로 오를 설득할 비책이 있겠구나.'

　한배를 타고 며칠을 함께 여행하는 사이에 그는 공명의 비장한 심사에 동정하는 마음이 드는 한편 이런 생각도 들었다.

　'만약 공명에게 설득당하여 주군이 유비를 위해 조조와 싸우게 될 경우 이기면 좋지만, 지면 그 책임은?'

　그 책임이 자신에게 돌아올지도 모른다는 생각에 두려움을 느끼지 않을 수 없었다.

　그래서 노숙은 한담을 나누다 아무렇지도 않게 공명에게 책략을 써보았다.

"선생, 선생이 주군을 뵙게 되면 분명 여러 질문을 받을 것입니다만, 조조 군에 대해서는 아무것도 모른다는 태도를 취하는 것이 좋을 겁니다."

"왜요?"

공명은 노숙의 생각을 이미 알고 있다는 듯이 웃고 있었다.

"아니, 별 뜻은 없습니다만 너무 자세히 말하면 조조와 한통속으로 오나라를 정탐하러 온 것이 아닌가 하고 의심받을 우려도 있으니까요."

"하하하, 손 장군이 그런 위인이었나요?"

노숙은 얼굴을 붉혔다. 도저히 타인의 책략 등에 의해 움직일 인물이 아니라고 보고 그 후로는 노숙도 말을 삼갔다.

이윽고 배는 심양강潯陽江(구강九江)의 안곡으로 들어갔다. 노숙과 공명은 거기서 육로를 통해 파양호鄱陽湖를 서남쪽으로 바라보며 말을 타고 갔다.

그리고 시상성에 도착하자 노숙은 공명을 우선 객관으로 안내하고 자신은 즉시 성으로 들어갔다.

성에서는 마침 문무백관이 모여 회의를 하고 있었다. 노숙이 돌아왔다는 소식을 들은 손권은 즉시 그를 불러 물었다.

"형주의 형세는 어떻소?"

"잘 모르겠습니다."

"뭐, 잘 모르겠다고? 멀리 강을 거슬러 올라가 그 땅을 둘러보고도 아무것도 보지 못했단 말이오?"

"조금 느낀 바가 없지도 않으니 소신의 사찰 결과는 따로 보고

드리겠습니다."

"음…… 알겠소."

손권도 굳이 다그쳐 묻지 않았다. 그리고 옆에 있던 격문 한 통을 노숙에게 건넸다.

"이것을 보시오."

조조가 보낸 '최후통첩'이었다. 자신에게 항복하고 함께 강하의 유비를 치든지, 아니면 자신의 100만 대군과 맞서 싸워 오나라를 멸망의 길로 인도할 것인지 즉각 회답하라는 위협과 회유가 동시에 느껴지는 격문이었다.

"이것 때문에 회의 중이었습니까?"

"그렇소…… 이른 아침부터 지금까지."

"그래서 중신들의 의견은 어땠습니까?"

"아직 결정된 것은 없지만……. 여기 모인 사람들 대부분은 조조와 싸우지 않는 편이 좋다는 의견이오."

그렇게 말하고 손권이 다시 생각에 잠기자 장소를 비롯한 중신들이 입을 모아 부전론不戰論을 주장했다.

"만약 오나라의 6개 군과 오나라의 번영을 온전하게 유지하고 나아가 부강안민을 원하신다면 지금은 조조에게 항복하여 100만 대군의 예봉을 피하고 훗날을 기약할 수밖에 없습니다."

||| 二 |||

육군만 100만이라면 두려워할 것이 없다 하더라도 조조의 손에는 지금 수천 척의 군선과 수군도 있다. 육군과 수군이 하나가 되어 강을 따라 남진할 경우, 그들을 막기 위해 오나라의 병마와 군

선도 대부분 손상될 것을 각오해야만 한다. 부전론을 주장하는 사람들은 모두 그 점을 들어 전쟁을 반대했다.

"비록 이긴다 하더라도 전쟁을 치르느라 피폐해진 나라의 살림은 3, 4년으로는 회복되지 않을 것입니다. 항복하는 것보다 좋은 방법은 없습니다."

회의는 끝도 없이 길어졌다. 손권은 여전히 마음을 정하지 못했다. 그는 조금 피곤한 기색을 보였다.

"옷을 갈아입고 다시 들도록 하겠소."

이렇게 말하고 자리에서 일어나 안으로 사라졌다. 옷을 갈아입는다는 것은 휴식을 의미한다.

노숙이 혼자 손권을 따라왔다. 손권은 그의 의중을 살피며 신중하게 말했다.

"노숙, 경은 조금 전에 따로 의견이 있다고 했는데 여기라면 말할 수 있을 것이오. 경의 의견은 어떻소?"

노숙은 중신들 사이의 짙은 부전론을 접하고 반감을 느끼고 있었다. 그 마음은 공명에게 품은 동정심과 결부되어 갑자기 주전적主戰的인 의견을 토로하기에 이르렀다.

"숙장이나 중신들 대부분이 서로 입을 맞춘 것처럼 주군께 항복을 권하는 이유는 모두 자신들의 보신과 안온을 먼저 생각하고 주군의 입장도 국치國恥도 대수롭지 않게 여기기 때문입니다. 그들에게는 주군을 바꿔 조조에게 항복해도 위계는 적어도 종사관從事官 아래로는 떨어지지 않을 것이며, 하급 관원들을 거느리고 수레를 타고 다니며 유유히 서로 교유할 것이고, 별 탈 없이 승진한다면 주州와 군都의 태수가 되는 영달도 약속되어 있습니다. 그에 반해 주군의 경우는 잘되어도 수레 한 대, 말 몇 필, 종자 스무 명 정도가 허락될 것입니다. 항장降將에 대한 예우로는 그 정도가 고작입니다. 두말할 것도 없이 군주가 되어 천하의 패업을 이루겠다는 소망은 죽을 때까지 가질 수 없을 것입니다."

당연히 젊은 손권은 그의 말에 마음이 움직였다. 그는 아직 젊다. 소극론에 대해서는 망설였지만, 적극적인 의견에는 본능적으로도 피가 끓었다.

"좀 더 자세한 것은 소신이 강하에서 데리고 온 손님을 불러 친히 그에게 물어보십시오."

"손님이라니, 누구요?"

"제갈근의 동생 공명입니다."

"오, 와룡 선생 말이오?"

손권도 그의 이름은 오래전부터 들어서 알고 있었다. 게다가 자신의 신하 제갈근의 동생이기도 하다. 바로 만나고 싶었으나 그날의 일도 있고 해서 회의는 일단 중단하고 내일 다시 모이기로 문무백관들에게 일렀다.

이튿날 이른 아침 노숙은 공명을 데리러 갔다. 전날 밤에 미리 기별해놓았기 때문에 공명은 목욕재계하고 벌써 준비하고 있었다.

"오늘 저희 주군께서 조조의 병력에 대해 묻더라도 너무 구체적으로는 말하지 않는 편이 좋을 것입니다. 문무 대신들 사이에는 무사 안일주의적인 인사가 대부분이니까요."

노숙은 친절하게 속삭였지만, 공명은 다른 확실한 계획이 있는 듯 다만 고개를 끄덕여 보일 뿐이었다.

시상성의 한 방에서는 그날 공명이 온다는 소식을 듣고 오의 현인과 영걸 20여 명이 의관을 갖추고 그가 대체 어떤 사람인지 궁금해하며 기다리고 있었다.

공명은 밝은 표정으로 노숙의 안내를 받으며 들어왔다. 그리고 늘어서 있는 사람들 한 명 한 명에게 일일이 이름을 묻고 예를 갖추고 나서 조용히 자리에 앉았다.

그의 행동거지는 고상했고, 그의 눈동자는 형형했다. 그는 구름을 뚫고 나온 산처럼 보이기도 하고 산에 가린 달처럼 보이기도 했다.

'이 사람은 오나라를 설득하여 오나라를 조조와 맞서게 하기 위해 단신으로 이곳에 온 것이로군.'

과연 오나라 제일의 명장이라 일컬어지는 장소는 단번에 그의 의도를 알아챘다.

||| 三 |||

일동 모두와 인사가 끝나자 장소가 공명을 향해 말했다.

"유 예주가 선생의 초려를 세 번이나 방문하여 결국 선생의 출려出廬를 촉구하여 물고기가 물을 얻은 것과 같다고 기뻐했다는 소문이 최근에 들려오고 있습니다만, 그 후 형주도 취하지 못하고 신야에서도 쫓기다 비참하게 패망한 이유는 도대체 무엇입니까? 우리의 기대는 무너지고 사람들은 모두 의아해하고 있습니다."

비소는 질문이었다.

공명은 가만히 그 사람을 바라보았다.

장소는 오나라를 대표하는 영걸이다. 이 사람을 설복하지 못한다면 오나라의 여론을 움직이는 것은 지극히 어려울 것이다. 그렇게 마음속으로 생각하면서 공명은 상냥하게 말했다.

"만약 저희 주군 유 예주께서 형주를 취하려고 했다면 그것은 손바닥을 뒤집는 것보다 쉬운 일이었을 것입니다. 그러나 주군과 돌아가신 유표와는 먼 친척 사이, 그 나라의 불행을 틈타 영지를 가로채는 신의에 어긋나는 짓은 다른 사람이라면 몰라도 제가 모시는 어진 군주 유비에게는 있을 수 없는 일입니다."

"그렇다면 선생의 언행이 서로 다르다고 할 수 있을 것이오."

"어째서요?"

"선생은 항상 자신을 춘추시대의 관중, 악의와 비교한다고 들었습니다만, 옛 영웅의 뜻은 천하 만민의 해악을 제거함에 있고, 그것을 위해서 소의사정小義私情을 버리고 대의공덕大義公德에 의해 패업 통일을 이룩하였다고 알고 있습니다. 그런데 지금 유 예주를 도와 오늘의 관중과 악의를 자처하는 선생이 출려하자마자 전후 사정과 사심에 사로잡혀 조조 군을 만나 갑옷을 던지고 창을 버리고 벽지로 패주하는 것을 보니 아무리 좋게 보려 해도 좋게 볼 수가 없더이다."

"하하하하."

공명은 의기양양하게 웃은 뒤 말했다.

"여러분들의 눈에 그렇게 비친 것은 당연합니다. 대붕이라는 새가 있는데 하루에 9만 리를 난다고 합니다. 그러나 대붕의 뜻은 제비나 참새가 알 수 없습니다. 선현도 말했습니다. 선인善人이 나라를 다스리는 데 있어서 100년을 내다본다고. 예를 들면 중병에 걸린 환자를 고치려면 우선 죽을 먹이고 순한 약부터 시작합니다. 그리고 오장육부와 혈기가 정상으로 돌아오기를 기다렸다가 딱

딱한 음식을 권하고 센 약을 써서 병의 근원을 제거합니다. 이것을 반대로 하여 기맥이 약한 중환자에게 육식과 센 약부터 준다면 환자의 생명은 어떻게 될까요? 지금 천하의 대란은 중병에 걸린 환자의 기맥과 같고 만민의 궁핍한 상태는 빈사 상태에 있는 자의 호흡과 비슷합니다. 이것을 어찌 하루아침에 고칠 수 있겠습니까? 게다가 천하의 명의이신 저희 주군 유 예주께서 여남 전투에서 패하여 신야의 벽지로 가셨지만, 성곽이 견고하지 못하고 무기와 병사들도 충분치 못하며 마초도 부족한 상황에서 조조의 100만 대군의 습격을 받았습니다. 이것에 대항하는 것은 스스로 죽음을 자초하는 일입니다. 이것을 피하는 것이 병가兵家의 상도常道이고 100년의 큰 뜻을 후일에 기약하는 것이죠. 그렇다 해도 백하에서는 하후돈과 조인의 무리를 분류지계奔流之計(격류로 쓸어버리는 계책)로 괴롭히고 박망의 골짜기에서는 그 선봉을 불태워 우리 군으로서는 당당하게 물러났습니다. 결코 비참하게 패주한 것이 아닙니다. ……단지 당양의 들판에서는 참담한 이산을 한때 겪었습니다만, 이 또한 신야의 백성들로 인해 하루에 불과 10리 정도밖에 나아가지 못하여 결국 강릉에 들어갈 수 없었던 결과입니다. 그 또한 주군 유비의 인애를 증명하는 것으로 수치스러운 패전과는 전혀 다릅니다. 옛날에 초나라의 항우는 싸울 때마다 이겼으나 해하垓下에서 단 한 번 패한 뒤 결국 고조에게 멸망당하고 말았습니다. 한신韓信은 고조를 보필하며 싸울 때마다 이긴 적이 없는 장수입니다만, 결국 고조에게 최후의 승리를 안겼습니다. 이것이 대계大計라는 것으로 함부로 공적인 자리에서 웅변을 자랑하고 국부적인 승패를 가지고 공을 논하며 사직의 백년지계를 가볍게 말하는 경박한 무리는 잘 이해할 수 없을 것입니다.”

말은 명쾌하고 표정은 조용했지만, 그의 태도는 티끌만큼의 비하도 없었고 전혀 비굴하지도 않았다.

||| 四 |||

장소는 침묵했다. 그토록 대단한 그도 기가 꺾인 듯한 표정이었다. 전체적인 분위기가 조금 가라앉은 듯했다. 그때 갑자기 일어난 자가 있었다. 회계군會稽郡 여요餘姚 사람으로 이름은 우번虞翻, 자는 중상仲翔이었다.

“솔직하게 묻겠습니다. 불손함을 용서하시기 바랍니다. 지금 조조의 병력은 100만, 웅장은 1,000명, 천하를 한입에 삼킬 듯한 맹위를 떨치고 있건만, 선생께는 무슨 대책이 있습니까? 부디 저희를 위해 그 대책을 말씀해주십시오.”

“100만이라고 하나 실제로는 70만에서 80만 정도입니다. 그것도 원소를 공격하여 그 북병北兵을 흡수하고 형주를 차지한 뒤 유표의 구신을 그러모은 것, 이른바 오합지졸입니다. 어찌 두려워하겠습니까?”

“아하하하, 과연 공명 선생이오. 당신은 신야에서 쫓기고 당양에서 참패하고 간신히 호랑이 굴을 벗어난 것이 아니었소? 그 입으로 조조 따위는 두려워할 필요가 없다고 하는 것은 조금 우습구려. 귀를 막고 방울을 훔치는 격이오.”

“저희 주군 유 예주를 따르는 자는 소수이지만 모두 인의로 뭉친 병사들입니다. 어찌 잔인하고 난폭한 조조 군과 맞서 스스로 구슬을 깨트리는 우를 범하겠습니까? 오나라는 부강하고 산천과 옥토가 넓고 병마는 강인하며 장강이 있어 방어하기에도 용이합니다. 그런데도 국정을 맡은 신하들은 일신의 안위만을 생각하고 국치는 안중에도 없습니다. 조조 앞에 주군의 무릎을 꿇리려고 하고 있지 않습니까?"

공명의 얼굴이 붉어지고 말투는 점점 통렬해졌다.

우번이 입을 다물자 즉시 다른 사람이 일어섰다. 회음淮陰의 보척步騭, 자는 자산子山이었다.

"공명!"

그가 갑자기 이름을 불렀다.

"감히 묻겠소만, 그대는 소진蘇秦과 장의張儀의 궤변을 배워서 세치 혀를 놀려 이 나라를 설득하러 온 것이오? 그것이 목적이오?"

공명은 온화한 미소를 지으며 돌아보았다.

"귀공은 소진과 장의를 그저 언변에 능한 사람으로만 알고 있소? 소진은 6개 나라의 인수를 지녔고, 장의는 두 번이나 진나라의 재상을 지낸 인물이오. 모두 사직을 도와 천하를 경영했던 인물이지요. 조조의 선전과 위협에 굴복하여 주군께 항복을 권하는 소인배가 좁은 소견으로 추측하여 소진과 장의를 가볍게 입에 올리는 것이야말로 소인배의 잡소리이기에 성실하게 대답할 가치도 없소."

대답을 거절당한 보척이 얼굴을 붉혔다.

"조조란 어떤 인물이오?"

그때 불쑥 묻는 자가 있었다.

"한실의 적신賊臣이오."

공명은 즉시 대답했다.

그러자 질문한 패군沛郡의 설종薛綜은 그 해석이 근본적으로 잘못됐다고 지적했다.

"선현의 말씀에도 '천하는 한 사람의 천하가 아니다. 즉 천하의 천하다.'라는 말이 있지 않소? 따라서 요나라도 천하를 순나라에 양보하고 순나라는 천하를 우나라에 양보하였소. 지금 한실의 정명政命은 다하였고 조조는 천하의 3분의 2를 점하기에 이르러 민심도 그에게 기울고 있소. 조조를 도적이라고 한다면 순도 도적, 우도 도적, 무왕, 진왕, 고조 모두 도적이라 할 수 있을 것이오."

"조용히 하시오!"

공명이 꾸짖었다.

"귀공의 말은 부모도 없고 주군도 없는 자나 할 수 있는 말이오. 사람으로 태어나서 충효의 마음을 분별하지 못할 리가 없소. 조조는 상국相國 조참曹參의 후예로 대대로 400년이나 한실을 섬기며 그 녹을 받아먹고도 지금 한실이 쇠약해진 것을 보자 그 은혜를 보답할 생각은 하지 않고 오히려 난세의 간웅의 본질을 드러내며 천자를 제거하고 그 자리를 빼앗으려 하고 있소. 그대는 역사의 순환을 한 개인의 야망에 결부시켜 억지로 설명하고 있는 듯하구려. 그런 생각 역시 역심逆心이라 할 수 있을 것이오. 하나 물어봅시다. 귀공은 주군이 쇠약해지면 조조처럼 즉시 주군 손권을 업신여길 것이오?"

||| **五** |||

오군吳郡의 육적陸績, 자는 공기公紀가 바로 이어서 공명의 말에 반박했다.

"과연 선생이 말한 대로 조조는 상국 조참의 후예로 대대로 한실을 섬겨온 것은 틀림없소. 그러나 유 예주는 어떻소? 그는 자칭 중산정왕의 후예라고 하나 왕년에는 멍석이나 짜고 짚신이나 팔러 다니던 천한 자라고 들었소. 이 둘을 비교하면 어느 쪽이 보석이고 어느 쪽이 돌멩이인지 명백하지 않소?"

공명은 껄껄 웃었다.

"오오, 귀공은 이전에 원술과 마주한 자리에서 귤을 품에 넣었다던 육랑陸郞이 아니오? 우선 편안히 앉아 내 이야기를 들어보시오. 옛날 주나라의 문왕은 천하의 3분의 2를 점령했으면서도 여전히 은殷나라를 섬겼기 때문에 공자도 문왕의 덕을 지덕至德이라고 칭송하였소. 이것이 바로 주군을 범하지 않는 신하 된 자의 길이오. 후에 은나라 주왕의 악행이 극에 달했기에 결국 무왕이 일어나 그를 토벌할 때 백이와 숙제는 말고삐를 잡고 여전히 간언하였소. 조조는 대대로 한실을 섬겨왔으면서 어떤 공훈도 없고 게다가 항상 황제를 해할 기회만 엿보고 있소. 가문이 높으면 높을수록 그 죄는 크고 깊지 않겠소? 저희 주군 유 예주에 대해 말하겠소. 한나라 400년, 그동안의 치란에 많은 일족과 혈족이 벽지로 유랑하였고 어쩔 수 없이 농가에 혈통을 숨기게 된 것이오. 이것이 어찌 수치스러운 일이겠소? 때가 되면 초야에서 일어나 진흙을 털고 주금珠金의 본질을 세상에 드러내는 것은 당연하오. 그런데 짚신을 삼는다고 깔보고 돗자리를 짠다고 업신여기는 그런 눈으로 세상을 보고 인생을 보고 게다가 일국의 정사를 담당하고 있다니. 백성들에게는 천재지변보다 무서운 것이 눈먼 위정자라고 하오. 틀림없이 귀공도 그런 사람 중에 한 명일 것이오."

육적은 가슴이 턱 막혀서 다음 말이 나오지 않았다.

이어서 의기양양하게 일어선 사람은 팽성彭城의 엄준嚴峻, 자는 만재蔓才라는 이였다.

"과연 공명이오. 잘 논파하였소. 우리나라의 영웅들이 모두 선생의 변설에 낯빛을 잃었구려. 대체 선생은 어떤 경전에 의해 그리도 박식해진 거요? 그 깊이 있는 학문을 한번 들어봅시다."

그는 야유하듯 말했다.

공명은 엄하게 일갈했다.

"말초末梢를 논하고 지엽枝葉을 왈가왈부하며 글귀에 구애되어 세월을 보내는 것은 세상의 썩은 유학자의 소행. 어찌 나라를 흥하게 하고 백성을 편안케 할 대계大計를 알겠소? 한나라의 개국공신인 장량과 진평 같은 사람들도 일찍이 경전에 통달했다는 말은 듣지 못했소. 불초 공명도 사소한 문장 속에서 백을 논하고 흑을 비평하며 귀중한 시간을 낭비하고 싶지 않소."

"듣고 흘려버릴 수 없는 말이군. 그렇다면 문文은 천하를 다스리는 데 필요 없다는 말이오?"

반박한 것은 여남의 정병程秉이었다. 공명은 고개를 옆으로 저었다.

"앞서가지 마시오. 학문에는 소인배의 농문弄文과 군자의 문업文業이 있소. 소인배는 자신은 있으나 나라는 없고 춘추의 부賦를 최고로 여기고 세상의 사조를 흐트러뜨리며 구구절절 만언萬言이 있을지라도 가슴속에 단 하나의 올바른 도리도 없소. 대인의 업은 우선 뜻을 한 나라의 근본에 두고 인륜의 도리에 내용을 충실하게 보충하고 문화를 더욱 건전하게 하며 무미건조한 정치를 다채롭게 하며 고통스러운 생활을 윤택하게 하고 암흑의 바닥에 희망을 가져다주지요. 무용無用, 유용有用은 이것을 인도하는 정치의 선악에 달렸소. 부문腐文이 성한 것은 악정의 반영이고 문사文事의 건전한 조화는 그 나라가 정치를 하는 방침이 밝음을 나타내는 것이오. 조금 전의 여러 문무 대신들의 발언을 통해 이 나라의 학문을 살피건대 그 수준이 참으로 낮고 저속하오. 내 말이 틀렸소?"

그 자리의 모든 사람이 아무 말도 않고 숨을 죽이고 있기에 공명이 물은 것이었다.

그러나 이 물음에도 일어서서 대답하는 자가 없었다. 그때 발소리를 크게 울리며 이곳으로 들어온 사람이 있었다.

불 속의 밤톨

일동이 그 발소리를 듣고 누군가 싶어 돌아보니 영릉군零陵郡 천릉天陵 출신 황개黃蓋, 자는 공복公覆이라고 지금 오나라의 양재 봉행糧材奉行, 즉 재무장관과 같은 인물이었다.

그는 눈을 번뜩이며 실내를 둘러보더니 천장이 흔들릴 만큼 큰 목소리로 말했다.

"여러분, 도대체 뭘 하고 있소? 공명 선생은 당대 제일의 영웅이오. 이 빈객을 상대로 우문난제愚問難題를 늘어놓고 불필요한 말을 하여 공연히 손님에게 속내를 보이는 것은 오의 수치. 주공의 얼굴에 먹칠을 하는 것과 같소. 말을 삼가시오."

그리고 공명을 향해서는 매우 정중하게 말했다.

"중신들의 무례를 용서하십시오. 주공 손권께서는 진작부터 기다리고 계십니다. 모처럼의 금언옥론金言玉論을 부디 우리 주공께 들려주십시오."

황개는 앞장서서 그를 안으로 안내했다.

어처구니없는 꼴을 당한 것은 정색하며 토론하던 다른 대신들이었다. 이들을 꾸짖은 것은 황개가 아니었다. 누군가 손권에게 공명과 대신들의 설전을 알려서 손권이 빈객 앞에서 황개에게 일동을 꾸짖게 한 것이었다. 어쨌거나 공명은 국빈으로서 정중하게 맞아들여졌다. 황개와 함께 노숙도 안내를 맡았다. 두 사람의 안내를 받으며 중문을 지나자 열린 대문 옆에 말없이 서 있는 중신 한 명이 있었다.

"오오……."

"아아……."

공명은 발걸음을 멈췄다.

그도 가만히 공명을 바라보았다.

그는 오나라의 참모이자 손권의 중신 그리고 공명에게는 친형 인 제갈근이었다.

형제는 오랜만에 만났다.

어린 시절 서로 손을 잡고 늙은 종자와 계모 등과 함께 먼 산동 에서 남쪽으로 흘러왔을 무렵, 당시의 모습과 비참했던 집안 상황 이 순간 두 사람의 가슴속에 떠오른 것이 틀림없다.

"량, 오에는 어찌 왔느냐?"

"주군의 명을 받고 왔습니다."

"몰라보겠구나."

"형님도……."

"오에 왔으면 왜 빨리 나를 찾아오지 않았느냐? 객관에서라도 알려주었으면 좋았을 텐데."

"이번에 오나라를 방문한 것은 유 예주의 사자로 온 것이기에 개인적인 일은 모두 뒤로 미룬 상태입니다. 양해해주십시오."

"그렇구나. 어쨌거나 우린 나중에 보도록 하자. 주군께서도 기다리고 계시니."

제갈근은 다시 오나라의 신하로서 공손히 빈객을 맞은 다음 자리를 떴다. 이윽고 웅장하고 화려한 대전이 공명의 눈앞에 나타났다. 붉은 난간의 섬돌을 한 걸음 한 걸음 올라갔다.

천천히 몸을 일으켜 그를 맞이한 것은 오주吳主 손권임은 말할 필요도 없다.

공명은 무릎을 꿇고 절했다.

손권은 느긋하게 반례로 답한 후 자리를 권했다.

"우선…….."

공명은 상좌를 극구 사양하고 옆에 있는 자리에 앉았다.

그리고 유비의 인사를 전했다. 목소리는 시원하고 말에는 군더더기가 없었다. 듣는 이로 하여금 뭔지 모르지만 저절로 기분 좋은 느낌이 들게 했다.

"먼길 오시느라 노고가 많았소."

손권이 위로의 말을 건넸다.

문무의 대신들은 멀리 떨어진 곳에 늘어서서 조용히 빈객을 바라보고 있었다.

공명은 때때로 손권의 얼굴을 바라보았다.

손권은 벽동자염碧瞳紫髥, 즉 눈이 청색에 가깝고 수염은 자줏빛을 띠고 있었다. 한족 본연의 용모나 모습이 아니었다.

또 앉아 있으면 상반신이 참으로 당당해 보였으나 일어서면 하반신이 무척 짧았다. 이 또한 그의 특징이었다.

공명은 생각했다.

'그는 분명 한 시대의 거인이다. 그러나 감정이 쉽게 격해지고 고집이 세며 용맹한 대신 단점도 쉽게 드러낸다. 이 사람을 설득하기

위해서는 일부러 그 격정을 자극하는 것도 좋은 방법일지 모르겠구나.'

||| 二 |||

향이 진한 차가 나왔다. 손권이 공명에게 차를 권하여 함께 차를 마시며 이야기를 나누었다.

"신야 전투는 어땠습니까? 그 전투가 선생께서 유 예주를 도와서 치른 첫 전투였지요?"

"패했습니다. 병사는 수천 명에도 못 미쳤고, 장수는 다섯 손가락에 꼽을 정도도 안 됐습니다. 또 신야는 수비하기에 어려운 성이었습니다."

"대체 조조의 병력은, 실제 병력 말인데, 얼마나 됩니까?"

"100만 정도입니다."

"그렇게 말하고 있기는 한데……."

"아니, 확실합니다. 북쪽의 청주와 연주를 멸망시켰을 때 이미 40만~50만은 되었습니다. 거기다 원소를 쳐서 40만~50만을 보태고 조조가 양성하는 직속 정예군은 적어도 20만~30만은 될 것입니다. 제가 100만이라고 말씀드린 것은 오나라 분들이 조조 군이 150만이나 된다고 하면 놀라서 위축될까 싶어 일부러 수를 줄여서 대답한 것입니다."

"장수들의 수는?"

"유능한 장수가 2,000에서 3,000명인데 그중에서 희대의 지모와 만부부당의 용맹을 갖춘 장수를 추려보면 40~50명은 족히 될 것입니다."

"선생 같은 사람은?"

"저 같은 사람은 수레에 싣고 되로 셀 정도로 있습니다."

"지금 조조는 어디를 공격하려 하고 있소?"

"수륙 양군은 강을 따라 서서히 남진할 태세에 있습니다. 오나라 외에 그 많은 병력이 향할 곳이 어디 있겠습니까?"

"오나라는 싸워야 하오, 싸우지 말아야 하오?"

"하하하하."

여기서 공명은 가볍게 웃었다.

대답을 피한 것이다. 손권은 뭔가 눈치챈 듯 갑자기 공손하게 물었다.

"실은 노숙 공이 선생의 곧은 절개를 칭찬하는 것이 보통이 아니고, 나 역시 오랫동안 고명高名을 흠모해온 터라 오늘은 꼭 금옥 같은 말씀을 듣고 싶었소. 부디 큰일에 있어서 오나라가 가야 할 방향을 가르쳐주시오."

"저의 짧은 소견을 말씀드릴 수는 있습니다만, 아마도 각하의 생각과는 부합하지 않을 것입니다. 자신의 생각과 부합하지 않는 다른 의견을 들으시면 오히려 결단을 내리는 데 방해가 되지 않겠습니까?"

"어쨌거나 들어봅시다."

"그럼 기탄없이 말씀드리겠습니다. 천하가 크게 어지러웠을 때 선친께서는 동오를 일으키셨습니다. 지금 손가孫家의 번영은 보기 드문 위관偉觀이라고 해도 과언이 아닙니다. 한편 저희 주군 유예주는 초야에서 몸을 일으켜 의를 외치고 백성을 구했으며 조조의 대군과 천하의 패권을 놓고 경쟁하고 있습니다. 이 또한 역사상 미증유의 거사가 아니겠습니까? 그런데 유감스럽게도 병사는 적고 다스리는 영지도 없어 얼마 전에 전투에서 패했습니다. 그리하여 신 공명을 오나라로 보낸 것입니다. 유 예주께서는 오나라와 협력할 것을 진심으로 바라고 계십니다. 만약 각하께서 위대한 부형의 창업을 이어받아 그 찬란한 뜻을 펼치고자 한다면 부디 저희 주군 유 예주와 힘을 합해 병사를 일으키시고 천하를 판가름하는 기로에 선 중요한 이때 즉시 조조와 국교를 끊으십시오. ……만약 그런 뜻이 없고 도저히 조조와 천하를 경쟁할 자격이 없다고 스스로 포기하고 있다면 다른 한 가지 계책이 없는 것도 아닙니다. 그것은 간단합니다."

"싸우지 않고 나라 안이 평안해질 수 있는 좋은 계책이 있다는 말이오?"

"그렇습니다."

"그게 무엇이오?"

"항복하는 것입니다."

"항복?"

"무릎을 꿇고 조조 앞에 자비를 구하면 오나라의 장수들이 각하께 권하고 있는 대로 될 것입니다. 갑옷을 입고 성을 버리고 영토를 바친 후 그의 처분을 기다리면 조조라 할지라도 그렇게 무자비하게 굴지는 않을 것입니다."

"……."

손권은 아무 말 없이 고개를 숙이고 있었다. 부모의 무덤 외에는 아직 다른 사람 앞에 무릎을 꿇어본 적이 없는 손권이었다. 공명은 가만히 그를 바라보고 있었다.

"각하, 아마도 각하의 마음속에는……."

공명은 고개를 숙인 손권에게 책임을 돌리듯 말했다.

"강한 자부심이 있을 것입니다. 또 사내대장부로 태어나 천하의 대사를 다투고 싶은 왕성한 기운도 꿈틀거리고 있을 것입니다……. 그러나 오나라의 숙장들과 장로들이 모두 반대하고 있습니다. 무엇보다 안온을 제일로 삼아 각하께 권하고 있습니다. 각하의 마음도 짐작이 됩니다. 그러나 사태는 급박하고 또 중대합니다. 만약 의심하고 머뭇거리며 쓸데없이 시간을 보내다가 결단의 시기를 놓친다면 머지않아 화가 미칠 것입니다."

"……."

손권은 더욱 입을 굳게 다물었다. 공명도 잠시 침묵했다가 말을 이었다.

"무엇보다도 나라 안의 백성들이 도탄에 빠질 것입니다. 각하의 결심 여하에 달려 있습니다. 싸우려 한다면 싸우는 것도 좋습니다. 항복하겠다면 그 또한 좋습니다. 어느 쪽이든 빨리 결정해야 합니다. 어차피 항복할 생각이라면 처음부터 부끄러움은 버리는 편이 좋을 것입니다."

"……선생!"

손권이 고개를 들었다. 가슴속에 억누르고 있던 울분이 눈빛과 입술, 얼굴빛에 드러났다.

"선생의 말을 듣고 있으니 다른 사람의 일이라고 대충 말하는 듯한 느낌이 드네요. 말씀하신 대로라면 어째서 선생의 주군, 유예주에게도 항복을 권하지 않는 것이오? 나 이상으로 싸워도 이

길 가능성이 적은 유 예주에게 지금 말한 것과 똑같이 말하는 것이 어떻겠소?"

"적절한 지적입니다. 옛날 제齊나라의 전횡田橫은 일개 처사의 신분으로 한나라 고조에게 항복하지 않고 결국 절조를 지키다 자결했습니다. 하물며 저희 주군 유 예주는 황실의 종친, 게다가 그 영재英才는 천하를 덮고 백성들이 따르는 것이 물을 따라 물고기가 노는 것과 같습니다. 승패는 병가지상사, 일이 성취되지 않는 것도 천명입니다. 어찌 조조 같은 자에게 항복할 수 있겠습니까? 만약 제가 지금 각하께 드린 말씀을 그대로 저희 주군에게 진언한다면 그 자리에서 제 목이 날아가든지 비겁한 놈이라고 평생 멸시를 받게 될 것입니다."

말이 채 끝나기도 전에 손권은 낯빛이 달라지더니 자리에서 벌떡 일어나 성큼성큼 나가 버렸다.

꼴좋다고 생각했는지 늘어서 있던 장수들은 무례하다는 눈빛으로 공명을 쳐다보고 비웃으며 줄지어 나갔다.

노숙이 혼자 뒤에 남아 공명에게 물었다.

"선생, 왜 그러셨습니까?"

"뭘 말입니까?"

"제가 그토록 충고하지 않았습니까? 그렇게 불손한 말을 듣는다면 저희 주군이 아니더라도 분명 화를 냈을 것입니다."

"아하하하, 뭐가 불손하다는 것입니까? 저는 최대한 삼가서 말씀드렸습니다만, 기량이 뛰어난 인간을 받아들일 아량이 없는 분이군요."

"그렇다면 선생께는 달리 신묘한 계책이나 대책이 있다는 말씀입니까?"

"물론입니다. 없다면 제 말은 공론에 불과할 것입니다."

"정말로 대계가 있다면 다시 한번 주군께 말씀드려보겠습니다만."

"기량이 있는 자를 받아들일 관용을 가지고 물어보신다면 말씀 드려도 되겠지요. ……조조의 100만 대군도 제 눈으로 볼 때는 때를 지어 모여 있는 개미와 같습니다. 제가 손가락 하나를 움직이면 개미떼는 뿔뿔이 흩어질 것이고, 손 한 번 까딱하면 큰 강의 물도 거꾸로 소용돌이쳐 그 자리에서 조조 군 100척의 병선도 삼켜버릴 것입니다."

형형한 눈동자는 하늘을 쏘아보고 있었다. 노숙은 그 눈동자를 가만히 보고 있다가 믿어도 되겠다고 확신했다.

손권의 뒤를 쫓아 그도 별채로 들어갔다. 손권은 의관을 갈아입고 있었다. 노숙은 무릎을 꿇고 다시 한번 그에게 권했다.

"생각이 짧으십니다. 아직 공명은 마음속에 있는 생각을 털어놓지 않았습니다. 조조를 칠 대계는 가볍게 말할 수 없다고 했습니다. 또 아량이 좁은 주군이라고 크게 웃었습니다. 다시 한번 그의 생각을 물으심이 어떻습니까?"

"뭐, 나를 아량이 좁은 주군이라고 했다고?"

손권은 허리띠를 매면서 얼굴의 노기를 숨겼다.

||| 四 |||

중차대한 시기였다. 나라의 흥망이 걸린 문제였다. 손권은 애써 생각을 바꿨다.

"노 공, 다시 한번 공명에게 그 대계를 물어보겠소."

"아, 과연 옳으신 판단입니다."

"어디에 있소?"

"빈전에 그대로 있습니다."

"아무도 들여보내지 마시오."

따르는 사람들도 물리고 손권은 다시 공명 앞으로 갔다.

"선생 용서하시오. 어린 자의 무례를."

"아니, 저야말로 국주의 위엄을 손상시킨 죄 죽어 마땅합니다."

"깊이 생각해보니 조조가 오랜 적으로 보고 있는 것은 우리 동오와 유 예주였소."

"깨달으셨습니까?"

"그러나 우리 동오의 10여만 병사는 오랜 평화에 길들여져서 조조의 강병들과 맞서기가 어렵소. 그와 맞설 수 있는 사람은 유 예주밖에 없소."

"안심하십시오. 유 예주는 당양에서 한번 패하기는 했지만, 이후 그의 덕을 흠모하여 흩어졌던 병사들이 모두 돌아왔습니다. 관우가 데리고 온 병사도 1만 명에 가깝고 또 유기 님이 있는 강하의 병사들도 1만 명은 됩니다. 다만 각하의 결의는 어떻습니까? 건곤일척乾坤一擲(하늘과 땅을 던진다는 뜻으로 승패와 흥망을 걸고 마지막으로 결행하는 단판 승부를 비유한 말이다)의 이 갈림길은 구구한 병력 문제가 아니라 패하는 것도 승리하는 것도 오로지 각하의 마음에 달려 있습니다."

"나의 마음은 이미 정해졌소. 나는 동오의 손권이오. 어찌 조조 앞에 무릎을 꿇을 수 있겠소?"

"그러시다면 대사를 이룰 기회는 바로 오늘! 그의 100만 대군도 모두 원정에 지친 병사들, 특히 당양 전투 이후 하루 300리를 정신 없이 질주하여 왔다고 합니다. 이것은 그야말로 강노지말強弩之末 (힘찬 활로 쏜 화살도 마지막에는 힘이 떨어져 비단조차 뚫지 못한다는 뜻으로 아무리 강한 힘도 마지막에는 결국 쇠퇴하고 만다는 말이다)입니다. 게 다가 그 수군은 북국 출신으로 수전에는 숙련되지 못한 자들이 대부분입니다. 원래 형주의 군민軍民은 할 수 없이 그의 폭위에 굴복한 것뿐이니 일단 그 날카로운 기세를 꺾으면 즉시 내부에서 분란이 일어나 북방으로 달아날 것이 뻔합니다. 이 적을 추격해 형주로 한꺼번에 병사들을 투입하여 유 예주와 협력하는 것입니다. 오의 외곽을 튼튼히 하고 백성을 안심시키고 오랜 세월 나라를 다스릴 계책을 세우는 일, 이것은 우선 후일로 미뤄도 될 것입니다."

"옳은 말이오. 나는 다시는 망설이지 않겠소. 노숙, 노숙."

"네!"

"즉시 병마를 준비하시오. 조조를 격파합시다. 장수들에게도 출격을 알리시오."

노숙은 달렸다.

공명에게는 일단 객사에 돌아가 휴식을 취하라고 말하고 손권은 발걸음도 힘차게 동곽東郭 안으로 들어갔다.

놀란 것은 곳곳에 무리 지어 몰려 있던 문무 대신들과 원로들이었다.

"개전이다. 출동, 출동 준비!"

이런 소리를 듣고도 의심할 정도였다.

"설마, 거짓말이겠지?"

그도 그럴 것이 조금 전까지 빈전에서 공명의 불손함에 주군은 그를 피해 안으로 들어가 버렸다고 유쾌하게 이야기하는 소리를 이제 막 들은 참이었기 때문이다.

"뭔가 잘못된 것이 분명해."

여기 저기서 황당해하고 있는데 노숙이 의욕에 찬 얼굴로 개전 소식을 알리러 왔다. 역시 개전이라고 한다. 갑자기 분위기가 어수선해졌다. 불같이 화를 내며 개전을 반대하는 동지를 규합하는 사람조차 있었다.

"공명에게 당했소! 자, 모두 모여서 즉시 주군께 간하여 개전을 말려야만 하오."

장소가 앞장섰다. 일동은 노여운 빛을 띠며 손권 앞으로 갔다. 손권도 올 것이 왔다는 표정이었다.

"신 장소, 지극히 불손합니다만, 직언드릴 것이 있어서 왔습니다."

"뭐요?"

"황공하옵니다만, 주군께서는 하북에서 패한 원소와 비교해보시기 바랍니다."

"……."

"그 원소조차, 그 강대한 하북조차 조조에게 패하지 않았습니까? 게다가 당시의 조조는 아직 지금처럼 강대하지도 않았습니다."

장소의 눈에는 눈물이 반짝이고 있었다.

||| 五 |||

"부디 현명하게 판단하시기 바랍니다. 절대로 공명 같은 자의 말에 넘어가 나라를 위기에 빠트리지 마시옵소서."

장소의 뒤를 이어 고옹顧雍도 간언했다. 다른 장수들도 있는 힘을 다해 간언했다.

"유비는 지금 옴짝달싹 못 하는 상황에 빠져 있습니다. 공명을 사자로 보내 우리나라를 끌어들여 함께 조조에게 복수하고 때가 오면 자신의 지반을 확대하려는 속셈입니다."

"그런 자신의 말을 들으시고 조조의 대군과 맞서는 것은 섶을 지고 불 속으로 뛰어드는 것과 같습니다."

"주군! 불 속의 밤을 줍지 마십시오!"

이때 노숙은 방 밖에 있었는데 돌아가는 상황을 보고 고심이 깊었다.

손권은 이윽고 신하들의 간언에 못 이겨 "생각해보겠소. 더 생각해보겠소."라고 말하고 안쪽에 있는 방으로 서둘러 걸음을 재촉했다.

노숙은 도중에 복도에서 기다리고 있다가 자신의 주장을 손권에게 과감하게 말했다.

"그들 대부분은 문약文弱한 관리나 노후의 편안함을 바라는 노장들뿐입니다. 주군께 항복을 권하는 것도 오직 집에 있는 처자식과 부귀의 나날을 보내겠다는 일념에서입니다. 절대로 그런 나약한 자들의 말에 휘둘리지 마시고 흔들리지 않는 각오를 하시기 바랍니다. 선친 손견 공께서는 어떤 고생을 하셨습니까? 또 형님 손책 공의 용맹함은 어떠했습니까? 두 분의 피가 주군의 오체에도 이어져 흐르고 있지 않습니까?"

"놓으세요."

손권은 소맷자락을 휙 뿌리치더니 방 안으로 들어가 버렸다. 뜰 곳곳에서 "싸워야 한다." "아니다. 싸워서는 안 된다."고 떠들어대는 사람들이 있었기 때문이다.

어쨌거나 의견이 분분했다. 무장 일부와 문관 전부는 개전에 반대했고, 소수의 무인들만이 주전론을 지지했다. 숫자상으로 본다면 7대3 정도였다.

방에 숨은 손권은 병자처럼 손을 이마에 대고 있었다. 침식도 잊은 채 번민하며 괴로워하고 있었다. 동오가 창업한 이후 최초의 국난이었고, 또 개인적으로는 행복한 생활에 익숙한 손권이 태어나서 처음 겪는 큰 시련이기도 했다.

"……무슨 일이세요?"

식사도 하지 않는다고 하기에 오 부인이 걱정하며 손권을 보러 왔다.

손권은 사실대로 자세히 이야기했다. 당면한 큰 문제. 그리고 대신들 사이에 의견이 부전, 주전으로 갈려 있다는 것도 말했다.

"아직도 당신은 어린아이 같네요. 그런 일로 식사도 하지 않으셨던 거예요? 아무 일도 아니잖아요."

"해결책이 있소?"

"있고 말고요."

"무, 무엇이오?"

"잊으셨어요? 당신 형님께서 세상을 떠나기 전에 유언으로 남기신 말씀을."

"……."

"국내에 문제가 생겨 판단이 서지 않을 때는 장소에게 묻고, 국외의 분란에 대해서는 주유와 상의하라고 말씀하셨잖아요."

"아아…… 그랬지요. 생각해보니 지금도 형님의 목소리가 들리는 듯하오."

"보세요. 평소에 아버님과 형님을 잊고 있으니 이런 일로 공연히 번민하는 거예요. 외적의 침입, 외교 등 모두 국외 문제이니 주유에게 물어야 할 거예요."

"그래, 맞아!"

손권은 꿈에서 깬 사람처럼 그렇게 외치고 불쑥 얼굴을 들었다.

"즉시 주유를 불러 의견을 들어야겠소. 어째서 지금까지 그 생각을 못 했을까?"

그는 즉시 편지 한 통을 썼다. 믿을 수 있는 장수에게 그것을 들려 시상에서 멀지 않은 파양호鄱陽湖로 급히 보냈다. 수군 도독 주유는 지금 거기서 날마다 수군을 조련하고 군선을 건조하고 있었다.

두 꽃의 계책

||| 一 |||

주유는 오나라의 선대 군주인 손책과 동갑이다. 또 그의 아내는 손책의 처제이므로 현재의 오나라 군주 손권과 주유는 사돈지간인 셈이다.

그는 여강廬江 태생으로 자는 공근公瑾. 손책에게 인정받아 그의 장수가 되었고 불과 24세에 중랑장이 될 정도로 영준英俊했다.

그래서 당시 오나라 사람들 사이에서는 이 홍안의 젊은 장군을 군중軍中의 미중랑美中郎이라거나 주랑주랑周郎周郎이라고 부르며 인기가 많았다.

그가 강하江夏의 태수였을 때 교공喬公이라는 명문가의 둘째 딸을 아내로 삼았다. 자매가 절세의 미인으로 '강동이교江東二喬'라 하면 오나라에서 모르는 사람이 없었다.

손책은 언니를 아내로 삼고 주유는 동생을 아내로 삼았다. 그러나 얼마 후 손책이 세상을 떠나는 바람에 언니는 미망인이 되었으나 동생은 지금도 주유의 사랑하는 아내로서 가정을 지키고 있었다.

당시 오나라 사람들은 이렇게 축복했다.

"강동이교는 유랑하며 온갖 전화를 겪었지만, 천하제일의 남편들을 얻은 것은 천하제일의 행복일 거야."

특히 청년 장군 주유는 음악에 조예가 깊고 풍류를 아는 다정다감한 사람이기도 했다. 그래서 연회에서 악사가 연주하는 곡조가 틀리면 아무리 취해 있을 때라도 반드시 연주하는 악사들을 돌아보며 '지금 부분은 조금 이상하다.'고 주의를 주는 눈으로 바라보곤 했다.

하여 당시 사람들의 노래 중에도 이런 가사가 있을 정도였다.

　　곡조가 틀리면
　　주랑 돌아보네

이런 주유도 손책이 죽은 지금은 오의 수군 도독이라는 중책을 맡아 파양호에 오고 나서는 집에 있는 애처를 볼 시간도 없이, 좋아하는 음악을 들을 틈도 없이, 오직 오의 대수군 건설에 힘을 쏟고 있었다.

게다가 그 수군이 힘을 발휘할 때가 다가오고 있었다. 위나라의 수륙 100만 내지는 80만 대군이 남하하여 다음과 같은 매우 고압적이고 불손한 최후통첩을 오나라에 보내왔기 때문이다.

　　나에게 볼모를 보내고 나의 군문에 항복하겠는가?
　　나에게 병사를 보내고 나에게 분쇄당하겠는가?

주유가 그 사실을 모를 리가 없었다. 그러나 그의 임무는 정치적인 것이 아니라 수군의 건설과 맹훈련에 있었다. 오늘도 그는 수군이 훈련하는 모습을 보고 호반에 있는 관저로 돌아오자 손권이 보낸 파발마가 와서 "즉시 시상성으로 출발하십시오. 주군께서 부르십니다."라며 손권의 친서를 건네고 돌아갔다.

"결국······."

이미 예상한 일이었다. 주유는 잠시 쉬었다가 바로 떠날 채비를 했다. 그때 평소 친하게 지내는 노숙이 찾아왔다.

"방금 사자가 왔었지요? 실은 그 건에 대해서 제독에게 미리 말해둘 것이 있어서 찾아왔소."

그는 공명이 와 있는 사정부터 신하들의 의견이 둘로 갈린 실정 등을 자세히 이야기하고 거기에 덧붙여 지금 오나라가 조조에게 항복한다면 더는 지상에서 오나라는 없는 것과 마찬가지라고 자신의 주장도 강하게 말했다.

"알겠소. 어쨌거나 공명을 만나보겠소. 시상성에 가는 것은 공명의 속내를 들어본 후에도 결코 늦지 않을 것이오. 하여간 그를 데리고 오시오. 그때까지 시상성에 가는 것을 미루고 기다리고 있겠소."

주유의 말에 노숙은 힘을 얻어 기뻐하며 돌아갔다. 그러자 같은 날 정오가 지나서 장소, 고옹, 장굉, 보척 등 부전파不戰派가 모여서 주유를 찾아왔다.

"노숙이 왔었지요? 참으로 수상한 자입니다. 무슨 이유인지 그는 공명의 손에 놀아나서 나라를 팔고 백성을 도탄에 빠지게 하려고 혼자서 책동하고 있습니다. 이 위기의 상황에 제독은 대체 어떤 의견을 가지고 계십니까?"

그들은 주유를 둘러싸고 의견을 물었다.

네 명의 손님을 번갈아 보며 주유가 말했다.

"각자의 의견은 모두 부전론으로 일치한 것이오?"

"물론이오. 우리는 부전론으로 의견일치를 보았소."

고옹의 대답을 듣고 주유는 크게 고개를 끄덕이며 말했다.

"동감이오. 실은 나도 지금은 싸울 때가 아니라 조조에게 항복하여 화친을 청하는 것이 오를 위하는 길이라고 생각하고 있었소. 내일 시상성에 들어가 말씀드리겠소. 오늘은 일단 돌아가시오."

네 사람은 기뻐하며 돌아갔다. 잠시 후에 또 한 무리의 방문객이 들이닥쳤다. 황개, 한당, 정보 등 쟁쟁한 무장들이었다.

정보와 황개 등은 객실로 안내되자마자 번갈아 말하기 시작했다.

"우리는 선군이신 파로장군破虜將軍을 따라 오나라를 창업한 이래 오직 한 목숨을 이 나라에 바쳐 만대를 진호鎭護하는 백골이 되는 것이 소원인 사람들이오. 그런데 지금 주군께서는 일신의 안온만을 꾀하는 문관들의 나약해 빠진 소리에 이끌려 결국은 조조에게 항복하려는 기색이 보이더군요. 참으로 안타까운 일이 아닐 수 없소."

"비록 우리의 몸이 갈기갈기 찢긴다 해도 이 굴욕은 참을 수 없소. 맹세코 조조 앞에 이 무릎을 꿇지 않을 작정이오. 제독은 대체이 사태에 대해 어떤 생각을 품고 계시오? 오늘은 그것을 묻고자온 것이오만."

그들은 주유를 둘러싸고 다그쳤다. 주유가 반문했다.

"그렇다면 이 자리에 계신 분들은 모두 일전을 각오하고 계십니까?"

황개는 즉시 자신의 목덜미에 정丁 자 모양으로 손을 대 보이며 말했다.

"이 목이 떨어져 나가더라도 결코 조조에게 굴복하지 않을 생각이오."

다른 무장들도 이구동성으로 맹세하고 즉시 개전해야 한다고 격앙된 어조로 말했다.

"알겠소. 나도 조조 같은 자에게 항복할 생각은 없소. 그러나 오늘은 일단 조용히 돌아가시오. 일은 내일 결정될 테니."

주유는 이렇게 달래서 돌려보냈다.

저녁 무렵이 되자 또 손님이 왔다. 감택, 여범, 주치, 제갈근 등의 무리였다.

"제독을 뵙기 위해 왔습니다."

그리고 한 마디 덧붙였다.

"국가의 중대사에 관한 일입니다."

이 사람들은 즉 중립파였다. 주전과 부전, 어느 쪽으로도 결정할 수 없었기 때문에 온 것이었다. 주유는 그들 중 제갈근을 보고 우선 물었다.

"공은 어떻게 생각하시오? 공의 동생 제갈량은 유비의 뜻을 받들어 오나라와 군사 동맹을 맺고 함께 조조에게 대항하고자 하는 사명을 띠고 와 있는 줄로 압니다만."

"그 때문에 제 입장이 매우 곤란한 상황입니다. 저는 공명의 형이니까요. 그래서 실은 일부러 회의에도 참석하지 않고 부득이 밖에 서서 논의를 지켜보고 있는 것입니다."

"그런 태도는 옳지 않은 것 같소."

주유는 입술을 일그러뜨리며 말을 이었다.

"공의 마음은 알겠소만, 형이라든지 동생이라든지 그런 것은 사

적인 일이오. 집안 문제와는 다르지요. 공명은 이미 타국의 신하,
공은 오나라의 중신, 사리가 명백하지 않소? 오의 신하로서 공이
믿는 바는 싸우는 것에 있소, 아니면 항복하는 것에 있소?"

제갈근은 침묵하고 있다가 이윽고 대답했다.

"항복은 안전하고 전쟁은 위태롭습니다. 오나라의 안전을 생각
한다면 싸우지 않는 것이 낫다고 생각합니다."

주유는 일그러뜨리고 있던 입술에 미소를 띠며 말했다.

"그렇다면 동생 공명과는 배치되는 생각이군요. 고뇌가 적지 않
겠어요? 어쨌거나 대사는 내일 내가 주군을 뵙고 나서 결정토록
합시다. 오늘은 이만 돌아들 가시오."

또 밤이 되자 여몽과 감녕 같은 쟁쟁한 무장들과 문관들이 교
대로 주유의 집을 찾아왔다가 돌아갔다. 이날 참으로 많은 사람이
주유의 집을 다녀갔다.

||| 三 |||

밤이 깊었어도 손님의 방문은 멈추지 않았다.

"즉시 개전해야 합니다."

이렇게 말하는 사람도 있었다.

"아닙니다. 화친을 청해야 합니다."

이렇게 주장하는 사람도 있었다. 수많은 손님이 찾아왔지만, 그
들이 주장하는 바는 이 둘을 반복하는 것에 지나지 않았다.

그때 하인이 와서 주유의 귀에 속삭였다.

"노숙 나리께서 지금 공명을 데리고 오셨습니다."

주유도 작은 소리로 지시했다.

"그래, 그렇다면 다른 손님들 모르게 은밀히 다른 방으로 안내하거라. 안쪽에 있는 호숫가의 정자가 좋겠구나."

그러고 나서 주유는 다른 손님들을 향해 말했다.

"이제 논의는 그만하기로 합시다. 모든 것은 내일 주군 앞에서 결정하겠소. 모두 돌아가서 내일을 위해 숙면을 취해두시오."

주유는 촛불을 끄더니 "나도 내일을 위해 자야겠소."라며 사람들을 쫓아 보내듯이 말했다.

할 수 없이 모두가 돌아가고 나자 주유는 옷을 갈아입고 공명이 기다리고 있는 곳으로 발걸음을 옮겼다.

'어떤 인물일까?'

이것은 주인과 손님 모두의 공통된 생각일 것이다. 주유를 보자 공명은 일어서서 예를 갖추었고, 주유도 고개를 숙여 첫 대면의 인사를 나누었다.

파양호의 수면은 잔잔했다. 조용한 파도 소리가 난간 아래를 때리고 있었다. 구름을 스치며 나는 새의 날갯짓 소리조차 촛불에 흔들리는 듯했다. 황홀함과 적막함 속에 주객은 잠시 아무 말이 없었다.

가녀리고 아름다운 여인들이 줄지어 들어왔다. 각각 술과 잔, 고기가 든 쟁반 등을 받쳐 들고 있었다. 주연이 시작되었다. 홍소哄笑, 담소, 방소放笑, 미소. 공명과 주유는 마치 십년지기처럼 편안히 이야기를 나누었다.

그러는 사이에 공명은 주유를 어떻게 보았을까?

주유는 공명의 속마음을 어떻게 헤아렸을까?

주위에 있는 사람들은 도무지 알 수가 없었다.

이윽고 여인들도 모두 물러가고 주인과 손님 세 사람만 남게 되자 노숙은 단도직입적으로 주유에게 물었다.

　"제독, 이미 마음은 정해져 있겠지요? 최후의 결단 말이오."

　"정해져 있소."

　"싸울 생각입니까? 드디어."

　"……아니."

　"그렇다면 화친을 청할 생각이오?"

　노숙은 눈을 반짝이며 주유의 얼굴을 쳐다보았다.

　"어쩔 수 없더군요! 아무리 생각해봐도."

　"네? 그럼 제독마저 이미 조조에게 항복할 각오를 했다는 말이오?"

　"그렇게 말하면 참으로 굴욕 같으나 나라를 유지하기 위해서는 최선책이오."

　"전혀 생각지도 못한 말을 제독의 입으로 듣게 되는구려. 원래 오의 국업國業은 파로장군 이래 3대가 기초를 튼튼히 하여 지금은 참으로 강대해졌소. 이러한 부강은 우리 신하들의 자손들에게 나약하고 안온한 삶을 추구하라고 쌓아온 것은 아닐 터. 1대 주군 손견의 창업에 대한 고심, 2대 손책의 피로 얼룩진 삶에 의해 건국된 오나라를 쉽사리 적장 조조의 손에 넘겨주자는 말이오? 일신의 안위만 생각해도 된다는 말이오? 나는 생각만 해도 머리털이 곤두설 지경이오."

　"그렇지만 백성들을 위해 또 오나라를 위해 어쩔 수 없는 일이 아니겠소? 3대에 걸친 우리 주군 손씨 가문의 안태를 도모하기 위해서는 어쩔 수 없이……."

　"아니, 그것은 나약한 자들이 입에 올리는 구실이오. 장강의 힘에 의지하여 수치를 알고 은혜를 아는 오의 용맹한 병사들이 하나가 되어 필사적으로 방어한다면 조조 따위가 다 무엇이겠소? 오나라 땅은 한 발자국도 밟을 수 없을 것이오."

조금 전부터 말없이 옆에 있던 공명은 두 사람이 격하게 언쟁하는 것을 소매에 손을 넣고 지켜보며 뭐가 우스운지 계속 웃고 있었다.

||| 四 |||

주유는 공명의 무례를 나무라듯이 쳐다보며 물었다.

"선생, 선생은 뭐가 우스워서 조금 전부터 그렇게 웃는 것이오?"

"아니, 제독을 보고 웃은 것이 아닙니다. 노숙 공께서 너무나도 시무時務에 어두운 것 같아 그만 웃음이 터져 나오고 말았습니다."

옆에 있던 노숙은 화가 나서 눈을 크게 뜨고 말했다.

"무슨 이유로 이 노숙이 시무에 어둡다고 하는 것이오? 납득이 가지 않는 말이오."

그는 잔뜩 화가 나서 공명의 입술을 쳐다보았다.

"생각해보십시오. 조조의 용병술은 손자, 오자를 능가합니다. 누가 뭐라 해도 지금 그에게 필적할 자는 없습니다. 단지 저희 주군 유 예주는 대의大義가 있고 사의私意가 없으며 그 강적과 자웅을 다투다가 지금 도망하여 강하에 있지만, 장래의 일은 아직 미지수입니다. 그런데 반대로 이 나라의 중신들을 보니 너나 할 것 없이 일신일가의 안온만을 생각하고 오명을 부끄러워하지 않으며, 대의를 모르고 나라의 흥망도 그때그때의 형편에 맡기고 있다고 밖에는 볼 수 없습니다……. 그런 오나라의 중신들 중에서 단지 귀공한 사람만이 주전론을 주장하고, 지금도 제독을 향해서 쓸데없는 말을 반복하고 있는 것을 보니 그만 웃음이 나오고 말았습니다."

주유는 더욱더 못마땅한 표정을 지었고 노숙도 매우 불쾌한 표정이었다. 공명이 한 말은 마치 전쟁을 반대하고 있는 듯했기 때문이다. 자신은 애써 주유를 소개해주었건만 그런 수고를 몰라줄 뿐만 아니라 공명 본인이 이곳에 온 목적을 잊은 듯한 말투에 분노를 느끼지 않을 수 없었던 것이다.

"그럼, 선생께서는 오나라의 군신이 모두 역도 조조 앞에 무릎을 꿇고 만대의 웃음거리가 돼라고 권하는 것이오?"

"아니, 결코 저는 오나라의 불행을 바라는 것이 아닙니다. 오히려 오나라의 명예도 존립도 무사하기를 바라며 한 가지 계책을 가지고 왔습니다."

"싸우지도 않고 오나라의 명예도 서며 영토도 어려움 없이 지킬 수 있는 그런 묘계가 있단 말씀이오?"

노숙이 의외라는 얼굴로 공명의 마음을 헤아리고 있자, 주유도 그 말에 넘어가 몸을 공명 쪽으로 기울었다.

"만약 그런 묘계가 있다면 오나라에는 참으로 다행한 일이오. 부디 첫 대면이지만 나를 위해 그 계책을 납득할 수 있도록 자세히 들려주시오."

"너무나 쉬운 일입니다. 단지 작은 배 한 척과 두 사람을 선물로 보내면 충분합니다."

"뭣이? 선생의 말은 왠지 장난처럼 들리오만."

"아니, 실행해보시면 즉각 나타나는 효과에 분명 놀랄 것입니다."

"두 사람이라면 대체 누구와 누구를 선물로 보내라는 말이오?"

"여인입니다."

"여인?"

"별처럼 많은 오나라의 여자 중에서 고작 두 명만 보내는 것은 예를 들면 밀림에서 잎사귀 두 장을 따는 것보다 쉽고 커다란 곳간에서 쌀 두 알갱이를 꺼내는 것보다 작은 희생일 것입니다. 게다가 그것에 의해 조조의 대군을 북쪽으로 돌려보낼 수 있다면 이보다 통쾌하고 기쁜 일은 없을 것입니다."

"두 여인이란 어디의 누구를 말하는 것이오? 어서 말씀해보시오."

"아직 제가 융중에서 한가롭게 지내고 있을 무렵의 일입니다. 당시 조조의 북벌로 인해 전란의 땅에서 이주해온 지인의 이야기에 따르면 조조는 하북을 평정한 후 장하漳河 강변에 누대를 쌓고 그것에 동작대라는 이름을 붙였다고 합니다. 이 누대를 쌓기 시작해서 마칠 때까지 1,000여 일이 걸렸고, 이 누대가 그야말로 전대미문의 장관이라고 합니다만……."

공명은 쉽게 본론으로 들어가려 하지 않는데도 듣는 이들의 마음을 사로잡고 있었다.

||| **五** |||

"조조 같은 영걸도 인간이기에 역시 인간적인 약점에 빠지기 쉬운 모양입니다. 동작대와 같은 대규모 토목 공사를 자기 혼자만의 호사를 위해 일으켰다고 하는 점이야말로 그의 교만함을 드러내는 것이니 그런 그를 불쌍히 여겨야 마땅하지 않을까요?"

"선생, 그보다는 어째서 그에게 두 여인을 보내면 위나라의 100만 대군이 오나라를 공격하지 않고 즉시 북쪽으로 돌아갈 것이라고 미리 단정 지을 수 있는 것이오? 그것부터 어서 말씀해주시오."

주유는 두 번이나 재촉했다. 노숙이 듣고 싶은 것도 그것뿐이었다. 지금 이 상황에서 동작대의 이야기 따위를 자세히 들어서 무슨 소용이 있단 말인가.

"북국에서 온 지인의 이야기는 더 자세하지만, 줄거리만 추려 요점만 말씀드리겠습니다. 그 조조는 동작대의 호사에 질리지도 않고 또 다른 큰 꿈을 꾸고 있다고 합니다. 그것은 오나라의 국외까지 소문난 교가의 두 여인을 동작대로 불러 곁에 두고자 하는 야심입니다. 교가의 두 여인이란 언니인 대교大喬와 동생인 소교小喬라 하는데 그 경국지색傾國之色은 벌써부터 우리도 소문으로 들어서 알고 있습니다. 생각건대, 옛날부터 영웅은 미인을 좋아한다고 하니 두 여인을 조조에게 보내면 그 자리에서 그의 공격은 맥이 빠져서 피 흘릴 일 없이 오나라를 어려움에서 구해낼 수 있을 것입니다. 이것이 바로 범려范蠡가 미희 서시西施를 보내 강하고 사나운 부차夫差를 멸망시킨 것과 같은 계책이 아니겠습니까?"

낯빛이 바뀐 주유는 공명의 말이 끝나자마자 말했다.

"그것은 항간의 속설일 뿐이오. 선생은 뭔가 확실한 근거를 갖고 그런 소문을 믿는 것이오?"

"애초에 확증 없는 말은 하지 않습니다."

"그럼, 그 증거를 대보시오."

"조조에게는 조자건曹子建이라는 둘째 아들이 있습니다. 아버지 조조를 닮아 시문을 잘 짓기 때문에 문인들 사이에서 좀 유명합니다. 그 자건에게 아버지 조조가 동작대의 부賦(《시경》의 표현 방법인 육의六義(풍風 · 부賦 · 비比 · 흥興 · 아雅 · 송頌) 중 하나로 시의 내용에 따른 분류)를 짓게 했습니다만, 그 부를 보면 내가 황제가 되면 반드시 이교를 불러 누대의 꽃으로 삼겠다는 조조의 야망이 드러나 있습니다. 그것이 마치 영웅의 정조情操나 아름다운 이상인 것처럼."

"선생께서는 그 부를 기억하고 계시오?"

"문장이 거침없고 아름다워서 저도 모르게 암기하고 있습니다만."

"한번 읊어주시오. 듣고 싶군요."

"마침 취기도 오르고 밤도 깊어 조용하니 어쩐지 저도 뭔가 읊고 싶은 기분입니다. 부디 두 분 모두 술을 드시며 좌흥座興으로 들어주십시오."

공명은 눈을 감았다. 그리고 가느다란 눈을 다시 뜨더니 조용히 읊기 시작했다. 맑고 낭랑한 목소리로 천천히.

명후明后를 따라 노닐며 누대에 올라 경치를 즐기노라
중천에 화관華觀을 세우고 비각飛閣을 서쪽 성에 이었도다
길게 흐르는 장수에 임하여 동산의 풍성한 과실을 바라보네
두 누대를 좌우에 세우니 옥룡玉龍과 금봉金鳳이라
이교二喬를 동남에 끌어안고 아침저녁으로 즐기리
황도皇都의 웅장함을 굽어보니
구름과 안개가 떠가는 것을 보는 듯하네
인재들이 모여듦을 기뻐하니
비웅飛熊의 길몽이 이루어지는구나
춘풍이 불기를 기다리며 많은 새들의 울음소리를 듣노라……

그때 갑자기 탁자 아래에서 뭔가 쩽그랑 깨지는 소리가 났다.

주유가 손에 들고 있던 술잔을 떨어뜨린 것이다. 그뿐 아니라 그의 머리털은 곤두서고 얼굴은 돌처럼 굳어 있었다.

╷╷╷ **六** ╷╷╷

"앗, 술잔이 깨졌습니다."

공명이 읊기를 멈추고 주의를 주자 주유가 취한 얼굴에 노기를 띠며 말했다.

"하나의 술잔도 천지의 전조라고 볼 수 있소. 이것은 이윽고 위나라의 조조 군이 땅에 버리고 갈 잔해의 모습이오. 선생, 다른 술잔을 들어 나에게 따라주시오."

"제독께서는 뭔가 언짢은 일이라도 있었습니까?"

"조 부자가 지었다는 동작대의 부는 선생이 읊어서 오늘 밤 처음 들었소만, 시구의 교만함도 교만함이지만 시 속에 암시하고 있는 교가의 두 여인에 대한 그의 야심은 간과하기 어려운 굴욕이오. 조적의 만족할 줄 모르는 야망은 무슨 일이 있어도 반드시 응징해야 할 것이오."

그는 한 잔 또 한 잔 직접 술을 따라 마셨다. 그의 격노는 들판의 불길처럼 번져만 갈 뿐이었다. 공명은 일부러 냉정하게 그리고 자못 의아하다는 듯한 표정으로 반문했다.

"옛날 흉노의 기세가 왕성할 무렵 자주 중원을 침략하여 당시의 한조도 애를 먹었던 시절이 있었습니다. 당시 천자는 눈물을 머금고 사랑하는 공주를 오랑캐의 두령과 혼인시켜 일시적인 화친을 유지하며 와신상담臥薪嘗膽(섶에 누워 쓸개를 맛본다는 뜻으로 원수를 갚거나 어떤 목적을 이루기 위해 괴로움이나 고통을 참고 견딤을 비유적으로 이르는 말), 그동안 궁마弓馬를 훈련시켰다는 예도 있습니다. 또 원제元帝가 왕소군王昭君을 오랑캐의 땅으로 보낸 이야기도 유명한 이야기가 아닙니까? 그런데 제독께서는 어찌 지금 이 나라의 위태로움에 임하여 민간의 두 여인을 보내는 일로 그토록 안타까워하며 화를 내는 것입니까?"

"선생은 아직 모르시오?"

"아직 모르다니요……?"

"교가의 두 여인은 민간에서 자란 것은 사실이지만 언니인 대교는 이미 선군 손책과 결혼하였고, 동생인 소교는 이 주유의 아내가 되었소. 지금 내 아내가 그 소교요."

"앗, 그럼 이미 교가를 떠났다는 말입니까? 그건 몰랐습니다. 죄송합니다. 몰랐다고는 하나 방금의 실례, 부디 용서해주십시오. 실수로라도 함부로 혀를 놀린 죄 죽어 마땅합니다."

공명은 덜덜 떨며 싹싹 빌었다. 주유가 말했다.

"아니, 선생에게는 죄가 없소. 선생이 말하는 항간의 풍설뿐이라면 믿지 않았을지도 모르지만, 동작대의 부로 노래까지 하고 있는 이상 조조도 자신의 흑심을 공공연히 드러내고 있는 것이 자명하오. 어찌 그 야망에 선군의 미망인이나 내 아내를 제물로 바칠 수 있겠소? 파사破邪(나쁘고 그릇된 것을 깨뜨림)의 깃발과 응징의 검 그리고 나에게는 수많은 수군이 있고 강병과 살진 말이 있소. 맹세코 그를 무찌르겠소."

"그렇지만 제독, 선현들도 말했습니다. 일을 행하려거든 세 번을 깊이 생각하라고."

"아니, 아니요. 세 번이 뭐요? 오늘 종일 싸울지 말지 수십 번을 심사숙고하였소. 나의 결의는 정해졌소. 나는 비록 부족하지만, 선군의 유언과 부탁을 받아 수군 총도독이 되었소. 오늘까지의 수련과 연마도 무엇을 위해서였겠소? 조조 같은 자에게 몸을 숙여 항복할 일은 절대로 없을 거요."

"그러나 주 제독을 만나고 시상으로 돌아간 다른 관리들은 입을 모아 주 제독은 이미 화평할 생각이라고 말하고 있습니다만."

"그런 나약한 무리에게 어찌 본심을 털어놓겠소? 그것은 여론의 움직임을 살피기 위해서였소. 어떤 자에게는 개전이라고 말하고 어떤 자에게는 항복이라고 말하여 아군의 사기와 의견이 다른 자들의 면면을 살폈던 것이오."

"아, 과연 주 제독이십니다."

공명은 가슴을 뒤로 젖히고 칭찬하는 듯한 태도를 취했다. 주유는 말을 이었다.

"지금 파양호의 군선을 한 번에 대강에 풀어놓는다면 강물이 즉시 거꾸로 흐르게 되어 미숙한 조조 군의 선열船列이 분쇄되는 것도 순식간일 것이오. 단지 육전陸戰에서는 그보다 못한 점이 있는 것이 사실이오. 부디 선생께서도 도와주시오."

"그 결의만 확고하다면 견마지로를 아끼지 않겠습니다. 그러나 오나라의 군주를 비롯해서 중신들의 뜻도……."

"아니, 내일 성에 들어가면 주군께는 내가 말씀드리겠소. 신하들의 반대 따위는 문제될 것이 없어요. 호령일하號令一下, 개전의 대호령이 있을 뿐이오."

대호령

||| 一 |||

시상성의 대전에는 새벽인데도 벌써 문무 대신들과 오주 손권이 나와 있었다.

간밤부터 파발마가 여러 번 오갔다. 파양호의 주유가 날이 밝기 전에 자택을 출발해서 이른 아침에 등성하여 오늘 회의에 참석할 것이라는 소식이 있었기 때문이다.

이윽고 새빨간 아침 해가 성 동쪽의 구름을 뚫고 사람들의 얼굴을 비출 무렵이었다.

"주 제독이 도착했습니다."

대전에서 멀리 떨어져 있는 문에서 소리 높여 알려왔다.

손권은 위의威儀를 가다듬고 그가 계단을 올라오기를 기다렸다. 시립해 있는 문무관을 살펴보면 왼쪽 열에는 장소, 고옹, 장굉, 보척, 제갈근, 우번, 진무, 정봉 등의 문관이, 오른쪽 열에는 정보, 황개, 한당, 주태, 장흠, 여몽, 반장, 육손 등을 비롯한 서른여섯 명의 무장이 각각 의관을 갖추고 검을 차고 있었다.

'주 도독이 생각하고 있는 최후의 결단이야말로 오의 운명을 결정하는 것이다.'

이렇게 생각한 문무관들은 바짝 긴장한 모습으로 그를 기다리고 있었다.

주유는 어제 공명이 돌아가고 나서 바로 파양호를 출발했기 때문에 거의 한숨도 자지 못했다.

그러나 그는 과연 오나라의 걸물이었다. 피로한 기색은 전혀 보이지 않고 우선 손권 앞에 절하고 문무관들의 인사를 받고 침착하게 자리에 앉았다. 그들은 이 사람이 있기에 비로소 오늘의 회의도 중요해질 것이라는 느낌을 받았다.

손권은 즉시 물었다.

"급전직하急轉直下(사태나 정세 따위의 변화가 매우 빠름, 또는 사태나 정세 따위가 급변하여 결말이 나거나 해결되는 방향으로 나아감), 사태가 급작스럽게 험악해지며 일각의 지체도 허락하지 않는 지경까지 와버렸소. 도독, 경의 생각은 어떠하오? 기탄없이 마음속의 생각을 말해주시오."

"말씀드리기 전에 일단 묻겠습니다. 회의도 이미 수십 차례 했다고 들었습니다만, 다른 대신들의 의견은 어떻습니까?"

"그것이 주전과 부전으로 나뉘어 회의할 때마다 의견이 분분할 뿐 하나로 모이지 않았소. 그래서 경의 의견을 듣고자 하는 것이오."

"주군께 항복을 권한 사람은 누구와 누구입니까?"

"장소를 비롯해 그와 같은 줄에 서 있는 사람들이오."

주유는 장소가 서 있는 쪽으로 눈을 돌리고 물었다.

"공의 의견은 싸우지 않고 항복하는 것이 더 낫다는 것이오?"

"그렇소!"

장소가 과감하고 용감하게 대답했다. 조금 화가 난 듯한 말투였다. 왜냐하면 어제 주유의 관저에서 면담했을 때의 태도와 오늘 그의 모습이 완전히 달라 보였기 때문이다.

"어째서 조조에게 항복해야 한단 말이오? 오는 파로장군 때부터 벌써 3대에 걸친 강국이오. 풍운아 조조같이 시류에 편승하여 하루아침에 성공한 자와는 사정이 다르단 말이오. 나로서는 공의 의견을 이해하기 어렵소만."

"제독이 말한 대로 시류에 편승하고 풍운에 의지하여 흥하는 것도 결코 얕봐서는 안 될 것이오."

"물론이오. 그러나 동오 6개 군을 통솔하는 통솔력과 3대에 이르는 우리 오의 전통과 문화는 결코 아직 쇠하지 않았소. 아니, 날로 융성하고 번창하고 있소. 우리나라에도 풍운이 있고, 시류가 있소. 어찌 한낱 조조만이 천하를 좌지우지할 수 있단 말이오?"

"그의 강점은 무엇보다 천자의 칙명을 앞세우고 있는 점입니다. 아무리 우리가 이를 갈아도 그것에 대해서는……."

"아하하하."

주유는 한바탕 웃고 나서 말했다.

"자기 분에 넘치는 칭호를 자칭하는 도적, 사람들을 기만하고 있는 악당, 그렇기에 더욱 역적 조조를 쳐부수어야 하오. 그가 거짓 명분을 내세운다면 우리는 조정의 칙명을 더럽히는 폭적暴賊을 쳐서 응징의 대의大義를 세상에 널리 알려야만 하오."

"옳은 말씀이오만 조조의 수륙 대군이 100만에 가깝소. 명분이야 어떻든 그의 대군에 맞서기는 우리의 병력과 군비로는 어림도 없어요. 이 실력 차이를 어떻게 생각하시오?"

"수가 많다고 해서 항상 이기는 것은 아니오. 중요한 것은 사기입니다. 사기로 그의 빈틈을 노려 공격하는 것이지요. 과연 공은 문관의 수장이라 그런지 병사兵事에는 어두운 것 같소."

주유는 쓴웃음을 지어 보였다.

||| 二 |||

단정하고 곱상한 용모에 어울리지 않게 주유는 고약한 심보가 있었다. 주군과 중신들 앞에서 장소를 욱하게 만든 후 그 주장을 일일이 반박하고 비웃어주며 화친을 주장하는 문관들의 입을 완전히 봉해버린 것이다.

그러고 나서 그는 천천히 손권을 향해 자신의 주장을 말하기 시작했다.

거칠 것이 없었다. 지금까지 장소와 논쟁을 벌인 것은 지금 말하려고 하는 자신의 주장을 뒷받침하기 위한 보조 수단일 뿐이었다.

"조조 군이 강한 것은 분명한 사실이지만 그것도 육군에 한해서입니다. 북국 출신의 땅개들에게 어찌 물 위의 수군이 놀아나겠습니까? 말 위에서라면 몰라도 아무리 조조라 해도 우리 수군에게는 미치지 못할 것입니다."

우선 화평파의 논거를 이렇게 깨부순 후 말을 이었다.

"또 무엇보다 중요한 것은 그 나라의 태세와 이웃 나라의 위치입니다. 우리 오는, 남쪽은 바다이고 동쪽은 장강(양자강)이 둘러싸고 있으며 서쪽은 아무 근심도 없습니다. 그에 비해 위나라가 북중국을 평정한 것은 얼마 전의 일이라 아직도 잔병과 도망간 자들은 끊임없이 조조의 파멸만을 노리고 있습니다. 뒤에는 그러한 마초馬超와 한수韓遂의 무리가 있고, 앞에서는 유비와 유기의 위협을 받고 있지요. 게다가 허도를 멀리 떠나와 강과 산야를 돌아다니며 싸우는 것은 우리 무인들이 본다면 그 위태로움이 누란累卵 과 같습니다. ……다시 말하면 지금 그는 스스로 오나라의 국경으로 머리를 묻을 무덤을 찾아오는 것과 같습니다. 이 천재일우千載一遇(천 년 동안 단 한 번 만난다는 뜻으로, 좀처럼 만나기 어려운 좋은 기회를 이르는 말)의 기회를 놓치는 것도 모자라 조조 앞에 무릎 꿇고 나라를 내주어 수치를 백세百世에 남기는 것도 어쩔 수 없다고 단정 짓는 것은 참으로 말도 안 되는 비겁한 행동이 아니고 무엇이겠습니까? 주군, 부디 저에게 병사 수만 명과 전선을 내어주십시오. 당장 그의 대군을 격파하겠습니다. 말보다는 행동으로 보여주어 화평을 주장하는 대신들의 비겁함을 오나라에서 싹 쓸어버리겠습니다."

화평파들은 얼굴이 창백해졌다.

놀라움을 감추며 굳게 입술을 다문 채 지금은 그저 한 가닥 희망만을 오주 손권에게 걸고 있었다.

"오오! 주 도독, 참으로 잘 말해주었소. 조적의 지나온 이력을 보면 조정에서는 항상 야심에 차 있고, 각 주에 대해서는 시종 패권을 잡기 위해 야차와 나찰과 같은 사나운 위세를 떨치고 있소. 원소, 여포, 유표…… 무릇 나찰 군의 저주를 받아 온전한 자가 한 명도 없었소. 단지 오늘까지 이 손권만이 남아 있을 뿐이오. 어찌 앉아서 조적의 패권에 굴복해 원소, 유표와 같이 비참한 전례를 따르겠소?"

"그렇다면 주군께서도 개전하기로 마음을 정하셨다는 말씀입니까?"

"경은 전군을 감독하고 노숙은 육군을 통솔하여 반드시 조적을 섬멸하시오.”

“애초에 오를 위해 목숨을 버릴 각오였습니다만, 단지 주군께서 조금이라도 결심이 흔들리지 않을까 우려했을 뿐입니다.”

“그렇소?”

손권은 갑자기 벌떡 일어나서 차고 있던 검을 뽑아 들며 말했다.

“조조의 목을 베기 전에 먼저 나의 미망迷妄부터 베겠다!”

그러더니 앞에 있는 탁자를 한칼에 둘로 갈랐다.

그리고 그 검을 한 손으로 높이 들더니 말했다.

“오늘 이후 두 번 다시 이 문제에 대해 논하지 않겠다. 문무 대신들, 그리고 말단 관리에 이르기까지 조조에게 항복을 권하는 자가 있다면 보아라, 이 탁자와 같이 될 것이다!”

손권의 선언은 계단 아래에 울려 퍼지고 계단 아래의 울림은 중문, 외문을 지나 즉시 성안 전체에 퍼져서 회오리바람처럼 천지를 흔들었다.

“주 도독, 내 검을 차고 출진하시오.”

손권은 자신의 검을 주유에게 주고 그 자리에서 그를 대도독으로 삼고 정보를 부도독, 노숙을 찬군교위贊軍校尉에 임명하고 명령을 내렸다.

“내 지시를 거역하는 자가 있다면 목을 치시오!”

||| 三 |||

‘결단’은 내려졌다. 개전이 선언된 것이다. 장소를 비롯한 화평파는 그저 어안이 벙벙할 뿐이었다.

주유는 검을 정중히 받아 들고 사람들을 향해 말했다.

"불초, 주군의 명을 받아 지금부터 조조 타파의 대임을 수행한다. 명하노라. 전투에 임해서는 군율을 제일로 여긴다. 7금령禁令, 54참斬을 위배하는 자는 반드시 벌한다. 내일 새벽녘까지 출진 준비를 하고 강변으로 모여라. 소속과 임무는 그 자리에서 지시할 것이다!"

문무의 대장들은 묵묵히 자리를 떠났다. 주유는 집에 돌아오자마자 공명을 불러 오늘의 상황과 의견이 일치된 이유를 들려주고는 은밀히 물었다.

"자, 선생의 좋은 계책이란 무엇이오?"

공명은 마음속으로 쾌재를 불렀지만 내색하지 않고 권했다.

"아니, 오군吳君(손권)의 가슴속엔 아직도 일말의 불안이 남아 있을 것입니다. 중과부적衆寡不敵(적은 수로 많은 수를 대적하지 못한다는 말). 이는 오군께도 깊이 우려되는 바로 자신이 없어 어떻게 할지 망설이고 있을 것입니다. 도독 각하께서 수고스러우시겠지만, 내일 새벽 출진하기 전에 다시 한번 등성하시어 적과 아군의 병력을 소상히 설명하고 오군께 확실한 자신감을 심어드릴 필요가 있다고 생각합니다만."

지금 오나라의 일진일퇴는 유비의 운명과도 직접적으로 관계가 있었기 때문에 공명은 주군을 위해 신중에 신중을 기할 수밖에 없었다. 실로 돌다리도 두들겨보고 건너가고 싶은 심정이었다.

"과연 옳은 말이오."

주유는 동의하고 다시 성으로 갔다. 이미 한밤중이었지만 내일 새벽 오나라의 흥망을 결정하는 전쟁을 앞둔 전야였으므로 손권도 아직 잠들지 못한 듯했다.

바로 주유를 들어오게 하여 만났다.

"이 밤중에 무슨 일이오?"

주유가 대답했다.

"드디어 내일 아침에 출진합니다만, 주군의 결심이 흔들리지는 않았습니까?"

"인제 와서 다시 생각할 수도 없는 일 아니오? 단지 지금까지 잠들지 못한 이유는 위나라에 비해 오나라의 병력이 턱없이 부족하기 때문이오."

"그러시겠지요. 실은 그 문제에 대해 물러간 후 문득 주군께서 걱정하시지 않을까 하여 한밤중임에도 급히 뵙기를 청한 것입니다만……. 조조가 100만 대군이라고 말하는 병력에는 상당한 과장이 있다고 생각합니다."

"물론 다소의 과장은 있겠지만 그렇다 해도 오와는 차이가 클 것이오. 실제 수는 어느 정도요?"

"짐작건대 조조의 직속군은 15만~16만에 지나지 않습니다. 거기에 구 원소 군인 북병이 약 7만~8만이 더해졌습니다만 피정복자들이 늘 그렇듯이 의기가 없고 충성되지도 용맹하지도 않습니다. 그저 휘하에 있을 뿐이니 두려워할 것이 못 됩니다."

"유표 휘하에 있던 형주의 장졸도 상당수가 조조 군에 편입되지 않았소?"

"그들은 조조 군에 편입된 지 얼마 되지 않아 조조가 그 병사들이나 장수들을 의심하고 있어 중요한 전투에 쓰일 수 없을 것입니다. 이렇게 헤아려보면 많아야 30만이나 40만입니다. 일치단결된 오와는 비교가 되지 않습니다."

"그들에 맞서는 오의 병력은?"

"내일 아침 강가에 집결할 병사의 수는 약 5만입니다. 주군께서는 나중에 3만을 소집하여 군량과 무기, 선박 등을 충분히 준비하고 나서 출진하도록 하십시오. 주유의 5만 선봉은 수륙 일체가 되어 대강을 거슬러 오르고 육로를 달려 조조 군을 격파하겠습니다."

주유는 이렇게 말하며 손권의 용기를 북돋웠다.

이 말을 듣고 손권은 비로소 확신한 듯 계책에 대해 좀 더 이야기를 나누고 미명이 되어 헤어졌다.

||| 四 |||

아직 천지는 어두웠다. 날이 밝으려면 시간이 꽤 있었다. 주유는 집으로 돌아가는 내내 생각했다.

'공명이라는 자가 참으로 무서운 인물이로구나. 항상 주군을 곁에서 모시고 있는 우리 이상으로 주군이 품고 있는 생각을 꿰뚫는 데 일말의 실수도 없으니. 거울에 비춰보는 것같이 사람의 마음을 읽는다는 말은 그와 같은 자를 두고 하는 말일 것이다. 아무리 생각해도 그 혜안과 지혜는 나보다 한 수 위인 것이 틀림없구나.'

탄복을 넘어 은근히 후일이 걱정되기까지 했다. 지금 공명을 죽이지 않으면 나중에 오의 화근이 될지도 모른다.

'……그래.'

집에 도착해 문 안으로 들어서면서 그는 혼자 고개를 끄덕였다. 그리고 바로 하인을 보내 노숙을 불러 은밀히 계획을 말했다.

"오의 대방침은 확정되었소. 앞으로는 그대와 내가 일치하여 주군과 병사들 사이에 서서 적을 쳐부수는 일뿐이오. 그러니 공명은 있어도 무익, 오히려 후일의 근심거리가 될 수도 있소. 어떻소? 차라리 이참에 그를 죽이는 것이."

"공명을?"

노숙은 놀라서 눈을 크게 뜨고 다음 말을 잇지 못했다.

"그렇소. 공명을 지금 죽이지 않으면 유비를 도와 위와 오가 사투를 벌이는 사이에 그 지모로 어떤 일을 꾸밀지 모르오."

"불가합니다. 절대로 안 됩니다."

"공은 반대요?"

"물론입니다. 아직 조조의 병사 한 명도 베기 전에, 비록 우리 편이 아니라 할지라도 결코 적이 아닌 공명을 제거하는 것은 아무리 생각해도 대장부가 할 일이 아니오. 이 일이 세상에 알려지면 만인의 웃음거리가 될 것이오."

"……그런가?"

결정하기 어려워 생각에 잠겨 있는 주유를 보고 노숙은 그 의심을 풀 다른 계책 하나를 속삭였다.

그것은 공명의 형 제갈근을 보내 이 기회에 유비와 인연을 끊고 오나라의 신하가 되도록 그를 설득하는 편이 오나라를 위해 좋을 것이라는 계책이었다.

"좋은 의견이오. 기회를 봐서 제갈근에게 우리의 뜻을 전하고 공명을 설득하게 합시다."

주유도 거기에는 이의가 없었다. 그러나 그러는 사이에 벌써 창밖의 하늘은 밝아오고 있었다. 두 사람은 헤어지자마자 곧바로 출진 준비를 했다. 갑옷을 몸에 걸치고 말을 타고 강으로 달렸다.

강물이 하얗게 물결치고 아침 햇살은 삼군을 비추고 있었다. 집결 장소인 강기슭에는 벌써 깃발이 빽빽이 늘어서 있었고, 그 가운데에 있는 5만의 장졸들은 부서와 배진의 명령을 기다리고 있었다.

대도독 주유는 북소리가 울리는 가운데 환호를 받으며 천천히 말에서 내려 중군기와 사령기 등으로 둘러싸인 장대將臺에 서서 전군을 향해 말했다.

"영令! 왕법에 친소親疏란 없다. 제장은 단지 직분을 다하라. 지금 조조는 조정의 권력을 빼앗았다. 그 천인공노할 죄는 동탁을 넘어섰다. 안으로는 천자를 허창의 궁에 가두고 밖으로는 폭병暴兵을 보내 우리 오를 침범하려 하고 있다. 이 도적을 치는 것은 신하 된 자의 의무이자 정의를 지키는 것이다. 이 전쟁에서 공이 있는 자에게는 상을 내리고 죄가 있는 자에게는 벌을 내릴 것이다. 공명정대하게 군에 친소 없이 분전하여 조조 군을 격멸하라. 행군에는 우선 한당과 황개를 선봉으로 삼고, 대소의 병선 500여 척은 삼강의 기슭을 향해 나아가 진지를 구축하라. 장흠과 주태는 제2진으로 뒤를 따르고, 능통과 반장은 제3진, 제4진은 태사자와 여몽, 제5진은 육손과 동습, 마지막으로 여범과 주치 두 부대에게는 감찰의 임무를 명한다. 이상."

||| **五** |||

그날 아침 제갈근이 혼자 말을 타고 아우 공명의 객관을 방문했다. 갑자기 주유로부터 밀명을 받고 공명을 오의 신하가 되도록 설득하러 간 것이다.

"오오, 잘 오셨습니다. 그때 성안에서는 마음과는 달리 재회의 기쁨도 드러내지 못했습니다만, 그 후로도 별고 없으셨지요?"

공명은 형의 손을 잡고 방으로 안내했다. 그는 그리움, 기쁨 그리고 어린 시절의 추억 등에 그저 눈물만 흘릴 뿐이었다.

제갈근도 눈물을 흘렸다. 두 사람은 부둥켜안은 채 한참 동안 말도 못하고 있었으나 이윽고 마음을 진정시키고 제갈근이 입을 열었다.

"공명아, 너는 백이伯夷, 숙제叔齊를 어떻게 생각하느냐?"

"네? 백이와 숙제 말입니까?"

공명은 형의 뜬금없는 질문을 이상히 여겼으나 이내 형의 의중을 꿰뚫어 보았다.

제갈근은 아우에게 열정적으로 말했다.

"백이와 숙제 형제는 서로 왕위를 사양하고 나라를 떠난 후에 주나라 무왕에게 간해도 듣지 않자 수양산에 숨어 평생 주나라의 곡식은 먹지 않았다. 그래서 굶어 죽고 말았지만 이름은 오늘에 이르기까지 남아 있다. 너와 나는 피를 나눈 형제이면서 어린 시절 고향에서 헤어졌고, 성장해서는 각자 다른 주군을 섬기며 오랫동안 만나지 못했다. 이제야 만났다 싶었는데 너는 공적 임무를 띤 사절, 나는 상대국 신하의 입장으로 정답게 이야기도 나누지 못하니…… 백이와 숙제의 아름다운 형제지간을 생각하면 사람의 자식으로서 부끄러운 생각이 들지 않느냐?"

"아니, 형님. 그것은 저의 생각과는 조금 다릅니다. 형님께서 말씀하시는 것은 인도人道의 의義와 정情일 것입니다. 그러나 의와 정이 인륜의 전부는 아닙니다. 충과 효가 더 중요하다고 생각합니다."

"물론 충 · 효 · 의 중에서 어느 하나만 빠져도 완전한 신하의 길이라고 할 수 없으나 형제가 일체가 되어 화합하면 그것이 효이고 또 충절의 근본이 아닐까?"

"아닙니다. 형님, 형님도 저도 모두 부모가 한조 사람이 아닙니까? 제가 보필하고 있는 주군 유 예주는 중산정왕의 후손, 한나라 경제의 현손에 해당하는 분입니다. 만약 형님이 뜻을 바꾸어 우리 유 예주를 섬긴다면 지하에 계신 부모님이 얼마나 기뻐하시겠습니까? 게다가 그것은 충의 근본과도 합치하는 것입니다. 부디 중요하지 않은 소의小義에 얽매이지 마시고 충효의 근본으로 돌아가 주십시오. 부모님의 산소는 모두 강북에 있지 강남에는 없습니다. 훗날 조정의 역신을 몰아내고 유현덕 님으로 하여금 한조를 지키게 하고 형제가 함께 고향의 부모님 산소를 돌볼 수 있다면 인생이 얼마나 즐겁겠습니까? 그때가 되면 세상 사람들도 제갈 형제는 백이와 숙제를 보고 부끄럽게 여기라고 하지는 않을 것입니다."

제갈근은 한마디도 하지 못했다. 자신이 하려고 한 말을 오히려 동생에게 듣게 되자 거꾸로 자신이 설득당하는 처지가 된 것이다. 그때 강변 쪽에서 북과 징 소리가 들려왔다. 공명은 말없이 고개를 숙이고 있는 형의 마음을 헤아리며 재촉했다.

"저것은 벌써 오의 대군이 출진하는 신호가 아닙니까? 형님도 오나라의 장수, 중요한 집결에 늦어서는 안 될 것입니다. 또 기회가 있으면 천천히 이야기하시죠. 자, 저에게 신경 쓰지 마시고 출진하십시오."

"그럼, 또 만나자."

제갈근은 결국 마음속에 있는 말을 한마디도 하지 못하고 밖으로 나왔다. 그리고 속으로 '아아, 훌륭한 아우여.'라고 기쁘기도 하고 괴롭기도 한 복잡한 감정을 느꼈다.

주유는 제갈근에게 일이 성사되지 않았다는 이야기를 듣고 불쾌하다는 듯이 노골적으로 물었다.

"그렇다면 그대도 언젠가 공명과 함께 강북으로 돌아갈 생각이오?"

제갈근은 당황하며 말했다.

"어찌 주군의 은혜를 배신하겠습니까? 그런 의심을 받다니 유감스럽습니다."

주유는 농담이라며 웃음으로 얼버무렸다. 그러나 공명을 해하려는 마음은 더욱 강해졌다.

사지의 손님

||| 一 |||

공명은 일단 사명을 완수했다고 봐도 될 것이다. 오나라의 출병이 생각대로 실현되었기 때문이다. 공명은 손권에게 인사하고 그날 늦게 한 척의 군선에 올랐다.

배에 같이 탄 사람들은 모두 전선으로 향하는 장졸들이었다. 그중에는 정보와 노숙도 있었다.

정보는 원래 대도독 주유와 별로 마음이 맞지 않는 사이였고, 이번 출병도 반대하는 입장이었으나, 지금은 주유의 됨됨이를 칭찬하고 있었다.

"아직 젊어서 실은 어떨까 싶어 걱정했는데 오늘 아침 강기슭에 전군이 집결했을 때 장대에 서서 삼군에게 명령을 내리는 태도와 위엄은 실로 당당하더군요. 내 아들 정자程咨도 그렇게 말했습니다. 오나라에 희대의 영걸이 태어났다고 말입니다."

노숙도 맞장구를 쳤다.

"그가 청년 시절에는 꽤나 풍류를 즐긴 인물로 이야기되고 있는데 웬걸요, 외유내강外柔內剛의 표본입니다. 앞으로 전장에 임해보면 그의 진가가 발휘될 것입니다."

정보도 과연 그렇다는 듯 고개를 끄덕이며 또다시 참회했다.

"나도 지금까지는 주 도독에 대해 인식이 부족했던 사람 중의 한 명이지만 오늘 이후로는 내가 아무리 나이가 많고 실전 경험이 풍부해도 그것과는 별개로 오직 주 도독의 명령에 충절을 다할 것이오. 실은 부끄럽기 한량없어서 출진하기 전에 도독과 만나 이런 거짓 없는 마음을 전하고 과거의 잘못을 사과하고 왔소."

공명도 그 자리에 있었지만 아무 말도 하지 않았다. 혼자 선창에 기대 멍하니 강물과 하늘을 보고 있었다.

삼강을 70~80리 거슬러 올라가니 크고 작은 병선들이 모여 있었다. 강기슭 도처에 수채水寨를 설치하고 주유는 그 중앙에 위치하는 지점을 수륙 총사령부로 삼았는데, 그곳은 서산을 등지고 있었다. 또 50여 리에 걸쳐 군영과 책문柵門을 구축하고 햇빛도 가릴 만큼의 깃발들을 죽 늘어세웠다.

"공명도 뒤따라온다고 들었소만……."

그는 본진에서 노숙을 만나자마자 말했다.

"마중 나갈 사람을 보내시오."

"이쪽으로 부르는 것입니까?"

"그렇소."

"그렇다면 누구를 시키기보다는 제가 직접 가겠습니다."

노숙은 즉시 강기슭에 있는 군영에 가서 쉬고 있는 공명을 데리고 왔다.

주유는 잡담 끝에 말을 꺼냈다.

"선생의 가르침을 청하고 싶소만……."

"무슨 말씀입니까?"

"백마와 관도 전투에 대해서 말입니다."

"그럼, 원소와 조조가 벌인 전투 말씀입니까? 제삼자인 제가 뭘 알겠습니까?"

"아니, 선생께서 그동안 공부한 병법에 비추어 그 전투에서 적은 병력으로 대군을 타파한 조조의 대승이 무엇에 기인한 것인지 제게 설명해주셨으면 하오만."

"군사들의 사기와 기민한 용병술일 것입니다. 조조와 원소의 차이도 있겠습니다만, 말하자면 조조 군의 기습병이 원소 측 오소烏巢의 군량을 불태운 것이 조조가 대승을 거두는 데 결정적인 역할을 했다고 해도 과언이 아닐 것입니다."

주유는 무릎을 치며 말했다.

"아, 선생의 생각도 그러하오? 나도 그 전투의 승패를 결정지은 것은 바로 거기에 있다고 생각했소. 지금 조조의 병력은 83만, 우리 군의 실제 수는 고작 3만, 지금 조조는 상황이 백팔십도로 달라져서 절대적으로 유리한 입장이오. 그를 무찌르려면 우리도 그의 군량 수송로를 끊는 것이 상책이라고 생각하오만, 선생의 생각은 어떻소?"

"그의 군량이 있는 곳이 어디인지 알아내셨습니까?"

"백방으로 척후병을 보내 그 위치를 알아냈소. 조조의 병량은 모두 취철산聚鐵山에 있다더군요. 선생은 소년 시절부터 형주에서 살아 그곳 지리에 밝을 것이오. 그를 무찌르는 것이 서로의 주군을 위하는 일. 결사대 1,000여 명을 내어드릴 테니 야음을 틈타 적지에 숨어 들어가 적의 군량 창고를 불태워주시오. 선생 외에는 이 일을 제대로 해낼 사람이 없습니다."

공명은 바로 눈치챘다. 주유가 적의 손을 빌려 자신을 죽이려고 한다는 것을.

그러나 그는 흔쾌히 수락하고 돌아갔다.

옆에 있던 노숙은 주유를 위해서도 공명을 위해서도 안타까워 하며 나중에 몰래 공명의 거처를 찾아갔다.

돌아오자마자 공명은 갑옷을 두르고 검을 차는 등 일찌감치 무장하고 밤이 되기를 기다렸다. 노숙은 참다못해 모습을 드러내며 딱하다는 듯이 물었다.

"선생, 선생은 오늘 밤의 출진이 성공하리라 생각합니까? 아니면 어쩔 수 없는 처지라고 체념한 것입니까?"

공명은 웃음을 머금고 대답했다.

"큰소리치는 것 같습니다만, 이 공명은 물 위의 선전船戰, 말 위의 기병전, 수차전차輪車戰車의 전투, 보졸과 총수銃手의 평야전, 모든 전투에 대한 묘책을 갖고 있는데 어찌 패배할 거라 체념하고 출진하겠습니까?"

"그렇지만 조조 정도 되는 자가 전군의 생명줄이라 할 수 있는 군량 창고의 방비를 허술히 할 리가 없습니다. 소수의 병력으로 그곳에 접근한다는 것은 사지死地로 들어가는 것과 같습니다."

"그것은 귀공이나 주 도독의 경우라면 그렇겠지요. 두 사람이 하나가 되어도 겨우 이 공명의 한 가지 능력밖에는 되지 않을 테니 말입니다."

"두 사람이 한 가지 능력밖에 안 된다니, 무슨 의미입니까?"

"육전에 있어서는 노숙, 수군에 있어서는 주유라고 오나라 사람들이 자랑하는 소리를 종종 듣습니다. 실례지만 육지의 패자霸者인 귀공도 선전船戰에는 어둡고 강 위의 명제독인 주유도 육전에는 아무 재능이 없습니다. 생각건대 완벽한 명장이라 함은 지혜와 용기를 겸비하고 수륙 양군에 정통해야 합니다. 어느 쪽은 능하고 어느 쪽은 서툴다고 하는, 바퀴가 하나밖에 없는 수레가 아닙니다."

"허, 큰소리를 다 치시고 선생답지 않습니다. 이 노숙이라면 몰라도 주 도독을 반쪽이라니, 말이 좀 심한 것 아닙니까?"

"아니, 눈앞에 벌어진 사실만 봐도 알 수 있을 것입니다. 이 공명에게 병사 1,000명을 내주고 그 정도의 병력으로 취철산의 군량 창고를 불사르라고 하는 것이야말로 육전에는 어둡다는 증거가 아니고 무엇이겠습니까? 제가 만약 오늘 밤 싸우다 죽는다면 주 도독은 우장愚將이라는 소문이 즉시 천하에 파다하게 퍼질 것입니다."

노숙은 놀라서 허둥지둥 그 자리를 떠났다. 그리고 그 말을 즉시 주유에게 전했다.

본시 주유도 감정을 지닌 사람이었다. 때때로 그런 감정적인 부분이 이성적인 부분을 앞섰다. 지금도 노숙으로부터 공명이 큰소리친 것을 듣고는 흥분해서 말했다.

"뭐, 이 주유를 육지 전투에는 완전히 어두운 우장이라고 했다고? 반쪽짜리 대장에 불과하다고? ······좋아, 즉시 다시 공명에게 가서 공명의 출진을 중지시키시오. 오늘 밤 내가 직접 가서 기필코 적의 군량 창고를 불태우고 오겠으니."

주유는 공명에게 멸시당한 것은 있을 수 없는 일이라고 생각한 나머지 그에게 자신의 실력을 보여주려고 하는 듯했다. 즉시 출진 명령을 내리고 병사 수도 5,000으로 늘려 밤이 되자 출격 준비를 했다.

노숙에게 이 이야기를 듣고 공명은 또다시 웃었다.

"5,000명이 가면 5,000명, 8,000명이 가면 8,000명 모두 조조의 먹이가 되고 대장도 생포될 것입니다. 주 도독은 오의 영웅, 그렇게 둘 수 없지요. 귀공은 친한 벗이니 잘 설명하여 출진을 막는 것이 좋겠습니다."

그리고 덧붙여 말했다.

"지금 오와 저희 주군 유 예주가 진정으로 하나가 되어 조조에게 대적한다면 그를 무찌를 수 있을 것입니다. 서로 힘을 합치지 않고 다투고 의심한다면 반드시 조조에게 당할 것입니다. 또 이번 출병에 있어서 육전을 택하는 것은 불리합니다. 강 위의 선전을 제1전으로 삼아 적의 사기를 꺾은 후 천천히 육전의 기회를 노려야 할 것입니다."

||| 三 |||

이미 진지 일대에 황혼이 깔리고 있었다. 주유는 말을 기다리고 있었다. 5,000명의 병사들은 땅거미가 깔린 대지 위에 모두 집결하여 엄숙히 출정 명령을 기다리고 있었다.

그때 노숙이 달려와서 공명의 말을 주유에게 전했다. 주유는 귀 기울여 듣더니 통탄했다.

"아아, 나의 재능은 결국 공명에게 미치지 못하는구나."

그는 즉시 출진을 취소했다. 취철산 기습 계획을 포기한 것이다. 그도 결코 어리석은 장수가 아니었다. 공명의 말을 듣지 않아도 그 정도의 위험은 충분히 알고 있었기 때문이다.

그는 그날 밤의 출진은 보류했지만, 공명을 해치려는 마음에는 변함이 없었다. 오히려 공명의 예지叡智를 두려워한 나머지 그 살의는 더욱 깊어져서 주유는 속으로 '후일, 다음 기회에.'라며 남몰래 다짐했다.

이렇게 남방의 정세가 일변하고 있는 동안에, 그리고 공명의 신변에 일말의 흉운凶雲이 드리우고 있는 동안에, 강하의 유비는 그곳을 유기에게 맡기고 직속군을 이끌고 하구성夏口城(한구漢口)으로 옮겼다.

그는 매일 번구樊口의 언덕에 올라가 생각했다.

'공명은 어찌되었을까?'

그때 얼마 전에 멀리 정탐하러 강을 내려갔던 배 한 척이 돌아와 유비에게 보고했다.

"오나라가 마침내 위군魏軍을 향해 개전했습니다. 수천 척의 병선이 뱃머리를 나란히 하고 강을 거슬러오고 있습니다. 또 삼강三江의 강기슭 일대에는 전대미문의 수채를 구축해놓았습니다. 그리고 북쪽 강기슭의 형세를 보니 위의 조조는 100만에 가까운 대군을 강릉과 형주 지방에서 일으켰습니다. 지금 대군단이 새까맣게 수륙에 걸쳐 밤낮 가리지 않고 남쪽으로 이동하고 있습니다."

유비는 그 보고의 절반도 채 듣지 않고 벌써 기쁜 기색을 드러냈다.

"그렇다면 우리 계책대로 되었구나."

원래 유비는 아무리 기쁜 일이 있어도 그렇게 크게 소리를 지르며 뛸 듯이 기뻐하는 성격이 아니었다. 때로는 기쁜 것인지 그렇지 않은 것인지 주위에 있는 신하들도 알 수 없을 정도였다.

그렇지만 이때는 몹시 기뻤던 모양이다. 즉시 하구의 성루에 신하들을 모아놓고 말했다.

"오나라는 벌써 일어났는데 아직 공명에게는 아무 소식이 없소. 누가 강을 내려가 오군 진영에 가서 공명의 안부를 알아올 사람이 없겠소?"

미축이 나서며 말했다.

"부족하지만 제가 가겠습니다."

"자네가 가겠는가?"

유비는 적임자라고 생각했다.

미축은 원래 외교에 수완이 좋고, 임기응변에 능했다. 그는 산동의 한 도시에서 태어났으며 집은 담성郯城 제일의 거상이었다. 아주 오래전 일이지만 유비가 거병하던 초기에는 광릉廣陵(강소성 양주시) 부근에서 병사와 군자금이 모두 곤궁하던 시절, 거상의 아들이었던 미축은 유비의 장래를 보고 군자금을 제공했다. 또 자신의 여동생을 유비의 첩으로 준 이래로 지금에 이르기까지 오직 유비 군의 재무경리를 담당해왔다. 이런 그는 유비 휘하의 장수 중에서도 특이한 인재였다.

"자네가 가준다면 더 바랄 것이 없지. 부탁하네."

유비는 안심하고 그를 보냈다. 미축은 명령을 받들어 즉시 배한 척을 준비해 술과 양고기, 차 그 밖의 많은 선물을 싣고 강을 내려갔다.

오나라 병사들이 진을 치고 있는 강기슭에 도착하여 보초병에게 이곳에 온 목적을 말하고 즉시 본진으로 가서 주유를 만났다.

"아니, 뭘 이렇게까지……."

주유는 흔쾌히 선물을 받고 미축을 환대했지만, "모쪼록 주군 유비 공에게 안부 말씀을 잘 전해주시오."라고 왠지 모르게 데면데면하게 대하며 공명에 대해서는 일체 언급하지 않았다.

||| 四 |||

다음 날, 그리고 그다음 날 두세 차례에 걸쳐 회담을 했지만, 주유는 계속해서 공명에게 화제가 미치는 것을 피했다.

그리고 나흘째 되는 날 아침 미축이 작별 인사를 하러 가자 주유가 그제야 공명에 대해 말했다.

"공명 선생도 지금 우리 진영에 있소만, 조조를 무찌르기 위해서는 유 예주께서도 함께 긴밀히 대책을 논의해야 한다고 생각하오. 유 예주께서 이곳까지 와 주신다면 더할 나위 없겠소만."

"뭐라고 대답하실지는 모르겠습니다만, 도독의 의향은 유 예주께 전하겠습니다."

미축은 약속하고 돌아갔다.

노숙은 그 후에 주유의 의중을 수상히 여기며 물었다.

"무엇 때문에 유비를 우리 진중으로 부르려는 것입니까?"

"물론 죽이기 위해서요."

주유가 태연하게 대답했다.

공명을 제거하고 유비를 없애는 것이 오나라의 장래를 위하는 일이라고 주유는 굳게 믿고 있는 듯했다. 그 점은 노숙의 생각과는 상반되는 것이었지만, 아직 조조와 일전도 벌이기 전에 아군의 수뇌부에서 내분이나 분쟁을 일으키는 것은 바람직하지 않은 일이기도 하고 상대는 대도독의 권한으로 하는 일이었기 때문에 "글쎄, 어떨까 싶습니다."라고 말끝을 흐렸을 뿐 굳이 강하게 반대하지는 않았다.

한편 하구에 있는 유비는 돌아온 미축에게 자세한 이야기를 듣고 즉시 배를 준비하라고 명령했다.

"그럼, 당장 오군 진영으로 가야지."

관우를 비롯한 신하들이 유비를 걱정하며 간언했다.

"미축이 가도 공명과 만나게 하지 않은 점을 보면 주유의 본심이 심히 의심스럽습니다. 체면이 깎이지 않게 답장이라도 적어 보내고 잠시 지켜보는 것이 어떻겠습니까?"

"그렇게 하는 것은 모처럼 공명이 사자로 가서 실현한 동맹의 의의와 신의를 이쪽에서 어기는 것이 될 것이네. 허심탄회하게 오직 신의를 가지고 그의 신의를 믿고 갈 뿐."

조운과 장비에게는 남아서 수비할 것을 명령하고 관우만 데리고 갔다.

수행원은 불과 20여 명, 얼마 후에 오의 중군이 있는 곳에 도착했다.

강기슭에 있던 부대에서 즉각 이 소식이 본진의 주유에게 통보되었다. 드디어 왔구나! 하는 낯빛으로 주유는 보초병에게 물었다.

"유비는 병사를 몇 명이나 데리고 왔느냐?"

"수행원은 스무 명 정도입니다."

"뭐, 스무 명?"

주유는 웃으며 '일은 이미 이루어졌구나!' 하고 마음속으로 생각했다.

잠시 후에 유비 일행은 강기슭을 지키는 병사의 안내를 받으며 중군의 영문을 통과했다. 주유는 나가서 예를 갖추고 장막 안으로 청하여 유비에게 상좌를 양보했다.

"처음 뵙겠습니다. 저는 유현덕입니다. 장군의 존함은 남방뿐만이 아니라 전부터 북쪽 땅에서도 듣고 있었습니다. 오늘 만나 뵙게 되어 참으로 기쁩니다."

유비가 먼저 인사했다.

"아니, 저야말로 영광입니다. 유 황숙의 존함은 진작부터 흠모하고 있었습니다. 진중이어서 특별한 환대는 할 수 없습니다만."

형식적인 인사를 마친 후 주연 자리로 옮겨 극진히 대접했다.

그날까지 공명은 아무것도 몰랐지만, 강기슭의 병사로부터 오늘의 손님이 하구의 유 황숙이라는 말을 듣고 놀라서 급히 주유의 본진으로 갔다. 그리고 장막 밖에 서서 몰래 지켜보았다.

파란

||| 一 |||

본래 초대되어야 마땅한 자리였지만, 공명은 유비가 온 것조차 듣지 못했다. 그래서 주유가 마음속에 무슨 꿍꿍이를 숨기고 있는지 헤아릴 수 있었다.

"……?"

장막 밖에서 주연 자리를 엿보고 있던 공명의 기분은 그야말로 사랑하는 부모나 자식이 맹수의 우리에 들어가는 것을 보는 듯한 불안함이었다.

그러나 유비는 참으로 태평하게 주유와 이야기하고 있는 듯했다. 그런데 유비의 뒤에 검을 차고 수호신처럼 우뚝 서 있는 관우가 보였다.

공명은 그를 보고 조금은 마음을 놓았다.

'관 장군이 저처럼 지키고 서 있으니……'

그는 조용히 밖으로 나와 강기슭에 있는 자신의 숙소로 돌아왔다.

설마 공명이 조금 전까지 밖에 서 있었다는 것은 꿈에도 모르는 유비는 주유와의 잡담 끝에 군사軍事에 대한 이야기에 이르자 겨우 마음을 터놓고 이야기할 수 있는 분위기가 되어 옆에 있는 노숙을 돌아보며 말했다.

"우리의 군사인 공명이 오랫동안 진중에 머물고 있다고 들었습니다만, 마침 좋은 기회이니 이곳으로 불러주실 수는 없겠습니까?"

그러자 주유가 재빨리 대답을 가로챘다.

"부르는 건 쉬운 일이지만 어차피 일전을 눈앞에 두고 있으니 조조를 쳐부순 후 경사스러운 자리에서 만나는 것이 낫지 않겠습니까?"

이렇게 화제를 돌린 뒤 다시 조조를 칠 전략이며 군사 배치 등을 반복해서 이야기했다.

관우는 유비의 소매를 잡으며 눈짓했다. 그 일에 대해서는 언급하지 않는 편이 현명하다고 주의를 준 것이었다. 유비도 바로 눈치채고 자리에서 일어설 기회를 잡았다.

"그렇군요. 그럼 오늘 연회는 이 정도로 합시다. 머지않아 조조를 쳐부순 후 그때 축하의 기쁨을 나누는 것으로 하고요."

너무도 순식간에 인사를 하고 일어서자 주유도 약간 당황한 듯했다. 실은 유비를 취하게 하고 관우에게도 술을 권하여 이 방에서 나가기 전에 죽일 생각으로 사방에 수십 명의 자객을 숨겨둔 참이었다.

그럴 생각이었는데 그만 갑자기 자리를 뜨는 바람에 신호를 할 틈조차 없이 주유도 급작스럽게 원문 밖까지 전송을 나와 허무하게 작별 인사를 하고 말았다.

말에 올라 본진을 나오자 유비와 관우를 비롯한 20여 명의 수행원은 나는 듯이 강기슭까지 서둘러 달렸다.

그때 강가 버드나무 뒤에서 손을 들어 부르는 사람이 있었다.

"주군, 무사히 빠져나오셨습니까?"

그는 그리운 공명이었다.

"오오, 공명이 아닌가?"

유비는 말에서 뛰어내려 그에게 다가가 부둥켜안고 서로 무사한 것을 기뻐했다.

그러다 공명은 그 기쁨을 억누르며 말했다.

"신은 지금 호랑이의 아가리 속에 있는 것처럼 위험한 상황에 처해 있지만 안전하기가 태산과 같습니다. 조금도 걱정하지 마십시오. ……오히려 앞으로는 더욱 조심하셨으면 하는 것은 주군의 행동입니다. 오는 11월 20일, 바로 갑자甲子에 해당합니다. 잊지 마시고 그날은 휘하의 조운에게 명해 빠른 배 한 척을 강의 남쪽 기슭에 대고 신을 기다리라고 하십시오. 지금은 돌아가지 못해도 동남풍이 불기 시작하는 날에는 반드시 돌아가겠습니다."

"선생, 어떻게 벌써 동남풍이 부는 날을 알 수 있단 말이오?"

"10년을 융중의 언덕에서 사는 동안, 매년 봄을 보내고 여름을 맞이하고 가을을 보내고 겨울을 기다리며 장강의 물과 하늘에 떠가는 구름을 보고 조석의 바람을 관측하며 살았기 때문에 그 정도는 거의 틀림없이 예측할 수 있습니다. 다른 사람 눈에 띄기 전에어서 서두르시지요."

공명은 유비가 배에 오르기를 재촉하고는 자신도 홀연히 오의 진영 속으로 모습을 감췄다.

||| 二 |||

공명과 헤어져 배에 오르자 유비는 즉시 돛을 활짝 펴게 하고 강을 거슬러 올라갔다.

50리쯤 나아가니 저쪽에서 한 무리의 배들이 강 위에 진을 치고 있었다. 가까이 가서 보니 자신의 안위를 걱정하여 마중하러 온 장비와 병사들이었다.

"무사하셔서 다행입니다."

일동은 유비의 무사 귀환을 축하하고 주군의 배를 호위해 하구로 돌아왔다.

유비가 돌아간 후 오나라 진영에서는 주유가 손안의 진주를 잃어버린 듯한 표정을 짓고 있었다.

노숙은 심술궂게 일부러 이렇게 물었다.

"어째서 도독께서는 이번 기회를 눈앞에서 놓치고 유비를 살려 보냈습니까?"

주유는 어쩔 수 없었다는 듯이 이야기했다.

"시종 관우가 유비의 뒤에 서서 내가 술잔을 건네는 손까지도 눈을 떼지 않고 노려보고 있었소. 잘못했으면 유비를 죽이기 전에 내가 관우의 손에 죽었을 것이오. 여하튼 그런 맹견이 지키고 있으니 어쩔 도리가 없었소."

안타까움이 짙게 묻어나는 대답이었다. 노숙은 오히려 오를 위해 그의 계획이 실패한 것을 다행스럽게 여겼다.

이 일이 있은 뒤 얼마 지나지 않았을 때였다.

"조조의 서찰을 가진 사자의 배가 강기슭에 와 있습니다만."

이런 보고가 들어왔다.

"통과시켜라. 단 조조가 직접 쓴 편지인지 아닌지 그 편지부터 먼저 보이라고 해라."

주유는 유막에서 편지를 기다렸다.

이윽고 연락 장수가 공손히 조조의 편지를 주유에게 건넸다. 편지는 가죽으로 봉해져 있었고 틀림없는 조조의 친서였다.

그러나 주유는 한번 읽자마자 격노하며 무사들에게 명령했다.

"사자를 붙잡아라."

그러고는 편지를 갈기갈기 찢고 일어섰다.

노숙이 놀라서 물었다.

"도독, 무슨 일이십니까?"

주유는 발밑에 찢어버린 편지 조각을 발로 가리키며 말했다.

"저것을 보시오. 도적놈이 자신을 한의 대승상이라고 서명하고 주 도독에게 보낸다 따위의 표현을 써가며 마치 나를 자신의 신하처럼 취급하고 있소."

"이미 적의를 충분히 드러낸 조조한테 무례를 범했다고 화를 내는 것만으로 만족할 수 있겠습니까?"

"그래서 나도 사자의 목을 베어 거기에 대답해줄 생각이오."

"그러나 국가와 국가가 싸워도 상대국의 사자는 죽이지 않는 것이 예전부터의 법도가 아닙니까?"

"전쟁 중에 무슨 법도가 있단 말이오? 적국의 사자를 베어 아군의 사기를 높이고 적에게 위엄을 보이는 것이 오히려 전진戰陣의 관례요."

주유는 퉁명스럽게 말하고 장막 밖으로 걸어 나갔다. 그러고는 그곳으로 사자를 끌고 오게 하여 뭐라고 큰 소리로 꾸짖더니 즉시 단칼에 목을 베어버렸다.

"종자! 사자의 종자는 이 머리를 줄 테니 돌아가서 조조에게 보여주어라."

이렇게 말하고 사자의 수행원들을 돌려보냈다.

그러고는 즉시 수군과 육군에 명을 내렸다.

"출전 준비를 하라!"

감녕을 선봉으로 장흠, 한당을 좌우의 양날개로 삼았다. 그리고 사경四更(01시~03시)에 식사를 하고 오경五更(03시~05시)에 선진 船陳을 밀고 나아가 노궁과 석포를 늘어놓고 덤빌 테면 덤벼보라 는 태세로 대기하고 있었다.

예상대로 조조는 사자의 머리를 가지고 돌아온 수행원들의 입에서 주유의 태도에 대한 이야기를 듣고 수군 대도독인 채모蔡瑁와 장윤張允을 불러 명령했다.

"우선 주유의 진을 깨부수고 그 후에 오의 전토를 석권하라."

강 위에는 바람 한 점 없고 물결도 잠잠했다. 때는 건안 13년 (208) 11월, 항복한 형주의 대장을 수군의 선봉으로 삼고 조조 군의 대선단大船團은 삼강을 향해 서서히 남하하기 시작했다.

||| 三 |||

날이 밝아오고 있었으나 짙은 안개 때문에 시야가 가려 위의 병선도 오의 대선진大船陳도 서로 바로 눈앞에 올 때까지 상대편의 존재를 알지 못했다.

"앗, 적선이다!"

"공격하라."

갑자기 위의 병선이 북을 울리고 하얀 물결을 일으키며 오의 병선들 사이를 헤집고 들어왔다.

그때 오의 기함旗艦(함대의 군함 가운데 지휘관이 타고 있는 배)으로 보이는 배의 뱃머리에 해룡海龍 투구를 쓴 장수 한 명이 서서 큰 소리로 조종이 서툰 위나라의 병선을 비웃었다.

"형주의 개구리, 북국의 족제비들이 사람 흉내를 내며 병선을 타고 있는 모습이 정말이지 우습기 짝이 없구나. 해전이란 우리처럼 하는 것이다. 저승에 가기 전에 우리의 활약상이나 똑똑히 보고 가거라."

그리고 우선 선루에 죽 늘어놓은 노궁을 쏘기 시작했다.

조조 군의 도독 채모가 방약무인傍若無人한 적의 호언에 불같이 화를 내며 뱃머리로 가려는 순간 이미 아우 채훈蔡薰이 거기에 서서 적을 향해 되받아치고 있었다.

"어이, 용 대가리 어부야, 이름은 없는 것이냐? 나는 대도독의 아우 채훈이다. 멀리서 짖지 말고 가까이 오너라. 단칼에 베어 물고기 밥으로 만들어줄 테니."

그러자 멀리서 소리가 들렸다.

"감녕을 모른다는 것은 가짜 수군이라는 증거. 겁쟁이 형주의 개구리 새끼야, 대강의 강물은 우물 안과는 다르다."

감녕은 욕을 퍼붓자마자 석궁의 줄을 당겼다가 놓았다.

여러 개의 석탄石彈이 소리를 내며 날아갔는데 그중 하나가 채훈의 얼굴을 관통했다. 앗, 하며 양손으로 얼굴을 감쌌을 때 또 한 발이 날아와 채훈의 목덜미에 꽂혔고 그는 강물로 고꾸라져 뱃머리를 때리는 광란狂瀾(미친 듯이 날뛰는 사나운 물결) 속으로 사라져버렸다.

아직 뱃머리조차 서로 닿지 않은 전투 초반에 아우를 잃은 채모는 분노하여 단번에 오의 선열船列을 분쇄하라고 소리 높여 호령했다.

이윽고 안개가 걷히자 양군의 병선 수천 척은 서로 어지럽게 뒤엉켰으나 한 척도 빼놓지 않고 똑똑히 볼 수 있었다. 붉은 태양이 떠오르는 대강 위에서 대혈전이 벌어졌다.

채모가 타고 있는 기함을 중심으로 한 무리의 병선이 오군 속으로 깊숙이 들어갔으나, 이는 수전水戰에 익숙지 않은 위군의 주력부대를 오의 감녕이 교묘하게 아군의 포위망 속으로 유인한 것이었다.

때를 기다렸다가 즉시 왼쪽 기슭에서 한당의 병선 부대, 오른쪽 기슭에서는 장흠의 병선 부대가 두 패로 나뉘어 하얀 물살을 가르며 전후좌우에서 적의 주력부대로 화살과 석탄을 퍼부었다.

돛은 찢어지고 배는 기울며 위군 선단은 하나하나 무너지기 시작했다. 배 위는 온통 피로 붉게 물들었다. 이제 배는 사람 손을 떠나 강물 위를 표류하기 시작했다.

이 모습을 보고 오의 병선은 그 날카로운 모서리로 적선의 옆구리를 쳐서 산산조각을 내버리거나 적선에 올라 남은 적들을 모조리 죽이고 불을 질렀다.

이렇게 해서 주력부대가 무너지자 후진의 배들은 뿔뿔이 흩어져서 강기슭으로 달아나기도 하고 사로잡히기도 하고 돛을 반대로 달고 도망치기도 했다. 조조 군은 첫 전투부터 처절한 패배를 맛본 것이다.

감녕은 징과 북을 울리고 뱃노래를 부르며 돌아갔다. 전투는 그쳤어도 누렇고 탁한 강물에는 부러진 깃발, 불에 탄 노, 수많은 시체 등이 홍수가 지나간 뒤처럼 흘러가고 있었다.

그 많은 전사자는 대부분 위군 장졸들이었다. 그날의 전황을 들은 조조의 얼굴은 편치 않아 보였다.

"채모와 부도독 장윤을 불러오너라."

무슨 말을 들을까 싶어 떨고 있는 것은 불려온 채모와 장윤뿐만이 아니었다. 주위에 있는 장수들도 조마조마해하고 있었다.

군영회

패전의 책임을 물을 것이라고 생각하고 채모와 장윤 두 사람은 벌써 얼굴이 창백해져 있었다.

벌벌 떨며 조조 앞으로 나아가 백배하고 이번 패배에 대해 설명하며 용서를 빌었다.

조조는 엄숙하게 말했다.

"지나간 일에 대해 변명을 듣거나 과거의 불찰을 책망하기 위해 부른 것이 아니다. 중요한 것은 앞으로야. 패배가 반복되면 그때 야말로 군법에 따라 용서치 않을 것이다. 그러나 이번만은 용서해 주겠다."

뜻밖의 관대한 처분에 채모는 감격하여 눈물을 흘리며 말했다.

"이번 패전의 책임은 지휘하는 자들이 부족한 탓도 있지만, 가장 큰 결함은 형주 수군의 훈련이 부족한 데 비해 오의 수군은 오랫동안 파양호를 중심으로 충분히 단련하여 실력을 쌓은 데 있습니다. 게다가 아군인 북국 병은 물에서의 진퇴가 익숙지 않지만 오군은 모두 어린 시절부터 물에 익숙한 자들뿐이어서 강 위에서 하는 싸움을 마치 평지에서 하듯 합니다. 여기에도 적잖은 약점이 있습니다."

조조도 잘 알고 있는 사실이었다. 그러나 이 문제는 오랜 시간에 걸친 훈련에 있는 것이기 때문에 당장은 해결책이 있는 것도 아니었다.

"그럼, 어떻게 하면 되겠나?"

　조조의 물음에 채모는 다음과 같은 계책을 제안했다.

"일단 공격을 멈추고 수비 태세를 취하는 것입니다. 나루를 견고히 하여 요해를 지키고 수중에 멀리까지 수채를 설치하여 요새로 삼고 천천히 적을 유인하여 적의 허를 찌르고 그들이 지치기를 기다렸다가 단번에 강을 내려가서 공격하는 것이 어떨까 싶습니다."

"음, 좋은 생각이군. 두 장군을 이미 수군 대도독에 임명했으니 좋은 계책이라고 믿는 것이라면 일일이 보고하지 말고 즉각 시행하도록."

　이렇게 말하는 이유는 조조 역시 수상전에는 그다지 자신이 없었기 때문이다. 또 두 도독을 책망하지 않고 죄를 용서하고 격려한 것은 그들을 대신할 사람이 없었기 때문이다.

　어쨌거나 채모와 장윤 두 사람은 안심하고 군의 재정비에 돌입했다. 우선 북쪽 강기슭의 요지에 다양한 요새를 설치하고 수상에는 42개의 수문과 채책寨柵을 길게 엮어서 둘렀다. 작은 배는 채책 안쪽에 두어 교통과 연락의 수단으로 삼고 큰 배는 채책 밖에 길게 늘어세워 선진船陣을 크게 쳐두었다.

　그 거대한 규모는 위군의 현재 세력을 유감없이 과시하는 것이었는데 밤이 되자 그 모습이 더 장관이었다. 약 300여 리에 걸친 요새의 수륙에는 화톳불, 봉홧불 등 수만 개의 등불이 타오르며 온 하늘의 별들을 태웠다. 그리고 군량과 군수품을 운송하는 거마

車馬의 왕래도 끊이지 않았다.

"최근 상류의 북쪽 하늘이 밤마다 붉게 보이는데 무슨 이유 때문이오?"

남쪽 강기슭에 있는 오의 주유는 수상히 여기며 어느 날 노숙에게 물었다.

"저것은 조조가 급하게 구축하게 한 북쪽 강기슭의 요새에서 매일 밤 피우는 화톳불이나 봉홧불이 구름에 비친 것입니다."

노숙이 자세히 설명하자 최근 감녕의 대승에 취해 조조 군을 얕보며 우쭐거리고 있던 주유가 갑자기 불안해하면서 "전쟁에서 이기기 위해서 가장 중요한 것은 적을 아는 것이오."라며 요새의 규모를 직접 가서 알아보고 오겠다고 했다.

주유는 어느 날 밤 은밀히 한 척의 배에 올라 노숙과 황개 등 여덟 명의 장수들과 함께 조조 군의 본거지를 정찰하러 갔다.

물론 위험한 적지로 들어가는 것이었기 때문에 선루에는 스무 명의 노궁수를 배치하고 선체는 휘장을 둘러 모습을 감춘 뒤 주유와 노숙을 비롯한 장수들은 일부러 악기를 연주하며 적의 눈을 속이면서 천천히 북쪽 강기슭의 수채로 접근해갔다.

||| 二 |||

별빛이 어두운 깊은 밤이었다.

배는 돌로 된 닻을 내리고 은밀히 위군 요새를 정찰하고 있었다.

수군에 대해 잘 아는 주유도 42개의 수문부터 채책, 크고 작은 배 등 구석구석까지 돌아보았다.

"대체 이런 구상과 포진은 누가 생각한 것일까?"

주유가 혀를 내두르며 감탄하자 노숙이 웃으며 말했다.

"물론 항복한 형주의 장수 채모와 장윤일 것입니다. 그들의 지모는 결코 얕볼 수 없습니다."

주유는 혀를 차며 말했다.

"방심했군. 오늘까지 조조 측에는 수군에 정통한 자가 없다고 생각했는데 내가 잘못 생각하고 있었소. 채모와 장윤을 제거하기 전까지는 수상전이라고 해도 좀처럼 마음을 놓을 수 없겠군."

선루의 장막 안에서 술을 마시면서 날이 밝기 전까지 닻을 옮겨 가며 이곳저곳을 살펴보았다.

그런데 위군 감시선에서 이 사실을 알고 조조에게 급보를 알렸다. 즉각 주유의 배를 나포하기 위해 수채 안에서 한 무리의 배들이 뒤쫓아왔다.

그러나 주유의 배는 잽싸게 도망쳤다. 물살을 따라 내려가는 주유의 배는 무척 빨랐다. 결국 놓쳤다는 말을 듣고 다음 날 아침 조조는 눈에 띄게 예기가 꺾여 있었다.

"적에게 진중이 간파당했으니 다시 진형에 변화를 주어야 한다. 이렇게 허점이 있어서야 언제 오를 격파할 수 있겠나?"

그러자 신하들 중에서 한 사람이 나서며 말했다.

"승상, 탄식하실 필요 없습니다. 제가 주유를 설득해서 우리 편으로 만들겠습니다."

사람들이 그의 호언에 놀라 누군가 보니 이름은 장간張幹, 자는 자익子翼으로 조조의 막빈幕賓이었다.

"오오, 장 공이 아닌가. 자네는 주유와 친교라도 있는가?"

"저는 구강九江 태생으로 주유와는 고향도 가깝고 소년 시절부터 같이 공부한 친구였습니다."

"그거참, 좋은 인연이군. 만약 오군에 주유가 없으면 오군은 뼈가 없어지는 것과 같네. 그럼 부탁하겠네만, 갈 때 무엇을 가지고 가겠나?"

"아무것도 필요 없습니다. 단지 동자 한 명과 배 한 척만 있으면 충분합니다."

"세객說客의 의기가 당연히 그 정도는 돼야지. 그럼, 즉시 출발하도록."

조조는 그를 위해 성대한 송별회를 베푼 후 떠나보냈다.

장간은 일부러 윤건을 쓰고 도복을 두르고 한 병의 술과 한 명의 동자를 태운 작은 배를 강물과 바람에 맡긴 채 오군 진영을 향해 내려갔다.

"고사의 풍모를 지닌 사람이 자신을 주 도독의 옛 친구라며 그리운 나머지 찾아왔다고 강기슭을 올라왔습니다."

이 말을 들은 주유는 껄껄 웃었다.

"하하하, 왔구나. 조조의 막빈이 되었다는 장간일 것이다. 좋다, 이리로 안내하거라."

그가 오는 동안 주유는 장수들에게 계책을 속삭인 후 장간을 기다렸다.

'어떤 얼굴을 하고 왔을까?'

이윽고 안내를 받아서 온 장간은 놀라서 눈이 휘둥그레졌다. 아니 당황했다고 하는 편이 맞는 표현일 것이다. 화려한 비단옷을 걸치고 꽃장식이 달린 모자를 쓴 400~500명의 병사들이 우선 공손하게 진문에서 그를 맞아들였다. 그가 막사 안으로 들어오자 화려하게 치장한 장수들이 주유를 중심으로 벌처럼 늘어서 있었다.

"이야, 장 공이 아닌가. 오랜만이군. 그간 별고 없었는가?"

"주 도독도 안녕하신가? 축하하네."

인사를 마친 장간은 친근하게 굴었다.

주유도 의식적으로 허물없이 말했다.

"도중에 화살도 맞지 않고 무사히 여기까지 왔군. 이런 전시에 멀리서 뭐 하러 왔는가? 설마 조조의 부탁으로 온 것은 아니겠지? 하하하하, 아니, 농담일세."

상대방의 안색이 변한 것을 보고 바로 주유는 자신의 말을 취소했다.

川 三 川

장간은 내심 뜨끔했으나 아무렇지도 않은 듯 말했다.

"멀리서 왔는데 그런 말을 들으니 당혹스럽군. 최근에 자네의 높은 이름이 오나라에 널리 퍼졌다기에 멀리서 축하하는 것만으로는 만족할 수 없어서 죽마고우였던 시절의 옛이야기라도 나눌까 싶어서 찾아온 것이네. 조조의 세객이라니 당치도 않아."

그가 일부러 언짢다는 표정을 지어 보이자 주유는 그의 어깨를 쓰다듬으며 달랬다.

"그렇게 화내지 말게. 허물없는 친구이기에 무심코 농담을 던졌을 뿐이니까. 어쨌거나 잘 왔네. 진중이어서 대접할 것은 없지만 오늘 밤은 오랜만에 회포를 풀며 즐겨보세."

주유는 장간의 팔짱을 끼고 주연 자리로 안내했다.

방 안에 모인 장수들은 모두 비단옷을 입고 있었고, 탁자 위에는 금과 은 그릇, 유리 술잔, 한동漢銅 꽃병 등이 놓여 있었다. 진중이라고는 볼 수 없는 호화로운 술자리였다.

주객이 자리에 앉자 〈득승락得勝樂〉이라는 군악이 낭랑하게 연주되었다. 주유가 일어나 막하의 사람들을 향해 말했다.

"여기 있는 장간은 나와 함께 공부한 벗으로 오늘 강북에서 찾아왔지만, 결코 조조의 세객이 아니니 걱정할 것 없소."

손님을 소개하는 것까지는 좋았는데 이상한 말을 덧붙였기 때문에 장간은 속으로 뜨끔했다.

그뿐만 아니라 무장들 중에서 태사자를 불러 자신의 칼을 주며 명했다.

"오늘 밤은 그리운 옛 친구와 함께 밤을 지새우며 즐길 생각인데 멀리서 온 손님에게 무례가 있어서는 안 될 것이오. 손님이 제일 언짢아하는 일은 조조의 세객이라고 의심받는 것이니 만약 이 자리에서 조조와 우리가 벌이는 전쟁에 대해 조금이라도 입에 올리는 자가 있거든 그 자리에서 이 검으로 베어버리시오."

태사자는 검을 받아 자리 한쪽에 가서 섰다. 장간은 마치 바늘 방석에 앉아 있는 듯한 기분이었다.

주유는 술잔을 들고 말했다.

"출진 이래 술을 삼가며 진중에서는 한 방울도 마시지 않았으나 오늘 밤은 옛 벗 간형幹兄을 위해 실컷 마실 생각이오. 장군들도 모두 손님께 술을 권하고 마시며 함께 울적함을 날려버립시다."

이렇게 말하고 기분 좋게 마시기 시작했다.

모든 자리에 술이 흘러넘쳤고 분위기도 점점 고조되었다. 맛있는 술안주가 차례차례 나오고 사람들은 교대로 일어나 춤추고 노래하며 즐거워했다.

"긴 밤의 즐거움은 이제 시작이니 잠시 밖에 나가 취기를 깬 후 다시 마시도록 하세."

주유는 장간의 팔짱을 끼고 장막 밖으로 데리고 나갔다. 그리고 진중을 산책하며 무기와 군량이 잔뜩 쌓여 있는 곳을 보여주기도 하고 병사들의 사기가 왕성한 모습을 아무렇지도 않게 보여주기도 했다.

그리고 다시 주연 자리로 돌아가는 도중에 말했다.

"자네와 나는 같이 책을 읽고 어린 시절부터 함께 장래를 이야기한 적도 있는데 지금 오나라의 삼군을 통솔하며 몸은 대도독이라는 높은 지위에 있고, 주군께서는 나를 중히 여기시며 말하는 것은 모두 들어준다네. 이렇게까지 입신출세하리라고는 그 당시엔 생각도 못 했네. 따라서 지금 옛날 소진蘇秦, 장의張儀와 같은 자가 와서 아무리 청산유수와 같은 말솜씨로 이 주유를 설득한다 해도 내 마음은 금철金鐵처럼 흔들리지 않을 걸세. 하물며 상투적인 논리로 내 마음을 바꾸려 하는 자가 있다면 이보다 더 웃긴 일도 없을 거야."

그러고는 크게 웃었다.

장간은 확실히 떨고 있었다. 술도 깨고 얼굴은 흙빛이 되어 있었다. 주유는 다시 주연 자리로 그를 이끌었다.

"여어, 간형. 취기가 완전히 가신 모양이군. 자, 다시 마시도록 하세."

주유는 장간에게 술잔을 강권하고 다른 장수들에게도 그에게 술을 권하게 하여 계속 술을 마시게 했다.

술잔 세례에 곤혹스러워하는 장간의 얼굴을 보며 주유가 다시 말했다.

"오늘 밤, 이 자리에 있는 사람들은 모두 오나라의 영걸들뿐이니 군영회群英會라 칭하겠네. 이 모임의 길례吉例로 내가 춤을 한번 추겠으니, 모두들 노래를 부르시오."

그는 검을 뽑아 들고 휘휘 휘두르며 춤을 추기 시작했다.

||| 四 |||

대장부가 세상에 나옴은 공명을 세우기 위함이라

공명을 이미 이루니 왕업을 이루리라

왕업을 이루니 사해가 깨끗하고

사해가 깨끗하니 천하가 태평하네

천하가 태평하니 나 취하리라

나 취해서 칼춤을 추노라

주유가 검을 휘두르며 춤추고 노래하니 다른 장수들도 따라서 노래를 부르며 박수 치고 환호했다. 이렇게 밤이 깊도록 여흥은 계속되었다.

"아아, 기분 좋다. 간형, 오늘 밤은 나와 같이 자며 밤새 이야기를 나누세."

주유는 비틀거리며 장간의 목에 매달려 함께 침소로 들어갔다.

그리고 옷도 벗지 않고 그대로 인사불성이 되어 침상을 놔두고 마룻바닥에 엎드려 잠이 들어버렸다.

"도독, 도독. 그런 곳에서 잠들면 안 되네. 몸에 해로워. 감기라도 들면 어쩌려고 그러나?"

장간이 여러 번 흔들어 깨웠지만 깨기는커녕 코만 더 심하게 골뿐이었다. 방 안도 순식간에 술 냄새로 가득 차고 말았다.

간담이 서늘해져서 초저녁부터 취하지도 못하고 무서워 벌벌 떨던 장간은 침소에 들어와서도 쉽게 잠을 잘 수가 없었다.

시간은 이미 사경四更에 가까웠다. 진중을 순찰하는 자가 내는 딱딱이 소리가 들렸다……. 주유는 곯아떨어져 있고, 등잔불이 희미하게 깜빡거리며 그의 자는 얼굴을 비추었다.

"……앗?"

장간은 벌떡 일어났다. 탁자 위에 많은 서류와 서신이 어지럽게 널려 있었다. 밑에 떨어져 있는 대여섯 통을 주워서 슬쩍 보니 모두 진중을 오가는 기밀문서였다.

"……?"

이상하게 손이 떨렸다. 장간은 몇 번이나 주유의 자는 얼굴을 확인하며 몇 통의 편지를 빠르게 차례차례 읽어나갔다.

그런데 그중에 그의 안색을 변하게 한 글씨가 보였다. 어디서 본 적이 있는 필적이라고 생각하며 그 편지를 열어보았다. 과연 그것은 조조의 막하로 평소 늘 얼굴을 대면하고 있는 장윤의 편지였다.

   채모, 장윤이 삼가 아룁니다.
   저희가 조조에게 항복한 것은 벼슬이나 녹봉 때문이 아니라 형세에 밀려 그리된 것뿐입니다. 지금 이미 북군을 속여 진채 안에 가두어두었습니다. 이것은 모두 우리가 복수할 생각으로 견제하고 있는 것입니다.

지금이라도 남풍에 맡겨 편지 한 통 보내시면 즉시 내란을 일으켜 조조의 목을 베어 오의 진영에 바치겠습니다. 이것은 옛 조국의 돌아가신 주군의 원한을 씻는 일이기도 하고 천하를 위한 일이기도 합니다. 조만간 사람이 당도하면 속히 답장을 주십시오. 부디 깊은 명찰明察을 바랍니다.

"으, 으……음."

갑자기 주유가 몸을 뒤척였다. 당황한 장간은 황급히 등불을 불어 껐다. 그리고 잠시 상황을 보고 있었으나 다시 크게 코를 골며 잠든 듯하여 자신도 슬그머니 이불을 덮고 침상 위에 누웠다.

그때 장막 밖에서 누군가 문을 똑똑 두드리는 사람이 있었다. 장간은 숨을 죽이고 있었다. 이윽고 한 사내가 들어왔다. 주유의 심복인 듯했다. 계속 주유를 흔들어 깨우며 귀에 뭔가 속삭이는 소리가 들렸다.

주유는 겨우 몸을 일으켰다. 그리고 장간을 보고는 물었다.

"이 침소에서 나와 함께 누워 있는 자가 대체 누구냐?"

"각하의 친구인 장간입니다."

심복이 대답하자 매우 놀란 듯이 말했다.

"뭐, 장간이라고? 큰일이군……. 목소리를 더 낮추거라."

그는 급히 심복을 데리고 장막 밖으로 나갔다.

두 사람은 상당히 오랫동안 서서 이야기를 나누는 듯했는데 이따금 장윤과 채모라는 이름이 들렸다.

||| 五 |||

그러는 사이에 또 다른 목소리가 들렸다. 북국 사투리를 쓰는 사내가 말하고 있었다. 오의 진중에 북병北兵이 있는 것을 수상히 여긴 장간은 더욱더 귀를 기울였다.

남자는 이 진중에 있는 사람이 아니었다. 강북에서 온 밀사처럼 보였다. 채 대인, 장 도독이라며 채모와 장윤을 존칭하는 것으로 봐도 그들의 부하이거나 그들에게 부탁받아 온 사람이라는 것을 알 수 있었다.

'……그렇다면 무슨 일을 꾸미기 위해서 온 것이로군.'

앞서 본 편지의 내용과 비교하여 생각하니 온몸의 털이 곤두서는 것 같았다.

'참으로 방심은 금물이구나.'

마음도 불안하고 자는 척하는 것도 곤혹스러웠다.

이윽고 밀사와 심복은 용무가 끝났는지 발소리를 죽이며 물러났다. 주유도 즉시 침실로 돌아왔다. 그리고 이번에는 이불을 덮고 그 속으로 깊이 파고들었다. 날이 밝기를 애타게 기다렸다. 장간은 실눈을 뜨고 창밖만 바라보고 있었다. 마침 주유가 다시 크게 코를 골기 시작했다. 그리고 창문 근처가 희미하게 밝아오기 시작했다.

"……으음, 아아, 잘 잤다."

장간은 일부러 크게 하품을 하면서 그렇게 중얼거려보았다. 주유는 눈을 뜨지 않았다. 잘됐다며 변소에 가는 척하고 방에서 뛰어나왔다. 밖은 아직 새벽이어서 어두웠으나 동쪽 하늘이 조금 붉었다.

진문까지 오자 파수병이 소리쳤다.

"누구냐?"

장간은 놀랐지만 일부러 거만한 태도로 말했다.

"주 도독의 손님에게 누구냐니! 나는 주 도독의 친구 장간이다."

파수병은 당황하며 경례했다. 장간은 느긋하게 등을 보였지만 파수병의 눈길에서 벗어나자마자 바람처럼 달려 강기슭의 작은 배로 뛰어올랐다.

조조는 그가 돌아오기를 목이 빠져라 기다리고 있었다. 주유가 항복하기를 기대하고 있었던 것이다. 돌아온 장간은 일단 결과부터 보고했다.

"그 일은 잘되지 않았습니다."

조조의 얼굴에는 실망의 빛이 역력했다. 그러나, 하고 장간은 입술을 핥으며 덧붙였다.

"보다 더 큰 일을 오의 진중에서 주워왔습니다. 이것으로 조금이나마 위로를 삼으십시오."

그는 주유의 침실에서 훔쳐온 한 통의 편지를 조조에게 건넸다.

수군 도독 채모와 장윤 두 사람이 적과 내통하고 있다는 내용이었다. 게다가 거기에는 조조의 목을 치는 것은 반역하는 것도 배신하는 것도 아닌 옛 주군 유표의 복수라고 쓰여 있었다.

"당장 두 사람을 불러오너라."

조조의 분노는 심상치 않았다. 무사들이 즉시 달려가 두 사람을 끌고 왔다. 조조는 짐승이라도 보는 것처럼 두 사람을 무섭게 노려보았다.

"내가 알아채서 네놈들도 놀랐을 것이다. 분수도 모르고 악한 계책을 도모하면 오히려 당하게 되어 있다. 누구라도 좋다. 저놈들의 목을 당장 베어라."

조조는 검을 무사에게 건넸다.

채모와 장윤은 기겁을 하고 얼굴이 하얗게 질려서 말했다.

"승상께서 왜 화를 내시는지 저희는 짐작조차 할 수 없습니다. 이유를 말씀해주십시오."

조조는 들을 생각도 않고 장간에게서 받은 편지를 두 사람 앞에 던졌다.

"뻔뻔한 놈들. 이것을 보아라. 이것이 누구의 편지냐?"

장윤은 보자마자 펄쩍 뛰며 말했다.

"앗, 위조 편지다. 이건 적의 계략입니다."

그러나 그 외침이 끝나기도 전에 목이 떨어져 나가고 말았다. 도망가려던 채모의 목도 단칼에 잘렸다.

진중에는 거짓말이 없다

||| 一 |||

그 후 곧 오의 첩보 기관은 채모와 장윤 두 장수가 조조에게 죽임을 당해 적의 수군 사령부는 수뇌부가 완전히 바뀌었다는 사실을 알았다.

주유는 이 소식을 듣고 노숙에게 자랑하듯 말했다.

"어떻소? 나의 계책이 명궁수가 나는 새를 쏘아 맞힌 것처럼 잘 들어맞지 않았소?"

몹시 흐뭇한 듯 묻지도 않았는데 계속 말을 이었다.

"채모와 장윤 두 사람이 수군을 통솔하고 있는 동안은 방심할 수 없다고 걱정했는데 이것으로 위의 수군은 두려워할 필요가 없게 되었소. 이제 조조의 운명은 이 손안에 있는 것과 다름없어요."

그러다가 문득 생각난 듯 이렇게 덧붙였다.

"이 계책이 우리의 계책이라는 것을 아는 자가 아직은 아군 중에도 없지만, 공명은 이 일을 어떻게 생각하는지 모르겠군. 경이 한번 공명을 찾아가 그가 이 일을 어떻게 생각하는지 알아보시오. 그것도 훗날을 대비하기 위해서는 알아둘 필요가 있으니까요."

다음 날 노숙은 공명이 거처로 삼고 있는 배를 찾아갔다. 한 척의 배를 강기슭에 묶어두고 선창船窓에는 발을 쳐놓았다.

"요즘 군무가 바빠 오랜만에 찾아뵙습니다. 그간 별고 없으셨습니까?"

"보시는 바와 같이 지극히 무료하오만……. 실은 오늘이라도 한번 찾아뵙고 주 도독께 친히 축하의 말씀을 드릴 생각이었습니다."

"축하를? 허, 대체 무슨 경사스러운 일이 있기에."

"귀공이 모를 리가 없을 텐데요?"

"아니, 바쁜 업무 탓에 아직 아무 말도 듣지 못했습니다. 축하란 무슨 일을 두고 하신 말씀입니까?"

"그러니까 주 도독이 귀공을 이곳으로 보내 내 생각을 알아보게 한 바로 그 일 말입니다."

"네……?"

노숙은 안색을 잃고 망연히 공명의 얼굴을 잠시 바라보고 있다가 입을 열었다.

"선생…… 어떻게 그 일을 아셨습니까?"

"질문이 어리석군요. 장간조차 감쪽같이 속일 수 있었던 주 도독의 예지가 아닙니까? 언젠가 자연스레 알려질 일이었지요."

"선생의 명찰明察에는 놀랐습니다. 그렇게 말씀하시니 더 할 말이 없습니다."

"어쨌거나 장간을 역이용하여 채모와 장윤을 제거한 것은 참으로 잘한 일입니다. 풍문에 언뜻 들으니 조조는 두 사람을 죽인 후 모개毛玠와 우금于禁을 수군 도독으로 임명하고 오로지 병사들의 사기 쇄신과 조련을 아침저녁으로 게을리하지 않는다고 합니다만, 애초에 모개와 우금도 수군을 통솔할 그릇이 못 됩니다. 얼마 안가 자멸하여 수습할 수 없게 될 것은 불을 보듯 뻔한 일이지요."

하나부터 열까지 노숙이 말하기도 전에 공명이 먼저 말해버리자 노숙은 말 한마디 못 해보고 그저 놀란 얼굴을 하고 있을 뿐이었다. 너무나 겸연쩍어진 그는 쓸데없는 잡담만 늘어놓다가 겨우 그 자리를 수습하고 도망치듯이 돌아갔다.

그가 돌아갈 때 공명은 배 밖까지 배웅하러 나와서는 이렇게 덧붙였다.

"본진에 돌아가게 되어도 이미 공명이 이번 계획을 알고 있더라는 말은 주 도독께 부디 하지 마십시오. 만약 제가 알고 있었다는 말을 들으면 도독은 또다시 저를 제거하려 할 것이 자명합니다. 인간의 심리라는 것은 이상한 것에 작동되곤 하니까요."

노숙은 고개를 끄덕이고 그와 헤어져 돌아왔지만, 주유의 얼굴을 보자 숨길 수가 없었다. 그래서 사실대로 말하고 말았다.

"공명의 형안炯眼에 간담이 서늘해졌습니다. 오늘 일뿐만이 아닙니다만."

||| 二 |||

노숙의 보고를 듣고 주유는 공명이 더 두려워졌다. 형안명찰炯眼明察, 그런 자를 오의 진중에 두는 것은 오의 내정과 군사 기밀을 마음대로 파악하라며 이쪽에서 부탁하고 보호해주는 꼴이라고 생각했다.

그렇다 해도 지금에 와서 공명을 되돌려보낼 수도 없는 노릇이었다. 이 또한 훗날의 근심거리가 될 것이 뻔했기 때문이다. 설령 유비를 오의 지배 아래 두더라도 그와 같은 큰 인재가 유비의 곁에 있는 한 오의 지배에서 언젠가 벗어나고 말 것이다.

그때가 되면 공명이 지금 오의 내정을 보고 있는 것이 모두 오에게 불리하게 작용할 것이다. 어떤 수단을 쓰더라도, 어떤 희생을 치르더라도 지금 공명의 숨통을 끊어놓지 않으면 안 된다.

"……그래. 그게 최선이야!"

주유가 혼잣말로 크게 중얼거리자 노숙이 이상히 여기며 물었다.

"도독, 그게 최선이라니 무슨 말씀입니까?"

주유는 웃으며 말했다.

"뻔하지 않소? 공명을 죽이는 일 말이오. 절대로 그를 살려둘 수 없다는 신념을 굳혔소."

"이유도 없이 그를 죽이면 사람들의 비난을 살 것입니다. 오나라는 신의 없는 나라라고 비난받는다면 어떻게 할 생각입니까?"

"아니, 개인적인 원한으로 죽이는 것은 안 될 일이지요. 그러나 공도公道를 따라 공공연히 죽이는 방법이 없지도 않을 것이오."

며칠 후 군사 회의가 열렸다.

오의 장수들은 물론 공명도 자리에 참석했다. 미리 생각한 것이 있는 주유는 회의 끝에 불쑥 공명을 돌아보며 물었다.

"선생, 수상전에 사용하는 무기로는 무엇을 가장 많이 준비해야 할까요?"

"장래에는 특수한 무기가 많이 발명될지도 모릅니다만, 지금은 역시 노궁弩弓보다 좋은 무기는 없을 것입니다."

공명의 대답에 주유는 과연 그렇다는 듯이 고개를 끄덕여 보이며 말했다.

"옛날 주나라 태공망은 진중에 장인을 두고 많은 무기를 만들게 했다고 들었소만, 선생도 오를 위해 10만 개의 화살을 만들어주지

575

삼국지

않겠소? 물론 대장장이, 화살대 만드는 자, 칠장이 등 장인들은 얼마든지 써도 좋소."

"지금 진중에 화살이 그렇게 부족합니까?"

"수상전에 들어가면 지금 비축해놓은 화살은 눈 깜빡할 사이에 바닥날 것이오."

"좋습니다. 만들어드리지요."

"열흘 안에 가능하겠소?"

"열흘이요?"

"무리인 줄은 압니다만."

"아니, 내일 일을 알 수 없는 전쟁 중에 열흘이라는 긴 시간을 두었다가는 그사이에 무슨 일이 생길지 모릅니다. 사흘 안에 10만 개의 화살을 만들어드리지요."

"뭐요, 사흘 안에?"

"그렇습니다."

"진중에 거짓말은 없소. 설마 농담은 아니겠지요?"

"어찌 이런 일에 농담을 하겠습니까?"

사람들이 모두 돌아간 후에 노숙은 조용히 주유에게 말했다.

"아무래도 이상합니다. 공명이 오늘 한 말은 마음에도 없는 거짓이 아닐까요?"

"여러 사람 앞에서 거짓을 말했을 리 없소."

"그래도 사흘 동안 10만 개의 화살을 만들 수는 없지 않습니까?"

"자신의 재주를 과신한 나머지 그만 큰소리를 치고 만 것이오.

스스로 목숨을 오에 바치는 격이지."

"생각건대 하구로 도망치려는 속셈이 아닐까요?"

"아무리 목숨이 아까워도 공명 같은 자가 비웃음을 남기고 추하게 도망가지는 않을 것이오……. 하지만 혹시 모르니 공명의 배에 가서 넌지시 그의 기색을 살피고 오시오."

다음 날 아침 노숙은 일찌감치 일어나 공명의 배를 찾아갔다.

공명은 밖에서 강물에 세수를 하고 있다가 노숙을 보더니 안녕히 주무셨느냐며 기분 좋게 인사하고 버드나무 아래에 있는 돌에 걸터앉았다.

"어제는 사나운 꼴을 당했습니다. 노형, 너무하셨습니다."

공명은 평소보다 더 온화해 보였다.

노숙도 일부러 밝은 목소리로 말했다.

"무슨 말씀입니까? 제가 너무했다니요?"

"제가 그렇게 신신당부했건만 곧장 주 도독에게 달려가 저의 의중을 모두 말하지 않았습니까? 때문에 주 도독이 저를 그냥 두어서는 안 될 사내라고 생각하고 사흘 동안 10만 개의 화살을 만들라는 난제難題를 내린 것입니다. 만약 만들지 못한다면 군법에 따라 반드시 극형에 처해지겠지요. 뭐든지 좋으니 저를 좀 도와주십시오."

"무슨 말씀을 하시는 겁니까? 도독이 처음에 열흘 이내라고 한 것을 선생이 사흘 안에 만들어 보이겠다고 스스로 화를 자초하지 않았습니까? 지금은 저로서도 어쩔 수 없습니다."

"아니, 도독에게 약속을 취소해주십사고 주선해달라는 것이 아닙니다. 노형의 휘하에 있는 사졸 500~600명 정도와 배 20여 척을 잠시 저에게 빌려주셨으면 합니다만."

"그걸로 어떻게 하실 생각이오?"

"각각의 배에 병사들을 20~30명씩 태우고 선체는 모두 푸른색 천과 짚단으로 덮고 이 강기슭에 준비해주시면 사흘 안에 반드시 10만 개의 화살을 만들어 주 도독의 본진까지 가지고 가겠습니다. 단, 이 일도 절대 주 도독에게는 비밀로 해주십시오. 도독께서 허락하지 않을지도 모르니까요."

노숙은 돌아가서 또 사실대로 주유에게 고했다. 공명의 말이 너무 기괴했기 때문에 공명이 대체 무슨 생각을 하고 있는지 주유의 의견을 들어보고 싶은 마음도 있었기 때문이다.

"……모르겠군."

주유도 고개를 갸우뚱하며 생각에 잠겨 있을 뿐이었다. 이렇게 되자 두 사람 모두 공명이 무슨 생각으로 그런 해괴한 요구를 하는지 해달라는 대로 해주고 싶은 마음도 들었다.

"어떻게 할까요?"

"해달라는 대로 해주고 지켜보는 것이 어떻겠소? 충분히 경계할 필요는 있겠지만."

"그럼, 어쨌든 배 20척과 병사들을 빌려줄까요?"

"음…… 하지만 방심은 금물이오."

"잘 알겠습니다."

이틀이 지나고 사흘째 되는 날 밤이었다. 그때까지 20척의 병선은 공명이 말한 대로 짚과 천으로 완전히 위장하고 각각의 배에 병사 서른 명씩 태운 후 하는 일 없이 강기슭에서 대기하고 있었다.

"선생, 기한이 오늘 밤까지가 아닌가요?"

노숙이 상황을 보러 와서 묻자 공명은 기다리고 있었다는 듯이
대답했다.

　　"그렇습니다. 오늘 밤까지입니다. 귀찮겠지만 노형도 함께 가시
지 않겠습니까?"

　　"어디를 말입니까?"

　　"강북의 강기슭에."

　　"뭐 하려요?"

　　"화살 사냥을 가는 것입니다. 화살 사냥을……."

　　공명은 웃으며 의아해하는 노숙의 손을 잡고 배 안으로 이끌었다.

복면을 쓴 선단

||| 一 |||

밤안개가 짙게 끼어 있었다. 20여 척의 병선은 각각 밧줄과 밧줄을 서로 길게 연결하고 천천히 북쪽으로 거슬러 올라가고 있었다.

"전혀 모르겠습니다."

"무엇을 말입니까?"

"이 선단의 목적과 선생의 생각 말입니다."

"하하하, 이제 곧 저절로 알게 될 것입니다."

선두의 배 한 척에는 공명과 노숙이 희미한 등불 아래에서 술잔을 주고받고 있었다.

약간의 불빛도 새어나가지 않도록 선창과 입구에 장막을 쳐놓았으나, 때때로 철썩하고 선체를 치는 파도에 등불도 흔들리고 술잔의 술도 흔들렸다.

"이건 마치 복면을 쓴 배 같군요. 20여 척 모두 짚과 천으로 구석구석까지 선체를 덮어씌웠으니까요."

"복면을 쓴 배라. 음, 복면 배라니 재미있는 표현이군요."

"이 배로 도대체 뭘 할 생각입니까?"

노숙은 궁금한 마음에 자꾸만 물었으나 공명은 그저 "이 짙은 밤안개가 걷히면 알게 될 것입니다. 걱정하지 마십시오."라고만 대답할 뿐 술을 마시며 혼자 즐기고 있는 듯 보였다.

그러나 노숙은 안절부절못하고 있었다. 밧줄로 연결해 북진하는 배는 쉼 없이 강을 거슬러 올라갈 뿐이었다.

'혹시 이대로 20여 척의 군선과 병사들, 그리고 날 선물로 삼아 하구까지 갈 속셈은 아니겠지?'

노숙은 공명의 마음을 의심하며 전혀 마음을 놓을 수 없었다.

그날 밤의 안개는 남쪽 강기슭인 삼강 지역뿐만 아니라 강북 일대에도 짙게 끼어 진영마다 피워놓은 화톳불조차 흐릿하게 보일 지경이었다.

"이런 밤이야말로 방심해서는 안 된다. 각 진영은 철통같이 경계를 서도록 하라."

조조는 초저녁부터 강기슭 경비에 대해 부쩍 신경을 썼다.

그는 시종 '오군吳軍은 수상전에 익숙하다. 그에 비해 우리 위군魏軍은 훈련이 부족하다.'라고 생각하며 오군을 경계하고 있었다.

적보다 수십 배 많은 병력을 가지고 있으면서도 교만하지 않고 경계심을 늦추지 않는 점은 과연 조조다웠다. 그는 교만에 의해 멸망한 많은 전례를 보았기 때문에 그런 전철을 밟지 않겠다고 항상 주의하고 있었다.

그래서 그날 밤도 부하들을 독려했을 뿐만 아니라 자신도 한밤중까지 자지 않았다.

그런데 예상한 대로 사경四更(01시~03시)에 가까울 무렵 수채 근처에서 함성이 들렸다.

"앗!"

그와 함께 자지 않고 번을 서던 서황과 장료 두 장수가 즉시 본진에서 상황을 살피러 달려가 보니 오의 선단이 밤안개를 뚫고 수채로 다가오고 있었다. 이에 장료와 서황은 놀라서 급히 조조에게 알렸다.

"오군의 야습입니다."

이미 예상하고 있던 일이라 조조는 직접 말을 타고 강기슭의 진지로 가서 장료와 서황에게 명을 내렸다.

"즉시 3,000명의 노궁대弩弓隊를 셋으로 나누어 물 위의 방벽과 망루에 배치하고 일제히 화살을 쏘아라."

||| 二 |||

울부짖는 파도와 화살 날아가는 소리에 날이 밝았다. 짙은 안개의 한편에 붉게 아침 햇살이 비쳐올 무렵 강 위에 있던 괴선단은 이미 조조의 진영에서 보이지 않았다.

"조 승상, 간밤의 호의에 감사하오. 선물로 주신 화살은 이제 충분하오. 그럼!"

공명은 강을 따라 내려가는 선상에서 위군의 수채를 돌아보며 말했다.

그를 태운 배를 선두로 하여 20여 척의 배는 선체에 온통 화살을 맞았는데 화살이 꽂힌 채 그대로 강을 따라 내려갔다.

두꺼운 짚과 천으로 덮인 배의 가운데와 윗부분에는 거의 선체가 보이지 않을 정도로 적군의 화살이 꽂혀 있었다.

"당했다!"

나중에 조조도 알아채고 작고 날랜 배를 있는 대로 보내 추격하게 했지만, 공명은 즉시 간밤에 획득한 화살을 쏘아 물리쳤다. 게다가 물살이 세고 순풍을 받아 공명의 배가 20여 리나 앞서가는 바람에 허무하게 놓치고 말았다.

"어떻습니까? 노형, 이 많은 화살을 셀 수 있겠습니까?"

공명이 노숙에게 물었다. 노숙은 어젯밤부터 공명의 지모智謀를 알아채고 그 신산귀모神算鬼謨에 그저 혀를 내두르며 감탄할 뿐이었다.

"도저히 못 세겠습니다. 선생께서 사흘 안에 10만 개의 화살을 만들겠다고 약속한 것이 바로 이것이었습니까?"

"그렇습니다. 장인들을 모아 이만큼의 화살을 만들려면 열흘이라도 어려웠을 것입니다. 왜냐하면 주 도독이 장인들이 일을 못 하도록 일부러 방해했을 것이기 때문입니다. 도독의 목적은 화살을 얻는 것보다는 저의 목숨을 취하는 데 있었으니까요."

"아, 거기까지 알고 계셨군요."

"짐승조차 죽이려고 손을 뻗으면 미리 알아채고 도망치지 않습니까? 하물며 만물의 영장인 인간이 자신의 생명이 달린 일에 어찌 무감각하게 있을 수 있겠습니까?"

"참으로 탄복했습니다. 그런데 간밤에 안개가 낄 것은 어떻게 미리 알고 계셨습니까? 아니면 우연의 일치입니까?"

"모름지기 장수 된 자가 천문에 정통하고 지리에 밝으며 군대의 기문奇門(점술가들이 길흉을 점치는 방법의 하나)을 모르고서는 소위 장수의 그릇이라 할 수 없을 것입니다. 운무雲霧의 증발 정도는 대지의 기온과 구름의 움직임, 풍속을 아울러 생각한다면 어부같이 무지한 사람조차 예측할 수 있을 것입니다. 사흘 안이라고 주 도독에게 약속한 것도 그러한 기상에 대한 예감이 있었기 때문입니다. 만약 주 도독이 심술궂게 이 일을 이레 전이나 열흘 전에 명령했다면 저도 조금은 곤란했을 것입니다."

공명은 다른 사람 이야기를 하듯이 덤덤하게 말하며 지모를 뽐내는 모습은 전혀 보이지 않았다.

단지 오늘 아침의 구름과 안개를 뚫고 중천으로 힘차게 떠오르는 아침 햇살에 비친 공명의 얼굴은 그 어느 때보다 만족스러워 보였다.

이윽고 모든 배가 무사히 오군의 북쪽 강기슭에 도착했다. 병사들에게 배에 꽂힌 화살을 뽑게 해서 세어보니 배 한 척당 약 6,000~7,000개의 화살이 꽂혀 있었다. 총합이 10여만 개에 이르렀다.

뽑은 화살을 하나하나 살펴 화살촉이 무뎌진 것, 화살대가 부러진 것은 제외하고 바로 사용할 수 있는 것들만 모아 다발로 묶어 10만 개의 화살을 산처럼 쌓았다.

||| 三 |||

노숙이 하는 말을 주유는 조금 전부터 고개를 숙인 채 아무 말 없이 듣고 있다가 이윽고 고개를 들더니 탄식했다.

"아아……."

그는 얼굴에 부끄러워하는 빛을 역력히 드러내며 말했다.

"내가 잘못했구나. 그만 소아小我에 사로잡혀서 공명의 지모를 시기하며 그를 해칠 생각만 하고 있었어. 그의 신기명찰神機明察은 도저히 따라갈 수가 없구나!"

주유 역시 인걸人傑이었다. 자신을 돌아보고 잘못을 뉘우친 후 노숙에게 공명을 모셔오라 했다.

얼마 후 공명이 왔다는 말을 듣고 주유는 직접 원문轅門에 나가 맞이하며 정중하게 스승의 예를 갖추고 상좌를 권했다. 이에 공명은 수상히 여기며 물었다.

"도독, 오늘의 과분한 친절은 무슨 이유에서입니까?"

주유는 솔직히 대답했다.

"솔직히 말하겠소. 나는 이미 선생에게 손을 들었소. 부디 지금까지의 무례를 용서해주시오. 또 노숙에게 적지에 들어가 적의 화살 10만 개를 멋지게 획득해왔다고 들었소. 하늘의 묘책에 그저 경탄할 뿐이오."

"하하하하, 속임수에 가까운 그 정도의 계책을 어찌 기묘하다고 할 수 있겠습니까? 큰 인물이 할 일이 아닙니다. 그저 부끄러울 따름입니다."

"기분 좋으라고 하는 말이 아니오. 손자와 오자도 경의 신묘한 계책을 봤다면 아마 울고 갔을 것이오. 오늘은 사죄의 뜻으로 같이 한잔하고 싶어서 불렀습니다. 부디 노숙과 나에게 기탄없이 가르침을 주시오."

주연 자리로 자리를 옮겼는데 술잔을 나누면서도 주유는 거듭해서 말했다.

"실은 어제 주군에게서 사자가 왔었소. 그가 '하루라도 빨리 조조를 토벌해야 하는데 많은 배만 준비해놓고 뭘 하고 있느냐.'는 질타의 말을 전하더군요. 하지만 부족한 나에게는 아직 필승의 계책도 없고 확실한 전법도 서 있지 않소. 부끄럽소만 조조의 견고한 진영과 그 엄청난 병력을 눈앞에서 보니 전혀 어찌할 바를 모르겠소. 부디 대적을 물리칠 수 있는 방법이 있다면 가르쳐주시오. 이렇게 머리 숙여 부탁드리겠소."

"무슨 말씀이십니까? 도독은 강동의 호걸입니다. 변변찮은 제가 무엇을 가르쳐드릴 수 있겠습니까? 주제넘습니다. 좋은 계책 같은 것은 있을 리도 없습니다."

"지나치게 겸손하시군요. 그렇게 말씀하시지 말고 부디 흉금을 터놓고 말씀해주십시오. 얼마 전에 노숙과 함께 어둠을 틈타 은밀히 강을 거슬러 올라가 북쪽 기슭에 있는 적진을 둘러보니 수륙이 잘 연결되어 있고 병선의 배열, 수채의 구축 등도 실로 훌륭하였소. 그래서는 쉽게 접근하기 어려울 것 같더군요. 그날 이후 조조군의 진영을 깨뜨릴 궁리를 하고 있으나 아직 이렇다 할 계책을 생각해내지 못했소."

"……잠시 말씀을 멈추어주시지요."

공명은 주유의 말을 제지한 후 한동안 묵묵히 생각에 잠겨 있다가 이윽고 입을 열었다.

"실행한다면 성공할 수 있는 계책이 하나 있습니다만, 도독께서도 전혀 계책이 없는 것은 아니겠지요?"

"나에게도 최후의 계책이 없는 것은 아니오만……."

"두 사람이 각자 손바닥에 적어서 도독의 생각과 저의 생각이 일치하는지 그렇지 않은지 비교해보는 것은 어떨까요?"

"그거 재미있겠군요."

즉시 벼루를 가져오게 하여 서로 붓을 들고 손바닥에 무언가를 적은 후 주먹과 주먹을 내밀었다.

"자, 그럼 동시에."

공명은 그렇게 말하며 손바닥을 폈다. 주유도 동시에 손바닥을 폈다.

공명의 손바닥에는 화火라는 한 글자가 쓰여 있었고, 주유의 손바닥에도 화火라는 글자가 쓰여 있었다.

"오오, 부절(나무 조각, 대나무 조각, 종잇조각 등에 글을 써서 중앙에 도장을 찍고 이것을 둘로 나눈 것. 하나를 상대에게 주고 나머지 하나는 지니고 있다가 훗날 맞춰서 증표로 삼음)을 맞춘 듯하군요."

두 사람은 껄껄 웃었다. 노숙도 술잔을 들어 두 영웅의 일치된 의견을 축하했다. 다른 사람에게는 절대 말하지 않기로 맹세하고 그날 밤은 헤어졌다.

바람을 부르는 지팡이

||| 一 |||

위군의 강북 진지는 사기가 땅에 떨어진 채 반등의 기미가 보이지 않았다.

공명의 계책에 걸려 10여만 개의 화살을 쓸데없이 쏘아댄 탓에 적이 쾌재를 불렀다는 불쾌한 사실을 알았기 때문이다.

"오에는 지금 공명이 있고 주유도 무시할 수 없는 명장. 특히 적의 내정을 알 길이 없습니다. 아군 중에서 선발하여 오군 속에 매복의 독을 먹이는 것이 어떻겠습니까?"

모사 순유는 고심 끝에 이런 계책을 조조에게 권했다.

'매복의 독을 먹인다.'는 말의 의미는 요컨대 단것으로 감싼 맹독을 삼키게 하여 적의 내부에서부터 적을 무너뜨린다는 것이다.

"그것은 최상의 계책이나 병법 중에서도 가장 어렵다는 모략이 아닌가? 가장 먼저 할 일이 사람을 선발하는 일인데, 좋은 적임자라도 있는가?"

조조의 말에 순유는 생각을 털어놓았다.

"얼마 전에 승상께서 처벌한 채모의 조카 중에 채화蔡和와 채중蔡仲이라는 자들이 있습니다. 숙부 채모가 처벌되었기 때문에 지금 근신 중에 있습니다만."

"오오, 분명 나를 원망하고 있겠군."

"그렇습니다. 당연히 누구나 그렇게 생각하고 있는 점이야말로 이번 계책이 노리는 것이고, 또 중요한 역할을 할 것입니다."

"그렇다면 채화와 채중 두 사람을 오에 첩자로 심자는 말인가?"

"그렇습니다. 우선 승상께서 두 사람을 불러 그들의 마음을 잘 다독이고 임무를 수행할 시 얻게 될 이익과 영달을 약속하며 격려한 후 강남으로 보내서 위군에 거짓으로 투항하게 하는 것입니다. 적은 분명 믿을 것입니다. 승상께 죽임을 당한 채모의 조카들이니까요."

"하지만 오히려 이것을 좋은 기회로 삼아 정말로 오에 투항하여 아군을 불리하게 할 수도 있지 않겠나? 나를 숙부의 원수라고 원망하면서."

"괜찮을 것입니다. 형주에는 채화와 채중의 처자식이 남아 있습니다. 그런데 어찌 승상을 배신할 수 있겠습니까?"

"아, 그렇군."

조조는 수긍하고 순유에게 일을 맡겼다. 다음 날 순유는 근신 중인 두 사람을 찾아가 우선 사면의 명을 전하고 은혜를 베푼 뒤 두 사람을 데리고 조조 앞으로 갔다.

조조는 두 사람에게 술을 권하며 위로하고는 계획에 대해 이야기했다.

"어떤가? 숙부의 오명을 씻을 각오로 큰 공을 한번 세워보지 않겠나?"

"하겠습니다."

"기꺼이 명을 받들겠습니다."

두 사람 모두 대단한 의욕을 보였다. 조조는 만족하여 이 일이 성공하면 은상을 내리는 것은 물론 오랫동안 공신으로 중용할 것을 약속했다.

"안심하십시오. 반드시 주유와 공명의 목을 선물로 가지고 오겠습니다."

채 형제는 이렇게 큰소리친 후 다음 날 출발했다. 물론 진영을 탈주한 것처럼 꾸밀 필요가 있었기 때문에 수 척의 배에 부하 병사 500명가량을 태우고 물건은 아무것도 싣지 않은 채 간신히 탈주해온 것처럼 보이게 했다.

바람을 받은 돛은 몇 척의 배를 오의 북쪽 기슭으로 데리고 갔다. 마침 오의 대도독 주유는 군중을 순찰 중이었는데 지금 적진에서 두 사람의 장수가 병사 500명을 데리고 투항했다는 말을 듣자 만면에 희색이 돌며 말했다.

"즉시 데리고 오라."

주유가 진중에서 기다리고 있는데 이윽고 채화와 채중이 엄중한 호위를 받으며 끌려왔다. 주유가 두 사람에게 물었다.

"너희들은 어째서 조조의 진영을 탈주하여 우리 오에 항복했느냐? 무인에게는 어울리지 않는 부덕한 행동이 아닌가?"

‖‖ 二 ‖‖

두 사람은 힘없이 고개를 숙인 채 눈물을 흘리며 대답했다.

"우리 두 사람은 조조에게 죽임을 당한 위의 수군 사령, 채모의 조카들입니다. 숙부 채모는 죄가 없는데도 처형당했습니다. 주공 조조의 처형이 부당하다고 말하면 이 또한 주공에게 반역하는 것이 되니 사람들은 눈살을 찌푸릴 것입니다. 아버지처럼 의지하던 숙부는 죽고 주공으로 섬기던 자는 저희를 미워하고 의심하여 있을 곳이 없기에 결국 강북에서 탈주한 것입니다. 부디 저희 두 사람을 받아주십시오. 목숨을 바쳐 충성을 다하겠습니다."

주유는 그 자리에서 수락했다.

"좋다. 오나라를 위해 목숨을 바칠 생각이라면 오늘부터 우리 진영에 머물도록 해라."

이렇게 말하고 그들을 감녕의 휘하에 두었다.

두 사람은 마음속으로 '일은 이미 이루어진 것이나 다름없다.'며 좋아했지만, 겉으로는 자못 풀이 죽은 듯한 모습으로 은혜에 감사하며 물러갔다.

노숙이 그들을 수상히 여기며 나중에 주유에게 물었다.

"도독, 괜찮을까요?"

주유는 득의양양하게 대답했다.

"충신으로 불리던 채모가 죄도 없이 처형되었는데 그의 육친 된 자들이 원망하지 않으려고 해도 원망하지 않고는 배길 수 없을 것이오. 조조를 떠나 우리에게 온 것은 생각건대 남풍이 불면 남쪽 강기슭에 물새가 모여드는 것과 같은 이치 아니겠소? 의심할 여지가 없소."

그는 그렇게 말하고 웃기만 할 뿐 더는 돌아볼 기미조차 없었다.

노숙은 그날 공명이 머무는 배를 찾아가 주유의 경솔한 조처를 탄식하며 말했다. 그러자 공명도 웃기만 할 뿐이었다. 왜 웃느냐고 노숙이 묻자 이렇게 대답했다.

"너무 쓸데없는 걱정을 하고 계시기에 그만 웃음이 나오고 말았습니다."

공명은 주유의 머릿속에 틀림없이 계책이 있을 것이라며 자신의 생각을 풀어서 들려주었다.

"채화와 채중의 항복은 명백한 속임수입니다. 왜냐하면 처자식을 강북에 남겨두었기 때문입니다. 주 도독도 그 점을 즉시 간파했음이 틀림없으나 서로 강을 사이에 두고 양군 모두 싸울 구실이 없는 차에 이것을 절호의 미끼로 여기고 일부러 그의 계책에 속은 척한 것입니다. 실은 이쪽의 계략에 이용하기 위해 뭔가를 계획하고 있을 것입니다."

"아아, 그렇군!"

"어떻습니까? 공께서 생각해도 웃고 싶어지지 않습니까?"

"아니, 웃을 수 없습니다. 어째서 저는 이다지도 사람의 마음을 읽는 데 둔한 걸까요? 오히려 제 자신이 부끄러울 따름입니다."

노숙은 깊이 깨닫고 돌아갔다.

그날 밤 오군 제일의 노장 황개가 선봉의 진에서 은밀히 본진을 찾아와 주유와 밀담을 나누고 있었다.

황개는 손견 이래 3대에 걸쳐 오나라에 충성을 다한 공신이다. 백설 같은 눈썹, 형형한 눈동자에서는 젊은이를 능가하는 무언가가 느껴졌다.

"늦은 밤 이렇게 찾아뵌 것은 걱정이 되어서입니다. 이렇게 대치 상태가 장기화되면 조조는 북쪽 기슭의 요새를 더욱더 견고히 하고 수군도 날마다 조련을 거듭하여 그의 군대는 점점 강해지기만 할 것이오. 그뿐만 아니라 그는 대군이지만 우리는 병력이 많지 않소. 적은 병사로 그를 토벌할 방법은 화계火計 외에는 병술이 없다고 생각하는데……. 주 도독, 불로 공격하는 방법은 어떻겠소? 화술火術의 계책 말이오."

"쉿."

주유는 노장老將의 격앙된 목소리를 제지하며 말했다.

"조용히 하십시오. 대체 누가 장군께 그런 계책을 가르쳐주었습니까?"

"누가 가르쳐주었냐고요? ……날 무시하는 소리는 마시오. 나만의 생각에서 나온 신념이니까."

"아아, 역시 장군의 생각과도 일치했군요. 그렇다면 솔직히 털어놓겠습니다만, 실은 항복한 채중과 채화 두 사람은 거짓으로 우리에게 투항해왔습니다. 그러나 그걸 알면서도 그들의 항복을 받아주었습니다. 적의 계략을 역이용하여 우리의 모략을 행하기 위해서입니다."

"음, 그거 묘책이군. 그런데 도독은 항복한 자들을 어떻게 이용하여 조조를 속일 생각이오?"

||| 三 |||

"그 기책을 쓰기 위해서는 우리 쪽에서도 조조의 진영에 거짓으로 항복할 사람을 보낼 필요가 있습니다. 그러나 분하게도 그럴 만한 사람이 없습니다. 적임자가 없어요."

주유가 탄식하자 황개가 조바심이 난 듯 몸을 앞으로 내밀며 질책하듯 말했다.

"어찌 없다는 것이오? 오나라를 세운 이래 3대에 걸쳐 그 정도도 도움이 되는 사람이 없다는 것은 주 도독이 사람 보는 눈이 없다는 것이오. 여기에 부족하지만 황개도 있지 않소?"

"네? ……그럼 장군께서 자진하여 그 어려운 일을 맡겠다는 말씀입니까?"

"국조國祖 손견 장군 이래로 과분할 정도로 큰 은혜를 입고 지금 3대째 주군을 섬기고 있는 이 늙은 몸, 나라를 위하는 일이라면 설령 참혹한 죽임을 당한다 할지라도 여한이 없소. 아니, 오히려 바라는 바요."

"장군에게 그런 용기가 있었다니 우리나라의 큰 행운입니다. 그렇다면……."

주유는 주위를 둘러보았다. 진중은 쥐 죽은 듯 고요하여 한 줄기 흔들리는 등불 외에는 사람의 그림자조차 없었다.

두 사람은 뭔가를 의논하더니 새벽에 헤어졌다. 주유는 잠깐 눈을 붙였다가 일어나서 즉시 중군에 나가 고수敲手에게 명해 사람들을 모았다.

공명도 와서 한쪽에 앉았다. 주유는 명령을 내렸다.

"머잖아 적을 향해 우리 오는 마침내 행동을 개시할 것이다. 각 부대와 장수들은 그렇게 알고 각 병선에 약 석 달 분의 군량을 실어두어라."

그때 앞쪽 부대에서 대장 황개가 앞으로 나와 말했다.

"쓸데없는 명령. 지금 몇 달 분의 군량을 준비하라고 하셨소?"

"석 달 분이라고 했는데 뭐가 잘못됐소?"

"석 달은커녕 서른 달 분의 병량을 싣는다 해도 쓸데없는 짓이오. 어찌 조조의 대군을 쳐부술 수 있겠소?"

주유는 버럭 성을 내며 말했다.

"아직 일전도 치르기 전에 불길한 소리를 하다니! 여봐라, 저 늙은이를 당장 포박하라!"

황개도 두 눈을 부릅뜨며 말했다.

"닥쳐라, 주유. 너는 평소 주군의 총애를 믿고 으스대더니 지금까지 변변한 계책도 없으면서 우리 3대를 섬겨온 숙장들과는 의논조차 제대로 하지 않았다. 필승의 가망도 없는 갑작스러운 명령에 어찌 고분고분 복종할 수 있겠는가. 쓸데없이 병사들만 상하게 할 뿐이다."

"말하게 놔두니까 함부로 혓바닥을 놀려 병사들의 마음을 미혹하는 괘씸한 늙은이. 맹세코 그 목을 쳐서 군율을 바로잡겠다. 어째서 저 늙은이가 입을 놀리도록 내버려두는 것이냐!"

"말을 삼가라, 주유. 너는 고작 선대先代 이래의 신하가 아니냐. 국조 이래 3대의 공신인 나를 포박할 수 있다면 어디 한번 포박해 보아라!"

"저놈을 당장 베어라!"

얼굴이 붉어진 주유는 염라대왕이 죽은 자를 가리키듯 황개를 손가락질하며 주위에 있는 자들에게 명했다.

"앗, 잠깐 멈추시오."

그때 감녕이 그 자리로 구르듯이 뛰어나와 황개를 대신해서 사죄했다. 그러나 황개도 가만히 있지 않았고, 주유의 화도 진정되지 않았다. 결국 감녕까지 그 자리에서 쫓겨났다.

"이런, 큰일이군."

다른 장수들도 지금은 모두 놀라 얼굴빛이 달라져서는 번갈아 중재에 나섰다. 어쨌거나 대도독 주유에게 맞선 것은 좋지 않다고 생각해서인지 저마다 이마를 땅에 대고 애원했다.

"국조 때부터 충성을 다한 나라의 공신인 데다가 나이도 있으니 부디 불쌍히 여겨주십시오."

주유는 여전히 어깨를 들썩이며 크게 숨을 쉬면서 말했다.

"장군들이 그렇게까지 애원하니 목숨만은 살려주겠소. 그러나 군법은 바로잡지 않으면 안 되는 법. 곤장 100대의 형에 처하고 진중에서의 근신을 명한다."

즉시 옥졸에게 곤장 100대를 치도록 명했다. 황개의 옷과 갑옷, 투구가 순식간에 벗겨지고 가차 없이 곤장을 치려는 옥졸과 그곳에 있는 많은 사람의 눈앞에 그의 늙고 여윈 육체가 고스란히 드러났다.

||| 四 |||

"쳐라, 어서 쳐. 인정사정 볼 것 없다. 머뭇거리는 자는 같은 벌에 처하겠다!"

분노에 떨며 사납게 날뛰는 주유의 귀에는 용서를 구하는 다른 장수들의 말 따위는 들리지 않는 듯했다.

"한 대요! 두 대요, 석 대요!"

옥졸은 황개의 좌우 양쪽에 서서 번갈아가며 곤장을 내려쳤다. 황개는 땅바닥에 엎드려 여섯 대까지는 이를 악물고 버텼으나 곧 비명을 지르며 튀어 올랐다.

"열 대요, 열한 대요⋯⋯."

그러나 그런 노장을 옥졸은 인정사정없이 계속해서 내려쳤다. 피가 흘러 하얀 수염을 물들였고, 살은 터지고 뼈까지 부러진 건 아닌가 싶었다.

"아흔 대요, 아흔한 대요……."

100대를 거의 다 때렸을 때는 곤장을 내려치는 옥졸들도 파김치가 되어 있었다. 물론 황개는 끊길 듯 말 듯 숨을 쉬며 이미 혼절한 뒤였다. 주유는 창백해져서 노려보고 있다가 툭 내뱉듯이 말했다.

"이제 깨달았는가!"

그러고는 그대로 병영 안으로 들어가 버렸다.

그 후에 장수들이 황개를 안아 일으켜서 그의 진영으로 옮겼는데 가는 도중에도 피는 멈추지 않았고, 깨어나서는 바로 혼절한 것이 몇 번인지 모를 정도였다. 평소 그와 친한 사람들과 오의 건국 이래 어지러운 세상을 다스리며 고락을 함께해온 노장들은 모두 눈물을 흘리며 안타까워했다.

이 소동이 끝나자 공명은 묵묵히 자신의 배로 돌아갔다. 그리고 혼자 배의 고물에 앉아 난간 아래로 흐르는 강물을 바라보며 깊은 생각에 잠겼다.

노숙은 그의 뒤를 따라온 듯 공명이 고물에 앉자마자 바로 앞에 나타나서는 말을 걸었다.

"아무래도 오늘 일만은 가슴이 아팠습니다. 주 도독은 군의 총사령관이고 황 장군은 오랜 선배. 간언하려 해도 저렇게 화를 내니 오히려 불에 기름을 붓는 격이 될 테고……. 그저 조마조마할 뿐이었습니다. 그러나 선생은 타국의 빈객賓客이고 얼마 전부터는 주 도독도 진심으로 존경을 표하고 있으니 만약 선생께서 황 장군을 위해 중재해주셨으면 어땠을까 하고 바랐습니다. 저뿐 아니라 다른 사람들도 그렇게 생각하고 있었던 듯합니다. 그런데도 선생은 시종 아무 말 없이 소매에 손을 넣고 앉아 결국 한 마디 조언도 하지 않고 그저 구경만 하셨습니다. 무슨 깊은 생각이라도 있었던 것입니까?"

"하하하하, 그보다 먼저 묻고 싶은 것은 귀공이야말로 어째서 이 공명을 속이려 하십니까?"

"네? 무슨 말씀이십니까? 선생을 오나라에 모셔온 이래 저는 아직 선생을 속인 적이 단 한 번도 없다고 생각합니다만."

"그렇다면 귀공은 아직 병법의 고육지계를 모르는 듯하군요. 주 도독이 오늘 분노하여 황 장군에게 곤장 100대의 형벌에 처해 진중의 내분을 밖으로 드러낸 것은 모두 조조를 속이기 위한 계책입니다. 그러한데 어찌 제가 간언하겠습니까?"

"네? 그러면 그것도 계책입니까?"

"명백한 계책입니다. 그런데 노형, 제가 그렇게 말했다고 주 도독에게 절대 말해서는 안 됩니다. 혹시 물어봐도 말이죠."

"……알겠습니다. 그럼."

노숙은 모골이 송연해졌다. 그래도 여전히 반신반의하는 마음으로 그날 밤 은밀히 주유와 이야기를 나눌 때 주유가 먼저 말을 꺼냈기에 사실인지 아닌지 알아보고자 했다.

"노숙, 오늘 일을 진중의 사람들은 어떻게 생각하고 있소?"

"도독이 그렇게 화내는 것을 좀처럼 본 적이 없는 터라 모두 무서워서 벌벌 떨고 있습니다."

"공명은? 뭐라고 말했습니까?"

"도독이 박정한 처사를 했다고 가슴 아파하고 있었습니다."

"그렇군. 공명도 그렇게 말했단 말인가."

그는 손뼉을 치며 말을 이었다.

"처음으로 공명을 속일 수 있었소. 공명이 그렇게 믿을 정도라면 이번의 내 계책은 반드시 성공할 것이오. 아니, 이미 계책이 들어맞았다고 해도 되겠지."

주유는 회심의 미소를 지으며 비로소 노숙에게 마음속의 비밀을 털어놓았다.

늙은 어부

황개는 지난 네댓새 동안 진중의 침상에 누운 채 죽을 먹으며 밤낮으로 신음했다.

"참으로 과한 처분을 받았습니다."

장수들이 번갈아가며 그를 문안하러 왔다.

어떤 자는 함께 슬퍼하고 어떤 자는 함께 아파했으며 또 어떤 자는 주유의 무정함에 대해 원망하기도 했다.

평소 친한 참모관 감택闞澤도 병문안을 왔다가 그의 모습을 보고 남몰래 눈물을 흘렸다. 황개는 머리맡에 있는 사람들을 물리고 무리해서 몸을 일으킨 후 말했다.

"잘 와주었네. 누가 온 것보다 기쁘군."

감택은 딱하다는 듯이 물었다.

"장군은 전에 혹시 주 도독에게 무슨 원한이라도 산 일이 있습니까?"

황개는 고개를 옆으로 저었다.

"아무것도 없네……. 원한 따위 아무것도 없어."

"그렇다면 이번 일은 너무도 불합리한 처분이 아닙니까? 옆에서 보기에도 의심이 들 만큼…… 너무 가혹했습니다."

"아니, 자네 외에는 진실을 말할 사람이 없네. 그래서 오기만을 기다렸어."

"장군, 그럼 사람들 앞에서 그렇게 심한 모욕을 당한 것이 혹시 고육지계였습니까?"

"쉿…… 조용히 하게. 그런데 그걸 어떻게 알았나?"

"주 도독의 표정도 그렇고 그 가혹하기 짝이 없는 처벌도 그렇고 너무 도가 지나치다고 생각했습니다. 평소의 장군과 도독의 친분을 생각해서 실은 9할은 확신하고 있었습니다."

"음, 과연 감택이군. 잘 보았네. 지금 말한 그대로야. 불초, 오를 섬긴 이래 3대에 걸쳐 은혜를 입었기에 지금 이 늙은 몸을 바쳐도 전혀 아깝지 않네. 하여 자진해서 계책을 세운 것인데 우선 아군을 속이기 위해 일부러 곤장 100대를 맞은 것이네. 이런 고통도 나라를 생각하면 아무것도 아니지."

"과연 그랬군요. 그런데 그렇게까지 마음먹고 준비한 비책을 이 감택에게만 털어놓은 것은 이 감택을 장군의 심복으로 삼아 조조에게 사자로 보내기 위함이 아닙니까?"

"그렇네. 자네가 짐작한 대로야. 자네 외에 누구에게 이 대사를 털어놓고 더욱이 사자를 부탁할 수 있겠나?"

"잘 털어놓으셨습니다. 저를 알아주시니 감사할 따름입니다."

"그렇다면 가주겠나?"

"대장부가 한번 신임을 얻고 어찌 자기를 알아주는 사람을 외면하겠습니까? 세상에 나와 군주를 섬기면서 검을 차고 풍운에 임하며 하나의 공도 세우지 못하고 죽을 정도라면 살아도 사는 보람이 없습니다. 하물며 노장군조차 목숨을 던져 계책을 도모하고 계시는데 어찌 제가 목숨을 아까워하겠습니까?"

"고맙네."

황개는 그의 손을 잡고 자신의 이마에 대며 눈물을 흘렸다.

"일을 미루면 기회를 놓칠 우려가 있습니다. 장군, 그렇게 정해졌으면 즉시 조조에게 서찰을 쓰십시오. 제가 무슨 일이 있어도 그것을 전하겠습니다."

"오오, 서찰은 이미 남몰래 써서 여기에 숨겨놓았네."

베개 아래에서 봉해진 두툼한 편지 한 통을 꺼내 건넸다. 감택은 그것을 받아 들고 아무렇지 않은 듯 작별 인사를 하고 나왔다. 밤이 되자 그는 오군 진영에서 어느새 자취를 감추고 없었다.

그로부터 며칠이 지난 어느 날, 위군의 수채 근처에서 홀로 낚싯줄을 늘어뜨리고 있는 늙은 어부가 있었다.

유유하게 천리를 흐르는 강에서 고기를 잡으며 강기슭에 사는 어부들이나 주민들은 이미 오랜 전쟁에는 익숙해져서 전투가 벌어지지 않는 날에는 한가로이 그물을 치고 낚싯줄을 늘어뜨리고 있었다.

그러나 최근 매우 신경이 날카로워져 있는 조조의 경비병은 늙은 어부가 수채와 너무 가까운 곳에서 낚시를 하고 있었기 때문에 수상한 늙은이라고 생각했는지 즉시 빠른 배를 타고 와서는 다짜고짜 포박해서 그대로 육지로 끌고 갔다.

╫ 二 ╫

군청軍廳의 한 방에서 근신들은 불을 밝히고 조조는 침실에서 나와 한밤중인데도 엄숙한 표정으로 기다리고 있었다.

"오의 참모관 감택이 늙은 어부로 변장하고 무슨 일인지 조 승상을 만나 뵙고 직접 말씀드릴 것이 있다고 합니다."

이런 놀라운 소식에 지금 막 조조는 잠에서 깬 것이다.

보고에 따르면 수채의 경비병에게 잡힌 늙은 어부는 진중으로 끌려오자 "나는 오군 참모 감택이다."라고 즉시 자신의 신분을 밝혔다고 한다.

잠시 후 초라한 차림의 늙은 어부가 부장들에게 둘러싸여 조조 앞으로 끌려왔다. 그러나 과연 범상치 않은 인물, 단정하게 계단 아래에 자리잡더니 주위의 위압적인 분위기에도 전혀 흔들리는 기색을 보이지 않았다.

조조는 엄숙하게 말했다.

"너는 적국의 참모관이라고 들었는데 무슨 꿍꿍이로 나의 진영에 온 것인가?"

"......"

감택은 말없이 바라보고 있다가 이윽고 "후후후후." 하고 웃음을 터뜨렸다.

"막상 만나고 보니 듣던 것과는 영 딴판이군. 조 승상은 현인을 사랑하고 인재 구하기를 가뭄에 비를 바라는 것과 같다는 세평을 들었건만…… 어허…… 이래서는 가망이 없겠어. 아아, 황개도 사람 보는 눈이 없구나! 이런 시시한 인물을 흠모하여 터무니없는 일을 저지르고 말다니."

그는 혼자 탄식하듯이 중얼거렸다.

조조는 눈살을 찌푸렸다. 이상한 말을 하는 놈이라고 수상히 여긴 것이다. 화내는 기색도 없이 불쑥 말했다.

"적국의 참모라는 자가 단신으로 게다가 어부로 위장하고 이곳에 온 이상 그 진의를 묻는 것은 당연한 일. 어째서 거기에 대해서 확실히 대답하지 않는가?"

"승상! 목숨을 걸지 않고서는 이곳에 오는 것은 불가능하오. 그러한데 무슨 꿍꿍이로 왔냐는 둥 죽음을 각오하고 온 자에게 야유하듯 말하니 맥이 빠져서 그만 탄식하고 말았소."

"오를 멸하는 것이 내 평생의 바람이다. 그 목적에 부합되는 것이라면 무례를 사죄하고 삼가 너의 말을 듣겠다."

"승상께는 하늘이 내리신 기회이니 잘 들으시오. 오의 황개, 자는 공복, 즉 삼강 진영의 선봉대장을 겸한 오군의 군량총사軍糧總司인 그는 3대에 걸쳐 오를 섬겨왔고 충절의 공신인 것은 세상이 다 아는 사실이오. 그러한데 불과 며칠 전 주 도독에게 거역했다는 이유로 여러 사람이 보는 앞에서 심하게 모욕을 당했을 뿐만 아니라 노령인 그에게 곤장 100대의 형을 내려 살이 터지고 피투성이가 되어 기절하고 말았소. 사람들은 얼굴을 돌리고 속으로 도독의 무자비함을 원망하고 있소. 나와 황개는 오래전부터 형제 같은 사이인지라 병상에서 신음하며 은밀히 서찰 한 통을 써서 승상에게 전하라고 나에게 부탁했소. 이는 물론 골수에 사무친 원한을 풀기 위한 것이오. 운 좋게도 황개는 무기와 군량을 담당하는 자리에 있으므로 승상께서 허락하시면 며칠 안으로 오의 진영을 탈출하여 오의 군량과 무기 등을 배에 실을 수 있을 만큼 싣고 조조군에 투항해올 것이오."

조조는 눈을 크게 뜨고 시종 귀 기울여 듣고 있다가 말했다.

"흠…… 그렇다면 황개의 서신을 가지고 왔는가?"

"숨겨서 가지고 왔소."

"어쨌거나 우선 보겠다."

"……여기."

감택이 근신의 손에 편지를 건네자 근신이 조조의 책상에 놓았다.

조조는 책상 위에 펴서 열 번 정도를 읽더니 주먹으로 책상을 치며 말했다.

"참으로 어리석구나. 이 정도의 고육지계에 어찌 이 조조가 속겠는가? 명백한 모략이다. 여봐라! 저 벌레 같은 더러운 늙은이를 영 밖으로 끌어내서 목을 쳐라."

그러더니 황개의 편지를 갈기갈기 찢어버렸다.

||| 三 |||

감택은 태연자약하게 조금도 동요하지 않았을 뿐 아니라 오히려 소리 높여 웃었다.

"아하하하, 참으로 소심하구나. 이 목을 원한다면 언제든지 줄수 있다만 알고 보니 심하게 과장된 자로다. 소문으로 듣던 위의 조조가 이렇게 소인배인 줄은 생각지도 못했다."

"닥쳐라. 이런 어린아이 장난 같은 모계를 가지고 나를 속이려하기에 네놈의 목을 베어 우리 군의 위엄을 떨치려는 것이 총수의 임무이거늘 네놈이야말로 무엇이 우스운 것이냐!"

"아니, 그것 때문에 웃은 것이 아니다. 황개가 조조라는 인물을 너무 높이 평가하고 있기에 그것이 가여서 웃은 것이다."

"쓸데없는 소리는 집어치워라. 나도 어릴 때부터 병서를 읽어 손자와 오자의 진수를 책에서 찾았다. 다른 사람이라면 몰라도 이 조조가 어찌 너나 황개 같은 자의 음모에 놀아나겠느냐?"

"정말 우습군. 아니, 가소롭기 짝이 없구나. 형설지공으로 학문에 매진하여 젊은 시절부터 병서를 즐겨 읽은 자가 어찌 이 감택이 가지고 온 서신에 대해서 한눈에 진실인지 거짓인지도 파악하지 못한단 말인가. 이 세상에서 이 정도로 어리석은 자는 없을 것이다."

"그럼, 저승길의 선물로 황개의 서신이 속임수라는 사실을 간파한 이유를 알려주마. 잘 들도록 해라. 서신에 황개가 말했듯이 진심으로서 항복하는 것이라면 반드시 항복하러 올 날짜를 명확하게 약속하지 않으면 안 된다. 그런데 서신에는 그런 날짜에 대해서는 어떤 언급도 없었다. 이것이 진심이 아니라 거짓이라는 증거가 아니고 무엇이겠느냐?"

"해괴한 설명도 다 있군. 무분별하게 병서를 읽어 책을 활용할 줄 모르면 오히려 배움이 없는 자보다 못한 법. 그런 평범한 안목으로 이런 대군을 움직이면 오의 주유와 맞섰을 때 즉시 적의 좋은 먹잇감이 되어 반드시 격파당할 것이다."

"뭐라고? 반드시 격파당한다고?"

"그렇다. 몇몇 학자의 병서에 의존하여 새로운 병법을 연구하지도 않고, 서신의 허와 실, 사자의 말을 믿을 수 있는지 그렇지 못한지를 보는 눈조차 없는 장수가 어찌 오의 신예新銳를 이길 수 있겠는가?"

"……."

조조는 입술을 깨물고 뭔가 생각에 잠긴 눈으로 가만히 감택을 보고 있었다. 감택은 자신의 목을 두드리며 말했다.

"벨 테면 어서 베어라."

조조는 고개를 저으며 말했다.

"아니, 잠시 살려두겠다. 내가 반드시 패한다는 것에 대해 좀 더 논해보고 싶다. 만약 이치에 맞는다면 나도 진지하게 논해보겠다."

"미안하지만 당신은 현인을 대하는 예의를 몰라. 무슨 말을 해도 무익할 것이다."

"그렇다면 앞서 한 말은 일단 사과하겠다. 우선 너의 의견을 말해보아라."

"옛말에도 있다. 주인을 배반하고 도적질하는 자가 어찌 날짜를 기약할 수 있으랴, 라고. 황개는 지금 깊은 원한으로 인해 창자가 끊어지는 듯한 슬픔 속에 있다. 3대에 걸쳐 섬겨온 오를 배반하고 승상에게 항복하고자 하는데 만약 날짜를 약속했다가 갑자기 지장이 생겨서 항복하러 오는 날짜를 지키지 못한다면 승상은 즉시 의심할 것이고 황개는 의지할 진영도 돌아갈 나라도 없어져 자멸할 것이다. 그래서 일부러 날짜를 명시하지 않고 절호의 기회를 헤아려 오고자 하는 것이야말로 진심이라는 증거이고 또 병법에 맞는 일이거늘 이것을 오히려 의심의 빌미로 삼는 승상의 불명不明(사리에 어두움)을 동정하지 않을 수 없구나."

"음, 일리 있는 말이군."

조조는 크게 고개를 끄덕였다.

"한때의 불명과 지금까지의 무례를 용서하게."

그리고 불쑥 이렇게 사죄하더니 빈객의 예를 갖춰 자리를 청하고 사자로 온 감택의 노고를 위로하며 주연을 베풀어 의견을 더 듣고자 했다.

그때 근신 중 한 명이 밖에서 들어와 조조의 소매 속에 슬쩍 무슨 편지 같은 것을 넣고 물러갔다.

'아하…… 오에 숨어든 채화와 채중으로부터 보고가 들어온 모양이군.'

감택은 눈치챘으나 모른 체하며 계속 술잔을 비우고 이야기를 나누었다.

이중 계책

술을 마시는 도중에 조조는 채화와 채중의 보고를 탁자 아래에서 읽고는 바로 소매에 숨기며 태연하게 말했다.

"감 공, 지금은 귀공에 대해 나는 한 점의 의심도 품고 있지 않소. 이렇게 된 이상 다시 오로 돌아가 내가 수락했다는 뜻을 황 장군에게 전하고 충분히 염탐한 뒤 우리 진영으로 오시오. 실수가 있을 리 없겠으나 모쪼록 주유가 눈치채는 일은 없도록 하시오."

그러자 감택이 고개를 저으며 거절했다.

"아니, 그 사자로는 다른 적당한 자를 보내십시오. 저는 이곳에 남겠습니다."

"어째서요?"

"다시 오로 돌아갈 생각이 없습니다."

"하지만 귀공이라면 오가는 길도 잘 알지 않소? 게다가 만일 다른 사람을 보내면 황 장군도 당황할 것이오."

조조가 여러 번 부탁하자 감택은 비로소 승낙했다. 여전히 조조가 자신의 속셈을 알아볼 생각으로 그렇게 말한 것이 아닌가 하고 경계했던 것이다.

그러나 지금은 조조도 충분히 그의 말을 믿고 있는 듯했다. 감택은 이젠 됐다고 생각했지만, 그런 기색은 보이지 않았다. 그는 훗날 다시 만날 것을 약속하고 오로 돌아가는 작은 배에 올랐다. 그때도 조조로부터 막대한 금은을 받았지만 "괜찮습니다. 황금을 바라고 이런 모험을 하는 것이 아닙니다."라며 손도 대지 않고 한 번 씩익 웃더니 작은 배를 저어 떠나갔다.

오군 진영에 돌아오자 그는 즉시 황개와 밀담을 나누었다. 황개는 그의 보고를 듣고 기뻐했으나 곰곰이 생각하더니 물었다.

"처음에는 의심하던 조조가 나중엔 무슨 이유로 갑자기 생각을 바꾼 것인가?"

감택이 대답했다.

"필시 저의 말만으로는 여전히 조조를 믿게 할 수 없었을 것입니다. 그때 마침 채화와 채중의 보고가 그의 손에 전해진 것입니다. 저의 말을 믿지 않던 그도 심복의 밀보密報에 바로 믿음을 가진 듯 싶습니다. 게다가 그 밀보에 적힌 오군 내의 정보와 제가 한 말이 부절을 맞춘 것처럼 일치했기 때문에 의심할 여지가 없다고 생각한 듯합니다."

"음…… 그렇군. 그럼 수고스럽겠지만 내친김에 감녕의 부대에 가서 채화와 채중의 동태를 한번 살펴보고 와주지 않겠나?"

감택은 바로 감녕의 부대로 갔다.

급작스러운 방문에 감녕은 그를 빤히 쳐다보며 물었다.

"무슨 일로 왔소?"

감택이 지금 본진에서 마음에 들지 않는 일이 있어 무료함을 달래러 왔다고 하자 감녕은 믿지 못하겠다는 표정으로 슬쩍 미소를 흘렸다.

그때 마침 채화와 채중, 두 사람이 들어왔다. 감녕이 감택에게 눈짓을 하자 감택도 감녕의 마음을 알아차리고 일부러 투덜대듯이 말했다.

"요즘은 기분 좋은 날이 하루도 없군. 주 도독의 능력과 지모는 우리도 충분히 존경하고 있지만, 거기에 교만해져서 사람을 모두 하찮게 여기니 정말 불쾌하단 말이야."

혼자서 중얼거리듯 울분을 토하자 감녕도 눈치 빠르게 맞장구를 쳤다.

"또 무슨 일이 있었소? 군의 중추에서 그렇게 매일 분쟁이 일어나니 큰일이오."

"단지 논쟁만 한다면 좋지만 주 도독의 입이 거칠고 많은 사람 앞에서 중신들을 욕보이니 괘씸한 거지요. 불쾌합니다. 정말이지 참기 어려워요."

감택이 입술을 깨물며 울분을 토하다가 문득 한편에 서 있는 채화와 채중을 보더니 급히 입을 다물었다. 그리고 감녕의 귀에 "……감녕, 잠시 시간을 내주겠소?"라고 속삭이더니 일부러 그를 옆방으로 데리고 들어갔다.

채화와 채중은 말없이 서로 마주 보았다.

||| 二 |||

그 후로도 감택과 감녕은 자주 사람이 없는 곳에서 밀회했다.

어느 날 저녁, 또 두 사람은 소곤소곤 무언가를 속삭이고 있었다. 전부터 주시하고 있던 채화와 채중은 진막 밖에서 몰래 엿듣고 있는데, 저녁 바람에 진막의 한쪽 끝이 젖혀지자 채화의 반신이 언뜻 안에 있는 두 사람에게 보인 모양이다.

"앗, 누구냐?"

"큰일났다."

이런 소리가 들렸다.

그러더니 감녕과 감택이 안색이 바뀌어서 채중과 채화의 곁으로 성큼성큼 걸어왔다.

"우리 이야기를 들었느냐?"

감택이 다그치고 감녕은 검을 땅에 던지고 발을 동동 구르며 개탄했다.

"우리 대사는 이제 틀렸구나. 이미 다른 사람의 귀에 들어간 이상 잠시도 여기에 머무를 수 없다."

채중과 채화 형제는 서로 고개를 끄덕이더니 갑자기 주위를 둘러본 후 말했다.

"두 분은 절대로 절망할 필요 없습니다. 무엇을 숨기겠습니까? 우리 형제야말로 실은 조 승상의 밀명을 받고 거짓으로 오나라에 항복한 사람들입니다. 진심으로 항복한 것이 아닙니다."

감녕과 감택은 형제의 얼굴을 뚫어져라 쏘아보았다.

"뭐? 그게 사실이냐?"

"어째서 이런 큰일에 거짓을 말하겠습니까?"

"아아! 다행이다. 귀공들의 투항이 조 승상의 깊은 모계謀計에서 나온 것인 줄은 꿈에도 몰랐소. 생각해보면 이것도 하나의 기회이고 운이오. 위가 흥하고 오가 망하는 것은 이제 운명일 것이오."

물론 얼마 전부터 감녕과 감택이 사람의 눈을 피해 자주 하던 밀담의 내용은 주 도독에 대한 반감을 더는 견딜 수 없어 어떻게 하면 오의 진영에서 탈주할 수 있을까, 어떻게 하면 주 도독에게 복수할 수 있을까, 아니면 차라리 불만을 품은 자들을 모아 폭동을 일으킬까, 따위의 불온한 것들이었다. 이는 일부러 채 형제에게 보여주기 위한 것이었다.

채화, 채중 형제는 그것이 교묘한 계책이라고는 전혀 눈치채지 못했다. 자신들은 이미 모계의 중요한 사명을 띠고 적진 속에서 활약하고 있었기 때문에 오히려 상대의 모계에 걸렸다고는 꿈에도 생각하지 못했다.

이중 계책, 병법의 묘미는 끝없는 변화무쌍함에 있다. 이런 병법을 실력 없는 자들이 섣불리 쓰다가는 오히려 적에게 모계를 쓸 절호의 기회를 제공해버리는 결과가 되는 것이다.

그날 밤, 네 사람은 한밤중까지 술을 마셨다. 한 편은 다른 한 편을 완벽히 속였다고 믿고 있었다.

그러나 함께 마음을 터놓고 앞으로 조 승상이라는 주군께 큰 공을 세울 수 있게 된 것을 서로 기뻐했다.

"그럼, 즉시 승상 앞으로 서신 한 통을 쓰겠소."

채중과 채화는 그 자리에서 이 일을 보고하는 편지를 쓰고 감택도 따로 편지를 써서 부하에게 명해 강북의 위군에게 은밀히 전하게 했다.

감택의 편지는 다음과 같았다.

감녕도 이전부터 승상을 흠모하고 있었고, 주 도독에게 품은 원한이 있어 황개를 모주謀主로 가까운 시일 안에 군량과 군수품을 배에 싣고 강을 건너 귀군에 투항하려 합니다.

며칠 안으로 청룡아기靑龍牙旗를 펄럭이는 배를 보거든 우리의 항복선으로 알고 수채의 노궁을 난사하지 않도록 하십시오

그러나 이 편지를 받은 조조는 과연 그답게 곧이곧대로 믿지 않았다. 오히려 의심의 눈으로 한 자, 한 자 반복해서 읽었다.

봉추, 둥지를 나서다

조조는 당대의 손자와 오자는 자기 외에는 없다고 은근히 자부하고 있었다. 한 통의 편지를 볼 때도 실로 치밀하고 냉정했다. 채화와 채중은 원래부터 자신의 심복인 데다가 자신의 계책에 의해 오에 밀정으로 가 있는 것이기 때문에 의심할 여지가 없는데도 그 두 사람에게 온 편지조차 신중한 검토를 게을리하지 않았다. 그는 신하들을 모아 편지의 내용에 대해 회의를 열었다.

"……채 형제에게도, 얼마 전에 오로 돌아간 감택에게도 이런 편지가 왔는데 내용이 지나치게 우리에게 유리하네. 이것에 대해 어떻게 대처하면 좋겠나?"

그의 물음에 장수들 가운데 장간이 앞으로 나서며 말했다.

"다시 한번 부탁드리겠습니다. 불초, 전에 명령을 받들어 오에 사자로 가서 주유를 설득하여 항복시키기 위해 심혈을 기울였습니다만 모두 실패하여 아무 공도 없이 돌아오게 되어 심히 부끄러울 따름입니다. 지금 다시 한목숨 바칠 각오로 오로 건너가 채 형제와 감택의 말이 진실인지 아닌지 확인하고 온다면 조금이라도 지난날의 죄를 갚을 수 있다고 생각합니다. 만약 이번에도 공을 세우지 못하고 돌아온다면 군법에 따라 처벌을 받더라도 결코 원망하지 않겠습니다."

어쨌거나 조조는 성급하게 결정할 수 없는 대사라고 신중을 기하고 있던 터라 장간의 청을 받아들였다.

"그것도 하나의 방법이군."

장간은 이전처럼 표표한 도사로 꾸미고 작은 배를 타고 오나라로 향했다.

그때 오의 중군에서는 장간보다 먼저 온 빈객이 있었다. 그는 주 도독과 이야기에 열중하고 있었다. 양양의 명사 방덕공龐德公의 조카로 방통龐統이라는 인물이었다.

방덕공 하면 형주에서 모르는 사람이 없을 정도로 명망이 있으며 예의 수경 선생인 사마휘조차 그를 스승의 예로 대하고 있었다.

또 그 사마휘가 항상 자신의 문하생과 친구들에게 와룡, 봉추라는 말을 자주 했는데, 그 와룡이란 공명을 가리키고 봉추란 방덕공의 조카인 방통을 가리키는 말이라는 것은 알 만한 사람은 다 아는 사실이었다.

그 정도로 사마휘가 기대하고 있는 인물이었다. 그래서 일부에서는 '와룡은 세상에 나왔는데 어째서 봉추는 나오지 않는 것일까?'라는 의문을 품고 있었다.

그런데 오늘 오의 중군에 불쑥 나타난 손님이 바로 그 방통이었다. 방통은 공명보다 불과 두 살 많았기 때문에 그 명성에 비하면 의외로 젊은 편이었다.

"선생께서는 최근 이 근방의 산에서 사신다고 들었습니다만."

"형주와 양양이 망한 후 잠시 산속 암자에 머물고 있습니다."

"오에 힘을 빌려주시지 않겠소? 막빈으로 모시며 소홀함이 없도록 하겠습니다."

"원래 조조 군은 고국故國인 형주를 유린한 적입니다. 당신이 부탁하지 않아도 오를 돕겠습니다."

"100만의 아군을 얻은 것 같습니다. 감사합니다. 그러나 아군은 병력이 적습니다. 어떻게 하면 조조의 대군을 격파할 수 있겠습니까?"

"화계火計도 하나의 계책입니다."

"네? 화공火攻 말입니까? 선생도 그렇게 생각하십니까?"

"망망한 대강 위, 배 한 척에 불을 붙이면 나머지 배는 즉시 사방으로 흩어질 것입니다. 따라서 화공을 쓰기 위해서는 그전에 우선 조조 군의 병선을 남김없이 한곳에 모아 쇠사슬로 묶어놓을 필요가 있습니다."

"허어, 그런 방법이 있습니까?"

"연환계連環計라는 계책이지요."

"조조도 병법에 정통한 자입니다. 어찌 그런 계략에 넘어가겠습니까? 생각은 좋지만 아마도 걸려들지 않을 것입니다."

이런 이야기를 나누고 있는데 강북의 장간이 또 찾아왔다는 보고가 들어왔다.

||| 二 |||

그 보고에 방통은 작별 인사를 하고 돌아갔다.

주유는 그를 배웅하고 다시 진중으로 돌아가 천지에 배례하고 기뻐하며 말했다.

"우리의 대사를 이루게 해줄 자는 지금 나를 찾아온 자다."

이윽고 장간이 안내되어 주유 앞으로 왔다. 전과 다르게 마중도

하지 않고 주유가 상좌에 앉은 채 오만하게 자신을 곁눈으로 노려보는 모습에 내심 기분 나쁘다고 생각하면서도 장간은 아무렇지 않게 친한 친구인 척하며 다가갔다.

"이보게, 지난번에는……."

그러자 주유가 눈을 부라리며 말했다.

"장간, 또 자네는 날 속일 생각으로 왔는가?"

"뭐? 속일 생각으로? 아하하하, 당치 않은 소리. 옛 벗인 자네에게 어찌 그런 악랄한 짓을 하겠는가? 실은 지난번의 호의에 보답할 생각으로 자네를 위해 한 가지 중요한 일을 가르쳐주고 싶어 다시 온 것이네……."

"닥쳐라!"

주유는 씹어뱉듯이 말했다.

"네놈의 속은 훤히 들여다보인다. 나에게 항복을 권할 참이 아니냐!"

"어째서 자네는 그리도 화를 내는가? 분노는 대사를 그르칠 뿐. 자, 옛이야기라도 나누면서 정답게 한잔하세. 그러면서 차분히 할 말이 있네."

"낯짝도 두껍구나. 이렇게까지 말하는데도 모르겠느냐? 네놈이 아무리 교묘한 말과 꾀를 써도 내 마음을 돌릴 수는 없다. 바닷물이 마르고 산의 돌이 짓물러 터지는 날이 온다 하더라도 결코 조조 같은 놈에게는 항복할 내가 아니다. 지난번에는 그만 옛정에 휘둘려 주연 자리에서 마음을 터놓고 이야기를 나누고 같은 침상에 들었으나 어리석게도 나중에 보니 내 침실에서 군사 기밀이 적힌 서신이 없어졌다. 네놈이 그 중요한 서신을 훔쳐서 달아난 것이 아니냐?"

"뭐? 군사 기밀이 적힌 서신이라고? 당치도 않네. 농담도 적당히 하게. 어째서 그런 것을 내가……."

"시끄럽다."

주유는 크게 호통을 친 후 말을 이었다.

"그 탓에 모처럼 우리와 내통하고 있던 장윤과 채모 두 사람이 내응지계內應之計를 쓰기도 전에 조조의 손에 처형되고 말았다. 그것은 말할 필요도 없이 네놈이 조조에게 밀보한 결과가 틀림없다. 그런데도 다시 뻔뻔하게 여기에 온 것은 얼마 전에 위군 진영을 탈주하여 이 주유의 휘하로 투항해온 채화와 채중에 대해 무슨 계책을 쓰기 위한 속셈이 아니냐? 그런 수작에 놀아날 내가 아니다."

"어째서 그렇게…… 날 머리부터 발끝까지 의심하는가?"

"다시 말하지. 채화와 채중은 오에 완전히 항복하고 나에게 굳은 충절을 맹세했다. 어찌 네놈의 방해에 넘어가 다시 위군으로 돌아가겠느냐?"

"그, 그런."

"닥쳐라, 닥쳐! 원래는 단칼에 베어버려야 하겠지만 옛정을 생각해서 목숨만은 살려주겠다. 우리 오나라 병력이 2, 3일 내에 조조를 격파할 것이다. 그동안 여기에 묶어둬봐야 괜히 방해만 될 테니, 여봐라! 이놈을 서산西山의 작은 오두막에 가두어두어라. 조조를 쳐부순 후 채찍 100대를 쳐서 강북으로 내쫓을 테다!"

장간을 노려보며 주위의 병사들을 향해 호랑이처럼 명령했다.

명령을 받은 병사들은 즉각 장간을 잡아 다짜고짜 진영 밖으로 끌고 나갔다. 그리고 안장도 없는 말에 태워 앞뒤로 삼엄하게 감시하며 서산으로 향했다.

산속에 한 채의 작은 오두막이 있었다. 아마도 파수를 보는 곳인 모양이다. 장간을 거기에 처넣고 파수병들이 밤낮으로 엄중히 감시했다.

⫴ 三 ⫴

장간은 번민 속에 하루를 보내며 식사도 잘 못하고 잠도 잘 자지 못했다. 어느 날 밤, 파수병의 감시가 소홀한 틈을 타서 몰래 오두막에서 빠져나왔다.

'어디로 도망치지?'

어둠 속을 헤매며 끊임없이 생각해보았지만, 산기슭으로 내려가면 온통 오군의 진영뿐이고 올려다보면 서산의 험준한 봉우리뿐이다. 어렵게 오두막을 빠져나오긴 했으나 갈 곳을 알지 못해 당황스러웠다.

그때 맞은편 수풀 속에서 언뜻 불빛이 보였다. 다가가 보니 집인 듯했다. 숲속의 좁은 길을 따라 더 가까이 가자 낭랑하게 책 읽는 소리가 들렸다.

'어? 이런 산속에……'

사립문을 열고 암자 안을 엿보니 아직 서른 전후의 한 처사가 검을 옆에 걸어놓은 채 홀로 책상 앞에 앉아 등불을 밝히고 병서를 읽고 있었다.

"아, 양양襄陽의 봉추, 방통인가 보다."

무심코 중얼거리자 인기척을 느꼈는지 암자 안의 그 인물이 소리쳤다.

"누구냐?"

장간은 달려가 처마 아래에서 절하며 말했다.

"일전에 있었던 군영회에서 멀리서나마 뵌 적이 있습니다. 대인께서는 봉추 선생이 아니십니까?"

"아, 그리고 보니 귀공은 그때 계셨던 장간 님이시군요."

"그렇습니다."

"그날 이후 아직 오의 진중에 머물고 계시오?"

"아닙니다. 일단 돌아갔다가 왔기 때문에 주 도독으로부터 당치도 않은 혐의를 받고 있습니다."

장간이 작은 오두막에 감금됐던 경위를 이야기하자 방통이 웃으며 말했다.

"그 정도로 끝났으니 천만다행이오. 내가 주유였다면 결코 살려두지 않았을 것이오."

"뭐라고요……?"

"하하하. 농담이오. 자, 올라오시오."

방통은 자리를 내주고 등불의 심지를 돋웠다.

이야기를 나눠보니 방통은 누구보다도 큰 뜻을 품고 있었다. 그는 일찌감치 세상에 알려진 데다가 지금 처지를 보니 오를 섬기는 것 같지도 않았기 때문에 장간은 슬쩍 떠보았다.

"뛰어난 재능을 가지고 있으면서도 어째서 이런 산중에 머물러 계시는 것입니까? 여기는 오의 세력 아래 있는 곳인데도 오를 섬기는 것 같지도 않고…… 필시 위의 조 승상과 같이 인재를 아끼는 명군이 알았다면 선생을 결코 이렇게 버려두지는 않았을 것입니다."

"조조가 인재를 아낄 줄 아는 대장이라는 말은 벌써부터 듣고 있었소만…….”

“그렇다면 어째서 오를 떠나 조 승상에게 가지 않습니까?”

“조금 위험하다고 생각하기 때문이오. 잠시라도 오에 있던 자라고 하면 아무리 인재를 아끼는 조조라도 받아들이지 않을 것이오.”

“그럴 리가 없습니다.”

“어째서요?”

“이 장간이 안내한다면요.”

“뭐요, 귀공이요?”

“그렇습니다. 저는 조조의 명을 받아 주유에게 항복을 권하러 온 사람입니다.”

“그렇다면 역시 위의 첩자군.”

“첩자가 아닙니다. 세객으로 온 것이죠.”

“같은 것 아니오? ……그러고 보니 내가 아까 우연히 말한 농담이 맞았군.”

“그래서 깜짝 놀랐습니다.”

“아니, 나는 오로부터 어떤 녹도 은작도 받고 있는 사람이 아니니 안심하시오.”

“어떻습니까? 이곳을 떠나 위나라로 가지 않겠습니까?”

“가고 싶은 마음은 있지만…….”

“조 승상께는 제가 주선할 것을 반드시 보증하겠습니다. 승상께도 사람 보는 눈이 있습니다. 어찌 선생을 의심하겠습니까?”

“그렇다면 갈까요?”

“결심만 서면 오늘 밤이라도 당장.”

“물론 빠른 편이 좋지요.”

두 사람의 뜻은 완전히 일치했다. 방통은 그날 밤 암자를 버리고 그와 함께 오를 탈출했다.

길은 장간보다 이곳에 사는 방통이 더 잘 알고 있었다. 계곡을 따라 좁고 험한 길을 타고 내려가 이윽고 대강의 강변으로 나왔다.

┃┃┃ 四 ┃┃┃

두 사람은 배를 구해 강북으로 서둘러 갔다. 이윽고 위군의 요새에 도착해서는 일체를 장간의 알선에 따랐다.

유명한 양양의 봉추, 방통이 왔다는 소식을 듣고 조조의 기쁨은 보통이 아니었다.

"귀한 손님께서 어떻게 갑자기 나의 진영을 방문하셨소?"

조조는 그를 융숭히 대접했다. 방통도 이 대면을 진심으로 기뻐하며 말했다.

"저를 이곳으로 이끈 것은 저의 의지라기보다는 승상께서 저를 이끈 것입니다. 인재를 존경하고 현명한 말을 듣는 희대의 명장이라고 오랫동안 그 고명을 흠모하고 있었습니다만, 오늘 장형의 인도로 존안尊顔을 뵙는 영광을 얻은 것은 평생 잊을 수 없는 기쁨입니다."

조조는 완전히 마음을 터놓았고, 장간의 공을 칭찬했다. 주연으로 밤을 새운 다음 날 함께 말을 타고 언덕에 올라갔다.

아마도 조조는 속으로 방통에게 자신의 포진에 대해 기탄없는 비평을 듣고 싶었던 모양이다.

그러나 방통은 극찬만을 늘어놓았다.

"연안 100리의 진영, 산을 따라 숲을 의지하고 대강을 앞에 두어 수리水利를 잘 살렸습니다. 진영 간에 서로를 살피고 서로를 단단하게 방비할 수 있도록 만들었고, 출입할 수 있는 문이 있고, 진퇴곡절進退曲折의 묘妙가 있습니다. 옛날의 손자와 오자가 와도 이 이상의 포진은 할 수 없을 것입니다."

조조는 오히려 아쉬워하며 말했다.

"부디 선생의 지식으로 부족한 점을 기탄없이 지적해주시오."

그러나 방통은 고개를 저으며 말했다.

"결코 듣기 좋은 말로 거짓된 칭찬을 한 것이 아닙니다. 어떤 병법가의 깊은 지식으로도 이 강기슭 일대의 진용에서 결점을 찾을 수 없을 것입니다."

조조는 만족해하며 방통을 데리고 언덕을 내려가 이번에는 곳곳의 수채와 항구의 문, 크고 작은 주행舟行을 보여주었다.

그리고 강 위에 떠 있는 전함 24척으로 구축한 선진船陣을 자랑스럽게 가리키며 의견을 구했다.

"어떻소? 우리의 수상 성곽이."

"아아!"

방통은 깊이 감동한 듯 자신도 모르게 손뼉을 쳤다.

"승상이 용병술에 능하다는 것은 전부터 잘 알려진 사실입니다만, 수군 배치에 있어서도 이 정도일 줄은 꿈에도 생각지 못했습니다. 가엾게도 주유는 수상전에서는 자신밖에 없다고 자만하고 있으니, 결국 멸망하는 날까지 그 망상에서 깨어나지 못할 것입니다."

잠시 후 돌아온 조조는 진중의 진미로 다시 방통을 환대하는 연회를 열었다. 그리고 밤새도록 손자와 오자의 병법을 논하고 또 고금의 역사에 비춰 제가諸家의 진법을 평하며 밤이 깊은 줄을 몰랐다.

"······잠시 실례하겠습니다."

방통은 그동안 이따금 밖으로 나갔다가 다시 돌아와서 이야기를 이어갔다.

"······조금 안색이 안 좋아 보이는데 무슨 일이 있소?"

"별일 아닙니다."

"하지만 어딘가 불편해 보이는구려."

"배 여행의 피로입니다. 저는 태어날 때부터 물에 약해서 4, 5일 정도 강 위에 있으면 언제나 나중에 극심한 피로를 느낍니다. 지금도 실은 조금 토하고 왔습니다."

"가엾게도. 의원을 불러 진찰해보는 것이 어떻겠소?"

"이 진중에는 명의가 많은 듯하니 부탁드리겠습니다."

"의원이 많다는 것은 어떻게 아셨소?"

"승상의 장졸들은 대부분이 북국 출신으로 선상 생활이 익숙하지 않은 자들뿐일 것입니다. 그런 자들을 저렇게 그냥 두어서는 이 방통과 마찬가지로 병에 걸려 몸과 마음이 모두 지쳐서 막상 싸울 때는 실력을 발휘할 수 없을 테죠."

||| **五** |||

방통의 말은 조조가 안고 있는 걱정거리를 정확히 꿰뚫었다.

병자의 속출은 지금 조조의 걱정거리였다. 그 대책과 원인은 군중軍中에서 성가신 문제가 되고 있었다.

"어떻게 하면 좋겠소? 뭔가 좋은 방법이 없겠소? 부디 가르쳐주시오."

조조는 처음에 놀라기도 하고 당황한 듯도 했지만 결국 마음을 열고 이렇게 말했다.

방통은 그도 그럴 것이라고 수긍하는 얼굴로 말했다.

"포진과 병법은 물샐틈없습니다만, 안타깝게도 단 하나 놓친 부분이 있습니다. 원인은 바로 그것입니다."

"포진이 병자의 속출과 무슨 관련이 있소?"

"있습니다. 깊은 관련이 있습니다. 그 한 가지 단점만 제거한다면 아마도 단 한 명의 병자도 나오지 않을 것입니다."

"삼가 가르침에 따르겠소. 의사들도 많은 약을 썼지만, 그 원인에 대해서는 단지 풍토가 다르기 때문이라고만 할 뿐 전혀 파악하지 못하고 있소."

"북병들은 모두 물에 익숙지 않고 오랫동안 배를 타고 있었으므로 한참 동안 땅을 밟지 못한 데다가 비바람으로 인해 거친 풍랑이 일 때마다 기운이 빠지고 몸이 지칩니다. 따라서 입맛이 없고 혈액 순환이 느려지게 됩니다. 결국 피가 엉겨서 병이 되는 것입니다. 이것을 치료하기 위해서는 병사들을 모두 뭍으로 올라가게 하여 흙을 밟게 해야 합니다만, 군선은 하루라도 사람이 없으면 안 됩니다. 그러니 한 가지 계책을 써서 포진을 새롭게 할 필요가 있습니다. 우선 크고 작은 모든 배를 남김없이 풍랑이 적은 만의 입구에 집결시켜 선체의 크기에 준해 이것을 종횡으로 늘어놓습니다. 큰 배는 30열, 중간 크기의 배는 50열, 작은 배는 그 편의에 따릅니다. 그린 연후에 배와 배의 수미를 쇠사슬로 단단히 연결하고 굵은 밧줄로 만든 다리를 놓으면 병사들뿐 아니라 말도 평지를 가듯 자유롭게 왕래할 수 있을 것입니다. 게다가 비바람이 몰아쳐 거친 풍랑이 이는 날에도 배들의 움직임은 극히 적어 군무軍務에도 지장이 없고 병사들도 기분 좋게 일할 수 있으므로 자연스럽게 병들어 눕는 자가 사라질 것입니다."

"과연 일리 있는 말씀이오. 선생의 말씀, 짚이는 부분이 적지 않습니다."

조조는 자리에서 내려와 감사했다. 방통은 태연히 말했다.

"아니, 이것은 저의 얕은 소견일지도 모릅니다. 원인을 더 살피신 후에 현명하게 대처하시는 것이 좋을 것입니다. 아군에 병자가 많다는 것을 오나라는 아직 모르고 있습니다. 조금이라도 빨리 적당한 조치를 취하신다면 반드시 훗날 오나라를 쳐부술 수 있을 것입니다."

"그렇군. 이 일이 적에게 새어나가면……."

조조는 시급한 일이라고 생각한 듯 즉시 방통의 의견을 받아들여 다음 날 중군에서 자신이 직접 부두로 나가 장수들을 부르고 대장장이들을 모아 배들을 연결할 쇠사슬과 대못 등을 밤낮없이 만들게 했다.

방통은 느긋하게 손님으로 있으면서 그 모습을 보고 내심 만족스러운 웃음을 짓고 있었다. 그러던 어느 날 조조와 또 허심탄회하게 군사軍事에 대한 이야기를 나눌 때 새삼스럽게 이렇게 말했다.

"오랫동안 마음에 품어온 뜻을 달성하여 지금이야말로 명군을 만난 기분이 듭니다. 분골쇄신. 앞으로도 미력하나마 힘을 다하겠습니다. 오군 장수 중에 주유에게 진심으로 복종하는 사는 직다고 생각합니다. 주 도독을 원망하여 기회가 있으면 반역을 꾀하는 자가 쟁쟁한 장수만 해도 열 손가락으로 세고도 남습니다. 제가 가서 그들을 설득한다면 즉시 반기를 들고 승상에게 항복해올 것입니다. 그런 뒤에 주유를 사로잡고 이어서 유비를 평정하는 것이 급선무입니다. 오나라도 오나라지만 유비야말로 얕볼 수 없는 적이라고 생각하지 않으십니까?"

이 말이 조조의 급소를 찌른 듯했다. 그는 방통이 말을 꺼낸 것을 기회로 여기며 말했다.

"일단 오나라로 돌아가서 같은 뜻을 가진 사람들을 설득하여 은밀히 사람을 모아주지 않겠소? 만약 성공한다면 귀공을 삼공三公(중국에서 최고의 관직에 있으면서 천자를 보좌하던 세 벼슬. 삼국지 시대 때는 태위, 승상, 어사대부)에 봉하도록 하리다."

대나무 관을 쓴 벗

||| 一 |||

지금부터가 중요하다! 방통은 내심 경계했다. 감쪽같이 속였다고 마음 놓고 있을 수가 없었다. 조조가 자신의 마음을 떠보려고 하는 말일지도 모른다는 생각이 들었기 때문이다.

그는 조조가 '성공한다면 귀하를 삼공에 봉하도록 하리다.'라는 말에 고개를 저으며 힘주어 말했다.

"말씀은 감사합니다만, 저는 이번 임무를 눈앞의 이익이나 미래의 영달을 위해서 맡으려는 것이 아닙니다. 단지 백성들을 고통에서 구하기 위해서입니다. 부디 승상께서 오군을 쳐부수고 오나라로 공격해 들어가더라도 무고한 백성만은 죽이지 말아주십시오. 제가 바라는 것은 그것뿐입니다."

조조도 그의 청렴함을 믿고 그의 걱정을 위로하는 듯한 얼굴로 말했다.

"오나라의 권력자들은 쳐없애도 오나라의 백성은 나에게도 아껴야 할 백성이오. 어찌 함부로 살육할 수 있겠소? 그 점에 대해서는 안심하시오."

"하늘을 대신해 도를 펴고 사민四民을 평안하게 하는 것을 항상 뜻으로 삼고 있는 승상이기에 승상의 마음은 의심하지 않습니다.

그러나 대군이 적국으로 밀고 들어갈 때는 기호지세騎虎之勢(호랑이를 타고 가다가 도중에 내리게 되면 잡아먹히고 만다는 것으로 일을 계획하고 시작한 이상 도중에 중단해서는 안 되며 또 그만둘 수도 없는 상태를 말한다)이니, 백성들은 어쩔 수 없이 화를 입을 것입니다. 지금 명을 받아 강남으로 돌아갈 때 승상께서 보증서 같은 것이라도 써주신다면 제 일족도 안심할 것입니다만."

"선생의 일족은 지금 어디에 거주하고 있소?"

"형주에서 쫓겨나 할 수 없이 오나라의 벽지에 있습니다. 만약 승상께서 보증서를 써주신다면 병사들의 행패를 피할 수 있을 것입니다."

"어렵지 않은 일이오."

조조는 즉시 붓을 꺼내 '위나라 병사들이 오나라에 들어가더라도 방통 일가에는 난폭하게 굴어서는 안 된다. 위반하는 자는 목을 치겠다.'라고 쓴 후 승상의 직인을 찍어서 방통에게 건네주었다.

방통은 속으로 그가 이렇게까지 하는 이상 그도 완전히 자신의 말을 믿은 것 같다고 생각했다. 그러나 그런 만족스러운 웃음을 감추고 끝까지 천연덕스럽게 은혜에 감사하고 작별 인사를 했다.

"그럼, 다녀오겠습니다."

"주유에게 들키지 않도록 조심하시오."

조조는 몇 번이나 당부하며 몸소 영문까지 나와 배웅했다. 방통은 헤어짐을 아쉬워하듯 몇 번이나 돌아보며 진 밖의 책문을 지나 강기슭으로 나왔다. 그리고 거기서 작은 배를 타려고 할 때였다. 조금 전부터 강기슭에서 기다린 듯한 남자가 갑자기 버드나무 뒤에서 달려나와 방통을 뒤에서 끌어안듯 붙잡았다.

"이 수상한 놈아! 멈춰라."

방통은 놀라서 양다리에 힘을 주고 버티며 돌아보았다.

도복을 입고 머리에는 죽관竹冠을 쓴 자였는데, 완력이 보통이 아니었다. 아무리 몸부림을 쳐도 꿈쩍도 하지 않았다.

"조 승상의 손님으로 와서 지금 돌아가려는 사람에게 수상한 놈이라니 무슨 짓이냐! 네놈이 미쳤구나!"

호되게 꾸짖자 그는 온몸에서 짜낸 소리로 말했다.

"사뭇 점잖은 체하는 얼굴이 참으로 뻔뻔하구나. 그 얼굴, 그 말로 승상은 속일 수 있었을지 몰라도 내 눈은 속일 수 없다. 오의 황개와 주유가 교묘하게 짠 계획에 따라 우선은 고육지책을 써서 감택을 어부로 변장시켜 보내고 또 채중과 채화에게 편지를 보내게 하더니 이번에는 네놈이 오나라를 위해 와서 대담하게도 승상을 만나 연환계를 권한 것은 훗날 있을 전투에서 우리 북군의 병선을 전부 불태울 속셈이 아니더냐! 그런데 어찌 이대로 강남으로 가게 내버려두겠느냐? 자, 다시 중군으로 돌아가라."

아아, 끝장이구나.

대사를 여기서 그르치는가 싶어 방통의 넋은 하늘 멀리 날아가 버렸다.

‖‖ 二 ‖‖

그는 체념한 듯 눈을 감았다.

'모든 게 끝이구나.'

쓸데없이 몸부림치는 어리석은 짓을 단념하고 방통은 남자에게 물었다.

"너는 대체 누구냐? 조조의 부하냐?"

"물론이다."

남자는 그의 몸을 뒤에서 꼼짝 못 하게 부여안은 채 거듭 말했다.

"이 목소리를 잊었느냐? 나를 잊었느냐?"

"뭐? 무슨 말이냐?"

"나요, 서서요."

"뭐? 서서라고?"

"수경 선생의 문하생 서원직이오. 귀공과는 예전에 사마휘의 문하에서 석도石韜, 최주평崔州平, 제갈량 등의 무리와 함께 가끔 만난 적이 있습니다."

"아아, 그 서서인가?"

방통은 더욱 놀라서 서서의 두 팔에서 풀려났음에도 멍하니 상대를 바라보며 애원했다.

"서서, 서서. 자네라면 이 방통의 의중을 잘 알 것이네. 우리의 계책을 불쌍히 여겨주게. 자네가 이 계책을 조조에게 고한다면 내 목숨은 물론 오나라 81개 주의 백성들이 위군의 말굽에 유린당하고 말 걸세. 수많은 오나라의 백성들을 위해 제발 못 본 척해주게."

그러자 서서가 대답했다.

"그것은 그쪽 사정이고 위군 입장에서 말한다면, 오나라의 백성들을 살릴 수 있을지는 모르겠소만, 당신을 보내주면 아군 83만 명이 붐에 타 죽게 될 것이오. 어찌 이들을 불쌍히 여기지 않을 수 있겠소?"

"음, 여기서 자네에게 발각된 것은 천운이네. 마음대로 하게. 원래 내가 이곳에 온 것은 한목숨 바칠 각오를 하고 온 것이니. 자,

죽이든지 조조에게 끌고 가든지 마음대로 하게."

"아아, 과연 방통 선생이시오."

서서는 낯빛과 태도가 아량이 크고 시원한 평소의 그로 돌아와서 미소 지으며 말했다.

"걱정 마십시오. 실은 이전에 제가 신야에 있었을 때 유 황숙과 주종의 관계를 맺으며 입었던 큰 은혜는 지금도 잊기 어렵습니다. 몸은 조조의 진영에 있지만, 아침저녁으로 유 황숙의 은혜를 생각하고 있지요. 다만 노모가 조조에게 붙잡히는 바람에 어쩔 수 없이 조조의 휘하에 머물고 있지만, 지금은 그 노모도 세상에 계시지 않습니다. 황숙과 헤어질 때 비록 조조의 휘하로 가지만 평생 다른 사람을 위해서는 결코 계책을 내지 않겠다고 굳게 약속하고 왔습니다. 그래서 제가 이 진영에 있으면서 얼마 전부터 조조 군의 진영으로 은밀히 왕래하는 오나라 사람들을 보고 '아아, 그렇구나.' 하고 마음속으로 고개를 끄덕인 것이 있었지만, 누구에게도 그 사실은 말하지 않았던 것입니다."

비로소 그는 본심을 털어놓고 놀란 방통을 진정시켰으나 그 뒤 곤란한 듯 상담을 청해왔다.

"그런 이유로 저는 아무것도 모르는 얼굴을 하고 있겠지만, 귀형이 오로 돌아가 연환계, 화공 등을 써서 공격해온다면 당연히 이 서서는 위군의 진중에서 불에 타 죽게 될 것입니다. 이를 미리 피할 방법은 없겠습니까?"

"아주 쉽게 해결할 수 있네."

방통은 서서의 귀에 입을 가져다 대고는 뭔가를 속삭였다.

"과연, 명안名案이시오!"

서서는 손뼉을 쳤다. 그리고 두 사람은 남몰래 강과 육지로 헤어졌다. 얼마 후 조조의 진중에 이런 풍문이 떠돌기 시작했다.

"서량西涼의 마초馬超가 한수韓遂와 함께 대군을 이끌고 반기를 들었다. 조조가 도성을 비운 틈을 타서 지금 시시각각 허도를 향해 진격하고 있다……."

제법 그럴싸한 소문에 오랜 원정으로 지친 사람들은 큰 충격에 휩싸였다.

달을 스치고 날아간 까마귀

도성에서 수천 리. 조조의 마음속엔 떠나온 도성에 대한 불안이 늘 자리하고 있었다.

서량의 마초와 한수의 무리가 허를 찔러 봉기했다는 소식에 그는 앞뒤 따질 것 없이 즉시 군신들에게 말했다.

"누가 나를 대신해서 허도로 돌아가 도성을 지킬 사람은 없는가? 풍문은 그저 풍문에 지나지 않고, 사실 여부는 알 수 없으나 만약을 위해 가고자 하는 자는 자원하여 나서라."

"제가 가겠습니다."

자원하여 앞으로 나선 이는 서서였다. 다른 장수들은 오나라와의 대전을 앞두고 도성으로 돌아가는 것은 명예롭지 못하다고 생각한 듯 모두 입을 다물고 있었다. 조조는 흔쾌히 고개를 끄덕이며 명령했다.

"서서인가? 좋다. 출발하라."

"알겠습니다. 부족하지만 반란군이 아무리 설쳐대도 반드시 진압하여 요해를 지키겠습니다. 만일 급변이 있다면 즉시 보고하겠습니다."

서서는 믿음직스럽게 대답한 후 바로 3,000여 기의 정병을 이끌고 도성을 향해 달렸다.

'우선은 그가 갔으니……'

조조는 일단 안심하고 오군을 쳐부술 생각에 골몰했다.

때는 건안 13년(208) 겨울 11월이었다.

바람이 조용하고 물결이 잔잔한 밤이었기에 조조는 육지의 진지를 한 바퀴 순찰한 후 기함에 올랐다. 그 거함의 뱃머리에 '수帥'라는 글자를 크게 쓴 깃발을 세우고 노궁 1,000개와 금색 도끼, 은색 창을 뱃전에 늘어놓고 그는 장대將臺에 앉았다. 그리고 수륙의 장수들을 모두 모아놓고 성대한 연회를 열었다.

강물은 달빛을 받아 비단을 펼쳐놓은 듯했다. 남쪽으로는 멀리 오나라의 시상산에서 번산까지 바라다보이고, 북쪽으로는 오림의 봉우리, 서쪽으로는 하구의 안곡까지가 술잔 속에 있는 듯한 기분이었다.

"아아, 즐거운 남아의 업業이여. 눈은 사방 멀리 땅의 경치를 마음껏 감상하고, 가슴에는 하늘의 달그림자를 따다 품노라. 몸을 굽혀 술잔을 들면 콸콸 솟는 술이 있고, 일어나 검을 휘두르면 오의 생사가 손아귀에 있구나. 강남의 비옥한 땅을 소유한 오. 그 땅을 우리 손에 넣는 날에는 반드시 지금 나와 함께 힘을 다한 장수들에게도 길이 그 부귀를 나누어주겠다. 장수들은 선전하라. 이번 기회를 놓쳐 후회를 남기지 않도록 하라."

조조는 큰 잔으로 서슴 술을 마시며 장수들을 독려했다.

"우리가 오랫동안 단련하고 주군의 은택을 누린 것도 오늘날 부끄러움 없이 살기 위함입니다. 어찌 후회를 남기겠습니까?"

장수들도 모두 기분이 좋은 듯 각자 술이 찰랑찰랑한 술잔을 들이겼다.

취기가 돌자 조조는 오랫동안 잠자고 있던 정감과 정열을 눈동자에 역력히 드러내며 오나라 쪽을 가리키며 말했다.

"다들, 저쪽을 보게. 가련하구나, 주유도 노숙도. 하늘의 때를 모르고 운이 다한 것을 모른다. 그들의 진중에 은밀히 나와 연통하는 자가 있으니 이미 내부에 병을 안고 있는 셈. 그러니 우리 수군과 육군의 일격으로 완벽하게 패할 것이다."

조조는 힘주어 말했다.

"이것은 하늘이 우리를 돕는 것이다."

물론 그는 사기를 고무하고 격려하기 위해 한 말이었다. 그러나 옆에 있던 순유가 술이 깨서는 조조의 소매를 잡으며 간언했다.

"승상, 승상. 그런 말씀은 하지 않는 것이 좋습니다."

조조는 어깨를 들썩이며 껄껄 웃으면서 개의치 않고 말했다.

"이 배 안에 있는 사람들은 모두 나의 심복들이 아닌가? 배 밖은 힘차게 흐르는 강물이고. 어디에 나를 거스르는 자가 있겠는가?"

||| 二 |||

홍은 식을 줄을 몰랐다. 조조의 감상에 젖은 주정은 멈추지 않았다. 그는 또 상류의 하구夏口 쪽을 바라보며 말했다.

"오나라를 친 후에는 또 한쪽에 정리해야 하는 애송이가 있다. 유비, 공명과 같은 쥐새끼들이야. 아니, 이 대륙, 이 대강에 의지해 사는 사람들에게 그들의 존재는 쥐새끼보다는 오히려 송사리가 어울리겠구나. 하물며 나 조조에게는⋯⋯."

술에 사례가 들려 그는 술잔을 내려놓고 그대로 잠시 입을 다물었다.

교교한 달도 기울고 밤이 깊어지자 밤공기는 더욱 차가워졌다. 아무리 기세만은 청년이라 해도 몸에 스미는 한기와 기침에는 그도 자신이 인간임을 돌아보지 않을 수 없었다. 갑자기 목소리를 낮추더니 차분히 말했다.

"나도 올해로 쉰넷이 되었구나. 해마다 전쟁을 하고 해마다 승리를 거두었어. 우리 위나라도 어느새 강대국이 되었지만, 이 몸도 어느새 쉰넷. 머리에도 가끔 흰머리가 보이는 나이가 되었으니. ……그러나 제군, 웃지 말게. 오로 쳐들어갈 때는 나에게도 한 가지 즐거움이 있네. 그것은 옛날 내가 마음에 두었던 교공의 두 딸을 보는 것일세."

이런 술회를 다른 사람에게 말하는 것은 드문 일이었다. 오늘 밤의 그는 정말 이상해 보였다. 흥에 흠뻑 취해 마음이 풀어진 상태에서 그의 시정詩情과 술기운으로 인해 무심코 나온 말이기도 할 것이다.

강동이교 하면 오나라에서 유명한 미인. 때가 되면 강북으로 맞이하겠다고 일찍이 두 딸의 아버지에게 말한 적이 있다. 그 후 오의 손책과 주유가 두 딸을 아내로 맞이했다는 말은 들었으나 그는 아직 미련을 버리지 못했다. 오를 평정한 날에는 동작대에 이교를 맞아들여 함께 화조풍월花鳥風月을 즐기며 자신의 영웅적 생애의 마지막을 평안히 보내고 싶다는 마음을 지금도 품고 있었다.

장수들은 그의 술회를 듣고 우리 승상은 여전히 젊다고 말하며 한바탕 웃었다. 그리고 술잔을 들고 그의 무병장수를 기원했다.

그때 돛대 위를 까마귀 한 마리가 달을 스치며 날아갔다. 조조는 주위에 있는 사람들을 보며 물었다.

"방금 까마귀가 남쪽으로 날아가면서 우는 소리를 들었는데 이 밤중에 왜 우는 것인가?"

근신 중 한 명이 즉시 대답했다.

"달이 밝아서 날이 밝은 줄 알고 우는 모양입니다."

"그런가?"

조조는 이내 잊었다. 그리고 천천히 몸을 일으켜 뱃머리에 서서 강물에 술 석 잔을 뿌리고 수신水神에게 기원하고 검을 쓰다듬으며 장수들에게 또다시 감개感慨를 토로했다.

"나는 이 한 자루의 검을 들고 젊은 시절 황건적을 무찌르고 여포를 죽였으며 원술을 멸망시켰네. 또 원소를 평정하고 북방 깊이 들어가 요동을 안정시켰지. 지금은 천하를 종횡하고 여기 강남에 와서 강대한 오나라를 일거에 쳐부수려 하니 감개무량하군. 아아, 대장부의 뜻 온몸에 가득하고 환희의 눈물에 젖는구나. 오늘 밤의 절경을 대하니 회고의 정, 오를 바라보는 느낌을 억누르기 어렵도다. 지금 내가 시 한 수를 읊겠으니 자네들도 모두 따라 읊도록."

그는 즉흥적으로 시를 읊기 시작했다. 장수들도 따라 읊었다.

그 시의 내용 중에는 이런 부분이 있었다.

달이 밝으니 별이 보이지 않노라
까마귀가 남쪽으로 날아간다
나무를 세 바퀴 돌고도
앉을 가지가 없네

시를 다 읊고 나자 양주 자사 유복劉馥이 시구가 왠지 불길하다고 했다. 흥이 깨진 조조는 격노하여 그 자리에서 검을 빼 유복을 베어 죽이고 말았다. 술이 깨고 나서 이 사실을 안 조조는 매우 침통한 표정을 지었지만, 후회해도 소용없는 일이었다. 그는 유복의 아들인 유희劉熙에게 시체를 주어 고향에서 후하게 장례를 치르게 했다.

쇠사슬의 진

며칠 후, 수군 총대장 모개와 우금 두 사람이 조조 앞에 나와 삼가 고했다.

"만에 있는 병선은 모두 50척, 60척씩 쇠사슬로 연결했습니다. 언제 개전해도 좋도록 만반의 준비를 갖추었습니다."

"좋아."

조조는 즉시 기함에 올라 수군을 열병하고 각각 할 일을 정했다.

중앙 선대船隊는 모두 황기를 꽂게 하여 모개와 우금이 있는 중군의 표시로 삼았다.

앞줄의 선단은 모두 홍기를 돛대 꼭대기에 꽂게 하고 서황을 대장으로 삼았다.

흑기의 선열船列은 여건의 진.

왼쪽에는 청기가 펄럭이는 것이 보였는데 악진이 이끄는 선대다.

오른쪽에는 모두 백기가 줄지어 꽂혀 있고 그 선대의 대장은 하후연이었다.

또 수륙의 호응군에는 하후돈과 조홍의 두 부대가 대기했고, 교통 수호군과 감전사監戰使는 허저, 장료 등이 맡았는데, 마치 기슭마다 바위를 쌓아 큰 산을 이룬 것처럼 강 위에서부터 높은 지대에 이르기까지 엄중하게 지키고 있었다.

조조는 손그늘을 만들어 바라보며 말했다.

"지금까지 나도 꽤 많은 전쟁을 치렀지만, 아직 이렇게까지 규모가 크고 군비軍備가 철저했던 적은 없었다."

스스로도 대단하다고 생각하며 마음속으로 이미 오를 얕보고 있었다.

"때가 왔다."

그는 삼군에 명령을 내렸다.

이 거대한 함대가 오나라를 향해 진격하게 된 것이다.

세 번 울리는 북소리를 신호로 수채의 문이 삼면으로 열리고 선열이 한 치의 흐트러짐도 없이 대강의 중류로 나왔다.

이날 풍랑은 하늘로 물보라를 일으켰고 삼강의 뱃길은 거칠었다. 그러나 배와 배가 쇠사슬로 연결되어 있어서 흔들림이 적었기 때문에 사기가 드높았으며 조조도 만족스러워했다.

"방통의 헌언獻言이 과연 훌륭하구나."

그러나 풍랑이 잦아들지 않자 모든 함정은 강을 따라 불과 수십 리를 내려간 후 오림만烏麻灣 어귀에 정박했다. 이 근방까지도 물론 육지는 요새화되어 있었다. 게다가 이곳에서는 맑은 날이면 오군의 본진이 있는 남쪽 기슭이 훤히 보일 정도였다.

"승상, 또 불길하다고 언짢아하실지 모르겠습니다만, 문득 이 기친 바람을 보니 마음에 걸리는 것이 있습니다."

정욱이 말하자 조조가 물었다.

"무엇이 불안한가?"

"쇠사슬로 배의 앞뒤를 연결해놓으니 이런 날에도 배의 흔들림이 적고 사졸들이 뱃멀미도 하지 않아 참으로 훌륭한 생각인 듯하옵니다만, 만약 적이 화공을 쓴다면 그때는 심각한 문제를 야기할 것입니다."

"하하하하, 걱정하지 말게. 지금은 11월이니 서북풍은 불어도 동남풍은 불지 않을 게야. 우리 진영은 북쪽 기슭에 있고 오군은 남쪽에 있네. 적이 만약 화공을 쓴다면 스스로 불을 뒤집어쓰는 꼴이 되지 않겠나? 오나라에 아무리 인물이 없다고 설마 그 정도로 기상이나 병리兵理에 어두운 자들뿐이겠는가?"

"아, 그렇군요."

장수들은 조조의 지려智慮에 모두 감탄했다. 조조 휘하의 장수들은 대부분이 청주, 기주, 서주, 연주 등 북국 출신으로 수군에 익숙지 않은 사람들뿐이라 이 연환계를 반대하는 자가 드물었다.

풍랑이 잦아들기를 기다리는 동안 전에 원소 휘하의 장수로 지금은 조조의 휘하에 있는 연나라 사람, 초촉焦觸과 장남張南 두 사람이 나서며 말했다.

"저희는 어린 시절부터 물에 익숙합니다. 부디 저희에게 배 스무 척을 내어주시고 전투가 시작될 때 선봉에 서게 해주십시오."

||| 二 |||

"두 사람은 모두 북국 출신이 아닌가. 배 스무 척으로 뭘 하려고? 아이들 장난 같은 짓으로 적군과 아군에게 비웃음이나 사지 마라."

조조는 이렇게 꾸짖으며 두 사람의 청을 들어주지 않았다.

초촉과 장남은 큰 소리로 외쳤다.

"무슨 말씀이십니까? 저희는 장강 근처에서 자랐습니다. 배를 조종하거나 잠수하는 일은 평지에서 하는 일과 다르지 않습니다. 만약 패하고 돌아온다면 군법에 따라 엄벌에 처해주십시오."

"기개는 가상하다만, 목숨을 가벼이 여기지 마라. 게다가 대선 大船과 투함鬪艦은 쇠사슬로 연결되어 있어서 주가走舸와 몽충蒙衝 외에는 움직일 수 있는 배가 없다."

"애초에 대선이나 투함을 가져갈 생각은 없었습니다. 몽충 대여섯 척, 주가 10여 척, 합쳐서 스무 척만 있으면 됩니다."

"그것으로 뭘 할 생각이냐?"

"장남과 두 패로 나눠서 적의 강변으로 돌진하여 오군의 기세를 꺾고 이번 대전의 최선봉에 서고자 합니다."

초촉이 간절히 청하기에 결국 조조도 그의 청을 받아들였다.

"그러나 스무 척으로는 위험하다."

조조는 신중을 기해 따로 문빙에게 명하여 서른 척의 병선을 내주고 병사 500명을 붙여주었다.

여기서 일단 당시의 선함船艦 종류와 장비를 대강이라도 알아두는 것이 좋을 듯하여 대략적인 설명을 덧붙인다.

투함, 이것이 가장 크고 견고하다. 배의 수미에는 석포를 설치했고 뱃전에는 철책이 둘러쳐져 있다. 또 망대에 노궁을 줄지어 걸어놓고 나수螺手와 고수鼓手가 서서 전원에게 지휘 신호를 보낸다. 현재의 전투함에 해당한다.

대선, 일반 병선으로 현재의 순양함 같은 역할을 한다. 병력과 군수의 운송에서부터 전투 시에는 투함의 보조 역할을 한다.

몽충, 선체를 튼튼한 소가죽으로 씌운 쾌속의 중형선, 적의 대선대大船隊 가운데로 곧장 돌진하거나 기습전에 사용한다. 병사 60~70명이 탈 수 있다.

주가, 이것은 소형 전투함으로 병사 20명 정도가 탈 수 있다. 강 위에 구름처럼 흩어져서 적의 대선이나 투함으로 접근하여 투화投火, 정신挺身 등 모든 수단을 동원하여 적을 괴롭힌다.

이외에도 배의 형태와 크기가 다양한 배들이 있으나 모든 배의 뱃머리 장식이나 선루는 매우 짙은 색으로 칠하고 거기에 깃발이나 번쩍이는 창칼을 꽂았기 때문에 하늘과 물에 비치는 그 장대함과 화려함은 말로 표현하기 어려울 정도였다.

그건 그렇고 오군 진영 쪽에서도 결전을 위한 만반의 준비를 갖추고 있었다. 작고 가벼운 배들이 끊임없이 오가며 정보를 실어 날랐다. 또 부근의 산 위에서는 밤낮으로 감시의 눈을 번뜩이며 먼지 한 톨 떠내려오는 것도 놓치지 않았다. 지금 그곳에서 감시하고 있던 한 무리의 장졸들이 갑자기 소리쳤다.

"왔다!"

"적선이다!"

크게 외치고는 즉시 내려와서 주유가 있는 본진에 알렸다.

"2열, 두 패로 나뉜 적의 몽충과 주가가 물살을 가르며 이쪽으로 오고 있습니다. 적입니다. 적군입니다."

그와 동시에 산 위에서 파수병이 올린 봉화가 전군에 위급을 알렸다.

주유도 곧 원문轅門에 나와서는 소란을 떠는 장수들을 향해 말했다.

"소란 떨 것 없소. 겨우 작은 선대船隊일 뿐이오. 누가 나가서 저들을 깨부수고 서전을 승리로 장식할 공을 세우겠소?"

"저희가 가겠습니다."

한당과 주태 두 사람은 즉시 강기슭에서 10여 척의 우혁선牛革船을 끌어내어 좌우에서 북을 울리며 적선을 추격했다.

주유는 진영 뒤에 있는 산으로 올라가 산 위의 전망대에서 손그늘을 만들어 바라보았다. 강 위에서의 접전은 이미 물보라 속에서 시작되고 있었다.

작은 쾌속선만 30~40척이 어지럽게 뒤엉켜 서로 활을 쏘고 있었다. 위의 초촉과 장남 두 사람은 죽기 살기로 강기슭을 향해 돌진하며 목이 쉬도록 병사들을 독려했다.

"제일 먼저 육지를 밟는 자에게는 조 승상께 말씀드려 군공첩의 필두에 추천하도록 하겠다. 겁먹지 마라."

오군 대장 한당은 긴 창을 휘두르며 뱃머리에 서서 초촉이 탄 배의 옆구리를 뱃머리로 들이받아 막으며 말했다.

"자, 덤벼라. 모두 물고기 밥으로 만들어주마."

초촉은 어디서 까부냐는 듯 창을 휘둘렀다. 두 사람은 수십 합을 싸웠으나 풍랑이 거친 탓에 배와 배가 흔들려 좀처럼 승부가 나지 않았다.

그때 오의 주태가 배를 저어 와서는 "한당, 한당. 언제까지 시간을 끌고 있을 참인가?"라고 질책하며 손에 들고 있던 창을 힘껏 던졌다.

그 창에 정통으로 맞은 초촉은 물속으로 고꾸라졌다. 그의 부장 장남은 이 모습을 보고 "이놈!" 하고 주태의 배로 다가오며 화살을 빗발치듯 쏘아댔다.

주태는 뱃전 아래로 몸을 숙인 채 빗발치는 화살을 뚫고 적함을 향해 나아갔다. 그리고 배와 배 사이에 물보라가 크게 이는 순간 고함을 지르며 적선에 올라 장남을 단칼에 베었을 뿐만 아니라 그 배도 빼앗아버렸다.

이렇게 첫 수전이 위의 완패로 끝난 데다가 두 명의 장수까지 잃자 위군의 배는 어지럽게 흩어져 도망쳤다.

"오오, 아군의 대승이다. 강상전江上戰이 유리하게 전개되었어."

전망대에 서서 이 광경을 지켜보던 주유는 뛸 듯이 기뻐했다. 그러나 전황은 언제 뒤바뀔지 모른다. 얼마 지나지 않아 주유의 얼굴에도 온몸에 소름이 돋을 정도로 불안한 기색이 역력해졌다. 패배한 조조가 분노하여 오의 배들을 단숨에 강바닥에 처박아버리겠다고 강을 새까맣게 덮을 만큼의 대선단을 이끌고 오의 기슭을 향해 움직이기 시작했기 때문이다.

"아, 과연 위나라구나. 정말 대단하다. 저 대선진大船陳은 내가 수군을 통솔한 지 10년이 되었지만, 아직 본 적이 없는 위용이다. 어떻게 저걸 쳐부숴야 할까?"

눈으로 보는 것만으로도 주유는 이미 주눅이 든 듯했다. 번민하고 떨며 어쩔 줄을 몰랐다.

그때 갑자기 광풍이 불더니 여기저기서 물보라가 일었다. 그리고 조조가 타고 있는 기함의 '수'자가 쓰인 깃대가 부러졌다.

"앗!"

조조의 당황한 모습이 눈에 보이는 듯했다. 임전의 첫날이었다. 이것은 누구라도 꺼리는 불길한 일임이 틀림없었다. 즉시 쇠사슬로 연결한 몽충은 모두 키를 돌려 오림만烏林灣 어귀로 돌아가 버렸다.

"하늘의 도움이다. 하늘의 가호가 우리 군에 있다."

주유는 손뼉을 치며 몹시 기뻐했다. 그런데 돌연 하늘이 어두워지더니 남쪽 강기슭에서 이쪽 산까지 굵은 빗방울이 떨어지고 강 위에는 엄청난 광풍이 불었다.

"앗!"

주유가 비명을 지르자 주위에 있던 대장들이 놀라서 달려가 보니 주유 옆에 서 있던 큰 사령기의 깃대가 광풍에 두 동강이 나 있고 그 아래 주유가 깔려 있었다.

"앗, 피를 토했다."

사람들은 놀라서 그의 몸을 안고 산 아래로 옮겼다. 도중에 주유는 기절한 듯 소리조차 내지 않았다.

공명, 바람을 부르다

||| 一 |||

깃대에 깔린 부위의 상태가 좋지 않아 보였다. 주유는 진중의 한 방에 누워서 신음하며 괴로워하고 있었다. 군의와 전의가 달려와서 온 힘을 다해 치료하는 한편 급사는 손권에게 이 소식을 보고하러 갔다.

"뜻밖의 재난을 당해 도독이 중태에 빠졌습니다."

이 소식이 퍼지자 전군의 사기가 떨어졌고, 기세가 한풀 꺾였다.

오와 위의 결전이 개시된 이 중요한 시기에 주유가 쓰러지자 노숙은 걱정이 이만저만이 아니었다. 그는 즉시 공명이 머물고 있는 배를 찾아갔다.

"이미 들으셨겠지만 어떻게 하면 좋겠습니까?"

노숙은 최선책을 물었다.

공명은 딱히 걱정하는 기색도 없이 오히려 반문했다.

"귀형은 이번 일에 대해 어떻게 생각하시오?"

"아무래도 이번 일이 조조에게는 희소식이겠지만, 오나라엔 치명적인 재앙이라 할 수 있겠지요."

"치명적? 그렇게 비관할 일만은 아닙니다. 주 도독의 병세는 곧 좋아질 것입니다."

"물론 그렇게 빨리 완쾌된다면 나라를 위해서도 좋은 일입니다만……."

"자, 갑시다. 지금부터 우리 둘이 문병을 갑시다."

공명이 앞장섰다.

두 사람은 배에서 내려 말을 타고 주유의 진영으로 갔다. 병실에 들어가자 주유는 여전히 이불 속에서 신음하며 누워 있었다. 공명은 그 침상에 다가가 작은 목소리로 말했다.

"기분이 어떻습니까?"

그러자 주유가 눈을 뜨더니 바싹 마른 입으로 겨우 대답했다.

"오오, 공명 선생이시오……?"

"도독, 기운 내십시오."

"어쩌면 좋겠소? 몸을 움직이면 머리가 어지럽고 약을 먹으면 구역질이 납니다."

"뭘 그리 불안해하십니까? 제가 보기에 몸에는 아무 이상이 없습니다만."

"불안이라…… 불안해할 일 따윈 아무것도 없소."

"그렇다면 즉시 털고 일어날 수 있을 것입니다. 일어나보십시오."

"아니, 베개에서 머리를 들기만 해도 바로 현기증이 납니다."

"그것이 마음의 병이라는 것입니다. 마음에 의한 것이죠. 보십시오, 천체天體를. 날이 흐리기도 하고 맑기도 합니다. 조석으로 예측하기 어려운 풍운이 반복되지 않습니까? 바람이 심하게 불어도 천체 자체가 병든 것은 아닙니다. 현상입니다. 날이 개면 즉시 참모습을 드러냅니다."

"……으음."

주유는 신음하면서 옷깃을 깨물고 눈을 감았다. 공명은 일부러 크게 웃으며 말했다.

"마음이 편안하고 기의 흐름이 순조로울 때는 숨을 한 번 들이마시고 내뱉으면 병은 몸을 떠나갈 것입니다. 더 나아가 병의 근원을 뿌리 뽑고자 할 때는 성질이 찬 약제를 사용할 필요가 있습니다만."

"좋은 약이 있소?"

"있습니다. 한번 드시면 즉시 기의 흐름을 원활하게 하여 바로 상쾌해질 것입니다."

"선생."

병자는 일어났다.

"부디 나를 위해, 아니 국가를 위해 좋은 처방을 내려주시오."

"네, 알겠습니다……. 그러나 비방은 다른 사람에게 알려지면 효험이 없습니다."

즉시 근신들을 모두 물러가게 하고 노숙만 남게 되자 공명은 종이에 글을 써서 주유에게 보여주었다.

조조를 쳐부수고자 하면 마땅히 화공을 써야 한다.
만사가 구비되었으나 단지 동풍이 없구나.

"도독, 이것이 도독이 앓고 있는 병의 근원일 겁니다."

주유는 놀란 듯이 공명의 얼굴을 보고 있다가 이윽고 빙그레 웃으며 말했다.

"탄복했소. 신통한 분별력. ……아아, 선생께는 아무것도 감출

수가 없구려."

‖ 二 ‖

계절은 지금 북동풍만 부는 시기였다. 북쪽 기슭에 있는 위군에게 화공을 쓰면 오히려 아군의 남쪽 기슭으로 불똥이 날아와 배는 물론 진지까지 불에 탈 우려가 있다.

공명은 주유의 마음속 고민이 거기에 있을 것이라고 꿰뚫어 보았던 것이다. 주유로서는 그 비책을 아직 공명에게 털어놓은 적이 없기 때문에 순간 가슴이 덜컥 내려앉을 만큼 놀랐지만, 이런 예리한 통찰력을 지닌 사람에겐 감춰봤자 소용없다는 것을 깨닫고 오히려 그의 가르침을 구했다.

"상황은 긴박하고 하늘의 움직임은 뜻대로 되지 않으니 대체 어찌하면 좋겠소?"

공명은 그의 물음에 이렇게 대답했다.

"젊은 시절, 기인을 만나 팔문둔갑八門遁甲의 천서天書를 전수받았습니다. 거기에는 풍백우사風伯雨士를 부르는 비법이 적혀 있습니다. 만약 지금 도독이 동남풍을 바란다면 제가 심혈을 기울여서 그 책에 의지하여 바람을 부르겠습니다."

그러나 공명은 마음속에 다른 자신감이 있었다. 매년 겨울 11월이 되면 조류와 남국 기온의 관계로 계절을 벗어난 남풍이 불어 하루이틀 동안 겨울을 잊게 하는 일이 있나. 이런 변조를 후세의 천문학 용어로 무역풍이라고 한다.

그러나 올해는 아직 그 무역풍이 불지 않았다. 공명은 오랫동안 융중에 살며 매년 기상에 세심한 주의를 기울였다. 한 해라도 무역풍이 불지 않은 해가 없었다. 그래서 올해도 조만간 그 현상이 일어나리라 확신하고 있었던 것이다.

"11월 20일은 갑자甲子에 해당합니다. 이날부터 제사를 지낸다면 사흘 낮, 사흘 밤 동안 동풍이 불 것입니다. 남병산南屛山 위에 칠성단을 쌓아주십시오. 제가 한마음으로 빌어 하늘에서 바람을 빌리겠습니다."

공명의 말을 들은 주유는 병을 잊고 즉시 진중으로 나와 지시를 내렸다. 노숙과 공명도 말을 급히 몰아 남병산으로 가서 지형을 살피고 공사를 독려했다.

사졸 500명은 단을 쌓고 제관 120명은 옛 법도에 따라 제사 준비를 했다. 동남쪽의 붉은 흙을 가져다 둘레 24장丈의 단을 쌓되 한 단의 높이가 3척尺인 3층의 단을 쌓게 했다. 그리고 맨 아래 단에는 28숙宿의 청기를 세우고, 두 번째 단에는 64면의 황기에 64괘卦의 표를 그리고, 맨 윗단에는 속발관(머리카락을 빗어 올려 틀어 맨 상투를 가리기 위해 쓰는 관)을 쓰고 검은 비단으로 만든 도포를 입은 네 사람을 세웠다. 맨 윗단의 네 사람은 선인의 옷을 걸치고 넓은 띠를 허리에 찼으며 붉은 신발에 네모진 후수를 늘어뜨린 복장이었는데, 앞줄 왼쪽에 있는 사람은 긴 막대에 닭의 깃털을 끼운 것으로 바람이 불어오는 방향을 나타내는 사람이고, 앞줄 오른쪽에 있는 사람은 칠성호대의 깃대로 바람의 형세를 표시하는 사람, 뒷줄 왼쪽에 있는 사람은 보검을 받드는 사람이며, 뒷줄 오른쪽에 있는 사람은 향로를 받드는 사람이다.

제단 아래에는 또 정기旌旗, 보개寶蓋, 대극大戟, 장창長槍, 백모白旄, 황월黃鉞, 주번朱旛을 든 병사 스물네 명이 악귀가 접근하지 못하도록 호위하고 있는 등 여하튼 실로 어마어마하게 큰 행사였다.

때는 11월 20일.

공명은 전날부터 목욕재계하여 몸을 깨끗이 하고 하얀 도복을 입고 맨발로 단에 올라가 마침내 사흘 밤낮을 기도하기 위해 섰다.

그러나 기도하기 전에 먼저 노숙을 불렀다.

단 아래에서 즉시 "여기 있습니다."라는 소리가 들렸다.

공명이 가까이 오라고 손짓하여 불러서는 엄숙하게 말했다.

"지금부터 저는 기도에 들어갑니다. 다행히 하늘이 저의 마음을 불쌍히 여겨 사흘 안에 바람이 분다면 때를 놓치지 말고 전에 세웠던 계획대로 적을 공격하십시오. 귀공은 이러한 뜻을 주 도독에게 전하고 소홀함이 없도록 만반의 준비를 하고 대기하십시오."

"잘 알겠습니다."

노숙은 즉시 말을 타고 남병산을 달려 내려갔다.

||| 三 |||

노숙이 떠난 후 공명은 단 아래의 장졸들에게 훈계했다.

"내가 바람을 부르기 위해 기도하는 동안 자리를 뜨거나 잡담을 하는 것은 일절 금한다. 또 아무리 이상한 일이 있더라도 놀라거나 소란을 떨어서도 안 된다. 이를 어기는 자는 그 자리에서 목을 베겠다."

공명은 이렇게 말하고는 발길을 돌려 천천히 남쪽으로 향했다.

향을 피우고 물을 뿌리고 하늘에 제사를 지내기를 약 두 시진 (4시간).

입으로 주문을 외면서 세 번 기도하고 잠시 묵도를 하니 드디어 신기神氣가 주위에 가득하고 단 위, 단 아래에 사람 소리 하나 나지 않고 천지만상이 고요했다.

금성이 하늘에서 하얗게 반짝였다. 어느 틈에 밤이 깊어져 있었다. 공명은 다시 단을 내려와 유막 안에서 휴식을 취했다. 제관, 호위하는 사졸들에게도 "교대로 식사를 하고 잠시 쉬어라."라고 말했다.

공명은 초경初更에 다시 단에 올라 밤을 새워 기도를 올렸다. 그러나 심야의 하늘에는 어떤 조짐도 보이지 않았다.

한편 노숙은 주유에게 만반의 준비를 하도록 재촉하고 손권에게도 파발로 현재의 상황을 보고했다. 만약 지금이라도 공명의 기도가 효험이 있어서 바라던 동남풍이 불면 즉시 총공격할 수 있도록 대기하고 있었다.

또 이런 표면적인 움직임의 이면에서는 황개가 미리 계획한 대로 유황과 염초 위에 마른 섶을 잔뜩 쌓고 그것을 푸른 천으로 완전히 덮은 20여 척의 빠른 병선이 수전에 능한 정병 300여 명을 각각의 배에 나누어 태우고 은밀히 대기하고 있었다.

"대도독의 명령을 기다려라."

물론 이 부대는 처음부터 비밀 계책에 따라 움직이고 있었기 때문에 그곳에서는 황개와 같은 마음인 감녕과 감택 등이 적의 첩자 채화와 채중을 교묘하게 붙잡아두고 일부러 술을 마시며 나태한 모습을 보이면서 참으로 그럴싸하게 "어떻게 하면 순조롭게 탈출하여 조조의 진지로 무사히 건너갈 수 있겠소?"라며 항복에 관한 이야기만 주고받으며 주의를 끌고 있었다.

다음 날도 이미 날은 저물어 일몰의 구름이 붉게 장강을 물들이고 있었다.

그때 손권이 보낸 전령이 와서 고했다.

"오후吳侯(손권) 휘하의 본군은 이미 선수와 선미를 나란히 하고 강을 거슬러 올라오고 있습니다. 벌써 이곳 전선에서 80리 떨어진 곳에 와 있습니다."

그 본진은 물론 이곳 최전선에 있는 선봉과 중군도 지금은 단지 대도독 주유의 명령만을 기다릴 뿐이었다.

자연히 각 진영의 대장과 병사들도 마른침을 삼키고 주먹을 쥔 채 긴장된 심정으로 기다리고 있었다.

밤이 깊어질수록 날씨는 온화해졌다. 별은 밝게 빛나고 구름도 움직이지 않았다. 삼강의 물은 자는 듯 물고기 비늘 같은 작은 물결을 일으키고 있었다.

주유는 의심스럽게 여기며 중얼거렸다.

"어떻게 된 거야? ……기도의 효험이 전혀 없잖아? 공명이 거짓말을 했군. 아니면 자신도 없으면서 큰소리를 친 것이거나. 지금쯤 남병산의 칠성단 앞에서 어쩔 줄을 몰라 후회하고 있지는 않을까?"

이에 옆에 있던 노숙이 말했다.

"아니, 다른 사람도 아닌 공명이 그렇게 경솔한 말을 하여 화를 자초할 리가 없습니다. 조금만 더 기다려보십시오."

"……그렇지만 겨울도 끝나가는 마당에 동남풍이 불 리가 없지 않소?"

주유가 그렇게 말한 지 두 시진도 지나지 않아 하늘에 떠 있는 별의 색이 점차 바뀌더니 물결이 일고 구름이 움직이며 드디어 바람이 불기 시작했다. 게다가 그것은 동남풍 특유의 뜨뜻미지근한 바람이었다.

"앗! 바람이?"

"불기 시작했다."

주유와 노숙은 무심코 소리치며 원문 밖으로 나갔다.

둘러보니 늘어세운 여러 진영의 수많은 깃발이 모두 서북쪽을 향해 펄럭이고 있었다.

"아아, 동남풍이다."

"……동남풍!"

그토록 기다리던 것인데도 두 사람은 너무 놀라 입을 벌린 채 말을 잇지 못했다.

갑자기 주유가 몸을 떨며 외쳤다.

"공명은 대체 사람인가 귀신인가. 천지조화를 마음대로 부리고 귀신도 할 수 없는 신기한 일을 하는구나. 이런 자를 살려두었다간 반드시 나라에 해가 될 것이고 백성들에게는 재앙과 난리의 원인이 될 것이다. 황건적의 난이나 지방 각지의 사교邪敎를 봐도 분명히 알 수 있다. 지금 당장 죽여야 해!"

그는 급히 정봉과 서성 두 장수를 불러 수륙의 병사 500명을 주며 남병산으로 서둘러 가게 했다.

노숙이 수상히 여기며 물었다.

"도독, 지금의 병사들은 무엇입니까?"

"나중에 말하겠소."

"설마 공명을 죽이러 보낸 것은 아니겠지요? 이 큰 전투를 앞두고."

"……"

주유는 대답하지 않고 입을 다물었다.

'구제불능인 자구나.'

노숙은 그의 얼굴을 경멸하듯 쏘아보았다. 그 반짝이는 흰자위에도 뜨뜻미지근한 바람이 강하게 불어왔다.

육로와 수로 둘로 나눠서 남병산으로 간 500여 병사들 중 정봉의 병사 300명이 먼저 도착했다.

칠성단을 올려다보니 제구와 깃발 등을 들고 있는 자들은 방위별로 목상처럼 서 있었으나 공명의 모습은 보이지 않았다.

"공명은 어디에 있느냐?"

정봉이 큰 소리로 물었다.

한 사람이 대답했다.

"유막 안에서 휴식 중입니다."

배로 온 서성의 부하들도 함께 유막 안을 둘러보았다.

"……없다."

"그렇다면?"

막연하게 사방을 찾아 헤맸다. 그러다 병사 한 명이 절규하듯 소리쳤다.

"달아났다!"

서성은 발을 구르며 큰 소리로 외쳤다.

"아뿔싸! 아직 멀리 못 갔을 것이다. 어서 따라잡아 공명의 목을 쳐라!"

정봉도 지지 않고 채찍을 휘누르며 서둘러 말을 달렸다. 산기슭까지 와서 강변에 이르렀을 때 남자 한 명을 만났다. 이러저러한 자가 지나가지 않았는지 묻자 그가 대답했다.

"머리를 빗어 가르고 흰색 도포를 입은 사람이라면 이 강에서 작은 배를 타고 큰 강으로 나가 거기서 기다리고 있던 한 척의 큰 배를 타고 안개처럼 북쪽으로 사라졌습니다."

서성과 정봉은 더욱더 당황해서는 말했다.

"그놈이다! 놓치지 마라."

그러고는 장강 기슭까지 달렸다.

돛을 활짝 펼친 몇 척의 배가 하얀 물살을 일으키며 상류 쪽으로 쫓아갔다.

"기다리시오. 기다리시오. 거기 급하게 가는 배 안에 계시는 분이 제갈 선생 아니시오? 주 도독의 중대한 전갈이 있어서 뒤쫓아 왔소. 전갈을 들으시오."

서성은 손을 흔들며 소리쳤다.

그때 하얀 도포를 입은 공명이 앞서가는 배의 선미에 나타났다. 그리고 껄껄 웃으며 대답했다.

"오시느라 수고 많으셨소. 주 도독의 전갈은 듣지 않아도 알고 있소. 그보다는 즉시 돌아가서 동남풍이 부니 어서 적을 공격하라고 전해주시오. 나는 하구로 돌아가오. 훗날 좋은 인연이 있으면 또 뵙게 되겠지요."

말이 끝나자마자 하얀 도포는 배 안으로 사라지고 물보라가 배와 돛을 감싼 채 눈 깜빡할 사이에 멀어졌다.

남쪽에 바람이 불고 북쪽에 봄이 오다

||| 一 |||

"놓치지 마라! 공명이 탄 배를 따라잡아라!"

서성은 뱃전을 두드리며 노를 젓는 병사와 돛 줄을 조정하는 병사들을 독려했다.

앞에서 가던 공명은 다시 뒤쫓아오는 오의 배를 보았다. 공명은 그저 웃기만 할 뿐이었으나 배 안에 마주 앉아 있던 장수 한 명이 천천히 몸을 일으켜 모습을 드러냈다.

"집요한 놈들. 혼쭐을 내줘야겠군."

그는 뱃전에 버티고 서서 서성의 배를 향해 소리쳤다.

"눈이 있으면 보고 귀가 있으면 들어라. 나는 상산의 자룡, 조운이다. 유 황숙의 명을 받고 오늘 강변에서 기다리다가 우리 군의 군사를 마중하여 하구로 돌아가는 길이다. 그런데 오나라의 장졸인 너희들이 무슨 이유로 앞길을 막으려 하느냐! 우리 군사에게 무슨 짓을 하려는 것이냐?"

그러자 서성이 뱃머리에 서서 말했다.

"아니, 제갈 선생을 해하려는 것이 아니오. 주 도독의 전갈을 공명 선생에게 전하려 할 뿐이오. 잠시 기다려달라고 했건만 어째서 기다려주지 않는 것이오?"

"가소롭기 짝이 없구나. 그 많은 군사를 데리고 오면서 살의가 없다는 것은 뻔한 거짓말! 네놈들은 이것이 보이지 않느냐?"

조자룡은 손에 들고 있는 활에 화살을 메기며 말했다.

"이 화살 하나로 네놈을 죽이는 것은 누워서 떡 먹기보다 쉬운 일이지만 우리 하구의 세력과 오와는 조조를 토벌하기 위해 협력해야 할 사이이다. 양국의 우호를 해칠 우려가 있기 때문에 조금 전부터 일부러 쏘지 않고 있었다. 이 이상 쓸데없이 혀를 놀리며 쫓아오다간 목숨을 잃을 줄 알아라."

말을 마치자마자 그는 활을 힘껏 잡아당겨 서성 쪽을 향해 화살을 쏘았다.

"앗."

서성은 목을 움츠렸지만, 처음부터 그의 목을 겨냥하여 쏜 것이 아니었다. 화살은 그의 머리 위를 지나 뒤에 펼쳐져 있는 돛의 굵은 밧줄을 끊었다. 돛이 옆으로 크게 기울더니 물에 빠졌다. 그 때문에 배는 강 위에서 빙글 돌았다. 배는 아우성치는 병사들을 태운 채 하마터면 전복할 뻔했다.

조운은 껄껄 웃더니 활을 버리고 아무 일도 없었다는 듯이 다시 공명과 마주 앉아 이야기를 나누었다. 물에 흠뻑 젖은 돛을 펴고 서성이 다시 뒤쫓으려 했을 때는 이미 공명의 배는 사라지고 없었다.

"서성, 쫓아가 봐야 헛수고네. 그만두게."

강기슭에서 큰 소리로 그를 달래는 사람은 같은 편의 정봉이었다. 정봉은 말을 타고 강기슭을 따라 공명의 배를 쫓아와서 지금의 상황을 육지에서 다 지켜본 듯했다.

"아무리 해도 공명의 신기神機에는 우리가 미치지 못하네. 게다가 마중 나온 배 안에는 조운이 타고 있지 않은가. 상산의 조자룡 하면 만부부당의 용장이네. 장판교 전투 이래 그의 용맹은 널리 알려졌네. 이런 얼마 안 되는 추격군으로 쫓아가 봤자 개죽음만 당할 뿐이야. 아무리 도독의 명령이라 해도 개죽음을 당해서는 안 되지 않겠나. 돌아가세. 돌아가자고."

정봉은 손으로 신호하며 말을 돌리더니 돌아갔다.

서성도 할 수 없이 배를 돌렸다. 그리고 주유에게 지금까지의 일을 자세히 보고했다.

"또 공명에게 선수를 빼앗겼는가."

그는 몹시 후회되는 듯 큰 소리로 말했다.

"이래서 내가 그를 경계했던 건데. 그는 결코 오를 위해 오의 진지에 와 있었던 것이 아니야. 아아, 무슨 수를 써서라도 죽였어야 했어. 그가 살아 있는 동안은 밤에도 마음 편히 잘 수가 없겠구나."

한때는 공명을 진심으로 존경하던 그도 존경하는 그 마음이 도를 넘자 즉시 공포로 바뀌었다. 차라리 유비를 먼저 공격해서 공명을 죽인 뒤에 조조와 싸우겠다고 하자 노숙이 만류하며 간언했다.

"작은 일에 사로잡혀 큰일을 그르쳐서야 되겠습니까? 게다가 이미 만반의 준비가 되어 있지 않습니까?"

주유도 우둔한 사람은 아니었기에 노숙의 말을 알아듣고 바로 수긍했다.

"그도 그렇군."

그는 조조와의 대결전에 임하기 위해 병력 배분을 서둘렀다.

(4권으로 이어집니다)

카와 에이지 평역

국지 | 3 | 공명 · 적벽

어판 ⓒ 도서출판 잇북 2023

1쇄 인쇄 2023년 2월 10일
1쇄 발행 2023년 2월 15일

역 | 요시카와 에이지
인이 | 김대환
낸이 | 김대환
낸곳 | 도서출판 잇북

자인 | 한나영

소 | (10893) 경기도 파주시 소리천로 39, 파크뷰테라스 1325호
화 | 031)948-4284
스 | 031)624-8875
메일 | itbook1@gmail.com
로그 | http://blog.naver.com/ousama99
록 | 2008. 2. 26 제406-2008-000012호

N 979-11-85370-56-9 04830
N 979-11-85370-53-8(세트)